U0124131

福建師範大學文學院百年學術論叢　第二輯

中國詩學體系論

陳良運　著

第二輯

總序

百年老校福建師範大學之文學院，承傳前輩碩學薪火，發掘中國語言文學菁華，創獲並積澱諸多學術精品，曾於今年初選編「百年學術論叢」第一輯十種，與臺北萬卷樓圖書股份有限公司協作在臺灣刊行。以學會友，以道契心，允屬兩岸學術文化交流之創舉。今再合力推出第二輯十種，嗣續盛事，殊可喜也！

本輯所收專書，涵古今語言文學研究各五種。茲分述如次。

古代語言文學研究，如陳祥耀先生，早年問學無錫國學專修學校，後執教我校六十餘年，今以九十有四耄耋之齡，手訂《古詩文評述二種》，首「唐宋八大家文說」，次「中國古典詩歌叢話」，兼宏觀微觀視角以探古詩文名家名作之美意雅韻，鉤深致遠，嘉惠後學。陳良運先生由贛入閩，嘔心瀝血，創立志、情、象、境、神五核心範疇，撰為《中國詩學體系論》，可謂匠思獨運，推陳出新。郭丹先生《左傳戰國策研究》，則文史交融，述論結合，於先秦史傳散文研究頗呈創意。林志強先生《古本《尚書》文字研究》，針對經典文本中古文字問題，率多比勘辨析，有釋疑解惑之功。李小榮先生《漢譯佛典文體及其影響研究》，注重考辨體式，探究源流，開拓了佛典文獻與文體學相結合的研究新路。

現當代語言文學研究，如莊浩然先生《中國現代話劇史》，既對戲劇思潮、戲劇運動、舞臺藝術與理論批評作出全面梳理，也對諸多名家名著的藝術成就、風格特徵及歷史地位加以重點討論，凸顯話劇史研究的知識框架和跨文化思維視野。潘新和先生《中國語文學史論》，較全面梳理了先秦至當代的國文教育歷史，努力探尋語文教學中所蘊含的思想文化之源頭活水。辜也平先生《中國現代傳記文學史論》的歷史考察與學理論述，無疑促進了學界對現代傳記文學的研討與反思。席揚先生英年早逝，令人惋歎，遺著《中國當代文學的問題類型與闡釋空間》，集三十年學術研究之精要，探討當代文學思潮和學科史的前沿問題。葛桂录先生《中英文學交流史（十四至二十世紀中葉）》，以跨文化對話的視角，廣泛展示中英文學六百年間互識、互證、互補的歷史圖景，宜為中英文學關係研究領域之厚實力作。

上述十種論著在臺北重刊，又一次展現我校文學院學者研精覃思、鎔今鑄古的學術創獲，並深刻驗證兩岸學人對中華學術文化同具誠敬之心和傳承之責。為此，我謹向作者、編輯和萬卷樓圖書公司恭致謝忱！尤盼四方君子對這些學術成果予以客觀檢視和批評指正。《易》曰：「觀乎人文，以化成天下。」我堅信，關乎中華文化的兩岸交流互動方興而未艾，促進中華文化復興繁榮的前景將愈來愈輝煌璨爛！

汪文頂

謹撰於福州倉山

二〇一五年季冬

目次

緣情篇

立象篇

創境篇

緒論

一　中國詩學的歷史發展

西元前四世紀，希臘學者亞里斯多德（西元前384至前322年）就向人類貢獻了他的《詩學》，這是一本關於史詩和悲劇、喜劇的美學著作，是歐洲美學史和文學藝術理論史上第一部重要文獻，它討論了「關於詩的藝術本身，它的種類，各種類的特殊功能，各種類有多少成分，這些成分是什麼性質，詩要寫得好，情節應如何安排，以及這個研究所有的其他問題」[1]等等。這就是說，相當於我國的戰國時代中期，孟子、莊子生活的那個世紀裡（孟子約西元前390至前305年、莊子約西元前369至前286年），西方就有了對詩的本體進行研究的詩學。由於古希臘史詩的敘事性質（悲劇和喜劇則是把史詩從吟唱推向舞台表演），亞里斯多德的《詩學》便以「摹仿」說為其理論基點，強調人類的藝術創造就是對現實世界的「摹仿」和「再現」。這一理論體系的確立，為後來西方世界各種文學文體和藝術樣式共同遵守，直到現代主義的文學藝術崛起才開始動搖。

在古代中國，何時才有真正的「詩學」呢？這個詩學的發展脈絡又是怎樣呈現呢？如果我們確認：從有文字記載可考的遠古歌謠出現之時到最後一個封建王朝結束之日，就是中國古代詩學「歷時性」全過程，那麼，這個「歷時性」全過程是否可以劃分為如下四個時期：

1　〔希臘〕亞里斯多德著，羅念生譯：《詩學．詩藝》（北京市：人民文學出版社，1982年），頁3。

一、詩歌觀念發生與詩學建設初創期；二、詩歌觀念轉型與詩學體系形成期；三、詩學觀念體系建構完成與詩歌美學成熟期；四、詩歌文體理論與流派理論發展、繁盛期。

第一期「歷時」先秦至兩漢。中國最早產生的一批文學作品，只有神話與詩。而神話與傳說，因其荒誕，為當時學者所輕視，孔子「不語怪、力、亂、神」，就是對神話沉默式的批評。於是，為朝野所感興趣的，便非詩莫屬了。當時的詩，應包括民間詩歌與統治者祭祀、典禮儀式中樂官們所唱的歌詞。關於詩的批評，便是在這些民間詩與唱贊詞經周代樂官們匯編成《詩》之後出現的，首先是從接受角度、從《詩》的功用價值方面提出的「《詩》以言志」。春秋時代的稱《詩》之風及孔子所創立的《詩》教，都是圍繞《詩》的實際應用而不是就詩這一文體的創作而展開的。孔子把《詩》看作一種歷史文獻，對它的思想意義的評價是：「《詩》三百，一言以蔽之曰：思無邪」；對它的情感審美體驗是：「溫柔敦厚」、「樂而不淫，哀而不傷」；對它社會的、認識的、審美的功用判斷是：「可以興，可以觀，可以群，可以怨。邇之事父，遠之事君，多識草木鳥獸之名」等等。這些批評，浸染著濃重的哲學色彩和貫穿著政教功利的追求，但是，總算推出了若干為詩這一獨特文學樣式所專有的觀念，為中國詩歌理論建設投下了幾塊基石。

在此以前和以後，人們在詩歌創作實踐中，也已經有了一些闡述詩的本體意義的詩歌觀念。在「《詩》三百」，抒情的觀念已隱約出現了：「心之憂矣，我歌且謠」(〈園有桃〉)；「君子作歌，維以告哀」(〈四月〉)；「作此好歌，以極反側」(〈何人斯〉) 等詩句，就是詩人自述作詩以表現憂傷、哀痛、懷念、憤激之情。「《詩》三百」被孔子論定二百餘年之後，在儒家思想影響比較薄弱的南方，出現了文人創作的詩歌，這就是屈原的〈離騷〉和〈九章〉等作品。南方詩人對儒家「溫柔敦厚」的詩教沒有趨奉，對於詩的抒情作用有了自覺的認識，並且敢於抒發心靈深處「勞苦倦極」、「疾痛慘怛」之情，「惜誦以致愍兮，發憤以抒情」(《九章》〈惜誦〉)，「抒情」的觀念正式出現了！與屈原同時代的一位儒學思想家荀況，他則從文獻《詩》的接受轉向文體詩創作，提出了「詩言是，其志也」。他以有別於議論文章形式和語言的幾種新文體來表現自己奉行「聖人之道」的志向。這樣，他把對文獻《詩》功用價值表述的「《詩》以言志」，轉向文體詩創作的功利追求上來。屈原所發揮的「抒情」觀念與荀子所強化的「言志」觀念，從此後就成為中國詩學體系建構中兩個最基本的觀念。漢朝的經學家們和那些傳《詩》解《詩》的「博士」們，竭力鞏固和發展「言志」的觀念，但他們也根據中國第一部音樂理論著作、反映儒家音樂審美觀點的《樂記》，有限度地肯定了「抒情」的觀念。於是，以「言志」為核心、以「發乎情」為依附的「詩之為學」(《漢書》〈翼奉傳〉) 進入了初創期。東漢出現了中國最早幾篇關於詩的專論：相傳為衛宏所作的〈詩大序〉、鄭玄所作的〈詩譜序〉、班固的〈離騷序〉(他的《漢書》〈藝文志〉中還有「詩賦略論」一節、泛論詩、騷、歌謠與賦四種文體)、王逸的〈楚辭章句序〉和〈離騷經序〉等。這些詩論都以評論《詩》、《騷》為主題而展開論述，〈詩大序〉可算是總結先秦以來詩歌接受和創作經驗的一篇通論，主要闡述「作詩言志」，比較全面地闡述了詩的性質和特徵，將儒家種種詩歌觀念進行了第一次組合，儒家詩教在批評領域完整地、正式地確定下來了。班固和王逸之論，表現了他們對屈原作品「抒情」特質──「露才揚己」──兩種不同的態度，班固反對、貶低之，王逸辯護、褒揚之，為中國詩論史上「言志」派與「緣情」派論爭之先聲。

第二期「歷時」魏、晉、南北朝。魏、晉沒有專門的詩論，著名的《典論》〈論文〉、〈文賦〉都是合論詩文即以論「文章」為主。這一時期開始的詩歌觀念的轉型具有重大的意義。所謂「轉型」，一是詩歌創作思維方式的轉型，即從「有指向思維」轉向「我向思維」；

二是從功利的追求轉向審美的追求。

曹丕《典論》〈論文〉中首次提出「文以氣為主」，陸機〈文賦〉首標「詩緣情而綺靡」，此後的詩人文學家便不再突出傳統的「言志」說，即使提到「言志」，如西晉潘岳所云：「賦詩欲言志，此志難具紀。」（〈悼亡〉）表明不再是「言」聖人之「志」或合於先王之道的「志」。此時的詩歌創作，實際上已轉向「緣情而發」。按西方現代心理學家和精神分析學家的觀點，人類有兩種不同的思維方式：即「智力」的或稱「有指向思維」，和「無指向」的或稱「我向思維」。前者是自覺的、理智的、有明確目標的追求，適應現實並試圖影響現實。後者是潛意識的、非自覺的，它所追求的和急於表白的，往往在理智範圍之外，不適應於現實而欲創造一個想像中的美的世界，因此它更具有個人、個性的特徵，並主要借形象、意象呈現的方式來表現自己。瑞士分析心理學家榮格，稱「有指向思維」為「直接思維」，稱「我向思維」為「幻想思維」：「第一種思維與現實密切聯繫並依靠現實而活動，後者卻從現實轉開追求主觀自由」，它「不約束我們，它很快引導我們離開現實而進入過去和未來。這時，表現在語言中的思維停止活動，而想像紛紛聚集，感情生發感情」，這時感情是「依照它們自己的引力自由浮動、升沉」[2]。用這一現代心理學觀點評量，「言志」說向「緣情」說的演進，正是「自從建安來」，詩歌創作思想從「有指向思維」朝「我向思維」的轉換，從理智的、功利的轉向抒情的、審美的。陸機等人在理論上的認識當然還不可能及此，由於傳統的影響太深，在很多作家、理論家那裡還表現出一種折衷的傾向，先是「情」、「志」並提，後來又發展為「情志」合一而稱「意」：「常謂情志所托，以意為主。」（范曄〈獄中與諸甥侄書〉）但是此「意」為一己之意，並具有強烈的感情色彩，於是「意」成為一

---

2 轉引自呂俊華：《藝術創作與變態心理》（北京市：三聯書店，1987年），頁117-118。

個內涵更豐富、適應面更廣、並可表現一定審美興趣的詩學新觀念。「我向思維」的確定，使魏、晉、南北朝文學家的主體意識猛然覺醒並不斷被強化，劉勰將作家創作中的主觀因素全部集中起來作了系統的表述：「才力居中，肇自血氣；氣以實志，志以定言，吐納英華，莫非情性。」（《文心雕龍》〈體性〉）這是文學自覺的勝利。由於「我向思維」的確定，詩人的審美意識隨之增強，不同程度地淹沒乃至否定了作詩的功利目標。曹丕以「麗」（詩賦欲麗）、陸機以「綺靡」、沈約以「繁文綺合」、蕭子顯以「氣韻天成」、蕭繹以「綺穀紛披，宮徵靡曼，唇吻遒會，情靈搖蕩」[3]來突出詩的審美特徵。六朝以後的作家、評論家以「綺麗」來概括「自從建安來」詩與文學散文的總體風姿，雖然多有貶意，也正好表明了六朝的美感文學，尤其是詩，進入了美學王國的疆域。魯迅在〈魏晉風度及文章與藥及酒之關係〉一文中，是以肯定的語氣，評價自曹丕開始的一個時代「為藝術而藝術」的傾向。「為藝術而藝術」，或說「唯美主義」，在當時歷史環境中，可說是審美的「緣情」說對功利的「言志」說（經漢儒強化了的「言志」）一個有力的反撥，雖然可能矯枉過正，卻是文學自覺的又一勝利。

詩人主體意識的覺醒與審美意識的強化，帶來一系列詩歌觀念的新生和變化，在此以前，只存在和應用於哲學等非文學領域的一些觀念，如「形象」、「意象」、「氣」、「神」、「剛柔」等相繼進入了文學藝術領域，又被畫家與詩人在審美創造中率先實踐。《文心雕龍》〈物色〉篇說「自近代以來，文貴形似」，反映了這一時期文學創作特別是詩、賦一個重大的變化，雖然這變化始於漢賦，但直到陸機、沈約、劉勰才從理論上給予高度重視。以形象或意象呈現的方式來表現詩人的主體情思，是詩人思維方式轉型的必然結果。鍾嶸的《詩品》

3　分別見《典論》〈論文〉、〈文賦〉、《宋書》〈謝靈運傳論〉、《南齊書》〈文學傳論〉、《金樓子》〈立言篇〉。

中，將歷來「賦」、「比」、「興」的排列改為置「興」為首，強調「文已盡而意有餘」，又以「巧構形似之言」而稱之「有滋味」，說明他已經相當準確地把握了詩的審美本質及其美感特徵。對於詩的審美處理，還更突出地表現在詩人對於詩歌語言本身的特別關注。詩的音樂美雖然自先秦至兩漢就有了「嗟嘆之不足故永歌之」及「聲成文，謂之音」之說，但對音樂美實無任何具體可循的審美範式，這個範式的發明權被南朝的沈約等詩人獲得了。沈約的〈謝靈運傳論〉為中國詩歌音樂美的實現樹立了一塊豐碑：「夫五色相宣，八音協調，由乎玄黃律呂，各適物宜，欲使宮羽相變，低昂互節，若前有浮聲，則後須切響。一簡之內，音韻盡殊；兩句之中，輕重悉異。妙達此旨，始可言文。」他創「四聲八病」說，制定了創造詩歌語言音樂美的法則，使詩歌文體自此之後有「古體」、「近體」之分，「近體」詩成為唐代詩歌藝術高峰崛起的主要標誌。「自靈均以來，多歷年代，雖文體稍精，而此秘未睹」，「聲文」之「秘」的突破，對於詩的文體自覺，詩藝精進，無疑是「更上一層樓」。

上述詩歌觀念的轉型，劉勰在《文心雕龍》〈情采〉篇作了一個綜合性的概括：「立文之道，其理有三：一曰形文，五色是也；二曰聲文，五音是也；三曰情文，五性是也。五色雜而成黼黻，五音比而成韶夏，五情發而成辭章，神理之數也。」這三「文」對於詩特別重要，因此可說這就是詩學理論體系的初步形成。魏、晉、南北朝專門論詩著作雖然不多，但都有新義，〈謝靈運傳論〉、《文心雕龍》中的〈辨騷〉、〈明詩〉、〈樂府〉三章，蕭統〈陶淵明集序〉、蕭綱〈與湘東王書〉、〈答新渝侯和詩書〉、徐陵〈玉臺新詠序〉（裴子野的〈雕蟲論〉也專門論詩，但他是站在反對前者的立場而重申儒家詩教的）等，從不同的側面對詩歌觀念的轉型作出了各自的貢獻。更值得大書特書的是中國詩學發展史上終於有了第一部論詩、品詩、初具系統的專著，那就是鍾嶸的《詩品》。《詩品》中創作理論與鑑賞理論兼備，中國詩學觀念轉型在此書中得到集中的表現，為此後中國詩學觀念體系完整地形成和使「詩之為學」成為真正的審美文「學」，提供了一個全新的範本。

第三期「歷時」隋唐至兩宋。這七百年間的詩學發展有三個顯著的特點：一是詩歌理論發展的多元化，二是詩學觀念系統化和以「意境」為中樞的詩學體系建構的完成，三是中國詩學整體地實現美學意義的成熟。

第一個特點的形成得力於這一時期（主要是唐朝）統治階級思想通達、開明，有唐一代，「儒」、「道」、「釋」「三教合一」的精神氣候比較穩定，以致使源於不同哲學學派美學思想的詩歌理論論著相繼出現，反映佛家美學觀點、釋皎然所著的《詩式》、《詩議》，反映道家美學觀點、司空圖的詩論及《詩品》，反映儒家美學觀點、白居易所作〈與元九書〉，是唐代詩歌理論三「元」代表作。中唐時留學唐朝的日本僧人遍照金剛，他回國以後編著《文鏡秘府論》，編入陸機的〈文賦〉，南朝的聲律論和王昌齡、釋皎然、殷璠、元競等人詩論著作，便可見唐代詩論多元又共處一體的氣象。在這多元格局中，儒家詩教也還在發揮重要作用，但是陳子昂、杜甫等詩人的理論和創作，其美學追求卻是自覺的。陳子昂推崇風雅詩，以「漢魏風骨」為審美理想；杜甫推許「漢魏近風騷」，並不鄙棄「綺麗」的南朝詩，他對詩美的追求和實現為唐代詩人、詩歌之冠。白居易是以儒家詩教為核心而確立他的「現實主義詩論」，將作詩「裨教化」與「理情性」並舉，也沒有完全失落詩的抒情本質。這些多元化的詩論，在宋代又分別被梅堯臣、歐陽修、蘇軾、黃庭堅、張戒、嚴羽等人繼承和發揮，也就多向地趨於完善和成熟。正是有理論的多元化發展，使此時期詩學觀念大大地豐富。由此呈現出第二個特點，即詩歌觀念系統化和詩學體系建構的完成。來自儒、道、釋三家的美學觀念向詩學領域的轉化，已形成如下幾個系列——

表意系列：「言志」、「抒情」、「立意」、「興寄」、「興趣」、「煉意」、「重意」（多重意蘊）等等。

表象系列：「形似」、「意象」、「興象」、「境象」、「離形得似」、「形神兼備」等等。

美感顯現系列：「物境」、「情境」、「意境」、「境生象外」、「風骨」、「氣勢」、「氣象」、「詩而入神」等等。

靈感思維系列：「神思」、「苦思」、「精思」、「直尋」、「直致所得」、「興會」、「神會」、「妙悟」等等。

賞鑒品評系列：「滋味」、「趣味」、「韻味」、「韻外之致」、「味外之旨」等等。

五個系列的前、後各兩個系列，都以「美感顯現系列」為中軸。唐代詩人和詩論家提出的「詩境」（「境」或「境界」理論）說，是將六朝文論中的「情志」和「形象」、「意象」統而言之，準確地描述它們在詩中的融匯之狀：詩人創作從主體到客體、由心及物，「沿隱以至顯，因內而符外」，最後凝定於「境」。由道家哲學的提示、最後得力於佛家哲學的貢獻而確立的詩的「境界」理論，標誌中國古代詩歌理論體系進入完成階段，境界成為這一理論體系的神經中樞。第三個特點又與第二個特點相互依存。所謂整體地實現美學意義的成熟，就是指詩人在審美創造之中，力圖把握和表現主體、客體的美的本質。這美的本質以「神」為其最高層次的觀念表述：「表意系列」的最高審美指向為「下筆如有神」、「詩興不無神」，詩人主體之神有自由的最佳狀態的發揮；「表象系列」的最高審美指向是「體物得神」，「略形貌而取神骨」，詩人之筆妙傳客體之神；「美感顯現系列」的最高審美指向是「詩而入神」，即詩人主體之神與對象客體之神融通契合，而其最佳實現是詩人主體之神完全入於客體，成為一種「象外之象」，也就是說，詩人主體之神對象化了，合於「美」是「人的本質力量對象化」這一現代美學命題。唐宋詩學美學意義的成熟，先在杜甫等唐代偉大的和優秀的詩人創造實踐中體現出來，再由司空圖等傑出的詩論家作出了「不知所以神而自神」的直觀的、經驗性的描述，最後由南宋天才的詩論家嚴羽以「詩而入神，至矣，盡矣，蔑以加矣」為核心論題，雖然不是十分明確地，卻是非常果斷地將中國詩學推向美學的高峰。如果說，從「言志」開始的中國古典詩歌藝術，經過魏、晉、南北朝「詩賦不必寓教訓」的反思而自覺接受美學的洗禮，終於在唐代創造了一個詩歌的黃金時代，崛起了中國文學史上赫赫揚揚的一座高峰，那麼，它的美學本質最高實現的奧妙，稍後也終於被理論家們發現了！

第四期「歷時」元、明、清三個朝代。中國詩學理論體系的建構及其美學本質的探索，到南宋嚴羽的《滄浪詩話》問世，已經實質性地完成，此後，很少出現新的詩歌觀念，詩學理論再沒有多少新的重大的突破。總體建構既已完成，詩人和詩論家們轉向局部的深入研究、探討，合而求總體建構的進一步完善，於是有詩歌文體理論和流派理論的繁榮。

中國傳統的詩歌發展到了唐代之後，不管是「古體」還是「近體」，都有了「極盛難繼」之勢，這正如後來王國維在《人間詞話》中所說：「蓋文體通行既久，染指遂多，自成習套。豪傑之士，亦難於其中自出新意，故遁而作他體，以自解脫。」如果李白的〈菩薩蠻・平林漠漠烟如織〉、〈憶秦娥・簫聲咽〉可確證不是偽作的話，那麼，唐詩極盛之時，一種新的詩歌文體──詞，就已經出現了。陸游在《花間集》〈跋〉中說，自唐「大中以後詩衰而倚聲作」。「大中」為唐懿宗李漼年號（860-874），這就是說，詞到晚唐才真正的興盛起來。本是來自西域、起於民間的詞，歷晚唐、五代而至兩宋，在專業的詞家手裡，又造就了中國詩歌發展史上一座新的高峰。南宋衰亡之後，來自中國北方的蒙古、女真、契丹等少數民族進入中原，他們在馬上彈奏的民間謠曲與燕趙之野的慷慨悲歌相結合，給詩壇帶來了新聲，日趨典雅的詞的體式不能使之就範，因為「所用胡樂嘈雜、淒緊、緩急之間，詞不能按」，於是「乃更為新聲以媚之」。（王世貞〈曲藻序〉）這個「新聲」便是「散曲」。「散曲」（又分套曲、小令兩種體裁）一方面作為一種獨立的新詩體，另一方面又作為戲曲一個重要的組成部分（元代雜劇除了道白，其餘便是「套曲」），它成為元代文學一個重要的標誌。詞、曲相繼加入中國古典詩歌文體發展序列，作為新的詩歌文體的理論，也就應運而生了。

詞、曲文體理論，基本上是以詩論為母體而派生，但是，因詞、曲較之詩，形式有別，更重要的是詞、曲另有源頭，可以俐落地擺脫傳統詩教的束縛，所以詞論與曲論更注重於「緣情」說的發揮，在審美趣味方面有崇尚「純情」的傾向，南宋張炎說：「簸弄風月，陶寫性情，詞婉於詩。」（《詞源》〈賦情〉）詞、曲能表現詩不便於或不屑於表達的感情，它們可以淋漓盡致地寫男女之情，以至「里巷荒淫之語，肆意落筆」（王灼《碧雞漫志》語）。詞、曲理論的繁榮在明清兩代，大量的詞話、曲品等專著出現了，其中又以詞話為最（散曲已多與戲曲結合附於戲曲理論之中）。清代康、乾、嘉以後，詞壇出現浙西、陽羨、常州三大詞派，於是詞學理論日盛。由於詞重在「緣情」寫情而表現詞人的心境，所以詞論家對詩學中的「境界」理論作了更深入細緻的探究。當時的戲劇、小說理論也接受了「境界」說，但因其敘事的性質，著重論述的是「境界」向外的拓展；詞與之相反，它致力於「境界」的向內深化。浙西詞派朱彝尊等人提倡的「清空醇雅」，常州詞派周濟等人提出的「有寄托入，無寄托出」，以及況周頤崇尚的「靜穆」，陳廷焯標舉的「沉鬱」等等，都是由「情」而「境」的深入。王國維對詩歌「境界」理論的最後完善，便是以「詞境」為其立論的基點，《人間詞話》特別指出「喜怒哀樂，亦人心中之一境界」，說「詞家多以景寓情」，有「專作情語而絕妙者」。又作「有我之境」、「無我之境」的揭示，「寫境」與「造境」的分別……

這中國詩學史上最後一部詞話，集詞學理論之大成，給傳統詩學中的境界理論畫了一個完整的句號。

詩歌的流派理論始發於宋代江西詩派，繼之有南宋的「四靈」、「江湖」，明代的「前七子」、「後七子」、「公安」、「竟陵」，清代的詩派更多，但以「神韻」、「格調」、「肌理」、「性靈」四派影響最大，理論建樹頗多。在這裡，我不能一一敘述各流派的理論特徵，那將是另一本專著的任務。我只能概括地說：自嚴羽之後出現的各種流派理論，又大致分為兩大陣營，一個陣營是以復興、重振儒家詩教為宗旨，一個陣營是繼續闡述、發揮司空圖、嚴羽等人拓展的詩的美學取向。這種陣營性的分野在明、清兩代最為豁目。有不少詩論家未入流派，可是他們的理論觀點、總的趨向是明朗的，此中還有一個鮮明的標誌，那就是對嚴羽詩論的好、惡。

自嚴羽的「驚世絕俗之談」傳播開來，堅持正統儒家立場的文人學士，感到儒家詩教的地位已岌岌可危，於是奮起反駁嚴羽。明末清初的錢謙益、馮班等人（世稱他們為「虞山」派）反對最力，錢說嚴羽詩論是「翳熱之病耳」，受嚴羽詩論影響的明代前後七子的詩都是「偽體」；馮班則專著〈嚴氏糾謬〉（列《鈍吟雜錄》一書中），批駁《滄浪詩話》，重申詩須有關政教風化的陳腐觀點，特別痛惡嚴羽「不落言筌，不涉理路」之說，謂「詩者，諷刺之言也」，「安得有不落言筌者乎？」；詩者「思無邪」，「安得不失理路乎？」他力斥明七子和公安派、竟陵派「學不通經」，其詩「譬如偶人芻狗徒有形象耳」。王夫之、葉燮等詩論家，他們也都以復興儒家詩教為己任，言詞之間不時反對嚴羽（如葉燮《原詩》中說「羽之言，何其謬戾而意且矛盾也？」），但他們的詩論中又悄悄地接受（或說是暗合）司空圖、嚴羽等人部分詩歌美學觀。王夫之關於「情」、「景」等詩藝特徵的論述，與嚴羽的「興趣」說有相通之處。葉燮的《原詩》以詩人主體的「才」、「識」、「膽」、「力」相對應的「理」、「事」、「情」之關係，實質上是企圖重構儒家的詩論體系，他力求功利與審美的統一；其中所謂「詩之至處，妙在含蓄無垠，思致微渺……引人於冥漠恍忽之境，所以為至也」，實即嚴羽「詩而入神，至矣，盡矣」的另一種說法。他的學生沈德潛創「格調」說，論詩以李白、杜甫格調為宗，又實通於嚴羽的「既筆力雄壯，又氣象渾厚」諸論。還有一個翁方綱創「肌理」說，提出「為學必以考證為準，為詩必以肌理為準」，所謂「肌理」，是合乎儒家道統的「義理」與合乎儒家文統的「文理」的統一，但是翁方綱也想給「肌理」披一件「神韻」的外衣，說「盛唐之杜甫，詩教之繩矩也，而未嘗言及神韻。至司空圖、嚴羽之徒，乃標舉其概」，又說「神韻者，徹上徹下，無所不該。其所『羚羊掛角，無跡可求』，其謂『鏡花水月，空中之象』，亦皆即此神韻之正旨也」，由此，強說他的「肌理亦即神韻」（〈神韻論〉）。這個陣營的詩論家們明白，固守〈詩大序〉的立場，儒家詩教已不能與重詩美本質實現的詩論相抗衡，因此他們把嚴羽等的新說略加改造，納入他們的「詩教繩矩」之中。

另一個陣營的詩論家則毫不掩飾他們對司空圖、嚴羽之論的欣賞和吸取，於詩歌美學本質的實現表現了執著的追求。明代著名詩論家胡應麟說：「漢唐以後談詩者，吾於宋嚴羽卿得一悟字，於明李獻吉得一法字，皆千古詞場大關鍵。」（《詩藪》內篇卷五）此所說李獻吉者，即明代前七子領導人之一的李夢陽，前七子的創作綱領是「文必秦漢，詩必盛唐」，其復古主義傾向實不足取，但他們看透了「宋人主理」的毛病，以嚴羽「不作開元天寶以下人物」和反對「以議論為詩」的主張為同調。李夢陽還說：「夫詩有七難：格古、調逸、氣舒、句渾、音圓、思沖，情以發之。七者備而後詩昌也，然非色弗神，宋人遺茲矣。」（〈潛糺山人記〉）與《滄浪詩話》所云「詩之品有九」等說有明顯的淵源關係，所謂「非色弗神」亦是對「本色」的強調，如嚴羽所強調過的「須是本色，須是當行」。清代王士禛所創

「神韻」說，袁枚所創「性靈」說，都以詩美為主要追求。王士禎說嚴羽「以禪論詩，余深契其說」；他的「神韻」美是「以清遠為尚」，上承司空圖「近而不浮，遠而不盡」，中繼嚴羽「羚羊掛角，無跡可求」，近接胡應麟「惟以神韻為主，使句格可傳，乃為上乘」，因此，在清代詩壇，他的詩風神獨絕，自成一格。袁枚的「性靈」說，建立在「惟在興趣」的基礎上，他反對沈德潛的「格調」說，說「格調是空架子，有腔口易描；風趣專寫性靈，非天才不辨……有性情便有格律，格律不在性情外。」（《隨園詩話》卷三）他論詩直承司空圖《詩品》，但「惜其只標妙境未寫苦心」，而有《續詩品》之作，其中〈神悟〉品云：「鳥啼花落，皆與神通。人不能悟，付之飄風。惟我詩人，眾妙扶智。但見性情，不著文字。……」由此可見他「性靈」說的底蘊。他論到嚴羽「借禪喻詩，所謂羚羊掛角，香象渡河，有神韻可味，無跡象可尋」時說：「此說甚是。然不過詩中之一格耳。阮亭奉為至論，馮鈍笑為謬談，皆非知詩者。詩不必首首如是，亦不可不知此種境界……總在相題行事，能放能收，方稱作手。」（《隨園詩話》卷八）也是開通之論。詩的審美取向應該多元，而不求惟一，「詩而入神」是詩之極至，按現代美學原理評量，也是最高的審美境介，作為詩人「不可不知此種境界」，但在創作實踐中則可遇不可求，一味窮求，反是「梏其性靈」了。

中國詩學的歷史發展，最後以文體理論和流派理論為其終結，這是與詩歌創作發展的狀況相對應的。中國封建社會經漢、唐之後由盛而衰（清代之「乾嘉盛世」是短暫的迴光返照），氣數已盡，作為對時代氛圍感應最敏銳的詩歌，不可能再有新的崛起，這樣，其詩學理論也只能補隙填缺而已。真正具有首創性、開拓性的新論，必須進入一個新的時代，期於詩歌的文體有一次更徹底的革命，期於集時代、社會、個人各種有利於詩歌的要素，掀起又一次詩的造山運動！

二　中國詩學的哲學基礎

詩學，無論中外，都是哲學的一個分支——美學的一種特殊的形態，它一方面與歷代詩人的創作實踐有密切的聯繫，是詩人們創作經驗的歸納、總結和昇華；另一方面，它又與哲學氣脈相通，受著每個時代哲學思潮的鼓動或制約。詩學的理論深淺，往往表現其哲學底蘊的厚薄。中國最早的詩歌批評，只有哲學家和政治家對於「《詩》三百」哲學的、倫理的和道德的批評；儒、道、墨、法、名、陰陽諸學派中，只有儒家特別關心詩。因此，孔子、荀子和漢儒的詩歌批評，便最先充當了中國詩學的哲學基礎。道家哲學，由於莊子創造性的發揮，最早從個人心靈體驗的角度闡述了「道」與「藝」的關係，適應於析照「本於心」的詩、音樂、舞蹈、繪畫的創作心理現象：漢代的《淮南子》一書中，便出現了主要是以道家哲學（也間或雜糅儒家之說）為基礎的藝術批評。到了魏晉南北朝，具有自覺審美意識的文學藝術家，開始注重汲取道家著作中那些富於美學內涵的哲學觀念，於是道家哲學也正式加入了中國詩學的哲學基礎。與此同時，又有印度佛教的傳入和魏晉玄學的產生，玄學就其實質而言，應是道家哲學一種新的表現形態（玄學的領袖人物王弼就「陽崇孔氏，陰相老、莊」），而佛學在東晉以後也呈現與「道」合流的趨向。它們的出現，可以說是強化了道家哲學對儒家哲學的抗衡力量，沒有改變中國哲學史上儒、道雙峰並峙的大格局。當然，來自域外的佛家哲學與唐代開始發展起來的中國禪宗哲學，對於中國詩學的美學思想有非常獨特的、廣而深的影響，但也不可能改變儒、道兩家哲學早已作為詩學、乃至所有文學藝術理論的哲學基礎這一既成事實。

儒、道兩家哲學思想內涵相當豐富，成分也十分複雜（有關政治權術的、道德倫理的等等），直接影響中國詩學的形成並成為其堅實基石的是什麼呢？概而言之：儒家的「人道」精神，道家的宇宙意識。

「道」是中國古代哲學一個最高的觀念範疇，《易傳》〈說卦〉對「道」作了一個概括性說明：

> 昔者聖人之作《易》也，將以順性命之理，是以立天之道曰陰與陽，立地之道曰柔與剛，立人之道曰仁與義。

《易傳》是戰國時代的無名哲學家們一部集體著作，雖然歷來作為儒家經典之一，但它的思想有著儒、道互補的傾向，這裡將「道」一分為三，便是一種「兼顧」的表現。在老子和孔子的理論表述中，於「道」各有偏重。老子說「人法地，地法天，天法道，道法自然」（《老子》二十五章），「道」的最高範疇是自然之道。孔子承認「天道」的存在，說過「唯天為大，唯堯則之」（《論語》〈泰伯〉）的話，意即堯是遵循天道行事的，所以「其有成功也」，但孔子極少言「天道」的具體內容，他的學生曾說：「夫子言性與天道，不可得而聞也。」孔子的「天道」觀並不著眼於「自然」，而只注意其對人的行為影響和示範作用，「天道」觀轉化成「天命」觀，是「人道」的參照系或乾脆說是「人道」之本，所謂「天命之謂性，率性之謂道，修道之謂教」（《中庸》第一章）是也。由此可說：道家的宇宙意識和儒家的「人道」精神，是他們對於「道」不同層次的體悟和把握而各自作出不同的理論演繹。

儒家的「人道」精神可換言為「仁」道精神。「仁」是儒家「人道」學說的核心。這「仁」道，具體地說又由兩個方面合成，一是個人修養之道，二是治理天下之道。何謂「仁」？孔子有過多種解釋：或說「仁者愛人」，或說「忠恕」為仁，或說「己所不欲，勿施於人」為仁。最重要的解釋也許就是答覆他最得意的學生「顏淵問仁」：「克己復禮為仁，一日克己復禮，天下歸仁焉。」（以上均見

《論語》〈顏淵〉等篇）由此可見孔子的「仁」道又有一個完整的外在結構，那就是由己及人，由個人推及社會、國家、天下。「仁」是孔子理想中的人格美和社會美的集中表現。

先說人格美。孔子曾表揚子產「有君子之道四焉」：「其行己也恭，其事上也敬，其養民也惠，其使民也義。」（《論語》〈公冶長〉）當子張「問仁」於孔子，孔子又說：「能行五者於天下為仁。……恭、寬、信、敏、惠。恭則不侮，寬則得眾，信則人任焉，敏則有功，惠則足以使人。」（〈陽貨〉）他向兩個學生實際上談了七種個人品格和道德觀念，即「恭」、「敬」、「惠」、「義」、「寬」、「信」、「敏」。根據孔子自己解釋，只有「恭」是強調個人獨立人格的建立，行於「己」而使自己立於不為他人所侮的地位；其餘六種都是處理社會人際關係的自我行為法則。曾參以「忠恕」二字概括孔子由「仁」派生的「君子之道」的整體意義：「己欲立而立人，己欲達而達人。」這就表明，人格修養在儒家那裡不僅僅是個人的自我完善，而是為教育、完善他人，為治理社會、國家作好道德和精神的準備。這種人格的修養，在孔子的後學那裡，更具體地落實到人情與人性的修養，相傳為孔子的孫子子思所著的《中庸》裡，人情至善的準則被確定為「中和」，人性至高的境界被界定「誠」。何謂「中和」？

> 喜怒哀樂之未發謂之中，發而皆中節謂之和。中也者，天下之大本也；和也者，天下之達道也。致中和，天地位焉，萬物有焉。（《中庸》一章）

子思將人之感情「中和」之狀上升到與「天道」相適的境界，孔子曾評「《詩》三百……思無邪」、「〈關睢〉樂而不淫，哀而不傷」，是為子思言人情「中和」之所本。人能自覺地節制自己喜怒哀樂之情，不過分，不出格，不偏不倚，就能上達人性之「誠」的修養。所謂

「誠」，就是「實而不虛」：「誠者，物之終始，不誠無物。」在子思心目中，「誠」是客觀事物的本性，人性與物性在本質上是一致的：

> 唯天下至誠，為能盡其性。能盡其性，則能盡人之性；能盡人之性，則能盡物之性，則可以贊天地之化育；可以贊天地之化育，則可以與天地參矣。（《中庸》二十二章）

「中和」與「至誠」，是「忠恕」之道的主體表現，是人適應外界環境一種最好的精神態勢，因而可以「與天地參」。子思還推導出：天地間萬事萬物因此而生生不息，以至「悠遠」，「悠遠則博厚，博厚則高明」，又說：「博厚配地，高明配天，悠久無疆，如此者，不見而章，不動而變，無為而成。」這樣，人格之美就完善了，子思對這種崇高、博大的人格美作了生動的描述：

> 唯天下至聖，為能聰明睿知，足以有臨也；寬裕溫柔，足以有容也；發強剛毅，足以有執也；齊莊中正，足以有敬也；文理密察，足以有別也。溥博淵泉，而時出之。

「至聖」是可以「配天」的人格，是孔子理想中的人格美最富想像力的發揮和模擬。

再說社會美。由於人格美觀念的展開，儒家社會道德觀念的審美意義和取向隨之也展開了。孔子有一個很堅定的信念：人是可以按自己的面貌改造社會的，這就是「人能弘道」。仁者可使「天下歸仁」。子張問孔子，「何如斯可以從政矣？」孔子答道：「尊五美，屏四惡，可以從政矣。」他對於五美的解釋是：「君子惠而不費，勞而不怨，欲而不貪，泰而不驕，威而不猛。……因民之所利而利之，斯不亦惠而不費乎？擇可勞而勞之，又誰怨？欲仁而得仁，又焉貪？君子無眾寡，無小大，無敢慢，斯不亦泰而不驕乎？君子正其衣冠，儼然人望而畏之，斯不亦威而不猛乎？」(《論語》〈堯曰〉) 這「五美」又是推己及人，推個人而及社會，使全社會得以「禮治」，施行「仁政」。據《中庸》記載，魯哀公「問政」於孔子，孔子回答他：「文武之政，布在方策，其人存，則其政舉；其人亡，則其政息。人道敏政，地道敏樹。」孔子治國，頗有人本主義思想，他的「人道」精神，其實質是以「人」為出發點和歸宿，「為政在人，取人以身，修身以道，修道以仁」(《中庸》二十章)，施仁義於人，使整個社會安定，上下親密無間，「老者安之，朋友信之，少者懷之」，「四海之內，皆兄弟也。」[4]這些雖然不是孔子理想社會美的全部內容，但至少是與他的理想人格緊密相依的。

從我們對儒家「人道」精神的泛泛領略，便可窺見儒家對於詩歌評論的哲學依據。「溫柔敦厚，詩教也。」(《禮記》〈經解〉) 原來就發自他們人性、人情修養的基本要求，是「中和」的審美表現，是「誠」的情感範圍，是君子必有的「寬裕溫柔」之容，是與「博厚」、「高明」、「悠久」的天地「共參」的人的最完善的精神態勢。推己及人，由個人而社會的「仁」道觀，也決定了儒家詩歌批評的功利主義性質。推行仁政是孔子一生孜孜以求、代代儒家仁人志士全力以赴的大事業，於是，他們把自己所學所思、所言所作都與這理想中的大事業聯繫起來：「志於道，據於德，依於仁，游於藝。」(《論語》〈述而〉) 學《詩》是「藝」的內容之一，自然要納入「從政」、「達政」的大事業，「不學詩，無以言」、「誦《詩》三百，授之以政，不達；使於四方，不能專對；雖多，亦奚以為。」乃至《詩》可以「興」、「觀」、「群」、「怨」，都與政治活動有關。《詩》成為「邇之事父，遠之事君」必不可少的一種學問，一種巧妙的工具。從對文獻

4　均見於《論語》〈公冶長〉等篇。

《詩》的接受到後來詩作為一種文體進行創作，實用的、功利的目標就被貫穿並確定下來了，「上以風化下，下以風刺上，主文而譎諫」寫進了〈詩大序〉。

如果說，儒家的「人道」精神是力求人與社會協調一致的話，那麼道家的「宇宙」意識則是向往人的心靈世界——內宇宙，與「往古來今、四方上下」的物質世界——外宇宙，內外默契，豁然貫通。道家宇宙意識源自他們對物質世界的宏觀把握，道家學派的創始人老聃以自然之道為最高層次的「道」，他對此「道」的描述，幾乎可說又是對宇宙生成原因的追索：

> 有物混成，先天地生，寂兮寥兮，獨立而不改，周行而不殆，可以為天下母。吾不知其名，字之曰道，強為之名曰大。大曰逝，逝曰遠，遠曰返。……人法地，地法天，天法道，道法自然。(《老子》二十五章)

這種「道」，廣大而彌散，充盈於宇宙空間，它似乎有物質屬性卻又是非物質性的存在，因此對它不可能進行人為的規範。老子有時也把自然之道稱為「天道」，也承認另有「人道」，但當「人道」滲進了社會性的內容，這「人道」就不再與「天道」一致而是對立的了：「天之道損有餘而補不足，人之道則不然，損不足以奉有餘。」(七十七章)所以老子對儒家所倡導的「人道」非常反感，乃至說「大道廢，有仁義」(十八章)。我們要特別注意老子所描述的「道」之「大」及其運行的「逝」、「遠」、「返」。「大」是他用來形容「道」的無限性的一個常見語詞；因為這「道」為無限大，便可無所不往，往而遠，遠而後又返回，就是說，這「道」作著圓圈式的循環運動。這循環運動是無形無跡的，人怎樣能感覺得到呢？那就只能憑自己的內心體驗，憑自己的精神感覺，所以老子對人能體道的心理狀況是要求「虛其心」,「心善淵」。心之「虛」主要是強調心中無世俗之欲,無任何先入為主的功名利祿欲念橫亘於胸,就能潛心體悟「道」之玄妙:「致虛極,守靜篤,萬物並作,吾以觀復。」(十六章)由此,老子又提出一個與「大」對應的觀念——「小」:「常無欲,可名於小;萬物歸焉而不知主,可名於大。」(三十四章)虛靜無欲,應是指人的一種特殊的心理狀態,所以,此所謂「小」,就是指與「道」運行的物質空間(大)相對應的人的心理空間。老子已隱約提出了一個外宇宙與內宇宙、大宇宙與小宇宙相對存在的觀念。

發揮這一觀念並深入闡述內、外宇宙聯繫的是莊周和宋鈃、尹文等後來的道家學者。《莊子》〈讓王〉篇記敘了堯以天下讓於善卷,善卷不肯接受,並說:

> 余立於宇宙之中。……日出而作,日入而息,逍遙於天地之間,而心意自得。吾何以為天下哉!

莊子對「宇宙」的解釋是:「有實而無乎處者,宇也;有長而無本剽者,宙也。」(〈庚桑楚〉)前者是從空間言:有實際的存在而沒有一定的限界,無限大而又無處不在;後者是就時間而言:源遠流長不分首尾,無有始末,無限長久地存在又無時不在。善卷立身於這無限的空間、時間之中不覺得自己渺小,因為他心與萬物通而消弭了一切矛盾,所以他不願就任「治天下」之職。莊子在〈庚桑楚〉中還描述了內、外宇宙豁然貫通的妙趣:

> 宇泰定者,發乎天光。發乎天光者,人見其人,物見其物。人有修者,乃今有恒。有恒者,人舍之,天助之。人之所舍,謂之天民;天之所助,謂之天子。

天地間十分寧靜，就能清朗光明；人能修其心至十分寧靜的境界，就能與清朗光明的外宇宙融為一體。莊子對於內、外宇宙的溝通有很多出色的論述，〈人間世〉篇提出了一個「心齋」說：「若一志，無聽之以耳而聽之以心；無聽之以心而聽之以氣。聽止於耳，心止於符。氣也者，虛而待物者也。唯道集虛。虛者，心齋也。」〈天地〉篇裡，莊子稱頌能溝通內、外宇宙之人為「王德之人」，他「立之本原而知通於神」，他「視乎冥冥，聽呼無聲。冥冥之中，獨見曉焉；無聲之中，獨聞和焉。故深之又深而能物焉；神之又神而能精焉。」莊子在這裡所崇尚的「內視」、「內聽」，近似於德國古典哲學家黑格爾所標舉的「內心觀照」，這是人內在的精神世界與外在客觀世界融通契合的特殊渠道。

宋鈃、尹文在〈心術上〉、〈內業〉兩篇中，專以「道」與「心」兩端，闡述其相互作用而臻至內、外宇宙的貫通，〈心術〉篇是由「道」之「心」：

> 道在天地之間也，其大無外，其小無內，故曰「不遠而難極也」。虛之與人也無間，唯聖人得虛道。……人之所職者精也，去欲則寡，寡則靜矣。靜則精，精則獨立矣；獨則明，明則神矣。

「內業」篇則是由「心」之「道」：

> 凡人之生也，必以其歡。憂則失紀，怒則失端。憂悲喜怒，道乃無處。愛欲靜之，遇亂正之。勿引勿推，福將自歸。彼道自來，可藉與謀。靜則得之，躁則失之。靈氣在心，一來一逝，其細無內，其大無外。所以失之，以躁為害；心能執靜，道將自定。

他們反覆強調「心」的虛靜，是承老子「致虛極，守靜篤」之理，說「道」是「其大無外，其小無內」，又說「心」也是「其細無內，其大無外」，那就內與外兩個宇宙可以重合了。這種內、外宇宙的表述頗具辯證法的意味，「道」為大，可是大中有小，小亦無限；「心」為小，可是小中有大，其大亦無限。大與小只是相對而言，無限則是絕對的。《莊子》〈天地〉篇引當時另一位哲學家惠施的話說：「至大無外，謂之大一；至小無內，謂之小一。」「一」，本是「道」的別名，「道」即宇宙本體，此話即可釋為「至大無外」為大宇宙，「至小無內」為小宇宙，擬之於人之心與無限大的物質世界，小而無限的「小一」是內宇宙，大而無限的「大一」就是外宇宙了。

道家的宇宙意識，展示了人認識物質世界的無限性，與此同時，也發現了人的精神世界的無限性，這對於從事精神勞動的學者與文學藝術家，是一片神秘新大陸的發現。中國詩學中的「境界」理論，在從佛家哲學直接引進之前，在道家的學說中已實際上存在了。《淮南子》〈修務訓〉篇中提出的「游心」說：「君子有能精搖摩監，砥礪其才，自試神明，覽物之博，通物之壅，觀始卒之端，見無外之境。」可說是詩的境界理論的雛型。至魏晉南北朝，陸機〈文賦〉中說文章構思之始「精騖八極，心游萬仞」，劉勰《文心雕龍》〈神思〉說「文之思也，其神遠矣。故寂然凝慮，思接千載；悄然動容，視通萬里……故思理為妙，神與物游」，不就是精神世界與物質世界的空間和時間同時展開嗎？不就是內宇宙與外宇宙悠然默契、豁然貫通嗎？

儒家的「人道」精神作為中國詩學的哲學基礎之一，其主要影響在於對詩濟世化人等方面的價值和功用的實現；道家的宇宙意識作為中國詩學的哲學基礎之一，其主要作用則在於對詩人審美體驗的深化和詩的審美境界的開拓昭示了無限光輝的前景。這就是說，前者作用於外，後者作用於內，二者之間也有一個內、外協調一致、豁然貫通的問題。中國的詩歌創作與詩學理論始終於兩者之間作著綜合性的審美選擇，將不同性質的詩歌觀念組成一個大一統的體系，說明儒、道合成的哲學基礎始終在共同發揮潛在的又是強有力的影響。

佛教自東漢傳入中國，到東晉時期才有中國自己的佛學理論。佛學在中國的發展，從一個側面強化了道家哲學的影響。東晉著名佛學家慧遠在〈與隱士劉逸民等書〉中，談到他的思想由儒而道，由道而佛的變化時說：

> 每尋疇昔，游心世典，以為當年之華苑也。及見《老》、《莊》，便悟名教是應變之虛談耳。以今而觀，則知沉冥之趣，豈得不以佛理為先？（《全晉文》卷一百六十一）

他認為儒、墨、法等治世之經典，不過是些應付世事變化的空談，道家學說有「沉冥之趣」，但在佛理中早就有了，佛家哲學的「沉冥之趣」又勝於《老》、《莊》。其實，佛家的「沉冥之趣」是徹底地否定身外客觀世界而特別突出主觀精神的「冥移之功」，他們主張徹底地超感覺、超名相、反理性乃至超語言，超文字。相傳佛教創始者釋迦牟尼在靈山會上說法，手中拿一朵花，面向聽眾，一語不發，這時大家面面相覷，惟有摩訶迦葉發出會心的微笑，於是釋迦牟尼說：「吾有正法眼藏，涅槃妙心，實相無相，微妙法門，不立文字，教外別傳，付囑摩訶迦葉。」以後，禪宗又把這句話簡化為：「教外別傳，不立文字；直指人心，見性成佛。」佛、禪不強調對客觀世界的把握，只強調一種內心的直覺（不是「直觀」），對唐代詩境說形成有直接影響的「唯識宗」（我在〈創境〉篇將作重點介紹），便是宣揚、論證物質世界是虛幻的，沒有任何獨立存在的客觀實在，惟有「心識」是真實的。後來，禪宗緣此說，南宗六祖慧能為眾徒說「摩訶般若波羅蜜法」有云：

> 何名摩訶？摩訶是大。心量廣大，猶如虛空，無有邊畔，亦無方圓大小，亦非青黃赤白，亦無上下長短，亦無嗔無喜，無是無非，無善無惡，無有頭尾。

此對「心量廣大」的描述，就是佛家「內宇宙」觀念的展示，佛、禪還有一個駕馭「心」之上的東西，那就是「性」:「心是地，性是王，王居心地上。性在王在，性去王無。性在身心存，性去身心壞。佛向性中作，莫向身外求。」心要「虛空」，先求性的虛空，虛空「能含萬物色象」；自性空，就是從根本上銷去人性中所含的一切欲念，即使見「一切人惡之與善，盡皆不取不捨，亦不染著」，而心中的一切智慧「皆從自性而生，不從外入」。這樣，就能真正地實現「心量廣大，遍周法界」[5]。

將佛、禪與道的內宇宙意識加以比較，很明顯，前者只重視內宇宙的展開，置外宇宙於不顧，「沉冥之趣」的境界也就是心境。後者則是強調內宇宙與外宇宙同時展開，內宇宙的展開只是為了接受、映射外宇宙的光輝，其「心意自得」的境界，主要是體悟到了或進入了「道」的境界:「見無外之境，以逍遙彷徉於塵埃之外，超然獨立，卓然離世。」如果說，道家以「道」為最高境界有著客觀唯心主義傾向的話，那麼，佛、禪以「自性」、「自心」的「虛空」為境界本體，應該屬於徹底的主觀唯心主義；但佛、禪強調了境界的主體性質和主觀意識，則於從事創造性精神勞動的人們具有一定的啟示意義。於是，詩歌理論家接受兩家的宇宙意識時，又須來一次協調、融通、契合。中唐詩論家釋皎然立於佛家位置進行協調，晚唐詩論家司空圖立於道家領地與之融通，唐代著名詩人王昌齡、劉禹錫和南宋詩論家嚴羽則是從詩的本體立場實現和最後完成二者的契合。

---

5 以上引文，分別見《六祖大師法寶壇經》、《般若品》第三，《決疑品》第四。

三　中國詩學的體系結構

關於中國詩學體系結構，我曾以一篇題為〈中國古代詩歌理論的一個輪廓〉的論文[6]進行一次粗略的探討。在該文的「導言」的開頭一段，我對中國詩歌理論自為的存在狀況表達了這樣一種看法：「中國古代有豐富多彩的詩歌，也有豐富精深的詩歌理論，詩歌理論伴隨詩歌創作的發展而發展。歷代的詩歌理論家，對於歷代詩歌種種審美特徵有過很多的論述，既深且廣地評述了種種詩歌現象，品評了各個歷史時期不同流派、不同風格的詩人，對於詩歌創作發展的軌跡（尤其是詩體變遷的軌跡）有較明確的認識。但是，對於詩歌理論本身是如何發展的，它有沒有形成一個理論體系，它的審美認識和審美理想是怎樣積聚和昇華的……這一切，還沒有一位理論家作過較為明確的闡述。」在寫此文之前，可說是從六〇年代我在大學學習時開始，二十年間，幾乎讀遍了我所能找到的各種中國古代詩歌理論著作（大量的是詩話和詞話），和現、當代學者研究古代詩歌及其理論的專著和單篇論文，並且做了數量相當可觀的札記和卡片。當我在十多年後將那些卡片進行分類時，忽然間有所發現，有所悟，進而有所思考：

> 歷覽前朝後代詩歌論著，我們會發現五個復現率很高的審美觀念，這就是：志、情、形、境、神，它們是中國古代詩論中五根重要的支柱。我們追蹤一下這五個重要的審美觀念的來龍去脈，探索一下它們豐富的內涵，理清一下它們相互間內在和外在的聯繫，就會進一步發現：中國自有詩以來，詩歌理論對詩歌創作實踐的抽象表述是：發端於「志」，演進於「情」與

6　陳良運：〈中國古代詩歌理論的一個輪廓〉，《文學遺產》1985年第1期，頁1-11。

> 「形」，完成於「境」，提高於「神」。這是否就是中國古代詩歌理論體系的美學結構？

這是寫在那篇「導言」中作為「題解」的一段文字，全文也就按「發端」、「演進」、「完成」、「提高」的順序展開了一個「輪廓」的描述。由於論文篇幅的限制，對這五個重要審美觀念的發生、發展的原因及其相互間的聯繫不可能進行充分的探討，因而使這「輪廓」還只是作平面的、線條式的展開，未能進行有不同側面、不同層次組合的立體建構。現在，我需要特別強調的是：這五個復現率很高的審美觀念，發生的時間雖然有先有後（「神」的觀念發生很早，但進入詩論較晚），但它們之間的組合，主要不是歷時性的聯結，而是不斷進行中的共時性建構。用一個比喻性的說法是：它們不是互相聯結跨越逝水的卧波長橋，而是一幢歷時漫長、歷代詩人詩論家共同添磚加瓦以至不斷升高、擴展，不斷完善的大廈。

我們當然承認，各種文學藝術現象的發生，與此相應的審美觀念的昇華，都與時代的變化有著密切的關係，即與這個時代的統治階級思想、社會政治、經濟狀況息息相關。但是當它們成為一種審美現象、審美意識在歷史上留存下來，滲透其中的政治、思想等具有強烈時代特點的東西，因時過境遷而逐漸化解，它們反是獲得了超越時代的功能，按照文學藝術自身的發展規律，回歸本體而被納入發展序列之中，由繁而簡，由粗而精，由表及裡，由此及彼，而後促成其他審美觀念的新生或發育。作為中國詩學發端的「言志」說便是此種典型之例，荀子和漢儒們的「言志」說有著沉重的政教內涵，反映了先秦的理性精神和漢代「獨尊儒術」的時代特點，但他們改變不了「言志」是重在表現內心這一基本框架；到了魏晉南北朝，如前所述，「言志」說向「緣情」說經歷了一次轉型，荀子和漢儒賦予「言志」的政教內涵就被逐漸化解，但在轉型中「志」並沒有消失，作為詩人的主觀因素而與氣、才、情、性共處，成為「無指向」的「我向思維」中一種潛在的、隱蔽的傾向性。這樣，「志」就沒有成為一種僵化理念，而像一條動脈貫穿於歷代詩歌肌體之中。從這個意義上說，「言志」在中國詩學體系中是一個必然的、合理的存在，它有「發端」之功，又促成了「緣情」、「意境」等審美觀念的發育和成熟。

馬克思在他的《政治經濟學批判》〈導言〉中提出了這樣一個觀點：「關於藝術，大家知道，它的一定的繁盛時期決不是同社會的一般發展成比例的，因而也決不是同彷彿是社會組織的骨骼的物質基礎的一般發展成比例的。」不但物質生產與藝術生產之間常常存在「不平衡關係」，而且「在藝術本身的領域內部的不同藝術種類的關係中」其發展也是「不平衡」的[7]。馬克思這一觀點，是根據他曾經多次闡明的經濟基礎決定上層建築，但是上層建築又可反作用於經濟基礎的歷史唯物主義一般原理而提出來的。藝術生產作為人的精神生產，與物質生產有著迥異的性質、特點、意義和作用，一般地說，也使它們之間難以構成諧和的「比例」關係。我們持此觀點去思考，對於動亂頻仍的魏晉南北朝反能推進中國詩學體系基礎工程的建設，走上了封建社會下坡路的南宋倒有中國詩歌理論體系的美學結構最後完成，就不會大惑不解了。人的精神能量往往有後於物質能量並高於物質能量的發揮，理論又是實踐經驗的總結和昇華。從人的精神發展歷程去深入考察，我想，還可以得到更加令人滿意的回答。

前已強調：中國詩學體系是一個「不斷進行中的共時性建構」，決定成為共時性建構的根本原因是：不同歷史時代的人們都在要求各種詩歌觀念能在本時代發生「共時效應」，即能有效地指導同時代詩人的創作。我在一篇題為〈論古代文論的當代接受〉[8]的文章裡對「共時效應」作過如下表述：

---

7 《馬克思恩格斯選集》第2卷，頁112-113。

8 陳良運：〈論古代文論的當代接受〉，《文藝理論研究》1989年第5期，頁70-77。

> 考察歷代的「共時效應」，可歸納為兩種類型。一種是為統治者意志所制約，即某種文學理論為統治階級所提倡，以它所影響和指導文學創作符合社會政治的需要，符合統治階級利益的需要，此為「他選擇」型的「共時效應」。另一種是按文學創作自身規律的發展，作家在自己創作中能夠發揮自由意志和創造精神，對傳統的東西有繼承、有創新；理論家對於前人所留下的大量材料，結合當代作家自由創作的實踐經驗，實行最優化選擇，推導出本時代最近的理論成果。理論推動了創作，新的創作經驗昇華又豐富了理論，此可稱為「共時效應」的「自選擇」。當然「他選擇」與「自選擇」有時會表現一致，有時又會截然不同。總的說來，中國古代詩論經常是「自選擇」占優勢，散文理論則常受「他選擇」的控制。

對於中國古代「在藝術本身的領域內部的不同藝術種類的關係」，即詩歌理論與散文理論發展的「不平衡」關係，或許可作如此認識。詩歌理論在每個時代裡，有幸在比較寬廣的範圍內、根據詩歌文體的審美特徵，遵循詩歌藝術發展的規律而對「共時效應」作出「自選擇」，這就使它不像散文理論那樣不時受到「明道」、「貫通」、「載道」一類非文學觀念的干擾（韓愈、柳宗元對「古文」與詩的不同要求是一個明顯的例證），使它的體系結構有一個合乎「美的規律」的程序：發端於「志」，重在表現內心；演進於「情」與「象」，注意了「感性顯現」；「境界」說出現和「神」的加入，使表現內心與感性顯現都向高層次、高水平發展。雖然有這個程序，實質上後一個部分與前一個部分都有著深刻的內在聯繫，是融合不是否定、排斥前者，於是整個體系的內部始終處於相對穩定的狀態，又相輔相成地向前發展而臻至完善。

以今天的眼光來看，中國詩學體系的美學結構，包蘊了一部內在的、質的詩歌理論發展史，它作為有機的整體呈現在我們面前，能否在我們這個時代裡再一次生發共時效應呢？我期望拙著能夠誘發有心的讀者，對數千年來的詩歌理論也作一次全面的反思，而後聯繫當代新詩創作發展的實踐，作出自己的選擇。

言志篇

一
「詩言志」正源

一　舜曰「詩言志」應予否定

中國古代詩學發端於「言志」說。

歷來的言詩者都將「言志」觀念的發生上溯到傳說中的五帝時代，《今文尚書》〈堯典〉記載著舜對他的樂官夔所說的一段話：

> 帝曰：夔，命汝典樂，教胄子。直而溫，寬而栗，剛而無虐，簡而無傲。詩言志，歌永言，聲依永，律和聲。八音克諧，無相奪倫，神人以和。

以「詩言志」出自舜帝之口，是在漢朝肯定下來的。司馬遷在《史記》〈五帝本紀〉中也記載了這段話，但「詩言志」為「詩言意」，「歌永言」為「歌長言」，文字稍異。班固《漢書》〈藝文志序〉亦引「《書》曰：『詩言志，歌詠言』」。鄭玄〈詩譜序〉則云：「虞書曰：詩言志，歌永言，聲依永，律和聲。然詩之道放於此乎？」依漢人之成說，劉勰在《文心雕龍》〈明詩〉篇發語即是：「大舜云：詩言志，歌永言，聖謨所析，義已明矣。」因此，兩千多年來，「詩言志」來源之說，似乎不可動搖了，雖然歷代亦有不少學者懷疑〈虞書〉（〈堯典〉在其中）的真實性，但對五帝時代能否產生「詩言志」的觀念，卻沒有認真地辨析。同時，也可能與中國人「貴遠」的心態有關，好像任何觀念、理論愈古老，就愈有權威性。

「詩言志」的觀念能不能發生得那麼早？讓我們從文字學、從文獻學、從先秦諸子論詩的情況加以考察、辨析。

在中國最古老的文字——殷代形成的甲骨文和殷周之際流通的金文中，都沒有「詩」字與「志」字，距殷周相當遙遠的堯舜時代，絕不可能有如此繁複而又明確的文字表述。「詩」字與「志」字都出現較晚，「詩」在《今文尚書》中只出現兩次，除了〈堯典〉之外，再見於〈金縢〉:「於後公乃為詩以貽王」,「公」指周公,「王」指周成王，那就是說在西周初期。「志」字情況更複雜一些，在基本上可確定為西周初期的命書如〈康誥〉、〈大誥〉、〈召誥〉中均不見，只見與「志」有觀念聯繫的「心」屢屢出現；但在時代更早的〈盤庚〉中，「志」字卻有了相當準確的用法。商代中葉的國君盤庚，要把民眾遷移到黃河南岸去，在他的動員報告中屢屢說到「心」，如:「今予將試以汝遷，安定厥邦，汝不憂朕心之攸困，乃咸大不宣乃心」；既遷之後，他又說:「今予其敷心腹腎腸，歷告爾百姓於朕志。……」前說「朕心」，後說「朕志」,「心」與「志」是相通的。但前面說過，商代的甲骨文與金文都無「志」字，盤庚稱「朕志」也是不可能的。「志」字晚至何時出現？現存《詩經》三〇五篇，最早的是〈周頌〉，創作於西周初期；最晚的是〈曹風〉〈下泉〉，創作於周敬王入成周以後（西元前516年後），但在三百五篇中沒有出現一個「志」字,「心」字卻出現了一百六十八次之多。這種情況，與西周初期的〈康誥〉等命書是一致的。根據《左傳》的記載,「志」字在春秋時代是應該出現了的，但多用在政治場合的官方語言中，尚未進入詩歌語言，所以《詩經》的作者們是沒有「詩言志」觀念的。

從文獻學的角度看,《今文尚書》(《古文尚書》已為歷代大多數學者確證為「偽書」，此不議）二十八篇，據古今學者們考證，最早的作於西周時期，而涉及西周以前的歷史各篇，如〈虞書〉、〈夏書〉、〈商書〉，都是戰國時候的擬作或著述（陳夢家先生的《尚書通論》即作如此推斷),〈盤庚〉不是商代的原始文獻,〈堯典〉出現期更晚，顧頡剛先生曾撰〈從地理上證今本〈堯典〉為漢人作〉一文，將它推到了西漢時期。蔣善國先生綜合古今各家學者考證的成果，並將〈堯典〉中所涉及的歷史文物和語義特徵，與先秦諸子著作及其他有關典籍作了詳細比較，勘定〈堯典〉出現於墨子之後，孟子之前，即西元前三七二至前二八九年之間。他還指出：今本〈堯典〉是秦併天下到秦末年這段時間，經過了儒家和博士整編，陳夢家肯定今本〈堯典〉是秦代官本的結論是正確的[1]。而所謂《今文尚書》，又是在秦始皇焚書之後，遲至漢文帝時，由山東的秦博士伏生口述，由晁錯用漢代通用的隸書寫定，這樣又難免有文字的更易，司馬遷所記「詩言意」便是一例。這種更易亦可證明，「詩言志」直到西漢，還沒有文字完全統一的文本。

先秦時代，諸子紛紛稱詩，其中說到詩最多的又是孔子。孔子以述「先王之道」之己任，同時對「《詩》三百」深有研究，可是，孔子談詩從沒有引用過舜「詩言志」的話，甚至從未將「志」這一概念與「詩」聯繫起來。他說過「志於學」、「志於道」、「志於仁」，但對《詩》只說「可以興，可以觀，可以群，可以怨」，倒是最先揭示了《詩》有激發情感的作用。孔子對於文章的觀念是模糊的和游移的，《詩》與文章都被他視為一種「言」，《左傳》〈襄公二十五年〉援引孔子之說：「《志》有之：『言以足志，文以足言』。不言，誰知其志？言之無文，行而不遠。晉為伯，鄭入陳，非文辭不為功，慎辭哉！」只強調「文以足志」，而「志」釋為意更為貼近此段話的本義，即要用有文采的言辭充分表達心中之意，他沒有特別提到《詩》。孔子也不要求他的學生稱《詩》明志，只要求他的兒子學《詩》以「知言」（不學《詩》，無以言），「多識於草木鳥獸之名」，然後可「授之以

1　蔣善國先生詳細論證，請參見《尚書綜述》（上海市：上海古籍出版社，1986年），頁168。

政」，「使於四方」。他把《詩》看作一種學問，當作一種工具使用，沒有「詩言志」的明確觀念。

孔子之後，儒家兩大代表人物孟子和荀子的著作中都沒有直接引用過舜的話，雖然他們都將《詩》與「志」聯繫起來了。孟子有「說詩者，不以文害辭，不以辭害志；以意逆志，是為得之」（《孟子》〈萬章〉）的論述，是從接受者的角度而言的。荀子說「《詩》言是，其志也」，與「詩言志」的提法也不盡同（詳見後述）。若說〈堯典〉此時已經出現，他們為什麼不予稱引？這只能說，或是此時寫定的〈堯典〉中尚無舜「詩言志」說，或雖有，在孟子與荀子心目中缺乏權威性，不可「盡信」而迴避。儒家沒有稱引，道、墨、名、法諸家著述中也不見其蹤。更令人奇怪的是漢代出現的〈詩大序〉也隻字不提舜或《書》之言，為《毛詩》作箋的鄭玄，只得在〈詩譜序〉中補述。

據以上三條理由，我以為「詩言志」出自舜之說應予徹底否定，否定了此說，我們便可以實事求是地確定中國詩學到底發端於何時，便可對其具有詩學意義的理論觀念作出科學的界定，克服學術界對這個問題由於一種「貴遠」心理所造成積久的盲目性。要確定「詩言志」出現的時限及其在理論上的價值，我們需沿著「詩」作為文體觀念逐漸明確的方向去探討，才能充分認識它的詩學特徵與文學史意義。

二　從接受角度提出的「《詩》以言志」

那麼「詩言志」這樣一個重要的文學觀念，到底發端於哪裡呢？

中國詩學發端之時，缺少創作理論方面的觀念，最先出現的主要是接受理論的觀念。為什麼會出現這種情況呢？前已提到，春秋時代的知識分子，直到孔子，均沒有明確的文體觀念。如果說，《詩經》的作者們已有「詩」（寺人孟子，作為此詩，凡百君子，敬而聽之）、

「歌」（作此好歌，以極反側）、「誦」（家父作誦，以究王訩）等文體觀念的萌芽，並且可視為創作理論意識的胚胎，那麼，當這些「詩」、「歌」、「誦」被《周禮》中稱為「太師」、「小師」等一班文化官員采集編訂之後，便被當作一種朝廷珍藏的文獻而存在於世了，隨著時間的推移，它們便被當作歷史上曾經存在過的文體而不可重複了。孟子有句話反映了這種觀點：

> 王者之跡熄而《詩》亡。《詩》亡，然後《春秋》作。（《孟子》〈離婁〉）

《詩》是記述「王者之跡」[2]的，是歷史的文獻，《詩》與《春秋》，不過是語言表述方式不同的兩種歷史文獻。《詩》被當作一種特殊的歷史文獻的專用名詞，而主要不是作為一種文體符號，早在孟子之前就確定了。人們不是考慮如何利用這種文體進行新的創作，而是如何對這一歷史文獻作有效的接受和應用。「《詩》以言志」應是中國最早出現的接受理論。

《左傳》〈襄公二十七年〉記載鄭國君臣在垂隴設宴招待晉國大臣趙文子（孟），參加宴會的有子展、子西、子產、子大叔、印段（子石）、公孫段（子石）。趙孟說：「七子從君，以寵武也，請皆賦，以卒君貺，武亦以觀七子之志。」於是子展等六人分別賦〈草蟲〉、〈黍苗〉、〈隰桑〉等詩，他們都是借「《詩》三百」中現成的篇章稱美鄭伯和趙孟，聯絡鄭、晉兩國的交情。伯有對鄭伯心存宿怨，他賦〈鶉之賁賁〉（《詩》〈鄘風〉作「奔奔」），中有「人之無良，我以為兄」、「人之無良，我以為君」的憤激之詞。趙孟窺識其影射攻擊鄭伯之意，在宴會上便委婉地說：「床笫之言不踰閾，況在野乎！非

2　「跡」有說是「辺」（ji寄）字的誤寫，辺是古代王者派出的采詩官（又叫遒人），他們搖著木鐸在民間采風。此述以存考。

使人之所得聞也。」宴會之後，他私下對叔向說：

> 伯有將為戮矣。《詩》以言志，志誣其上而公怨之，以為賓榮，其能久乎！幸而後亡。

魯襄公二十七年（西元前546年），其時孔子才六歲，左丘明是孔子同時代的人（年紀可能小於孔子）。這裡記載趙孟、叔向等人的談話，是否有真實的原始記錄？如果有，「《詩》以言志」的發明權便屬於趙文子；如果沒有，那便是左丘明根據孔子「文以足言，言以足志」發揮出來的。不管是哪種情況，《詩》與「志」發生聯繫，當在西元前五四六至前四六九年（《左傳》記事終止之年）之間。

趙孟要求子展等人誦讀《詩》中的篇章，在賦者，是「言志」；在他，聽後加以判斷，是「觀志」。「言志」與「觀志」有一個共同點，那就是都根據自己對於文獻《詩》中某些篇章的理解、接受程度，而後賦《詩》者將其作為與自己心意、志向寄托相對應的言詞而表白出來，聽《詩》者則作出相應的判斷。「斷章取義，余取所求」，這本是對歷史文獻求實用的態度，與創作的態度截然不同。我們知道，「《詩》三百」中的每一首詩，都是作者們因情因事而發，並沒有明確「言志」的動機，但既然從「心」而出，情意便有所向。當這些即興創作用文字記錄下來並流傳之後，接受者，特別是有一定知識的接受者，便會根據自己的生活經驗，或產生共鳴而認同，或使這些作品「進入具有延續性的、不斷變更的經驗視野」，以與自己此時此刻的情意交融契合。意識到可以用《詩》言己之志，用現代的接受美學理論來說，是接受者審美意識的覺醒，先人們「從簡單的接受進入到批判的理解，從消極接受轉化為積極接受」[3]。比如伯有所賦，全詩

3 參閱〔德〕漢斯．羅伯特．堯斯：〈作為向文學科學挑戰的文學史〉，譯文載《外國文學導報》1987年第1期。

只有八句：

> 鶉之奔奔，鵲之彊彊。人之無良，我以為兄。
> 鵲之彊彊，鶉之奔奔。人之無良，我以為君。

這是春秋時代衛國人諷刺、斥罵其君王的一首詩，以鵪鶉、喜鵲都有自己固定的匹偶為喻，影射衛君過著禽獸不如的荒淫生活，以至造成國政的腐敗，作詩人直斥：如此之人怎配作人民的君長！伯有引此詩來怨鄭伯，說明他是聯繫自己的現實遭際來接受理解這首詩的，他在趙孟前誦出，借有賓客在場作掩護，表露他不可直接發洩的怨恨之情。趙孟對此詩，經伯有誦出之後，立即作了批判性理解，意識到伯有、鄭伯之間的矛盾，他作為一個外人不能介入，因此表示，自家內部的事不宜向外張揚，我也不想聽。趙孟對其他幾個人所賦的詩一一予以評論，一面「觀」賦詩者之志，一面又對所賦之詩加入自己的理解而申述自己的「志」。當印段賦〈蟋蟀〉，因該詩反覆迭唱「好樂無荒」，他便說：「善哉！保家之主也，吾有望矣。」當公孫段賦〈桑扈〉，最後一章是：

> 兕觥其觩，旨酒思柔，彼交匪敖，萬福來求。

該詩以一種名為桑扈的美麗小鳥（又名青雀）起興，稱譽有德的君子：「君子樂胥，受天之祜」，「君子樂胥，萬邦之屏」，「不戢不難，受福不那」。最後說，君子辦事不圖僥倖，對別人不傲慢（彼交匪敖），有此美德，便不愁福祿不至。趙孟聽出了公孫段以此詩表達了對他的勉勵之意，於是很動情地繼續發揮了一番：「彼交匪敖，福將焉往？若保是言也，欲辭福祿，得乎？」他對〈桑扈〉作了積極接受，頗有自得自詡之意。

這種積極的接受意識的覺醒和應用，使已經作為文獻的《詩》中一些隱蔽的特徵，被接受者揭示出來並逐漸明朗化了。孔子說《詩》可以興、觀、群、怨，也是從接受的角度提出來的，揭示「《詩》三百」有抒情、反映社會生活、交流思想感情和婉言怨諷等本體特徵。但他們是將這些本體特徵與功用看成完全一致的，即使在有的詩裡很難達到一致，他們就採取引申義而求得一致，像〈野有蔓草〉這樣的民間情歌亦可用來「言志」，趙孟還引申出「吾子之惠也」。這頗像現代接受美學所說：「一切解釋，只要在文本中找到相應的理由，便或多或少是合理的。」[4]「志」，雖然在《詩》中沒有明確表述過，接受者從《詩》中表現處於各種情感狀態的「心」(「我心」、「中心」、「勞心」、「心傷」、「心悲」等等）——心情心意的篇章中抽象出了這一新的觀念，這是對《詩》的作者們不自覺「言志」而作出自覺的、具有理論意義的界定。這個新觀念因為可以在《詩》的各個「文本」找到「相應的理由」而得以成立，於是「言志」說在中國詩學理論中便成為一個合理的存在。

因為「志」較之「興」、「觀」、「群」、「怨」中任何一個觀念有更大的包容性，更有理論的內涵，所以「志」便成了《詩》最顯著的特徵而被標舉，用以區別《書》、《禮》、《樂》、《春秋》、《易》等歷史文獻，《莊子》說：

> 《詩》以道志，《書》以道事，《禮》以道行，《樂》以道和，《易》以道陰陽，《春秋》以道名分。(《莊子》〈天下〉)

此所謂「道」，有導引之意，《詩》的主要作用是導引人的心意、志向。莊周本是不大對這些歷史文獻感興趣的，他可能是採取當時流行

4　《外國現代文藝批評方法論》(南昌市：江西人民出版社，1985年)，頁351。

的說法（因為「鄒魯之士、搢紳先生多能明之」）。荀子也有類似的言論：「《詩》言是，其志也；《書》言是，其事也；《禮》言是，其和也；……」（《荀子》〈儒效〉）他們對各種歷史文獻不同性質和作用有了如此明確的區分，實質是已在不自覺地開始了文體的分類，這種分類，在比較之下，突出了各自的本體特徵，如荀子所說「《詩》言是」（「是」指的是「聖人之道」，將在〈「詩言志」的規範〉裡評述），等於確認了《詩》就是「言志」的文體，它的作者們都是在不自覺地「言志」，而不僅僅是接受者的發揮。如何「言是」，荀子說得更具體：「〈風〉之所以為不逐者，取是以節之也；〈小雅〉之所以為〈小雅〉者，取是而文之也；〈大雅〉之所以為〈大雅〉者，取是而光之也；〈頌〉之所以為至者，取是而通之也。」對《詩》的作者們在《詩》之不同體式中的「取是」，明顯地著眼於創作的意圖和表現，這就是說，接受者「斷章取義，餘取所求」而後用以言己之志，實在是還沒有領會到《詩》的本義。這種對《詩》的整體性認識，說明先人們終於將文獻的《詩》開始還原為文體的詩了，接受意識開始向創作意識轉化了。

三　荀況、屈原率先「作詩言志」

清代學者勞孝輿在《春秋詩話》卷一中說：

> 風詩之變，多春秋間人所作。……然作者不名，述者不作，何歟？蓋當時只有詩，無詩人。古人所作，今人可以援為己詩，彼人之詩，此人可賡為自作，期於「言志」而止。人無定詩，詩無定指，故可名不名，不作而作也。

不是不作，而是不敢作，《詩》為「王者之跡」，誰敢擅自添加經典？

「《詩》亡」而後成為一種神聖的歷史文獻，具有「史」的性質，今人怎敢以己作冒稱而擠進歷史文獻之中？孔子說過「述而不作」的話，所謂「述」，就只能是接受和傳授，不提倡創作新的東西。「述而不作」是對創新意識的壓抑，致使一種非常活躍的文體被凝固在歷史文獻之中。從「《詩》亡」到屈原、荀況入世的三百年間，沒有留下多少明顯屬個人創作的詩篇（只有少許歌謠偶爾被記錄在歷史著作中），這不能不說是中國詩歌發展史上一大缺憾。

將詩從歷史文獻中解放出來，還原為一種言志、寫心、抒情的文體，這就是名正言順地「作詩言志」。朱自清先生在《詩言志辨》一書中說：「戰國以來，個人自作而稱為詩的，最早是《荀子》〈賦篇〉中的〈佹詩〉。」這一判斷不完全準確，因為與荀子同時代的還有一個屈原，屈原比荀子早生二十多年，辭世早四十多年，真正地「作詩言志」第一人應推屈原，屈原創造了一種新的詩體——騷，他以新的詩體「言志」。但從文獻《詩》還原為文體詩，荀子實驗之功不可沒。

《荀子》中引《詩》之處極多，但他不是為言己之志而引用，而主要是引某章、某句作為他論述某觀點的論據或結論。在先秦諸子中，荀況是一位熱心並善於創造出新文體的作家，他除了熟練地用散體形式寫了大量的專題論文之外，把民間文藝形式拿過來寫了〈成相〉篇，又創造了一個新文體——賦，〈佹詩〉即附其後。〈成相〉較之〈佹詩〉，反可看作一種新的詩體，「成」，奏之意，「相」，是一種樂器，配合樂器演奏而歌唱，因此，〈成相〉是具有新文體特徵的唱詞，如：

> 請成相，世之殃，愚暗愚暗墮賢良。人主無賢，如瞽無相何倀倀！

此為第一節之詞。全篇五十六節，每節句式基本相同（三、三、七、

四、七)。第一至十三節為第一樂章，陳述「世之殃」種種表現；第十四至二十二節為第二樂章，闡述、論證各種治國方法的優劣(辨法方)；第二十三至四十四節為第三樂章，美「聖王」之所治並歷述失「先王之道」所造成的惡果；第四十五至五十六節為第四樂章，「言治方」，正面陳述君王馭國的種種治術。荀子利用「成相」這一通俗文藝形式來宣傳自己的政治思想，學習了《詩》之「賦」即直接敷陳其事的手法，把「《詩》言是，其志也」，體現於這一新文體之中，其中有兩節直接言及「志」：

> 治之志，後埶富，君子誠之好以待。處之敦固，有深藏之能遠思。
>
> 思乃精，志之榮，好而壹之神以成。精神相反[5]，一而不貳為聖人。

〈成相〉的主旨就是言「治之志」，多採用正反對比的表現手法，以達到「觀往事，可自戒，治亂是非亦可識」的目的。可是，從文學的、審美的角度看，〈成相〉雖然運用了民間詩歌的形式，卻缺少應有的情感表現，「托於成相以喻意」，也無多少形象性，因此還談不上是真正的詩。〈賦〉篇之後的〈佹詩〉，則不同於〈成相〉。「天下不治，請陳佹詩」，楊倞注曰：「請陳佹異激切之詞，言天下不治之意也。」「佹異激切」是情感強烈的表現，全篇雖然也以議論成詩，但我們讀去，可感受到作者憤激之情流注於字裡行間。因它從不見於古詩選本，現全錄如下：

> 天下不治，請陳佹詩：天地易位，四時易鄉。列星殞墜，旦暮

5　反，一說是「及」之誤。相及，集中而不分散。

> 晦盲。幽暗登昭，日月下藏。公正無私，見謂縱橫；志愛公利，重樓疏堂。無私罪人，憼革貳兵；道德純備，讒口將將；仁人絀約，敖暴擅強。天下幽險，恐失世英；螭龍為蝘蜓，鴟梟為鳳凰；比干見刳，孔子拘匡。昭昭乎其知之明也，郁郁乎其遇時之不祥也，拂乎其欲禮義之大行也，暗乎天下之晦盲也。皓天不復，憂無疆也；千歲必反，古之常也；弟子勉學，天不忘也。聖人共手，時幾將矣！——與愚以疑，願聞反辭。

很明顯，也是荀子「言志」之作，寫了一大篇還感到言不盡意，結句又引出「反辭」，即後面的〈小歌〉，他還要將「天下不治」的憂憤之情再抒發一遍，將「天下不治」的亂世之狀直陳讀者之前：

> 念彼遠方，何其塞矣：仁人絀約，暴人衍矣；忠臣危殆，讒人服矣。琁、玉、瑤、珠，不知佩也；雜布與錦，不知異也；閭娵、子奢，莫之媒也；嫫母、力父，是之喜也。以盲為明，以聾為聰，以危為安，以吉為凶。嗚呼上天，曷維其同！

〈佹詩〉與〈小歌〉，以四言為主，押韻也很有規則，屢用比喻而有了一定的形象性，很顯然是有意對《詩》的模擬，雖不合樂，還是獻詩諷諫的體裁，這是脫離文獻《詩》而有文體詩的一種嘗試。

荀子在南方的楚國做過官，「念彼遠方」即指楚國，上引兩詩的內容，使我們很容易聯想到屈原的〈離騷〉和〈九章〉。屈原是中國詩歌史上第一位作者「有名」的詩人，從他開創了「人有定詩，詩有定指」的「作詩」之道。但是，屈原沒有稱自己所作為「詩」或「歌」(〈九歌〉是民歌整理或改作)，他的作品中，「詩」字只出現過一次，見於〈悲回風〉：

> 介眇志之所惑兮，竊賦詩之所明。

這「詩」，我以為還是指文獻的《詩》。楚國雖在黃河以南，知識分子受文獻《詩》影響弱於北方，但其官吏、士大夫，常與北方各國君臣打交道，也自然有「賦詩言志」和「獻詩陳志」，《左傳》中記述楚人賦《詩》言志的事就很多，宣公十二年楚子引〈周頌〉〈時邁〉及〈武〉，昭公二十四年沈尹戌引〈大雅〉〈桑柔〉均是。屈原在世前三百年間，《詩》就從北方傳播到南方來了，作為「大夫」級官員的屈原，在楚懷王、楚頃襄王面前表達自己的政見時，肯定也沿用過賦《詩》言志的傳統方法，但是行不通，因而他頻頻地發出「荃不察余之中情兮，反信讒而齌怒」，「固煩言不可結而詒兮，願陳志而無路」的悲嘆。在這種境遇中，「懷朕情而不發兮，余焉能忍而與此終古」。他為了向外界表白自己的心跡，終於下決心直接言己之志，於是創造了一種從形式到名稱都區別於《詩》的新文體──「騷」。司馬遷很敏感地發現了「騷」的情感特徵：

> 離騷者，猶離憂也。夫天者，人之始也；父母者，人之本也。人窮則返本，故勞苦倦極，未嘗不呼天也；疾痛慘怛，未嘗不呼父母也。屈原正道直行，竭忠盡智，以事其君，讒人間之，可謂窮矣；信而見疑，忠而被謗，能無怨乎？屈平之作〈離騷〉，蓋自怨生也。(《史記》〈屈原傳〉)

屈原之作，實質上是中國詩歌史上第一批具有自覺抒情意識的政治抒情詩，「抒情」一詞也是第一次見於〈九章〉〈惜誦〉，但屈原是將「抒情」、「言志」交融於一體。「惜」，哀傷之意，〈惜誦〉就其情感本質來說，就是哀傷之詩，如後來的「哀詩」、「怨詩」之類，首句即云：「惜誦以致愍兮，發憤以抒情」，但詩人在抒情的氛圍中「言志」

也是很自覺的，請看詩中出現「志」字的詩句：

> 忠何罪以遇罰兮，亦非余之所志也。
> 固煩言不可結而詒兮，願陳志而無路。
> 吾使厲神占之兮，曰「有志極而無旁」。
> 懲於羹而吹韲兮，何不變此志也！
> 欲横奔而失路兮，蓋志堅而不忍。

僅此一篇，就五見「志」字，可見他是懷著極其沉痛的心情而「陳志」的。其他篇章如〈抽思〉、〈懷沙〉、〈思美人〉、〈惜往日〉、〈橘頌〉、〈悲回風〉，均未忘「言志」，或說「志沉菀而莫達」，「吾將蕩志而愉樂」，或以橘樹自況：「深固難徙，更壹志兮」，等等。東漢的班固對屈原作品強烈的抒情氣氛不能接受，貶之為「賢人失志」之作，只能說他對於「志」的理解過於偏狹。既是「失志」之作，便不承認是詩，而僅僅說是「惻隱古詩之義」。可是，也早有開明者，發現屈原所作，實是超越了文獻《詩》的新文體，淮南王劉安敘〈離騷傳〉云：

> 〈國風〉好色而不淫，〈小雅〉怨誹而不亂，若〈離騷〉者，可謂兼之。蟬蛻濁穢之中，浮游塵埃之外，皭然泥而不滓。推此志也，雖與日月爭光可也。

詩人有「與日月爭光」之志，正是文獻《詩》傳統的繼承與發揚光大，按劉安的說法，屈原的作品乃是作為文體詩「言志」的典範之作[6]。

---

6 清代朱彝尊也充分肯定了這一點，他在〈九歌草堂詩集序〉中說：「《騷》也者，繼《詩》而言志也。」

荀子的〈佹詩〉與〈小歌〉，雖然也另標名目區別於文獻《詩》，但停留在模擬階段。屈原沒有把文獻《詩》奉為經典，敢於另行創造抒情言志的新文體，在內容與形式兩方面都有新的突破，這樣，就沒有使歷史上曾經存在的詩的精神老死在竹簡上。班固說：「春秋之後，周道寖壞，聘問歌詠不行於列國，學《詩》之士逸在布衣。」（《漢書》〈藝文志序〉）如果一個民族代代相傳，以那有固定編目的文獻《詩》言志，只是接受而不創造，那只能說這個民族情、志僵化，後之來者，永遠沒有直抒自己心意、志向的機會，幸好那種「聘問歌詠」不再行於列國，才使「惻隱古詩之義」的新體詩得以產生。後來劉勰在《文心雕龍》〈辨騷〉篇中，對於中國古代詩歌從文獻《詩》中解放出來，結束了三百年無詩的歷史，作了熱情的頌揚：

> 自風雅寢聲，莫或抽緒，奇文郁起，其離騷哉！固已軒翥詩人之後，奮飛辭家之前，豈去聖之未遠，而楚人之多才乎！

騷體新詩的出現，終於使詩作為一種文體、美文學的一種樣式而興盛起來。秦始皇統一天下之後，曾命他的博士作〈仙真人詩〉，巡遊天下的時候，「傳令樂人歌弦之」。西漢又有韋孟作〈諷諫詩〉、韋玄成作〈自劾詩〉。人們確認了「作詩言志」的意義，漢代莊忌在〈哀時命〉中寫道：「志憾恨而不逞兮，抒中情而屬詩」。詩的觀念改變了，詩的文體也在不斷發展，到東漢出現了既不同於《詩》也不同於「騷」的五言詩，同時，「代、趙之謳，秦、楚之風」也取得了詩的地位，這就是漢代文學標誌之一的樂府詩。詩人們或「驚才風逸，壯志烟高」，或「感於哀樂，緣事而發」，中國作為一個詩國繁榮的序幕，至此才算真正地揭開了。

四 「詩言志」觀念形成於秦漢之際

綜上所述，「詩言志」這一重要詩學觀念的邏輯起點，是春秋時代的「《詩》以言志」，「言志」是從文獻《詩》文本中提昇出來的一個觀念。這一觀念，由於基本上把握了《詩》作為一種特殊文獻內在的特質，較之《書》、《易》、《春秋》等，惟有《詩》與人的主觀世界有更密切的聯繫。這一特質的發現，也是文體意識的萌發。當人們從文獻《詩》的竹帛中跳出來，察覺到詩是個人情志的載體，是人人可以實踐的文體，不必再站在接受者的地位，將「彼人之詩」賡為自作，期於「言志」而止，而是可以真正地自作而言志，是「懷朕情」不得不發的「言志」。至此，以文獻《詩》「言志」的觀念與以文體詩「言志」的觀念，有了質的區別。

詩歌理論是創作實踐經驗的總結與昇華。存在決定意識，具有創作意識的「詩言志」，只能在屈原、荀況的時代或稍後才能形成。成書於戰國時代的《樂記》，是我國第一部音樂理論著作，將《樂記》與《荀子》〈樂論〉比較一下，雖然前者詳，後者略，但可明顯看出《樂記》中有很多觀點、論述是《樂論》的引申和發揮（有不少地方則是直接錄入，如「君子樂得其道，小人樂得其欲」云云）。《樂記》〈樂言〉篇云：

> 德者，性之端也；樂者，德之華也；金石絲竹，樂之器也；詩，言其志也；歌，詠其聲也；舞，動其容也：三者本於心，然後樂器從之。

從「三者本於心」一語，可以認為是從創作角度而言，因此，在這裡出現「詩，言其志也」有特殊的意義。《樂記》舊傳有二十三篇，漢朝人編入《禮記》的有十一篇，〈樂言〉亦在《禮記》中。《禮記》〈經解〉篇，又記有孔子「溫柔敦厚，《詩》教」之說。因此，〈堯典〉中那段話，大有可能是在《樂記》出現之後，某位不願留名的學者，將〈樂言〉中那段話，概括為「詩言志，歌永言，聲依永，律和聲」四句十二字；再將「溫柔敦厚」發揮為「直而溫，寬而栗，剛而無虐，簡而無傲」，而後合成之。其時或在秦之儒家或博士整編《尚書》之時，亦或漢人傳《尚書》之時，在文字上又作了修訂，然後托名於舜，以示祖傳。總之，「詩言志」這一觀念的出現，當在秦漢之際，在「本於心」的文體詩創作發軔之後，其時不會更早。

二
「志」義辨析

一　「志」的心理發生過程

從接受角度談「《詩》以言志」和從創作角度談「詩言志」，「志」都是一個核心觀念。對於「志」的含義不同理解，便會有對「言志」說不同的發揮。

「志」，本是一個心理學概念，屬於人的意志範疇。

一個人當他同身外各種客觀事物、通過五官而產生感覺時，「物色之動，心亦搖焉」，他的心理活動就隨之發生，從而形成反映和解釋這些客觀事物的思想、觀念和意識。馬克思、恩格斯指出：「思想、觀念和意識的產生，最初是直接與人們的物質活動、與人們的物質交往、與現實生活的語言交織在一起的。觀念、思維、人們的精神交往在這裡還是人們物質關係的直接產物。」人類的幼年時期，人的心理活動是很簡單的，也是被動的，他們最初的意識生產，「只是對周圍的可感知的環境的一種意識，是對於開始意識到自身的個人以外的其他人和其他物的狹隘聯繫的一種意識。同時，也是對自然界的一種意識，自然界起初是作為一種完全異己的、有無限威力和不可克服的力量與人們對立的，人們同它的關係完全像動物同它的關係一樣，人們像牲畜一樣服從它的權力，因而這是對自然界的一種純粹的動物式意識（自然宗教）」[1]，這種「動物式」意識，也能作用於客觀環境，但是它所影響的行為，還沒有明確的目的，只有在人們對自然界

1　《馬克思恩格斯選集》第1卷，頁30、35。

的作用「有經過思考的、有計劃的、向著一定的事先知道的目標前進的特徵」時，人才離開動物遠了，像「牲畜一樣服從」的意識才讓位於人的主體自覺的意識。人在從事活動之前，行為的目標和結果已經觀念地存在於他的頭腦之中，這一觀念便是「意志」的觀念。

傳統的心理學，將人們認識客觀世界，由逐漸廣泛而深入的認識，繼而有相應的、投入性的情緒體驗，然後有了主體意識的覺醒而發生有行為傾向的意志，界定為「知」、「情」、「意」心理運動三階段。我國當代著名心理學家潘菽打破了傳統三分法，將心理活動分為「認識」（他又稱為「意識」）活動與「意向」活動兩個方面：

> 人們在生活實踐中的整個心理活動，總是由認識活動和意向活動兩方面所組成。認識活動是人們對客觀世界的反映活動，人們對客觀事物的感覺、知覺、想像、喚起、聯想、思考等都是認識活動。意向活動是人們對客觀世界作出的對待活動。人們對客觀事物的注意、欲念、意圖、情緒、謀慮、意志等，都是對待或處理客觀事物的活動。

人對於客觀事物的認識，經「感覺」、「知覺」、「想像」等步驟進入到思考，是由客觀向主觀逐步轉化的過程，由感性認識向理性認識深入的過程，這一過程最後、最佳的成果，是認識了客觀事物發生、發展的規律性，把握了客觀事物的內在之理，這就是「意識」的形成。人對客觀事物有意識之後，便又經「注意」、「欲念」、「意圖」等具有外向性的心理活動，由主觀逐步向客觀轉化，這一轉化過程最後，便形成了「意志」，表明他在主觀上、精神上完成了「行為」的準備，由主觀指向客觀。潘菽先生區分「認識活動」與「意向活動」兩個方面，實質上可以用「意」與「志」兩個觀念簡化之，「意」與「志」發生有先後，但發生之後，二者又有交錯互補的過程。一般地說，

「意」還不能說是「志」，而「志」則可說是一種不同形式的「意」，「一般指比較有複雜組織的、高級形式的意」，在徹底擺脫了「動物式意識」的人那裡，「意向總是認識指引下的意向，而認識總是意向主導下的認識。」[2]

二　「志」的字源考察

根據有文字的記載，我們的先人對自身的意識，最先是對自己「心」的意識。「心」是生產思想、觀念、意識的作坊，又是與自身以外的其他人、其他物發生聯繫的精神渠道。西周初期留下的文獻資料中，已大量使用「心」字，如金文〈師望鼎〉（周恭王時所鑄鼎器）銘，就有「穆穆克盟氒心」之語（意即向上天表白其心意）。在〈康誥〉中，「心」字出現了七次，周公（一說成王）叮囑康叔在他的封地——先朝殷商之地，不能疏遠先朝遺老，虛心聽取他們的訓導：

> 汝丕遠惟商耇成人，宅心知訓；別求聞由於古先哲王，用康保民。

又說民眾很難安撫，要「往盡乃心，無康好逸豫」。周公屢屢強調「心」的能動作用（還有「未戾厥心」、「用康乃心」等語），因為商紂的滅亡，使周公感到了天命不常。他在一系列的訓誥裡，雖然還繼續在宣揚「天命不易」的思想，強調人對「天命」（即中國古代的「自然宗教」）的服從，但他又說「惟命不於常」，統治者要修養自己德行，「惟不敬厥德，乃早墜其命」（〈召誥〉）。所謂「往盡乃心」，說明周公對於人可以憑自己主觀努力，規範自己的行為，以順應「天

2　引潘菽先生文，均見其著《心理學簡札》（北京市：人民教育出版社，1984年3月版），卷1。

命」或對抗「不常」的天命，已經有了朦朧的認識，他心理上的「意向活動」萌發了。這種心理活動在當時當然已有一定的普遍性，作為「與現實生活交織在一起」的語言，也在發生微妙的變化，從「心」衍生出來的新的語言、文字與觀念也隨後出現了。

甲骨文和金文中都不見「志」字，漢代許慎編定的《說文》中，「志」寫作[古文字]，釋曰：「從心（[古文字]）之聲」。這是「志」出現於「心」字之後的確證。上部[古文字]，即古「之」字，金文作[古文字]、[古文字]、[古文字]；甲骨文作[古文字]、[古文字]、[古文字]。《說文》釋云：

> [古文字]、出也，象屮（「草」的本字）過屮（草木初生貌），枝莖益大有所之。一者，地也。

按此說，「志」可訓作心中所出，像草從地裡長出，「枝莖益大有所之」一樣。意從心中所出有所向，人產生於心中的思想、意識，由內部向外部轉化，這也是人的心意、願望與欲求向行為轉化的開始。「志者，心之所之」，《說文》釋「志」，便比較明顯地體現「志」就是人的心理活動中的「意向活動」。

聞一多先生在〈歌與詩〉一文中，對「志」有更全面的釋義，但又似與《說文》有歧義：

> 志字从[古文字]，卜辭[古文字]作[古文字]，从「止」，下一，像人足停止在地上，所以[古文字]本訓作停止……志从「止」从「心」，本義是停止在心上，停止在心上，亦可說是藏在心裡，故荀子〈解蔽篇〉曰：「志也者，臧（藏）也。」

聞先生所解釋的「志」，更具有「認識活動」的特徵，因此他結論「志有三個意義：一記憶，二記錄，三懷抱。」把「志」理解為「停止在心中」或說「心中所藏」，也可以說是對的，「志」與我們後來所說的「意」同義。從「志」與「意」二字出現的時序來說，「意」可能出現於「志」之後，我們檢閱幾部較有權威性的先秦典籍，便會發覺「意」字的使用頻率，大大少於志字：《左傳》中已大量使用「志」字，「意」只出現三次，均見於人名（意如、意恢、意緒），沒有單獨的意義。《論語》中「志」字多處出現，「意」字也只出現一次，就是〈子罕〉章的「毋意、毋必、毋固、毋我」一語中，「意」同「臆」，有臆測、猜度之義。這就是說，在「志」字出現之後，古人還常常以「志」代替「意」字使用，「志」、「意」通用，《說文》釋「意」云：

> 意，志也，从心察言而知意也，从心从音。

直到漢代，「志」與「意」也沒有嚴格的區別，所以，《史記》〈五帝本紀〉把「詩言志」記作「詩言意」；董仲舒說「心之所之謂意」、「詩言意」。鄭康成注〈堯典〉「詩言志，歌永言」亦云：

> 《詩》所以言人志意也；永，長也，歌又所以長詩之意，故《廣雅釋言》曰「詩，意也」。

聞先生所界定「志」之三義，「記憶」、「記錄」應該說還只能說是「志」的引申義，「記憶」尚與「心」有關，如「子志之心也」(《禮記》〈哀公問〉)，確屬「記憶」之義，至於「記錄」，在古書中更是常見，後人有時加「言」旁，即「誌」，以區別之，表示用文字或語言記載之事，如史書中的「藝文志」即是。第三個意義「懷抱」，聞先生言之未詳，我以為「懷抱」應該又有兩個意義，一是「停止在心上」，心中所藏，這就是心中之意，是「認識活動」的結果。二是

《說文》所釋「出也」，即「心之所之」，心意有所傾向，願望、欲求向行為轉化，是明顯的「意向活動」。「志」字既然比「心」字晚出，㞢不必全從卜辭之義。「言志」說，可換之為「言懷抱」，不過有時候是言心中所「藏」，有時候是言心中所「出」。

三 「志」義之一：由認識活動而「停止在心上」

讓我們先看言心中所「藏」，即一般地表心達意這一層。

按後來荀子所說：「人生而有知，知而有志，志也者，臧也」。藏在心裡的東西，就是「意」，這種「意」，有時能表達，有時難以表達，《易傳》〈繫辭〉有云：「書不盡言，言不盡意。……聖人立象以盡意」，立象盡意是一種表達方法。用言語達意當然是常用的方法，而怎樣做到「言以足志」，孔子提到過學《詩》以「知言」。《左傳》中趙孟所說「《詩》以言志」，實在是還在以《詩》表心達意這個層次上。現在我們再回過頭去看一看子展等人所引之詩，便可鑒定「言志」說的初級形態。

子展賦〈草蟲〉，該詩三章，都以頭兩句起興：「喓喓草蟲，趯趯阜螽」；「陟彼南山，言采其蕨」；「陟彼南山，言采其薇」。各章後五句，都是描述「未見君子」之時的「憂心忡忡」，「憂心惙惙」，「我心傷悲」；抒發「既見君子」之後，「我心則降」、「我心則說（悅）」、「我心則夷」的歡愉之情。子展賦此詩是表達他對趙孟來到鄭國的歡迎之意，決無離鄭投晉的意向。趙孟聽了之後說：「善哉，民之主也。抑武不足當之。」就是說你這種盛情隆意適於歡迎國君，我不敢當！他以自謙之意答謝子展。同樣，子西賦〈黍苗〉第四章，以周宣王時召伯虎率領大軍營建謝城之功，借以稱美趙孟，其詩云：

> 肅肅謝功，召伯營之；烈烈征師，召伯成之。

其意是你趙孟為晉國立下了很大功勞，可比古之召伯。趙孟當然明白此意，他又謙讓地說：「寡君在，武何能焉」。子產賦〈隰桑〉，此詩本意是女子思夫，與〈草蟲〉之意大體相同，趙孟聽了之後說：「武請受其卒章」。「卒章」是：

心乎愛矣，遐不謂矣？中心藏之，何日忘之？

子產是鄭國最有名望的賢臣，他賦此詩表示要同趙孟永結友誼，將友好的情意深藏於心中而不忘懷。子大叔賦〈野有蔓草〉，也是以「有美一人，清揚婉兮」來諭美客人，趙孟說「吾子之惠也」，感謝你賜予的美言啊！只有印段賦〈蟋蟀〉，公孫段賦〈桑扈〉，有對趙孟期冀、勉勵之意（前章已述），趙孟對二詩作了積極的接受，將「好樂無荒」，「彼交匪敖」，引以為己「志」，表示正合我意。伯有賦〈鶉之賁賁〉，也只有怨恨之意，並沒有透露出推翻鄭伯的意向，趙孟也只說他「志誣其上」，此「志」實即伯有藏於心中的怨意，發洩得不是時候。

趙孟的「觀志」，就是通過幾首詩來揣測、窺探七人的心意，了解他們對自己來到晉國的態度，可說他們雙方都在運用外交辭令。「賦詩言志」是當時士大夫階層中，地位同等的人之間的精神交往的手段之一，「獻詩陳志」則是臣獻於君，下級獻於上司，民獻於官，內容多歌頌與諷諫。朱自清先生在《詩言志辨》中列舉《左傳》所記「獻詩」的四例：

一、衛莊公娶於齊東宮得臣之妹，曰莊姜，美而無子，衛人所為賦〈碩人〉也。

二、狄人……滅衛。……衛之遺民……立戴公以廬於曹。許穆夫人賦〈載馳〉。

三、鄭人惡高克，使帥師次於河上，久而弗召。師潰而歸，高克奔陳。鄭人為之賦〈清人〉。

四、秦伯任好卒，以子車氏之三子奄息、仲行、鍼虎為殉，皆秦之良也。國人哀之，為之賦〈黃鳥〉。

細讀上述四詩，我覺得還談不上是有意識的「獻」，從其產生背景看，倒是「感於哀樂，緣事而發」，是表意抒情之作。第一首〈碩人〉，描述和讚美衛莊公夫人莊姜的出身和美貌，其中「手如柔荑，膚如凝脂，領如蝤蠐，齒如瓠犀，螓首蛾眉，巧笑倩兮，美目盼兮」是傳誦於後的描寫美人的名句。《詩序》云：「莊公惑於嬖妾，使驕上潛，莊姜賢而不答，終於無子，國人閔而憂之。」這種解釋附於史實而穿鑿，但即使是「閔而憂之」，表達的也是作詩人的情意。第二首〈載馳〉是具有敘事性質的抒情詩，表現了女詩人許穆夫人回國弔唁衛侯，抒發了她強烈的愛國之情。《詩序》云：「許穆夫人閔衛之亡，傷許家之小，力不能救，思歸唁其兄，又義不得，故賦是詩也。」全詩激憤、焦急、憂傷之情溢於言表，女詩人的心情有真實的表現。第三首〈清人〉是諷刺詩，鄭國將領高克的軍隊戰馬雄壯，武器精良，卻因為「河上乎翱翔」，「河上乎逍遙」而打敗仗，詩人「刺」之意是辛辣而尖銳的。第四首〈黃鳥〉是感情沉重的挽歌，哀悼子車氏之三子為秦穆公殉葬，全詩每章結尾都發出「彼蒼者天，殲我良人，如可贖兮，人百其身！」悲慘無告的絕望之情，千載可感。這四首詩，如果以「言志」說之的話，「志」只能訓作「意」。《左傳》中引《詩》之處非常多，所謂「言志」、「觀志」、「知志」，探其底蘊，「志」多不可作「意向」解。所謂「歌詩必類」，就是將「《詩》三百」按其「恩好」、「怨刺」之意分類，要表現何種感情和心意時，便到對應的一類去尋找，對號入座，對錯了號，就會出現麻煩。襄公十六年，「晉侯與諸侯宴於溫，使諸大夫舞，曰：『歌詩必類』，齊高厚之詩不類，荀偃怒，且曰：『諸侯有異志矣』」！高厚只得逃回齊國，其他與會諸侯為此盟曰：「同討不庭！」這便是一個例證。

從接受角度提出的「《詩》以言志」，實質上就是以彼詩表達我之心意，在不同的場合賦不同的《詩》表達不同的心意，這與《詩》多言「心」是相呼應的。因為「意」字尚未廣泛使用，「志」便被多用於第一種意義，用《詩》將「心中所藏」引導出來，所以，我們可以這樣說：「言志」的初級形態，接受者的角度和創作者的出發點是比較貼近的，基本上還有詩意的認同，感情的共鳴，雖然「歌詩必類」免不了時有生搬硬套之嫌，但總要顧及原詩的情感狀態，這就是後來孟子說的：「說詩者不以文害辭，不以辭害志，以意逆志，是為得之。」(《孟子》〈萬章上〉) 不以己之志強加於《詩》。

四　「志」義之二：由意向活動而「心之所之」

《莊子》〈繕性〉篇有段話談「志」，很值得我們注意：

> 古之所謂得志者，非軒冕之謂也，謂其無以益其樂而已矣。今之所謂得志者，軒冕之謂也。軒冕在身，非性命也，物之儻來，寄者也。寄之，其來不可圉，其去不可止。故不為軒冕肆志，不為窮約趨俗，其樂彼與此同，故無憂而已矣！

莊周將「得志」分為古今兩種類型，古之「得志」者不在治國馭民，不在高官顯位，只是得其身心自由而感到無限的快意（肆志），無所樂而無所不樂。今之「得志」者則有身外之求，求得「軒冕在身」，追求與願望沒有止境。莊子是以他的「無為」觀來釋「志」的，他的「肆志」就是他在〈齊物論〉所自述的：「昔者莊周夢為蝴蝶，栩栩然蝴蝶也。自喻適志與！不知周也。」「適志」也就是自我感覺良好、暢意、適意、快意也。

莊子區分兩種「得志」形態，這說明在他的時代，「志」作為「意向活動」已經變得明顯了，「軒冕之志」，表明這種「意向活動」有了強烈的政治色彩。實際上，在《左傳》中，君臣們談論政治、國家大事時，使用「志」字便不是指一般的心情心意，而是有明確的意向，如「匹夫逞志於君而無討」、「無民而能逞其志者未之有也」、「晉人必得志於鄭」、「爾死我必得志」……等等，這些語句中特別加了「逞」、「得」，顯示了其「志」的行為意義。更確切地將「志」表現為人的意向活動，則是在孔子與他的學生言論中，《論語》全書出現「志」字十六處，他們使「志」字本身就具有動詞性質，因而突出了其行為意義，並且也有行為對象。如：

> 苟志於仁矣，無惡也。（〈里仁〉）
> 士志於道，而恥惡衣惡食者，未足與議也。（〈里仁〉）
> 志於道，據於德，依於仁，游於藝。（〈述而〉）
> 吾十有五而志於學。（〈為攻〉）

除了「學」比較實在，「道」與「仁」都是純粹觀念性的東西，它們是儒家最高的政治理想，因此，這個「志」就不是一般的情、意可比了。馬克思曾經說過，當物質勞動與精神勞動開始分離，進而實現了「真實的分工」，「意識才能真實地這樣想像：它是和某種現存的實踐的意識不同的東西，它不用想像某種真實的東西而能夠真實地想像某種東西。從這時候起，意識才能擺脫世界而去構造『純粹』的理論、神學、哲學、道德等等」[3]。孔子與他的學生所言之「志」，正是超越了認識活動中所產生的、「止」於心中的「現存的實踐意識」，他們在

3　《馬克思恩格斯選集》第1卷，頁36。

真實地想像「道」與「仁」的境界而心嚮往之。孔子一生追求「天下有道」、「天下歸仁」，因此，他的「志」是觀念與行為、意向與效果的統一。再如：

> 父在觀其志，父沒觀其行。(〈學而〉)
>
> 三軍可奪帥，匹夫不可奪志。(〈子罕〉)
>
> 博學而篤志，切問而近思。(〈子張〉)

所說的「志」都有特定的涵義，包含著儒家學派關於人生、社會、政治、倫理種種信仰，是「心之所之」，並且還是基本定型的趨向。他們以這種信仰來指引、規範自己的行動。當然，我們也不否定，從根本上說來這種「志」還是意識使然，但它確已是「有複雜組織的、高級形式的意」，又用莊子的一句話來說，便是「意有所隨」(《莊子》〈天道〉)，「隨」的是「道」。

「志」已經超越了「現存的實踐的意識」，完全成了人的精神領域內一種定向的追求，那麼，不同的人，因性格、學識、修養的不同，便表現了人各有志；孔子的學生，雖然各自的志向都不違乃師的「仁」與「道」，其「志」還是有高低遠近之別的。《論語》中記錄了孔子與他的學生兩次「言志」的情景，第一次見於〈公冶長〉篇：

> 顏淵、季路侍。子曰：「盍各言爾志？」子路曰：「願車馬衣輕裘與朋友共，敝之而無憾。」顏淵曰：「願無伐善，無施勞。」子路曰：「願聞子之志。」子曰：「老者安之，朋友信之，少者懷之。」

子路之「志」雖然也體現了「仁者愛人」，但他性格直爽，思想也簡單一些，「志」表現得淺近一些。顏回性格內向，思想深沉，他的

「志」上升到治國安民的具體措施。孔子以「安」、「信」、「懷」，表現他「仁」的政治理想實現後的社會效果，他「真實地想像某種東西」，表現得更純粹。第二次見於〈先進〉篇，參加者有子路、曾皙、冉有、公西華四人，子路、公西華、冉有所言，都比較淺近，不夠超脫，偏重於「實踐的意識」，惟有曾皙言其志別具一格。他首先聲明「異乎三子者之撰」，在孔子的催促下才說：

> 莫春者，春服既成，冠者五六人，童子六七人，浴乎沂，風乎舞雩，詠而歸。

這「志」，正是孔子「老者安之，朋友信之，少者懷之」更生動、更形象地表述，是「仁」、「道」政治理想實現後，個人獲得身心自由的那種愉悅感，因此，「夫子喟然嘆曰：吾與點也。」兩次「言志」，都可見出孔子對於「志」的表述，不願意太坐實了，喜歡虛一點，超脫一些；他的「志」有著廣闊的理性空間，他一面使「仁」與「道」作為一種最高的理念存在，同時，也欣賞曾皙那樣作出超凡脫俗的感性顯現。

不管怎樣表述，此時流行的「志」的觀念，作為意向活動的特徵是更為豁目了，儒家不避忌表達「軒冕之志」。與此同時，道家與墨家反對的也明確指向此種「志」，《老子》云：「是以聖人之治：虛其心，實其腹，弱其志，強其骨，常使民無知無欲，使夫智者不敢為也。」無知、無欲、無為，是「弱其志」的結果，「弱」，就是取消「志」的行為意義。墨子也反對人有自己的志向，說「志者，為也……為者敗之，執者失之。」（《墨子》〈經說上〉）他強調人要服從「天意」，遵「天志」，以「天志」約束自己的行為：「我有天志，譬若輪人之有規，匠人之有矩。」（《墨子》〈天志上〉）這種觀點，是「動物式意識」的復歸，顯然背離了已經向前發展了的時代，無視人的主體意識已經覺醒的保守、倒退之論。不過它倒從反面證實了有行為意義的「志」的觀念，已被當時的知識界所確認了。

按對莊子「今之所謂得志」和對孔子及其學生所言之「志」的考察，具有心理學意義的「志」的觀念在孔子至莊子的時代已經發育完善了，「心之所之」這一層意義被突出了。如果說，「心中所藏」之志還只表現為由感覺接受向內部意識事實的轉化，那麼，「心之所之」之志，則是內部意識事實向外部行為、動作的轉化，這時的「志」，主要不再表現為意識性，而是更多地表現為觀念性，因而更富有理性的、理想主義的色彩；而在熱心於社會政治的儒家那裡，這種理性和理想主義又有更強烈的政治傾向。我們在前一章裡已談到，「詩言志」是在人們從文獻《詩》轉向文體詩的觀念明確之後才出現的。現在可以進一步指出：那還只完成「詩言志」的外部形態，在「志」的觀念內涵被完整地確定之後，「詩言志」的內部機制也因此形成了。從接受角度提出的「《詩》以言志」，還只表現出「言志」的隨意性，因此是「人無定詩，詩無定指」；從創作角度提出的「詩言志」，所言之志就有一定的甚至是嚴格的規範了，於是，必然地人有定詩，詩有定指。

三
「詩言志」的規範

一　對「詩言志」的規範始於荀子

我在第一章曾引《荀子》〈儒效〉篇「詩言是，其志也」等語，說明文獻《詩》向文體詩轉化，荀子對《詩》的論述，確認了《詩》是「言志」的文體，從而開始了文體詩「言志」的創作。也就在這一轉化性的論述當中，荀子同時對於所言之「志」加以規範，現在讓我將這段論述全文引錄：

> 聖人也者，道之管也。天下之道管是矣，百王之道一是矣；故《詩》、《書》、《禮》、《樂》之道歸是矣。《詩》言是，其志也；《書》言是，其事也；《禮》言是，其行也；《樂》言是，其和也；《春秋》言是，其微也。故〈風〉之所以為不逐者，取是以節之也；〈小雅〉之所以為〈小雅〉者，取是而文之也；〈大雅〉之所以為〈大雅〉者，取是而光之也；〈頌〉之所以為至者，取是而通之也，天下之大道畢是矣。

在荀子的心目中，天下之道出乎「一」，「一」即「道之管」的聖人（同篇：「曷謂一？曰執神而固。……神固之謂聖人」）。所謂「是」，就是聖人之道，「天下之道」、「百王之道」皆源於聖人之道。《詩》言此道，表現為作詩者奉行聖道的志向；《書》言此道，記載著奉行聖道的事跡。依此類推，《禮》、《樂》、《春秋》無不是聖人之道的種種表現。他還特別詳說此道與《詩》中不同體式的關係：〈風〉詩之所以不流蕩無羈（也就是「樂而不淫，哀而不傷」），因為有此道在節制它；〈小雅〉賦予此道外在的修飾以增其文采；〈大雅〉使此道更顯其廣大、崇高、光輝；〈頌〉所以為《詩》之極至，那是完全融通於聖人之道了。於是，《詩》出乎聖人之道又歸於聖人之道。

荀子這番話的理論依據，可上溯到孔子的「志於道，據於德，依於仁，游於藝」。我在前面已說過，孔子並沒有將《詩》與「志」聯繫起來，他的「志於道」、「志於仁」也是就社會政治而言的，「游於藝」，「藝」有禮、樂、書、數、射、御[1]，《詩》與樂有密切的關係，道與《詩》最多只能說是一種間接的關係。荀子則將《詩》、樂與道直接聯繫起來了，在《樂論》中有更明確的論斷：

> 先王惡其亂也，故制〈雅〉、〈頌〉之聲以道之，使其聲足以樂而不流，使其文足以辨而不諰，使其曲直、繁省、廉肉、節奏，足以感動人之善心，使夫邪污之氣無由得接焉。

樂，是「人情之所必不免」的，但是，「樂則不能無形，形而不為道，則不能無亂」，因此，先王就以聖人之道節制、引導它，使樂為政教所用，成為統治人的精神的一種特殊工具，使人們「聽其〈雅〉、〈頌〉之聲，而志得廣焉。」荀子的所謂「志」，還有另一種界定，那就是此「志」只能為統治階級所專有，是循聖人、先王之道以治國馭民之「志」。「君子以鐘鼓導志」，而對普通老百姓，則是「撞大鐘，擊鳴鼓，吹笙竽、彈琴瑟以塞其耳」，也就是說，樂是顯示人主的威而強，以此「禁暴勝悍」，泯滅普通百姓們一切物質的和精神的欲望，而達到天下大治。他進一步論及道與欲的關係：

---

1 此用何晏說。漢朝還有以詩、書、禮、樂、易、春秋為「六藝」的，如董仲舒和班固。

> 樂行而志清，禮修而行成，耳目聰明，血氣和平，移風易俗，天下皆寧，美善相樂，……君子樂得其道，小人樂得其欲。以道制欲，則樂而不亂；以欲忘道，則惑而不樂。故樂者，所以道樂也。金石絲竹，所以道德也。樂行而民鄉方矣。故樂者，治人之盛者也。

荀子將道與欲對立起來，實質上也是將志與情對立起來，因為欲與情是聯繫在一起的（《荀子》〈正名〉云：「情者，性之質也；欲者，情之應也」）。這樣，他就強化了志的理性色彩，以聖人之道為志的理念核心，志不再是、也不應該是作詩者個人的思想感情，而只是聖人思想意志的傳導。他所作的〈成相〉、〈佹詩〉，所言「治之志」就是合於聖人之道的。荀子還談不上是一個詩人和詩歌理論家，可是他重新「發現」和評價了文獻《詩》「言志」功用和開創了文體詩「言志」的模式。

二　漢儒對文獻《詩》的重新闡釋

荀子的理論，被漢朝的儒家學者忠實地繼承下來了，首先表現為漢儒對文獻《詩》的重新闡釋和評價。

先秦以遠從接受角度提出的「《詩》以言志」，是允許賦詩者以彼《詩》言己之志，用相應的篇章表現個人的思想感情，所言之志，範圍也很廣，沒有什麼特定的觀念制約它；同時，一首詩不同的人引用，可以反映不同的思想感情，這在於各人對此詩不同的理解，「詩無達詁」，在那時已體現在接受實踐中了。總之，還沒有發現誰對某首詩的闡釋、功用實行個人的壟斷。孟子時代，有個叫咸丘蒙的對孟子說：「舜之不臣堯，則吾既聞命矣。《詩》云：『普天之下，莫非王土；率土之濱，莫非王臣』。而舜既為天子，敢問瞽叟之非臣，如何？」這個問題提得很可笑，「普天之下，莫非王土」出自〈小雅〉〈北山〉，是西周一位士子怨恨大夫分配徭役不均而作的詩，咸丘蒙卻獨取其中四句去衡量古人的行為，說「舜之不臣堯」是不合此詩之志的。孟子回答說：

> 是《詩》也，非是之謂也，勞於王事而不得養父母也；曰「此莫非王事，我獨賢勞也。」故說《詩》者，不以文害辭，不以辭害志；以意逆志，是為得之。如以辭而已矣，〈雲漢〉之詩曰：「周餘黎民，靡有孑遺」。信斯言也，是周無遺民也。(《孟子》〈萬章上〉)

孟子對於《詩》的接受觀點是正確的，說《詩》者不能以自已的思想、理念強加於《詩》，要尊重原始文本所蘊含的本義，像〈北山〉，其本義不在於「率土之濱，莫非王臣」，而在於「此莫非王事，我獨賢勞」，表現詩人忙於應付王事不得奉養父母的一腔怨情。孟子認為，理解一篇《詩》，既不要因其文采而誤解詩人所使用的語言，也不要曲解詩的語言而妄測詩的本義，應該根據自已感受、體驗所獲得的詩意，去探討詩的深層意蘊，把握詩人所言之「志」，這就是比較真實地接受和理解了。

可是，漢代的儒生一反這種正確的接受態度，他們將先秦那種「斷章取義，余取所求」的個人接受與實用，轉化為大一統的、適合於統治集團群體的接受並服從一個統一的功利目的。這種群體的接受，就是將荀子《詩》言「聖人之道」的觀點加以無限制的發揮，使「《詩》三百」的每一首詩都有了聖道王功的奇蹟，使每一句話都有了裁判一切禮俗政教的職責與功能，繼而又將《詩》抬高到「經」的地位，於是漢代始有《詩經》之名。所謂「經」者，經天緯地之書也，與《書》、《易》、《禮》、《春秋》並列為「五經」，鞏固和強化了

《詩》作為最重要的歷史文獻的地位，從此，《詩》的作用更明確為「用之鄉人焉，用之邦國焉」，是實行政治、倫理「教而化之」的經典教材。這樣，再也不能用《詩》言個人之志了。

為傳授「五經」，兩漢設了「五經博士」，傳授《詩經》的有四家：魯人申培公，齊人轅固生，燕人韓嬰，趙人毛萇。這四家，壟斷了《詩經》的闡釋權，是官府確認的權威，其中毛萇所傳《毛詩》又影響最大。為了比較漢儒釋《詩》與先秦之人的接受、理解有何顯明區別，試以〈草蟲〉為例：

〈草蟲〉被編入《詩經》的〈召南〉，是屬於「正始之道，王化之基」的詩篇，實際上，該詩僅是描寫一位勞動婦女通過各種物候的變化而思念別離的丈夫。前已說過，子展賦〈草蟲〉表示對趙孟的歡迎之意，趙孟亦表示此種盛意他不敢當。子展與趙孟運用〈草蟲〉傳達友愛之情，已經不符合原詩之意，是「余取所求」，但大體上還沒有以文害辭，以辭害志。可是漢朝傳《毛詩》者卻說「〈草蟲〉，大夫妻能以禮自防也」，那位經常出門采蕨菜、薇菜的婦女升格為大夫之妻了，而那「憂心忡忡」的思念之情和「我心則悅」的相聚之歡，竟是「以禮自防」了，這跟子展、趙孟對此詩的接受、理解大相徑庭了。「以禮自防」總體規範了〈草蟲〉之「志」，但很明顯地是漢儒將一種理念予以強加，使一首情詩也有維護禮教的功能。下面，再列舉申培公、轅固生、韓嬰、毛萇四家對〈關雎〉一詩的闡釋，看他們是怎樣把一首普通的民間情歌，上到「用之邦國」的綱上：

> 後夫人雞鳴佩玉去君所，周康后不然，詩人嘆而傷之。(〈魯詩〉)
>
> 周室將衰，康王晏起，畢公喟然，深思古道，感彼關雎，德不雙侶，願得周公妃，以窈窕防微杜漸，諷諭君父。(〈齊詩〉)
>
> 詩人言關雎貞潔慎匹，以聲相求，必於河之州，隱蔽於無人之

處。故人君退朝，入於私宮，后妃御見，去留有度，應門擊柝，鼓人上堂，退反宴處，體安志明。今時大人內傾於色，賢人見其萌，故詠關雎，說淑女，正容儀，以刺時也。(〈韓詩〉)

關雎，后妃之德也，風之始也，所以風天下而正夫婦也。……周南、召南，正始之道，王化之基，是以關雎樂得淑女以配君子，愛在進賢，不淫其色；哀窈窕，思賢才，而無傷善之心焉。是關雎之義也。(〈毛詩序〉)

可說，每家都盡了心機，發揮了極其迂腐的想像，對照原詩去看，簡直是痴人說夢，可是他們卻是正襟危坐地給這首情歌所言之意，作出完全是想入非非的規範，無異於將它從大地上連根拔起，移栽到宮廷的金玉盆中。這四家，或說「諷諭」，或說「刺時」，或說「思賢才」，莫衷一是，但有一個共同的目的，那就是利於「王化」，對〈關雎〉是這樣，對三〇五篇中任何一篇也是如此炮製，這正如羅根澤先生所論：兩漢的經學家們，「受著功利主義的驅使，將各不相謀的三百首詩湊在一起，這功用主義的外套便有了圖樣；從此你添一針，他綴一線，由是詩的地位逐漸崇高了，詩的真義逐漸汩沒了。」[2]

把《詩》抬到「用之邦國」的崇高地位，把已成為歷史文獻的《詩》進而經典化，從文學與審美方面來說，這是《詩》的不幸。這樣，也無形中建立了一個模式，從文獻《詩》脫胎出來的文體詩，必須是對經典詩的模擬，既然《詩經》中每首詩都有聖道王功的奇蹟，那麼，文體的詩也應步其後塵，詩人所言之志應該有嚴格的規範。

---

2 羅根澤：《中國文學批評史》(上海市：上海古籍出版社，1984年)，第1冊，頁71。

三 漢儒強化「志」的理性內涵

現在讓我們再看漢儒們怎樣對「志」作出理論方面的闡釋。

漢儒們依據荀子關於「志」即聖人之道的論述，進一步強化「志」的理性內涵，使「志」游離於人的情性之外而成為一個孤立的理念。陸賈《新語》〈慎微〉篇云：

> 隱之則為道，布之則為文詩。在心為志，出口為辭。矯以雅（當為邪）僻，砥礪鈍才；雕琢文邪（當為雅），抑定狐疑；通塞理順，分別然否。而情得以利，而性得以治。

文與詩都是「道」的外觀，「道」是人之志，它不是生成於人的性情之中，而是超脫於人的情性之外，作文賦詩依據的是合「道」之志，憑此矯正不合聖人之道的情性。賈誼在《新書》〈道德〉中亦說：

> 詩者，志德之理而明其指，令人緣之以自成也。故曰，詩者，此之志者也。

「志」，被明確地作為一種理念。陸賈和賈誼在西漢還不是「獨尊儒術」的學者，他們對「志」的理解也是如此，而那位「獨尊儒術」的倡導者董仲舒，將理念化的「志」與政教功用聯繫得更密切了。他在《春秋繁露》〈玉杯〉篇中，提出了兩個對以後的儒家詩學有重大影響的「志於禮」、「志為質」的重要觀點。

荀子說過，「禮言是，其行也」，禮實質上是聖人之道的行為表現及其規範。「道」，一般地說，是純觀念性的東西，人們不容易把握它的實質；禮，有具體的規定性，更切於實用，所謂「以道制欲」，

「制」之手段便是「禮」。《樂記》中已開始形成這一思想，〈樂象〉篇中提出「反情以和志」，「奸聲亂色，不留聰明；淫樂慝禮，不接心術；惰慢邪避之氣，不設於身體」，這些「情」都是違「禮」的，反（返）之而「和志」，就是循「禮」而行，因為「禮樂偩於天地之情，達神明之德，降興上下之神，而凝是精粗之體，領父子君臣之節。」封建社會的統治秩序，就在「禮」的遵奉中表現出來，「禮崩樂壞」，是一個國家失「道」、「無道」的象徵。漢代是一個中央集權的統一國家，建立完美的統治秩序尤其重要，所謂封建的「禮教」，就是在漢朝臻於完善的。董仲舒在這種政治環境中，提出並強調：「禮之所重者在其志。」看一個人是否有志，或志高志低，就看他對待「禮」的態度，能否服從「禮」的約束：

> 志敬而節具，則君子予之知禮；志和而音雅，則君子予之知樂；志哀而居約，則君子予之知喪，故曰，非虛加之，重志之謂也。(《春秋繁露》〈玉杯〉)

這番話本是就「《春秋》譏文公以喪取」而發的，魯文公父喪三年未滿即「納幣」定婚，「全無悼遠之志」，被孔子加以譏刺，董仲舒即「緣此以論禮」，作出「重志」即重禮的判斷。如果說，「志於道」，還給人留下較為空闊的思維空間，「志於禮」則把「志」驅入一個狹隘的「意向」渠道，是一種更近功利的「用之邦國」的道。雖說「志敬」、「志和」、「志哀」也有一定情感因素，但是僅僅「知禮」、「知樂」、「知喪」而止；董仲舒也沒有直接以此論詩，但是，後來〈詩大序〉所說的「發乎情，止乎禮義」，大概就是本於此。「止乎禮義」是漢儒們發明的，使詩更有利於政治、倫理教化的新原則。

「文」與「質」的關係觀，是孔子最先開始揭示的，他說過「質勝文則野，文勝質則史，文質彬彬，然後君子。」(《論語》〈雍也〉)

孔子所說的「質」，是指人的內在的品質，是「內美」，有「文」必有「質」，有美的外在表現必須有充實的內容（孟子說「充實之謂美，充實而有光輝之謂大」），因此「質」，是一個比「志」包容性更大的概念。同時，任何事物或人之「質」，都是一個比較穩定的因素，而人之「志」，前章已說過，有著內部意識事實向外部行為動作轉化的意義。緊接上面引文的「重志之謂也」，董仲舒接著說：

> 志為質，物為文；文著於質，質不居文，文安施質？質文兩備，然後其禮成。文質偏行，不得有我爾之名；俱不能備而偏行之，寧有質而無文。

若從「志」是人的思想意識中更具本質意義的心理活動的內容而言，說「志為質」也未嘗不可，但董仲舒是闡發了「禮之所重者在其志」，之後而言此的，既說「志為質」，反之則可斷定「質為志」，這樣就將人們「停止於心上」的種種情和意都規範為「禮」之「志」，若按董仲舒這種邏輯推論，「文必有質」，那麼，凡詩必有志（以「禮」為內核的志），沒有言志的，就夠不上詩的資格。漢代的《詩經》博士們，大概也是遵循這偏狹的理論，去《詩》的每一篇中尋找「微言大義」，他們不敢否定已成為歷史文獻的民間情歌（本來就不那麼合於禮的，背禮越禮之作，按原始文本解讀，比比皆是），於是竭力為那些男女愛情詠嘆調冠上「后妃之德」，「以禮自防」之類的「志」。

董仲舒上述「志於禮」、「志為質」的觀點，在具體論述時雖然還沒有與詩直接聯繫起來，但在同一篇中的這段話，便歸納到詩了：

> 君子知在位者不能以惡服人也，是故簡六藝以贍養之。《詩》《書》序其志，《禮》《樂》純其養，《易》《春秋》明其知。六學皆大，而各有所長。詩道志，故長於質。

我認為，董仲舒「獨尊儒術」，實質上是強化「儒術」的理論，大體上成了漢代詩學的理論基礎，〈詩大序〉便是在漢儒們對《詩》對「志」的重新闡釋和規範的基礎上，正式形成的一篇儒家詩學專論。

四　〈詩大序〉的兩面性

〈詩大序〉又名〈毛詩序〉，但不是毛萇所作，也不是毛萇傳孔子學生子夏的作品。據《後漢書》〈儒林傳〉:「謝曼卿善《毛詩》，乃為其訓。衛宏從曼卿受學，因作〈毛詩序〉，善得風雅之旨，於今傳於世。」衛宏為東漢時人，因此，他得以將先秦，特別是西漢以來儒家零散的論詩之言，綜合為一篇比較系統完整的詩論。《毛詩》每篇之前都有「序」，闡釋該詩或「美」、或「諷諫」（刺）之志，大都篇幅很短（如前引〈草蟲〉序僅一句），後人稱之為小序，惟有首篇〈關雎〉之序較長，除對於〈關雎〉的具體評價外，又總論《詩經》全書，重點論述了《詩》之六義和言志與表情的關係，因此又被稱為「大序」。

〈詩大序〉是我國古代第一篇專論詩的理論文章，但其理論價值顯示出它的兩面性：一面是它從文體詩而不再是從文獻《詩》的角度正式確認了「作詩言志」，從詩人作為創作主體而闡述了詩的精神特質與詩歌創作心理的發生過程；另一面是遵奉中國特有的儒家詩教，以為統治階級政教服務的功用主義觀，給作為文體的詩確立一套也是頗為獨特的創作原則和體用規範。讓我們先看它的第一面：

> 詩者，志之所之也，在心為志，發言為詩。情動於中而形於言，言之不足故嗟嘆之，嗟嘆之不足故永歌之，永歌之不足，不知手之舞之，足之蹈之也。

這不再是《左傳》中那種「賦《詩》言志」的形態了。它首先指出，詩是詩人之志的載體，詩人作詩，是有志在心，受到情感的激發，不得不言，必言之而後快，這是詩歌產生的審美心理基礎。「言之不足」，是指用日常的普通語言來訴說，不足以描述那種「情動」之狀，不足以淋漓痛快地表達那情深意遠之志，於是「嗟嘆之」。「嗟嘆」是詩人進入了一種不尋常的精神狀態和言語狀態，而此種狀態正是詩的狀態。古希臘學者德謨克里特曾說：「一位詩人以熱情並在神聖的靈感之下所作成的一切詩句，當然是美的。」[3]「情動於中」也正是詩人熱情的激發，形之於「嗟嘆」之言便成了美的詩句。我們用這段話，可以正確地解釋《詩經》裡大多數詩的創作動機了，像「是用作歌，將母來念」、「作此好歌，以極反側」、「君子作歌，維以告哀」等等，不都是「情動於中」而「嗟嘆之」嗎？屈原的「懷朕情而不發兮，余焉能忍而與此終古」，不正是表現為一種強烈的創作衝動嗎！

〈詩大序〉中這段話，是我國古代詩學中第一塊豐碑，雖然在此之前，《樂記》中已有了類似的論述，如：「故歌之為言也，長言之也。說之故言之，言之不足故長言之；長言之不足故嗟嘆之；嗟嘆之不足故不知手之舞之，足之蹈之也。」還有托於〈堯典〉「詩言志」那段話。但是那些論述都還沒有深入到創作主體的心理活動，沒有把詩歌創作「本於心」的那種不尋常的精神、感情狀態，表述得如此準確。當然，說「情動於中」沒有論及人的主觀感情之「動」與外界事物觸發的關係，這一點反不如《樂記》，但盡管如此，〈詩大序〉的作者總算把「情」的觀念引進了文體詩創作，孔子說《詩》「可以興」，是從接受角度說的，現在可以從創作角度言「睹物興情」了。把「言志」與「興情」在理論上聯繫起來，這比起「詩者，志德之理而明其

3　轉引自朱光潛譯：《西方美學家論美和美感》（北京市：商務印書館，1982年），頁17。

指」，「詩道志，故長於質」是一大進步。把「言志」之詩與音樂、舞蹈相銜，正式承認了詩是一種藝術樣式，是一種美文學。

〈詩大序〉對於中國詩學的主要貢獻在於這一面，是積極的建設性貢獻。另一方面，它則致力於為儒家詩教建立種種規則和規範，對於中國古代詩學體系框架的構成，也有一定的輔助意義。

首先，它強調詩與時代、詩與政教的關係，詩要發揮教化的功用：

> 情發於聲，聲成文謂之音。治世之音安以樂，其政和；亂世之音怨以怒，其政乖；亡國之音哀以思，其民困。故正得失，動天地，感鬼神，莫近於詩。先王以是經夫婦、成孝敬、厚人倫，美教化，移風俗。

這段話前半部分直接引自《樂記》〈樂本〉篇，後半部分則取意於《荀子》〈樂論〉那段「移風易俗，天下皆寧，……以道制欲」的論述。如果我們將其理解為詩歌創作是詩人的心聲，必然表現出詩人所處時代和生存環境總體風貌，時代與社會的興衰成敗都會在詩中反映出來，這大致是正確的；而「動天地」云云，則強調了詩主要是起感化作用，也是根據詩的特點而言的。但這段話，把詩的地位抬得太高了，把詩的作用過於誇大了，由此，反而取消了詩作為一種美文學文體的獨立地位，詩人不能利用這一文體自由地抒個人之情，言個人之志，他必須以社會群體的意識為依歸，他負有「正得失」這樣重大的政治任務，而「經夫婦」等五大功用，使詩成了「治世」之所托了。中國自古以來就有一個文藝為政治服務的傳統，正式形成理論是自有音樂與詩的接受和創作理論始，〈詩大序〉將其綜合了，一個危及作為美文學的詩正常存在的禍機，在此悄悄地埋伏下來了！真正的詩美在詩歌文體中只處於附庸的地位，而詩又處於附庸政教的地位，天下大治，粉飾太平，有詩之功；國運衰頹，世風日下，則詩有罪。後世正統的儒家，多把世亂國亡之由歸罪於詩及其他美文學，如隋初李諤、王通等人，將南朝宋、齊、梁、陳先後滅亡都歸於「文筆日繁，其政日亂」，說是詩文創作「棄大聖之軌模，構無用以為用也」，有「損本逐末之罪」(李諤〈上隋高帝革文華書〉)。他們對南朝的詩尤其不滿，因為南朝的詩人們已經注重表現個人的情性，並有自覺的審美追求，不再以所謂「聖人」的情性來冒充「民之情性」，由此王通指責說：「詩者，民之情性也，情性能亡乎？非民無詩，職詩者之罪也！」(《中說》〈關朗篇〉)〈詩大序〉在理論上把文體詩推向一個崇高的地位，這比將「《詩》三百」置於崇高的地位危害性更大，因為對於已成為歷史文獻的《詩》強加規範，不過是強加於古人，孰是孰非已成歷史的陳跡；而對於新起的文體詩如此規範，則預制了一個詩歌創作的模式，強加給後代詩人以重功利的思維定勢，制約以至扼殺了他們自由的審美創造。

第二，〈詩大序〉對詩這一文體本身，有了更自覺的文體意識，但就在它言及詩的不同體式、不同的藝術表現時，又與詩的功用緊密相聯，形成一種體與用一致的規範：

> 故詩有六義焉：一曰風，二曰賦，三曰比，四曰興，五曰雅，六曰頌。上以風化下，下以風刺上，主文而譎諫，言之者無罪，聞之者足戒，故曰風。……是以一國之事，系一人之本，謂之風；言天下之事，形四方之風，謂之雅。雅者，正也，言王政之所由廢興也。政有小大，故有小雅焉，有大雅焉。頌者，美盛德之形容，以其成功告於神明者也。

這「六義」，本是對文獻《詩》體式與作用的剖析，但涉及到詩歌創作一些原則性問題，因而也有適用於文體詩的普遍意義。「六義」之說，先見之《周禮》〈春官〉：

> 太師……教六詩：曰風，曰賦，曰比，曰興，曰雅，曰頌。

「六詩」應該說是六種類型的詩，有的以所表現的內容為特徵、為體，有的以表現的獨特手法為特徵、為體，這反映那時的文體觀念是模糊的。唐代孔穎達在《毛詩正義》卷一才將體與用以明確的區分：

> 風、雅、頌者，《詩》篇之異體；賦、比、興者，《詩》文之異辭耳。……賦、比、興是《詩》之所用，風、雅、頌是《詩》之成形。用彼三事，成此三事，是故同稱為義。

〈詩大序〉的作者是有這種文體自覺的，他論「六義」不論賦、比、興而專論風、雅、頌，基於詩「用之邦國，用之鄉人」的觀點，將詩為政教服務劃分為三個等級，其作用是由小至大，由狹至廣，由低級至高級。最先為《毛詩》作箋的東漢學者鄭玄，在《周禮注》中，對「六義」有全面的闡釋：

> 風，言賢聖之道之遺化；賦之言鋪，直鋪陳今之政教善惡；比，見今之失，不敢斥言，取比類以言之；興，見今之美嫌之媚諛，取善事以喻勸之；雅，正也，言今之正者以為後世法也；頌之言誦也，容也，誦今之德廣以美之。

幾乎無一「義」不緊貼政教，連賦、比、興的作用也被嚴格規範了，沒有了多少藝術的色彩，這種規範推及文體的詩，自然又是一種先天的模式，讓詩人們「謹遵古法」。但好在後來的詩人們不再依風、雅、頌的體式而作詩，所以使用賦、比、興的手法，也就不為「古法」所制，其中的比興說，經劉勰《文心雕龍》、鍾嶸《詩品》的進一步闡發，成為詩歌抒情的重要表現手法，唐代的陳子昂、殷璠等提出「興寄」、「興象」與比、興有關的一系列詩歌美學新觀念，發展為他們詩歌理論的核心。

第三，〈詩大序〉提出了一個「變風」、「變雅」的新概念：

> 至於王道衰，禮義廢，政教失，國異政，家殊俗，而變風、變雅作矣。國史明乎得失之跡，傷人倫之廢，哀刑政之苛，吟詠情性，以風其上，達於事變而懷其舊俗者也。故變風發乎情，止乎禮義。發乎情，民之性也；止乎禮義，先王之澤也。

所謂「變」，是對「正始之道、王化之基」而言的，《詩經》中，只有〈周南〉、〈召南〉是「風」之正，其餘各國之風皆為「變風」。鄭玄在〈詩譜序〉中，將「周自后稷播種百穀」至「成王、周公致太平」這一段時期內的風、雅、頌尊之為「詩之正經」，自「懿王始受譖亨齊哀公」至「陳靈公淫亂之事」這一段時期內的《詩》稱之為「變風」、「變雅」，這是從時代興衰劃分，「正」、「變」之《詩》顯示出不同的時代特徵。以「正」、「變」言詩，可說拓寬了詩歌創作的路子，因為「變」，容許詩可以諷諫怨刺，從而突破了「美盛德之形容」的頌詩格局；一個「變」字，啟迪了後來詩人作家的創新意識；「文律運周，日新其業，變則其久，通則不乏。」（劉勰語）但是，〈詩大序〉的作者在肯定「變」的同時，又立即規定「變」的方向，規範了「變」的方法，《詩》不過是從弘揚王道，「變」為「救亡」王道：「國史」（此即謂詩人）們洞察國家衰敗的原因，於是「吟詠情性，以風其上」，用《詩》來挽狂瀾於既倒，喚起、規勸最高統治者和世人重新溫習和皈依聖人之道，這就是「達於事變而懷其舊俗者也。」後來孔穎達之「疏」，對此說得更為明白：

> 變風變雅之作，皆王道始衰。政教初失，尚可匡而革之，追而

> 復之；故執彼舊章，繩此新失，覬望自悔其心，更遵正道，所以變詩作也。以其變改正法，故謂之變焉。

這種正、變的概念，對於《詩經》來說，實際上也是一種主觀的強加，時代之變有詩風之變，這是必然，但說這種「變」就是幾乎所有的作詩者都在「懷其舊俗」，不過又是漢儒們功用主義的理論與觀念一番演繹而已，「發乎情，止乎禮義」，懷其「先王之澤」，是這一番演繹最重要的結論。前已說「情動於中」是詩歌創作重要的心理基礎，是進入詩的狀態的重要前提，但這裡趕快說「止乎禮義」，又是對「情」的導向和抑制，與對「言志」的規範很快達成了一致。〈詩大序〉這種「變」的觀念及其規範，給以後的中國文學史造成一些奇特的現象，這就是：即使要創新，也以「復古」的面貌而出現。唐代的韓愈、柳宗元和明朝前、後七子的復古運動，都是典型之例。以復古為通變，在他們具體的歷史環境中雖然有一定的積極意義，但「達於事變而懷其舊俗」，終究是以傳統重重羈絆其變革與開拓新領域的步伐，戀於「先王之澤」，尤有思想倒退之虞。

〈詩大序〉在理論上的兩面性，對中國詩學的發展同時產生積極性與消極性的影響，因為它是純粹的儒家詩論，是儒家哲學觀在文藝方面的反映，要克服其消極的影響，一方面是詩歌按其自身的藝術規律而發展，更重要的一面是對正統儒家哲學揭起反叛的旗幟。

四
「言志」說詩學意義的拓展

一　重「再現」的西方敘事文學與重「表現」的東方抒情文學

西元前九至前八世紀間，在地中海東北小亞細亞諸島，希臘盲詩人荷馬到處彈唱他的《伊利亞特》與《奧德賽》，於是有了西方文學史上不朽的史詩作品。也就在大致相同的時間內，中國長江以北的廣大土地上，或在田野桑林，或在山間水濱，或在朝廷廟堂隆重的祭祀典禮場合，或在荒原崎路的征戰殺伐途中，從農夫村女、士子戍卒的口中，大量言「我心」的抒情歌謠，不斷被創作和傳唱出來，於是有了中國文學史上引以自豪的《詩》。概觀西方詩史，他們的詩歌創作是從荷馬和古羅馬維吉爾的敘事詩開始，古希臘也有抒情詩，如女詩人薩福的作品，但被敘事文學的光輝所籠蓋。中國最早的《詩》也不乏優秀的敘事短章和史詩，如〈豳風〉〈七月〉和〈大雅〉〈公劉〉，但「男女相與詠歌各言其情」的作品有著更強的藝術魅力。

東、西方最早出現的美文學呈現出不同的內在品格，使東西方的哲學家和文學理論家作出了不同的理論概括與評價，最早的文學批評，都可說是哲學家的文學批評。西方在相當我國戰國時代的中期，出現了古希臘哲學家和美學家亞里斯多德所著的《詩學》，這是一部已經具有自覺文體意識的理論著作，它不只分析古希臘歷史上已有的史詩和戲劇，而且從指導創作的角度，深入闡述了這些文體的創作原則。根據史詩的內在品格，亞里斯多德特別提到詩起源於「摹仿」：

> 一般說來，詩的起源彷彿有兩個原因，都是出於人的天性。人從孩提時候起就有摹仿的本能（人和禽獸的分別之一，就在於人善於摹仿，他們最初的知識就是從摹仿得來的），人對於摹仿的作品總是感到快感……摹仿出於我們的天性，而音調感和節奏感（至於「韻文」則顯然是節奏的段落）也是出於我們的天性，起初那些天生最富於這種資質的人，使它一步步發展，後來就由臨時口占而作出了詩歌。

由詩而推及人類的一切藝術活動，都歸之於自然的「摹仿」；畫家與雕塑家「用顏色和姿態」摹仿，詩人與音樂家用「節奏、語言和音調」摹仿。摹仿的原則是：「照事物本來樣子去摹仿，照事物為人們所說所想的樣子去摹仿，或是照事物應當有的樣子去摹仿。」「摹仿」說是西方（希臘）人早期從事藝術活動的「方法論」，但只能說，還是一種被動的創造。不過，亞里斯多德所說的後兩種摹仿，已見出創造者須有一定的主觀能動性。《詩學》還有另外一段話，將歷史家與詩人區別開來：「一是述說已然的事物，一是述說可能的事物，詩比哲學更有哲學意味以及優美的東西。」[1]「摹仿」的本質是對客觀事物的再現而追求藝術的真實，它成為浪漫主義文學出現以前的古典主義和以後的現實主義文學理論的基礎。古典主義基本上是「照事物為人們所說、所想的樣子」、「照事物應當有的樣子」去摹仿，而現實主義則「照事物的本來樣子」去摹仿，「嚴格模寫現實」，是法國偉大的現實主義作家巴爾扎克創作《人間喜劇》的信條之一。

如果說，西方的文藝理論是以「摹仿」來奠基的話，中國最具民族特色的文藝理論便是發端於「言志」說。它最早以接受理論的觀念出現，也是到了相當於亞里斯多德寫作《詩學》的時代，恢復了詩的

---

1 引〔希臘〕亞里斯多德，均見羅念生譯：《詩學》（北京市：人民文學出版社，1963年）。

文體意識，又有創作理論的「言志」說的推出。「言志」說與「摹仿」說根本不同之處在於：一是「本於心」，以表現人的主觀精神與情、志為主導；一是本於物，以再現客觀事物歷史的和現實的存在狀態為依歸。「摹仿」說昇華了古希臘史詩和戲劇的創作經驗而指導了重「再現」的敘事文學的發展，「言志」說主要是首先體悟到了《詩》的隱蔽的特質並加以概括提煉，而成了此後抒情文學創作的基本原則。日本美學家今道友信在《關於美》一書中，論述了「再現與表現」在東方與西方是「逆現象的同時展開」：

> 西方古典藝術理論是摹仿再現，近代發展為表現。出現這個概念後，蘊藏著未完成作品因之受到尊重。而東方的古典藝術理論卻是寫意即表現，關於再現即寫生的思想則產生於近代[2]。

他是在比較東西方造型藝術之不同以後作出這一結論的，將中國寫意畫的發達視為逆「再現」而為「表現」也是正確的，但是，他把孔子說的「繪事後素」看成是「形成中國中世紀藝術理論的遙遠淵源」，卻不是那麼準確。他大概沒有細辨，孔子說這話時，正是和他的學生子夏在談《詩》，子夏引〈碩人〉詩中描寫衛莊公夫人莊姜美貌的句子：「巧笑倩兮，美目盼兮，素以為絢兮。」問孔子這種絢麗的描寫怎樣？孔子在「素」與「絢」二者之間作出主、次判斷，是先「素」而後「絢」。他更注重審美對象的本質美、精神美，認為對象有好的本質再加以必要的文飾，才是「文質彬彬」的真美。所以說「繪事後素」，表現對象的精神品質應先於直接引起快感的形象描寫。子夏很快領會了老師的意思，馬上補問一句：「禮後乎？」意思是禮節儀式

2　〔日〕今道友信著，鮑顯陽、王永麗譯：《關於美》（哈爾濱市：黑龍江人民出版社，1983年），頁74。

也應該在仁義之後吧，孔子立即高興地說：「起予者商也，始可與言《詩》已矣。」在孔子看來，「《詩》三百」都是仁者之言、仁義之聲，那些精彩的描寫都屬次要的。「繪事後素」，反映了孔子重事物本質表現的審美意識，與接受和創作中的「言志」說有相通之處。中國早期的造型藝術，據當時留下的文字資料看，倒是非常講究「摹仿再現」的，《韓非子》〈外儲〉記載了一個齊王問畫家畫鬼魅與犬馬孰易孰難的故事，畫家答曰：「鬼魅最易。夫犬、馬，人所知也，旦暮罄於前，不可不類之，故難。鬼魅無形者，不罄於前，故易之也。」他所說的「類之」，就是指對現實生活中的犬馬必須有摹仿性的描繪，使所畫得「形似」之妙。造型藝術經兩漢到魏晉南北朝，才在理論上提出形神兼備的創作法則。「寫意」與「言志」有一定淵源關係，那是到唐朝繪畫與詩歌發生密切的聯繫以後，「詩中有畫，畫中有詩」啟迪了畫家用線條和色彩去表現自己的情意，因此，真正屬於「表現」型的「寫意」畫，到唐宋以後才真正地發達起來，在理論上直接受到唐代詩歌理論中意境說的影響。我國當代哲學家馮契先生在〈中國近代美學關於意境理論的探討〉一文中指出：「如果說，西方人比較早地發展了『摹仿』說和典型性格的理論（那首先是敘事文學和造型藝術的理論），那麼，中國人則比較早地發展了『言志』說和藝術意境的理論（那首先是抒情詩和音樂藝術的理論）。」[3]這就歷史地肯定了「言志」在中國藝術理論中的地位。

當然，從先秦兩漢的「言志」說發展到藝術意境的理論，還有一段遙遠的距離，可是，它既然成為創作理論進入了詩人們的實踐之中，創作者便會在自己的精神與情緒體驗之中，也對它實行「余取所求」，從「言志」說到藝術意境理論，從東漢末到魏晉南北朝，可說邁出了有決定意義的三大步，現試一一述之。

3 馮契：〈中國近代美學關於意境理論的探討〉，《文藝理論研究》1987年第1期。

二　「露才揚己」的肯定與「志」的內涵的突破

荀子與屈原的「作詩言志」，已顯示了「言志」說兩個發展方向。西漢司馬遷和劉安，實際上已肯定了屈原的方向，可是經學家們卻在釋《詩》和理論上強化了荀子的方向，於是經史家與文學家各持的「言志」說開始壁壘分明。〈詩大序〉企圖將兩說糅合，但肯定了「吟詠情性」之後，又將「以風其上」、「明得失之跡」等等強加於彼，種種規範，結果是沒有給詩人言一己之志留下多少餘地，「發乎情，止乎禮義」，也「止」住了詩人的「窮通出處」。對於經學家「言志」說的反叛，實際上從漢朝就開始了，東漢文學家王逸對班固貶低屈原的作品奮起抗爭，便是這種反叛的開始。

班固站在正統的儒家立場，對屈原作品貶低性的評價集中於三點：「失志」、「露才揚己」、「不依經義」。所謂「失志」，就是屈原在政治上不得志，於是便在自己的作品中「數責懷王，怨惡椒蘭」，有失君臣之義；所謂「露才揚己」，就是「愁神苦思，強非其人，忿對不容」，太重於表現自己了；所謂「不依經義」，就是屈原詩中「多稱崑崙冥婚、宓妃虛無之語，皆非法度之政，經義所載」，想像過於奇麗，大大出格了。按班固的想法，屈原處身於那樣惡劣的政治環境中，不「失志」又不失於禮義，最好是沉默不言，明哲保身，學「潛龍不見是而無悶，〈關睢〉哀周道而不傷，蘧瑗持可懷之智，寧武保如愚之性」而達到「以全命避害，不受世患」，從班固這些話裡可以感到，經學家的「志」既僵化，又脆弱，如果按「志」的本義評判，「失志」的正是班固所嘉許的「既明且哲」的那些人。

王逸是晚生於班固的一位文學家，他在〈楚辭章句序〉、〈離騷經序〉中，面對已經成為他的前輩又是一代史學權威的班固，據理力爭，進行反駁。他認為，「懷道以迷國，詳（佯）愚而不言，顛則不能扶，危則不能安，婉娩以順上，逡巡以避患，雖保黃耇，終壽百年，蓋志士之所恥，愚夫之所賤也」，這才是真正的「失志」；至於屈原，他「膺忠貞之質，體清潔之性，直若砥矢，言若丹青，進不隱其謀，退不顧其命，此誠絕世之行，俊彥之英也！」他從屈原個人在特殊時代裡的特殊表現，高度評價了〈離騷〉、〈九章〉等作品中「露才揚己」、「直若砥矢」之志，特別指出，讀過屈原作品的人，「莫不慕其清高，嘉其文采，哀其不遇，而愍其志焉」。這位曾作〈九思〉哀悼屈原的東漢文學家，可能還沒有意識到，他為屈原的作品辯護而反駁班固的觀點，實質上是在為文學家「言志」正名，對於文學家言什麼樣的志？怎樣言志？初步作出了區別於經史學家的理論闡述；他肯定了屈原的「露才揚己」，「露才揚己」正是作為一個抒情詩人最重要的文學品格，詩人善於表現自己的個性、氣質，敢於將自己的靈魂袒示於眾，正是屈原的作品巨大藝術魅力之所在，使後人慕之、嘉之、愍之。這較之於儒家正統的詩教，「溫柔敦厚」而言聖人之志，確屬標新立異（王逸雖然在充分肯定的同時，也有點學究氣地說〈離騷〉「依托《五經》以立義」，「依道徑以風諫君」，但他的動機也不過是爭得〈離騷〉「兼詩風雅」的地位），是「言志」說一次有力的新變！

文學家的創作實踐，更有力地推動「言志」說的向前發展，向更有利於言「一己之窮通出處」變，使「志」擺脫「聖人之道」的糾纏，淡化「止於禮義」的色彩，強化個人主觀感情對於「志」的心理支配作用。前已提到的、收入《楚辭》中漢朝人莊忌所作的〈哀時命〉中，就有「志憾恨而不逞兮，抒中情而屬詩」之句，就表明他用詩這個文體言一己之志，抒一己之情。東漢的馮衍寫過一篇〈顯志賦〉，自述其寫作的動機是：「顧嘗好俶儻之策，時莫能聽用其謀。喟然長嘆，自傷不遭。久棲於小官，不得舒其心懷，抑心折節，意悽情悲……乃作賦自厲，命其篇曰『顯志』。『顯志』者，言光明風化之情，昭章玄妙之思也。」（見《後漢書》五十八下本傳）顯然他也是步屈原的後塵，為「舒其心懷」而作是賦。到魏晉南北朝時，由於「詩緣情」說的出現，直說「詩言志」的就少了，即使提到「言志」，也逸出了聖人之道。正始時代詩人阮籍，將宣寄自己情志的詩總名為〈詠懷〉，其中有的篇章也提到「志」，如第十五首：

昔年十四五，志尚好詩書。被褐懷珠玉，顏閔相與期。
開軒臨四野，登高望所思，丘墓蔽山岡，萬代同一時。
千秋萬歲後，榮名安所之？乃悟羨門子，噭噭今自嗤。

少年時也曾有效先賢之志的願望，但隨著人事多識，這種志向淡漠了，反是領悟到要像古時羨門子那樣，與世無爭而修長生。阮籍所詠之「懷」，顯然完全是另一種、甚至不同於屈原的「窮通出處」。後來鍾嶸評曰：「言在耳目之內，情寄八方之表。……厥旨淵放，歸趣難求」(《詩品》)，可見，阮籍以詩詠懷已大大突破了「詩言志」的規範。與阮籍一樣，對政治不感興趣乃至厭倦的陶淵明，他則強調自己「質性自然，非矯厲所得」，其「志」則是樂在山水田園之間，〈五柳先生傳〉中有云：「嘗著文章自娛，頗示己志。忘懷得失，以此自終」，忘懷個人得失，也是置政治的得失於身外，他再不以「明得失之跡」為己任，實是對〈詩大序〉訓誡的一種委婉的拒絕。

從東漢末到魏晉，文學家心目中「志」的觀念已經具有了更豐富的心理內涵，再也不是那種「詩言是」的單一之志，用潘岳〈悼亡〉詩裡兩句詩來表述，便是「賦詩欲言志，此志難具紀」。到南朝之時，文學家的思想更為開放，文學創作由質樸而日趨於文華，梁代昭明太子蕭統雖不敢明違儒家詩教，但他明白指出文學是「隨時變改」的，在前人創作的基礎上，「踵其事而增華，變其本而加厲」，是文學發展的必然。齊梁之時，有宮體詩的興起，宮體詩與表現「非禮勿視」的道德詩，幾乎是絕緣的，這在當時不恪守儒家正統的文人眼中，其「露才揚己」較之屈原，簡直是有過之而無不及。梁武帝時大臣裴子野在〈雕蟲論〉中說：「自是閭閻年少，貴遊總角，罔不擯落六藝，吟詠情性。學者以博依為急務，謂章句為專魯。淫文破典，斐爾為功，無被於管弦，非止乎禮義。深心主卉木，遠致極風雲，其興浮，其志弱。……」這位忠心事主的大臣，顯然是欲使詩回到「既形四方之風，且彰君子之志，勸美懲惡，王化本焉」的規範中去。但是他的主子，後來也做了皇帝（簡文帝）的蕭綱，卻激烈反對他保守、倒退的文學主張，寫了一簡〈與湘東王書〉，對於傳統的「言志」說進行了更徹底的反叛，首先將矛頭指向當時儒學之士的文章：

> 比見京師文體，懦鈍殊常，竟學浮疏，爭為闡緩。玄冬修夜，思所不得。既殊比興，正背風騷。若夫六典三禮，所施則有地；吉凶嘉賓，用之則有所。未聞吟詠情性，反擬〈內則〉之篇；操筆寫志，更摹〈酒誥〉之作；遲遲春日，翻學〈歸藏〉；湛湛江水，遂同〈大傳〉。吾既拙於為文，不敢輕有掎摭。

班固曾指責屈原「不依經義」，蕭綱在此則明白宣稱，他「為文」就是有意識地不依經義。他點明裴子野，說「裴氏乃良史之才，了無篇什之美」，因此其文「質不宜慕」。至此，經史家的「言志」與文學家的「寫志」，被蕭綱分劃得界限斬然了。蕭綱還有一篇〈誡當陽公大心書〉，是教導兒子的家信，信中將個人的倫理道德與文學創作的情志表現也區別開來：「立身之道，與文章異，立身先須謹慎，文章且須放蕩。」所謂「放蕩」者，就是寫詩作文所以吟詠情志，抒寫性靈，不必有載道致用的觀念，更不必受陳規舊矩之束縛，縱橫馳騁，變古翻新，創造出真正的美文學來。

三　主體整合：「志」與「氣」、「才」、「情」、「性」的貫通

「露才揚己」的肯定與「志」的內涵的突破，是作家主體意識的覺醒，與此同時，文學家又悟到了文學創作，從根本上來說，是作家個人獨特的氣質表現，也就在東漢末的建安時代，曹丕在《典論》〈論文〉中第一次提出了「文以氣為主」，這對於「一己之志」發生的原因，進入了更深層次的探討。關於「氣」的概念，並不是此時才有的，先秦諸子著作中對於「氣」以及「氣」與「志」的關係，早有種種論述。宋鈃、尹文學派認為「氣」為「物之精」，「凡物之精，化則為生。下生五谷，上為列星，流於天地之間，謂之鬼神，藏於胸中，謂之聖人，是故名氣。」他們認為，人的意識、智慧、道德均由「氣」生成，人之氣「定在心中，耳目聰明，四肢堅固」(《管子》〈內業〉)，肯定了人就是以「氣」為生存狀態的。人之氣與人之志有著密切的關係。據《左傳》昭公九年記載，有個叫屠蒯的「膳宰」，便從人的生理——心理轉化，說出了「味以行氣，氣以實志，志以定言，言以出令」一番話。後來，孟子對於此種生理與心理活動的相互作用，闡釋得更加明確：「夫志，氣之帥也；氣，體之充也。夫志，至焉；氣，次焉，故曰：持其志無暴其氣。……志壹則動氣，氣壹則動志。」(《孟子》〈公孫丑〉) 曹丕當然明白「氣」與「志」的關係，但他不強調「至焉」的「志」而強調「次焉」的「氣」，用意在於肯定人的「志」是由他的氣質決定的，而不應該是一種外加的理念，人各有志，首先是人各有自己獨特的氣質：

> 文以氣為主，氣之清濁有體，不可力強而致。譬諸音樂，曲度雖均，節奏同檢，至於引氣不齊，巧拙有素，雖在父兄，不能以移子弟。

這樣，從曹丕開始，對於文學家創作動機的發生，返歸到人的本體去考察，每個作家有各自擅長的文體，有各自不同的藝術風格，都源於各自不同的氣質，不能用一個統一的標準去規範，去評價。把「氣」的觀念引進文學創作理論，並不是對「言志」說的否定，而只是強調個人氣質對於「志」的形成有著決定性的作用。他評論建安時代的作家：「徐幹時有齊氣」而「獨懷文抱質，恬淡寡欲，有箕山之志」；「應瑒和而不壯」，最終是「美志不遂」；「劉楨壯而不密」，是「有逸氣，但未遒耳」；「孔融體氣高妙，有過人者，然不能持論，理不勝辭。」……總之，每個作家都只能是「氣以實志」，而不是以「禮義」、以「先王之澤」自外而強加。

較之「氣」與「志」關係的溝通，魏晉之時的作家和文學理論家，更自覺地將抒情言志視為一體了。東漢張衡〈思玄〉中有「宣寄情志」之語，《古詩十九首》也有「蕩滌放情志」的詩句（〈東城高且長〉），可能還是不自覺的偶然運用，在六朝人的著作中，「情志」已成為一個再不可分割的文學術語，如：「頤情志於典墳」（陸機〈文賦〉）、「言稱物而情志暢」（歐陽建〈言盡意論〉）、「夫詩雖以情志為本」（摯虞《文章流別論》）、「常謂情志所托，故當以意為主」（范曄〈獄中與諸甥姪書〉）、「情志愈廣」（沈約〈謝靈運傳論〉），等等。這就是說，他們已自覺意識到，在文學創作的構思過程中，情與志是先後發生而又交融在一起的心理活動，作家的情感狀態如何，直接影響到志的發揮和表現，陸機在〈文賦〉中對此作了對比性描述：

> 若夫應感之會，通塞之紀，來不可遏，去不可止……思風發於胸臆，言泉流於唇齒。紛葳蕤以馺遝，唯毫素之所擬。文徽徽以溢目，音泠泠而盈耳。及其六情底滯，志往神留，兀若枯木，豁若涸流。……

當情感激發，靈感到來之際，文思便如泉湧，一旦感情凝滯，便好像志不在胸中，精神不能飛動，痴呆呆如一株枯乾的老樹，空蕩蕩似一條斷流的河谷。

以上可見，「志」在六朝作家的心目中，再也不是一個孤立的觀念，如果說〈詩大序〉裡也有「吟詠情性」的話，那還只是「言志」的附庸，經曹丕將它以「氣」化之，氣、志、情、性已經交融無間了。傑出的文學理論家劉勰又加入一個「才」的概念，「才」是一個作家氣質的行為表現，「才有庸儁，氣有剛柔」，於是在《文心雕龍》〈體性〉篇，將一個作家所必須具備的主觀條件，一部成功的作品所呈現的思想境界，風格文采，概括而為：

> 才力居中，肇自血氣；氣以實志，志以定言；吐納英華，莫非情性。

《左傳》記載屠蒯所說的那番話，被劉勰應用到文學理論中來了，他作了重要的添加便是「吐納英華，莫非情性」。按他這幾句話當中的邏輯關係，應該是一個作家有什麼樣的氣質便決定他有什麼樣的才能，氣質與才能共同形成他創作的思想境界，這種思想境界又直接作用於作品的藝術表現，最後，作品的語言文字表現出來的、為讀者所感受和接受的，是作家「情性」所凝的「英華」。在這一邏輯過程中，「志」似乎還是一個核心觀念，處於一個核心的環節，它前形成於「氣」，後溶化於情，即使這「志」形成之時尚屬一種理念（劉勰不排斥「志」的理論性質，他有時將情、志並稱，有時則情、理對舉），也須化解於情感之中，才能在作品中有美的表現：「人稟七情，應物斯感；感物吟志，莫非自然」（〈明詩〉），如果作為理念的「志」，在作品中只是赤裸裸的外露，那就失去了文采自然之美。

「志」與「氣」、「才」、「性」、「情」的貫通，是人的精神主體的整合，作家之所以能夠進行有效創造的幾種重要的主觀因素都被揭示出來了，它們之間的相互激發、相互作用，而後有詩的產生。有了這樣的理論自覺，「言志」說從此進入一個新的境界，後來的人闡釋「詩言志」，即使是那些很自覺地做儒家衛道士的詩人，他們也在「言」掙脫嚴整規範後顯示出自由之態的「志」，如明末清初詩人錢謙益所道，就很有代表性：

> 夫詩者，言其志之所之也。志之所之，盈於情，奮於氣，而擊發於境，風識浪奔昏交湊之時世。於是乎朝廟亦詩，房中亦詩，吉人亦詩，棘人亦詩，燕好亦詩，窮苦亦詩，春哀亦詩，秋悲亦詩，吳詠亦詩，越悲亦詩，勞歌亦詩，相舂亦詩。窮盡其短長高下，抑抗清濁，吐含曲直，樂淫怨誹之極至，終不偭背乎五聲六律七音八風九歌之倫次，詩之教如是而止。（《牧齋有學集》卷十五〈愛琴館評選詩慰序〉）

又說：

> 詩言志，志足而情生焉，情萌而氣動焉。如土膏之發，如候蟲之鳴，歡欣噍殺，紓緩促數，窮於時，迫於境，旁薄曲折而不知其使然者，古今之真詩也。（同上卷四十七，〈題燕市酒人篇〉）

他將氣、情、志三者在創作者的構思謀篇中融通之狀及其推動作品的誕生，作了生動的表述，特別強調了志「盈於情」、「志足而情生」，主觀因素的整合，還是以「志」為內核的。清代另一位詩論家葉燮，則把「志」喻為佛家的「種子」：「然有是志，而以我所云才識膽力四語充之，則其仰觀俯察，遇物觸景之會，勃然而興，旁見側出，才氣心思，溢於筆墨之外。志高則其言潔，志大則其辭弘，志遠則其旨永，如是者其詩必傳，正不必斤斤爭工拙於一字一句之間。」(《原詩》〈外篇〉上）這就是說，「志」是才、識、膽、力的載體，詩人之志有高卑、大小、遠近之不同，都取決於才、識、膽、力的高下或發揮的程度。葉燮對「志」的理解，已完全擺脫了「止於禮義」的教條，而視「志」為詩人創造才能的動態存在，作詩不是被動地「言志」，而是「才、識、膽、力」充之的「志」，遇景觸物之會而勃然有詩。「言志」說在理論上發生了質的變化。

四　主體「情志」在作品中的凝聚：「意」

綜上所述，「露才揚己」的肯定與「志」的內涵的突破，氣、才、性、情、志相互融通的主體整合，是「言志」說拓展邁出的兩大步，這兩大步主要體現在作家的主體精神方面。從「言志」到「意境」理論，即從精神的主體到實踐的主體，還須邁出最後、最關鍵的一步，邁出了這一步，「言志」說既消失了又沒有消失，從此它像一條動脈貫穿於歷代詩歌的肌體之中。

一部文學作品、一首詩的產生過程，實質上就是作家的氣、才、性、情、志等主觀因素對象化實現的過程，作家的精神主體逐漸地或瞬間地轉移到實踐的主體，所有的主觀因素經過詩人的審美處理而在成形的作品中，呈現一種新的凝聚狀態。這種新的凝聚狀態，可概括為「意」。「意」作為文學創作的一個概念，在六朝文論中開始流行，但這個「意」，不是我在第二章所說的，作為「志」的初級形態、「停止於心中」那種「意」。從作家主觀方面說，這是一己之情志向審美對象的流注，是屬於意向活動的、有複雜組織的、高級形式的意。陸機的〈文賦〉一開始就寫道：

> 余每觀才士之所作，竊有以得其用心。夫其放言遣辭，良多變矣。妍蚩好惡，可得而言。每自屬文，尤見其情。恒患意不稱物，文不逮意，蓋非知之難，能之難也。故作〈文賦〉以述先士之盛藻，因論作文之利害所由，他日殆可謂曲盡其妙。

〈文賦〉的主旨就是解決「作文」中「意稱物」、「文逮意」的問題，作家在創作構思中要正確處理「物」、「意」、「文」三者的關係。「物」指客觀事物，「文」有時指的是文章（文體的詩、賦等），有時指作品中文采（又主要指文辭），而「意」也有兩義，一是文外之意，一是文內之意。文外之意便是作家主觀的情志：「佇中區以玄覽，頤情志於典墳。遵四時以嘆逝，瞻萬物而思紛；悲落葉於勁秋，喜柔條於芳春，心懍懍以懷霜，志眇眇而凌雲。……」文內之意則是「籠天地於形內，挫萬物於筆端」，「理扶質以立干，文垂條而結繁……」主觀情志如何與物「稱」，文內之意如何與文外之意相逮，最後都在實踐主體的行為即作品創造中體現出來：

> 體有萬殊，物無一量，紛紜揮霍，形難為狀。辭程才以效伎，意司契而為匠，在有無而僶俛，當淺深而不讓。

這裡，明白地表述了文外之意如何向文內之意實現有效的轉化，文內之意是與物交融、與文采（主要體現於「言」）結合而呈現出來的思想內容（「其會意也尚巧，其遣言也貴妍」則是強調文采的配合）。這就是說，陸機所體認的「意」，主要是從作家審美創造的動機與效果著眼，對作家主觀情志的評價，注意力轉向作品中的「意」。郭紹虞曾撰有專文〈論陸機〈文賦〉中之所謂「意」〉，他首先指出「文意」之「意」可有三種解釋：第一種是「意義之意」，或「指每一詞或每一句所表達之意」，「或撮篇章之意」，「再擴大了一些範圍，指的是每一篇、每一章中所蘊含的總意義。這即是所謂思想內容」；第二種「通過構思所形成之意」，即作家由於構思的作用，把文外之意通過語言文字轉化為文內之意，「這一種意也可說是思想內容，但是不容易看出它的思想傾向」；第三種「指結合思想傾向的意，當然，這也是指所謂思想內容，但似乎更重在作品所起的作用，因為這是可以看出作者的思想傾向的。」那麼〈文賦〉所說的「意」指哪一種呢？郭先生認為，「第一種是必然的」，而陸機「所特別強調的，正是第二種『意』」即「意和辭通過構思而統一的『意』。」[4]也就是作者氣、才、性、情、志，凝聚於作品之中又經過審美處理過的，已不同於作者心意、情意的文「意」。

以「意」專指文內之意，精神主體「托」於實踐主體，後於陸機的范曄，在〈獄中與諸甥姪書〉中講得更清楚、更明白了：

> 文患其事盡於形，情急於藻，義牽其旨，韻移其意。……常謂**情志**所托，故當**以意為主**，**以文傳意**。以意為主，則其旨必見；以文傳意，則其詞不流；然後抽其芬芳，振其金石耳。

文內之「意」，是作家「情志所托」，是作家思想、精神對象化實現後一個新的載體，它具有區別於主觀本意的審美形態，可以給人以「抽其芬芳，振其金石」的審美感受。這「意」，實是文外之意的昇華，是作家主觀情意最集中、最凝煉、最美最新的表現。這「意」，必須與文體結合起來才能更好地表現，范曄還指出，「此中情性旨趣，千條百品，屈曲有成理」，有了適當的形式，才能不會「事盡於形，……韻移其意」。劉勰在《文心雕龍》〈風骨〉篇中則指出：「洞

4　郭紹虞：《照隅室古典文學論集》（上海市：上海古籍出版社，1983年），下冊，頁141。

曉情變，曲昭文體，然後能莩甲新意，雕畫奇辭。昭體故意新而不亂，曉變故辭奇而不黷。」

將作家氣、才、性、情、志等主觀因素對象化而稱之為「意」（文意、詩意），又將「意」的表現與文辭、文體結合起來考察，這是六朝作家創造意識高度自覺的表現，在理論闡述方面，他們也已經走向「意境」說了，鍾嶸《詩品》中用「意」之處，便透露出此中信息，如「文約意廣」，「文已盡而意有餘」，「廣」與「餘」便有一種心理空間的直覺感受；又說寫詩「若專用比興，患在意深，意深則詞躓。若但用賦體，患在意浮，意浮則文散，嬉成流移，文無止泊，有蕪漫之累矣。」這也是關係到詩有怎樣的意境或沒有意境的問題。他評《古詩》「文溫以麗，意悲而遠」，評應璩詩「指事殷勤，雅意深焉」，評陶淵明詩「篤意真古，辭興婉愜」等等，都可作這些詩人詩篇的意境解。

這樣說，「言志」說終於向意境理論邁出了最後一步，從作家創造動機而言，「言志」在作家的主觀世界裡沒有消失，但當它對象化實現而成為作品的「意」，它又消失了。這種沒有消失又消失之狀，清代詩人王士禎恰恰是借〈文賦〉中的話來表述的：

> 《尚書》云：「詩言志，歌永言，聲依永，律和聲。」此千古詩之妙諦真詮也。故知志非言不行，言非詩不彰，祖諸此矣。何謂志？「石韞玉而山以輝，水懷珠而川以媚」是也；何謂言？「其為物也多姿，其為體也屢遷，其會意也尚巧，其遣詞也貴妍」是也；何謂詩？既「緣情而綺靡」，亦「體物而瀏亮」，「播芳蕤之馥馥，發青條之森森」是也。

王士禎是提倡「神韻」說的，「神韻」是詩中一種最高的境界，「志」如玉、如珠，韞於山中，懷於水中，而使山輝川媚，所以它消失了又沒有消失，或又如葉燮所說，像一粒「種子」在發揮它內在生命力的作用。

「言志」說位居中國詩歌理論序列之首，它的內涵不斷的豐富與意義的不斷延伸，使它免於成為一種僵化的理念，而像一條動脈貫穿於歷代詩歌肌體之中。詩人「言志」的自覺意識，一方面發展了中國重「表現」的抒情文學理論，另一方面則形成了歷代詩歌「為人生而藝術」的主流，絕大多數詩人都積極入世，勇於面世，以天下為己任，在人生、社會的真與假、善與惡、美與醜的鬥爭中，表現出「志」的高、大、遠、潔。自然，此後的詩人雖然更善於「露才揚己」，但所言之「志」卻更藝術地對象化實現於意境之中，所謂「意高則格高」，「用意於古人之上，則天地之境，洞焉可觀。」對此，我將在〈創境〉篇中再展開論述。

緣情篇

一

《詩》之「心」與〈騷〉之「情」

一　「我心蘊結」——自然而發

「日出而作，日入而息；鑿井而飲，耕田而食。帝力於我何有哉！」這首題為〈擊壤歌〉的「古逸」詩，沈德潛編選的《古詩源》將它冠於卷首，他斷定此歌出於「帝堯之世」，為中國有詩之始。《韓詩外傳》說詩的出現，是「飢者歌其食，勞者歌其事」，〈擊壤歌〉確屬勞者的歌，已簡單地敘述了先民農作與生活狀況，它沒有濃厚的抒情氣氛，但「帝力於我何有哉」一句，已有感情色彩，表現一位勞動者自食其力的樸實又不無自豪之情。在邈遠的上古時代，人們的意識還只及於自身與直接觸感到的周圍的人或事，思維方式也很簡單，他們在勞動、遊戲活動中需要用有別於生活語言的歌唱表述自己的感受，實際上只是緣事而發，不可能有緣情而發的自覺性。人們對自身的自我感覺，也只意識到「心」，因為「心」是在每個人身體內部具體存在的，它的搏動與否表現為人的或生或死。至於「性」與「情」，是人的生存狀態與心理活動的抽象，處於蒙昧期的先民當然還不能把握它。所以從文字出現的次序看，「心」字出現得早也運用廣泛，「情」字出現得晚，也運用得少，直到「《詩》三百」出現的時代，我們在眾多的篇目中只找得到一個「情」字，那便是〈陳風〉〈宛丘〉所云「子之湯（蕩）兮，宛丘之上兮。洵有情兮，而無望兮。」

當人們的生產活動與社會活動愈來愈複雜化，在這些活動中，人的本能欲望也就愈來愈覺醒，因而心理活動中的情感因素就更突出了。社會活動中，尤其是男女之間的交際活動，男女生理的本能，性愛的欲念，更是情感的誘發劑，如果將此種內心隱秘的活動發於歌唱，便是自然而然的抒情詩歌了。「《詩》三百」中雖然基本不見「情」字，但實際上大多數是言情的，宋人魏泰在《臨漢隱居詩話》中說：「詩者述事以寄情，事貴詳，情貴隱，及乎感會於心，則情見於詞，此所以入人深也。……『桑之落矣，其黃而隕。』『瞻烏爰止，於誰之屋。』其言止於烏與桑爾，及緣事以審情，則不知涕之無從也。」他道出了《詩》所發之情有「緣事」的特點，它的作者們都是「感會於心」。明人陸時雍在《詩鏡總論》中更明確指出：「十五〈國風〉皆設為其然而實不必然之詞，皆情也。」的確，《詩經》中的詩篇，特別是〈國風〉，不自覺言「情」而自發、自然地言「情」，「心」就是「情」，現代學者朱東潤先生很早就敏感地關注到了這個「心」字，他著有專文〈詩心論發凡〉[1]，文中有云：

> 《詩》三百五篇之作，不必以美刺言詩也，而後人多以美刺言詩；不必以正變言詩也，而後人多以正變言詩。此其弊發於漢儒而徵於《毛傳》。讀《詩》者必先盡置諸家之詩說，而深求乎古代詩人之情性，然後乃能知古人之詩，此則所謂詩心也。能知古人之詩心，斯可以知後人之詩心，而後吾民族之心理及文學，得其大概矣。

他在此所說「詩心」，在理論意義上當然可作泛指，而落實到《詩》的分析，此「心」確實頗有文章可作。

---

1 文見朱東潤：《詩三百篇探故》（上海市：上海古籍出版社，1981年）。

首先，我們可以考察一下「心」字在三〇五篇中的分布。全部一六八個「心」字，見於〈風〉詩與〈小雅〉中有一四七處，而〈大雅〉與〈頌〉中僅有二十一處，可見前者抒情氣氛較濃。司馬遷曰「〈國風〉好色而不淫，〈小雅〉怨誹而不亂」，就是對其獨特的情感色彩而言的；〈大雅〉與〈頌〉則更多地表現上層統治階級的政治、歷史的意識，缺少個人的情感特徵，因此〈頌〉顯得「簡而奧」，〈大雅〉則「理語造極精微」（王夫之語）。

第二，在「心」字的用法上，一是只作為心事、意願的代指，不強調情感；二是純粹作為情感的代指，直接形於憂、喜、哀、樂。前一種用法多見於〈大雅〉與〈頌〉，如「小心翼翼」（〈大明〉、〈烝民〉中兩見），說的是辦事謹慎，其他如「無貳爾心」、「因心則友」、「帝度其心」、「民各有心」、「王心載寧」、「克廣德心」等等，都不過是表現某種理性的意識。〈桑柔〉是〈大雅〉中抒情氣氛較濃的一首，據說是周厲王的大臣芮良諷刺周厲王的詩，全詩充滿憂國之情。這首詩六見「心」字，兩種用法都有，「秉心無競」、「民有肅心」、「秉心宣猶」、「維彼忍心」都不太看得出感情色彩；「不殄心憂」、「憂心殷殷」兩句，則屬第二種用法了。集中使用第二種用法當然是在〈國風〉與〈小雅〉中，在這些詩篇中，可按其表現情感範圍的寬窄，分為「我心」、「中心」、「憂心」、「勞心」四大類，前兩類呈各種感情狀態，後兩類，則幾乎是專指比較沉痛的感情。

「我心」：我在〈言志篇〉已引用的〈草蟲〉一篇就四次出現「我心則降」、「我心則說」、「我心傷悲」、「我心則夷」，將一個女子從思念到相會整個感情歷程中，幾種情感狀態都表現出來了：憂愁、傷悲、喜悅、陶醉。直言「我心傷悲」、「我心憂傷」乃至說「我心慘慘」，在〈四牡〉、〈采薇〉、〈杕杜〉、〈羔裘〉等篇中多次出現，這些都屬於表現比較沉重的感情，其中最典型的是〈采薇〉：這是一位戍邊士兵在回家途中賦的詩，他在回家路上想起在部隊時思家情切，那時老擔心回不了家，「曰歸曰歸，歲亦莫止」，「曰歸曰歸，心亦憂止，憂心烈烈，載飢載渴」，「曰歸曰歸，歲亦陽止，王事靡鹽，不遑啟處，憂心孔疚，我行不來」，可是，快到家時，真可謂「近鄉情更怯」：「昔我往矣，楊柳依依；今我來思，雨雪霏霏。行道遲遲，載渴載飢。我心傷悲，莫知我哀！」氣候不好，行道艱難，不知家中親人是否都健在，長期積壓在心的別緒離情此刻不但沒有消減，反覺得滿心傷感滿腔悲哀，欲訴無處訴。有些詩如〈邶風〉〈柏舟〉，還自覺地運用形象化的比喻，來表述「我心」的情感狀態，「我心匪鑒，不可以茹」，「我心匪石，不可轉也」，「我心匪席，不可卷也」，這都是表現一位「慍於群小」的女子或男子苦悶而憂傷重重的心情，最後一節是「心之憂矣，如匪澣衣。靜言思之，不能奮飛」，心頭的煩惱擺脫不了，就像一件洗不乾淨的衣裳。此外，有的詩篇還以「我心悠悠」、「悠悠我心」等句法來表現心事重重、感情纏綿的情態，那首被曹操引用於〈短歌行〉（對酒當歌）中的詩句「青青子衿，悠悠我心」就出自〈鄭風〉〈子衿〉：「青青子衿，悠悠我心。縱我不往，子寧不嗣音？青青子佩，悠悠我思，縱我不往，子寧不來？挑兮達兮，在城闕兮，一日不見，如三月兮！」這裡已有「心」與「思」的對舉，表現一位少女對她所愛的男子繾綣纏綿的相思之情。在表現比較歡快的感情方面，除了前已提到〈草蟲〉篇中的「我心則悅」，〈蓼蕭〉、〈裳裳者華〉、〈車舝〉詩中，都有「我心寫兮」之句，「寫」有「瀉」之義，即宣泄心中情感，又可用以表心情舒暢之狀，〈車舝〉是描述一位新郎駕車迎娶新娘回家時那無限幸福和愉快的心情：「鮮我覯爾，我心寫兮」，「覯爾新婚，以慰我心」，歡愉之情溢於形色言表。

「中心」：說「中心」而不說「我心」，可能不只是文字之變，而是寫詩人已有了「情動於中」的感覺或自我意識：〈谷風〉寫一個被遺棄的婦女走出夫家時「行道遲遲，中心有違」，表現她情有所不忍、不捨。〈二子乘車〉是衛國人掛念流亡者亡命異鄉的作品，「二子乘舟，泛泛其景，願言思子，中心養養」，想起在外鄉到處漂流的親人，不安又憂傷之情在心中騷動不息。〈黍離〉寫去國離鄉之思，連用「中心搖搖」，「中心如醉」，「中心如噎」，每句之後都迭唱「知我者謂我心憂；不知我者謂我何求，悠悠蒼天，此何人哉！」充分表現了詩人感慨之深。再如〈澤陂〉中以「中心悁悁」，〈匪心〉中以「中心怛兮」、「中心弔兮」，「悁」、「怛」、「弔」都是對發自內心深處不同態勢情感的外現，是「情動於中而形於言」。

「憂心」與「勞心」：直言「心」之感情蘊含與色彩，則是「憂心」與「勞心」，前者特多，並且句型也比較一致，如「憂心有忡」、「憂心靡樂」、「憂心孔疚」、「憂心且悲」、「憂心且傷」等等，是比較抽象的表現。「憂心忡忡」、「憂心惙惙」、「憂心悄悄」、「憂心殷殷」、「憂心欽欽」、「憂心烈烈」、「憂心京京」、「憂心愈愈」、「憂心愲愲」、「憂心慘慘」、「憂心慇慇」、「憂心弈弈」、「憂心怲怲」等連用迭字形容，取得以形象或聲音表現「憂心」的效果。有的更以一種具象形態來表現詩人不勝其憂：「憂心如醉」、「憂心如惔」（如火燎）、「憂心如酲」（亦「如醉」）、「憂心如薰」（如火焚身）。還有一種「心之憂矣」的先行感嘆，而後或以「曷維其已」、「曷維其亡」、「云如之何」「寧莫之知」之類呼號之語繼之；或以「如匪澣衣」、「如或結之」等具體事態形容之；或下句直寫詩人形態與情態，如「疢如疾首」、「不遑假寐」、「涕既隕之」，等等。「勞心」其實也是憂心，「勞心忉忉」、「勞心怛怛」、「勞心慱慱」，形容詞用法與「憂心」同，但〈月出〉一詩的「勞心」當作別論，這是一首月下相思、情調很優美的詩：「月出皎兮，佼人僚兮，舒窈糾兮，勞心悄兮！／月出皓兮，佼人懰兮，舒懮受兮，勞心慅兮！／月出照兮，佼人燎兮，舒夭紹兮，勞心慘兮！」這個「勞心」是情感騷動之心，難以平靜相思之念的心，悄悄的又是不安分的，並且愈來愈強烈而難以抑制。

從《詩經》所呈現的四種「心」態分析，窺探那大量是無名作者的用心，確如朱東潤先生在〈詩心論發凡〉中所云：「大抵言樂者少而言憂者多，歡愉之趣易窮而憂傷之情無極，此其作者必大有所不得於中而後發於外者如此。」《詩經》的作者們大多已超越了「歌其事」、「歌其食」的低級創作階段，已進入了情感、內心世界的表現。為什麼會造成「言憂者多」的現象？戰爭的頻繁、政治的腐敗，人民生活的困苦，男女婚戀的不自由，以及各種原因造成的生離與死別，都使詩人們感到「我心蘊結」（此語出自〈檜風〉〈素冠〉，朱熹《詩集傳》：「蘊結，思之不解也。」〈小雅〉〈都人士〉又有「我心苑結」，與此同義），滿腔的憂鬱之情難以排解，於是「君子作歌，維以告哀」。（〈小雅〉〈四月〉）正如「心」在人的體內是一種自然的存在，寫詩的人也只求表露自己的本心，他們除了見物起興，簡單地敘事，和使用一些日常的比喻外，尚無什麼特別的表現技巧，所謂「性有餘，故見乎情」，他們的「情」實際上也就是天性的流露，倒不像後來漢儒們所說「發乎情，止乎禮義」。是不是都「樂而不淫」，「哀而不傷」、「怨而不怒」呢？要知道這幾句是出自孔子之口，很有可能就是孔子自訂的標準，然後據此去刪《詩》，不合這一標準的都被刪落了，僅存「思無邪」的三〇五篇而已，被孔子目為「淫」詩、「傷」詩、「怒」詩的後人便不得而知了。就是現存的詩，也還是有自然而「傷」，自然而「怒」的，比如〈素冠〉表現一位婦女哀悼她死去的丈夫，撫屍痛哭，傷心地呼號要與丈夫同死（我心蘊結兮，聊與子如一兮）；又如〈鶉之奔奔〉中「人之無良，我以為兄」、「人之無良，我以為君」，不就是義正詞嚴的怒斥嗎？

唐代詩人王昌齡說：「自古文章，起於無作，興於自然，感激而成，都無飾練，發言以當，應物便是。古詩云：『日出而作，日入而息，鑿井而飲，耕田而食。』當句皆了也。其次，《尚書》歌曰『元首明哉，股肱良哉，庶事康哉。』亦句句便了。自此以後，則有《毛詩》，假物成焉。」[2]他正確地指出了最早的詩歌自然而發的特點，沒有自覺的抒情，抒發的情感卻最樸實、最真摯。明代陸時雍則說，「《三百篇》賦物陳情，皆其然而不必然之詞，所以意廣象圓，機靈而感捷也。」(《詩鏡總論》）這種詩的藝術形態，只能是人類的童年時期所獨有，這就是馬克思所說的「兒童的天真」，它「同一定社會發展形式結合在一起」，對於未來的時代來說，它成為一種「高不可及的範本」[3]。中國歷代的詩人和詩論家都推崇《詩經》，排除漢儒將其神聖化的因素，便是自然而發之真性情，謝榛云：「《三百篇》直寫性情，靡不高古，雖其逸詩，漢人尚不可及。今之學者務去聲律，以為高古。殊不知文隨世變。且有六朝、唐、宋影子，有意於古，而終非古也。」(《四溟詩話》卷一）古人自然而發之情，是古人之情，後來者豈可重複？但在《詩》作為文獻的地位確立之後，這種「情」也被定格化，喜、怒、哀、樂被作為幾種類型，即所謂「歌詩必類」，被以後的「賦詩」者作為「言志」的對應物；然後又是所謂「中聲而發之」即「樂而不淫」之類的權威性界定，因而使《詩》強烈的抒情氣氛被冷卻了，這就使後來的作詩者又有了強調「抒情」、「緣情」的必要性。

二　「發憤抒情」──有為而作

自「《詩》亡」之後，民間的自然而發「言情」的作品，實際上已不大為當時的知識分子所注意了，先秦諸子已非常注重理性的思辨，後期墨家所作的〈小取〉篇中有段話反映了那種理性思維的特點：「夫辯者，將以明是非之分，審治亂之紀，明同異之處，察名實之理，處利害，決嫌疑焉；摹略萬物之然，論求群言之比，以名舉

2　〔日〕遍照金剛：《文鏡秘府論》〈論文意〉。

3　〈導言〉，《政治經濟學批判》，見《馬克思恩格斯選集》第2卷。

實，以辭抒意，以說出故，以類取，以類予。」這種理性思維，不但影響到當時的解《詩》，也影響到作詩，我在〈言志篇〉談到荀況對「志」的解釋與他所作的〈成相〉、〈佹詩〉，就是比較明顯的表現。由於人的主體意識有了理性的自覺，情感的自然而發就會受到一定的制約，但是，這對於一位感情豐富的真正詩人，也會促成他有了抒情的自覺，他往往將自然流露的情感導入有為而發的渠道。中國第一位偉大詩人屈原「發憤以抒情」，就是區別於《詩》自然而發的有為而作，「憂憤幽思，寓之比興，謂之騷，始於靈均」（王士禎《師友詩傳錄》），屈原作品最具有抒情自覺的特徵。

前已說過，屈原是在抒情的氛圍中「言志」，現在讓我們回過頭來看看他怎樣在「言志」的主導下抒情。

「情」，作為心理活動中昇華出來的一個抽象概念，到屈原時代已經明確，見於《荀子》、《莊子》等論著中（下章詳述），屈原的作品中「情」字出現的頻率很高。但也須指出，他早年屬整理改編性質的〈九歌〉之中，沒有出現一個「情」字，雖然那些「歌」抒情氣氛也相當強烈（如〈大司命〉中有「悲莫悲兮生別離，樂莫樂兮新相知」這樣的言情佳句），但對於整理改編者終究只是一種模擬性的抒情，詩人自己的主觀情感尚未激發出來。而當他在政治生活中遇到了挫折，心情極度鬱悶之時而作的〈離騷〉和〈九章〉，他便感到了心中那股不平之氣的衝擊力量，於是「情」在屈原的內心體驗中奔突欲出。〈九章〉〈抽思〉首段，便是他在那特殊境遇中情感狀態的具體描述：

> 心郁郁之憂思兮，獨永嘆乎增傷。思蹇產之不釋兮，曼遭夜之方長。悲秋風之動容兮，何回極之浮浮？數惟蓀之多怒兮，傷余心之憂憂。願搖起而橫奔兮，覽民尤以自鎮。結微情以陳詞兮，矯以遺夫美人。

題為「抽思」，出自本篇「少歌」:「與美人之抽思兮，並日夜而無正」。「抽思」，意即把蘊藏在內心深處像亂絲一樣的愁緒，一一抽繹出來。〈抽思〉是屈原抒寫內心情緒比較典型的一篇，「結微情以陳詞」，「茲歷情以陳辭」，真可謂表白自己忠君愛國之情而三致其詞：前申述自己的忠貞之情:「願承間而自察兮，心震悼而不敢；悲夷猶而冀進兮，心怛傷之憺憺……何獨樂斯之謇謇兮？願蓀美之可光。」次則敘寫他當時流落漢北而獨處的痛苦之情:「道卓遠而日忘兮，願自申而不得。望北山而流涕兮，臨流水而太息……望孟夏之短夜兮，何晦明之若歲，惟郢路之遼遠兮，魂一夕而九逝。」夏天的夜本來很短，他卻覺得漫長如一年；從漢北到郢都的路本來很長，一夜之間夢魂卻能多次往返。其情何等執著！最後又重申憂苦之思:「愁嘆苦神，靈遙思兮；路遠處幽，又無行媒兮。」他寫這篇詩（道思作頌）不是無為而發，是要將心中憂情愁思宣泄於外「聊以自救」，只是又愁中添愁:「憂心不遂，斯言誰告？」

屈原抒情的自覺性，〈抽思〉之外其他各篇都有種種突出的表現:〈離騷〉云:「懷朕情而不發兮，余焉能忍而與此終古？」〈惜誦〉云「情沉抑而不達兮，又蔽而莫之白也。……恐情質之不信兮，故重著以自明。」〈思美人〉云「申旦以舒中情兮，志沉菀而莫達。」〈悲回風〉云「萬變其情豈可蓋兮，孰虛偽之可長！」他之所以反覆直言其「情」，突出「情」字，就出於要確切地表白自己心跡的強烈願望，在現實生活中，「蓀（指君王）詳（佯）聾而不聞」，他只得訴諸於詩，表示自己的「撫情效志」、「懷質抱情」。自覺地抒情，使屈原的作品充分展示了他的為人的「忠貞之質」，表現了他欲為國為民獻身的「與日月爭光」之志，非徒作也！

發憤抒情，有為而作，使屈原的作品在藝術性方面超出自發「興」情的《詩》，何其芳在〈屈原和他的作品〉一文中，認為屈原「藝術性方面的貢獻，首先在於第一次創造了十分富於個性的詩歌，並且大大擴大了詩歌的表現能力」。他說：

> 《詩經》中也有許多優秀動人的作品，不能說那些作品沒有作者的個性的閃耀。然而像屈原這樣用他的理想、遭遇、痛苦、熱情以至整個生命在他的作品上打上異常鮮明的個性的烙印的，卻還沒有。

「《詩》三百」大多是來自民間的作品，關於民間詩歌缺少鮮明、強烈的個性特徵，俄國偉大的文學家車爾尼雪夫斯基在〈不同的民族歌謠〉一文就有所論述，他認為「宗法社會」中尚未完全文明化的民歌吟唱者，由於受他們知識水平和生活閱歷所限，「既缺乏精神上的多樣性，也缺乏多少是多樣和繁複的思想與感情。……民間詩歌的感情對於受過教育的社會中的人物和感情來說，都是不怎麼接近的。在這種民間詩歌中，很缺少我們為了說『這講到的就是關於我，這是符合我的處境和感情』這樣一種我們首先要找尋的個性的特點。」[4]以此衡量《詩》中的優秀作品，也許並不完全符合，但從前面對「我心」、「憂心」、「中心」、「勞心」的分類敘述看，個性特點的確不那麼明顯。而在屈原的作品中，情況就不同了。屈原反覆申述，希望別人「察余之中情」，他的個性表現在：處身於複雜而危險的政治環境中，「亦余心之所善兮，雖九死其猶未悔」的「忠貞之質」是那樣堅定；「伏清白以死直兮，固前聖之所厚」的「清潔之性」是那樣鮮明；「長太息以掩涕兮，哀民生之多艱」的「憂悲愁思」是那麼深廣；「世溷濁而嫉賢兮，好蔽美而稱惡」的「憤懣」是那樣強烈……而他「帶長鋏之陸離兮，冠切雲之崔嵬，被明月兮珮寶璐，世溷濁而莫余知兮，吾方高馳而不顧」的自我形象描述，更是那樣的狂狷非

---

4 〔俄〕車爾尼雪夫斯基：《車爾尼雪夫斯基論文學》（上海市：上海譯文出版社，1982年），下卷（一），頁80。

凡。或許正是因為有這些鮮明的個性表現，所以才會被班固批評為「露才揚己」，又被王逸讚揚為「進不隱其謀，退不顧其命，此誠絕世之行，俊彥之英也」(〈楚辭章句序〉)。屈原的個性，是在內心世界複雜、劇烈的矛盾和衝突中呈現出來的，個人高尚的政治理想與溷濁的社會現實的互不相容，忠不見用、讒者得逞的政局不忍卒睹，由此而產生的故國是去是留的異常痛苦的思想鬥爭，正是那偉大的痛苦，才使他的個性得以明顯區別於「佯愚而不言」之徒，才使他的感情絕不同流於「逡巡以避患」之輩，於是使後人在千載之下讀了他的作品，「莫不慕其清高，嘉其文采，哀其不遇，而愍其志焉」(王逸〈離騷經序〉)。

自覺的抒情，又使屈原的作品在藝術表現方面較之《詩》中的同類作品，更顯得瑰麗多姿，那就是他調動了一切藝術手段為抒情服務。《詩》〈大雅〉〈桑柔〉，也反映了周厲王時朝政腐敗，君王昏憒，奸臣當道，人民受難，作詩者怨恨自己一片忠心得不到厲王的重視，因而也是「不殄心憂」、「憂心殷殷」，但全詩基本上是直述心事，只有少許比興詩句如「菀彼桑柔，其下侯旬」、「瞻彼中林，甡甡其鹿」、「大風有隧，有空大谷」等「興」句給這首長達一一二行的詩增加一點情趣。〈離騷〉和〈九章〉的每篇作品，幾乎都有各種藝術手段的綜合運用，用於「比」和「興」的對象物，已經大大超過了《詩經》中所使用的那些生活中的實物（草木禽獸），更多的是從神話傳說中取材，或以「美人」、「香草」、「寶玉」、「明珠」作為某種意識的象徵，或以「宓妃佚女」、「虬龍鸞鳳」、「飄風雲霓」為情感滲透的意象，「比」、「興」之義不僅表現在某些個別事物的比喻上，詩人在他的構思過程中往往同時運用許多神話故事中的各種形象，構成一個個有可感空間和可感時間的完整意象體系。〈離騷〉當然是其中的典範之作，就像〈涉江〉這樣的短章，也是運用各種藝術手段開闔自如之作：首先寫他「高馳而不顧」的精神遨遊：「駕青虬兮驂白螭，吾與重華遊兮瑤之圃。登崑崙兮食玉英，與天地兮同壽，與日月兮齊光」，精神飄逸頗欲仙欲神。但是，「哀南夷之莫吾知兮，旦余濟乎江湘」，對故土的眷戀，現實生活中的憂患又使他回到大地上，於是舉目所見的自然景物又成了他情感的對應物：「入漵浦余儃佪兮，迷不知吾之所如。深林杳以冥冥兮，乃猨狖之所居。山峻高以蔽日兮，下幽晦以多雨。霰雪紛其無垠兮，雲霏霏而承宇。哀吾生之無樂兮，幽獨處乎山中。吾不能變心而從俗兮，固將愁苦而終窮。」這一段景物描寫非常逼真，既不像一般的「比」，也不像《詩》中的「興」，但確又在起著抒情的作用，開情景交融之先。接著詩人又運用象徵歷史的意象：「接輿髡首兮。桑扈裸行。忠不必用兮，賢不必以。伍子逢殃兮，比干菹醢，與前世而皆然兮，吾又何怨乎今之人。……」瓊瑤仙境的想像，現實景物的描寫，歷史人物的比附，使短短的一首詩情曲意折，情深意永，這顯然是自發興情不可達到的境界。

以上我對《詩經》的「我心蘊結」——自然而發與屈原（未論及《楚辭》中其他作家如宋玉的作品）作品的「發憤抒情」——有為而作，分別作了陳述並有所比較，意在揭示直到魏晉之時才標舉的「詩緣情」，在詩人的創作實踐中早有自發或自覺的表現，早與一切可傳之不朽的詩篇同在。「緣情」從自發到自覺，又表現為詩的藝術從簡單到繁複，從一般表現到突出個性特徵。詩人的創作實踐，實際上遠遠走在理論的前面，如果說，「詩言志」在很大的程度上有外在理念的強加，那麼，「詩緣情」則是符合詩歌創作實際情況的理論概括，基於此，本篇以下三章對情感觀念演變的探討，就可立於實地了。

二
情感觀念的發生形態

一　「物感」說原始

朱熹是南宋時代一位道貌岸然的理學家，他在〈詩集傳序〉中倒是很開通地說：「凡《詩》之所謂〈風〉者，多出於里巷歌謠之作，所謂男女相與詠歌各言其情者也。」他不全取漢儒諷刺之說。《朱子語類》卷八十又云：「大率古人作詩，與今人作詩一般，其間亦自有感物道情，吟詠情性，幾時盡是諷刺他人？」他注意到了〈風〉詩中多言男女之情，同時又強調了「感物道情」，說明這位理學家對詩有些見地。須知，男女之情，可說是人類感情中最早發生，又表現得最明顯的一種，他說「感物」，其實最先能形成強烈情感狀態的，應該是感「人」，即男感女，女感男，我們從此入手，就可能比較準確地把握人類情感最原始的發生形態。而這種把握，可上溯到中國最古老的《易經》。

《易經》產生的年代，至今不可能確切得知，如果說伏羲作八卦，周文王演為六十四別卦，那就是在西周建立以前至沒有任何文字記載的傳說時代。《易經》裡只有兩個基本符號：—、--。後來的研《易》者一般的解釋是象徵天與地，也有人解釋為男和女，已公認的抽象意義是陽與陰，這兩個符號就稱為陽爻和陰爻。《易經》的構成，主體體現於陽爻和陰爻不同的組合和變化，產生於戰國時代解釋《易經》的《易傳》〈繫辭〉云：

> 《易》有太極，是生兩儀，兩儀生四象，四象生八卦，八卦定

吉凶，吉凶生大業。

所謂「兩儀」，亦即「太極」（宇宙）所含對立統一的兩極：天（乾）與地（坤）：「乾，陽物也。坤，陰物也。陰陽合德而剛柔有體。以體天地之撰，以通神明之德。」於是又推導出：

天地絪緼，萬物化醇；男女構精，萬物化生。

在我們先人的眼中，世界上一切事物，包括人，都是在陰陽相感、「剛柔相摩」中產生的。六十四別卦中，第三十一卦〈咸〉，是特標其名，表述陰陽、剛柔相感之義的一卦。「咸」，訓為「感」，感即感應，這一卦的卦象是䷞，下卦為「艮」（象徵山，又為少男），上卦為「兌」（象徵澤，又為少女），山與男是剛的實體，澤與女是柔的實體，抽象為觀念則是「柔上而剛下」。按照常理，陽剛應居上而不能居下，陰柔應居下而不能居上，但〈咸〉卦反之，陽剛與陰柔位置的交換，那就說明陰氣可以下降，陽氣可以上升，「二氣感應以相與」。按《易經》樸素的辯證觀點，凡是陰陽二氣可以相交、相感的卦都屬「吉」卦，好卦（典型者如〈泰〉卦）；凡是陰陽二氣背道而馳不能相交、相感的，則多是凶卦或不算好的卦（典型者如〈否〉卦）。〈咸〉卦古老的〈卦辭〉是：「咸，亨，利貞，取女吉」，說明此卦的象徵意義是男子適於婚娶。有趣的是：這一卦按六爻的排列（自下至上），過程性地、而又很具體、很生動地描述男女怎樣由相感而產生性愛之情：

咸其拇。

咸其腓，凶居吉。

咸其股，執其隨，往吝。

貞吉，悔亡。憧憧往來，朋從爾思。

咸其脢，無悔。

咸其輔頰舌。

六條爻辭都是就人的身體自下而上的部位取象，以「拇」、「腓」、「股」、「脢」等每個部位依次的動作來表現男女愛慕的心理活動層層推進，內心活動與外部行為相結合，構成了一個感而動情的完整過程。「拇」是「足大指」，人走路，舉步必先抬足，抬足則拇指先伸出。少男受少女的吸引，準備前去求愛，首先是拇指受感而欲動。「腓」，是人的小腿，由拇指動而想抬腿邁步走向少女，這時要考慮成熟，不可莽撞行事以至受到拒絕。「股」，是小腿之上的大腿，大腿動了，那就是抬腿邁步走向所愛了，他的感情已集中於所追求少女的身上，但內心又有些忐忑不安，怕愛的願望難以實現。以下描述男女間相互的行為：少女雖然貞潔自守卻不躲避男子的求愛。「憧憧」是動心的樣子，形容少女因少男向她走來，失去了內心的平靜，已情有所動，一來一往，一往一來，兩人眉來眼去，有了感情的溝通與交融。「脢」，人之背也，兩人羞羞答答地有了身體的接近；但不敢太放肆了，只是以背相摩，尚無正面相對的親熱之舉。最後，兩人的愛情越來越熾烈，終於不能抑制，雙雙回過臉來，「輔頰舌」，即親對方的臉，唇舌相接而熱吻。

〈咸〉卦就是這樣直接地、形象生動地表現男女相感的經過，是「天地絪緼，萬物化醇」在人的世界裡的具體體現，是「男女構精，萬物化生」的前奏。它還沒有直接言及「情」，但解釋它的〈彖傳〉，从「兌」有喜悅之義（澤中水之波紋如人臉上的笑紋，澤中之水可滋潤萬物使之欣欣向榮），从「艮」有「止」之義（山巍然不動，它的性質為止），引申出男女相感「止於悅」，就是言及「情」了。〈彖傳〉是戰國時代的人所作，它把男女相感推及人與天地之間的萬物相感，推及聖人與普通人之間的心靈溝通，它說：

> 天地感，而萬物化生。聖人感人心，而天下和平。觀其所感，而天地萬物之情可見矣。

天地萬物各種情狀，都是物與物，人與人，人與物，相互感應的結果，而男女相感產生喜悅之情，是人們對於「感」這一心理活動的最初體驗。「感」是「情」的動因，「情」是「感」的結果，我在前篇已幾次提到的〈野有蔓草〉，實是〈鄭風〉中一首情歌，它明顯地表現了由有感而動情：

> 野有蔓草，零露漙兮。有美一人，清揚婉兮，
> 邂逅相遇，適我願兮。
> 野有蔓草，零露瀼瀼。有美一人，婉如清揚。
> 邂逅相遇，與子偕臧。

因路遇女子見其嬌美而生感，「清揚婉兮」向我們傳達了那種美的感受；感而後動情，先是男方「適我願」，經過一番「憧憧往來，朋從爾思」，終於情投意合兩相歡。

在《詩經》裡，「情」字極少出現，而「感」字也只出現一次，見於〈召南〉〈野有死麕〉最後一節：「舒而脫脫兮，無感我帨兮，無使尨也吠！」《毛傳》釋「感」為「動也」（讀如hàn，撼），是一種外部動作，女子對他的情郎說：你慢一點，輕一點，不要魯莽地動我的圍裙，不要惹得狗叫。可見，從文字學方面看，當時還沒有把「感」當作一種心理體驗，可能直到「咸」之下再加「心」字，「感」才明確為一種心理活動，《說文》釋「感」云：「動人心也，从心咸聲」。此後，「感」與「情」作為心理活動並在語義上聯繫起來，而「感

物」更被廣泛地運用，王弼在《周易注》中說：「天地萬物之情，見於所感也。凡感之為道，不能感非類者也。」他指出，能感者，就是「應物」，「應物」則能動情；不能感者，就是「不應物」、「不應物」就沒有情。王弼不同意他的同代學者何晏、鍾會等人的「聖人無喜怒哀樂」之說，認為聖人與一般人一樣，「茂於人者神明也，同於人者五情也。神明茂，故能體充和以通無；五情同故不能無哀樂以應物」。從〈咸〉卦到〈彖傳〉以及上述王弼的解釋，中國古代的「物感」說算是成形了，雖然在哲學方面對此可以有不同的發揮（如《管子》〈心術〉中反映宋、尹學派「感而後應，非所設也；緣故而動，非所取也」的所謂「復歸於虛」即「道」而排斥「情」的觀點，此不贅述），但它對於文學，尤其是「緣情」的詩歌創作，成為一個不可繞過的邏輯的起點。「詩人感物，聯類不窮」（《文心雕龍》〈物色〉）；「氣之動物，物之感人，故搖蕩性情，形諸舞詠」（鍾嶸《詩品》）；詩人和理論家們有了「感物道情」的自覺意識，於是，另一個與「情」密切相關的觀念——「興」，便也發生了相應的演變。

二　「興」之演變

「興」，是後人總結出「《詩》三百」的重要藝術方法之一，但這種藝術方法實在不同於「賦」與「比」，它更多地體現了詩人創作中的主觀性發揮，可是漢儒們在對《詩》的重新闡釋中，把「興」的主觀性特點閹割了，把它等同於「比」這樣一種客觀描寫的方法，鄭玄注《周禮》〈大師〉，說「興見今之美，嫌於媚諛，取善事以喻勸之」，與說「比見今之失，不敢斥言，取比類以言之」，實在沒有多大的區別，不過是依附於「美頌」和「諷諫」的兩種「巧言」而已。其他如說「興」是「托事於物」、「引譬連類」，都沒有看到「興」在詩中的主要作用，即表現為詩人內心情感的被激發狀態。

「興」字在《詩》中出現的次數較多，前後共見十八次，絕大多數只是作一個簡單的動詞使用，《毛傳》在〈大雅〉〈大明篇〉「維予侯興」注曰：「興，起也」，作為「起」義之「興」，在不少篇章中是明確的，如「夙興夜寐」共出現三次，又有「載寐載興」、「乃寢乃興」，都是與睡覺相對應的起身之義；還有如「王於興師」(〈無衣〉)、「讒言其興」(〈沔水〉)、「興言出宿」(〈小明〉)、「興雨祈祈」(〈甫田〉)，分別是起兵征討、讒言蜂起、起身不睡、天上下起綿綿小雨的意思。另有表示興旺向上（〈天保〉「以黃不興」、〈生民〉「以興嗣歲」)、動工、助長（〈緜〉「百堵皆興」，〈蕩〉「女興是力」）之義等等。考察全部用「興」之處，都沒有表示「引譬連類」、「托事於物」的意思，《詩》的作者們幾乎一致地將「興」理解為起始、發端，並且具有自身的行為、動作的意義，《說文》釋「興」云：「起也，从舁从同，同力也。」這與《詩》中「興」的用法是沒有歧義的。

把「興」與《詩》聯繫起來，最早的可能就是「《詩》可以興。」孔子是從接受的角度提出來的，與「觀」、「群」、「怨」聯繫起來看，他把「興」置於四「可」之首，明顯地是取「興」是「起也」之義，「起」什麼呢？起情。孔子尚無明確的情感觀念（下面將談），但說「怨」，表示他又把握了情感的具體表現，因此可推導出他所說的「興」就是興情，「可以興」，即是說《詩》可以激起讀者心中之情，如果心中之情不起，便不能「觀」(觀《詩》中所表現的世態人心)，也無以「群」(讀《詩》人經過相互切磋而後發生情感的共鳴)，更無從「怨」(有了情感認同，藉相應的篇章發抒自己心中不平之意)。也正因為孔子是從接受角度而不是從創作角度說「興」的，所謂「引譬連類」之義完全可以排除，「興」與《詩》聯繫起來了，也就是與「情」聯繫起來了。孔子將《詩》中僅僅作為一個普通動詞的「興」掇拾出來，使之昇華為一個文學觀念，是他一大功勞，雖然還僅僅是從接受角度隱含興情之義，但對於屈原從創作角度明確提出

「抒情」觀念，可能產生了啟迪作用。

由於漢儒們對《詩經》作了大量的錯誤闡釋，使《詩》的「真義汨沒」，一切情感的都被僵化為理念的，「賦」、「比」、「興」作為「《詩》之所用」，也被政教工具化了。如果從興情來說，「興」應在「賦」、「比」之先，可是漢儒們恰恰置「興」於最後，這說明他們根本不理解「興」的重要作用。從創作的角度來說，詩人之「興」起，然後才能「托事於物」或「引譬連類」，一切藝術表現手法都要服從情感的調遣。對於「興」的正確認識和把握，直到「文學的自覺」時代——魏晉南北朝才得以實現。

西晉摯虞在《文章流別論》中，雖然還是根據漢儒們所謂「六詩」之教來區別文體，但他對「賦」、「比」、「興」的解釋有些進步：

> 賦者，敷陳之稱也。比者，喻類之言也。興者，有感之辭也。

他對「興」強調「有感」，這就觸及了「情」，「有感之辭」可引申為感而動情之辭。劉勰的《文心雕龍》，將「賦」與「比」、「興」分開來，專設〈比興〉一章，他心裁別具地指出：「《詩》文宏奧，包韞六義；毛公述傳，獨標『興』體，豈不以『風』通而『賦』同，『比』顯而『興』隱哉？」「賦」是直陳手法，前後相同，人們容易判別；比喻也很明顯，一看即知；只有「興」比較隱蔽，不容易把握。他接著說：

> 比者，附也；興者，起也。附理者切類以指事，起情者依微以擬議。起情，故興體以立；附理，故比例以生。比則畜憤以斥言，興則環譬以托諷。

劉勰終於將「興者，起也」發揮為「起情」，孔子的「《詩》可以興」，至此才有了正確的闡釋，他雖然還習慣地將「興」置於「比」之後，但又說了「起情，故興體以立」，則是從全局的把握。他明確了「興」的兩大要素，一是「起情」，二是「環譬以托諷」，但「起情」是最根本的。他在〈詮賦〉篇中已將「感物」與「興情」直接聯繫起來，一說「觸興至情」，一說「睹物興情」，指出「情以物興，故義必明雅；物以情觀，故詞必巧麗」。「環譬以托諷」，則是據「引譬連類」而來，對此，劉勰發明了其「象徵」之義而區別於「比」的「比方於物」，而使「興者，托事於物」的意義有了深化和轉換，在〈比興〉篇中以《詩經》的〈關雎〉、〈鵲巢〉兩詩說明之：

> 觀夫興之托諭，婉而成章，稱名也小，取類也大。關雎有別，故后妃方德；尸鳩貞一，故夫人象義。義取其貞，無從於夷禽；德貴其別，不嫌於鷙鳥；明而未融，故發注而後見也。

《詩經》中有不少被標明「興也」的章句，有的確有象徵意義，如「關關雎鳩，在河之洲，」「維鵲有巢，維鳩居之」，兩種禽鳥都可認為是詩人情感或觀念的對應物，使人生發聯想而強化所言之情，如黑格爾在《美學》〈象徵型藝術〉所說：「對這種外在事物並不直接就它本身來看，而是從它所暗示的一種較廣泛普遍的意義來看。」[1]這種「稱名也小，取類也大」的象徵手法，正是表現詩人情感最佳、最有效的方式之一。不過使人感到遺憾的是，劉勰闡述「興」的象徵之義而解《詩》，還沒有跳出漢儒的窠臼。

對於「興」主要興的是情，它在詩歌創作中有著最重要的位置，南朝另一位詩論家鍾嶸有了更透澈的認識，他在《詩品》中終於將「賦」、「比」、「興」三者關係和位置重新作了調整：

---

1 〔德〕黑格爾：《美學》（北京市：商務印書館，1981年），第2卷，頁10。

> 故詩有三義焉：一曰興，二曰比，三曰賦。文已盡而意有餘，興也；因物喻志，比也；直書其事，寓言寫物，賦也。宏斯三義，酌而用之，干之以風力，潤之以丹采，使味之者無極，聞之者動心，是詩之至也。

他變「《詩》有六義」為「詩有三義」，顯然徹底跳出了文獻《詩》的規範，將「興」置於「三義」之首，這才真正使詩的「吟詠情性」的審美特質得以突出，「吟詠情性，亦何貴於用事？」他並不反對用事，但「用事」一定要服從抒情；「文已盡而意有餘」是他對「興」的總括，而體現於詩的審美效果是「味之者無極，聞之者動心」，後來嚴羽在《滄浪詩話》中說「盛唐諸人惟在興趣」，大概就本於此。

如前所述，《詩》的作者們只是自發地「感物」，與自發地表現「我心蘊結」一樣，「興」也不是他們自覺的創作觀念，「興」的新義完全是《詩》的接受者賦予的，朱自清先生說：「《毛傳》『興也』的『興』有兩個意義，一是發端，一是譬喻；這兩個意義合在一塊兒才是『興』」[2]。其實最重要的還是第一義，所謂發端，就是「情」之發端。《毛詩》注明「興也」的共一一六篇，其中〈國風〉與〈小雅〉最多，有一一〇篇，〈大雅〉與〈頌〉僅有六篇，據劉勰所謂「起情，故興體以立」，這一一六篇是否可說就是比較典型的、有識別標誌的抒情詩。因為這些「興體」詩，「起情」之句都在首章或每章之首，一開始就造成一種抒情氣氛，提示某種形象以使聽者或讀者發生聯想，在後人看來，這種「起情」的模式當然是比較呆板的，但作為情感自然而發的詩歌，又自有它們的純真可愛之處，尤其是給了後來的詩人以「睹物興情」的啟發。自漢魏以後，中國詩歌藝術中情景交

2　朱自清：〈比興〉，《詩言志辨》，《朱自清古典文學論文集》（上海市：上海古籍出版社，1981年），上冊。

融的藝術表現愈益嫻熟，唐以後詩的意境的創造，大概都由此發展而來，因此，關於「興」，我在以後各篇還將繼續論及。

三　「情」之初義

與「感」、「興」有密切聯繫的「情」，同樣也是在先民不自覺的心理狀態中表現出來的。我們從文字學角度考察，「情」字與「志」字一樣，也出現得較晚。甲骨文和金文裡都沒有「情」字，《尚書》裡出現一次，但不可靠。春秋時代已經在流傳的《易經》和新作的《老子》與《春秋》也不見此，孔子與其學生的言論記載於《論語》的，也只有兩處見「情」字，倒是在《左傳》中出現了十六次。自《左傳》之後的戰國時代，「情」字才流傳開來，並被廣泛使用。解釋《易經》的《易傳》用「情」十四次，《墨子》用「情」二十六次，《莊子》則多達五十四次，其他諸子著作中多少皆見。東漢許慎《說文解字》釋「情」云：「人之陰氣有欲者」，與「性」是「人之陽氣性善者」相對應，這顯然是糅合戰國時代的陰陽五行說與孟子、荀子關於「性」、「情」的解釋而成。

什麼是「情」，按現代心理學來解釋，「情」當然是人的心理活動中最重要的一種活動，我在前篇引述潘菽先生關於「認識活動」與「意向活動」的區分中，把「情」歸於「意向活動」，他說：

> 為什麼「情」（情緒）是意向活動的一種？因為「情」也是對客觀事物（包括人）的一種對待活動。例如「愛」，照普通說法，就是一定的人對一定的客觀事物（包括其他的人）的一種態度。這也就是對一定事物的一種對待方式。……「情」不同於一般意向活動之處，主要在於發動身體的範圍和強度有不同。（《心理學簡札》卷一）

西方心理學家就是主要以人的身體生理變化來表述和論證人的情緒的發生，如說：「情緒是情感，是與身體各部位的變化有關的身體狀態，是明顯或細微的行為，它發生在特定的情境之中。」[3]也有專從心理學範疇界定的：「情緒是一種不同於認知或意志的精神上的情感或感情」(《簡明牛津英語辭典》)。現代心理學的這些闡釋，都可認同於《詩》所表現的「心」與〈騷〉所表現的「情」,《詩》中「情」字雖然只出現一次，但它表現「我心蘊結」的喜、憂、愛、惡等情感的外化形態，已非常鮮明生動，至於因「情」的發生而引起的「身體各部位的變化」,《詩》、〈騷〉屢屢表現出詩人的焦躁不安以至徹夜失眠、神志迷狂以至行為失常，都可視為生理反應的描寫。

但是，當「情」作為文字界定的一種觀念時，從人們最初使用的「情」字看，似乎又與人的心理活動聯繫甚少，我們檢閱《論語》、《左傳》、《孟子》、《易傳》等典籍中有「情」字之句，便會發現，大多不是確指人的心理、精神活動——情緒、情感，而是指客觀事物、人類行為的某種實質、狀況、內容等等。就是說，這些著作的作者，他們還沒有像詩人們那樣，善於捕捉自己內心的感情而闡釋「情」字的意義，還沒有心理學意義的「情」的觀念。

《論語》中有兩次用「情」之處，一見於〈子路〉，孔子責備樊遲不該「問稼」「學圃」，他認為這不是統治階級中人做的事，是「小人」所為，於是說：「上好禮，則民莫敢不敬；上好義，則民莫敢不服；上好信，則民莫敢不用情。夫如是，則四方之民襁負其子而至矣，焉用稼？」禮、義、信與敬、服、用情「各以其類而應」，朱熹釋此「情」為「誠實也」(《四書集注》〈論語卷之七〉)，統治者講究信用，小民就以誠實而應，不敢造假作偽，有他們忠心侍奉，還用得著你自己去種田種菜？二見於〈子張〉，是曾子對一位即將去當法官

---

3 〔美〕K.T.斯托曼：《情緒心理學》(瀋陽市：遼寧人民出版社，1986年)。

的陽膚的叮囑：「上失其道，民散久矣。如得其情，則哀矜而勿喜。」意思是高居上位的統治者不按正道辦事，民眾與之離心離德已經很久了，你下去辦案了解到民間一些真實情況，應該憐憫他們而不是沾沾自喜。兩處用「情」都不是個人感情，指的是對象客觀存在的狀態，具體地說都是「民情」，《尚書》〈康誥〉中早有「民情」一詞：「天畏棐忱，民情大可見」，說的是天威不可測，民心的去向卻是有跡可察、可以看得見的。這樣說來，〈陳風〉〈宛丘〉中的「子之湯（蕩）兮，宛丘之上兮，洵有情兮，而無望兮」中的「情」是不是指歌者對「子」的愛慕之情呢？如果當作一首情歌看，應該是，但《毛詩》〈小序〉說此詩刺陳幽公「荒淫昏亂，遊蕩無度」，鄭玄箋云：「此君信有荒淫之情，其威儀無可觀望而則效。」那麼解詩者又把「情」解作情實、行為。這種解釋雖不可靠，不足取，但說明漢代一些學者，還可把這個「情」不當作情緒、感情解。

《左傳》成書時間早，使用「情」字較之《論語》以及後來的《孟子》都多，「情」之初義也表現得比較完整而可靠，但其中最重要的、多次使用的，還是物、事或人的行為的實質、情況、內容，如：

> 小大之獄，雖不能察，必以情。（莊公十年）
>
> 吾知子，敢匿情乎？（襄公十八年）
>
> 兄弟致美。救乏、賀善、弔災、祭敬、喪哀，情雖不同，毋絕其愛，親之道也。（文公十五年）
>
> 魯國有名而無情。（哀公十八年）
>
> 宋殺皇瑗，公聞其情，復皇氏之族。（哀公十八年）

像這樣的用法還有幾例，不一一列舉了。下面兩例，「情」可與「心」通，但指的是一己之能力，與具體的情感形態無關：

雖獲骨於晉，猶子則肉之，敢不盡情？（昭公十三年）

夫子之家事治，言於晉國，竭情無私。（昭公二十年）

從《論語》、《左傳》的例句中，我們感到：在「情」的後面隱藏著一個「真」，即情況的真，內容的真，「情」與「信」相應，「情」不能「匿」，不能造偽作假。《左傳》還有一處是以「情」與「偽」相對，說的是晉公子重耳流亡國外十九年，「險阻艱難，備嘗之矣；民之情偽，盡知之矣。」（僖公二十八年）楊伯峻先生釋曰：「情，實也；情偽猶今言真偽。」[4]直接以「情」言「真」，在《易傳》〈繫辭〉中已出現了兩次，一是：

聖人立象以盡意，設卦以盡情偽。

孔穎達《正義》云：「情謂情實，偽謂虛偽」。聖人設立種種卦象來判別、測斷世界上萬事萬物的真假虛實，以示吉凶禍福。二是：

八卦以象告，爻象以情言。剛柔雜居，則吉凶可見矣。變動以利言，吉凶以情遷，是故愛惡相攻而吉凶生；遠近相取而悔吝生；情偽相感而利害生。

前面的「以情言」與「以情遷」之「情」，都是指真實的、本質的東西，爻辭與彖辭都是根據主觀與客觀事物真實情形來說話，作出判斷；或凶或吉則是隨著主、客觀兩方面情況的變化而變化。造成情況變化的是愛與惡、遠與近、真與假三對矛盾相攻、相取、相感，韓康伯注「情偽相感」云：「情以感物，則得利；偽以感物，則致害

4　楊伯峻：《春秋左傳注》（北京市：中華書局，1981年），第1冊，頁456。

也。」[5]很顯然，「情」之謂真，與「偽」相對。

我在這裡費了一些功夫去判斷「情」的最初之義，是想證明：雖然最早的一批詩人在那裡自發地感物興情，但真正的情感觀念卻出現得很晚，孔子說「《詩》可以興」，也沒有對此有所突破。人們能夠把握、表現情感、情緒的具體形態，卻遲遲不能昇華其觀念、抽象的形態，因此他們對《詩》的接受和解釋也只能含糊地知其然而不知其所以然。但是，他們對於表述人類行為和客觀事物存在形態之「情」賦予了「真」的屬性，當「情」的意義轉換到主要是指情感、情緒時，當人們已自覺地意識到「情」是主體的意向活動時，愛、惡、喜、怒、哀、樂之情皆求其「真」，這於文學藝術、尤其是詩的創作者和鑑賞者，真是得益非淺！

在古代的中國，「情」之真先於「情」之美而被標舉，「情」與「真」有著相通的內涵和意義，這是研究古代情感理論須予以特別注意的，不然的話，便會忽視「詩緣情」之「情」隱含極深的真諦。關於「情」之「真」進一步的理論性闡述，將待成於哲學家也是文學家的莊子。

5 轉引自王弼：《周易注》。

三
曲折發展的情感理論

一　「道是無情卻有情」的莊子

古人缺乏明確的心理學知識，所以他們對「心」、「情」、「志」、「意」等反映心理活動的抽象概念之間內在的聯繫，往往不能統一把握，但當他們對客觀世界的認識逐漸深入時，對於自身的認識也終於有所進步，生於戰國時期的莊周有云：「以其知得其心，以其心得其常心」（《莊子》〈德充符〉），他說的是魯國的「兀者王駘」，用自己的心靈去領悟天道。一部《莊子》，有不少關於人的各種心理活動精闢的表述（比如「心齋」和「坐忘」），當然也就必然會聯繫到人的情感狀態。

前面說到，《莊子》中出現的「情」字，是先秦諸子著作中較多的一部（僅次於後來的《荀子》）。莊子論情有兩大特點，一是強調作為觀念的「情」的「真」的屬性；二是他將「情」與人的心理活動聯繫起來，是人的精神活動——情感、情緒，但他又主張人欲「無情」。而這「無情」，正合他與老子「無為而無不為」的哲學觀，因而最後他又把「情」推向一個超凡脫俗的高境界，因此，我說莊子是「道是無情卻有情」。

先說他對「情」即「真」的觀念的發揮。

〈養生主〉中講了這麼一個故事：老子死了，老子的朋友秦失去弔唁，秦失「三號而出」，沒有更多哀痛的表示，老子的弟子問他：你不是他的朋友嗎？怎麼能這樣悼念？秦失說，人的生和死，都是自然而然的事，是順天安時的「來」和「去」，有什麼必要過多的哀哭呢？像那些哭喪的人：「有老者哭之，如哭其子；少者哭之，如哭其母。彼其所以會之，必有不蘄言而言，不蘄哭而哭者，是遁天倍情，忘其所受。」此所謂「遁天倍（背）情」，是指那些哭喪人中，有不想弔唁而來弔唁的，不想哭而哭的，這是失去人的天性、違背生命真實的表現。秦失將「情」與「天」對舉，「倍（背）情」即是「失真」，也就是指背離了人有生必有死之客觀必然性，無視世界上萬事萬物發展規律之「真」。莊子常常以合於「天道」、順乎自然發展的規律為「真」為「情」，如〈大宗師〉說：「人之有所不得與，皆物之情也」、「若夫藏天下於天下而不得所遯，是恒物之大情也」，「情」皆指事物本質的「真」。〈齊物論〉中講得更明白：「若有真宰，而特不得其眹。可行已信，而不見其形，有情而無形。」「真宰」即「天道」，天道是無形無狀的，但它又是一個真實的存在；「如求得其情與不得，無益損乎其真」，不管你能不能感到它的存在，對它的「真」無益也無損。「天地有大美而不言，四時有明法而不議，萬物有成理而不說」（〈知北遊〉），這就是天地之情狀，天地之真實。莊子認為人要順應自然的發展規律，「喜怒通四時，與物有宜而莫知其極」（〈大宗師〉），就要「盡情」、「復情」、「反（返）情」、「達情」、「應情」……所謂「盡情」、「復情」云云，都是指返樸歸真：「致命盡情，天地樂而萬事銷亡，萬物復情，此之謂混冥」（〈天地〉）；「中純實而反（返）乎情，樂也」（〈繕性〉）；「聖也者，達於情而遂於命也」（〈天運〉）……莊子所追求「情」的境界，實質上就是「真」的境界，亦即「道」的境界，他在〈大宗師〉裡對這種境界作了一個宏觀的描述：

> 夫道有情有信，無為無形；可傳而不可受，可得而不可見；自本自根，未有天地，自古以固存；神鬼神帝，生天生地；在太極之先而不為高，在六極之下而不為深，先天地生而不為久，長於上古而不為老。……

「有情有信」就是真實可信，「道」無所作為讓人們感到它的存在，沒有形狀讓人們覺察它的存在。它永遠真實地存在著，有它才有了整個世界。莊子這種描述啟示人們，「道」是無所不在的，以其真實可信而不朽，「情」、「信」即「真」，「真」即「道」。

再說他的「道是無情卻有情」。

上面主要是講天地萬物之「情」，莊子也把這「情」與人聯繫起來，由物之情而及人之情。我在前篇已談到莊子對「志」的看法。他反對人有「軒冕之志」，「軒冕在身，非性命也」（〈繕性〉），一個人追求高官厚祿，他的身心就得不到自由，只有「不為軒冕之志，不為窮約趨俗，其樂彼與此同，故無憂而已矣！」（同上）這表明他對喜、憂、好、惡等人的情感形態與人的生命狀態（性命）相關有了清晰的認識，他在〈在宥〉、〈駢拇〉等篇中都用了「性命之情」一詞，而這「性命之情」就包括人的喜、怒、哀、樂，〈在宥〉說：

> 人大喜邪，毗於陽；大怒邪，毗於陰。陰陽並毗，四時不至，寒暑之和不成，其反傷人之形乎！使人喜怒失位，居處無常，思慮不自得，中道不成章，……彼何暇安其性命之情哉！

在〈盜跖〉篇裡，盜跖教訓孔子時也說：

> 今吾告子以人之情：目欲視色，耳欲聽聲，口欲察味，志氣欲盈。

這些都是莊子把人在精神方面的情感、情緒乃至人的欲望都總括為「情」。他又認為在現實生活中，一個人常常會為世俗情感所累，一個普通的漁夫教訓孔子說：「子審仁義之間，察同異之際，觀動靜之變，適受與之度，理好惡之情，和喜怒之節，而幾於不免矣！」（〈漁父〉）

我們知道，莊子的思想體系是上承老子的，老子認為「道」是萬物之本，「人法地，地法天，天法道，道法自然」，這個「道」本身無所作為，它只是順應萬物之自然，萬物怎樣，「道」亦怎樣。人既然是其中一個環節，人之性命也應該是自然無為的，在人的社會裡多了一個仁義之道，在老子看來，這是對自然之道的破壞，因此他予以激烈的指責：「大道廢，有仁義；智慧出，有大偽。」一個真正的聖人，是「欲不欲，不貴難得之貨；學不學，復眾人之所過。以輔萬物之自然而不敢為」[1]。莊子同樣是崇尚「法自然」的，認為講仁義者必「失其性命之情」，他甚至從根本上否定「仁義其非人情」：「今世之仁人，蒿目而憂世之患；不仁之人，決性命之情而饕貴富。」（〈應帝王〉）這兩種人都背離了自然的人情。孔子教學生以「仁義」，實即「以利惑其真而強反其情性」，以至使子路死於非命，因此莊子借盜跖之口斥孔丘為「巧偽人」。基於此，莊子提出了他的「無情」說：

> 有人之形，無人之情。有人之形，故群於人；無人之情，故是非不得於身。渺乎小哉，所以屬於人也；謷乎大哉，獨成其天。（〈德充符〉）

人為何能做到無情，他的朋友惠子也不理解，問他：「人而無情，何以謂之人？」莊子答曰：「道與之貌，天與之形，惡得不謂之人？」他首先強調的是人的自然屬性，而「無情」是對人擺脫其社會屬性而言的。當惠子進一步追問：「既謂之人，惡得無情？」惠子還未從人的社會屬性轉過來，所以莊子有點不耐煩地說：你說你的情，「是非吾所謂情也。吾所謂無情者，言人之不以好惡內傷其身，常因自然而不益生也。」（〈德充府〉）

---

1 上引老子語分別見《老子》第十八章、第六十四章。

莊子既然說了人有「性命之情」，為什麼在此又力倡「無情」說呢？同樣是一個「情」，有世俗之情與自然之情的分別，世俗都喜好「富貴壽善」，追求「身安厚味美服好色音聲」，莊子認為這種追求是一種人為的苦事，「軒冕在身，非性命也；物之儻來，寄者也……今寄去則不樂，由是觀之，雖樂，未嘗不荒也」。(〈繕性〉) 又說：「今俗之所為與其所樂，吾又未知樂之果樂邪？果不樂邪？……吾以無為誠樂也，又俗之所大苦也。」(〈至樂〉) 但是，莊子也不排斥人本能的情感，像前面盜跖訓斥孔子時說的「人之情」，不也講了聲、色、味之欲嗎？這種「欲」如果出之自然，是人的本性、本能的表現，就不是「遁天倍情」。盜跖說：「天與地無窮，人死者有時。操有時之具，而托於無窮之間，忽然無異騏驥之馳過隙也。不能說（悅）其志意、養其壽命者，皆非通道者也。」[2]出於自然的情感，哪怕有世俗的內容，也是可以肯定的。由此，莊子又反對有的人只是抽象地「治其形，理其心」而「遁其天，離其性，滅其情，亡其神」(〈則陽〉)。總之，在莊子看來，自然無為、本性不能滅的「情」就是真情，這是上達於「道」的一種精神境界，於是他歸結於人要真，情要真，〈大宗師〉裡他對「真人」作了一番描述：

> 古之真人，不知說（悅）生，不知惡死……不忘其所始，不求其所終；受而喜之，忘而復之，是之謂不以心指道，不以人助天，是之謂真人。若然者，其心志，其容寂，其顙頯；淒然似秋，暖然似春，喜怒通四時，與物有宜而莫知其極。

與此相對應的是〈漁父〉篇裡對真情的論述：

2　〈盜跖〉在《莊子》〈雜篇〉，不一定是莊周親作，但其表現的思想與〈內篇〉諸作基本上是一致的。本章所引《莊子》外、雜諸篇之文，一並作此說明。

> 真者，精誠之至也。不精不誠，不能動人。故強哭者，雖悲不哀；強怒者，雖嚴不威；強親者，雖笑不和。真悲無聲而哀，真怒未發而威，真親未笑而和。真在內者，神動於外，是所以貴真也。……禮者，世俗之所為也；真者，所以受於天也，自然不可易也，故聖人法天貴真，不拘於俗。

如果說，莊子的所謂「真人」（還有「真君」、「真宰」）尚有些超然世外的神秘色彩的話，那麼，真情卻體現了中國古代情感理論的真正價值。我們可以看到：當「情」尚未與人的精神的、心理的活動聯繫起來時，已經有了抽象的「真」的內涵，莊子將「情」聯繫到人，經過一番「無情」的淨化處理，最後回歸到「情」之真淳的審美境界，「不精不誠，不能動人」，他給表現人的情感的任何樣式的文學藝術創作，作出了千古不易的理論界定。這種真情，從抽象的「真人」，傳及每個有血肉之軀的文學家、藝術家、詩人，即成為後來「緣情說」最基本的、天然的法則。「真予不奪，強得易貧」，這是唐代詩歌理論家司空圖於詩歌創作中對莊子「真」、「強」對峙觀點的發揮，在司空圖的《詩品》中，「真」的論述占據著最重要的位置，幾乎全部源於《莊子》，如列為首品〈雄渾〉的開頭四句：「大用外腓，真體內充。反虛入渾，積健為雄」，不就源自「真在內者，神動於外」嗎？其他如「乘之愈往，識之愈真」（〈纖濃〉）、「畸人乘真，手把芙蓉」（〈高古〉）、「體素儲潔，乘月返真」（〈洗煉〉）、「飲真茹強，蓄素守中」（〈勁健〉），「是有真宰，與之沉浮」（〈含蓄〉）、「真力瀰滿，萬象在旁」（〈豪放〉）、「唯性所宅，真取弗羈」（〈疏野〉）、「絕佇靈素，少回清真」（〈形容〉），幾乎涉及整個詩歌本體和詩人本體，又將詩歌藝術從情感之真上升到非理性的、但又是最高的哲學境界。

莊子的情感理論的真諦，長期以來，未被更多的人注意，這是因為儒家的哲學思想始終大面積地覆蓋著中國歷代的文壇。莊子以後的荀子，他在比莊子低一個層次上建立的情感理論，對於「治人」「治世」有更廣泛的實用意義，因此被作為儒家詩教「發乎情」的理論依據。

二　荀子的「性」、「情」、「欲」之辨

荀況既然對「《詩》言是，其志也」作出了他獨特的發明，他對「情」的觀念的發展也有獨到之處。《荀子》一書中，「情」字出現之多（共一百多次），並且大多是確指人的情感、情緒，恰好與屈原的詩歌作品相互呼應。荀子完全確定了「情」是人的心理活動中對待客觀事物的一種意向活動，把「情」置於「性」、「欲」、「慮」、「知」這一系列從生理、心理直到外部行為發生的有序活動中，並特別強調它的重要作用，總之，自有荀子之後，「情」作為情緒和情感的觀念完全確定了。

《荀子》〈正名〉篇首先是給「性」、「情」正名：

> 生之所以然者謂之性。性之和所生，精合感應，不事而自然謂之性。性之好、惡、喜、怒、哀、樂謂之情。情然而心為之擇謂之慮。……

荀況這一論述具有心理學的意義，從《詩》表現種種情感狀態以來，荀子對「情」作出了比莊子更明快的結論，「五情」、「六情」、「七情」之說從此流行開來了。在同篇中，他作出了如下的邏輯推導：

> 性者，天之就也；情者，性之質也；欲者，情之應也。以所欲為可得而求之，情之所必不免也。以為可而道（導）之，知（智）所必出也。

關於「性」，莊子已有不少論述，道家主要強調人和物的自然之性，〈駢拇〉篇裡說：「性長非所斷，性短非所續」，是說自然之性不可改變也不必要改變。儒家也不否認人或物的自然之性即天性，稍前於莊子的孟子也對性有較多的論述，但孟子還是性、情不分的，「夫物之不濟，物之情也」(《孟子》〈滕文公〉)，「情」即「性」，物性不一，所以各種事物互有區別。對於人之性，孟子特別賦予其「善」的內涵，說「人之學者，其性善」，因為「惻隱之心，人皆有之；羞惡之心，人皆有之；恭敬之心，人皆有之；是非之心，人皆有之。……仁、義、禮、智，非由外鑠我也，我固有之也」(《孟子》〈告子上〉)。但這些本性也是可以喪失的，喪失之後，人就變得猶如禽獸。在對「性」的抽象意義方面，荀子與他們是一致的，即承認人之性是先天造就的，而「情」是「性」的質的表現。荀子也承認有抽象的「天情」，在〈天論〉篇裡就說過：「天職既立，天功既成，形具而神生，好惡、喜怒、哀樂臧焉，夫是之謂天情」。「性」是不動的，「情」是動的，情動有所指向，就是「欲」，人的一切生理的、精神的和物質的欲望，都因情動而相應產生。孟子說：「可欲謂之善」，荀子卻認為「可欲」只是「情」，一種生理反映，不能界定為「善」，至於為什麼「可欲」，那是屬於「慮」或「智」的管轄範圍了。

孟子強調性之善，莊子強調情之真，荀子絕不同於他們之處是強調「性惡」，「人情甚不美」，這是荀子全部情感理論的出發點。

在荀子看來，人的先天之性就是「惡」，為什麼呢？他專寫了〈性惡〉一文闡述這個觀點並力排孟子的「性善」論：

> 今人之性，生而有好利焉，順是，故爭奪生而辭讓亡焉；生而有疾惡焉，順是，故殘賊生而忠信亡焉；生而有耳目之欲，有好聲色焉，順是，故淫亂生而禮義文理亡焉。然則，從人之性，順人之情，必出於爭奪，合於犯分亂理而歸於暴。

在這裡，他實際上是從人的欲望講起，由「欲」而上推「情」與「性」。人一生下來就有各種不正當的欲望，只有好利、嫉妒、好聲色之欲，實無惻隱、羞惡、恭敬、是非之心。人欲不正，則人情不美，他藉舜的口吻，反覆強調「人情甚不美」：

> 堯問於舜曰：「人情如何？」舜對曰：「人情甚不美，又何問焉？妻子具而孝衰於親，嗜欲得而信衰於友，爵祿盈而忠衰於君。人之情乎！人之情乎！甚不美，又何問焉？」（荀子〈性惡〉）

荀子是尊奉孔子的，是後期儒家集大成的學者，他為什麼要一反孟子的「性善」說而力倡「性惡」說，好像儒家起了內訌呢？原來，荀子這樣做，是為他的以「道」制「欲」，以「志」轄「情」製造更有力的理論依據。

孟子說人皆有仁義之心，在荀子看來則不然，人性本來就是惡的，他的客觀性根據是：古代的聖王，就因「為人之性惡，以為偏險而不正，悖亂而不治」，所以才「起禮義，制法度，以矯飾人之情性而正之，以擾化人之情性而導之」（同上）。如果聖王認為人的本性不惡，禮義與法度的制定有什麼必要呢？荀子處身於戰國末期，他親眼目睹了政治的腐敗、社會的混亂、人欲的橫流，如他在〈佹詩〉和〈小歌〉中所描述的那樣，「仁人絀約，敖暴擅強」，今人之性惡，較之古人，變本加厲地發展了，他迫切感到，「遇時之不祥」，必欲「禮義之大行」，才能對「今人之性惡」加以壓抑和節制，「待師法然後正，得禮義然後治」。在對待「禮義」和「法度」上，其實荀子和孟子是沒有矛盾的，孟子是以「可欲」為善，如果不可欲而欲，那當然也是惡了，一個人有了行為的惡，就要通過禮、法等手段，使其復歸人的善性。荀子則認為人的一切欲望，都是性惡的表現，禮義與法度，對於「不可欲」是一種強迫性的壓制，對於「可欲」則是一種必要的矯飾，使「惡」的本來面目得到體面的掩蓋。他舉了一個例子：「今人之性，飢而欲飽，寒而欲暖，勞而欲休，此人之情性也。今人飢，見長而不敢先食者，將有所讓也；勞而不敢求息者，將有所代也。夫子之讓乎父，弟之讓乎兄；子之代乎父，弟之代乎兄：此二行者，皆反於性而悖於情也。然而孝子之道，禮義之文理也。」這就是，人的完全無可非議的正常欲望，也一定要加以節制和壓抑，使之符合「禮義文理」。荀子也看到了此中的矛盾：「順情性則不辭讓矣，辭讓則悖於情性矣」，但他是堅決反對「順情性」而主張「悖於情性」的，「悖於情性」才「合於文理，而歸於治。」

荀子在這個理論基礎上，推出他崇「偽」的觀點。我在前一章已談到「情偽」之說，「偽」與「真」相對，是「假」，是「虛」，荀子的「偽」，其根本意義是「人為」，引申為「矯飾」，如上所說的「辭讓」，是違反人的本性的，但「辭讓」合於文理，是「善」的表現，這就是「其善者偽也」。下面是他崇「偽」觀比較完整的表述：

> 若夫目好色，耳好聲，口好味，心好利，骨體膚理而愉逸，是皆生於人之情性者也。感而自然，不待事而後生之者也。夫感而不能然，必且待事而後然者，謂之生於偽。是性偽之所生，其不同之徵也。故聖人化性而起偽，偽起而生禮義，禮義生而制法度。然則禮義法度者，是聖人之所生也。故聖人之所以同於眾其不異於眾者，性也；所以異而過眾者，偽也。（荀子〈性惡〉）

在荀子看來，人不能憑自己的情性「感而自然」，而是要「感而不能然」，這就是要憑理性有意識地節「欲」、制「情」、反「性」。自然為真，人為為偽，「性偽」（此同於「情偽」）不同的表現，荀子肯定的是後者，要「化」去真性情而「起偽」。聖人也有自己的真性情，所以他也同於常人，但聖人意識到自己的真性情也是惡的，要不得的，所以聖人能夠人為地「矯飾情性以正之」，他能「偽」，於是他就超出了常人，他「異而過眾」。聖人的主要貢獻是由於意識到矯飾情性必須以「偽」，從而制定了「禮義」、「法度」，使後世人人可「偽」了，「偽」有所憑了。

應該說，荀子為了維護封建統治階級的統治秩序，他確實在煞費苦心，他的「化性起偽」說，從政治、倫理角度看，也有一定的道理。他的「偽」，從他主觀動機看，也不是弄虛作假，他在有些地方，也沒有將「偽」作為與「真」絕對地相反相克的觀念，倒有些相輔相成的意思，進而把「偽」看成與孔子所說「文質彬彬」之「文」，有同等意義的審美觀念，〈禮論〉中有段話即是如此：

> 性者，本始材樸也；偽者，文理隆盛也。無性則偽之無所加，無偽則性不能自美。性偽合，然後成聖人之名，一天下之功於是就也。

如果說，莊子特別標舉「真能動人」，強調「真」的審美意義，荀子則反之，不是「真」而是「偽」才有真正的審美價值。實際上，荀子把「偽」與「美」聯繫起來也是很勉強的，因為孔子說「文質彬彬」，首先注重的還是質之美，「繪事後素」就是強調質之美必先於文之美。「文勝質則史」，「史」即「虛華無實」、「多飾少實」（據皇侃解），有假。因此倒可說：質不美，文不能「自美」。荀子是以「性惡」為質的，「偽」，究其實不過是對惡的矯飾，那種「文理隆盛」不就是虛有其表嗎？實在很難說是真正的美。

荀子對於「人之情」在心理學方面的引申，應當說是超過了前人，但是，如果我們不是出於政治的需要去評價他的情感理論，那麼，這樣的情感理論根本不能進入文學藝術領域，因為他所說的一切，實質上都在否定他的「性者，天之就也，情者，性之質也」。他對人天生之性予以根本的否定，也就否定了每個人發於自己獨特個性的真感情，再去侈談所謂「情」，只能是真正虛偽的東西了，是由理念所推導出來的、由禮義與法度所烘托出來的一種莫名其妙的畸形精神產物。「以道制欲」，「制」的結果只能剩下「道」，以「志」轄「情」，轄的結果只能是「滅其情」，或者說是以政教和倫理為內涵的所謂「情」，較之莊子「道是無情卻有情」，荀子恰恰是「道是有情卻無情」。這種理論，在儒家學派中也是一個極端的發展，憑它，連「發乎情，止乎禮義」也推導不出來，所以，同樣是出自儒家學者之手的《樂記》，首先對它作了部分的矯正。

三　《樂記》的審美情感說

真正比較正確地研究了情感的發生，並且自覺地認識了感情在藝術中的作用，應該首推《樂記》。《樂記》對於感物動情，情的真與善的統一，以及音樂作品中審美情感的特徵，都有了比較系統的論述，並且這些論述也聯繫到了詩，實際也成了詩學情感理論的基礎，當然也有濃厚的儒學色彩。

「凡音者，生人心者也。情動於中，故形於聲，聲成文，謂之音」，這是《樂記》的佚名作者給音樂藝術下的一個定義。人心中感情通過聲音外發，形成悅耳之美感，這就是音樂；音樂的實質就是人的感情的表現，所以，他論「音」的發生，也就是論人心的感情的發生，在〈樂本篇〉裡開始就說：「凡音之起，由人生也。人心之動，物使之然也。感於物而動，故形於聲。聲相應，故生變，變成方，謂之音。」又說：「樂者，音之所由生也；其本在人心之感於物也。」聲，是人和動物的一種生理功能的表現，但是「聲相應」而能「變」，變得高低、緩急、輕重適度，表現出一定的意思，只有人能為，這就是「音」了。人知聲又能知音，「知聲而不知音者，禽獸是也」。但「音」還不就是音樂，「樂」是各種不同的音和諧有序地組合融匯，因此，「樂」實質上是組合各種音的感情因素，於是《樂記》作者列舉了六種感情在音樂中的表現：

> 其哀心感者，其聲噍以殺；其樂心感者，其聲嘽以緩；其喜心感者，其聲發以散；其怒心感者，其聲粗以厲；其敬心感者，其聲直以廉；其愛心感者，其聲和以柔。六者非性也，感於物而後動。

哀、樂、喜、怒、敬、愛六心，就是六情，六種表現於外的感情形態，這六情，畫家可通過描繪人的臉部神態和身體動作來給觀者以視覺印象，《樂記》的作者，著力描述了六情發於聲給人的聽覺印象，這就有點藝術的味道了。更值得注意的是，他說「六者非性」一語，這就把「情」與「性」加以區別，不像荀子認定了人之「性惡」就否定了「情」的可善可美。那麼，《樂記》的作者是怎樣認識性、情、欲三者關係的呢？一曰：

> 人生而靜，天之性也。感於物而動，性之欲也；物至知知，然後好惡形焉。

按照這段話的意思排列，應該是性→欲→情，性有所欲，動而感物，物作用於人的感覺、知覺，才會產生好惡之情。人之欲是人之情發生的直接的生理因素，這正如我們在前面介紹〈咸卦〉時所看到的，男女相互被吸引是人的生理欲望所驅使，然後「拇」動「腓」動「股」動，接觸到了具體的對象才產生了真正的愛慕之情。在〈樂言篇〉又說：

> 夫民有血氣心知之性，而無哀樂喜怒之常；應感起物而動，然後心術形焉。

人的心性是有定的，不可輕易改變的，而人的感情卻是多變的，在不同的環境裡對於不同的物的「應感」，可以產生不同的感情，這就如後來劉勰在《文心雕龍》〈物色〉篇裡所說的，一年之中，四時不同的景物可使人「情以物遷」:「獻歲發春，悅豫之情暢；滔滔孟夏，郁陶之心凝；天高氣清，陰沉之志遠；霰雪無垠，矜肅之慮深。」《樂記》在記述感物動情方面，已經進入了藝術創作的心理體驗境界，藝術創作實質上就是一種「心術」，是如何觸發感情和表現感情之術。

《樂記》部分地採納了荀子〈樂論〉中的一些觀點，如「以道制欲」便是。但是它沒有以「性惡」說為前提，對「欲」、「情」的真、善、假、惡有比較辯證的認識，對於自然的感情與倫理、政教之情兼而收之。它好像調和莊子與荀子的情感理論，要求音樂創作所表現的感情應該是真與善的統一，自然與倫理的統一。在〈樂本篇〉裡談到感物「至知知」而「好惡形焉」之後，對於這好惡之情要有所節制，不能濫發感情：

> 夫物之感人無窮，而人之好惡無節，則是物至而人化物也。人化物也者，滅天理而窮人欲者也。於是有悖逆詐偽之心，有淫佚作亂之事。

人感於物而動情是無可非議的，但是在感物之時人不能化於物，即在物之前失去人的主體意識，「性之欲」不能因「物之感人無窮」而不知有所收斂，不知有所收斂，好惡之情便會濫發不止。人的生理欲望與物質欲望也會惡性發展，這樣反而失去感物之初情的真摯，反生悖逆詐偽。感物而又強調人對物的主觀能動作用，情只能為物所觸發，不能被物所左右，這比荀子說「感而不能然，必且待事而後然者，謂之生於偽」的極端被動的感物說，前進了一大步。荀子根本不相信自己感覺的可靠性，一開始就求救於理性，《樂記》則只是在人、物關係中，強調人的主體的自覺性，使之不是人化於物，而是物化於人。

物化於人，人「好惡節於內」，那就是排除偽與惡而歸於真與善，在〈樂象篇〉裡又提出了一個「君子反情以和其志」的觀點，此所謂「反情」，同於莊子「中純實而反（返）乎情，樂也」（《莊子》〈繕性〉）之說，「情」即「真」，「反情以和其志」就是要回歸自己的真感情而與心中之「志」相和應。怎樣「反情」？那就是要求「真」必須識別「偽」，要向「善」必須摒棄「惡」：

> 奸聲亂聲，不留聰明；淫樂慝禮，不接心術；惰慢邪辟之氣，不設於身體；使耳目鼻口心知百體，皆由順正以行其義。然後發以聲音而文以琴瑟，動以干戚，飾以羽旄，從以簫管，奮至德之光，動四氣之和，以著萬物之理。

作《樂記》這位儒家學者，不能不說倫理之情還在他心目中占據著相當重要的位置。但他也沒有忘記把倫理之情與「感物而後動」之情融合起來，他雖然在這一篇裡轉述了荀子「以道制欲」的觀點，這「道」並不像荀子所說純粹是人為，此中還有「四氣之和」、「萬物之理」。他在〈樂情篇〉裡又說：

> 樂也者，情之不可變者也；禮也者，理之不可易者也。樂統同，禮辨異，禮樂之說，管乎人情矣！窮本知變，樂之情也；著誠去偽，禮之經也。……

這裡實際上是把「道」與「欲」（情）的關係，具體化為「禮」與

「樂」的關係，又進而推導出音樂藝術中的「理」與「情」的關係。荀子說「偽起而生禮義」，《樂記》則說，「禮」就是「理不可易」，這個「理」也是指萬物之理（〈樂禮篇〉云：「樂者天地之和」、「禮者天地之別」，所以說「樂統同，禮辨異」），並不完全是人為（動靜有常，大小殊矣；方以類聚，物以群分，則性命不同矣），它也要體現客觀事物的真實，所以這「理」（禮）要去偽存真。這就是說，「理」與「情」都要存其真，去其偽，才有「真能動人」的音樂產生。

至此，我們可以判斷《樂記》關於音樂創作中審美感情的特徵，它還是肯定「情」以「真」為美，音樂要引起人們感情的共鳴，「樂者樂同，同則相親」，感情不真就不能「樂同」，不能引起聽者共鳴的效果。「樂由中出，禮自外作」，從人心出可以入人心，音樂家以其真摯感人之心聲而「善民心」，起著潛移默化的教化作用。在〈樂象篇〉談到詩、歌、舞「三者本於心，然後樂器從之」之後特別指出：

> 是故情深而文明，氣盛而化神，和順積中而英華發外，唯樂不可以為偽。

這位佚名作者，為什麼要特別強調「唯樂不可以為偽？」孔穎達在《毛詩正義》詮釋「情發於聲，聲成文，謂之音」間接解答了這個問題，他說：「詩是樂之心，樂為詩之聲，故詩樂同其功也。初作樂者，準詩而為聲；聲既成形，須依聲而作詩。故後之作詩者，皆主應於樂文也。……設有言而非志，謂之矯情；情見於聲，矯亦可識。若夫取彼素絲，織為綺縠，或色美而材薄，或文惡而質良，唯善賈者識之。取彼歌謠，播為音樂，或詞是而意非，或言邪而志正，唯達樂者曉之」。這就是說，人之言詞可以違心作偽，而人之音聲不容造作矯情，如哀痛之言詞可以為人代作，哀哭卻不能以假噭而感人。孔穎達是將樂與詩聯繫起來談到的，指出詩與樂在藝術表現方面可能形成情偽與情深的反差，而《樂記》強調「情深」、「氣盛」，實質上成為一切表現人的情感的藝術樣式最基本的創作法則，創作主體沒有真情實感，就只有作偽一途，惟有「情深」才有真正的文采煥發，惟有「氣盛」，才能產生出神入化的藝術效應。後來曹丕提出「文以氣為主」，劉勰特有「情文」的標舉，大概也與此說有些關係。

四　儒家詩教的情感規範

以上我們已對莊子、荀子與《樂記》的情感理論有了一些基本的認識，現在讓我們回到詩學上來。前面說過，早期的儒家學者沒有心理學意義上的情感觀念，但這不妨礙他們對「《詩》三百」進行情感的分析和把握。孔子對於〈關雎〉等詩「樂而不淫，哀而不傷」的情感評價，要麼是在當時就已被士大夫階層的人們接受而予以援引，要麼是孔子集中了當時統治者集團中已流行開來的成說。《左傳》〈襄公二十九年〉記載的季札觀樂，季札就運用了「勤而不怨」、「憂而不困」、「思而不懼」、「樂而不淫」、「大而婉，險而易行」等語評各國的〈風〉詩，用「怨而不言」評〈小雅〉，用「曲而有直體」評〈大雅〉，至於對〈頌〉的評價，則說：

> 至矣哉！直而不倨，曲而不屈，邇而不逼，遠而不攜，遷而不淫，復而不厭，哀而不愁，樂而不荒，用而不匱，廣而不宣，施而不費，取而不貪，處而不底，行而不流。五聲和，八風平，節有度，守有序，盛德之所同也。

對《詩》這些評價，不管它是否出自孔子的思想（即《左傳》作者據孔子的話加以發揮讓季札說出），與「《詩》三百」的情感表現是否符合，但可肯定它已成為當時統治階級的文藝思想，確立了「不偏不倚，無過不及」的審美觀。這種文藝思想的哲學意蘊謂之「中庸」，其美學表現則謂之「中和」。孔子自己沒有講過「中庸」與「中和」，給「中和」下定義的是他的孫子子思。在宋朝被定為《四書》之一的《中庸》，漢朝時還編在《禮記》中，宋儒說：「此篇乃孔門傳授心法，子思恐其久而差也，故筆之於書，以授孟子」。「中和」之說見於《中庸》第一章：

> 喜怒哀樂之未發謂之中，發而皆中節謂之和。中也者，天下之大本也；和也者，天下之達道也。致中和，天地位焉，萬物育焉。

「中和」是對人的情感而發的，可以說是將季札、孔子對於《詩》的情感把握作出理論的概括，其中的核心又是「發而皆中節」的「和」。將《中庸》也編進去了的《禮記》，又將「中和」理論回歸於《詩》，對《詩》的情感表現及其社會效應，對喜、怒、哀、樂「發而皆中節」，作出了比較具體的規定：

> 溫柔敦厚，詩教也。……溫柔敦厚而不愚，則深於詩者也。

據說，這也是孔子講的。「溫柔敦厚」本身是四個中性概念的組合，並且又界於抽象與非抽象之間，孔穎達《正義》釋之云：「溫謂顏色溫潤，柔謂情性和柔。《詩》依違諷諫，不指切事情，故云溫柔敦厚，是《詩》教也。」他沒解釋「敦」和「厚」，「敦」，實指樸實、本色，《老子》云「敦兮其若樸」，可見「敦」是謂「顏色溫潤」、「情性和柔」，還須是人樸實、本色的表現，不可作偽。「厚」，即是「忠厚」之意，謂人須有品德之厚，「厚人倫」，有深厚的倫理道德修養。看來，「溫柔敦厚而不愚」是由外而內、由貌而心，對人的精神、情感狀態的考察，《詩》是對人進行「溫柔敦厚」情感教育的範本。總之，儒家就是以顏色溫潤、情性柔和、本質樸實、品德淳厚這樣審美與倫理合一的標準，規範進入社會的人的情感。

《禮記》編成於西漢，有漢一代，對於詩，「志」的規範與「情」的規範都完成了，兩種規範對於詩學的發展都不甚有利，好在對「情」的規範沒有採取荀子的「性惡」而崇「偽」說，因而給情感在詩中留下了較多的餘地。〈詩大序〉依據《樂記》寫進了「情動於中」之語，也有「發乎情」半截子可取之論。《漢書》卷七十五〈翼奉傳〉有段關於「《詩》之學」的話更值得我們注意：

> 察其所由，省其進退，參之六合五行，則可以見人性，知人情。難用外察，從中甚明，故《詩》之為學，情性而已。五性不相害，六情更興廢。觀性以歷，觀情以律。

將人的五性（肝性、心性、脾性、肺性、腎性）六情，比附於天地六合，陰陽五行，說情性因於陰陽二氣，是漢人之成說（前已說及《說文》對「情」、「性」二字之解），只可作中醫理論看待，但此說「《詩》之為學，性情而已」，卻是很有見地，似乎超越了美刺諷諫之說，不只為對文獻詩的接受提供了一個更正確的方法，用之於文體詩的創作，也有一定的指導意義。在「詩緣情」的理論正式出現之前，總有那麼一些蛛絲馬跡的東西偶爾出現，這或許也是我們不可忽視的。

四
詩緣情而綺靡

一　文體自覺：由「欲麗」而「緣情」

從先秦歷兩漢直到魏、晉，中國早期的詩學闡述或爭論的要點，總是集中於「志」與「情」兩個觀念，從東漢王逸開始，「志」的觀念內涵終於有了關鍵性的突破，屈原的「露才揚己」得到了肯定，到了魏、晉，自曹丕「文以氣為主」的提出，標誌創作主體進入了自覺的狀態。「志」與「氣」、「才」、「情」、「性」的貫通，是創作主體精神的整合，屬於創作主體自覺的範疇，已如前論；現在我們重點論述「情」在文學創作中的地位，則需從文體的自覺入手。

文體詩地位的確定，「抒中情而屬詩」，詩的抒情特徵，在漢朝總算也被人們承認了，但是，抒情的自覺性，更多只是從詩人的創作實踐中表現出來，而在經學家們關於詩的論述中，對此總有一定的保留，如〈詩大序〉首先道出了「吟詠情性」，卻又附帶「國史……傷人倫之廢，哀刑政之苛」的條件。王逸雖然肯定了屈原的「露才揚己」，但又說屈原是「依托《五經》以立義」，「依道徑以諷諫君」，似乎功利的自覺高於抒情的自覺。班固所撰《漢書》〈藝文志〉，將自先秦以來所出現的諸種文體，加以歸類，然後以「家」（如「諸子十家」）、以「術」（如「數術」、「方技」）為界域，實質上是文體的劃分，他把「詩賦五種」劃為一類，具體指出「屈原賦」、「陸賈賦」、「孫（荀）卿賦」、「雜賦」、「歌謠」五種，詩與賦沒有明確的分別，沒有突出各自的文體特點。我們以文體觀念發展的觀點去評量，班固這種劃分雖尚嫌籠統，但他總算將美感文學與應用的文學作了一次粗略的規範，對詩、賦、歌謠雖然還強調「觀風俗，知厚薄」的實用價值，但在表現方法上的「感於哀樂、緣事而發」，與那些學術文章是有所區別的。

前面已談到，曹丕在《典論》〈論文〉中提出「文以氣為主」，首先表現出了創作主體的自覺，由創作主體的自覺而推及氣質不同的作家，各自擅長不同的文體，如王粲、徐幹「長於辭賦」，陳琳、阮瑀善作「章表書記」，這裡也就透露曹丕已經有文體自覺的意識。魯迅稱讚曹丕「文學的自覺」，是從「詩賦欲麗」四字生發的，從根本上說，也就是稱讚他對於文體的自覺。曹丕論及文體的一段話是：

> 夫文本同而末異，蓋奏議宜雅，書論宜理，銘誄尚實，詩賦欲麗。此四科不同，故能之者偏也；唯通才能備其體。

他將當時常用的主要文體分為四類八種，較之班固按「家」、「術」歸類更為簡潔和明瞭，於文體本身更具精確性。他以「雅」、「理」、「實」為前三類文體的特徵，雖然他也未將詩與賦分開，可是他以「麗」作為這兩種美感文學的文體的特徵，確實有特殊的意義。

「麗」，古文有成雙成對之義。《周禮》〈夏官〉〈校人〉：「麗馬一圉，八麗一師」。鄭玄注云：「麗，偶也。」劉勰在《文心雕龍》裡將六朝駢文中的對偶句稱為「麗辭」，就是據此義而來，即所謂「造化賦形，支體必雙；神理為用，事不孤立」(〈麗辭〉)。古人對於可感性事物的外表文采有一個解釋：「物一無文」(《國語》〈鄭語〉)，一種顏色、一種線條不能生成使人產生美感的文采，必須有兩種以上的顏色、線條才能產生文采：「物相雜，故曰文。」既然「麗」為雙、為偶，「麗」便自然具有了「文」的意義，於是引申出「美麗」、「華麗」而對文采加以描述，如《楚辭》〈招魂〉：「被文服纖，麗而不奇些。」「麗」就是對有文繡的服飾之描述；宋玉在〈神女賦〉中，回答楚襄王問他夢中神女「狀如何也」時說:「茂矣，美矣，諸好備矣；盛矣，麗矣，難測究矣。」將茂、盛；美、麗並列。在〈登徒子好色賦〉又有「楚國之麗者，莫若臣里；臣里之美者，莫若臣東家之子」,「美」與「麗」為互文而相稱。「麗」作為這樣一個審美觀念運用到文學領域中來，最早見於揚雄論賦：

> 或問:「景差、唐勒、宋玉、枚乘之賦也益乎？」曰:「必也淫。」「淫則奈何？」曰:「詩人之賦麗以則，辭人之賦麗以淫。如孔氏之門用賦也，則賈誼升堂，相如入室矣；如其不用何！」(《揚子法言》〈吾子〉)

賦作為美文學的一種文體，不只是一般的文采，而是要有華麗的文采，揚雄青少年時期就「好賦」，所以他對「賦」的文體特徵有真切的理解，但他年歲漸長之後，又覺得作賦不過是「童子雕蟲篆刻」，因此對「麗」也有了一個自定的標準，所謂「麗以則」，是指那些遵循儒教的作家所作之賦，詞采雖然華麗，但不過分，合於典則和法度。所謂「麗以淫」，則是指那些不依儒教的作家（如景差、宋玉等），詞采華麗得太過分了，有違法度了（「淫」，此處作「過度」、「過甚」解），如他在同一篇中所說的:「女惡華丹之亂窈窕也，書惡淫辭之淈法度也。」成「壯夫」以後的揚雄，雖不再作「沉博絕麗」之賦，可也沒有否定「麗」是賦最重要的審美特徵，正如漢朝經學家們對「志」、「情」等諸種觀念好加規範一樣，揚雄的「麗以則」也是一種規範。

曹丕說「詩賦欲麗」，很明顯是由揚雄之說而來，但是，正如他運用「氣」的概念而不襲用孟子關於「浩然之氣」的模式（即所謂「其為氣也，配義與道；無是，餒也」)，他講「麗」，也不提及揚雄「則」與「淫」的標準，這說明他只從文體特徵著眼，是他「反對寓訓勉於詩賦」的一種暗示。他強調「欲麗」，也就是強調詩賦創作必須是一種美的創造，詩賦作品要呈現一種不帶任何附加物的美的特質。較之「宜理」的書論、「宜雅」的奏議、「尚實」的銘誄，詩賦被曹丕賦予了更突出的美感特徵；以曹丕在當時的地位而言，區別於應用型文學的美感型文學從此確定下來了。「欲麗」作為一種審美追求，自此也為很多人自覺地接受並加以發揮，比如晉之葛洪，便以「美」、「麗」並提，認為美、麗出於後天人為：「雖云色白，匪染弗麗；雖云味甘，匪和弗美。故瑤華不琢，則耀夜之景不發；丹青不治，則純鈎之勁不就。」還說：「五味舛而並甘，眾色乖而皆麗」[1]，「麗」成為「美」或「文」（采）的另一個表述詞。

曹丕的文體自覺意識富有啟示性，可他對文體特徵的概括還過於抽象，自他之後，魏至南朝，文體分類的趨向是愈分愈細，各類文體特徵是愈益具體，陸機的〈文賦〉開列了十種文體，每種都給一具體的定義；現存但不完整的摯虞的《文章流別論》和李充的《翰林論》，分別尚見八種和十四種，前者對每種文體加以評述，以詩、賦兩種文體的評述尤詳；後者則擇每種文體中某篇佳作，作簡明扼要的評論，以明該體之要旨。劉勰的《文心雕龍》擴至三十三種（未計每種之內的細目），從〈明詩〉到〈書記〉是二十篇文體專論，詩、歌（樂府）、賦獨成三篇。再而至蕭統《文選》列三十八種，則是他對所選作品進行細緻的分類。文體分類愈細愈精確，最受益的是美感文學，大大推動了美感文學的發展，因為美感文學領域的作家、詩人，對於「麗」有了更深切體驗和更主動的追求，終於從文體自身確認了主觀情感與「麗」的美學聯繫，主觀情感是「麗」的內在依據，「麗」是主觀情感的外在的表現。

陸機的〈文賦〉，最先對「詩賦欲麗」進行了具體發揮：

1　分別見《諸子集成》本《抱朴子》之〈勖學〉、〈辭義〉篇。

> 詩緣情而綺靡，賦體物而瀏亮。

這是將詩與賦分開來說的，陸機在曹丕文體分類的基礎上，進一步界定每種文體的具體特徵，除詩與賦外，其它如：「碑披文以相質，誄纏綿而悽愴，銘博約而溫潤，箴頓挫而清壯，頌優遊以彬蔚，論精微而朗暢，奏平徹以閑雅，說煒曄而譎狂。」詩與賦是更純粹的美感文學，陸機將它們置於十種文體中的第一、第二位，而以「綺靡」說詩，則是更強調「麗」是詩的主要審美特徵。李善注《文選》釋「綺靡」為「精妙之言」，明代張鳳翼《文選纂注》則曰：「綺靡，華麗也。」唐代芮挺章的〈國秀集序〉或許說得更明白：「昔陸平原之論文曰：詩緣情而綺靡，是彩色相宣，烟霞交映，風流婉麗之謂也。」陸機的貢獻不在於他以「綺靡」發揮曹丕之「麗」，更重要的是在於他第一次明確提出了「緣情」而「麗」，前面已說，曹丕「詩賦欲麗」對於反對寓訓勉於詩賦還只是一種暗示，「緣情而綺靡」卻是一個明白的詩的美學宣言了。如果說，曹丕的「文以氣為主」與「詩賦欲麗」之間，在理論上還有很大的空白的話，那麼，「緣情」之說便使這一空白充滿了色彩。詩之美，實質上是詩人情感之美，或說，「情」是詩歌生命力的美感表現，陸機是中國詩學史上自覺進入這詩歌美學命題的第一人。

朱自清先生在《詩言志辨》〈作詩言志〉中說，陸機的「緣情」說是對當時五言詩發達的一個概括：「〈詩大序〉變言『吟詠情性』，卻又附帶『國史……傷人倫之廢，哀刑政之苛』的條件，不便斷章取義用來指『緣情』之作，《韓詩》列舉『歌食』『歌事』，班固渾稱『哀樂之心』，又特稱『各言其傷』，都以別於『言志』，但這些語句還是不能用來獨標新目。可是『緣情』的五言詩發達了，『言志』以外迫切的需要一個新標目。於是陸機〈文賦〉第一次鑄成『詩緣情而綺靡』這個新語。『緣情』這個詞組將『吟詠情性』一語簡單化、普遍化，並隱括了《韓詩》和《班志》的話，扼要地指明了當時五言詩的趨向。」我認為，「緣情」說的提出，或許的確與東漢至魏五言詩的發達有關，但是，即使在當時，也不僅僅侷限於對五言詩創作經驗的昇華，「緣情」與「綺靡」的結合，從根本上來說，前者體現了創作主體的自覺，後者體現了文體的自覺。文體自覺不限於五言詩，也包含了魏晉作家對《詩經》的重新認識，「緣情而綺靡」可說是對「發乎情，止乎禮義」的反叛。在陸機現存於世的作品中，「緣情」一詞用了三次，其餘兩次，一見於〈嘆逝賦〉中：「顧舊要於遺存，得十一於千百，樂隤心其如忘，哀緣情而來宅」；一見於〈思歸賦〉：「彼思之在人，恒戚戚而無歡；悲緣情以自誘，憂觸物而生端。」可見他用「緣情」並不限於詩之某體的創作，而是施及於整個美感文學。在〈文賦〉中他說：「信情貌之不差，故每變而在顏；思涉樂其必笑，方言哀而已嘆」，「若夫豐約之裁，俯仰之形，因宜適變，曲有微情」，則可表明，在他所列的十種文體的創作中，都有不同程度的「緣情」要求。

可否這樣說：由曹丕而陸機，由「詩賦欲麗」至「詩緣情而綺靡」，中國的文學從「緣事而發」的自然言情，經歷「以道制欲」的「止於禮義」之情，進入到自覺自為的情感審美的階段了，這就是沈約在《宋書》〈謝靈運傳論〉所描述的：

> 自漢至魏，四百餘年，辭人才子，文體三變。相如巧為形似之言，班固長於情理之說，子建、仲宣以氣質為體，並標能擅美，獨映當時，是以一世之士，各相慕習。源其飈流所始，莫不同祖風騷；徒以賞好異情，故意制相詭。

在這段話之前，沈約已提出了一個「文以情變」的重要觀點，即從「平子艷發，文以情變，絕唱高蹤，久無嗣響」到建安時代的「二祖、陳王，咸蓄盛藻，甫乃以情緯文，以文被質」。實質上，他從四百餘年的文學發展事實，揭示了創作主體自覺與文體自覺相互激發、互相結合的一個歷史過程。促使「文體三變」的內在因素就是「情」，從「巧為形似之言」變到「以氣質為體」，說明「情」在使文體向「標能擅美」方向的變化，起著愈來愈重要的作用，以至「徒以賞好異情，故意制相詭」，每個作家都自覺地發掘與表現自己富有個性化的獨特情感，創作出內容（意）與體裁（制）都與眾不同的作品來。——這就是對主體情感的審美與創造獨特文體的自覺與自為。

二　對「情」的審美：劉勰標舉「情文」

對主體情感的審美進入完全自覺的境地，在劉勰的《文心雕龍》裡有重大的發展，這就是他特論「情采」，標舉「情文」。

形成於先秦時代的情感理論，進入到文學理論的領域，雖然從漢至魏晉已開始廣泛的涉及，但是，直到《文心雕龍》才有理論上的全面展開。作家情感的發生，與「感」與「興」的關係，主體情感與氣、才、志的融合，都在《文心雕龍》裡有了完備的闡釋，情感與審美的關係，劉勰有不少發前人未發之處。在列「文心」之首的〈原道〉篇裡，他對大自然的「形文」與「聲文」描述是：

> 龍鳳以藻繪呈瑞，虎豹以炳蔚凝姿；雲霞雕色，有逾畫工之妙；草木賁華，無待錦匠之奇；夫豈外飾，蓋自然耳。至於林籟結響，調如竽瑟；泉石激韻，和若球鍠；故形立則章成矣，聲發則文生矣。

他將大自然之美，即天地之文采分為「形」與「聲」兩類，但作為天地之間的人呢？人為「五行之秀，實天地之心」，他接著說：

> 夫以無識之物，郁然有彩，有心之器，豈無文歟？

人是大自然萬物中的「有心之器」，因此人有「人文」，劉勰首先按傳統的說法，「太極」是「人文」之始，「易象」、「河圖」、「洛書」都是「人文」的最初形態，文字出現以後，語言文字開始發揮記事和表達情感的作用：「元首載歌，既發吟詠之志；益稷陳謨，亦垂敷奏之風。……」直到《詩》的出現，「斧藻群言」，「言立而文明」，「人文」中有了美感文學的發展。下面這段話，劉勰雖不是專論美感文學，卻實在是突出了他對春秋之後新的「人文」形態的審美認識：

> 至夫子繼聖，獨秀前哲，熔鈞六經，必金聲而玉振；雕琢情性，組織辭令，木鐸起而千里應，席珍流而萬世響，寫天地之輝光，曉生民之耳目矣。

這裡，我們要特別注意他「雕琢情性，組織辭令」一語，這是劉勰對「有心之器」的情性進行審美的立論之始，是他特論「情采」、標舉「情文」的根據。

〈情采〉是《文心雕龍》論述情感的專章，集中闡釋了情與美的關係，一開始，他就強調詩賦文章之美有異於自然事物之美：「夫水性虛而淪漪結，木體實而花萼振」，自然之物因質性不同而文采有別，並且其「淪漪」與「花萼」也是自然生成的，而詩賦文章呢？「若乃綜述性靈，敷寫器象，鏤心鳥跡之中，織辭魚網之上，其為彪炳，縟采名矣。」詩賦文章，除了也需有類似自然界事物的「形文」之美，「聲文」之美，因「綜述性靈」，它們還多一個「情文」之美：

> 故立文之道，其理有三：一曰形文，五色是也；二曰聲文，五音是也；三曰情文，五性是也。五色雜而成黼黻，五音比而成

> 韶夏，五情發而成辭章，神理之數也。

「五性」亦是「五情」，《大戴禮》〈文王官人〉以喜、怒、欲、懼、憂為「五性」，皆通於「情」。析劉勰三「文」之關係，「情文」見於「辭章」，應是詩賦文章最基本的審美要素，「形文」與「聲文」是「情文」的具體表現。換用另一術語來表述：「情文」是詩賦文章「質」之美，這從他又說了「文質附乎性情」、「辯麗本於情性」二語可以得到確認。

由此，在〈情采〉篇裡，劉勰沒有細論「形文」與「聲文」怎樣給「情文」以「藻飾」、以「綺麗」而增其美，雖然，「綺麗以艷說，藻飾以辯雕，文辭之變，於斯極矣」；他重點論述的是什麼樣的「情」才能在文學創作中產生審美效應，才能表現出真正的文采，對此他提出如下的審美原則：

> 夫鉛黛所以飾容，而盼倩生於淑姿；文采所以飾言，而辯麗本於情性。故情者，文之經；辭者，理之緯。經正而後緯成，理定而後辭暢，此立文之本源也。

「鉛黛」可以將一個女人打扮得很漂亮，可是她顧盼生情，撩人意緒，卻須靠她天生的麗質和丰姿。劉勰用這一比喻，表明他崇尚情以真、以實為美，以本色為美，外部修飾之文要與情質本色之文諧調，不能以鉛黛亂正色。他不否定曹丕的「詩賦欲麗」，但強調「辯麗本於情性」；他接過揚雄「麗以則」、「麗以淫」評賦之語，但又以情的真與不真，實與不實，為判斷「則」與「淫」的準則：

> 昔詩人什篇，為情而造文，辭人賦頌，為文而造情。何以明其然？蓋風雅之興，志思蓄憤，而吟詠情性，以諷其上，此為情

而造文也。諸子之徒，心非郁陶，苟馳誇飾，鬻聲釣世，此為文而造情也。故為情者，要約而寫真；為文者，淫麗而煩濫。

他不是以儒家政教、法度為「則」，而是以情真為「則」，以「造情」為「淫」，「採濫忽真」便是「情文」的喪失，正如一個熱衷於高官厚祿的人在那裡空泛地歌唱田園的隱居生活，一個心裡連人世間的小事也不能忘卻的人卻空說世外的情趣，「真宰弗存，翩其反矣！」給人只能是虛偽之感，如果像這樣寫詩作文，雖有形、聲之文采，好比「翠綸桂餌，反所以失魚」。

在〈情采〉篇之前的〈體性〉與〈風骨〉篇中，對於「情文」之真或本色之美，劉勰已有過不同方式的表述。〈體性〉開篇就說：「夫情動而言形，理發而文見，蓋沿隱以至顯，因內而符外者也。」揭示了文采之美是由內而外生成的，而不是由外而內附加的。「吐納英華，莫非情性」，一個作家所創作出來的作品，其文采的優劣與審美價值的高低，都取決於他情性如何，他列舉了賈誼的「俊發」，其文「文潔而體清」；司馬相如「傲誕」，其文「理侈而辭溢」；揚雄「沉寂」，其文「志隱而味深」。……直至魏晉作家：「仲宣躁銳，故穎出而才果；公幹氣褊，故言壯而情駭；嗣宗俶儻，故響逸而調遠；叔夜儁俠，故興高而采烈；安仁輕敏，故鋒發而韻流；士衡矜重，故情繁而辭隱。」總之，以作家內在之情性而外發於文，只要不是有意地矯揉造作，就必定是「表裡必符」。當然，劉勰對於諸位作家的情性，又根據自已的審美標準而有褒有貶，如他對司馬相如的「傲誕」、陸機的「矜重」，從「理侈而辭溢」、「情繁而辭隱」中見出貶意。這兩位作家的辭賦文章富有文采舉世公認，於「情文」方面是否還有所差呢？

在〈風骨〉篇，劉勰將「情文」之美，對象化為文章的「風骨」之美：

> 怊悵述情，必始乎風；沉吟鋪辭，莫先於骨。故辭之待骨，如體之樹骸；情之含風，猶形之包氣。結言端直，則文骨成焉；意氣駿爽，則文風清焉。

「風」，按劉勰自己的解釋，是「化感之本源，志氣之符契」，是作家的主觀精神，「情」就由這種主觀精神生發出來。聯繫到我在前篇已談到氣、才、性、情、志的貫通，「風」可說是一個總括。而「骨」，由「沉吟鋪辭」、「辭之待骨」推論，是指主體情志在作品中的凝聚，亦與「意」同義。「風」與「骨」的關係可否這樣表述：「骨」是「風」的物質化表現（通過「辭」）。志氣貫於情，情貫於辭，作家主觀精神自內而外，自主體而客體，獲得對象化的實現，轉化為作品中的「文骨」與「文風」。劉勰接著指出，作文之人，若氣與情不能貫通於辭，雖有辭藻的華美繁富（豐藻克贍），卻如人之體骨軟弱，給讀者的感覺是「振采失鮮，負聲無力」。換句話說：整篇作品文采（包括「形文」與「聲文」），如果不是由作家情感所至而生成，「風」不流，「骨」無力，這樣的作品只能是「瘠義肥辭，繁雜失統」，外部的文采走向了它的反面（〈情采〉的結語「繁采寡情，味之必厭」是同樣意思的表述）。鑒於此，劉勰將「情文」應先於「形文」、「聲文」的生成，提到一個原則性的高度來認識：

> 練於骨者，析辭必精；深乎風者，述情必顯。捶字堅而難移，結響凝而不滯，此風骨之力也。

所謂「練於骨者」，「深乎風者」，就是指作家在下筆之前要將自己的主觀精神經過一番審美處理，在文辭提煉之前先有情感的提煉，「洞曉情變，曲昭文體，然後能孚甲新意，雕畫奇辭」。他在〈原道〉篇裡就提出了「雕琢情性」，到這裡揭示了它全部的意義。

六朝作家論「情文」的不只劉勰一人，《世說新語》〈文學〉有一條記載：「孫子荊除婦服，作詩以示王武子。王曰：『未知文生於情，情生於文，覽之淒然，增伉儷之重。』」早於劉勰接觸「情文」之義。略晚於劉勰的蕭子顯在《南齊書》〈文學傳論〉中，以「情文」作為美感文學的主要標誌：

> 文章者，蓋情性之風標，神明之律侶也。蘊思含毫，遊心內運，放言落紙，氣韻天成。

梁元帝蕭繹在《金樓子》〈立言篇〉裡再一次從區分文體的角度，指出詩賦之類的美感文學，之所以不同於章奏之類的應用文學，便在「綺縠紛披，宮徵靡曼，脣吻遒會，情靈搖蕩」，這比曹丕之「麗」、陸機之「綺靡」，更深入到了美感文學的境界。至於鍾嶸在《詩品》中，說詩是「搖蕩性情，形諸舞詠，燭照三才，輝麗萬有」，則把詩推上了美感文學中最崇高的地位。

三 「緣情」說在詩歌發展中的美學意義

應該說，文學，尤其是詩，與「情」的關係，並不是一個新的理論命題，我們在論述到〈詩大序〉時，已將「情動於中」的揭示，稱為古代詩學第一塊豐碑，李善注〈文賦〉，注到「詩緣情」這一名句時，也只很平淡地說了一句：「詩以言志，故曰緣情」。作為「文學的自覺時代」的一群作家，其超越前人的高明之處，不在於他們肯定了「情」在詩歌和一切美感文學文體的創作中，與傳統的「言志」說有著同等重要的地位，乃至開始將「緣情」說取代「言志」說，而在於他們開始從審美的，不再主要是從政教的、倫理的、道德的角度來看待「情」的作用。對於人之情感的審美，莊子已提出「貴真」的觀點，但尚未直接聯繫文學藝術的創作；《樂記》也有了「情深而文明」之說，但那是對「不可偽」的音樂而言的。關於詩，從孔子到漢儒，從來沒有論及「情」本身之美，或是只承認某種情感如「溫柔敦厚」有中和之美，或是「止於禮義」之情有「共成風化之美」，有「盛德之形容」的美。翼奉說「詩之為學，性情而已」，也只說到「性情」為「學」而不是為美。對照一下「詩賦欲麗」、「詩緣情而綺靡」，比較一下「賞好異情，意制相詭」的「標能擅美」，「為情而造文」的「情文」，便明顯看出，從曹丕到劉勰對於「情」的審視的焦點，一律都落在「美」字之上。這一時代的作家，正如他們將「志」與「氣」、「才」、「性」、「情」貫通而化解了傳統的「言志」說一樣，他們又悄悄地把「情」從政教的、倫理的、道德的圈子裡解放出來，還它的本來面目。

中國古代的性情學說，誕生和發育於哲學和倫理學領域，如果不從美學的角度切入而引發出來，它很難進入藝術創造的領域尤其是文學領域，或許正是有這樣的切入和引發，才使中國文學第一次出現了「為藝術而藝術的一派」。

為什麼在魏晉時代能發生這樣的切入和引發？文體的自覺固然是一個重要的因素，創作主體的自覺也有著關鍵作用，更深刻的原因恐怕又須追蹤到這一時代的哲學領域中去。

李澤厚在《美的歷程》一書中論及「魏晉風度」時指出，魏晉「是一個哲學重新解放、思想非常活躍、問題提出很多、收穫甚為豐碩的時期。雖然在時間、廣度、規模、流派上比不上先秦，但思辨哲學所達到的純粹性和深度上，卻是空前的。以天才少年王弼為代表的魏晉玄學，不但遠超煩瑣迷信的漢儒，而且也勝過清醒和機械的王充。時代畢竟是前進的，這個時代是一個突破數百年的統治意識重新尋找和建立理論思維的解放歷程。」[2]這個時期開風氣之先的人物應首

2　李澤厚：《美的歷程》（北京市：文物出版社，1981年），頁86。

推曹操，他是一個不以儒家禮教為然的「亂世者」，魯迅稱讚他「力倡通脫，……更因思想通脫之後廢除固執，遂能充分容納異端和外來思想，故孔教以外的思想源源而入」[3]。魏晉玄學便是當時一種「通脫」的哲學，它以《周易》為本，大量引進老莊的哲學思想，實以道家思想為主導，取儒家之「形」而傳道家之「神」。玄學家重個體的主觀感受，對於儒家錙銖而較的功利主義思想和動輒「明教化」的要求，產生了很大的抵銷作用。魏晉玄學內部發生過兩次論爭，這兩次論爭都對文學產生過深遠的影響，一次是「言意」之辯，我們將在下一篇裡介紹，一次是聖人「有情」還是「無情」之爭。據何劭《王弼傳》記載：

> 何晏以為聖人無喜怒哀樂，其論甚精，鍾會等述之，弼與不同，以為「聖人茂於人者神明也，同於人者五情也。神明茂，故能體充和以通無；五情同，故不能無哀樂以應物。然則聖人之情，應物而無累於物者也。今以其無累，便謂不復應物，失之多矣」。

何晏、鍾會等人，大概是對莊子「無人之情，故是非不得於身」等言論作了片面的理解，沒有體悟到莊子「無情」說，是反托其「情」上達於「道」的一個邏輯的起點。王弼只得較為通俗地解說，聖人與普通人有相同之處，同在他有普通人一樣的感情；又與普通人有相異之點，異在他「神而明之」，「明足以尋極幽微，而不能去自然之性」，這就是同中有異，異中有同。聖人能夠自覺地「以情從理」，情能「應物」，而又不受物的制約和拖累，也就是說，聖人之情能超然於任何具體事物之上。這種敢於對「情」進行正面肯定的思辨的哲學，

3 《而已集》〈魏晉風度及文章與藥及酒的關係〉。

顯然與「頌功德，講實用」的兩漢經學有著明顯的區別，啟迪了文學家對以「言志」為正統的文學進行反思，於是拓開了從魏晉至南朝文學一個沸沸揚揚的「情場」。

文學家不是聖人，他們也不會把自己擬比聖人，他們在一個更現實的層次上「應物而無累於物」，誠如魯迅所說：「通脫即隨便之意。此種提倡影響到文壇，便產生了想說什麼便說什麼的文章。」這種「通脫」，這種在現實生活中「應物而無累於物」的態度，實質上是追求情感自由、個性自由的表現，他們再也不必、也不會一提筆就想到「明得失之跡」，或「傷人倫之廢」，或「哀刑政之苛」，而只是一種自我意識的加強。所以，陸機說的「緣情」，是緣我之情，不再是緣聖人之情。「志」的觀念的淡化，必然帶來情的觀念的強化，個體的、有獨特的、鮮明個性之情的強化，於是，六朝三百六十年間，大凡堪稱優秀的作家、詩人，都敢並且善於標榜和張揚自己獨特的——狂放或怪誕、清高或倨傲等形形色色的個性與情，這就有嵇康的「性有所不堪，真不可強」、陶淵明「違己詎非迷」之類的倔強之詞，有《世說新語》中「豪爽」、「任誕」、「簡傲」、「排調」、「忿狷」等不同類型的趣人趣事或怪人怪事。法國偉大雕塑家羅丹曾說過這樣一句話：「只有性格的力量才能造成藝術的美，所以常有這樣的事，在自然中越是醜的，在藝術中越是美。」[4]那些有違於「溫柔敦厚」情感規範的個性與情，在當時和以後正統文人的心目中就是醜的，如裴子野所批評的「高才逸韻，頗謝前哲」，可是，六朝「為藝術而藝術的一源」正是藉助於「性格的力量」，才造成了一代文學之美。

六朝的「情文」，有兩種情表現得最多而引人注目，一是怨情，二是愛情。

怨情，有著廣闊的社會、人生內容的含蘊，它可溯源到「《詩》

4　〔法〕羅丹：《羅丹藝術論》（北京市：人民美術出版社，1978年5月），頁26。

三百」中的「我心蘊結」，屈原的「憂悲愁思」，漢代《古詩十九首》的「意悲而遠」，和班婕妤一類宮廷婦女的「怨深文綺」。魏晉六朝文學，更給人以「悲涼之霧，遍布華林」之感，從曹操開始，「人生幾何」、「人生若朝露」、「時哉不我與」之類的悲慨，幾乎充滿了各種詩篇。錢鍾書在〈詩可以怨〉一文中曾指出：鍾嶸《詩品》〈序〉中有一段話，「我們一向沒有好好留心」，這段話就是：

> 嘉會寄詩以親，離群托詩以怨。至於楚臣去境，漢妾辭宮，或骨橫朔野，魂逐飛蓬；或負戈外戍，殺氣雄邊；塞客衣單，孀閨淚盡；或士有解佩出朝，一去忘返；女有揚蛾入寵，再盼傾國。凡斯種種，感蕩心靈，非陳詩何以展其義？非長歌何以騁其情？故曰：「詩可以群，可以怨」。使窮賤易安，幽居靡悶，莫尚於詩矣。

錢先生說：「說也奇怪，這一節差不多是鍾嶸同時代人江淹那兩篇名文——〈別賦〉和〈恨賦〉的提綱。鍾嶸不講『興』和『觀』，雖講起『群』，而所舉壓倒多數的事例是『怨』。……〈序〉的結尾又舉了一連串的範作，除掉失傳的篇章和泛指的題材，過半數都可說是怨詩。」[5]的確，鍾嶸特別注意和欣賞「怨詩」的審美情趣，《詩品》列舉「怨詩」與對此的評論都引人注目：曹植是「情兼雅怨」，王粲「發愀愴之詞」，阮籍「頗多慷慨之詞」，左思是「文典以怨」，秦嘉是「淒怨」，沈約是「清怨」，……為什麼六朝文學家有那麼多怨要發洩呢？他們不像《詩》中那些直呼「我心傷悲」的無名作者，那是一些普通的戍卒百姓，直接感受到社會的物質的生活所造成的精神痛苦；他們是屬於社會上層的文人，有的甚至在官場中有很高的地位，

5　見《文學評論》1981年第1期。

他們的「怨」完全是另一種精神形態，那就是由於自我意識的加強，使個體不再成為群體的工具和附屬品，從而有了對自己個體價值實現的追求，但是短促的、曇花一現的個體自身的價值又在哪裡呢？怎樣實現呢？生死存亡之無常，人生短促之迫切，如陶淵明所唱的：「悲晨曦之易夕，感人生之長勤，同一盡於百年，何歡寡而愁殷。」（〈閑情賦〉）這不能不使他們感到深沉的悲哀！用我們今天——人的主體意識被再度激發之後——在知識分子中流傳的一句話來說就是：「智慧的痛苦！」這是新的時代精神在敏感的作家心靈中的反映。由此可說，六朝怨詩與《詩經》、《楚辭》之怨具有完全不同的審美價值。

愛情，可說自《詩》亡之後，直到漢樂府詩出現之前，幾乎在文字的作品中完全失蹤了，這種人類感情中最美好最生動的感情，往往被施與「淫」或「色」的貶責，《詩經》中的愛情歌謠，都被歪曲為裁判政教禮俗的職能。愛情在詩中的復甦尤其是進入文人的創作領域，成為六朝詩歌的一大特色，以至一千年以後清代的朱彝尊還在指責：「魏晉而下，指詩為緣情之作，專以綺靡為事，一出乎閨房兒女之思，而無恭儉好禮、廉靜疏達之遺，惡在其為詩也？」（〈與高念祖論詩書〉）他把愛情詩的發達歸咎於陸機的「緣情」之說。愛情的表現，在魏晉之時，多是與怨情合流的，曹丕的〈燕歌行〉、曹植的〈七哀〉等詩，都是模擬婦女思夫「悲嘆有餘哀」之情；秦嘉、徐淑夫妻互贈之詩，是「夫妻事既可傷，文亦淒怨。」但到南朝時，以男女愛情之愉悅作為「人生行樂」一項重要內容來表現，則較為普遍了。由於「情不可遏」，尤其是再不受儒教約束的男女愛情，像「碧玉破瓜時，相為情顛倒，感郎不羞郎，回身就郎抱」，如此大膽地「越禮」的作品，從民間到宮廷大大多了起來，「發乎情，止乎禮義」的堤防，到此時被全面沖決。梁簡文帝蕭綱則公然為歷來被經學家們斥為「淫聲」的《詩經》中鄭、衛詩進行辯護，在〈與湘東王書〉裡寫道：「握瑜懷玉之士，瞻鄭邦而知退；章甫翠履之人，望閩鄉而嘆息。詩既若此，筆又如之。徒以烟墨不言，受其驅染；紙札無情，任其搖襞。甚矣哉，文之橫流，一至於此？」這位皇室作家對於文學領域內這一千年禁區的存在十分不滿，認為對「鄭邦」、「閨鄉」的封閉，是對美文學的扼殺！在他看來，不敢表現男女之情的文學，是寡情乏味的教條文學。人之中，情思深者，莫若女子，高樓思婦，深宮怨女，她們或深閨獨守，或婚姻破裂，有著人間最痛苦、最豐富、最纏綿的感情，可以寫出最感人的詩篇。他在〈答新渝侯和詩書〉裡，對新渝侯寄來的三首描寫女子形態與情態的詩以「風雲吐於行間，珠玉生於字裡」讚揚之，接著對詩中所表現女子的形態、情態之美予以高度評價：

> 雙鬟向光，風流已絕，九梁插花，步搖為吉。高樓懷怨，結眉表色，長門下泣，破粉成痕。復有影裡細腰，令與真類，鏡中好面，還將畫等。此皆性情卓絕，新致英奇，故知吹簫入秦，方識來鳳之巧；鳴瑟向趙，始睹駐雲之曲。手持口誦，喜荷交並也。

這種評價，頗有點驚世駭俗，藐視儒家「非禮勿視」的傳統道德，向一切美之對象投去熱切的目光，在詩壇上確實是前所未有。南朝齊梁時代多表現男女愛情的詩，被人以「宮體詩」名之，其中有不少作品「傷於輕艷」，表現並不很健康的乃至淫靡之情，不值得稱道，但也正是這些影響直至初唐的宮體詩，把「緣情而綺靡」推向了一個極至。長期被「止於禮義」阻遏的抒情文學徹底衝破了「名教」的藩籬，雖然一時走了「唯美」和「為藝術而藝術」的極端，但對此後詩歌藝術的發展，有著重要的借鑑作用。

立象篇

一
言不盡意——立象以盡意

一 《老子》與《易傳》中的意象說

兩漢以前，中國實在沒有比較純粹的美感文學理論，詩學理論也只是片言隻語的聯綴，雖然僅就「《詩》三百」中的全部〈風〉詩和大部分〈雅〉詩（主要是〈小雅〉）而言，已經呈現了美感文學的全部特徵，但它被「文獻」化之後，人們就只從接受的角度注重其功用價值，很少從審美的角度去分析其藝術魅力的構成。「賦、比、興是《詩》所用」也被發現得很晚，並且又被漢儒們作了簡單化的教條解釋。如果說，「興」總算聯繫到了詩歌創作中的情感理論，「賦」與「比」也靠近了詩歌創作中的立象理論。劉勰不愧為一個藝術感受力很強的文學批評家，他在《詩經》裡發現了超越簡單的「賦」與「比」的形象感染力。

> 是以詩人感物，聯類不窮。流連萬象之際，沉吟視聽之區；寫氣圖貌，既隨物以宛轉；屬采附聲，亦與心而徘徊。故灼灼狀桃花之鮮，依依盡楊柳之貌，杲杲為出日之容，瀌瀌擬雨雪之狀，喈喈逐黃鳥之聲，喓喓學草蟲之韻。皎日嘒星，一言窮理；參差沃若，兩字窮形。並以少總多，情貌無遺矣。雖復思經千載，將何易奪。（《文心雕龍》〈物色〉）

〈風〉詩與〈雅〉詩中，有著不少對於物象精采描寫的詩句和章節，甚至也有人物形象的描寫（如前已多次提到的〈衛風〉〈碩人〉中對莊姜美貌的描寫），由此可說，在中國早期的詩歌創作中，已經有了形象或意象創造的實踐。

正如「情感」理論須在先秦的哲學著作中去尋源探跡一樣，「立象」理論的探索也須循著這條路線。涉及「象」或「形」較多、可作文學創作中「立象」理論依據的，主要有兩部著作，按出現時間的先後，先是《老子》，後是《易傳》。

「象」，本是指客觀事物或人物的外部形態，在中國古代文獻中，形、狀、象、貌四個單音詞意義近似。《左傳》〈桓公十四年〉有句：「望遠者察其貌而不察其形」，雖然貌與形有粗細之分，但都是作用於視覺區的外部形態，這一點是可以肯定的。《老子》用「象」和「形」字有獨特之處，那就是都不指具體事物的外部形態，而是超越視聽之區的某種觀念在想像中的形態：

> 視之不見，名曰夷；聽之不聞，名曰希；搏之不得，名曰微。此三者，不可致詰，故混而為一。其上不皦，其下不昧，繩繩不可名，復歸於無物。是謂無狀之狀，無物之象，是謂惚恍。（《老子》十四章）

這裡沒有任何物的形態，實質上，老子是在描述他心目中的「道」，「道」是不可名狀的，是超越人們感性經驗的，但它又不是徹底的虛無，它是存在於冥冥之中一種自然的規律性，人們可以憑自己的內視、內聽去感覺它（對此，莊子發揮為「心齋」說：「無聽之以耳而聽之以心；無聽之以心而聽之以氣。」），感覺到無具體形狀，無特定物象的「惚恍」之「象」。下面這段話，講得更明白一些：

> 道之為物，惟恍惟惚。惚兮恍兮，其中有象，恍兮惚兮，其中有物。窈兮冥兮，其中有精，其精甚真，其中有信。(《老子》二十一章)

「道」是精神之物，不是具體之物，是一種惚惚恍恍的存在，所以也就不同於現實生活中的萬事萬物各有自己的具體形象，但它既然是精神之物，也就一定有它不可具體形容的「象」，這「象」，就是「道」的生機、生命力的表現，是非常真實的存在，是可信不可疑的存在。可是這「象」超越了一般人的視聽之區，只有對「道」體悟得很深的人，如老子本人，才能在內心深處感覺到這惚恍之象，並且，對「道」有不同的體悟和獲得，「道」之「象」也會有不同的呈現。其實，老子也很想將他的內視的「惚恍」之象用感性的形式將它表現出來，在此章之前他就說過：「古之善為道者，微妙玄通，深不可識」，他先將古代得道的聖人與道合而為一，聖人即道，道即聖人，「道」被人化之後，就可「強為之容」：

> 豫兮，若冬涉川；猶兮，若畏四鄰；儼兮，其若客；渙兮，若冰之將釋；敦兮，其若樸；曠兮，其若谷；混兮，其若濁。……(《老子》十五章)

這就是「道」的人化之象，也是老子在描述他對道種種獨特的感受。前四句，偏重人之於道的描述：聖人小心謹慎啊，好像冬天過河；反覆考慮啊，好像提防鄰國來犯；恭敬莊嚴啊，好像面對賓客；鬆散疏脫啊，好像冰凍將要消融。這不是「善為道者」精神狀態很生動很形象的表現嗎？後三句所說的「敦」、「曠」、「混」，實即是道的本體特徵（《老子》其他各章中多有表述），而說「若樸」（好像未經雕琢的木材）、「若曠」（好像深邃的山谷）、「若濁」（好像混濁的江河），是反過來對道之於人的描述，也可說是人的「道」化之象。

以上《老子》關於「象」的表述，實際上就是現在我們常說的「意象」，韓非最先覺察到這種「象」的性質，《韓非子》〈解老篇〉云：「人希見得生象也，而得死象之骨，案其圖以想生也；故諸人之所以意想者，皆謂之象也。」他所舉例雖然過於淺露，還有點煞風景，用「象」也是雙關的，但以「意想之象」解老子「惚恍之象」，倒是很恰當的。老子把超越了具體物象的「意想之象」又稱為「大象」，「執大象，天下往」（三十五章），把握了「意想之象」的要義，天下萬事萬物之象都依歸於它。又說：「大音希聲，大象無形」，以「無形」為形，以「無狀」為狀，以「無物」為象，這就是道家哲學為中國古代「意象」說奠定的理論基礎，它為人們在精神領域裡的思維活動提供了這樣一種可能性：即思想觀念、情感情緒的變化，可以不受任何現實生活中具體事物的約束，可以憑想像而生「象」。「意象」無具象之形而使人超越表層的感性經驗，進入深層的體悟，隨體悟的方式和所入深淺之不同，便有無數無定型之象生發出來。這種理論在哲學領域完全可以界定其「唯心主義」的性質，但對「本於心」的文學藝術創造，是何等重要的智慧的啟迪！

《易傳》中關於「象」的論述，主要見於〈繫辭〉與〈象傳〉，圍繞產生年代古遠的《易經》中八經卦和六十四別卦的「象義」而展開，因此，《易傳》裡「象」的直接意義是「卦象」。卦象是怎樣產生的呢？〈繫辭上〉說：

> 聖人有以見天之賾，而擬諸其形容，象其物宜，是故謂之象。

如果按字面去理解這段話，聖人對天地間可見之物（在天成象，在地成形，變化見矣）通過感官接受之後，或用語言，或用文字，或用圖形加以模擬和形容，而後形成了卦象。〈繫辭下〉對此又有更具體的解釋：「古者包犧氏之王天下也，仰則觀象於天，俯則觀法於地，觀鳥獸之文與地之宜，近取諸身，遠取諸物，於是始作八卦，以通神明之德，以類萬物之情。」卦象是不是天地間某些事物具象的再現呢？實際情況是這樣又不是這樣。卦象兩個最基本的符號是⚊和⚋，尚可說是對天與地最簡化的形象模擬，以⚊象天，以⚋象地：「蓋古人目睹天地混然為一，蒼茫無二色，故以一整畫象之；地體分為水陸兩部分，故以兩斷畫象之。」[1]但當以這兩個模擬性符號組成卦象之後，⚊和⚋就被完全當成兩個觀念性符號，由具象的天和地上升為陽剛和陰柔兩大觀念，即由簡單的模擬進入到意象化階段。這兩個符號，第一次以三為單位（象徵天、地、人三材）組合出八經卦，以☰象天，以☷象地，以☳象雷，以☴象風，以☵象水，以☲象火，以☶象山，以☱象澤，原來模擬天和地的形象符號，此刻完全成為了被稱之為陽爻和陰爻的觀念符號，它們的組合，又用以代表自然界八種基元事物；但八個新符號的呈現，不管哪個，都很難見出對相應的對象形容和模擬的痕跡了，就是說，八個符號是超脫具象的，不再以感性事物的本來面目出現，它們所蘊含的陰陽剛柔觀念具有了更高更普遍的意義，為了準確地體現這層意義，製卦者將卦名也更為「乾」、「坤」、「震」、「巽」、「坎」、「離」、「艮」、「兌」。我們先人這種思維方式，恰如十八世紀德國哲學家黑格爾所道出的：「個別自然事物，特別是河海山岳星辰之類基元事物，不是以它們零散的直接存在的面貌而為人所認識，而是上升為觀念，觀念的功能就獲得一種絕對普遍存在的形式。」[2]八經卦實質就是我們祖先化具體事物為觀念功能「絕對普遍存在」的八種形式，因此，以卦象稱之，也可視之為「意想之象」。

這種與觀念直接對應的意想之象，無疑還是極為簡單的，八種觀念符號，也可能如《易乾鑿度》所說，是先民用來記事的八個符號，

1　高亨：《周易大傳通說》。

2　〔德〕黑格爾：《美學》（北京市：商務印書館，1981年），第2卷，頁23。

也可能如今人所說是原始數字的含義，它們還不足以形容「天下之賾」，於是又有將「八卦重為六十四卦」的重要發展。六十四卦之中每一卦都以兩經卦迭合而成，以不重複為原則而得到六十四種新的組合方式，為區別於單個的經卦而稱之為「別卦」。這樣一來，每個別卦都包含兩個「意想之象」。二十世紀初的西方意象派詩人，把兩個或兩個以上的意象，「聯合起來提示一個與二者都不同的意象」，稱之為「視覺的和弦」，六十四別卦就是這樣一種「和弦」，並且主要是「意」的「和弦」！現在讓我們隨便以一個別卦為例來說明這種「和弦」的產生：

䷕，名為「賁卦」，它的卦象組合是「下離上艮」，從具象來說，火在下，山在上，山間草木錯生，花葉相映，紅綠相間，如果有火（光）加以映照，這山就顯得更美麗了，於是〈彖傳〉的作者引申說：「剛柔交錯，天文也；文明以止，人文也。觀乎天文，以察時變；觀乎人文，以化成天下。」山間景物是自然（天然）之文，舉火映照山景是人為之文，兩「象」聯合起來，提示一個「文采」的觀念性意象，因此「賁卦」便被視為講文采的一卦。〈象傳〉的作者更發現了另一「意」的「和弦」：「山下有火，『賁』，君子以明庶政，無敢折獄。」這就完全是另一種意思了，以火喻人之明察，以山比政事，君子明察政事，不至是非混淆，好惡不分，審理各種案件時才不會草率從事。

同一個卦象便有兩種截然不同的解釋，六十四別卦中，有兩種以上、多至六、七種解釋的卦象比比皆是，顯示出了意想之象多義的特徵，實際上《易》之象雖說是「近取諸身，遠取諸物」，但作為卦象出現的並不是真正的「形容」之象，而是被賦予了「以通神明之德，以類萬物之情」的意中之象，乃至化意為象。〈繫辭〉藉孔子之口，道出了所有卦象實即意象的性質：

> 子曰：「書不盡言，言不盡意。」然則，聖人之意，其不可見乎？子曰：「聖人立象以盡意，設卦以盡情偽，繫辭焉以盡其言，變而通之以盡利，鼓之舞之以盡神。」

《易》象不是先人對於自然物象出於審美的欲求而進行真實的形容、模擬，予以藝術的再現，而是將自然物象觀念化，使之能產生種種象徵意義。黑格爾曾將象徵分為「不自覺」和「自覺」兩種，「不自覺」的象徵是：象徵所用的形容是直接的，「不是有意識地作為單純的圖形和比喻來處理的」，因而意義和形象是直接的統一。「自覺」的象徵是：象徵的意義「明確地看作是要和用來表達它的那個外在形式區別開來」，「普遍的意義本身占了統治地位，凌駕於起說明作用的形式之上，形象變成了一種單純的符號或任意選來的圖形。」[3]照此說來，《易》象是自覺象徵的意象，「聖人」觀察天地間萬事萬物，體悟到了其中的精義妙理，用語言和文字不可能全部表達出來，於是想到了「感性顯現」的方法：「立象」。為了使「感性顯現」能夠最大限度地傳導心中之意，又將那些「感性」形象符號化。這可與老子所說「無狀之狀，無物之象」聯繫起來理解，老子心目中的意象是「惚兮恍兮」，《易》象則被《易傳》的作者們視為多義的，變化無窮的。如果說，老子始終沒有給他的「道」之意象以一種可供別人把握的形態，那麼，《易》象則給人提供了可以從不同角度、不同層次把握的「無物之象」，其形成過程是：先將具象化為觀念意義的抽象符號（⚊、⚋），而後將兩個符號組合出象徵性意象（經卦為單義性意象，別卦為多義性「和弦」意象）。這些意象，不期而符合了老子的「惚兮恍兮，其中有物；窈兮冥兮，其中有精，其精甚真，其中有信」之說。

3　〔德〕黑格爾：《美學》（北京市：商務印書館，1981年），第2卷，頁31-33。

二　造型藝術中的形象創造

《老子》與《易傳》之「象」，不是或基本上不是感性形象，不是形似之象，那麼，在先秦時代是否也有了形象創造之論，則真正地形容、模擬、再現客觀事物形貌的理論呢？有，主要見之於涉及造型藝術的某些論著之中。

《考工記》是春秋末期形成的一部記述古代「百工之事」的齊國官書，書中保存古代工藝美術的一些資料，而這些工藝美術，已涉及形象的創造。當時工藝匠人，其手藝高者，多為王公貴族的宮廷與官府生產各種器具，這些器具需要製作得很精美，這就少不了特別的加工修飾，所謂「文」，所謂「章」，在匠人手裡便是對自然物象的模擬與再現：

> 青與赤謂之文，赤與白謂之章，白與黑謂之黼，黑與青謂之黻，五采備謂之繡，土以黃，其象方；天時變，火以圜；山以章，水以龍，鳥獸蛇。雜四時五色之位以章之，謂之巧。凡畫繢之事後素功。

工所們的「畫繢之事」講究色彩與線條，顯然不是《易》象那種簡單的模擬符號，這裡特別提到「鳥獸蛇」等動物，從《考工記》所記諸藝可以判斷，模擬刻畫自然界裡的動物形象，是當時最普及的一種藝術活動；衡量工匠們技術能力的高低，就看他刻畫的動物形象生動、逼真與否。〈梓人為筍虡〉記載了一個善於雕刻的木工，在製造一個懸掛鐘、磬等樂器的木架時，怎樣根據懸掛樂器所發出的聲音，配以相應的動物雕刻：鐘「大聲而宏」，在鐘虡上雕刻虎豹之類的大動物，其形象是「厚唇弇口，出目短耳，大胸燿後，大體短脰」，他們的吼叫聲也是「其聲大而宏」。在磬虡上則雕刻鳥類動物，其形象是「銳喙決吻，數目顧脰，小體騫腹」，它的鳴聲也是「無力而輕」，「清陽而遠聞」。對於雕刻在「筍」之上的「鱗屬」動物，形象刻畫必須更為細緻傳神：

> 小首而長，摶身而鴻，若是者謂之鱗屬，以為筍。凡攫網援簭之類，必深其爪，出其目，作其鱗之而。深其爪，出其目，作其鱗之而，則於視必撥爾而怒；苟撥爾而怒，則於任重宜，且其匪色，必似鳴矣。爪不深，目不出，鱗之而不作，則必頹爾如委矣，苟頹爾如委，則加任焉，則必如將廢措，其匪色，必似不鳴矣。

這裡特別強調刻畫「鱗屬」動物的動態形象，它們將要捕捉吞噬之時，總是要深藏其爪，睜大其目，準備一怒而撲，這樣的形象再配之以色，生動逼真，好像就要張口叫出聲來。若不是這樣，有形而委頓無力，便不能使人產生視之又若聞其聲的感覺。

梓人為筍虡，反映了我國古代在工藝美術方面已致力於形象的創造，這種創造，既有實用的要求，又有審美的功能。到了戰國時期，似乎已經有了專業的畫家，《韓非子》〈外儲說左上〉有兩條關於畫家創造形象的記載，一是：

> 客有為周君畫莢者，三年而成，君觀之，與髹莢者同狀，周君大怒，畫莢者曰：「築十板之牆，鑿八尺之牖，而以日始出時加之其上而觀。」周君為之，望見其狀盡成龍蛇禽獸車馬，萬物之狀備具，周君大悅。

客所畫之「莢」，大概屬於一種微型繪畫，其觀賞方法頗為特別，也許是特殊的工藝品，對著初升的太陽而視，才發現其各種動物形象的奧妙，「萬物之狀備具」，說明這位畫家摹形寫象技藝的高超。二是：

> 客有為齊王畫者，齊王問曰：「畫孰最難者？」曰：「犬馬最難。」「孰最易者？」曰：「鬼魅最易。」夫犬馬，人所知也，旦暮罄於前，不可類之，故難。鬼魅，無形者，不罄於前，故易之也。

繪畫的形象創造必須真實於客觀對象，畫犬馬，因為人們對犬馬之狀非常熟悉，畫得像與不像是對畫家基本功的考驗。鬼魅無形，人們也沒有見過，隨便畫成什麼形狀皆可過得去。

對於人物形象的描繪，也先出現於繪畫領域，《孔子家語》〈觀周〉記載孔子看到的一幅壁畫：

> 孔子觀乎明堂，睹四門之墉，有堯舜之容，桀紂之像，而各有善惡之狀，興廢之誡焉。又有周公相成王，抱之負斧扆南面以朝諸侯之圖焉。孔子徘徊而望之，謂從者曰：此周之所以盛也。夫明鏡所以察形，往古者所以知今。

從壁畫內容觀，畫的是遠古至西周的史事，出現了歷代賢君和暴君的不同形象，孔子特別注意周公旦懷抱侄兒（即年幼的成王）在斧形的屏風（斧扆）之前接受諸侯朝拜之圖，所謂「明鏡察形」，就是指周公的形象和神態都描繪得很真實，就像在鏡子中看到他本人投在鏡中的鏡像，絲毫不走樣。當時的畫藝是否有如此高明，很值得懷疑，但對於「象」的形似，似乎已成為畫者和觀者一致的要求。

將「形」與「象」聯綴成「形象」一詞，最早可能是西漢孔安國的《尚書注疏》。《尚書》〈說命上〉記載：武丁（商代後期的一位國君)「夢帝賚予良弼，其代予言。乃審厥象，俾之以形，旁求於天下。」孔安國注云:「審其所夢之人，刻其形象，四方旁求之於民間。」根據武丁所述夢中人的相貌，讓畫家畫一幅肖像，據像尋找夢中人,「形象」一詞由此而出，是形容而像之的意思。在淮南王劉安等所著的《淮南子》(稍後於《尚書注疏》) 中，也出現了「形象」一詞，見於〈原道訓〉。其云:「大道坦坦，去身不遠；求之近者，往而復返；感則能應，迫則能動；沕穆無窮，變無形象；……」很顯然，這是承老子關於「道」有「惚兮恍兮」之象而來的,「變無形象」，是指沒有定型的形象，變幻不定,「優遊委縱，如響之與景」。「形象」，至此成為一個近義聯合式合成詞，在此以前,「形」與「象」兩字常常是分開使用而有句式的聯合，如〈繫辭〉中的「在天成象，在地成形」,「見乃謂之象，形乃謂之器」。形，有輪廓之意，形因象定（乃審厥象，俾之以形）；象，完成了的造型，象以形顯（「見乃謂之象」,「象者，象此者也」)。進而言之，無「象」(武丁夢中之「象」，進而推至客觀具象）不能定「形」，無「形」(畫家用線條、色彩所成之「形」) 不能見「象」(對客觀具象模擬之「象」)。從此，形象一詞主要用以指人或物的相貌和形狀，究其根底，它是造型藝術貢獻出來的。

三　王充的「形象」、「意象」之辨

前面我們談到《老子》和《易傳》，是追索「意象」說形成的過程，而《易傳》對於「意象」與「形象」形成都有更直接的作用，只是它論卦象實以「形象」始，以「意象」終。造型藝術所談之「象」，則是準確意義的形似之象，因此,「形象」一詞反比「意象」一詞先出現，直到東漢，王充著《論衡》〈亂龍〉篇中,「意象」一詞也出現了，更有意思的是,「意象」與「形象」是在相互有所比較的情況下出現的。

〈亂龍〉，是一篇替董仲舒鼓吹設土龍（用泥土塑造的龍的偶像）求雨進行辯護的文章，其種種唯心的辯解實不足取（僅憑此篇，就可判斷王充並不是一個真正的唯物主義哲學家），但此篇中提供了「形象」和「意象」較為準確的概念，著實為文學藝術理論貢獻不小！直到今天，我們都還得感謝這位哲學家、雄辯家，為美感的文學和藝術，界定了兩個重要的術語。

關於「形象」，王充也是從雕刻與繪畫而言的，並且講的是真實的人物形象，他列舉了兩例，一例是漢朝有一位郅都將軍，以其勇武和能征善戰威懾匈奴，匈奴人在戰場上對他奈何不得，於是搞了一點小動作：

> 匈奴敬畏郅都之威，刻木象都之狀，交弓射之，莫能一中。不知都之精神在形象邪？

以木刻的郅都代替其本人，再以箭射之，但「莫能一中」。可能是雕刻太像郅都了，匠人將郅都的勇猛精神貫入了木刻形象之中，威懾了匈奴射手，這說明此像不但形似，而且神似！另一例是：匈奴休屠王之子金翁叔偕母入漢，入漢之後母不幸亡故，金翁叔思母心傷，漢武帝為慰其情，請畫家繪其母之像於甘泉殿，金翁叔前去拜謁，見母像如生前，「向之泣涕沾襟，久乃去」。王充說：

> 夫圖畫，非母之實身也，因見形象，涕泣輒下，思親氣感，不待實然也。

以上說的是形象的感染力，王充還沒有從藝術和審美的角度談形象，但藝術的魅力已被雕刻家和畫家悄悄賦予其中了，形象直接感人的論述可自此始。

關於「意象」，王充也有兩例說明之，一例是：

> 禮，宗廟之主，以木為之，長尺二寸，以象先祖。孝子入廟，上心事之，雖知木主非親，亦當盡敬，有所主事。土龍與木主同，雖知非真，亦當感動，立意於象。

「木主」是祖宗亡靈的牌位，不是某位祖宗的形象，只能說是先祖的象徵物了，也可說僅僅是一個符號，有「象」無「形」，而孝子意在其中，「亦當感動」。這種「立意於象」，其實質與卦象同。王充舉的另一個例子，則直接道著「意象」：

> 天子射熊，諸侯射麋，卿大夫射虎豹，士射鹿豕，示服猛也。名布為侯，示射無道諸侯也。夫畫布為熊麋之象，名布為侯，禮貴意象，示義取名也。

把不同級別的野獸，畫在受箭的布靶子（名布為侯）上，人的地位愈高，所射之獸愈猛，以權位「示服猛」；反過來說，用不同級別的獸類，以示權位享有者不同程度之「猛」，從而顯示權力、權位的大小、高低。很明顯，熊麋之象既非權位者的形象，作為圖志，它們又超越了本身的意義，於是成了具有象徵意義的「象」。君臣上下的禮儀寓於獸象之中，因而「象」以「意」貴——象徵權位和禮儀而貴。「示義取名」，換言之即「稱名也小，取類也大」，作者立象盡意，觀者辨象會意。在這裡，王充賦予了意象以新的內涵，即「意象」之「象」不必一定是「恍兮惚兮」、難以讓人覺察和把握，也可不必是模擬式的符號組合，而是可以取現實生活中實有的物象出之，只是這些物象的出現，不是「讓人只就它本身來看，而更多地使人想起一種本來外在於它的內容和意義。」[4]這樣，「意象」說就可以從哲學領域進入文學藝術領域了，王充對於「形象」與「意象」的不同表述，已約略體現了「直觀」與「象外」、「再現」與「表現」之別。

四　中國古代第一篇關於「立象」的專論

哲學領域內的立象之論，直到王充，都還是零零散散的，不成系統，真正地將「言不盡意」——「立象以盡意」在理論上加以完善化，並且確認「象」——形象或意象——的象徵意義，是三國時的青年哲學家王弼，他的《周易略例》〈明象章〉，實際上可算作中國古代第一篇藝術形象創造的專論。

在王弼之前，有一位叫荀粲的學者，「獨好言道，常以子貢稱夫子之言性與天道不可得聞」而懷疑「立象」可以「盡意」，他認為：「蓋理之微者，非物象之所舉也。今立象以盡意，此非通於意外者也；繫辭焉以盡言，此非言乎繫表者也。斯則象外之意，繫表之言，固蘊而不出矣。」[5]平心而論，在哲學領域內提倡「立象以盡意」，是有點逃避理論徹底性表述之嫌，作為理論形態的東西，正如馬克思所說：「理論只要說服人，就能掌握群眾；而理論只要徹底，就能說服人。所謂徹底，就是抓住事物的根本。」[6]照此看來，「理之微者，非物象之所舉也」是完全正確的，物象所舉，很難抓住事物的根本。荀粲由此而反對人為地「立象」，要回到道家老子那種純粹的「恍兮惚兮」之中去。

我在前已談到，魏晉玄學是一種重主觀感受的哲學，主觀感受離不開物，所以他們還借「儒家之形」，強調「應於物而不累於物」。王

4　〔德〕黑格爾：《美學》（北京市：商務印書館，1981年），第2卷，頁10。

5　見《魏書》〈荀彧傳〉注引何劭〈荀粲傳〉。

6　《馬克思恩格斯選集》第1卷，頁9。

弼就立於這種觀點而為「立象以盡意」辯護，他接過莊子所提出的「筌者所以在魚，得魚而忘筌；蹄者所以在兔，得兔而忘蹄；言者所以在意，得意而忘言」(《莊子》〈外物〉) 這樣一個富有美學意義的命題，進而提出「得象」「得意」之說：

> 夫象者，出意者也。言者，明象者也。盡意莫若象，盡象莫若言。言出於象，故可尋言以觀象；象生於意，故可尋象以觀意。意以象盡，象以言著。故言者所以明象，得象而忘言；象者所以存意，得意而忘象。

王弼並沒有踏踏實實地從「象可盡意」本身出發，以無可辯駁的事實證明「象」能舉「理之微」，而是調換了一下方位，從接受的方向，強調接受者的主觀能動性。他首先闡明「意」、「象」、「言」三者的關係：「象」為「出意」而立，「言」為「明象」而用，沒有「象」不能盡意，沒有「言」不能立象。這裡最重要的是先有「意」而後有「象」，有「象」然後才有「言」，他講的實際上還是《易》之卦象，卦象是從天地物象中抽出來的「象」，不是社會和自然界的物象，所以說「象生於意」。既然「立象」的過程是這樣，那麼要領會把握「象外之意」就必須從「言」開始，接受者「尋言」，即根據言辭的描述與闡釋去感受「象」的存在，心目中有了那個「卦象」或「熊羆之象」(如果是繪畫則不必「尋言」，觀形辨色即可) 之後，就對這「象」進行感性的體驗或理性的思考，去尋找外在於這「象」的內容和意義。怎樣才能尋得這「象」所蘊含的真正意義呢？王弼認為關鍵在於接受者要善於「忘言」和「忘象」，於是，他繼續說：

> 象生於意而存象焉，則所存者乃非其象也；言生於象而存言焉，則所存者非其言也。然則，忘象者，乃得意者也；忘言

> 者，乃得象者也。得意在忘象，得象在忘言。故立象以盡意，而象可忘也；重畫以盡情，而畫可忘也。

這段話，如果我們也只從「得意」而不拘於他對「卦象」(「重畫」)闡述，以文學創作與鑑賞來言其實，就可豁然貫通。

文學作品中的藝術形象（典型形象或意象），在作家的意會（心與物會）中產生，但作家創作的目的並不在於「象」,「象」的出現與存在的價值全在於其中所蘊含的「意」(其中有精，其精甚真)；構成作品實體的「言」，是因描寫「象」(還包括直抒情思）的需要而產生,「言」的出現與存在價值全在於其中所蘊含的組合「象」的信息。嚴格地說，語言還不是作品形式的本身，它們只是結構作品的物質原件，正如布是紗織成的，但紗並不是布；一篇作品中，作家運用各種字、詞組合而描繪出來的意中之象或形似之象，才是表達內容（與內容融為一體）最有效的形式。「象」能盡意與否，固然與作家所使用的語言達與不達有關，但在一個語言能力很強的作家那裡，關鍵還在於「意」與「象」是合是離，若「久用精思，未契意象」(王昌齡語)，則有最好的詞藻也是空設。因此，作家在整個創作過程中，不能以「存言」為目的，重「言」而輕「象」；不能以重「象」為目的,「言」雖巧「象」雖顯而「意」貧。要自覺意識到，我運用了美麗的言不是為了「存言」，我描繪了生動的形象不是為了「存象」，創作的最終目的是「存意」！

讀者欣賞一篇作品，當然是從「言」而入，但他不是以辨認文字為目的，要真正能鑑賞作品之美，第一道程序就是得「言」而立即「忘言」。「存言者，非得象者也」，就是說，你在對於「象」實現審美把握之時，不能將審美注意留連於言辭之美，不然的話，就有可能忽視藝術形象的感染性與完整性，只有在不自覺的狀態中忘記（也是一種無意識的否定）了「言」的存在，才得以感受到形象的組合和映現。進而第二道程序，就是「得象」而「忘象」，「存象者，非得意者也」，如果你已擺脫了「言」的糾纏，心目中有了清晰可見、情動可感的整體形象，審美注意就必須又一次轉移，不因「象」的外觀形態之美而忘了探獲、體悟象內、象外所蘊含的精旨妙義，忽略了廣遠深邃的意境之美。一個精於審美鑑賞之道的人，他從接受的角度理解「象生於意乃存象焉，則所存者乃非其象也」，則認識到作品中所呈現的「象」，不僅是一些形似巧狀的圖畫，而主要是「意」的描繪性或象徵性符號，它們將消融於「意」的傳導與釋放過程之中；同樣，「言生於象而存言焉，則所存者乃非其言也」，作品中所組織的語言，不僅是一堆精美的詞藻，而是組構形象的元件，它們將消融於整體形象的呈現之中。於是，當他通過外部和內部的審美感官被某篇作品美的形式吸引並由此進入作家所創造的藝術世界之後，就會自覺或不自覺地一次又一次否定那些吸引他的美的形式，從而一次又一次獲得不同層次類的意蘊；每一次審美注意的轉移，都是在對於「言」或「象」的忘卻中實現的，這是「否定之否定」的鑑賞辯證法；忘卻（否定）得愈徹底，實現獲得的機會就愈充分，所得也就愈圓滿，愈充分。

王弼就這樣從「忘象得意」而論證了「象可盡意」。對於哲學來說，「立象」不是主要的論證手段，故而很難「舉理之微」，這是不難理解的（何況「理」與「意」的含義也不相同，如「志」不同於「情」一樣），如果哲學的論證也是讓人們領悟「象外之意」，那麼，即使人們能「得象」、「得意」，也難免各人所得的「象」和「意」，只是各取所需而已，哲學道理也就如詩一樣「無達詁」。但是，當我們從文學創作和鑑賞的角度去引申和發揮王弼的觀點，其原理的演繹就顯得很順當，對於文學藝術領域內形象和意象創造，《周易略例》〈明象章〉是一篇非常精闢的專論！還須特別指出的是，今天幾乎專用於文藝理論中的「象徵」一詞，也出於此篇之中：

觸類可為其象，合義可為其徵。

黑格爾說：「象徵一般是直接呈現於感性觀照的一種現成的外在事物，對這種外在事物並不直接就它本身來看，而是就它所暗示的一種較廣泛較普遍的意義來看。」[7]王弼拘於卦象，還沒有把「象」轉換為「直接呈現於感性觀照」的外在事物，可是他的「忘象」之論，卻比「並不直接就它本身來看」更精闢、更深刻地觸及了創作與鑑賞心理的微妙之處。從總體看，《周易略例》〈明象章〉對於形成於《老子》與《易傳》的「意象」說，在理論上進行了一個總結，它更為明白地揭示了「意象」說的本質內蘊，又對以後文學藝術理論中出現的「含蓄」說、「境生象外」說、「韻外之致，味外之旨」說等等，發生了啟蒙、啟示的深遠影響。對於哲學的發展，王弼可能有過；對於文學藝術的發展，他卻是的的確確地大有其功！

7　〔德〕黑格爾：《美學》（北京市：商務印書館，1981年），第2卷，頁10。

二
詩學領域姍姍來遲的「形似」說

一　形象的藝術在賦體文學中發育成熟

《詩經》中不少作品（主要是〈風詩〉和〈小雅〉）已經有了形象或意象創造的實踐，但正如其抒情完全出於「緣事而發」一樣，對於意象或形象也不是有意為之，議論、描寫、敘述往往交織在一起，描寫景物或人物的詩句多是起著發興、渲染或烘托的作用，劉勰所舉「寫氣圖貌」之句如「楊柳依依」、「桃之夭夭、灼灼其華」，「喓喓草蟲」等對於物態的形容和描寫僅此而止。對於人物的形態、情態、動態的刻畫與描寫，亦多是略而不詳，〈碩人〉寫莊姜之美，僅在詩的第二節，〈邶風〉〈靜女〉也只在第一節寫出了戀人的情態：「靜女其姝，俟我於城隅，愛而不見，搔首踟躕。」對於物態和人的情態形態，比較自覺的表現，是自屈原的創作開始的。劉勰在《文心雕龍》〈物色〉篇中舉了《詩經》中一連串「情貌無遺」的例句之後，接著說：

> 及〈離騷〉代興，觸類而長，物貌難盡，故重沓舒狀，於是嵯峨之類聚，葳蕤之群積矣。及長卿之徒，詭勢瑰聲，模山範水，字必魚貫，所謂詩人麗則而約言，辭人麗淫而繁句也。

劉勰將美感文學在形象描寫方面的發展劃分了兩個階段：前一段簡，後一段繁；從文體方面說，詩簡，辭賦（他沿用班固文體分類法，將屈原作品歸入辭賦）繁。如果把揚雄所說「則」與「淫」用來評量詩與辭賦中形象、意象的繁簡，那麼，辭人之「淫」對於中國美感文學中形象藝術的發展是功大於過的。

這裡，又要回到文體的特徵來談。賦，是荀子創造的一個新文體，班固〈兩都賦序〉指出：「賦者，古詩之流也」荀子作〈賦〉，是他把詩這一文體從文獻《詩》解放出來的一個副產品，現存《荀子》文本，將〈佹詩〉與〈小歌〉置於五篇賦之後，是否可看作他新文體實驗的一個匯編，因為這一篇並不像〈勸學〉、〈修身〉等篇一樣，有一個統一的構思，有一種思想貫穿。五篇小賦的顯著特點是：各寫一事或一物，第一篇寫「禮」，第二篇寫「知」，尚屬抽象概念的演繹，後三篇分別寫「雲」、「箴」（針）和「蠶」，那就是具體事物了。而他的寫法是「鋪陳」其物，述其形狀，陳其作用，最後指出此為何物。由於荀子在其中夾雜不少政教、倫理的訓誨，文學趣味甚淡，其中的〈箴〉應算是較好的一篇：

> 有物於此，生於山阜，處於室堂。無知無巧，善治衣裳。不盜不竊，穿窬而行。日夜合離，以成文章。……此夫始生鉅其成功小者邪？長其尾而銳其剽者邪？頭銛達而尾趙繚者邪？一往一來，結尾以為事。無羽無翼，反復甚極。尾生而事起，尾邅而事已。簪以為父，管以為母。既以縫表，又以連里。夫是之謂箴理。箴。

有些具體的描寫，但實際上又偏重寫針之「理」，所以還是缺乏美感，不能體現「鋪采摛文」，可是，也總算開了一個「體物」的頭。

屈原的〈離騷〉和〈九章〉，對於人物描寫和景物的描寫，我在論述「發憤抒情」時已有所涉及，指出詩人在他的構思過程中往往同時運用許多神話故事中的各種形象，構成一個個有可感空間與可感時間的意象體系，但是，因為他畢竟是以「言志」、「抒情」為主，所以不是純粹地「體物」。〈橘頌〉是詩人有意識地將自然界的「后皇嘉樹」轉換為一個象徵性意象：「深固難徙，更壹志兮。綠葉素榮，紛其可喜兮。曾枝剡棘，圓果摶兮。青黃雜糅，文章爛兮。精色內白，類任道兮。紛縕宜修，姱而不醜兮。」這段對橘樹形象的描述，與下一段對照看，我們便發現與詩人心中情意是一一對應的：「嗟爾幼志，有以異兮。獨立不遷，豈不可喜兮？深固難徙，廓其無求兮。蘇世獨立，橫而不流兮。閉心自慎，終不失過兮。秉德無私，參天地兮。」讀至此處，讀者便可「得意忘象」：屈原是以橘樹的具象作為一個愛國者高尚情操的象徵，而該詩的最後兩句便是「行比伯夷，置以為像兮」，他要以橘樹為榜樣，而這榜樣，實質是一個「象外之象」。

劉勰在《文心雕龍》〈詮賦〉篇中說，賦「受命於詩人，拓宇於楚辭」，荀況、宋玉的作品已「與詩畫（劃）境」，他指出「極聲貌以窮文」是「別詩之原始，命賦之厥初」。這樣說來，中國古代美感文學中的形象藝術手法，即相當於西方的「摹仿」、「再現」，是在賦體文學中發育成熟的；「宋發巧談，實始淫麗」，那種膨脹性的發育又是從宋玉的作品中開始的。

形象的藝術，在宋玉的作品，已明顯地表現為景物描寫的藝術與人物描寫的藝術，我們在〈九辯〉中可以看到他對秋色、歌聲、秋意的出色描繪：「悲哉！秋之為氣也。蕭瑟兮，草木搖落而變衰。……泬寥兮，天高而氣清；宋廖兮，收潦而水清。……」外界的物色與心中之情思相感相生，產生了這樣傳誦千古的名句。在〈高唐賦〉裡，我們又可看到他對於長江三峽中巫峽一段的自然景色，極盡鋪張的描寫，巫山高峻之勢，江水之洶湧澎湃，鳥獸蟲魚、林木花卉之情狀，所有自然景觀幾乎巨細無遺地盡收筆下，確實前所未有！〈風賦〉則將無形的風賦予可感的形態，描寫從「風生於地，起於青蘋之末」，到「侵淫谿谷，盛怒於土囊之口；緣泰山之阿，舞於松柏之下」的強弱變化，對風的「飄舉升降」之狀作了十分細膩生動敘述。他寫了兩種風：雄風與雌風，前者為「大王之風」，後者為「庶人之風」，兩者有了鮮明的形象對比，這樣寫，宋玉固然有他的政治動機，象徵色彩比較濃重，但於形象藝術的多樣化創造是一創舉。與〈高唐賦〉相蟬聯的〈神女賦〉，則是宋玉竭盡他對人物描寫之能事：先有概寫，後有詳寫；既寫形態，又寫神態；既寫靜態，又寫動態。以色彩絢麗之筆將神女超塵絕世的姣麗容貌，端莊嫻靜的風度，婆娑綽約的儀態，「意似近而既遠，若將來而復旋」的舉止，描述得呼之欲出！下面請看他既概寫又詳寫的一些文字：

> 茂矣，美矣，諸好備矣；盛矣，麗矣，難測究矣。上古既無，世所未見。瑰姿瑋態，不可勝讚。其始來也，耀乎若白日初出照屋梁；其少進也，皎若明月舒其光。須臾之間，美貌橫生，爗兮如華，溫乎如瑩。五色並馳，不可殫形，詳而視之，奪人目精。……

這是宋玉回答楚王「狀何如也」問之後的初步描述，楚王還不滿足，「若此盛矣，試為寡人賦之」，於是宋玉集中筆墨遠寫，近寫，正寫，側寫，以「其象無雙，其美無極」承「上古既無，世所未見」，以「毛嬙障袂，不足程式；西施掩面，比之無色」相襯，接著便細寫「其狀峨峨」：

> 體豐盈以莊姝兮，苞溫潤之玉顏。眸子炯其精朗兮，瞭多美而可觀。眉聯娟以蛾揚兮，朱唇的其若丹。……

比較一下〈碩人〉中對莊姜的描寫，確有「麗以則」與「麗以淫」之別，前者點到為止，後者連綿不盡。寫女人的形象，還有〈登徒子好色賦〉，此中有美女的形象，也有醜女的形象，最後還通過秦章華大夫之口描述了鄭、衛、溱、洧之間的美女群象。對其「東家之子」的形象描繪是傳世遠播的：

> 天下之佳人莫若楚國，楚國之麗者莫若臣里，臣里之美者莫若臣東家之子。東家之子，增之一分則太長，減之一分則太短；著粉則太白，施朱則太赤；眉如翠羽，肌如白雪；腰如束素，齒如含貝；嫣然一笑，惑陽城，迷下蔡。

沈約說，「相如巧為形似之言」，其實這一評價，首先要讓給宋玉。也是劉勰說的：「自宋玉景差，誇飾始盛，相如憑風，詭濫愈甚。」（《文心雕龍》〈誇飾〉）漢代之賦，主要是作為一種自覺的文體而成為一代文學之標誌，而以「誇飾聲貌」作為賦家自覺的「形似」追求，「誇飾以成狀，沿飾而得奇也」。漢賦可以司馬相如之作為代表，他著名的〈子虛〉、〈上林〉二賦，可說是從〈高唐〉、〈神女〉承襲而來，二賦又實為一篇，借「子虛」、「烏有先生」、「無是公」三個虛構的人物對話，對諸侯、天子的遊獵盛況、和宮苑的豪華壯麗，作極其誇張的描寫，如〈子虛〉的首段，寫一個「雲夢者方九百里」，分別寫「其山」、「其土」、「其石」，一一描其形，繪其狀，寫其色，接著又展開東之「蕙圃」、南之「平原廣澤」、西之「湧泉清池」、北之「陰林」的描寫，珍禽異獸，奇花異草，盡萃如斯。《西京雜記》有如下記載：

> 司馬相如為〈上林〉、〈子虛〉賦，意思蕭散，不復與外事相關。控引天地，錯綜古今，忽然如睡，煥然而興，幾百日而後成。其友人盛覽嘗問以作賦。相如曰：「合纂組以成文，列錦繡而為質，一經一緯，一宮一商，此賦之跡也。賦家之心，苞括宇宙，總攬人物，斯乃得之於內，不可得而傳。」

司馬相如是否說過這話，尚可存疑，但聯繫他的作品看，又可相互印證，表明他的「形似之言」也不是對客觀物象作真實的描寫，往往有「假象過大」之嫌。宋玉賦中兼具抒情成分，並且寫形態與神態並舉，這兩個特點在司馬相如賦中不太顯眼，所謂「諷諫」也不過是尾巴上一現，於是，「形似之言」便被突出來了，被人們確認了。陸機在〈文賦〉裡說了「詩緣情而綺靡」之後即說「賦體物而瀏亮」，也就是對「形似之言」的美學昇華。

二　詩歌創作中由簡而繁的人物、景物描寫藝術

「賦自詩出，分歧異派。寫物圖貌，蔚似雕畫」(《文心雕龍》〈詮賦〉)，詩與賦同屬人們所公認的美感文學，當賦體文學的形象藝術發育成熟之後，它又反過來影響詩，豐富了詩的表現藝術。詩歌藝術的形象感強化，主要是在漢代的五言詩出現之後，當時的不少文人詩和樂府詩中，出現了較之《詩經》四言體詩更多的景物與人物的描寫，如辛延年的〈羽林郎〉、宋子侯的〈董嬌饒〉，無名氏的〈陌上桑〉，不但有賦的敘事性質，在句式上也摹仿賦中的對答方式，而且都對女性之美有不同方式的描述，請看〈羽林郎〉對賣酒少女胡姬的描寫：

> 胡姬年十五，春日獨當壚。長裾連理帶，廣袖合歡襦。
> 頭上藍田玉，耳後大秦珠。兩鬟何窈窕，一世良所無。……

僅寫其服飾裝扮，一個青春少女的形象就出現在我們眼前，以下寫她不為權貴所動的凜然之詞，就完成了一個美而剛強的少女形象的刻劃。〈董嬌饒〉把一個採桑女子與春日之景融合成一幅生動的圖畫：

> 洛陽城東路，桃李生路旁。花花自相對，葉葉自相當。
> 春風東北起，花葉正低昂。不知誰家子，提籠行采桑。
> 纖手折其枝，花落何飄揚。……

寫花亦寫人，寫人亦寫花。〈陌上桑〉的人物描寫更是別具一格，在描述了「頭上倭墮髻，耳中明月珠。緗綺為下裙，紫綺為上襦」的妝飾之美之後，不再正面描其容顏之美，而是：

> 行者見羅敷，下擔捋髭鬚。少年見羅敷，脫帽著帩頭。
> 耕者忘其犁，鋤者忘其鋤。來歸相怨怒，但坐觀羅敷。

德國文藝理論家萊辛曾說：「詩人啊，替我把美所引起的熱愛和歡欣描繪出來，那你就把美的本身描繪出來了。」他舉了荷馬史詩中的一個例子，當美人海倫走進特洛伊元老們的會議場，元老們看見她時彼此私議道：「沒有人會責備特洛伊和希臘人民，說他們為這個女人進行了長久的痛苦的戰爭，看起來，她真像一位不朽的女神。」萊辛說：「能叫冷心腸的老年人承認為她進行了許多血和淚的戰爭是很值得的，還有什麼比這段敘述更能引起生動的美的形象呢？」[1]〈陌上桑〉對羅敷的描繪，不也與希臘史詩中形象描繪藝術，庶幾近似了嗎？

《古詩十九首》是東漢五言詩中的最佳之作，劉勰評它是：「觀其結體散文，直而不野，婉轉附物，怊悵述情，實五言之冠冕也。」（〈明詩〉）十九首中多是意象表現之作，且象徵性較強（我將在下章另述），而其中如〈青青河畔草〉、〈迢迢牽牛星〉，也是以描寫婦女形象增其詩的感性美：

---

1 〔德〕萊辛：《拉奧孔》（北京市：人民文學出版社，1979年），頁120。

> 青青河畔草，鬱鬱園中柳。盈盈樓上女，皎皎當窗牖。
> 娥娥紅粉妝，纖纖出素手。昔為倡家女，今為蕩子婦。
> 蕩子行不歸，空床難獨守。

很明顯，自宋玉開始在賦體文學中的「極聲貌以窮文」，已進入了詩的藝術領域，不過詩不像賦那樣詳盡鋪陳罷了，「誇飾」亦有度。待到建安至魏晉南北朝時代，詩中人物和景物的描繪成了一時的風尚，有不少的詩人，可以說是「以賦為詩」，即運用作賦的手法作詩，曹植的〈名都篇〉、〈美女篇〉、〈白馬篇〉，雖然沒有採取問答的形式鋪開，分別刻劃了京都貴族少年，路間採桑女子和邊塞遊俠的形象，讀來像一篇簡潔的小賦。自東晉至南朝，詩中的形象描繪有一個值得注意的重要轉向，那就是轉向自然景觀的描寫，出現了中國詩歌發展史上第一批山水詩，以至當時的文學批評家把「模山範水」與「形似之言」等同起來，劉勰在《文心雕龍》〈明詩〉中說：

> 宋初文詠，體有因革，莊老告退，而山水方滋；儷采百字之偶，爭價一句之奇，情必極貌以寫物，辭必窮力而追新，此近世之所競也。

在〈物色〉篇裡又說：

> 自近代以來，文貴形似，窺情風景之上，鑽貌草木之中。吟詠所發，志惟深遠；體物為妙，功在密附。故巧言切狀，如印之印泥，不加雕削，而曲寫毫介。故能瞻言以見貌，即字而知時也。

詩人們將審美注意轉向自然風景，山水田園，其實並不始於宋初，東晉陶淵明已寫出了大量的田園詩，將平凡的農村景象作了富有藝術魅力的展示，當然陶淵明沒有「極貌以寫物」，而是以一種悠然恬淡的心情，寫其直觀和直感，因此往往有一種意味深長的美。如〈歸園田居〉五首之一描寫他的生活環境：

> ……方宅十餘畝，草屋八九間，榆柳蔭後檐，桃李羅堂前。曖曖遠人村，依依墟裡烟；狗吠深巷中，雞鳴桑樹巔，戶庭無塵雜，虛室有餘閑。

有色也有聲，說像一幅圖又有畫中所不能描繪出來的東西，真可謂「此景物雖在目前，非至閑至靜則不能到，此味不可及也」(張戒《歲寒堂詩話》)。陶淵明把平凡生活和常見的自然景物，如「晨興理荒穢，帶月荷鋤歸」,「平疇交遠風，良苗亦懷新」,「採菊東籬下，悠然見南山」,「孟夏草木長，繞屋樹扶疏」等等，表現得極其質樸自然，不有心求「形似」而得其「形似」，不刻意「體物」而「善體物」。

當然，從「宋初」以後，山水詩有一個發展的高潮，這是與當時繪畫領域內山水畫的發展互相呼應的。山水畫在創作實踐發展的同時，理論上就已經有所反映，宗炳的〈畫山水序〉和王微的〈敘畫〉即是。山水畫的創作實踐和理論的闡述，有可能給詩人的審美情趣與藝術創造有所影響，如宗炳說：「夫聖人以神法道，而賢者通，山水以形媚道，而仁者樂，不亦幾乎？」這無疑將「模山範水」者抬高到「賢者」、「仁者」的地位。王微提出：「夫繪畫者，竟求容勢而已」，所謂「容勢」，就是要求既畫山水之形，又傳山水之神：「本乎形者，融靈而動變者，心也。靈亡所見，故所托不動；目有所極，故所見不周。於是以一管之筆，擬太虛之體；以判軀之狀，畫寸眸之明。」[2]

2　《中國美學史資料匯編》上冊，頁177、179。

山水詩的發展，沒有相應的理論，代表這一時期山水詩最高成就的，前有謝靈運，後有謝朓。謝靈運因政治上的不得意，便移情於山水，他「尋山陟嶺，必造幽峻，岩障千重，莫不備盡」，寫入詩中的山水畫面，也就不必獨造意象，追求什麼象徵之義，而是「寓目輒書，內無乏思，外無遺物」（鍾嶸評語），給讀者以直觀的美感，如〈過始寧墅〉中寫景物的一段：

> ……山行窮登頓，水涉盡洄沿。岩峭嶺稠迭，洲縈渚連綿。白雲抱幽石，綠篠媚清漣。葺宇臨回江，築觀基層巔。……

從全詩看，並不都是寫景之句，他的詩還不如後來唐朝詩人那樣高濃度的情與景交融，而是情與景分開寫，往往或前或後發些議論，寫景則以客觀摹寫為主，〈登池上樓〉全詩二十二句，純粹寫景的只有「池塘生春草，園柳變鳴禽」兩句，以致使這首詩僅憑此兩句而傳世。其他如「亂流趨孤嶼，孤嶼媚中川。雲日相輝映，空水共澄鮮」（〈登江中孤嶼〉），「密林含餘清，遠峰隱半現」（〈遊南亭〉），「野曠沙岸淨，天高秋月明」（〈初去郡〉）都是寫景的妙句。這樣一來，的確又把「形似之言」突顯出來了。「蓬萊文章建安骨，中間小謝又清發」，李白多次讚揚的謝朓，也是長於寫山水之景的詩人，〈晚登三山還望京邑〉寫登山臨江所見春晚之景，曾令李白傾倒，全詩是：

> 灞涘望長安，河陽視京縣。白日麗飛甍，參差皆可見。
> 餘霞散成綺，澄江靜如練。喧鳥覆春洲，雜英滿芳甸。
> 去矣方滯淫，懷哉罷歡宴。佳期悵何許，淚下如流霰。
> 有情知望鄉，誰能鬒不變？

寫景之句在其中，即如鍾嶸所評：「一章之中，自有玉石，然奇章秀句，往往警遒。」(《詩品》) 他在其他詩中，亦多有寫景名句，如〈之宣城郡出新林浦向板橋〉中的「天際識歸舟，雲中辨江樹」;〈遊東田〉中的「遠樹暖阡阡，生烟紛漠漠，魚戲新荷動，鳥散餘花落」;〈移病還園示親屬〉中的「葉低知露密，崖斷識雲重」;〈和徐都曹出新亭渚〉中的「日華川上動，風光草際浮」等等。昔人稱謝朓詩「清綺」、「清俊」，指的是擅長寫景如畫，擷取對景物直觀感受中最精彩之處而表現之，即成名句。

南朝的齊梁時代，詩中人物形象的描繪又出現了一次高潮，這就是我在前篇已提及的宮體詩，熱衷於對女子形態與情態的描寫。梁簡文帝蕭綱〈答新渝侯和詩書〉已如前引，據劉肅《大唐新語》記載：「梁簡文為太子，好作艷詩，境內化之，浸以成俗，謂之宮體。晚年欲改作，追之不及，乃令徐陵撰《玉臺集》以大其體。」徐陵編畢又作〈玉臺新詠序〉，此序專就東漢以來至齊梁描繪婦女形象的詩，大肆張揚，序的前半部分猶如一篇美女之賦，如說：「金星將婺女爭華，麝月與嫦娥競爽。驚鸞冶袖，時飄韓掾之香；飛燕長裙，宜結陳王之珮。雖非圖畫，入甘泉而不分；言異神仙，戲陽台而無別。真可謂傾國傾城，無對無雙者也！……」將歷代詩中的美女形象，又作了一番概括的形容和描寫。宮體詩所描寫多是貴族婦女，詩的內容不足稱道者實多，但在描寫的細膩、形態更富可感性方面，要大大勝過漢代五言詩，比如蕭綱的〈美女篇〉：

佳麗盡關情，風流最有名。
約黃能效月，裁金巧作星。
粉光勝玉靚，衫薄擬蟬輕。
密態隨羞臉，嬌歌逐軟聲。
朱顏半已醉，微笑隱香屏。

我們將它與曹植的〈美女篇〉比較，雖然蕭詩妖冶，曹詩端莊，但若講生動，傳神，蕭詩略勝一籌。再如蕭綱那首多被人指責的〈詠內人晝眠〉，寫的是他妃子的睡態，這在六朝以往的詩中是絕無僅有的：

北窗聊就枕，南檐日未斜。
攀鈎落綺障，插捩舉琵琶。
夢笑開嬌靨，眠鬟壓落花。
簟文生玉腕，香汗浸紅紗。
夫婿恒相伴，莫誤是倡家。

要說什麼詩的意蘊，確無可多言，我們只能說在婦女形象的描寫方面多了一種嘗試，作為一幅仕女畫，有一定的審美價值。像宮體詩如此發展，在歷來被當作文學正宗的詩王國，當然是極不正宗的，但我們應看到它後來在拘束較少的詞、曲裡有較深遠的影響，晚唐詞的「花間」體便與宮體詩有一定的淵源關係。

與景物、人物描寫同屬「形似之言」，還有詠物詩，詠物亦從賦發展而來，荀況的賦寫雲、寫箴、寫蠶，尚屬笨拙，屈原的〈橘頌〉可視為詠物詩。詠物詩大都是借物以寓意，純粹的詠物詩出現得較晚，南朝詩人詠物詩側重在寫物態，如謝朓〈雜詠五首〉，詠的是燈、燭、鏡、臺、席、落梅。沈約有〈詠湖中雁〉、〈詠桃〉、〈詠青苔〉等，蕭綱則於蛺蝶、螢、芙蓉、梔子花、蜂……皆有所詠。有的詠物詩寫得像一個謎語，如何遜的〈詠春風〉:「可聞不可見，能重複能輕，鏡前飄落粉，琴上響餘聲。」沈約〈詠湖中雁〉則是將湖中宿雁欲飛之態描寫得活靈活現：

白水滿春塘，旅雁每回翔。
唼流牽弱藻，斂翮帶餘霜。

群浮動輕浪，單汎逐孤光。
懸飛竟不下，亂起未成行。
刷羽同搖漾，一舉還故鄉。

可以當得起劉勰所云「體物為妙，巧在密附」。有的詠物詩構思巧妙，情含其中，如庾肩吾的〈詠長信宮中草〉：

委翠似知節，含芳如有情，全由履跡少，並欲上階生。

詠物又超出了物的範圍，沒有單純「鑽貌草木」之嫌，昇華了詠物詩的審美意義。

三　《詩品》總結五言詩「指事造形，窮情寫物」的創作經驗

以上我們從賦體文學中發育的中國式的「摹仿」、「再現」——「巧為形似之言」，轉向詩歌形象藝術從簡到繁的發展，可以看出中國詩歌的審美意識愈益豐富和強化，但也由於詩是以言志抒情為主體的，詩學從理論上接受「形似」說則表現得較為謹慎和遲緩，在鍾嶸的《詩品》出現以前，對於「形似」的接受是泛及各種文體，並且以賦為主要對象。首先是陸機的〈文賦〉中以「意稱物」把文學創作中的形象問題提了出來，雖言之不詳，且重在依附情理，但他又始終把形象的創造擺在與情、理相對應的位置上：創作開始之時，「收視反聽，耽思傍訊，精騖八極，心游萬仞。其致也，情曈曨而彌鮮，物昭晰而互進……」這裡所說的「物」，就是「物象」，客觀事物的具象在創作者思想感情的參與下，向藝術形象轉化，這是「意稱物」的開始。接著是謀篇和部署文辭，「抱景者咸叩，懷響者畢彈」，有形之物

要描繪其形，有聲之物要模擬其聲，實現「籠天地於形內，挫萬物於筆端」的審美創造。陸機尚未提出「形似之言」這一新語，但他說：

> 體有萬殊，物無一量，紛紜揮霍，形難為狀。辭程才以效伎，意司契而為匠，在有無而僶俛，當淺深而不讓。雖離方而遁圓，期窮形而盡相。

「意」是形象創造的底蘊，「辭」是形象的呈現，陸機將王弼的「意」、「象」、「言」的哲學表述，從創作心理的角度重新加以闡釋，將作家「收視反聽」中浮現於心目中的物象取代了王弼所說的卦象，於是形象說與意象說都完成了從哲學領域到文學領域的轉化。

陸機之後，過了兩百餘年，沈約才明確提出「相如巧為形似之言」，那還是對司馬相如的賦體文學而言，與班固的「情理之說」，曹植、王粲的「氣質為體」並提，說到詩還強調「興會標舉」。劉勰雖然說了「近代以來，文貴形似」，我們揣摸〈物色〉全篇的文意，便可發現他對「形似」之說是有所保留的，「辭人麗淫而繁句」，就是他對「長卿之徒」的評價。他的基本觀點是「歲有其物，物有其容，情以物遷，辭以情發」，作家要善於把握和體驗不斷變化中的客觀事物，很多客觀事物的描繪，在前代作家的筆下已「窮形盡相」，後來者要善於「參伍以相變，因革以為功」，客觀事物的形貌雖然可以窮盡，但它在不同時代、不同境遇的作家面前觸發的情思卻是不可窮盡的：「物色盡而情有餘者，曉會通也。」劉勰頗有超前意識，他此論豐富並開始突破了「形似」說，為後來的「神似」說開其端，也是意象理論中象徵性意象向情感性意象轉換的開端。

將「形似」說直接引入詩歌理論，並以此作為評詩的一項重要標準，是鍾嶸。《詩品》對於五言詩自東漢發展到南朝之齊、梁，在詩藝方面，作了一個簡煉的總結，這個總結，是將四言體與五言體比較開始的：

> 夫四言，文約意廣，取效風騷，便可多得。每苦文繁而意少，故世罕習焉。五言居文詞之要，是眾作之有滋味者也；故云會於流俗。豈不以指事造形，窮情寫物，最為詳切者耶！

前面我已經說過，詩歌藝術形象感的強化，主要是在漢代五言詩出現之後，五言詩從東漢至魏晉南北朝，已成為當時詩歌文體的主要文體，但雖然如此，由於《詩經》作為儒家一「經」的地位在知識界的地位還沒有根本動搖，詩學理論上也就一直將四言體奉為文體詩的正宗，這就是曹丕所說「貴遠賤近」的又一表現。摯虞《文章流別論》中說：古詩「雅音之韻，四言為正；其餘雖備曲折之體，而非音之正也。」劉勰顯然比摯虞更開明，但他也說：「四言正體，雅潤為本；五言流調，則清麗居宗。」（〈明詩〉）大凡沒有充分認識五言體在詩歌藝術發展的重要地位的理論家，也就沒有對「形似」說充分地肯定，劉勰對「形似」略有微詞，還沿用揚雄「麗以淫」的成語是一種表現；摯虞則是明確反對「以事形為本，以義正為助」，認為詩、賦創作「情義為主，則言省而文有例矣；事形為本，則言當而辭無常矣」。鍾嶸認為作四言體詩的時代已經過去了，現在是「五言居文詞之要」，這是一種比劉勰更進步的觀點。他完全著眼於五言體詩的審美觀，使他很準確、很精闢地標舉了五言詩最顯豁的特點：「指事造形，窮情寫物，最為詳切」，陸機的「窮形盡相」說在五言詩的創作中得到了印證。

鍾嶸在詩的美感特徵方面提出了一個「滋味」說，他在理論上肯定「情」與「物」交融的詩最有「滋味」，也就是「文已盡而意有餘」。在評述具體的作家作品方面，他的審美指向又稍偏於「形似」方面。《詩品》中被列為「上品」的詩人中，他給西晉的張協和南朝宋之謝靈運的評語，都突出兩位詩人的作品在這方面的特點，張協的詩 作是：

> ……文體華淨，少病累。又巧構形似之言。……風流調達，實曠代之高手，詞采蔥蒨，音韻鏗鏘，使人味之亹亹不倦。

張協算不了西晉一位大詩人，把他列為上品而置陶淵明為中品，很為後來論者所不滿。鍾嶸特評其「巧構形似之言」，據陳延傑《詩品注》所引何義門《讀書記》:「張景陽雜詩，『朝霞』首，『叢林森如束』，鍾記室所謂巧構形似之言。」[3]張協（景陽）「善寫景物，而得其巧似」的〈雜詩〉是一個組詩，何義門提到一首是：

> 朝霞映白日，丹氣臨湯谷。翳翳結繁雲，森森散雨足。
> 輕風摧勁草，凝霜竦高木。密葉日夜疏，叢林森如束。
> 疇昔嘆時遲，晚節悲年促。歲暮懷百憂，將從季主卜。

寫的是詩人在秋雨中嗟老傷時之情，除了後四句，全是描寫秋雨中和雨後的山林景色。《詩品》對謝靈運的評論是：

> 其源出於陳思，雜有景陽之體，故尚巧似，而逸蕩過之。頗以繁富為累。嶸謂若人興多才高，寓目輒書，內無乏思，外無遺物，其繁富宜哉！

「繁富」則如「麗以淫」，鍾嶸為謝詩的「繁富」辯護，也就是充分肯定他的「巧似」；所謂「內無乏思，外無遺物」，是承劉勰「情必極

3　陳延傑：《詩品注》（北京市：人民文學出版社，1958年），頁27。

貌以寫物」而言，鍾嶸之意是，作詩能夠如此，則「繁富」不為病，正與「巧似」的藝術描寫相宜。在列為中品的詩人中，顏延之與鮑照，也得到了類似的評價，前者是「尚巧似，體裁縝密，情喻淵深」。後者是「善制形狀寫物之詞」。但也指出了他們的缺點：顏詩如「錯采鏤金」，雕畫過甚，不如謝靈運詩如「芙蓉出水」的自然可愛。鮑照則往往因「貴尚巧似」而「不避危仄，頗傷清雅之調」。

「巧構形似之言」，是鍾嶸把握了詩的審美本質是抒情，詩的美感特徵是「有滋味」之後，發現和確認詩美創造的一條重要途徑。他強調詩人「窮情寫物」，就是詩人憑自己的情思去直觀客觀的對應物，「若乃春風春鳥，秋月秋蟬，夏雲暑雨，冬月祁寒，斯四候之感諸詩者也」，因此，寫詩不「貴於用事」，而貴於「直尋」。「直尋」，也就是「寓目輒書」：

> 「思君如流水」，既是即目；「高台多悲風」，亦惟所見；「清晨登隴首」，羌無故實；「明月照積雪」，詎出經、史。觀古今勝語，多非補假，皆由直尋。

「直尋」，總結了自建安以來，五言詩「巧構形似之言」一條重要的創作經驗。「直尋」之於「形似」的審美追求，就是少一點人為的雕畫，多一點自然的真美，造成審美效果的「直致之奇」。鍾嶸在《詩品》中首先提出「直尋」這一審美創造的觀念，於中國的詩歌創作理論有著極其重要的意義，表明中國詩歌理論家已用他們獨特的經驗方式，察覺到了進入形象思維的一條捷徑，「直尋」與「寓目輒書」合起來理解，就是今天所說的「直觀」與「直覺」。「詩是直觀形式中的真實；它的創造物——是肉身化了的概念」，「藝術是對於真實的直觀寫照，或者是形象中的思維。」[4]千餘年之後，俄國文學理論家別林斯基這些理論的闡釋，可與鍾嶸的「直尋」說相表裡。

在本章結束前，我還應該指出，「形似」說在中國詩學的「立象」理論中，雖然姍姍來遲，但也只起到一個短促的過渡性的作用，到了唐代之後，雖然它還有一些影響（如李嶠《評詩格》定「詩有十體」，第一就是「形似體」，「貌其形而得其似」，王昌齡關於「詩有三境」中的「物境」，亦是「了然境象，故得形似」），但很快就被有了發展、經過嬗變的「意象」說所取代。這是因為中國詩學從一開始就決定了詩是表現型而不是再現型。倒是鍾嶸的「直尋」說對唐以後詩歌理論發展的影響更大一些，為司空圖詩論「直致所得」之本，進而融進嚴羽《滄浪詩話》中的「妙悟」說。

4　見《別林斯基論文學》。

三
「意象」說的嬗變與發展

一　象徵性意象向情感性意象的轉換

「形象」說在造型藝術領域有著比較穩固的地位，發展到魏晉，繪畫理論中出現了「傳神寫照」之說，但也離不開「形」的描繪，優秀畫家的審美追求是「形神兼備」。因此，出現於繪畫中的人或物的形象，除了某種特殊的用途（如用動物形象表現權力、地位），一般都沒有象徵性意義。「立象」從哲學領域轉到文學領域，其過程要曲折一些。老子說「大象無形」，那就是他那想像中的「道」之「象」沒有任何具體形狀可以讓人們把握；《周易》〈繫辭〉說「立象以盡意」，其象又是由陽爻、陰爻兩種符號建構的、具有抽象性質的卦象，卦象可變成人們想像中的具象或具體的事件，可以說卦象都是種種間接形式的意象，而被人為地、外加地賦予「象外之義」，王弼已明確指出那是象徵性意象。真正的文學創作不能運用此種類型的意象，文學領域的「立象」必須是「形」與「象」的統一，形因象定，象以形顯，所以，王充談的「木主」意象與「熊麋」意象中，後者適宜於文學的表現。實際上，《周易》「立象」的原則，在先秦諸子文學性比較強的論述中已被普遍運用了，他們為了闡明自己的政治主張和理論觀點，為了把複雜、深奧的道理講得明白，創造了大量的寓言故事，出現於寓言故事中人之「象」或物之「象」，雖然多有變形，終歸是有「形」之象；「形」憑作者主觀意圖而變，那些「象」實即作者意中之象。莊子可說是中國第一位寓言大師，也是第一位創造意象的大師，他創造了諸如鯤鵬、斥鴳、鵷雛等一系列著名的象徵性意象，用以寄寓他「無待」、「無己」、「遊無窮」等獨特的哲學思想。《莊子》〈寓言〉自述「寓言十九，藉外論之」，指出寓言是藉助外物、外事、外人來寄托和表達自己「言不盡意」之理，是「意在此而言寄於彼」。這與黑格爾關於寓言的解釋有相通之處：「選取某種自然現象或事件，其中包含一種特殊的情況或過程，可以用作一種象徵，去表現人類行動和希求範圍中的某一普遍意義，某一論理教訓，或某一種為人處世的箴言。」[1]諸子寓言都是以可感之「象」作為象徵物，與《周易》的「立象以盡意」在表現形式上有了根本不同之處。

詩歌創作中自覺地運用象徵性意象是從屈原始，〈橘頌〉是典型一例。發展到兩漢的「古詩」，象徵性意象已被普遍採用，一首詩以一種物象發揮總體象徵的作用，詩人對象徵之義或加闡述或不加闡述，如班婕妤所作的〈怨歌行〉：

> 新裂齊紈素，皎潔如霜雪，裁為合歡扇，團團似明月。
> 出入君懷袖，動搖微風發，常恐秋節至，涼飆奪炎熱。
> 棄捐篋笥中，恩情中道絕。

這首詩對「團扇」從質地、顏色、形狀都作了描寫，氣候的變化對團扇用或棄的敘述也是感性的，但顯然，詩人的創作動機不是形象地再現一柄扇子，而是通過團扇的皎潔、美好和「出入君懷袖」與「棄捐篋笥中」的不同遭遇，暗示一個皇宮妃子的命運，「作紈扇以自悼」而「用意微婉」，讓曾經寵愛過她的君王、讓讀者得到外在於團扇的詩意。《古詩十九首》除了少數幾首是不附象徵意義的通過形象描寫而抒情之外，其餘均充滿象徵意象之趣，離別、思念、功名、富貴、生之歡樂、死之悲哀等人生觀念，都在種種對應物如「青青陵上

---

1 〔德〕黑格爾：《美學》（北京市：商務印書館，1981年），第2卷，頁105。

柏」、「明月皎夜光」、「庭中有奇樹」、「橘柚垂華實」、「白楊何蕭蕭」等空間與時間的意象中表現出來，鍾嶸評曰：「文溫以麗，意悲而遠。驚心動魄，可謂幾乎一字千金。」明朝詩論家胡應麟悟到了一些其藝術魅力產生的奧妙：「古詩之妙，專求意象」，「《十九首》及諸雜詩，隨語成韻，隨韻成趣，辭藻氣骨，略無可尋，而興象玲瓏，意致深婉。」讓我們共賞其中的〈明月皎夜光〉：

> 明月皎夜光，促織鳴東壁。玉衡指孟冬，眾星何歷歷。
> 白露沾野草，時節忽復易。秋蟬鳴樹間，玄鳥逝安適。
> 昔我同門友，高舉振六翮。不念攜手好，棄我如遺跡。
> 南箕北有斗，牽牛不負軛。良無磐石固，虛名復何益。

詩中排列組合多種天象和自然界物象，不作詳細的描寫，這些天象與物象的迭加表現世態炎涼之變，由「時節忽復易」聯想到友朋新貴而棄舊交，更有意思的是「南箕北有斗」，「牽牛不負軛」均用《詩經》〈大東〉的詩句改造而成：「維南有箕，不可以簸揚；維北有斗，不可以挹酒漿」；「睆彼牽牛，不可以服箱」，意即這些星宿有名而不能實用，這在《詩經》中僅有比喻之義，在此詩中，作為「虛名復何益」的觀念對應物，更有「深情遠意，隱見交錯其中」。《十九首》此種特殊的表現手法，即「言在帶衽之間，奇出塵劫之表，用意警絕，談理玄微，有鬼神不能思，造化不能秘者」[2]，表明象徵性意象型的詩歌藝術已發展到了成熟的、理想型的境地。

《古詩十九首》對於後世詩歌創作的影響很大，不但與時較近的曹植〈雜詩〉六首「全法十九首意象」，後來者如阮籍的〈詠懷詩〉、左思的〈詠史詩〉、郭璞的〈遊仙詩〉、陶淵明的〈飲酒二十首〉，直

2　胡應麟語均見《詩藪》（上海市：上海古籍出版社，1979年），卷2。

至唐、宋詩人，運用象徵性意象表現自己的情懷，始終是常用的手法之一。陶淵明善於白描的手法寫田園景色，詩中隱見他那與世無爭的恬淡心情，不含什麼深意，但像〈飲酒二十首〉中第八首：

> 青松在東園，眾草沒其姿；凝霜殄異類，卓然見高枝。
> 連林人不覺，獨樹眾乃奇。提壺掛寒柯，遠望時復為。
> 吾生夢幻間，何事紲塵羈。

這就不只是「東園」景色一般寫照，詩人的意念在「獨樹眾乃奇」一句。陶詩中常以孤松為詩人自況，這裡特將東園青松與「連林」之松加以比較，也是為自己脫身官場獨居田園作一精神寫照。「眾草沒其姿」與「草盛豆苗稀」（〈歸園田居〉五首之三）比較，顯然後者只是實景的描寫，前者另有意在。

詩中象徵性意象的運用與「形似之言」，在表象層次上並沒有多少區別，都是感性形象的呈現。但是「形似之言」的審美效應發生在形象描寫的本身，鍾嶸屢說的「巧似」就是一種審美的愉悅感；而象徵性意象的審美效應不發生形象的本身，形象只起一種中介的作用，或乾脆說被當作一種中介物，詩人情感的對應物，審美效應發生在形象之外，此可謂之「折射」效應。就此種意義和作用所示，班婕妤的團扇與陶淵明的青松，本質上是詩人化意為象。又從「象」的生成而言：形象的呈現是比較客觀的描寫，「模山範水」，是以山水為原型，為模寫對象，以「似」客觀對象為歸，詩人有情感的加入，但尚不足賦予山水景物以強烈的主觀色彩，像張協、謝靈運等人的山水詩，多是前寫景，後抒情或發感想式的議論，或提示某種哲理性思考，山水景物對詩人的情感似乎起的是觸發作用，尚未進入到情景交融的境界；而象徵性意象之「象」，是按照「稱名也小，取類也大」的原則選定的，對物象的運用較少情感的因素，更多的是理性的規定，比如以熊、麋、虎、豹等動物之形象象徵權力與地位，以橘、松、蘭、竹等植物之形象象徵人格之高尚，都是對這些動植物的特性進行了抽象之後，有了理性的認識後而確定下來的。其中不少形象已成為了原型意象，橘樹自屈原歌頌之後，《十九首》中又有〈橘柚垂華實〉，唐朝一代名相張九齡也寫了橘頌，這就是《唐詩三百首》列為首篇〈感遇〉中的第二首：

江南有丹橘，經冬猶綠林。豈伊地氣暖，自有歲寒心。
可以荐嘉賓，奈何阻重深。運命唯所遇，循環不可尋。
徒言樹桃李，此木豈無陰。

「青青陵上柏」、「冉冉孤生竹」、「亭亭山上松」、「童童孤生柳」，以及蘭、菊、梅等，幾乎成了歷代中國詩人的案頭意象，常用不衰，在有才能的詩人那裡，也常用常新。

要開拓美感文學特別是詩歌領域中「立象」途徑，又要顧及詩歌創作是「情志所托，以意為主」，從詩歌文體特徵而言，從隨時代的發展變化，人們的審美趣味也在不斷發展變化而言，詩要全盤仿效賦體文學的「形似之言」是不可取的，要大量採用理性色彩較濃的象徵性意象也有走向單調和枯燥的可能。詩中的「象」要取自廣闊、豐富的現實生活領域，不能老是運用那些原型性意象；詩中的「象」要與詩人的情志相交融，不能僅僅滿足客觀描寫的真實而「形似」。關於這一點，陸機在〈文賦〉已有初步的認識，他說：「若夫豐約之裁，俯仰之形，因宜適變，曲有微情。或言拙而喻巧，或理樸而辭輕，或襲故而彌新，或沿濁而更清，或覽之而必察，或研之而後精。」劉勰在《文心雕龍》的〈通變〉、〈物色〉等篇中就講得更具體了，承前一章我已談到的，他對「文貴形似」有所保留，現在讓我們看看他「保留」的理由。〈通變〉篇有云：

> 夫誇張聲貌，則漢初已極，自茲厥後，循環相因，雖軒翥出轍，而終入籠內。枚乘〈七發〉云：「通望兮東海，虹洞兮蒼天」。相如〈上林〉云：「視之無端，察之無涯，日出東沼，月生西陂」。馬融〈廣成〉云：「天地虹洞，固無端涯，大明出東，月生西陂。」揚雄〈校獵〉云：「出入日月，天與地沓。」張衡〈西京〉云：「日月於是乎出入，象扶桑於濛汜。」此並廣寓極狀，而五家如一，諸如此類，莫不相循。

五位賦家對於日月更替的描寫，沒有多少區別，光注意「形似」客觀對象，難免陷入「循環相因」之途。在〈物色〉篇中不過是再次指出：風景草木寫得太多了，「巧言切狀」的作品出現得不少了，「且《詩》、〈騷〉所標，並據要害，故後進銳筆，怯於爭鋒」，處在這種情況下怎麼辦？劉勰提出，後來者一定要「因方以借巧，即勢以會奇，善於適要，則雖舊彌新矣！」又說：

> 是以四序紛回，而入興貴閑；物色雖繁，而析辭尚簡；使味飄飄而輕舉，情曄曄而更新。

鑑於此，劉勰在理論上接受了「意象」說。

「意象」一詞，自第一次見於王充的《論衡》〈亂龍〉篇之後，劉勰之前尚無人使用過，陸機用過「情貌」一詞來表達「意」與「象」的關係：「信情貌之不差，故每變而在顏」，但實在不很準確，因為「情貌」完全可在主觀方面，即人的內心與外表的統一。畫家用「神」與「形」來表述，如「神采為上，形質次之」，又完全表現於客觀方面，即審美對象情與貌的統一。劉勰是繼王充之後，第二次明確地使用「意象」一詞，「意」是作家主觀之意，「象」是客觀事物之象，出現於《文心雕龍》創作論的首篇〈神思〉：

陶鈞文思，貴在虛靜，疏瀹五臟，澡雪精神，積學以儲寶，酌理以富才，研閱以窮照，馴致以懌辭，然後使玄解之宰，尋聲律而定墨；獨照之匠，窺意象而運斤。

按劉勰使用的駢偶句法，以「意象」對「聲律」，也許「意象」一詞是他順筆所致，不值得我們探其大義。但在同一篇裡，他首先揭示了作家文思的發生是「神與物遊」:「神居胸臆，而志氣統其關鍵；物沿耳目，而辭令管其樞機。」作家的主觀精神與客觀對象匯合交融，正是「意」與「象」契合的心理基礎，精神（主要是人的情意）居於胸間，耳目接觸外物，語言用於表達，要是三者相互默契，那麼事物的形象就可以生動地描繪出來了，要是情意運行不暢，那客觀物象就不能為我所用。所以，劉勰特別強調作家主觀精神的作用，「積學」與「酌理」是作家平時對主觀精神的充實，「研閱」與「馴致」是作家進行創作時主觀精神的發揮；使深通妙道的心靈，按照優美的音節來安排文辭，運用獨特的技巧，內視心目中的物象進行創作。這樣，此所謂「意象」就有別於「形似」之象，不只是要求有客觀真實，更要求有主觀的真實，「登山則情滿於山，觀海則意溢於海，我才之多少，將與風雲而並驅矣」，聯繫到〈物色〉篇中所說「物色盡而情有餘，曉會通也」，「意象」的重心是傾向「意」一邊，而不在「形似」一側。劉勰悟到並揭示了「意象」的一個新義:「神用象通，情變所孕。」文學作品中所呈現出來的「象」，不是客觀物象的直接移入，而是主觀感情將客觀物象攝入其中，重新孕育一番，創造出物我融合之新形象，也就是意中之象，不同於傳統的、適用於哲學領域表達事理的象徵性意象的情感性意象。象徵性意象與情感性意象是否可作這樣的區別：前者主要是為某種觀念或意念「立」一個對應物，「立象」過程中，「心」與「物」、「意」與「象」是對應的關係，因此，「立象以盡意」的結果是「化意為象」；後者主要是睹物興情，「象」

以情顯，「象」的形成過程中，「心」與「物」、「意」與「象」是交融契合的關係，「目既往還，心亦吐吶……情往似贈，興來如答」（〈物色〉），因此，它是因象生意而後象在意中，呈現讀者心目中的是作者的意中之象。

在理論上闡述象徵性意象向情感性意象的轉換，應該說，劉勰並不是很自覺的，因為，從東漢至南朝，美感文學創作中情感意象尚未大量出現，「形似之言」在詩歌創作中到南朝宋代才有引人注目的發展，劉勰是發現了「文貴形似」的弊病和不足，憑他在理論上的自覺把握能力，感覺到應有一種介於象徵性意象與「形似」之象之間的情感性意象存在。情感性意象的理論和實踐到唐代以後才有了真正的發展，在詩論和畫論中與意境理論相輔相成，成為中國古典美學中獨具特色的、直至本世紀初還發生了世界性影響的一項重要理論成果。

二　「意象」說在繪畫與詩歌理論中的發展

現在，讓我們對情感性意象理論的發展及其在創作中的具體表現，作一些不受時限、不受藝術樣式侷限的展開性闡述。

黑格爾在他的《美學》第三卷談到抒情詩與造型藝術不同的表現方式，就在於它們來自兩種不同的審美觀照：

> 詩的想像，作為詩的創作活動，不同於造形藝術的想像。造形藝術要按照事物的實在外表形狀，把事物本身展現在我們面前；詩卻只是使人體會到事物內心的觀照和觀感，盡管它對實在的外表形狀也須加以藝術處理。從詩創作這種一般方式來看，在詩中起主導作用的這種精神活動的主體性，即使在進行生動鮮明的描繪中也是如此，這是和造形藝術表現方式正相反的。[3]

3 〔德〕黑格爾：《美學》（北京市：商務印書館，1981年），第3卷，下冊，頁187。

黑格爾所講的兩種不同的「想像」，正是「意象」與「形象」。他只把詩目為「意象」的藝術，這是因為他所處的時代，西歐各國的造型藝術還沒有進入到意象化階段。中國的造型藝術從形象化階段進入到意象化階段，實際上比詩還先走了一步，我們前已提到晉末宋初畫家王微所說「夫言繪畫者，竟求容勢而已」，「求容勢」則有畫山水亦求「意象」之義。南齊畫家謝赫講得更明白：

> 風範氣韻，極妙參神，但取精靈，遺其骨法。若拘以體物，則未見精粹；若取之象外，方厭膏腴，可謂微妙也。[4]

當賦體文學還在強調「體物」之時，畫家就在創作實踐中體會到了「拘以體物則未見精粹」，所謂「取之象外」，也就是要求畫家筆墨不拘形體，創造出超越客觀具象的意中之象。唐朝開元年間，書法理論家張懷瓘在論書法藝術時直接運用了「意象」一詞：

> 僕今所制，不師古法。探文墨之妙有，索萬物之元精。以筋骨立形，以神情潤色。雖跡在塵壤而志出雲霄。靈變無常，務於飛動，……探彼意象，如此規模。[5]

中國的書法藝術，我認為其本質就是意象的藝術，「六書」一曰「指事」、二曰「象形」、三曰「形聲」、四曰「會意」，僅此四者，就使古老的象形文字，從具象符號向意象符號轉化，不過「意」是積澱性的，不是某個人的「神用象通」所致。但作為書法藝術家，他又可以

4　《古畫品錄》〈第一品〉「張墨、荀勗條」，引自《歷代論畫名著匯編》（北京市：文物出版社，1982年），頁18。

5　轉引自北京大學哲學系美學教研室編：《中國美學史資料選編》（北京市：中華書局，1980年），上卷，頁256。

對那些原型意象傾注主觀感情，使之有書法家個人之「筋骨」與「神情」，「跡在塵壤而志出雲霄」，不也是一種「象外」之求嗎？

畫家和書法家都把「意象」與「象外」聯繫起來了，「象外」，是指具象之外，繪畫與書法藝術首先是作用於人們的視覺，具象之外還得有「象」，這「象」就是「意象」了，就直觀審美而言，具象實際上不存在了，呈現在觀者面前的是經過藝術家主觀情意滲透並改造了的具象。書法藝術中的草書是典型之例，張懷瓘有特論「草之微妙」之語：「然草與真有異，真則字終意亦終，草則行盡勢未盡。或烟收霧合，或電激星流；以風骨為體，以變化為用。有類雲霞聚散，觸遇成形；龍虎威神，飛動增勢，岩谷相傾於峻險，山水各務於高深；囊括萬殊，裁成一相。……觀之者似入廟見神，如窺谷無底；俯猛獸之牙爪，逼利劍之鋒芒，肅然危然，方知草之微妙也。」這些話很可說明書、畫藝術審美意象呈現之態勢。

大約與張懷瓘談論書法意象的同時，著名詩人王昌齡所著《詩格》[6]也引進了「意象」一詞：

> 詩有三格：一曰生思。久用精思，未契意象，力疲智竭，放安神思，心偶照境，率然而生。二曰感思。尋味前言，吟諷古制，感而生思。三曰取思。搜求於象，心入於境，神會於物，因心而得。

「生思」與「取思」都直接聯繫到「意象」，「意」與「象」尚未契合，詩思便不通暢，此時詩人須將精神放鬆，潛心觀照。「取思」實承「生思」而來，詩人將主觀精神投入自己的審美對象之中，所謂

6 《詩格》作者曾一直存疑，李華珍（美）、傅璇琮《談王昌齡〈詩格〉》（《文學遺產》1988年第6期）考證確為王昌齡作，謹依此說。

「神會於物，因心而得」，恰如前引黑格爾所說的，詩人憑自己「精神活動的主體性」，去對事物作「內心的觀照」。關於「內心觀照」，留學唐代的日本僧人遍照金剛編著的《文鏡秘府論》所記錄王昌齡、釋皎然等詩人談詩的言論裡，有更精闢的論述。王昌齡說：

> 夫置意作詩，即須凝心，目擊其物，便以心擊之，深穿其境。如登高山絕頂，下臨萬象，如在掌中。以此見象，心中了見，當此即用。

作詩須從「凝心」開始，凝心觀物，由目中所見而進入「心中了見」，這就是與物「神會」了，詩人心中的深情遠意與審美對象的精旨妙義融匯貫通，於是便有詩興勃發。

唐代詩人和詩論家直接論及「意象」，並且在理論上有更多闡述的是司空圖。造型藝術家論「意象」，是以與「形似」相對的「神似」為出發點的，司空圖將此吸取到詩論中來，確立了一個「離形得似」的創作原則。《詩品》〈形容〉云：

> 絕佇靈素，少回清真，如覓水影，如寫陽春。風雲變態，花草精神，海之波瀾，山之嶙峋。俱似大道，妙契同塵，離形得似，庶幾斯人。

按《周易》〈繫辭〉「擬諸其形容，象其物宜」來說，「形容」就是模擬物象；可是司空圖「形容」的重點不在模擬事物的形態方面，而在情態和神態方面：詩人凝神觀物，漸漸地領悟到了物的精神本質，如在清澈的水波裡看到了岸景的投影，如在和煦的陽光裡感到春天的來臨，內心真切的感受逐漸昇華於外在形貌的觀照，詩人以自己的主觀的精神通融客觀事物的精神，主、客體契合之精妙至無跡無痕，於是詩中所呈現之「象」不拘形似深得神似。在〈沖淡〉品裡，也有「遇之匪深，即之愈希，脫有形似，握手已違」之語，那是說像沖和淡遠那一種藝術風格、審美意境（如陶淵明詩），是不能模擬而得到的，縱然偶爾有「形似」之妙（如以白描手法寫田園風光），但因詩人主觀精神不屬沖淡的類型，表現於詩中的東西只能是貌合神離。

不拘「形似」，司空圖也就追求詩的意象之美，在〈縝密〉品中，終於出現了「意象」一詞：

> 是有真跡，如不可知，意象欲生，造化已奇。水流花開，清露未晞，要路愈遠，幽行為遲。語不欲犯，思不欲痴，猶春於綠，明月雪時。

由「縝密」而言「意象」，顯然是指詩人主觀情意與客觀的景色物象，要契合交融，縝密無間，明明有客觀事物「真跡」在，卻不知從何而來，心目中的意象開始發生，自然界的景色物象也變得奇妙莫測，它像水流花開般無跡可求，像早晨的清露悄悄地滋潤大地。「要路」、「幽行」與前所說「近而不浮，遠而不盡」是相通的，情深意遠的意象要以幽婉綿密的細節描繪而致，因此，語言不能過於華麗而使讀者得言忘象，思路不能呆板阻滯而使讀者得象忘境，「意象」要如新綠之於春天，又像皎月與白雪交輝，渾成一片。

司空圖的詩論內容非常豐富，他的《詩品》二十四則，實際上都用了意象來表現，只要細細體味，每一品都能給人一種「來之無窮」的感受，我在〈入神〉篇中還將論及它。關於他的「意象」之說，清代的詩歌評論家許印芳有一個簡煉的解釋，那就是「略形貌而取神骨」，這樣的一種「意象」的創造，在技巧方面還有賴於詩人的「淘洗」、「鎔煉」之功夫：「功候深時，精義內含，淡語亦濃；寶光外溢，樸語亦華。既臻斯境，韻外之致，可得而言，而其妙處皆自現前實境得來。」[7]

唐代的詩人和詩論家，除了用「意象」一詞之外，同時並行使用有「興象」一詞。「興」的觀念發展到唐代，已經與「情」的關係非常密切了，或者乾脆將「興」與「情」劃一，如托名於賈島所著的《二南密旨》中就說：「興者情也，謂之外感於物，內動於情，情不可遏，故曰興。」[8]因此，「興象」實際上就是情感之「象」，換言之，就是情感性意象。「興象」首見於殷璠所編《河嶽英靈集》的〈敘〉與詩評中，他批評齊梁以來浮艷詩風時說：

> 理則不足，言常有餘。都無興象，但貴輕艷。雖滿篋笥，將何用之。自蕭氏以還，尤增矯飾。

前面一章已經說過，齊梁詩尤以對人物（女子為多）形象的描寫為甚，還沒有體會到意象的奧妙所在，即使有了傳神之筆，也是由象內所出（如前面所舉的蕭綱的〈美女篇〉）。殷璠所標舉的「興象」，指的就是詩人通過運用比興手法，在自然景物中寄托自己的情思，以達到情與景渾、意在言外。他評論孟浩然的詩則說：

> 文采豐茸，經緯綿密。半遵雅調，全削凡體。至如「眾山遙對酒，孤嶼共題詩」，無論興象，兼復故實。

評陶翰云：「既多興象，復備風骨。」「興象」在釋皎然詩論中也有蹤跡，《詩式》〈用事〉裡有一條說：「取象曰比，取義曰興。義即象下之意。凡禽魚、草木、人物、名數，萬象之中，義類同者，盡入比

---

7 〈跋語〉，〈與李生論詩書〉，《詩品集題解》（北京市：人民文學出版社，1981年），頁49。

8 《中國歷代詩話選》（長沙市：嶽麓書社，1985年），（一），頁71。

興，〈關雎〉即其義也。」在他看來，「興象」就是「比」、「興」合二為一所產生的。這樣講，顯得過於呆板，倒是《詩議》中關於「境象」那段話說得更好：

> 夫境象非一，虛實難明，有可睹而不可取，景也；可聞而不可見，風也；雖繫乎我形，而妙用無體，心也；義貫眾象，而無定質，色也。凡此等，可以偶虛，亦可以偶實。

詩中之象有實象，有虛象，變化無窮，關鍵在於「妙用無體，心也」。境象、心象、興象、意象，名詞雖多，其義則一。

「意象」說自唐以後，始終是在詩與繪畫相互影響、相互滲透中而並行發展。對於產生於不同審美觀照的「形象」與「意象」，以及造成不同審美效果的「形似」與「神似」，畫家們有更直接的經驗之談，因為他們要在筆墨之下，絹帛之上把「意」與「象」瞬間表現出來，供人賞玩，因此，「在畫時意象經營，先具胸中丘壑，落筆自然神速」（方薰《山靜居畫論》）。怎樣處理「形」與「意」的關係，「形」怎樣服從並轉化為「意」，而又不盡失其形？明人李日華說：「凡狀物者，得其形不若得其勢，得其勢不若得其韻；得其韻不若得其性。形者，方圓扁平之類，可以筆取者也。勢者，轉折趨向之態，可以筆取，不可以盡筆取，參以意象，必有筆下所不到焉。」（《竹嬾論畫》）創作時追求意象，審美評價更推崇意象。唐代畫論中有「四品」、「四格」的評畫標準，張懷瓘首先提出「神」、「妙」、「能」三品（《畫品斷》）朱景玄據「其格外有不拘常法」，又添「逸品」。宋初，黃休復在《益州名畫錄》中將四格重新排列，並逐一闡明其含義。「逸格」是：

> 拙規矩於方圓，鄙精研於彩繪。筆簡行具，得之自然，莫可楷模，出於意表。

「神格」是：

> 應物象形，其天機迥高，思與神合。創意立體，妙合化權，非謂開柜已走，拔壁而飛。

「妙格」是：「筆精墨妙，不知所然，若投刃於解牛，類運斤於斫鼻，自心付手，曲盡玄微。」「能格」是：「畫有性周動植，學侔天工，乃至結岳融川，潛鱗翔羽，形象生動者。」這是將繪畫從意象表現到形象描繪分為四個等級。描繪形象有兩個級別：「能」與「妙」，是得心應手，精妙入微地創造出生動的藝術形象。意象表現兩個級別：「神」與「逸」，是「思與神合」或「出於意表」而臻於藝術的最高境界。其中又以「逸格」為最，它不只是「形神兼備」，而是畫中之象「莫可楷模」。這一點，啟發了嚴羽確立「詩而入神」的審美標準：「羚羊掛角，無跡可求，故其妙處，透澈玲瓏，不可湊泊。」黃休復對於「逸格」的表述，可視為中國古代成熟的審美意象說。

三　在創作與批評實踐中「意象」與「形象」的進一步區別

判斷中國古代繪畫中以意象勝或以形象勝的作品，比較容易，畫家自己即以「寫意」或「工筆」區別之。對於詩歌中的以意象勝或以形象勝，因為沒有筆墨形態可供直觀，判斷起來就感到複雜而微妙，下面，我再對詩歌創作與批評實踐中，如何進一步區別「意象」與「形象」，作些比較性闡述。

「形象」與「意象」產生於不同的審美觀照，因此就形成了它們自身的區別：不同的外觀之相與內觀之性。

客觀物象反映到人的頭腦，成為詩人審美心理活動的內容，詩人根據自己的審美情趣和審美想像，將審美對象進行剪裁取捨，於是誕生了藝術形象。敘事文學創造形象不能不注意外在觀照的描繪，它要把「事物實在的外表形狀，把事物本身」展現在讀者面前，因而有必要強調「形似」乃至「窮形盡相」。但是，既然有想像的加入，想像貫穿於研究、選擇材料的過程當中，又參與構思謀篇，並且最終形成生動的、具有正面意義或反面意義的典型形象，那麼，任何藝術形象，尤其是典型形象，都不可能是客觀形象的毫髮畢現，它總要發生不同程度的變位、變形。變形度或大或小，或著或微，據此可以判斷、區別詩歌作品中的意象或形象不同的外觀之相。

意象是一種內心觀照，是詩人的心靈「從對象的客觀性相轉回來，沉浸到心靈的本身裡，觀照自己的意識」（黑格爾語），此刻客觀物象已融化於詩人的情意之中，它將以何種面貌再出現在讀者面前，全憑詩人的「意」來主宰：或是「象」存而「形」變，或「象」乃非原來之象。宋人李頎撰《古今詩話》引范元實語云：

> 古人形似之語，必實錄是事，決不可易。故老杜題詩，往往親到其處，蓋知其工。激昂之語，……初不可從形跡考，然如此乃見一時之意。[9]

他舉杜甫〈古柏行〉來說明「形似之語」與「激昂之語」的區別：「柯如青銅根如石」，此形似之語，「視之信然，雖聖人復生，不可改」；緊接著是「霜皮溜雨四十圍，黛色參天二千尺」，古柏之形在詩人心目中開始發生變化。誰見過兩千尺高的柏樹（沈括對此以「形跡考」，說四十圍與兩千尺之柏「無乃太細長乎」）？詩人心目中出現了古柏的意象，下筆愈神，尤其是「雲來氣接巫峽長，月出寒通雪山

9　《宋詩話輯佚》（北京市：中華書局，1980年），上冊，頁260。

白」，詩人完全憑自己的想像托出了古柏的雄偉氣概，「此激昂之語，不如此則不見古柏之大也。」至於「落落盤踞雖得地，冥冥孤高多北風」、「苦心豈免容螻蟻，香葉終經宿鸞鳳」，分明是寫人了，是詩人心目中的諸葛亮或詩人的自我寫照了，「古柏」已是詩人胸中激情與藝術想像融合的意象。在敘事文學中不大可能出現杜甫筆下這樣的古柏。清朝學者紀昀說：「意象所生，方圓隨造」(〈儉重堂詩序〉)。形象是不可能「隨造」的，而變形幅度大，正是意象呈現在讀者面前的顯著特徵之一。

以客觀物象為藍本創造的形象，一般來說，不給讀者造成錯覺和幻覺，而意象的表現，則是努力追求一種錯覺和幻覺的藝術效果。

由於意象主要目標是「盡意」，當詩人之意深微幽奧，他不願甚至不能在現實生活中找到相稱的對應物，於是，它便將某些客觀物象糅合在一起，創造出一些獨立於客觀物象之外的獨特意象。這些意象具有不同於呈現人們感官的那常見的形狀和性質，倒是給了讀者種種錯覺或幻覺，而詩人就是要把他想像中所產生的錯覺描繪出來給別人看，讓他們生動地領會到自己強烈的情感。這種意象形態，在唐朝「三李」，尤其是李賀的作品中，俯拾即是。李賀自己敢說「筆補造化天無功」，他的〈李憑箜篌引〉、〈天上謠〉、〈夢天〉等篇章，就是大力展開錯覺與幻覺的描繪，曲折地表現詩人的幽意。那些瑰麗的或奇詭的、充滿夢幻情緒的視、聽幻覺意象，是詩人將不同尋常的「心中了見」作出藝術的外現。李賀感憤不遇，又痛感生命至促，所以時發「哀激之思」，明代文學家王思任在〈昌谷詩解序〉中說：「顧其冥心千古，涉目萬書，嘿空繡閣，擲地絕塵；時而蛩吟，時而鸚鵡語，時而作霜鶴唳，時而花肉媚眉，時而冰車鐵馬，時而寶鼎熇云，時而碧磷劃電，阿閃片時，不容方物。」「不容方物」，不但是李賀詩一個鮮明的審美特徵，還道出了所有錯覺、幻覺意象形態的外部特徵。

有些詩人創造意象，既不變形，也不給人以錯覺、幻覺，僅是以一種稚拙的或極平淡的自然的姿態出之；有的又將多種不加修飾的直觀映象，簡單地組合、迭加，呈現在讀者面前。

「拙」與「工」，在造型藝術中是相對的兩種表現手法。工筆畫，一般來說都是「形貌彩章，歷歷具足」，是一種精細的描繪，而寫意畫卻是有意追求一種「拙趣」。清人黃鉞《廿四畫品》便有「樸拙」品：「大巧若拙，歸璞返真。……寓顯於晦，寄心於身。」我們從觀賞八大山人等著名畫家的作品中感覺得到，「樸拙」也是一種變形，藝術家故意使筆下之象未成形或形不全，向觀者暗示他重意不重形，誘導觀者「忘形得意」。在詩歌藝術中，樸與拙同樣有重要的美學價值，袁枚說：「寧拙毋巧，寧樸毋華，寧粗毋弱，寧僻毋素，詩文皆然。」（《隨園詩話》）追求拙、樸、粗、僻之美，使詩中外觀之象不是太眩目，利於突出「以意為主」。「樸拙」在詩論中換一種詞語表達，就是「自然」、「平淡」，這是中國歷代詩人一種執著的審美追求，「自然妙者為上，精工者次之」（謝榛《四溟詩話》），精工細描不及自然之美。李白詩的意象形態多不同於李賀詩的意象形態，他有「清水出芙蓉，天然去雕飾」的自然美，而不必恣情表現錯覺與幻覺，朱熹對二李詩中不同的意象形態評得很乾脆：「李賀詩怪得些子，不如李白自在。」（《朱子語類》）這當然是從推崇自然來論定的。至於「平淡」，詩人意在創造一種「無技巧」境界，詩中之「象」似乎是漫不經心的呈現，如王維《輞川集》中〈鹿柴〉：「空山不見人，但聞人語響，返景入深林，復照青苔上。」景象之淡幾至「無跡」，這可能就是司空圖所評的「澄淡精緻，格在其中。」清代詩論家薛雪說：「古人作詩到平淡處，令人吟繹不盡，是陶鎔氣質，消盡渣滓，純是清真蘊藉，造峰極頂事也。」（《一瓢詩話》）這種審美意象的追求，頗得老子「大音希聲，大象無形」之道。

二十世紀初以龐德為首的西方意象派有三項原則，其中最嚴格的是第二項：「絕對不用無助於表現的詞語。」龐德解釋說：「不要用多餘的詞，不要用不能揭示什麼東西的形容詞，不要用像『充滿和平的暗淡土地』這樣的表達方法。它鈍化意象，它將抽象與具象混在一起了。」[10]將一連串的直覺性映象不以任何虛詞組接而構成意象或意象群，更是中國詩人所長。明朝詩人李東陽對溫庭筠的名句「雞聲茅店月，人跡板橋霜」分析道：「人但知其能道羈愁野況於言意之表，不知二句中不用一、二閑字，止提掇出緊關物色字樣，而音韻鏗鏘，意象具足，始為難得。」（《懷麓堂詩話》）這種意象構成法，即將兩個或兩個以上的視覺性映象，聯合起來提示一個與二者都不同的意象，在以後的詞、曲創作中更為多見，像馬致遠的〈天淨沙·秋思〉，連續迭加「枯藤」、「老樹」……「夕陽」等十個視覺性映象，提示天涯秋天總體意象，又是天涯遊子徬徨悲苦心情的凝聚，千載之後，還能把讀者引向一個蕭瑟蒼涼的境界。

意象與形象不同的內觀之性，即內在的質的區別，主要在於它們的意蘊是否含蓄不盡，尤其是否具有多義性。

明朝前七子之一的王廷相在〈與郭價夫學士論詩書〉（《王氏家藏書》卷二十八）中有這樣一段話：

> 夫詩貴意象透瑩，不喜事實粘著，古謂水中之月，鏡中之影，可以目睹，難以實求是也。《三百篇》比興雜出，意在辭表，〈離騷〉引喻借論，不露本情，……斯皆包韞本根，標顯色相，鴻材之妙擬，哲匠之冥造也。若夫子美〈北征〉之篇，昌黎〈南山〉之作，玉川〈月蝕〉之詞，微之〈陽城〉之什，漫鋪繁敘，填事委實，言多趁帖，情出輻輳，此則詩人之變體，騷壇之旁軌也。……嗟呼，言徵實則寡餘味，情直致而難動物

---

10 〔美〕彼德·瓊斯編，裘小龍譯：〈意象主義者的幾個「不」〉，《意象派詩選》（桂林市：漓江出版社，1986年）。

> 也。故示以意象，使人思而咀之，感而契之，邈哉深矣。此詩之大致也。（重點號為引者加）

這段議論聯繫到具體詩人及其作品，品評並不十分準確，但他道出了以形象構成為主的詩和「示以意象」的詩，給人不同的審美感受：前者言徵實，情直致，餘味不足；後者不露本情，興寄深遠，韻味無窮。

我們不能把具有敘事性質、以形象描寫為主的詩篇（如〈北征〉）任意貶低，成功的藝術形象也蘊含著豐富的思想感情。形象，因為是把「事物本身展現在我們面前」，所以它的意蘊就有較直接的展示；而意象，它所表現的是「內心觀照」所形成的觀感，所以它「不露本情」而使意蘊顯得較為幽深。杜甫的名詩〈哀江頭〉具有敘事性質，多形似之語，而他的〈秋興〉八首同樣是憂國傷時、弔往嘆今之作，只是抒情性更為強烈又多意象化的表現。現將〈哀江頭〉與〈秋興〉第七首作一比較分析，便可見「情直致」與「不露本情」之一斑。

「少陵野老吞聲哭，春日潛行曲江曲。江頭宮殿鎖千門，細柳新蒲為誰綠？」這四句詩有對野老情態和行動的描寫，有具體環境的展示，並定了全詩的感情基調。接著是對曲江昔日遊幸盛況與貴妃得寵的回敘，至「明眸皓齒今何在，血污遊魂歸不得」，再以「人生有情淚沾臆，江水江花豈終極」，引發讀者感情的共鳴，最後又以野老惆悵迷惘的情態描述而加強形象的突顯度。〈秋興〉之七，頭兩句亦述昔日京城之盛，卻不作任何具體描寫，而是以「昆明池水漢時功，武帝旌旗在眼中」這樣富有歷史內涵的意象出之。寫盛時不再，是「織女機絲虛夜月，石鯨鱗甲動秋風」；寫今時敗落，是「波漂菰米沉雲黑，露冷蓮房墜粉紅」，全以歷史遺跡與自然景物「標顯色相」，推出一組空幻、蒼涼、陰沉、衰颯的意象，引發讀者的想像與思索。結句「關塞極天唯鳥道，江湖滿地一漁翁」，與前六句時空異位，兩句之內，關塞之高與鳥道之細，江湖之廣與漁翁之孤單，形成極大的視覺反差。四個意象的外部各自呈現，內部卻是一意相繫，讓讀者去「思而得之，感而契之」。全詩縱向的歷史性意象與橫向的自然景物意象交織，構成一個「可以目睹，難以實求」的高遠深邃、充滿詩人複雜感情的空闊境界。

比較同一詩人兩首佳作，我們可以深入領會到以意象構成的詩篇，的確更含蓄蘊藉，餘味無窮。清代詩論家葉燮對此種藝術創造亦有精闢的論述，他說：

> 詩之至處，妙在含蓄無垠，思致微渺，其寄托在可言不可言之間，其指歸在可解不可解之會，言在此而意在彼，泯端倪而離形象，絕議論而窮思維，引人於冥漠恍惚之境，所以為至也。

他追溯詩人這種「離形象」的意象化創造，是因為詩人有「不可名言之理，不可施見之事，不可徑達之情，則以幽渺以為理，想像以為事，惝恍以為情」。詩人在創作時「遇之默會意象之表」，讀者在審美欣賞時，也得之「默會意象之表」。詩人寄寓之意，經過一番「默會」之後，便「無不燦然於前者」[11]。這種審美機遇，於詩人，是意行象外；於讀者，是象外得意，都「離形象」而遨遊於「形而上」的審美境界之中。

多義性，是由意象化而形成的詩的境界，因意蘊深厚而釀成多層次、多側面的審美情趣。真實於客觀的形象顯現，有著明晰的確定性，雖然內蘊甚豐，意向卻有定指；雖不失於含蓄，也往往是有定向的「餘味」，〈哀江頭〉結句「黃昏胡騎塵滿城，欲往城南望城北」即

11 以上引葉燮語均見〈內篇下〉，《原詩》，收入《清詩話》（上海市：上海古籍出版社，1978年），下冊，頁584-585。

是。生發於心靈深處的意象化顯現，由於感情的強烈作用，造成了「象」的變位變形，於是似乎已造成了「意」的錯亂。正是那種「意」的錯綜交叉，又使象顯得迷離恍惚，自動呈現出多層次、多側面，這樣就造成了意義上的不定性，含蓄的多層次、多向性。例如杜甫的〈秋興〉，李商隱的〈無題〉，經過千百年來多少評論家、讀者的細心揣摩，至今仍是眾說紛紜，其義旨難以定論。中國古代的詩歌鑑賞家對此頗有通達之論，或說「詩無達詁」，或說「可以意會，不可言傳」，「可以意解，不可以辭解」。

「意象」說自唐以後，在詩歌理論與創作實踐中有了引人注目的發展，這是與唐代詩歌理論中「意境」說出現相關連的，源頭更遠的「意象」說是新出現的「意境」理論得以成立的主要條件之一。關於意象與意境的關係，在下一篇裡再行論述。

創境篇

一
融會貫通的詩境論

一　詩、文理論分途發展與詩歌理論的多元化

唐以前的漫長時代裡，詩雖然被視為文學的正宗，但其地位在奏議、書論等直接為政教所用的文體之下，因而在理論方面，除了一篇〈詩大序〉、一部鍾嶸著《詩品》，再沒有專門論述詩歌創作的理論著作，只有廣義的「文」論。《典論》〈論文〉、〈文賦〉、《文心雕龍》(〈辨騷〉、〈明詩〉、〈樂府〉可算作三個論詩的專章)，從總體看，都是詩文合論，泛論詩、文的共同特點。南朝文論較之晉、魏以遠的文論進步表現之一，就是發明了一個「文筆」說，《文心雕龍》〈總術〉云：「今之常言，有文有筆，以為無韻者筆也，有韻者文也。夫文以足言，理兼詩書，別目兩名，自近代耳。」這是根據不同的文體特點將當時眾多的文體統分為兩大類。梁元帝蕭繹進一步從文體內在特徵進行區分：「流連哀思」、「情靈搖蕩」的抒情文學作品為「文」，「章奏」、「流略」之類的論事說理實用之文為「筆」(見《金樓子》〈立言篇〉)。這樣，抒發個人情感的、具有審美價值的純文學作品便統稱為「文」，訴諸理知的具有應用價值的雜文學作品便統稱為「筆」。「文筆」說的出現，強化了兩種不同類型的文學觀念，區分了不同目的的創作實踐，在具體作用方面，它更有利於美感的純文學發展。

到了唐朝，這種文體分類又發生了新的變化，那就是自陳子昂呼出了「文章道弊五百年矣」之後，「詩文之分逐漸代替了文筆之分，再加上詩人文人分途揚鑣，各有千秋，於是文筆說也就逐漸成為歷史

上的陳跡。」[1]原來屬於「文」中的文體詩，被單獨分離出來，開始以「詩」、「筆」對稱，如杜甫〈寄賈司馬嚴使君詩〉云：「賈筆論孤憤，嚴詩賦幾篇。」殷璠《河嶽英靈集》論陶翰詩云：「歷代詞人詩筆雙美者鮮矣。」「詩」「筆」分稱，更突出了詩在美感文學中的獨特地位，原來躋身於「文」的有韻之文和無韻之文，如銘、誄、賦、駢文（南朝出現的一種新文體），統統歸到「筆」中去了，另行構成了一個廣義的散文系統。實際上，「筆」這一名稱又逐漸少用了，「古文」運動興起之後，普遍地以「文」代「筆」，這個「文」以韓、柳「古文」為典範體例，「理知」、「應用」之文是主幹，史傳、記事、抒情寫景的散文居於較次要的地位，也就是說，「情感的、美感的」散體之文在「文」中的地位降低了。詩、文分途，實質上也是六朝文體分類愈來愈細緻，單科文體理論已開始分途發展的必然結果（以鍾嶸《詩品》為標誌）。文體的觀念愈明確，創作與批評理論就愈有不可混淆的特徵，就詩而言，人們對於它純屬詩人主體感情表現的審美特徵，認識愈益清晰，就進而要求更全面、更深入地確認和把握它整個的、由內而外的審美表現方式，探索詩的美學結構與體系。於是，中國的古代詩學進入了一個高度繁榮期，這個時期由唐而宋，下及清末，詩歌創作與理論批評，走向了具有真正美學意義的成熟，以今天關於詩歌藝術的最高標準來衡量它、以美學的經典原則來審視它，這一時期——主要是唐宋時期——的詩歌創作與理論，可以代表中國古代文學所達到的最高水平。

詩、文分途發展，詩歌理論就面臨著更廣闊的天地，不再被文論擠在一條窄路上，因此，立即有另一番新景象應時出現：詩歌理論發展的多元化。

---

1 郭紹虞：〈試論古文運動——兼談從文、筆之分到詩、文之分的關鍵〉，《照隅室古典文學論集》（上海市：上海古籍出版社，1983年），下編，頁88。

唐代的前、中期，是中國封建社會最興盛的時期，「海日生殘夜，江春入舊年」的盛唐景象，激發了一代詩人的創造精神，「以詩取士」的選拔人才制度，大大地提高了詩的社會地位，而唐代統治者多元的思想取向，導致了詩人與詩論家多元的美學追求。大凡封建統治者，按其歷來傳統，都以儒教為立國之本，但是，唐代最高統治者以李姓本家的關係，對以李聃（老子）為創始人的道家表示特別的尊重。同時，又以善於接受外域思想而重視佛教（派玄奘去印度「取經」是典型之舉），於是，初、盛唐朝間，逐漸形成了儒、釋、道「三教合一」的精神氣候。遠在魏晉之交所產生的中國哲學史上一個重要派別──玄學，已將儒家思想以《周易》為中介，與道家思想互補了，玄學對六朝文學理論的影響已如前述。唐代儒教經學家對文學的見解，有的便直接繼承了六朝文學理論中的積極成果。孔穎達是唐初最重要儒家經學的箋釋者，他在《毛詩正義》中箋釋〈詩大序〉「詩者，志之所之也，在心為志，發言為詩」時說：

> 詩者，人志意之所適也。雖有所適，猶未發口，蘊藏在心，謂之為志。發見於言，乃名為詩。言作詩者，所以舒心志憤懣而卒成歌詠。故〈虞書〉謂之「詩言志」也。包管萬慮，其名曰「心」；感物而動，乃呼為「志」。志之所適，外物感焉。言悅豫之志則和樂興而頌聲作；言憂愁之志則哀傷起而怨刺生。〈藝文志〉云：「哀樂之情感，歌詠之聲發」，此之謂也。

這種對「詩言志」的解釋顯得比較寬泛了，對「心」、「志」、「意」進行了溝通。他又在《春秋左傳正義》中說過：「在己為情，情動為志，情、志一也。」更強調了「志」的情感性內涵，這與陸機、范曄、劉勰、鍾嶸的提法是一致的。孔穎達受唐太宗之命主編《五經正義》，唐代用其書作為科舉取士的標準，對於詩的議論雖然多是片言雋語，但對唐代文人的影響肯定是很大的。唐太宗時的一代名相魏徵，也是一位思想很開通的政治家，他在《隋書》〈文學傳序〉中，有「下所以達情志於上」之說，他讚揚屈原等「發憤抒情」的作家：「或離讒放逐之臣，塗窮後門之士，道轗軻而未遇，志鬱抑而不申，憤激委約之中，飛文魏闕之下，奮迅泥滓，自致青雲，振沉溺於一朝，流風聲於千載，往往而有。」對於漢、魏，迄至晉、宋的「其體屢變」的文學，他的態度明顯有別於梁之裴子野、隋之李諤、王通等人「風教漸落」的頑固保守之論，充分肯定其藝術方面的成就，指出江淹、沈約等詩人「學窮書圃，思極人文。縟采郁於雲霞，逸響振於金石，英華秀發，波瀾浩蕩，筆有餘力，詞無竭源。」更可貴的是，魏徵明確主張文學發展取向多元，唐代文學，作為一個統一大國的文學，對於南朝與北朝文學要分別取長捨短：

> 江左宮商發越，貴於清綺；河朔詞義貞剛，重乎氣質。氣質則理勝其詞，清綺則文過其意。理深者便於時用，文華者宜於詠歌。此其南北詞人得失之大較也。若能擷彼清音，簡茲累句，各去所短，合其兩長，則文質斌斌，盡善盡美矣。

唐朝重儒教的詩人，從陳子昂、杜甫到白居易、元稹，在他們的創作實踐中，都追求儒家詩學審美原則的實現，其指導思想就建立在這種較為寬泛的理論闡釋之上。陳子昂提倡「風雅」詩，實際上以「漢魏風骨」為標準，他雖對晉、宋以後齊、梁間詩「彩麗競繁，而興寄都絕」持嚴格的批判態度，而「骨氣端翔，音情頓挫，光英朗練，有金石聲」（〈修竹篇序〉）的審美主張，頗有盛世大國的風度。杜甫也推許「漢魏近風騷」，同時兼重南北朝詩人的創造，稱北朝詩賦家庾信「凌雲健筆意縱橫」、「暮年詩賦動江關」，對於南朝詩人也說「孰知二謝將能事，頗學陰何用苦心」。到了元、白那裡，以儒家詩教為核心的、被今人稱為所謂的「現實主義詩歌理論」，有一定程度的強化。「文章合為時而著，歌詩合為事而作」（白居易〈與元九書〉），作詩「上可裨教化，舒之濟萬民；下可理情性，卷之善一身」（白居易〈讀張籍古樂府〉），便是這一詩派的理論綱領。但他們尚有「理情性」、「泄導人情」之說，在「裨教化」的原則下沒有失落詩歌抒情的本質特徵，使這一派的創作思想，與以佛、道兩家美學思想為基礎的詩學，有了互補的可能。

佛教自東漢傳入中國，在魏晉南北朝對文學的影響還不是很大，劉勰雖然崇信佛道，《文心雕龍》中的佛家美學思想還只是蛛絲馬跡；進入隋唐，佛教發展為中國式的禪宗，於是便有了具有中國特色的禪宗哲學觀和美學觀。漢譯佛經，開始大量進入文人的書齋，六朝一些禪林高士自著的闡釋佛理的文章，也流傳到了官場、民間。佛禪大師們強調人的精神絕對自由，由「心含萬法是大」而突出心的作用，心靈自由；由「唯我獨尊」而突出自我意識；由「用智慧觀照，不假文字」而發明「漸悟」、「頓悟」、「妙語」之說，……這些觀念一旦被詩人接受，便成了一種新的詩歌美學追求。王維的詩畫創作，是禪宗美學最早的體現，王昌齡、釋皎然的詩論，多是禪宗美學思想的演繹和發揮，而釋皎然《詩式》、《詩議》兩部著作，更成系統，他用禪宗美學思想去評價前人創作（如謝靈運詩），去重新闡釋前人某些詩學觀念，如說「采奇於象外」而「寫冥奧之思」，以「但見情性，不睹文字」而表現「風律外彰，體德內蘊」等等，由此而發展到宋有「以禪說詩」的風氣[2]。

道家哲學及其美學思想，在唐詩中的影響也是非常有力的。李白

2　真正的禪宗，應以慧能創立的南宗為代表，慧能為西元六三八至七一三年間人（唐太宗貞觀十二年至唐玄宗開元元年之間），王昌齡與王維雖然晚於慧能數十年，他們還不大可能受到遠在南方的禪宗新學（頓教）的多大影響，而是直接受到在慧能之前已逐漸形成的中國式禪學的浸染。

與杜甫一樣，是崇尚魏晉六朝自覺文學的。讚揚「蓬萊文章建安骨，中間小謝又清發」，但他有著「聖代復元古，垂衣貴清真」的道家政治理想，對具有道家美學色彩的東西更感興趣，在詩中嘲笑「皓首窮經」的魯儒，宣揚求仙學道的狂熱，他的「清水出芙蓉，天然去雕飾」的美學追求，正是老子「見素抱樸」、「輔萬物之自然而不敢為」等哲學思想的美學顯現。也正是他的詩有「仙風道骨」式的飄逸，使詩人獲得了詩仙的美譽。與李白類似，受道家思想不同程度濡染的還有李賀、李商隱等詩人，他們都憑「恍兮惚兮」審美機趣，創造出具有獨特風貌的大量詩篇，成為一代詩傑。至於晚唐的司空圖，則以他的《詩品》、〈與李生論詩書〉等詩論，完成道家的詩歌美學建設，老子之「道」、莊子之「真」，在他的詩論中幾乎「俯拾即是」:「俱道適往」、「道不自器」、「如見道心」、「大道日往」、「俱似大道」、「少有道契」等等（關於「真」,〈緣情篇〉第三章已引，此不贅述），可謂旗幟鮮明地以「道」衡詩，使他的《詩品》成為中國詩學發展史上一部有著獨特理論內涵的詩論。

對於一個時代的詩歌創作來說，這是一個多元化的局面，體現在不同的詩人身上，便是他們多元化的審美情趣與藝術追求——這也是中國文人以其特殊的心理沉澱與所處的特殊境遇而發生、異乎西方古典詩人的奇特現象：當他們「達」而「兼濟天下」時，便以儒道自恃；當他們「窮」而「獨善其身」時，便以佛、道思想作自身的心理調整，而求精神的自慰，「據於儒，依於道，逃於禪」，便是他們一種通達的人生哲學，於是他們詩歌創作與美學思想，便也有「三教合一」的表現。以杜甫為例：他是受儒學思想濡染最深的一位現實主義詩人，曾以「致君堯舜上，再使風俗淳」為自己的神聖使命。他入蜀之前的詩已成為儒家詩學的典範，但由於世事變遷，生活困厄，道、釋兩家思想也乘虛而入，這在他求食長安所作〈同諸公登慈恩寺塔〉中「方知象教力，足可追冥搜」已見跡象，入蜀以後的詩則有更多的表現。郭沫若在《李白與杜甫》一書中曾有專章論及杜甫的宗教思想，他是以此來貶低杜甫的，其實，恰恰是杜甫的詩歌美學思想發生了變化，才使他晚年的詩創作出現了新的氣象，且不談郭老引用的那些涉及寺廟題材及表現了道、禪思想的遊覽、抒懷之作，別具一種情趣，特別需要指出的是〈秋興〉八首等傑作，真正達到了「凌雲健筆意縱橫」的高度意象化，臻至「道不自器，與之圓方」的境界。

這種創作傾向反映到理論上來，則表現出儒、道、禪三家在理論領域裡「求同化異」的趨向，儒家說「包管萬慮，其名曰心；感物而動，乃呼為志……」道、禪兩家（它們相通之處本來較多）接過來，發揮為心靈深處潛在創造能力的實現，即所謂「搜求於象，心入於境，神會於物，因心而得」等等。釋皎然宣揚「但見情性，不睹文字」[3]，但他不認為這是佛家獨得之秘，而以此溝通儒家的「言不盡意」說，道、玄的「得意忘象」、「得象忘言」說：

> 向使此道，尊之於儒，則冠六經之首；貴之於道，則君眾妙之門；精之於釋，則徹空王之奧。（《詩式》〈重意詩例〉）

從表面看，似乎道、禪兩家處處順著儒家詩教而進行發揮，實質上是道、禪兩家美學思想在潛移默化地滲透和改造儒家詩論。出自佛家的「境界」說，把以往出現的「言志」、「緣情」、「立象」等重要的詩學觀念，很有效地統一起來，融會貫通了，成為所有詩人都可接受的、在中國詩學體系和詩歌美學中居於樞紐地位的審美觀念。

3　「但見情性，不睹文字」源自釋迦牟尼「在靈山會上，拈花示眾」時所云：「吾有正法眼藏，涅槃妙心，實相無相，微妙法門，不立文字，教外別傳。」（引自《五燈會元》上，頁10）。

二　源自佛家哲學的「境界」說

「境」或「境界」一詞，在魏晉以前的哲學、文學理論著作中就已出現了，但多數沒有被賦予心理內涵的跡象，它先是作為表述地理空間、國土疆域的詞出現在古籍中，《商君書》〈墾令〉云：「五民者不生於境內，則草必墾矣。」「境內」即指國境或封疆之內；為表現地理上的有限空間，「境」後再加入「界」字，如劉向《新序》〈雜事〉云：「守封疆，謹境界。」班固〈東征賦〉云：「到長垣之境界，察農野之牧民。」《後漢書》〈仲長統傳〉云：「當更制其境界，使遠者不過二百里。」等等。鄭玄注釋《毛詩》，對〈大雅〉〈江漢〉「於疆於理」（劃定邊界並加治理）釋云：「召公於有叛戾之國，則往正其境界，修其分理。」鄭玄用「境界」之意，似乎不只是疆界了，有「秩序」之義，可引申為正其人心。也有直接賦予「境」以精神觀念作內涵的，我發現《淮南子》〈修務訓〉中就有此一例，〈修務訓〉是論述人可以通過後天的學習提高自己的精神修養，其云：

> 且夫精神滑淖纖微，倏忽變化，與物推移，雲蒸風行，在所設施。君子有能精搖摩監，砥礪其才，自試神明，覽物之博，通物之壅，觀始卒之端，見無外之境，以逍遙仿佯於塵埃之外，超然獨立，卓然離世，此聖人之所以游心。

「至大無外，至小無內」是老、莊、宋、尹等道家學者對於充盈於宇宙之間的「道」的一種空間感受和描述，這是物質的空間，但當一個人能感受它時，實際上人也就有了相應的精神空間，「見無外之境」，實質上是主觀化了的物質空間境界，是人的心靈空間與宇宙空間的統一，是「至大」與「至小」、「無外」與「無內」的統一，「逍遙仿佯於塵埃之外」而「游心」，更主要是人的精神境界的展開。《淮南子》之「境」，可能是最早的類似後來「境」或「境界」之說的。

發源於「西天」印度的佛教理論，特別強調人在從事佛教活動時心理與精神的作用，要求信徒們竭力超脫一切物質空間而回歸自己的心靈空間與精神世界，不知哪一位漢譯佛經者，首先選用了「境」和「境界」這個單音與複合詞，表述這種心靈空間與精神世界，據加拿大籍中國學者葉嘉瑩先生說：

> 一般所謂「境界」之梵語則原為Visaya，意為「自家勢力所及之境土」。不過此處所謂之「勢力」並不指世俗上用以取得權柄或攻土掠地的勢力，而乃是指吾人各種感受「勢力」。這種含義我們在佛經中可以找到明顯的例證，如在著名的《俱舍論頌疏》中就曾有「六根」、「六識」、「六境」之說，云：「若於彼法，此有功能，即說彼為此法『境界』。」又加以解釋說：「彼法者，色等六境也。此有功能者，此六根、六識，於彼色等有見聞等功能也。」又說：「功能所托，名為『境界』，如眼能見色，識能了色，喚色為『境界』。」[4]

「六根」為眼、耳、鼻、舌、身、意，「六識」為色、聲、香、味、觸、法。因此，所謂「境界」是以感覺經驗之特質為主的，是對人的感受能力所及之處的一種抽象表述，與漢語「境」或「境界」原意是相通的，不過一表示地理實在空間，一表示心靈感受的虛幻空間。其他佛經亦云：

> 神是威靈，振動境界。了知境界，如幻如夢。(《雜譬喻經》)

4　葉嘉瑩：《王國維及其文學批評》(廣州市：廣東人民出版社，1982年)，頁220。

比丘白佛：斯義宏深，非我境界。(《無量壽經》)

實相之理為妙智遊履之所，故稱為境。(《俱舍論頌疏》)

覺通如來，盡佛境界。(《成唯釋論》)

佛經漢譯者如此轉化「境界」一詞之義，於是那些中國本土僧人便把它作為了尋常口語，寫文章談禪說佛皆如此用。《法苑諸林》卷八〈六道篇〉云：「諸天種種境界，悉皆殊妙。漂脫諸根，如旋火輪，不得暫住。將命終位，專著一境，經於多時，不能舍離。」《景德傳燈錄》卷四〈交州降魔藏禪師傳〉云：「(神)秀曰：『汝若是魔，必住不思議境界。』師曰：『是佛一空，何境之有？』」又卷八〈汾州無業禪師傳〉云：「一切境界，本自空寂。」他們不承認客觀世界的真實存在，一切心靈中的境界都是虛無縹緲的，空幻寂靜的，這只能說是佛教徒一種特殊的生命體驗、精神體驗。

但是，「境界」這種別開生面的用法，引起了文人們的注意，發現可以用它來表達他們某種特殊思想、感情和精神態勢，尤其是那種使人獲得精神愉悅的種種主觀感受，《世說新語》〈排調〉載有畫家顧愷之一則小事：

顧長康啖甘蔗。先食尾，人問所以，云：「漸入佳境」。

甘蔗越近根部越甜，甜是一種味覺感受，顧愷之以這種甜的感受為佳境。陶淵明詩「結廬在人境，而無車馬喧，問君何能爾，心遠地自偏」(〈飲酒〉之五)，詩人所描述的實質上是一種悠然自得的心境，是完全精神化了、情感化了的「人境」。晉、宋以後，「境」終於但又是偶然地一次進入了書法理論，這就是南齊書法家王僧虔在〈論書〉(《全齊文》卷八)評論謝靜、謝敷兩位書法家的作品時所說：「謝靜、謝敷，並善寫經，亦入能境。」從寫經而用「境」，顯然是受佛經啟示而領悟到書法藝術一種「邁古流今」的境界。劉勰的《文心雕龍》中亦兩用「境」字，一在〈詮賦〉篇，說「荀況〈禮〉〈智〉，宋玉〈風〉、〈釣〉，爰錫名號，與詩畫（同劃）境」。說的是賦與詩之間有了明顯的界限，此用「境」之本義。二在〈論說〉篇中談到魏晉玄學之得失時說：「動極神源，其般若之絕境乎？」這顯然是指一種學問、學術的境界了。他比較了玄學與佛學，認為極深入地探索真理之源，只有佛學才能達到那種最高的境界。

「境」或「境界」正式進入文學領域是在唐朝，據現在可找到的資料，首見於王昌齡所著《詩格》，那已是在開元、天寶的盛唐時期，我以為直接啟發王昌齡推出詩境說的，很可能與那個唐太宗時從「西天」取經回來的玄奘所竭力宣揚的「唯識宗」學說有關。

「唯識宗」的學說是一種很精密的唯心主義哲學，它企圖通過對人的心理現象的描述、分析，論證物質世界依賴於人的精神意識。所謂「唯識」，並不是指只有人的精神意識而沒有外在的世界，而是說外在的世界不能離開人的意識而獨立存在，玄奘所編譯的《成唯識論》中，以「我」為主體，「法」為客體（我謂主宰，法謂軌持），但都不是真實的存在，只是隨著精神意識的變化而「隨緣」變化的假象（彼二俱有種種相轉，……轉謂隨緣，設施有異）；促成精神意識的變化有兩要素，這就是「相分」與「見分」（變謂識體轉似二分，相、見俱依自證起故），「相分」是內心所視之境，即對象，「見分」是人的認識作用，依據「相分」與「見分」，自我與客體也不斷發生變化（依斯二分，設施我法）。這種隨精神意識與「相」、「見」二分作用而發生變化的「我」、「法」，並不純以內運，還是有所外部顯現：

> 或復內識，轉似外境。我、法分別，熏習力故，諸識生時，變似我、法。此我、法相雖在內識，而由分別似外境現。諸有情

> 類無始時來，緣此執為實我實法。如患夢者患夢力故，心似種種外境相現，緣此執為實有外境。愚夫所計實我實法都無所有，但隨妄情而設施故，說之為假。……

「相」、「見」二分（尤其是「相分」）雖然純屬「心中了見」，但既有「見」，總有「象」（如老子所說「惚兮恍兮，其中有象」），這「象」便必定會「似」外在的對象，這是因為自我與外在事物，人們出於一種薰染之力（歷來習慣的認識）總認為是有所分別的。既有分別，在各種精神意識產生的時候，隨之變化的便好像真的有實在的自我和實在的外物，「我相」與「法相」雖然完全是「心中了見」，還是「分別似外境現」。《成唯識論》宣揚的是徹底的主觀唯心主義，它雖然不能完全否定「內識」不可避免地有「外境現」，但堅決否定此為「實我實法」，說這種「外境」猶如夢中境，怎能當真作實呢？「實我實法」本無所有，若說「有」，那是「愚夫」「隨妄情而設施」。

玄奘們實質上否認有任何物質性的「外境」，只承認純粹精神性內境，為與「外境」別，把後者稱為「內識」。玄奘的弟子窺基，學習了「唯識」學說之後，寫了一篇〈成唯識論述記〉，對於「外境」與「內識」的關係作了進一步的發揮，他強調指出：「唯識無境界」。即是說人的心之外沒有實境，凡夫俗子們因為「不能了知心虛妄性，執離心外有別實境，執離彼境有別實心，妄計二取，為真為實」，就像眼珠上生了一層障蔽視線的膜，看皎潔的月亮卻說月亮生了毛。但內心的境界是如何產生的呢？

> 不離識故，由識變時相方生故。如大造色，由分別心，相境生故；非境分別，心方得生。故非唯境，但言唯識。

內心境界的產生不能離開精神意識，精神意識起變化時，一切形相才產生出來。如造物之形狀顏色，是由於心有了變化、分別，它們才在內心呈現，而不是造物有形色之別，才使心發生不同的認識，所以不是存在決定意識，而是意識決定存在。接著窺基也以做夢為例：「不應見境，彼境便生，即患夢緣。」人睡著了，五官與外在對象沒有了任何接觸，心中卻浮現了外物之境，這是人在睡著之後，心力所致。又說：「心似種種外境相現，體實自心。」心中所見種種形相，實際上又都是來自自己的內心，是「相分」與「見分」的結果，所以，呈現於心中的「外境」實為我之心境。

「唯識」論中還有一個特別值得注意的觀點，就是認為，人的精神意識中含有「共相」和「不共相」兩類「種子」。何為「共相」？「多人所感故。雖知人人所變各別，名為唯識，然有相似共受用義，說名共相。……如山河等」何為「不共相」？「若唯識理，唯自心變，名不共相。」用比較明白的話來說，「共相」是多人所感、可感的事物，雖然人人各有所感，然有共同相似的感受。「不共相」，指的是不再是對事物外在的感受，而是對外事外物內在本質的把握，即「唯識理」，這就使每個人都有各自的「心得」，這種「心得」，「唯自識依用，非他依用故。」以山河為例，南朝山水畫家所提出的畫山水「竟求容勢」，實即強調了「不共相種子」，你眼中的山水同於我眼中的山水，我們共同都有俊、清、奇、險等美的感受，但我內心體驗到的「容勢」絕不會同於你內心的「容勢」，我「心中了見」的「容勢」唯我自己能用而見之於筆端，非你所能用。「共相」與「不共相」實即強調了人的共同感受與獨特感受之別，「唯識」論者所追求的當然還是「不共相」，一切認識和思維的最終目的是「了別境識」。

以上就是佛學文獻中關於「境」或「境界」的種種說法，從「功能所托，名為境界」到「心似種種外境相現」[5]，表明這個地理學名

5　以上引〈成唯識論〉和〈述記〉之文的標點及文字解釋，均參照《中國歷代哲學文選》（北京市：中華書局，1963年），兩漢隋唐編下冊，頁513-524。

詞完全轉化為人的心靈空間和精神世界抽象的表述語。從哲學方面看，它徹底地主觀唯心主義化，實在很難為現實生活中的人們所接受，但從文學方面看，尤其是「本於心」的詩歌藝術，卻有很多默契之處，詩人們主體情志欲求對象化實現，終於發現了一個最佳的「所托」。

三　佛家「境界」向詩家「境界」的轉化

我在〈「言志」說詩學意義的拓展〉最後一節裡，已談到詩人主體情志在作品中的凝聚為「意」。將作家氣、才、性、情、志等主觀因素對象化而稱之為「意」（文意、詩意），又將「意」的表現與文辭、文體結合起來考察，六朝作家已有了自覺的表現。「意」寄托於什麼之上而後有文辭的表現？他們尚只提及「物」、「象」、「形文」、「形似之言」、「窮情寫物」、「意象」等等，都是企求「意」的對象化實現而作感性顯現，他們還沒有在理論上認識到，詩人的整個心靈空間和精神世界都可對象化地呈現，也就是他的主體意識和人格都可以在自己創造的作品中表現出來。

但僅僅是確定「意」在作品中的地位，也就向「意境」邁開了一大步，唐朝詩人就是由「意」而推出「境界」說的，遍照金剛的《文鏡秘府論》最重要、最有理論價值的一卷便題為〈論文意〉，王昌齡、釋皎然有關「境」與「境界」之論，均收集其中。王昌齡之論，文字方面不同於世傳《詩格》，可能是遍照金剛根據他在長安學習時收集的有關資料，或聽他人的轉述、記錄整理而成[6]，其中有四處明確地談到「意」與「境」，一是：

6　遍照金剛於西元八〇四年（唐德宗貞元二十年）到達長安，其時王昌齡辭世已四十七年，釋皎然亦於西元八〇〇年左右已圓寂。

> 凡作詩之體，意是格，聲是律，意高則格高，聲辨則律清，格律全，然後始有調。用意於古人之上，則天地之境，洞然可觀。

這一段話裡，他還特別強調句中之意、篇中之意，謂「股肱良哉」是一句見意，「關關雎鳩，在河之洲」是兩句見意，「青青陵上柏，磊磊澗中石，人生天地間，忽如遠行客」是四句見意。另一處則談到詩人在創作時如何才能進入詩的境界：

> 夫作文章，但多立意。令左穿右穴，苦心竭智，必須忘身，不可拘束。思若不來，即須放情卻寬之，令境生。然後以境照之，思即便來，來即作文。如其境思不來，不可作也。

王昌齡講「立意」用「左穿右穴，苦心竭智，必須忘身」云云，也是借用佛家語言，因此，他的「立意」可與玄奘、窺基的「內識」聯繫起來，在這裡，他把「立意」即「內識」置於作詩最重要的位置，「境」生自心，生自意，而不是以外界景物為「境」，「用意於古人之上」則有洞然可觀的「天地之境」，「放情卻寬之」可以「令境生」，都指的是「內識」之「境」。但是，「此我法相雖在內識，而由分別似外境現」，於是他接著說了我在前篇談意象時已引用過的「心中了見」那段話，現在回過頭來看——

> 夫置意作詩，即須凝心，目擊其物，便以心擊之，深穿其境。

這實質上是說將「外境」轉化為「內識」。但詩人終歸不同於佛教徒，他並不以「內識」為最終目的，「置意作詩」就是要把個人的「內識」表現出來，「書之如紙，會其題目」，將自己「內識」之「境」轉化為詩之境，讓讀者去獲得一種愉快的感受：「山林、日月、風景是真，以歌詠之，猶如水中見日月。」

王昌齡強調「意高則格高」、「用意於古人之上」，還說：

> 意須出萬人之境，望古人於格下，攢天海於方寸。詩人用心，當於此也。

這樣的說法，我以為他也將佛家「共相」與「不共相」之說吸取了。「萬人之境」屬「共相」，天地、山河是古人今人都有所感的，詩若表現的是「共相」，那就古今之詩只有一種境界了，突破「共相」唯一的途徑是「用意」。我們記得，劉勰在《文心雕龍》的〈通變〉和〈物色〉篇裡已談到過枚乘等人寫日出月生「廣寓極狀，五家如一」，他雖然講了「情曄曄而更新」，講了「古來辭人，異代接武，莫不參伍以相變，因革以為功」，但還沒有像王昌齡那樣強調「用意於古人之上」、「望古人於格下」，這大概只有盛世大國的詩人才有如此的氣派！同時，也許又是佛家所推崇的「識變」，更激活了詩人獨創性意識所致！

如果說，六朝文論家對於詩人主體情志凝聚為「意」而在作品中對象化實現雖有所發明，至於如何具體地更完美地實現尚不得要領的話，那麼，王昌齡把握了「境界」說，對象化實現的必要性以及過程和歸宿就明朗化了。他談到作詩必須有一種自由自在的心理態勢時說：

> 興發意生，精神清爽，了了明白，皆須身在意中。若詩中無身，即詩從何有？若不書身心，何以為詩？是故詩者，書身心之行理，序當時之憤氣。

這就是說，意中生境，境在意中。由於「心似種種外境相現，體實自心」，詩境實質是詩人心境的外化、物化。在這裡，王昌齡沒有接受玄奘關於主體與客體都是「但由假立，非有實性」、「實我實法，都無所有，但隨妄情而設施故」的純然主觀唯心之論，而是突出了「我」在詩中的精神存在，把「我」之「內識」即「意」看作詩境的靈魂。又有如下之說：

> 凡屬文之人，常須作意。凝心天海之外，用思元氣之前，巧運言詞，精練意魄。……

他所追求的是對「共相」的超越，「精練意魄」就是要催發心中「不共相」種子，用今天的話來說，詩人要高度調動自己的主體意識，發揮自己的創作個性，才有超出「萬人之境」的境界產生。

《文鏡秘府論》中沒有記錄王昌齡對於「詩境」的具體描述，具體描述見於《詩格》：

> 詩有三境：一曰物境，欲為山水詩，則張泉石雲峰之境極麗絕秀者，神之於心，處身於境，視境於心，瑩然掌中，然後用思，了然境象，故得形似。二曰情境，娛樂愁怨，皆張於意而處於身，然後馳思，深得其情。三曰意境，亦張之於意而思之於心，則得其真矣。

佛家只講兩種境界：內境（「內識」或「心境」）與外境。內境「轉似外境」，「外境」猶如夢中出現，所以最終又否定「外境」的確實存在（「唯識無境界」，即否定外物境界）。王昌齡從詩歌創作的心理態勢出發，根據詩的審美特質的規定，提出詩有三種境界之說，這是將佛家「境界」向詩歌「境界」轉化的完成，在中國詩學發展史上有著劃時代的意義。從三種境界的區別與聯繫看，王昌齡強調了詩人的主觀世界與客觀世界的契合交融，把在此之前的「言志」、「緣情」、「物感」、「形似」、「意象」諸說冶於一爐，徹底開通了詩歌創作「因內而符外，沿隱以至顯」的路子，使詩人的藝術創造有了明確的審美指向，同時，對於評價不同風格的詩人的作品，也有了最基本、最主要的審美準則，這一準則又有毫不含糊的質的規定性。這就是說，從此以後，不管是詩的審美創造者還是審美鑑賞者，對於詩這一古老的文體在其美感本質特徵方面，終於實現了總體的把握。

二

詩之「三境」辨析

一　寄情於物、詩中有畫——「物境」

王昌齡的「詩有三境」說，是中國詩學「境界」理論中的奠基理論，「物境」、「情境」「意境」，既可視為自古以來詩的三種類型的境界，又可視為區別詩之高下，從一般的作品至最優秀的詩篇依次遞進的三種境界。在現存而作者不確的唐人詩論中，如舊題賈島所作的《二南密旨》、齊己的《風騷旨格》中，均見「詩有三格」之說，前者謂「一曰情，二曰意，三曰事」，後者謂「上格用意，中格用氣，下格用事」，雖說法各有不同，也有與「三境」說相通之處。現在，讓我們對三境分別加以辨析，從「物境」始。

「物境」，是指以寫自然景物為主的詩篇所展示的境界，也可推及描述具體事物（社會的與人事的）的詩作。王昌齡對「物境」的描述是：「欲為山水詩，則張泉石雲峰之境極麗絕秀者，神之於心，處身於境，視境於心，瑩然掌中，然後用思，了然境象，故得形似。」這一境界主要是對山水景物詩而言，亦可看作是晉宋以來山水詩創作經驗的總括，它的主要審美特徵就是「了然境象，故得形似」，就是說構成這種境界的物象，是形似之象。六朝的山水詩，基本上是創造物境，但是有的詩人以「巧構形似之言」為主要目標，因此往往是主要段落寫景，或前或後結合景物形態（不同季節之景物變化即鍾嶸所謂「斯四候之感諸詩也」）抒發相應的情思，尚未進入到情景交融的境界，比如謝朓詩，多是景物加議論，景句獨立存在，沒有形成整體境界，他的名句「餘霞散成綺，澄江靜如練」，王昌齡就評說：「假物色比象，力弱不堪也。」後來，白居易又說：「麗則麗矣，吾不知其所諷矣。」(〈與元九書〉) 就是指景句中情感色彩不夠強烈。王昌齡認為，雖然山水詩描繪的是泉石雲峰之美，但詩人要眼觀然後「神之於心，處身於境」，他舉了一首作者既未「神之於心」也未「處身於境」的詩為例：

> 詩有「明月下山頭，天河橫戍樓，白雲千萬里，滄江朝夕流。浦沙望如雪，松風聽似秋，不覺烟霞曙，花鳥亂芳洲。」並是物色，無安身處，不知何事如此也。

全詩句句寫景，但看不出作者主觀情思何在，因此見物不見人，作者在密集的物象呈現中「無安身處」，讀者不知他為什麼要寫這首詩。由此可見，「物境」的創造，並不是純粹寫物，而是要寫引起詩人感興之物，「當所見景物與意相愜者相兼道」。《文境秘府論》〈論文意〉記錄王昌齡下面這段話，可說是創造「物境」的經驗之談：

> 若一向言意，詩中不妙及無味；景語若多，與意相兼不緊，雖理道亦無味。昏旦景色，四時氣象，皆以意排之，令有次序，令兼意說之，為妙。……春夏秋冬氣色，隨時生意。取用之意，用之時，必須安神淨慮。目睹其物，即入於心；心通其物，物通其言。言其狀，須似其景。語須天海之內，皆入納於方寸。

他反覆強調寫景必須與「用意」相兼，對於景物描寫，「言其狀，須似其景」，還沒有進入「意象」範疇，但「以意排之」，就是要求各種景物呈現須有內在的情感聯繫。

「物境」，因所描繪的對象是實有之物，不是以抒情寫意為主，因此又被稱為「實境」，司空圖的《詩品》中就有〈實境〉一品：

> 取語甚直，計思匪深。忽逢幽人，如見道心。
> 清澗之曲，碧松之陰。一客荷樵，一客聽琴。
> 情性所至，妙不自尋。遇之自天，泠然希音。

孫聯奎《詩品臆說》云：「古人詩即目即事，皆實境也。」實境所運用的語言較為直實，不求紆曲委婉，詩人之情思也無微旨奧義；這種詩境的獲得不必冥思苦索，而是像突然遇見某個幽人、某種奇景，觸發了自己心中的靈感，「清澗」四句，一言實有其境，一言就人寫境，「實況實景，真堪入畫」(孫聯奎語)。最後四句是創造實境的方法，詩人憑自己的情性去觀察、感受和表現實況實景，妙處不必勉強去搜尋，表現了對象不必斧鑿雕琢的天然之美，那你的作品也就是希世佳品。司空圖所說「妙不自尋」，與鍾嶸所說「直尋」、「寓目輒書」是相近的，不過他不像鍾嶸那樣特別推崇「巧構形似之言」，他要求的是不露任何痕跡的「巧」，是「遇之自天」的渾然天成。同時，「實境」不是司空圖詩美追求的重點，他最高的審美追求還是「境生象外」，對於自己的「題紀」之作，雖「目擊可圖體勢自別」，但「誠非平生所得」。可見，「物境」、「實境」在唐代詩人心目中，是品格較低的一種。

其實，以表現「物境」為主的詩，在唐代還是相當繁榮的，王昌齡本人就寫過不少這類作品，如〈宿裴氏山莊〉：

> 蒼蒼竹林暮，吾亦知所投。
> 靜坐山齋月，清溪聞遠流。
> 西峰下微雨，向曉白雲收。
> 遂解塵中組，終南春可遊。

自黃昏至夜至曉的山村景色，構成一個寧靜優美的境界，中間四句寫的都是可見可聞之景，尤其是「靜坐」、「聞遠流」，可謂是將「山齋月」與「清溪」「神之於心」，而見詩人已「處身於境」，已脫身「塵中」而陶醉於自然美境之中。王昌齡還有很多抒寫邊塞風光的作品，展現了西北大漠、沙場壯闊、蒼涼的境界：「蟬鳴空桑林，八月蕭關道，出塞入塞寒，處處黃蘆草。……」（〈塞下曲〉之一）這是塞上秋來景況；「大漠風塵日色昏，紅旗半捲出轅門。前軍夜戰洮河北，已報生擒吐谷渾。」（〈從軍行〉之五）這是描寫一次戰爭肅殺而又壯烈的場面。

按照佛家的觀點，心外沒有「實境」，詩人們卻沒有違背自己對客觀事物的真實感受，他們寄情於物而「處身於境」，因此唐詩中留下了大量具有優美物境的名篇。杜甫在成都定居前的詩篇，可說是以「物境」為主的藝術創造，他自秦州入蜀至成都，沿途寫下的二十四首紀行詩，每首集中筆力寫一處景物和觸景而生的情思，「萬里行役中，山川之險夷，歲月之暄涼，交遊之違合，靡不盡曲」，有人稱這是「賦家文法」，「寫實技術，蓋見純熟，為中國山水詩開闢了一條新路」。李長祥《杜詩編年》則云：「自秦州至此（成都），山川之奇險盡；自〈秦州〉詩至此（〈成都府〉），詩之奇險盡；乃發於清和之音，微妙之語，使讀者之此，別一眼光，別一世界。人移於詩，詩移於風土，不可強也。」[1]這幾句話也道出了「物境」創造之妙，詩中山川之奇險，較之實地山川之奇險，經詩人獨具的審美眼光攝入詩中，呈現出了「別一世界」，讀者對那些使杜甫行旅中吃盡了苦頭的奇險山川，反生發審美愉悅之情，這又恰如杜甫在〈成都府〉中寫下的兩句：「信美無與適，側身望川梁。」親歷奇險之後，艱苦備嘗轉化成一種美的回味。

1　以上評杜甫詩引語，均轉自蘇仲翔選注之《李杜詩選》（上海市：古典文學出版社，1957年），頁214、230。

後人對此種表現物境的詩，還有一個很簡潔的表述，這就是「詩中有畫」，語出蘇軾〈書摩詰〈藍田烟雨圖〉〉：

> 味摩詰之詩，詩中有畫；觀摩詰之畫，畫中有詩。詩曰「藍溪白石出，玉川紅葉稀；山路元無雨，空翠濕人衣。」此摩詰之詩。

王維晚年好佛，他的詩與畫都可看作「心似種種外境現」，但它們畢竟顯現詩人心目中種種恬淡優美的外境。他畫山水的審美創造之「道」是：「肇自然之性，成造化之功。或咫尺之圖，寫百千里之景。」[2]蘇軾所引的這首詩（今集中題〈山中〉，「藍溪」作「荊溪」，「玉川」作「天寒」）寫的是山中深秋景色，句句皆可入畫，白石、紅葉、山路、空翠，色彩耀目，是實物之境，但又有空靈、飄逸之情趣，實中見虛。收詩畫合璧之妙。

二　取物象徵、融物於情、直抒胸臆——「情境」

如果說，「物境」的特點是詩中有「物」，有實景實況，詩人處身於境，寄情於物，「人移於詩，詩移於風土」，創作者與鑑賞者均以「物」為審美的實踐主體；那麼，「情境」就是以融情於物為主要特徵，或者乾脆以詩人情感的展示為「境」。詩人撤除一切可以構成畫境的景片，直接袒露、傾吐心中的感情，即或詩中寫景敘事，要麼融景入情，化客觀外物為主觀情思，使之成為心靈化了的意象，意象的組合和迭加，不是給讀者提供一個可感的畫面，而是表現詩人感情運動的軌跡；要麼詩中所描繪的景物，只具有象徵意義，象外之意才是

2　王維：〈山水訣〉，引自《中國畫論類編》。

詩人要表達的感情境界。王昌齡對「情境」的定義是：「娛樂愁怨，皆張於意，而處於身，然後馳思，深得其情。」《二南密旨》釋「情格」云：「耿介曰情，外感於中而形於言，動天地，感鬼神，無不出於情，三格（指情、意、事）中情最切也。如謝靈運詩『池塘生春草，園柳變鳴禽』；如錢起詩『帶竹飛泉冷，穿花片月深』，此皆情也。」

「娛樂愁怨」是人之情，情因感物而動，當詩人情動之時，他沒有將主觀之情與客觀之物急於和盤托出，而是將已動之情「張之於意而處之於身」，這就是說，他還須要對萌動之情加以深化，不是立即寄托於物而藉物表現出去，他將整個身心都沉入越來越強烈的情感體驗之中，用黑格爾對抒情詩釀成過程的表述是：「心靈從客觀性相裡轉回來沉浸到心靈的本身裡，觀照它自己的意識，就出現了要滿足表現的要求，要表現的不是事物的內在面貌，而是事物的實際情況對主體心情的影響，即內心的經歷和對所觀照的內心活動的感想，這樣就使內心生活的內容和活動，成為可以描述的對象。」[3]這位德國哲學家，倒是將王昌齡界定情境那幾句話相互之間的關係闡述得很清楚了。「情境」創造的關鍵性一步是情的深化，「情不深則無以驚心動魄，垂世而行遠」[4]。它較之以「物境」呈現的詩，不是物象的展開而是情的凝聚或流動。我在前面已引王昌齡的〈從軍行〉之五，那是一幅大軍出戰有色有聲的圖畫，讓我們再看他的〈出塞〉之一：

> 秦時明月漢時關，萬里長征人未還。
> 但使龍城飛將在，不教胡馬度陰山。

這就沒有具體的景色描寫了，沒有前者那樣可感的壯麗圖景，連「明月」與「關」這兩個具體景物，都以互文的方式，化為時間和空間觀

---

3 〔德〕黑格爾：〈抒情詩．序論〉，《美學》（北京市：商務印書館，1981年），第3卷。

4 明代文學家焦竑語，見〈雅娛閣集序〉。

念而作為邊塞歷史的象徵，整首詩表現的是詩人出塞時的具體感情經過概括提煉後，所形成的具有深邃感的「情境」。陸時雍評曰：「懷古情深，隱隱自負，後二語其意顯然可見。」（《詩鏡總論》）由於此詩「悲壯渾成」，被明代王世貞、李於麟等人推為唐人絕句「壓卷」之一。王世貞說：「若以有意無意，可解不可解間求之，不免此詩第一耳。」（《藝苑卮言》卷四）

表現為「情境」的詩，一般地說有三種可供識別的形態。

第一種是傳統詩中早已有的，用象徵手法表現詩人的感情，創造情境。詩人為自己所需表達的心中之情尋找一個對應物，這個對應物可以是外界的具體事物，也可以是詩人虛構的虛幻意象，我在談象徵性意象一節中提到的〈橘頌〉、〈怨歌行〉等詩，上升到「境界」論來把握，應歸於「情境」或「意境」一類。不過唐朝詩人運用象徵手法，即以象徵性意象生發「情境」，已經比前人高明得多了。有的專以詠物的面目出現，所詠之物非常廣泛，不再像漢魏詩多沿用原型性意象。杜甫是詠物詩開拓者之一，他所詠之物雖多是動、植物，但他往往取其對象某種特殊形態以與自己的心情對應，如〈病柏〉、〈病橘〉、〈枯椶〉、〈枯柟〉，「病」與「枯」正是詩人觀照自身的一種情態。在動物中，他喜作馬詩，他筆下的駿馬是：「所向無空闊，真堪托死生。驍騰有如此，萬里可橫行。」（〈房兵曹胡馬〉）他筆下的老驌是：「雄姿未受伏櫪恩，猛氣猶思戰場利。腕促蹄高如踣鐵，交河幾蹴曾冰裂。五花散作雲滿身，萬里方看汗流血。」（〈高都護驄馬行〉）他筆下的瘦馬是：「東郊瘦馬使我傷，骨骼硉兀如堵牆。絆之欲動轉欹側，此豈有意仍騰驤？……天寒遠放雁為伴，日暮不收烏啄瘡。誰家且養願終惠，更試明年春草長！」（〈瘦馬行〉）他作於不同時期的馬詩，都與他不同境遇時的心事情感相對應，讓我們再看他晚年入湘寫的較短的〈朱鳳行〉：

> 君不見瀟湘之山衡山高，山巔朱鳳聲嗷嗷。側身長顧求其群，翅垂口噤心甚勞。下愍百鳥在羅網，黃雀最小猶難逃。願分竹實及螻蟻，盡使鴟梟相怒號。

建安七子之一的劉楨有詩「鳳凰集南嶽……羞於黃雀群」，杜甫用了「朱鳳」這一意象，但反劉楨之意用之，此詩顯然是表現詩人內心欲濟蒼生的感情境界。對於杜甫的詠物詩，陳沆《詩比興箋》指出「皆有寄托。然因詠物而後寓懷，與先感慨而後詠物者，情詞不侔」。有的詩也以詠物為題而出現，運用了超出所詠對象本身的多種意象組合，這些意象多種象徵意義的交錯，呈示詩人一個非常複雜的感情境界，李商隱的〈錦瑟〉是典型之例：寫錦瑟僅有兩句，「莊生曉夢迷蝴蝶，望帝春心托杜鵑，滄海月明珠有淚，藍田日暖玉生烟」四句把典故化為象徵性意象，最後「此情可待成追憶，只是當時已惘然」兩句，明確點出此詩表現的就是情。還有一種表現詩人心境或情境的，以描寫一個具體的生活場景來予以暗示，如朱慶餘的〈近試上張水部〉：

> 洞房昨夜停紅燭，待曉堂前拜舅姑。
> 妝罷低眉問夫婿，畫眉深淺入時無？

這是詩人在朝廷考試之前寫給他的老師、詩人張籍的，以新嫁娘的心態來表現他忐忑不安的心情。張籍回他的詩寫道：「越女新妝出鏡心，自知明艷更沉吟。齊紈未是人間貴，一曲菱歌值萬金。」由此可見，唐朝詩人運用象徵手法已愈來愈豐富和多樣化，象徵性意象也愈益生活化，象徵的意蘊再不是以這種或那種理念（或「志」）為背景，而純粹是這種或那種感情的暗示，委婉曲折的表達。

第二種情境形態，在唐詩大量出現而常見的，是觸景（物）入情。詩人不把景或物作為主要表現對象，而是以主觀之情為主，以客觀景物為賓，景物的描寫往往是情感的渲染或補充，這就是「以情為地，以興為經」（釋皎然《詩議》中語），一切物象都轉化為「興象」或「意象」。唐初張若虛的名作〈春江花月夜〉僅僅是描寫花月春江絢麗的景色嗎？不是，「江畔何人初見月？江月何年初照人？人生代代無窮已，江月年年只相似。不知江月照何人，但見長江送流水。」表現了在江畔行吟的詩人對於宇宙永恒與人生短促的慨嘆，結合抒發與親人、友朋無限纏綿的離情別緒，全篇以「春江潮水連海平，海上明月共潮生」起，詩人感情便如春潮湧動，以「不知乘月幾人歸，落月搖情滿江樹」作結，激蕩的情思未因月落而平靜下來。春江、花月等常見的自然景物，為詩中抒情氣氛逐漸濃厚起著鋪墊、渲染、助其作感性顯現的作用。王昌齡更是融景入情而創造情境的好手，尤其是在他的七言絕句中得到完美的體現，讓我們先舉數例賞之：

〈芙蓉樓送辛漸〉

春雨連江夜入吳，平明送客楚山孤。
洛陽親友如相問，一片冰心在玉壺。

〈聽人流水調子〉

孤舟微月對楓林，分付鳴箏與客心。
嶺色千重萬重雨，斷弦收與淚痕深。

〈閨情〉

閨中少婦不知愁，春日凝妝上翠樓，
忽見陌頭楊柳色，悔教夫婿覓封侯。

三首詩中都顯示了鮮明的物象，但這些物象都融入詩人情思而化成了意象，孤獨的楚山之影（楚山孤）就是「一片冰心在玉壺」的對應，

「『孤』字自作一語，後二句別有深情」（陸時雍語），全是「楚山」意象化的延伸。第二首「嶺色千重萬重雨」既是鳴箏的音樂意象，又是聽箏人感而淚下的意象，「說淚如雨語亦平常，看他句法字法運用之妙，便使人涵詠不盡」（黃生語），其實這不僅是句法字法之妙，恰恰是「孤舟」、「微月」、「嶺色」對詩人難以名狀的惆悵之情渲染之妙，才有情往而深的審美境界。第三首有少婦情態、形態的具體描寫，而「陌頭楊柳色」由「忽見」而瞬間移情，「楊柳色」迅即轉化為少婦青春情懷。全詩從「不知愁」三字翻出，本是一種情感狀態，「楊柳色」的融入，「不知愁」的情態立即發生了質的變化，「悔教」不但是愁，而且愁思愈深，前後兩情映照，情思婉折，情境愈深也！陸時雍曾將王昌齡與李白的七絕加以比較：王昌齡是「意不待尋，興情即是，……多意而多用之」；李白是「詩不待意，即景自成，……寡意而寡用之」。李白的七絕，多是寓目輒書，率然而成，情寓景中，因此，像〈望廬山瀑布〉、〈望天門山〉、〈早發白帝城〉等詩，主要是物境的呈現（當然也不盡如此，像〈春夜洛城聞笛〉「誰家玉笛暗飛聲，……」亦示情境）。「昌齡得之椎練，太白出於自然，然而昌齡意象深矣。」（《詩鏡總論》）「意象深矣」正道著王昌齡此類作品善於融物入情的詩美特徵。

「情境」第三種形態，那就是直抒胸臆。《文鏡秘府論》中舉了一個詩例：

> 詩有平（憑）意興來作者，「願子勵風規，歸來振羽儀。嗟余今老病，此別恐長辭。」蓋無比興，一時之能也。

所引詩為南朝詩人徐陵的《別毛尚書》，後面還有四句：「白馬君來哭，黃泉我詎知，徒勞脫寶劍，空掛隴頭枝。」詩中無象徵之物，亦無融情之景，只是嗟老嘆別之情直接的陳述，王昌齡認為這類詩的創作只是「一時之能也」。他的集子中，這類詩的確很少，但也有比較典型的，如〈答武陵田太守〉：

仗劍行千里，微軀感一言，曾為大梁客，不負信陵恩。

詩人一腔俠義之情表現得淋漓感慨，透過沒有任何「形似之言」的四個短句，我們看到頗有英雄豪氣的詩人形象，這一形象，似乎是「但使龍城飛將在」的一個補充。

當一位詩人，他不用象徵之物或融景入情的方式，而要把心中的詩情直接傾吐出來，那往往是一個比較特定的時刻：平時從這一事物或那一事物所觸發的感情積蓄得太多了，不吐不快了，但是他感到任何單一的具體事物已經容納不了這種豐富的、激蕩的感情，或是他根本不願將這種激情委婉曲折地表達，於是，他就不再藉助物象來顯示，而樂於採取直接抒情的辦法。直抒胸臆，有直接撼動人心的力量。以李白為例，他素懷「濟滄海」之志，渴望得到朝廷的信任而施展其才，但希望屢屢破滅，他寫過〈長相思〉（美人如花隔雲端，上有青冥之高天，下有綠水之波瀾，天長夢遠魂飛苦，夢魂不到關山難……）和〈怨情〉（美人捲朱簾，深坐顰蛾眉，但見淚痕濕，不知心恨誰）等詩，委婉曲折地表述了自己不得志的心情。當這種鬱憤之情積蓄到再也壓不住了，逢到知己好友相聚之時，對酒酣歌之際，滿懷激情便如「黃河之水天上來」，傾腔而出，於是便有了〈將進酒〉、〈扶風豪士歌〉、〈梁甫吟〉等迴然不同於〈怨情〉之類的詩篇。「天生我才必有用」，是詩人代表無數在封建制度壓抑之下的知識分子發出來的呼聲；「古來聖賢皆寂寞，唯有飲者留其名」，是穿越歷史關山長歌當哭的悲音；「智者可卷愚者豪，世人見我輕鴻毛」，是詩人在賢愚混淆的社會裡深重的憂憤之情。「扶風豪士天下奇，意氣相傾山可移。作人不倚將軍勢，飲酒豈顧尚書期！」又是李白一生蔑視權貴高傲之情的集中表現。這些直抒胸臆的詩篇和詩句，無疑比那些融景入情或象徵型的詩篇更有直接打動人心的力量。

詩人在創造這樣的情境時，他的感情實際上已久久思之於心而沉澱為一種潛意識了，在他不斷變換的生活閱歷、生命體驗中，無意識地對這些感情不斷地進行了概括和提煉，當他提起筆來，各種感情紛紜而至時，他很快能直覺地分辨：那種感情是所有感情中起主導作用、又最能表現自己的心境，而且迫切需要傾吐、不吐不快的；哪些感情是不足與外人道或不可與外人道的（瑣細的、甚至是卑微的等等），這可能也是王昌齡所說「皆張於意而處於身，然後馳思，深得其情」。「深得」二字對於直抒胸臆的詩很重要，因為它沒有任何審美意象、畫面可作誘導因素，情不深則不能引人入境、感人至深。再說，詩人感情如滔滔長河，他只能從長河中舀一瓢，並且還要對這一瓢進行濃縮和淨化。俄國文藝理論家杜勃羅留波夫說過：「一個真正而崇高的詩人，從來不會只沉醉在本能的感情裡，絲毫沒有理智的顧問。詩人的思想越崇高，思想在他的詩裡就表現得越完整，它和內心感情底結合也越是緊密。」[5]詩人只有將自己豐富的感情材料，在湧入筆端、化為詩篇時再「馳思」一番，才有可能創造一個感情更濃烈、更完整、更能觸動別人心弦的藝術的情境。上述李白「直抒胸臆」的詩篇較長，但他總是以幾個激情凝聚的詩句，來標示他感情奔瀉的軌跡和湧起的浪峰（我引錄的詩句即是），絕無感情分流的跡象。我們再看僅有四句的〈登幽州台歌〉吧：

前不見古人，後不見來者，念天地之悠悠，獨滄然而涕下。

5　〔俄〕杜勃羅留波夫：〈阿·瓦·柯爾卓夫〉，《杜勃羅留波夫選集》（上海市：上海譯文出版社，1983年），第1卷。

當陳子昂獨立高台，俯仰天地，縱覽古今，感懷身世，一時思緒百端。如果吐而為文，百千言不能盡其意。但是，他只將「前不見古人，後不見來者」這種孤獨的感覺進行深化，想到宇宙的悠久，人事的飄忽，古人已遠，後人未來，然後把這種傷往憂來之情無限擴張，繼而讓它充盈宇內，把登台時所發生的其他感情全部排開出去，再輔之以「滄然而涕下」，這一形體動作（不是描寫），使我們感到了詩人肩負歷史重任的沉重心情，一個蒼茫、悲壯的境界便呈現在歷代讀者面前了。這種感情的提煉是何等高超，很明顯是詩人「馳思」和「理智顧問」的結果，只是這種「顧問」不是從理論上進行比較和選擇，是思想與感情在「馳思」過程中能動的取捨。

詩人在創造情境時，還在實現一個特殊的審美要求，那就是他在抒發經過提煉的、具有個性化的感情、展現自己的精神世界時，也在創造自己的形象。朱光潛先生說：「情趣如自我容貌，意象則為對鏡自照。」（《詩論》）凡是「深得其情」的詩篇，詩人的自我形象就更為突出，我們正是從〈將進酒〉之類的詩篇，而不是從〈怨情〉之類的詩篇直接認識李白的，陳子昂是在〈登幽州台歌〉而不是在〈感遇〉三十八首中留給後人一個獨立蒼茫的形象。因為在這一類詩中，詩人的形象較之他的本體：個性更突出（突出了最主要的個性特徵，如李白的狂放不羈），情感更熾烈（都是「發憤抒情」），內涵更豐富（經過濃縮和強化），外延更廣大（更帶普遍性），因此，詩中詩人的形象，是現實生活中詩人具象的昇華，不過，這都是讀者從「情境」的感受之中，將詩人的感情信息還原成詩人的形象（也可說是一個「意中之象」），從這個意義來說，直抒胸臆的詩篇正因為有言外之象，方可說是「有境界」。

三　表達「內識」、哲理、生命真諦——「意境」

關於「意境」，王昌齡的定義似乎是承「情境」而來的：「亦張之於意而思之於心，則得其真矣。」《二南密旨》說的「意格」是：「取詩中之意，不形於物象。如古詩云：『行行重行行，與君生別離』；如晝公賦〈巴山夜猿送客〉：『何年有此路，幾客共沾襟』。」《風騷旨格》所謂「用意」僅舉兩聯詩為例：「那堪懷遠道，猶自上高樓。」「九江有浪船難濟，三峽無猿客自愁。」看來後者皆是皮相之言。「意境」的特徵是在「情境」的「深得其情」之後，再有一個「則得其真」，我們須從「真」字入手破譯「意境」的密碼。但是，我們先要理清一下「意」與「情」的關係。

我們已多次談到合「情」、「志」為「意」之說，南朝文論家將「氣、才、性、情、志」融通而以「意」總稱，「意」與「情」在人的精神範疇裡是總體與局部的關係。可是，「意」中雖然包含了情感因素，卻又不能說「情」具備了「意」的全部內涵，實際上，「意」與「情」之間還是有些微妙但又重要的區別。釋皎然的《詩式》〈辨體〉有一十九字，第八字是「情」：「緣境不盡曰情」；第十六字是「意」：「立言磅礴曰意」。他以漢魏詩為例句，來證明「情」是緣境而發，「意」則是一種更深刻的思緒：「河漢清且淺，相去復幾許。盈盈一水間，脈脈不得語」，是直抒男女相思之情，而「冉冉孤生竹，結根泰山阿。與君為新婚，菟絲附女蘿」則表達了一位女子對於男女婚姻關係的認識和願望。謝靈運有兩句名詩：「『池塘生春草』，情在言外；『明月照積雪』，旨冥句中。風力雖齊，取興各別。」這裡也有「情」與「意」的微妙區別，前者「辭似淡而無味」，細細品味就感到「言外」詩人於新春蒞臨而生的喜悅之情；後者以皎潔的月光與清冷的白雪相映，令人生思，覺詩人另有寓意在焉。他特別解釋了「立言磅礴曰意」:「意有磅礴者，謂一篇之中，雖詞歸一旨而興乃多端，用識與才，蹂踐理窟。」這就是說，「情」比較單純，「意」則更為複雜，多端情思而生成意中主旨，實質上它已蘊含了人對於客觀世界的理性認識即佛家所謂「內識」。「情」與外界事物相連，偏於感性的「興會」，感物而生情，而動情，「情」是人對他所遇到的具體事物最初的、直接的往往是外露於形的表態。感情積累並進一步深化，便產生了「意」，上升為人的思想意識。作為一個人的主體意識，形成於各種社會關係之中，受到政治、經濟、生活環境、個人遭際等各方面的影響，還受到來自歷史的傳統文化積澱的影響，這些影響大都是由感情的傳導由外而內，深化為「意」，這就是「興乃多端」而「詞歸一旨」；眾多的「意」建構了人的思想意識，使他對周圍的世界有個總的看法，這就是「蹂踐理窟」了。由此我們就可進一步區別「情」和「意」不同的品質:「詩人感物，聯類無窮」，感情是活躍的，易於變化的；「神居胸臆，志氣統其關鍵」，「意」是比較持重的、穩定的。這樣，「意」就處於可以支配感情活動的地位。用一個形象來表述：感情是思想意識伸出的觸角，它觸及外界事物，便活躍起來；思想意識一旦獲得信息，便指揮感情繼續活動。感情的擴展與深化，一定要有「意」的參與，不然的話，人的感情活動便只能停留在表層的、狹窄的、局於一事一物的範圍，所以《文鏡秘府論》裡強調「意是格」，是關係到全局的心理要素，僅憑一事一物所觸發的感情，沒有記憶、聯想、想像以調動思想意識庫裡更多「意」的參與，要「出萬人之境，望古人於格下」是不可能的，像王昌齡「秦時明月漢時關」那樣的詩篇，便是詩人將歷史之跡、現實之狀、個人之遇融合而出，才有此詩的「意態絕健」、「悲壯渾成」。《文鏡秘府論》又云：

> 詩本志也，在心為志，發言為詩，情動於中，而形於言，然後書於紙也。高手起勢，一句更別起意；其次兩句起意，意如湧

> 烟，從地升天，向後漸高漸高，不可階上也。下手下句弱於上句，不看向背，不立意宗，皆不堪也。

這段話雖然是偏重於技巧之談，但其中「意如湧烟」幾句，實質上很恰當地表述了詩人在構思謀篇時，創作心理的活躍與詩情不斷昇華之狀。

王昌齡將「意境」置於最後，我們將他對「三境」闡釋的最後一句排在一起看：「故得形似」、「深得其情」、「則得其真」，可悟出「三境」相承的關係與區別，也可用「向後漸高、漸高」來描述。「意境」不但是作為詩境的一種類型，而且是詩的三種審美境界中最高的一種境界，它和「情境」的區別，關鍵在「深得其情」與「得其真」這一點上。

這個「真」，我們可以從道家與佛家的哲學思想得到啟示。道家之「真」，我們介紹莊子情感說時就聯繫到文學，現在，我們再又由文學返視哲學，從老子說的「道之為物……其中有精，其精甚真」、莊子說的「法天貴真」推導，他們心目中的「真」其實就是「道」，「反璞歸真」，歸向宇宙最高本體——「道」，只有「道」的境界才是純真的境界。「真者，精誠之至也」，這是人生思想、感情、精神的最高境界，是「應物而不累於物」最後達到「超然物外」的一種境界。佛家之「真」，則是強調他們的「內識」，「大師立唯識比量云：真故極成色，不離於眼識」(《真唯識量》)。客觀世界無所謂真實，一切「但由假立，非實有性」，只有「內識」才能去假存真，存純粹的精神之真，這樣就可「覺通如來，盡佛境界」。有的佛典比「唯識」論要開通一些，像《俱舍論頌疏》將「六根」、「六識」的「功能」衍化為境界，「實相之理為妙智遊履之所，故稱為境。」「理」就是佛家的道，「實相之理」就是佛家的最高境界，所以，詩、佛皆通的釋皎然就以「詣道之極」、「向使此道」統稱之。

由表面上看，道、佛二家之「道」似乎是矛盾的。一說「道」是宇宙本體（人法地，地法天，天法道，道法自然），一說「道」為「內識」與「識變」（心含萬法是大），分踞於心外與心內兩個極端。但他們都求「物外」之「真」卻是一致的，不過是一向外求，一向內求；一由「與物有宜而莫知其極」，一由「共相」而「不共相」。這樣，釋皎然才有可能用「但見情性，不睹文字」將兩家之「真」糅合起來。王昌齡所說「意境」得其「真」，實質上也是心內之「真」與心外之「真」的糅合，讓我們看他三首寫到「真」的詩：

〈靜法師東齋〉

築室在人境，遂得真隱情。春盡草木變，雨來池館清。

琴書全雅道，視聽已無生。閉戶脫三界，白雲自虛盈。

〈同王維集青龍寺縣壁上人兄院五韻〉

本來清靜所，竹樹引幽明。檐外含山翠，人間出世心。

圓通無有象，聖境不能侵。真是吾兄法，何妨友弟深。

天香自然會，靈異識鐘音。

〈武陵開元觀黃煉師院三首〉之三

山觀空虛清靜門，從官役吏擾塵喧，暫因問俗到真境，便欲投誠依道源。

前兩首寫的是佛家之「真」，後一首寫的是道家之「真」，所謂「真隱情」就是人雖在「人境」而視聽感官不為外物所擾，「三界」（欲界、色界、無色界）俱在身外，「身」出世外，「心」亦出世外。「圓通無有象」是佛家「聖境」，而「空虛清靜」是道家「真境」，是否可以這樣說：在「了然境象，故得形似」之後能臻至超然「象外」，在「深得其情」之後能臻至超然「情外」[6]。如果說，「物境」與「情境」，還是以詩人感覺經驗之特質為主的話，那麼，「意境」就具有超感覺的特質，是「物境」與「情境」的再度昇華，是境外之境，用前已引窺基的話來說，就是「非境分別，心方得生。故非唯境，但言唯識」，即純然「內識」之境。

佛家的「內識」之境，基本上是空中樓閣，因為他們完全否認「外境」的真實性。詩家的「內識」之境即「意境」，是基於「外境」而入，他們不否認具有基礎意義的「物境」與「情境」，已入佛家圈中的詩人釋皎然也是如此，他在《詩式》中說：

> 夫詩人之思初發，取境偏高，則一首舉體便高；取境偏逸，則一首舉體便逸。

「偏高」之境，可理解那些具有較高審美價值的「物境」與「情境」；「偏逸」之境，即指那些超然常情實物之外的「意境」，用畫家的「逸品」之語，就是「莫可楷模，出之意表」。著名詩人劉禹錫則說：

> 片言可以明百意，坐馳可以役萬景，工於詩者能之；……詩者，其文章之蘊邪？義得而言喪，故微而難能；境生象外，故精而寡和。(〈董氏武陵集記〉)

前面說「能之」，後面又說「難能」與「寡和」，前者就是指「物」、「情」兩種詩境，後者就是王昌齡所界定的「意境」，他明確地標舉「境生象外」。

---

6 唐人高仲武選唐詩《中興間氣集》，評皇甫冉詩，即有「冉詩巧於文字，發調新奇，遠出情外」之語。

「意境」在創作實踐中怎樣表現？其實，它不止於《二南密旨》所說「不形於物象」，它與「情境」有更多相似之處，「深得其情」的詩篇，其情超越了一般的人之常情而有了更深廣的生命體驗的內涵，如王昌齡的「秦時明月……」陳子昂的〈登幽州台歌〉，也可視為有「意境」的詩篇。按「得其真」所示，詩人之「意」應該昇華到類似道、佛的「道」、「理」境界，對佛、道有興趣的詩人，可以在與佛、道有關的題材中直接實踐，表現自己對彼的領悟，前面所舉王昌齡三首有關佛、道之「真」的詩，可屬此種「意境」。有的詩人則由彼及此，在自己生命意識中去感受、去體驗，形成有自己生命意識的獨特意境，宋人曾這樣評王維的〈終南別業〉：

> 「中歲頗好道，晚家南山陲，興來每獨往，勝事空自知。行到水窮處，坐看雲起時。偶然值林叟，談笑無還期。」此詩造意之妙，至與造物相表裡，豈直詩中有畫哉！觀其詩，知其蟬蛻塵埃之中，浮游萬物之表者也。（轉引自《詩人玉屑》卷十五）

這位評論者特別注意到了〈終南別業〉的「造意之妙」，這個「意」就是王維所體悟的「道」之真諦：超然物外，與世無爭，與大自然同作息，共始終，而達到身與心均無限自由、曠達的境界。此詩並不以「詩中有畫」勝，而是表現詩人「蟬蛻塵埃之中」的心境，因此區別於〈山中〉那一類型的詩。王維詩集中此類詩並不少見，再如他的〈酬張少府〉：

> 晚年唯好靜，萬事不關心。自顧無長策，空知返舊林。
> 松風吹解帶，山月照彈琴。君問窮通理，漁歌入浦深。

沒有景物的渲染，也無感人之情的抒發，只是一種平靜心境的描述，其中卻有悟破人生命運窮通的意蘊，但詩人又沒有直接表述，只是以「漁歌入浦深」暗示之，這是王維的「內識」在欲言不言之間「似外境現」。清代徐增說：「太白以氣韻勝，子美以格律勝，摩詰以理趣勝。……摩詰精大雄氏之學，篇章字句，皆合聖教。」（《而庵詩話》）其實，王維的「理趣」多是他在大自然與人生中悟到的「窮通理」，並不全含佛家「視聽無生」之教，讓我們還看他一首短詩〈臨高台送黎拾遺〉：

相送臨高台，川原杳何極。日暮飛鳥還，行人去不息。

詩人在送友人遠行之時，由放眼川原無極聯想到人生長途漫漫，飛鳥尚知倦飛而還，人為了生存與事業卻永遠跋涉不息。這就是一種人生意境，詩人很冷靜、鎮定地卻又不無悲壯地表現它，「語短意長而聲不促」（《峴傭說詩》），令讀者尋味不盡。所以殷璠在《河嶽英靈集》裡評王維詩就寫下了這樣的話：「維詩詞秀調雅，意新理愜，在泉為珠，著壁成繪，一句一字，皆出常境」。

中國當代著名科學家錢學森先生以科學的眼光觀察文學藝術時說過這樣的話：「我認為文學藝術有一個最高的台階，那是表達哲理的、陳述世界觀的。在詩詞部門就有，李白的〈下途歸石門舊居〉就是一個例子吧。在音樂部門中也有，貝多芬的第九交響樂、弦樂四重奏111號作品、布拉姆斯四首莊嚴歌曲等都是。這類最高台階的文藝作品給人的衝擊是深刻的、持久的，所以我想應該把它們放在頂峰位置。」[7]這個見解是非常正確的，它可以解釋文學藝術史上那些最優秀的文藝作品，為什麼其藝術魅力永久不衰。「得其真」的「意境」，一般來說都達到了表達自然之道與人生哲理的最高境界，用司空圖的

7 錢學森：〈我看文藝學〉，《藝術世界》1982年第5期。

話來描述，或是「俱道適往」、或是「如見道心」，或是「真體內充」，或是「真力彌滿」……哲理蘊含的無或有、淺或深，於是就有詩的境界高下之分，就有「常境」和「出常境」的詩篇。陸時雍說李白「寡意而寡用之」，徐增說「太白以氣韻勝」這都是局於李白某部分作品和較突出的特點而言的，實際上李白有不少作品也是別有深意的，如〈山中答問〉：

> 問余何意棲碧山，笑而不答心自閑。
> 桃花流水窅然去，別有天地非人間。

沒有如〈將進酒〉那樣激情沸騰，展示了詩人在「大道如青天，我獨不得出」的苦悶之後，悟到的另一種人生境界，從氣高情烈到悠然意遠。再如〈宣州謝朓樓餞別校書叔云〉：

> 棄我去者，昨日之日不可留；亂我心者，今日之日多煩憂。長風萬里送秋雁，對此可以酣高樓。蓬萊文章建安骨，中間小謝又清發。俱懷逸興壯思飛，欲上青天覽明月。抽刀斷水水更流，舉杯消愁愁更愁。人生在世不稱意，明朝散髮弄扁舟。

這首詩正面表現了李白對人生命運窮塞和通顯之理的思考，可是較之王維的〈酬張少府〉來得率直，嘆昔傷今，弔古思賢，抒懷寫志，一意三折：「抽刀」二句，是李白對某種人生真諦的悟破，對於全詩的情思來說，在這裡上升到「得其真」的境界。上述兩詩，似乎都是表現了李白一種消極、頹唐的人生哲學，但他對「別有天地」的嚮往與追尋，卻具有一種「永恒」的象徵意義。錢學森先生提到的〈下途歸石門舊居〉，過去沒有引起研究者的特別注意，很多選本也不錄此詩，全詩較長，讓我全錄如下，與讀者共同對李白的「頂峰」作品作一番哲理的體悟吧：

> 吳山高，越水清，握手無言傷別情，將欲辭君掛帆去，離魂不散烟郊樹。此心鬱悵誰能論？有愧叨承國士恩，雲物共傾三月酒，歲時同餞五侯門。羡君素書常滿案，含丹照白霞色爛；余嘗學道窮冥筌，夢中往往遊仙山，何當脫屣謝時去，壺中別有日月天。俛仰人間易凋朽，鐘峰五雲在軒牖，惜別愁窺玉女窗，歸來笑把洪崖手。
> 隱居寺，隱居山，陶公煉液棲其間，凝神閉氣昔登攀，恬然但覺心緒閑，教人不知幾甲子，昨來猶帶冰霜顏。我離雖則歲物改，如今了然識所在，別君莫道不盡歡，懸知樂客遙相待。
> 石門流水遍桃花，我亦曾到秦人家，不知何處得雞豕，就中仍見繁桑麻。翛然遠與世事間，裝鸞駕鶴又復遠，何必長從七貴遊，勞生徒聚萬金產。挹君去，長相思，雲遊雨散從此辭，欲知悵別心易苦，向暮春風楊柳絲。（王琦輯注《李太白全集》卷二十二）

郭沫若先生在他那部令人有不少遺憾之處的著作《李白與杜甫》中也談到這首詩，並作了較詳細的分析，他說，此詩「應該作於寶應元年即他去世之年的春天。他前往當塗的橫望山去向舊友吳筠道士訣別，也是他和道教迷信的最後的訣別」。李白一生中曾兩居安徽當塗，第一次是他四十三四歲時在長安得意了幾年之後，被唐玄宗「賜金放還」，在河南、山東、江浙一帶遊蕩了幾年，四十七歲時在當塗橫望山（隱居山）定居了一段時間。第二次是參加永王起兵失敗後，被流放夜郎，旋即又被赦回，在湖南等地飄泊了兩年之後，六十一歲時又回到當塗養病，詩題有「歸石門舊居」字樣，顯然是第二次來，確如郭老所說，是去世之年所作。這首詩中，詩人對自己的一生作了簡略的回顧，發出了學書學劍皆不成，從政皈道都不達的慨嘆，不過，從全詩看，詩人並不是「和道教迷信作最後的訣別」，而恰恰是悔恨自己塵心未淨，雖曾熱衷於學道，卻始終未進入道的境界。如今他以被流放過又患重病之身重歸石門，看見昔日老道友「猶帶冰霜顏」，才真正理解了「俛仰人間易凋朽」；自己也曾有過「恬然但覺心緒閑」的時候，現在舊地重遊，還「了然識所在」。最後一段說「我亦曾到秦人家」，即本已成了桃花源中人，卻又誤落塵網，「何必長從七貴遊，勞生徒聚萬金產」，是詩人最後發出的悔恨之辭。到了風燭殘年，再也不能像當年那樣「凝神閉氣」去「登攀」精神的高峰了，天色「向暮」了，他在向山中道士訣別。從這個意義上說，這首詩確可視為李白「六十二年生活的總結」，這裡不見往日醉時的豪語，也沒有憤世嫉俗的激情，「人是清醒的，詩也是清醒的。」[8]詩人將自己一生坎坷的人生境遇，充滿矛盾的生命體驗，留在詩中，這可能就是李白晚年所創造的——區別於那些「以氣韻勝」的優美物境、壯烈情境——「頂峰」境界，也就是他終於悟到了「生命真諦」的境界吧！當然，我們今天對於李白所陳述的世界觀或許會不以為然，對於詩中所表達的哲理也難以認同，但是，一位天才詩人的命運「雲遊雨散從此辭」的悲劇性結局，不能不引起我們心靈的震顫，為他苦苦追求的種種人生目標終未實現而深深地思考。一個正直的知識分子，不能進而逞其志，亦不能退而安其身，「鳥之將死，其鳴也哀；人之將死，其言也善」，真正能讀懂此詩並深解其中味的讀者，不也會聯繫自己的命運有撼動肺腑的反思嗎？

---

8 引郭沫若：《李白與杜甫》（北京市：人民文學出版社，1972年），頁149-155。

三

詩境的創造與鑑賞

一　「三境」歸一——「境者，意中之境」

將詩境劃分為三種類型，並將「意境」作為最高的一種境界，賦予其特殊的含義，可說是詩境說從佛學理論中分娩出來時留下的一個胎記。在唐代詩論中，除王昌齡《詩格》外，尚未見過他處用過「意境」一詞，《文鏡秘府論》也只是單獨用一「境」字，釋皎然說「取境偏逸」，劉禹錫說「境生象外」，司空圖說「思與境偕」(〈與王駕評詩書〉)，都未有「物」、「情」、「意」之分，倒是殷璠所說王維「皆出常境」，等於是承認詩境有「常境」與「超出常境」兩類之分，這種分別也見於中唐詩人權德輿〈送靈澈上人廬山回沃州序〉:

> 上人心冥空無，而跡寄文字。故語甚夷易，如不出常境，而諸生思慮，終不可至。

靈澈的詩出語平易，好像未超出一般的詩境，實際上，他的詩的境界是其他人思慮至深也達不到的。什麼樣的詩境是「常境」呢?《中興間氣集》(唐人選唐詩十種之一) 的編選者高仲武在評一位並不怎麼有名的詩人張南史時說過這樣的話:「張君奕碁者，中歲感激，苦節學文。數載間，頗入詩境，如『已被秋風教憶鱠，更聞寒雨勸飛觴』，可謂物理俱美，情致兼深。」這後面八個字應是對「常境」的概括描述，把王昌齡「物境」與「情境」的特徵都容納了。

當詩境說為更多的詩人接受時，有的詩人對佛學不感興趣或沒有多少了解，他們便不能把握「意境」的特殊內涵，還是根據「情志所托，以意為主」去把握和創造詩的境界。「境」或「境界」概念的引入，本來就是為了確立詩人主觀世界與客觀世界會合交融時一種可感的審美形態，是詩人將自己的精神對象化實現找到了一個最佳的「所托」，從根本上說，「物境」與「情境」也都是意境，都是詩人的意中之境，不過是不同詩人所創造的不同意境有淺有深、有顯有隱而已。因此，到了宋朝以後，便愈來愈一致地以「意境」統稱詩之三境。蘇軾提出「詩中有畫，畫中有詩」之說，詩中的繪畫美被著重地強調了。把詩境擬之於畫境，當然也會有「逸」、「神」、「妙」、「能」之別，「物境」這一概念就不能準確表達「詩中有畫」境界的特質，因為境中的物象也是受詩人主觀之意的影響，呈現出不同於生活實象的藝術形象。蘇軾又說了「境與意會」(《東坡詩話》)，比司空圖的「思與境偕」表述得更清楚，但他也推崇接近佛家境界的詩境，在〈送參寥師〉一詩中寫道：「欲令詩語妙，無厭空且靜。靜故了群動，空故納萬境。閱世走人間，觀身臥雲嶺。鹹酸雜眾好，中有至味永。」此所推崇「靜」、「空」之境，可視為他對劉禹錫〈秋日過鴻舉法師寺院便送歸江陵詩引〉中所說「虛」的一番發揮，劉禹錫說；「梵言沙門，猶華言去欲也。能離欲，則方寸地虛，虛而萬景入，入必有所泄，乃形乎詞，詞妙而深者，必依乎聲律……因定而得境，故翛然以清；由慧而遣詞，故粹然以麗。」不過蘇軾也強調了「閱世走人間」的境界，「靜」中有「動」，「空」中有「物」(觀身臥雲嶺)，創造出「鹹酸雜眾好」的多種境界。他還對參寥說「詩法不相妨，此語更當請」，其言下之意是：詩歌與佛法兩不妨礙，投入人間觀察了解社會現實，橫臥山嶺中作「空且靜」的內心體驗，二者可以相輔相成。

北宋著名詩人梅堯臣和歐陽修，都特別強調作詩的立意，創造出「含不盡之意」的意境。歐陽修《六一詩話》記梅堯臣語曰：「詩家雖率意，而造語亦難。若意新語工，得前人所未道者，斯為善也。必能狀難寫之景如在目前，含不盡之意見於言外，然後為至矣。」這樣的詩篇，「作者得於心，覽者會其意」，很難有具體的確指，他舉了幾例「略道其彷彿」；「若嚴維『柳塘春水漫，花塢夕陽遲』，則天容時態，融和駘蕩，豈不如在目前乎？又若溫庭筠『雞聲茅店月，人跡板橋霜』，賈島『怪禽啼曠野，落日恐行人』，則道路辛苦，羈愁旅思，豈不見於言外乎？」歐陽修在他自作的〈滄浪亭〉詩中，抒寫了他讀了蘇舜欽寄給他的〈滄浪吟〉之後，對詩中所呈現意境的感受：詩裡首先說他沒有到過滄浪亭，「滄浪有景不可到，使我東望心悠然」，雖然作了一番「荒灣野水氣象古」的想像，但展讀蘇詩所見到的是──

> 初尋一徑入蒙密，豁見異境無窮邊。風高月白最宜夜，一片瑩淨鋪瓊田。清光不辨水與月，但見碧空涵漪漣。清風明月本無價，可惜只賣四萬錢。又疑此境天乞與，壯士憔悴天應憐。……

蘇詩所呈現的境界，肯定不是對滄浪亭自然物境的摹擬，是詩人「窮奇極怪」、「探幽索隱」所獲得的詩境，因而使歐陽修「疑此境」是上天賜予的，這是對蘇舜欽創造的意中之境的高峰體驗和極而言之的讚美。

在宋時，「意境」之於詩，還有另一種解釋，那就是比較機械地將「意」與「境」拆開來講，好像任何一首詩、一聯一句詩都是「意」與「境」二元的簡單複合。這種說法首見於偽托白居易作的《文苑詩格》[1]，其中有一條云：

> 或先境而後意，或入意而後境。古詩「路遠喜行盡，家貧愁到時」，家貧是境，愁到是意。又詩「殘月生秋水，悲風慘古

1　羅根澤：《中國文學批評史》（二）指出「舊題白居易《文苑詩格》」是偽品，「是歐陽修等改革詩體以後的留戀於舊巢的偽品」。

> 台」，月台是境，生慘是意。若空言境，入浮艷；若空言意，又重滯。

「境」與「意」皆不可空言是對的，但從字從句去析意與境，無疑是對一首詩整體境界的肢解，從所引兩聯詩看，也不能離開上句來談意與境，若只標出某句詩有「境」或有「意」，其餘各句如何處置呢？這顯然是鄉村學究的解詩法。南宋僧人普聞，大概凡心未淨，他也如法炮制，在他殘存的《詩論》中說：「天下之詩莫出於二句：一曰意句，二曰境句。境句則易琢，意句難制。境句人皆得之，獨意不得其妙者，蓋不知其旨也。」他不是以詞為單位，改而以句為單位，認為「意句之妙」是「意從境中宣出」，請看他對一些詩「意」與「境」的劃分：

> 陳無己詩云：「枯松倒影半溪寒，數個沙鷗似水安（境中帶意）。曾買江南千本畫，歸來一筆不中看（意）。」石屋詩云：「八峰春到了，雙澗雨初晴（境）。小室鈎簾坐（境中帶意），人間無畫圖（意）。」〈禁臠〉謂奪胎法，石屋之詩見之，然其境句不勝耳。又詩亡名：「千金卻買吳州畫，今向吳州畫裡行（意）。小雨半收蒲葉冷，漁人歸去釣船橫（境）。」此亦前模之自出也。予亦效顰曰：「水闊天長雁影孤，眠沙鷗鷺倚黃蘆，半收小雨西風冷（境），藜杖相將入畫圖（意）。」[2]

所引的例詩皆非佳作，其「意」與「境」俱淺，可能僅有利於普聞去作如此分割，如果創作按此種框格，無異於小學生填紅模。但雖然如此，倒可說明「意境」觀念當時已經普及到一般的詩作者當中。

---

2 轉引自武漢大學中文系古代文學理論研究室編：《歷代詩話詞話選》（武昌市：武漢大學出版社，1984年），頁179-180。

由南宋而入元，崇尚江西詩派並編選了唐宋以來近體詩為《瀛奎律髓》的方回，寫過一篇〈心境記〉，這篇文章是談詩的意境問題的專論。方回把詩中展現的種種境界，統統視為詩人之「心境」，他認為，詩人對詩境的審美追求，不必「喜新而厭常」；「厭夫埃塵卑湫之為吾累，而慕夫空妙超曠以自為高，則山經海圖崖梯波航之所傳聞，足以幻世而駭眾」，那也不一定就是「幽人逸客」的獨特詩境。陶淵明的詩寫的就是普通的「人境」，「結廬在人境，而無車馬喧」，為什麼陶淵明能處身那種超然物外的「人境」？方回便以「心遠地自偏」而生發：「吾嘗即其詩而味之：東籬之下，南山之前，采菊徜徉，真意悠然，玩山氣之將夕，與飛鳥以俱還，人何以異於我，我何以異於人哉？『盥濯息簷下，斗酒散襟顏』，人有是我亦有是也；『相見無雜言，但道桑麻長』，我有是人亦有是也。」這就是說，詩的境界本自人人皆有所感受的現實生活的日常境界，但詩人在詩中所表現的境界又畢竟不同於常人的境界，為什麼呢？主要在於詩人之心不同於常人之心：

> 顧我之境與人同，而我之所以為境，則存乎方寸之間，與人有不同焉者耳。……然則此淵明之所謂心也，心即境也。治其境而不於其心，則跡與人境遠，而心未嘗不近；治其心而不於其境，則跡與人境近，而心未嘗不遠。（《桐江集》卷二）

方回所謂「心」，就是「情」、「意」的概稱，他實質上在區別現實生活之物境與詩人「存乎方寸之間」的意境。一個寫詩的人如果僅在不「與人同」的物境上下工夫，不從自己的情意中煉其獨特感受，則詩中境界之表象雖然與「人境」相距甚遠（即「空妙超曠以自為高」），但其「心」卻「與人同」，那麼，其「境」則無情深意遠之致；如果他主要是「治其心」而不企求幸遇何種「幻世而駭眾」的物境，那麼，他在詩中所呈現的境界雖然是常人所遇之境界，但有常人所不及的意遠情悠之趣。這就是陶淵明「心遠地自偏」在詩創作中所隱含的奧妙。方回體悟到了詩境形成過程中詩人主觀方面的作用，無疑是對「意境」說已經有了比較成熟、比較全面的認識。

明、清之時，「意境」得到了完全的確認，對「意境」簡單的理解已極少見，也逐漸把它從佛、道神秘氛圍中解脫出來，詩人和詩論家們對於方回的「治其心」有了更深入的發揮，即更自覺地從詩人審美心理與詩的美感效應來闡釋意境的發生與表現。王世貞說：「才生思，思生調，調生格，思即才之用，調即思之境，格即調之界。」將才、思、調、格統一於「境」，「情」與「事」是境界構成的兩大要素，一個詩人如果僅僅是「善言情」或「善徵事」；那其詩就「境皆不佳」(《藝苑卮言》)。朱承爵在《存餘堂詩話》則語簡意賅：

> 作詩之妙，全在意境融徹，出音聲之外，乃得真味。

「意境融徹」，就是境從意生，意融境中，像「孫康映雪寒窗下，車胤收螢敗帙邊」，皆是皮相之言，雖然「事非不覈，對非不工」，「音聲之外」卻毫無意味。清人紀昀在評論元代方回所編的《瀛奎律髓》中，根據方回所特別注意的「景在情中，情在景中」、「情寓於景」的審美選擇，較多採用「意境」一詞作為評詩標準，評杜甫〈江月〉詩「意境深闊」，評孟浩然〈歸終南山〉詩「意境殊為深妙」，評柳宗元〈登柳州城樓寄漳汀封連四州〉詩「一起意境宏闊遠到，倒攝四州，有神無跡」，評陳與義〈登岳陽樓〉詩「意境宏深，直逼老杜」，……這是很自覺地將「意境」作為詩的重要審美標準了。但也要指出：明、清之際有兩位很知名的理論家謝榛和王夫之，他們都以「景」言「境」，把情景交融作為詩之意境。謝榛說：「作詩本乎情、景，孤不自成，兩不相背，……景乃詩之媒，情乃詩之胚，合而為詩。」(《四溟詩話》）王夫之說：「情景名為二，而實不可分離，神於詩者，妙合無垠。」又說：「不能作景語，又何能作情語邪？……以寫景之心理言情，則身心中獨喻之微，輕安拈出。」這些對於創造「物境」及某種「情境」（如融景入情）的詩，固然是精闢之論，但有意境的詩並不都是「情中景」、「景中情」的詩。「境」有著比「景」的呈現更深廣的內涵，這一點，潘德輿在《養一齋詩話》中表述得更全面：

> 神理意境者何？有關寄托，一也；直抒己見，二也；純任天機，三也；言有盡而意無窮，四也。

他把王昌齡的「三境」都包括進來了，「言有盡而意無窮」，可說又是對三者都適應的總體要求。

清末民初，意境理論趨於完善。王國維的境界說我將另立專章，這裡只簡述梁啟超、林琴南兩家。梁啟超關於小說境界說亦留待下章，僅介紹其〈惟心〉[3]一文中有關論述。文云：

> 境者，心造也。一切物境皆虛幻，惟心所造之境為真實。……「月上柳梢頭，人約黃昏後」，與「杜宇聲聲不忍聞，欲黃昏，雨打梨花深閉門」，同一黃昏也，而一為歡聚，一為愁慘，其境絕異。「桃花流水窅然去，別有天地非人間」與「人面不知何處去，桃花依舊笑春風」，同一桃花也，而一為清淨，一為愛戀，其境絕異。……然則天下豈有物境哉！但有心境而已。

梁啟超並無否定「物境」客觀存在的意思，他不過是將方回的「心

3　梁啟超：〈惟心〉，《自由書》，收入《飲冰室專集》，卷2。

境」說加以更生動、更細緻的發揮而已。他以「戴綠眼鏡者，所見物一切皆綠；戴黃眼鏡者，所見物一切皆黃」來說明人由於心境不同，面對同一物境而所見各異。又說：「天地之間物，一而萬，萬而一者也。山自山，川自川，春自春，秋自秋，風自風，月自月，花自花，鳥自鳥，萬古不變，無地不同。然有百人於此，同受此山此川此春此秋此風此月此花此鳥之感觸，而其心境所現者百焉。……」同樣一種物境，可以幻化出百人百種、千人千種、億萬人「無量數」不同的「心境」，所以可說「心境」實在是虛幻之境，於此反觀客觀之物境：

> 欲言物境之果何狀，將誰氏之從乎？仁者見之謂之仁，智者見之謂之智，憂者見之謂之憂，樂者見之謂之樂，吾之所見者，即吾所受之境之真實相也。故曰，惟心所造之境為真實。

應該指出，梁啟超此所謂「真實」，限於「真實」自我之感情而言，是主觀之真實而非客觀之真實，是審美理想之真實，在審美境界的創造中不以「我為物役」而是「物為我役」。這樣說，就是強調一切藝術境界都以「我」為本體，以我之心、意、情真實與否而視「所造之境」真實與否。清末民初三家，對於「境」都提出了一個「造」字，「造」，區別於傳移、模寫，王國維把「造境」推為詩詞的最高境界，林琴南在他的《春覺齋論文》〈應知八則〉中，雖然是談文而非談詩，也把「意境」列為各則之首，他是想以詩境來發明散文之意境。在這一則裡，這位「桐城餘孽」固然有不少迂腐之言，但其中有幾句話可看作是對「意境」這一審美觀念作了一個最簡練的概括性說明，而重點又在一個「造」字：

> 文章唯能立意，方能造境。境者，意中之境也。……意者，心之所造；境者，又意之所造也。

如果我們不把「意」看作僅僅是心造，而是客觀事物反映到人的大腦中引起人們的情思、意識發生；又不把「境，意之所造」理解為單憑主觀意願憑空造境，而是有客觀物境作為直接或間接的藍本，那麼林琴南的觀點是契合詩人創作心理的，尤其是「境者，意中之境也」一語中的，非常準確地揭示了「意境」的本質。

以上，我簡略而快速地掃描了一下「三境」歸一的歷史過程，可以確認：「意境」是自唐以後在詩歌境界理論中最穩固和大量使用的一個觀念，對於詩的創作與鑑賞來說，一切「境」或「境界」都是「意中之境」，這樣，可以在後面的論述中不至發生歧義。

二　由「意象」而「意境」的審美創造

前一章裡我已說過，所謂「意象」就是「意中之象」，或者「化意為象」；現在又說「境者，意中之境」，那麼，「意象」與「意境」作為兩個審美觀念有何異同呢？它們在詩人的審美創造過程中又是什麼關係呢？

「意象」較之於「形象」，「意境」較之於一般的「境」或「境界」，都以「意」為前置詞，它們都在詩人之意的統轄之下，都呈現一種客體主觀化的形態，這就是它們本質上的相通之處。詩人的審美創造，在「睹物興情」的時候，便往往是由象入境，因象成境，王昌齡的「詩有三格」之說，「生思」、「感思」、「取思」，實際上講的就是一個由象成境的過程。所謂「生思」，也就是「詩人之思初發」時，力圖進入心物交融的創作狀態，如果「久用精思，未契意象」，就要將精神放鬆，讓精神進入一種「隨機」狀態，以便增加心與物自由契合的偶然性機遇（放安神思，心偶照境，率然而生）。關於這一詩境初入過程，晚唐詩人徐寅在《雅道機要》中有個稍詳的說法：

> 凡為詩須搜覓，未得句先須令意在象前，象生意後，斯為上手矣。不得一向只構物象、屬對，全無意味。凡搜覓之際，宜放意深遠，體理玄微，不須急就，惟在積思，孜孜在心，終有所得。

他說的「意在象前」和「象生意後」，若非取象徵性表現，便有點勉強，但他意識到作詩之始必須搜覓「物象」的「意味」，就是由象入境的關鍵所在了。「三格」之二「感思」格在整個構思過程中並不起重要的作用，「尋味前言，吟諷古制，感而生思」，只是借用前人成功之作作為一種參照，一種啟示，如《文鏡秘府論》所說：「凡作詩之人，皆自抄古人詩語精妙之處，名為隨身卷子，以防苦思。作文興若不來，即須看隨身卷子，以發興也。」這是有助於前面所生之意的拓展和深化。在「取思」格，王昌齡將詩人心物感應、由象入境的遞進、層次關係作了清晰的描述：「搜求於象，心入於境」，是對審美客體而言，詩人由「目擊其物」而「深穿其境」，於是使物象向意象轉化；「神會於物，因心而得」，是對審美主體而言，「神會」是在詩人的意識、精神領域裡進行的，多種已經主觀化了的物象再在詩人的心靈深處重新進行一番組合，於是便獲得一首詩的整體境界。

這樣說來，意象的出現是意境創造一個中介環節，而意境的完成，是意象有機地組合所致。這種組合關係，曾被有些詩人和詩論家稱為「內外意」，《金針詩格》云：「詩有內外意，內意欲盡其理，理謂義理之理，美刺箴誨是也。外意欲盡其象，象謂物象之象，日月山河蟲魚草木之類是也。」《雅道機要》云：「內外之意，詩之最密也，苟失其轍，其如人之去足，如車之去輪，其何以行之哉！」直到元代的楊載還說：「詩有內外意，內意欲盡其理，外意欲盡其象。內外意含蓄，方妙。」（《詩法家數》）這些都是強調詩的意象、意境相為表裡又融會貫通。但是，「意象」與「意境」畢竟是兩個內涵不盡相同的審美觀念，它們在詩中的審美表現也有某些區別，有時表現為個體的，有時表現為總體的。

有的詩，它的意境由多種意象構成；有的詩，一種意象便成為意境。比如王維的〈輞川閑居贈裴秀才迪〉：「寒山轉蒼翠，秋水日潺湲。倚仗柴門外，臨風聽暮蟬，渡頭餘落日，墟裡上孤烟。復值接輿醉，狂歌五柳前。」構成此詩境界的物象是多元的，山、水、落日、孤烟……有層次地展開，詩人賦予每一種物象以安適閑逸的感情色彩，再經過詩人像畫家一樣的意匠組合，呈現出一個閑逸曠達的整體境界。有些短詩，通篇只有一個可感性物象或意象，如李白不少寫月亮的詩，主體之象就是月亮，或是「隨人歸」的「山月」，或是「對影成三人」的明月，或是「停杯一問」的「今月」，或是靜夜「床前明月光」，……變化出李白筆下不同境界的詩篇。而後來蘇軾也是僅用一個「中秋月」的意象：「暮雲收盡溢清寒，銀漢無聲轉玉盤，此生此夜不長好，明月明年何處看？」又創造出一個不同於李白的新境界。這就是說，任何一首詩，不管它有多少意象迭加，或是一種意象獨出，詩人所欲表達的意境只有一個。多種意象成境，更體現出意象是構成詩的意境的元件，任何一個意象都與意境的呈現有關，但任何一個意象都不能等同於意境，它們之間的關係是局部與整體的關係。即使是一「象」成境，也不能說是此「象」即此「境」，「象」只是詩人情感的寄托或對應物，或說只是情感的傳媒。至於詩的「境生象外」，那是一位優秀的詩人，能用有限之「象」表現無限之「境」。

我在談「意象」的生成時已經說過，「意象」有變形的特點，詩人往往以變形的「象」來表現自已不同尋常的感受和情緒，但以變形之意象組合而呈現的「意境」卻並不因之變形，只會由於意象的變形，而使詩的境界在更深、更遠、更廣的層次上展開。意象大幅度的變形，往往是詩人情思激化和強化的結果，而由大變其形的意象所組合的意境，往往在一個更高層次上起還原作用——還原為難以平伏的激情。比如我在談意象變形時已提到的杜甫〈古柏行〉，把古柏寫得「黛色參天二千尺」，「雲來氣接巫峽長，月出寒通雪山白」，最終讓讀者領悟的還是詩人對「古來材大難為用」的「莫怨嗟」而實怨憤嗟嘆的心境。大凡變形的意象，都可稱之「假實體」意象，或者說是虛幻性意象，這在一些持直面現實創作態度的詩人那裡，往往是間或用之，而在一些想像力特別豐富、心中幽憤又特別深廣的詩人筆下，往往通篇皆是，屈原的〈離騷〉已開其端，唐代詩人李賀可說是造其極。杜牧在〈李長吉歌詩敘〉中說，李賀詩「蓋〈騷〉之苗裔，辭或過之。〈騷〉有感怨刺懟，言及君臣理亂，時有以激發人意。乃賀所為，得無有是？」盡管李賀詩中不少意象，「鯨呿鰲擲，牛鬼蛇神，不足為其虛荒誕幻」，但「求其情狀」，莫不是身處困境中的李賀淒涼痛苦的心境的曲折表達，請看他的〈浩歌〉：

南風吹山作平地，帝遣天吳移海水。
王母桃花千遍紅，彭祖巫咸幾回死？
青毛驄馬參差錢，嬌春楊柳含細烟。
箏人勸我金屈卮，神血未凝身問誰？
不須浪飲丁都護，世上英雄本無主。
買絲繡作平原君，有酒唯澆趙州土。
漏催水咽玉蟾蜍，衛娘發薄不勝梳。
羞見秋眉轉新綠，二十男兒那刺促？

詩中各種意象使人應接不暇，有的采自神話傳說，有的采自歷史故事，有的是現實生活的折射……詩人將所有意象作了打破時空秩序的「蒙太奇」式的組合，但是，詩的意境卻可使讀者作定向性的把握：「此傷年命不久待而身不遇也。山海變更，彭、咸安在？寶馬嬌春，及時行樂，他生再來，不自知我誰矣！……在下者之妄求榮達，與在上者之妄求長生，均無用耳。」（姚文燮《昌谷集注》）詩題用的是「浩歌」，有類似放歌或狂歌的意思，非詩情強烈，不足為此，運用非尋常的意象出之，真可謂「荒國陊殿，梗莽邱壟，不足為其怨恨悲愁也。」（杜牧語）

當然，並不是每首詩都必須使用意象，那些直抒胸臆而表現情境的詩就不用意象或極少使用意象。但總的來說，大多數有意境的詩，都以意象為基本元件。唐人已對「形似之言」不感興趣，與杜甫同時代的詩人元結就把「喜尚形似」與「拘限聲病」一並指責[4]，後來的詩評家則把「興象玲瓏」與「意致深婉」並提，胡應麟說：「盛唐絕句，興象玲瓏，句意深婉，無工可見，無跡可尋。」（《詩藪》內篇卷五）陸時雍說：「古人善言情，轉意象於虛圓之中，故覺其味之長而言之美也」（《詩境總論》）。意象與意境在詩人那裡，都是「體實自心」，詩人的「意致」首先作用於「象」，「轉意象於虛圓之中」，又是由詩人情感的鏈條聯結著，維繫著，當一首詩完成之後，「意象」與「意境」就渾然一體而不可再行分割，因此，「無工可見，無跡可尋」一般都是指「意象」而言。這裡又用得上王弼「得意忘象」那句名言，具有最高審美境界的詩篇，有精美的「意象」而不使人只見「意象」，見「象」而後很快地「忘象」，「意象」對「意境」創造的作用就完美地發揮出來了。「無跡可尋」是一個由「意象」而「意境」審美創造中更為複雜、更為高級的問題，我將在〈入神篇〉裡再作闡述。

三　時代特徵與詩人個性特徵在「意境」中的體現

因為詩的意境是詩人的意中之境，不同時代的詩人、同一時代各

4　元結：〈序言〉，《篋中集》，收入《唐人選唐詩》（上海市：上海古籍出版社，1978年），上冊，頁27。

個詩人之間、同一個詩人處身於各種不同遭遇之時，便會創造出不同的意中之境，當我們的目光透入某個作品的境界，往往可以辨析出這一作品中隱伏的時代特徵，詩人的個性，以及同一位詩人在不同境遇中不同的情緒表現。這樣我們就可以進一層地說：意中之境，是詩人的個性、風神與時代、社會精神的結晶體，它是脫離了客觀物境而獨立存在的藝術化了的時空。如此，我們也就能進一步揭示意境審美創造的真諦。

同一客觀物境，在不同時代詩人的主觀情意作用之下，便有各種各樣的改造乃至重新創造，從而呈現出不同的物質面貌和精神面貌，這裡有方回、梁啟超所說「心境」之別，但更重要的還有一代代詩人因處於不同的時代氛圍，受不同的社會思潮和政治環境的影響，以及自覺地標新立異於前人的獨創精神而能動地進行再創造。「今人不見古時月，今月曾經照古人」，讓我們來看看不同時代寫月亮的詩吧。

《古詩十九首》及在此以前文人詩與民間詩中，都只寫到月亮的皎潔之美，以「形似之言」描述出一個幽冷清明的境界。到了曹植筆下，月亮具有另一種形態：「明月照高樓，流光正徘徊」，出現了一個纏綿悱惻的幽怨境界。到了唐朝李白筆下，月亮簡直成了詩人的朋友，他把酒問月，明月隨人，醉眼朦朧中物我共處。他的詠月詩都具有一種生動活潑的意境，這反映了開元盛世之時詩人思想的活躍。杜甫筆下的月亮，則是他動亂生活中心境的寫照：「光細弦初上，影斜輪未安」（〈初月〉），「關山同一照，烏鵲自多驚」（〈玩月呈漢中王〉），「未安」與「多驚」，再無盛時心境的愉悅了。他也寫了「斫卻月中桂，清光應更多」（〈一百五日夜月〉）的驚人之句，在冷峻的境界中來一個火熱的爆發。綜觀他們數十首寫月和與月有關的詩，其境界依次展示了開元天寶盛世因安史之亂由興盛、輝煌走向衰落、暗淡的時代特徵。蘇東坡的〈水調歌頭・中秋〉一詞的月境，比較李白創造的月境，另闢一個空靈蘊藉的境界，較之「人攀明月不可得」，「我欲乘風歸去」則是另一個時代的意趣。趙宋王朝對知識分子的精神壓迫較之唐朝遠甚，詩人欲超脫塵世但又「唯恐瓊樓玉宇，高處不勝寒」，處於一種進退兩難的境界。辛棄疾筆下的月亮又出現另一種動態：「可憐今夕月，向何處，去悠悠？是別有人間，那邊才見，光景東頭？」（〈木蘭花慢‧可憐今夕月〉）王國維說：「詞人想像，直悟月輪繞地球之理，與科學家密合，可謂神悟。」（《人間詞話》四七）其實，這又是南宋投降派當權，愛國人士受到高壓，而使辛棄疾痛感報國無門，在極度的惆悵和苦悶中，欲尋求一種新的精神寄托之處。特殊的時代與詩人獨特的政治生活經歷，形成了他那獨特感受，繼而造出了一個前無古人的獨特境界，這說明詩人造境因時代及自身遭遇不同而異，他們所造之境「不共相」，都留下了各自時代的烙印。

同一個客觀物境，在同一時代裡不同個性的詩人筆下，也被改造成迥然有別的藝術境界，這裡，有詩人觀察事物的角度不同，感受不同，構思不同，更重要的詩人的氣質不同，情感結構不同，作詩時立意高低有別。「子美不能為太白之飄逸，太白不能為子美之沉鬱」（《滄浪詩話》〈詩評〉）李白氣質超拔，情感結構豪蕩不羈，所以他寫月的詩多得生動活潑的境界。杜甫氣質穩重，情感結構忠厚執著，所以他寫月的詩多得沉鬱頓挫的境界。「意高則格高」，我們往往可以從不同「意中之境」，區別詩人不同的思想境界和藝術功力。同是以登鸛雀樓為題，王之渙寫的是：「白日依山盡，黃河入海流，欲窮千里目，更上一層樓。」創造的詩境是壯闊、高遠，使人放目千里，胸襟開闊，覺宇宙之無窮，誘導讀者進入充滿哲理意味的沉思，獲得一種充滿詩意美的真知灼見。另一位詩人暢當寫的是：「迴臨飛鳥上，高出塵世間，天勢圍平野，河流入斷山。」偏重於寫實，是比較典型的「物境」，較之王詩，雖然景物展示也很開闊，但其意卻顯得局促，於是境界便有闊窄、遠近、深淺之別。同樣的例子還有高適、岑參和杜甫登大雁塔所留下的詩篇，三首詩的意境小同大異。小同之處在於都寫了大雁塔之高，大異之處在於詩人的人生體驗與理想不同，高適登高放眼嘆大志未伸（盛時慚阮步，末宦知周防，輸效獨無因，期焉可游放），岑參身入佛塔，尋求自身的清淨（淨理可了悟，勝因夙所宗，誓將掛冠去，覺道資無窮），杜甫則臨高遠望而憂國傷時，隱約地道出了他對國家將亂的預感（秦山忽破碎，涇渭不可求），渴望國家再度振興，並表現了對弄權誤國者的義憤（君看隨陽雁，各有稻粱謀）。從造境藝術看，我們不好非難高、岑，因為他們也是寫自己的真切感受，但我們不得不稱讚杜甫：大筆橫空，雄視千代！像對高、岑、杜進行比較一樣，我們對於歷史上某一時代的大量作家進行比較研究，往往從他們對待同一題材、同一客觀物境的不同開掘，從他們創造的不同的意中之境，能夠更容易地發現和區分他們的個性特徵。

同一位詩人，在不同的處境和不同的情緒影響之下，面對同一題材、同一景物，也會創造出不同的意中之境。杜甫寫馬的詩，我在前面已經提及；他也喜歡寫雨，我從杜甫集中檢出三十七首寫雨的詩，再按年代順序加以排列，便可明顯看出，雨的境界隨他的心境不同而不同：在政治生活比較得意時的雨是「林花著雨胭脂濕，水荇牽風翠帶長」（〈曲江對雨〉）；在戰亂頻仍又加上天旱成災時，他憂國憂民的雨是「滄江夜來雨，真宰罪一雪，谷根小蘇息，沴氣終不滅」（〈喜雨〉）；在成都草堂居住，生活較為平靜時，他筆下的雨是「好雨知時節，當春乃發生，隨風潛入夜，潤物細無聲」（〈春夜喜雨〉）；他渴望早日平定叛亂，對雨又有一番特殊感觸：「莽莽天涯雨，江邊獨立時，不愁巴道路，恐濕漢旌旗」（〈對雨〉）；當時局久不見轉機，他心中的悲涼情緒與雨絲交織在一起：「始賀天休雨，還嗟地出雷，驟看浮峽過，密作渡江來，牛馬無行色，蛟龍鬥不開，干戈盛陰氣，未必始陽台」（〈雨〉），……這眾多寫雨的詩，首首各有不同的境界，展示了詩人幾十年間感情的歷程。一位優秀的詩人，他不重複別人，也絕不重複他自己，宋人呂本中非常讚賞杜甫的一句詩：「詩清立意新」，他說這「最是作詩用力處，蓋不可循習陳言，只規摹舊作也。」（《童蒙詩訓》）但也應該指出，詩人不「規摹」自己的舊作，卻又不改變自己的藝術個性，反是那些呈示不同境界的詩篇，在不同的空間與時間，都展現了詩人的襟懷沉雄與博大！

清代詩論家薛雪曾經指出：「詩文家最忌雷同，而大本領人偏多於雷同處見長。若舉步換影，文人才子之能事，何足為奇？惟其篇篇對峙，段段雙峰，卻又不異而異，同而不同，才是大本領，真超脫。」（《一瓢詩話》）面對同一客觀物境開拓出不同的意中之境，「大本領，真超脫」關鍵還是在「意」。一個詩人不但要善於體察客觀物境，而且要善於體察客觀事物在自己心中所引起的與眾不同的反應。正如現代蘇聯文學家高爾基所說：「藝術家是這樣一個人，他善於提煉自己個人的——主觀的——印象，從其中找出具有普遍意義的——客觀的東西，他並且善於用自己的形式表現自己的觀念。」高爾基把「更細心地對待自己的感覺和思想」，稱為「藝術家的稟賦」[5]。我在前面所舉的作品，很能說明這一點，明月也好，登高臨遠也好，呈現在讀者面前的固然有客觀之物，但感動讀者的卻主要是這些詩人所表現的主觀印象，主觀感受，而這些主觀印象與主觀感受又具有普遍意義，足以引起廣大讀者的共感、共鳴，喚起他們心中潛伏的類似的感情。唯有詩人賦予客觀事物以強烈的主觀色彩，把客觀物境完全轉化為詩人的意中之境，才能使讀者（包括百、千年後的讀者）對那些常見的客觀事物或重新發生意想不到的新鮮感，體驗到新的魅力；或沉迷於一個深邃幽遠的精神世界，也獲得一種對眼前事物和整個現實世界「真超脫」的難以言狀的愉悅。

---

5 〔蘇聯〕高爾基：〈給康・謝・斯坦尼斯拉夫斯基〉（1912年9月29日），《文學書簡》，頁426。

四　「意境」向讀者的轉移與最後完成

從一首詩能否在讀者中廣為傳播並傳世久遠而言，詩的意境創造又是詩人與讀者共同完成的。

詩人的創作，是因客觀物境的觸發感動，經過熔情煉意而創造出自己的意中之境，但是這個境界只在詩人自己的心目中活生生地存在，而詩人留在紙上的只是些儲存這境界信息的文字，只有讀者在接受那些由文字提供的信息後，能夠重新將它們組合起來，轉化為他的意中之境，詩人所創造的境界才算真正地、有效地最後實現。我國古代的詩、文理論家，非常重視這種意境的轉換，劉勰在《文心雕龍》〈知音〉篇中就說過：

> 夫綴文者情動而辭發，觀文者披文以入情，沿波討源，雖幽必顯。世遠莫見其面，覘文輒見其心。……

劉勰從原則上指出了審美創造與審美鑑賞的不同起點，「情動辭發」與「披文入情」剛好是一個逆反的過程，文學家創作的終點是讀者欣賞的起點。以詩來說，意中之境向讀者的轉移是從「境」開始的，由境及意，繼而領會境中之意。現存於《文鏡秘府論》中的〈古今秀句序〉中有一段話，很可表現唐人就有了這種對詩境轉移的能動把握。這篇序的作者（據王利器先生考證為元兢）說：

> 常與諸學士覽小謝詩，見〈和宋記室省中〉，詮其秀句，諸人咸以謝「竹樹澄遠陰，雲霞成異色」為最。余曰：諸君之議非也。……夫夕望者，莫不熔想烟霞，煉情林岫，然後暢其清調，發以綺詞，俯竹樹之遠陰，瞰雲霞之異色，中人以下，偶

> 可得之；但未若「落日飛鳥還，憂來不可極」之妙者也。觀夫「落日飛鳥還，憂來不可極」，謂捫心罕屬，而舉目增思，結意惟人，而緣情寄鳥，落日低照，即隨望斷，暮禽還集，則憂共飛來。美哉玄暉，何思之若是也！

對謝朓一首詩中前四句[6]的審美注意不同，可窺見元兢在力圖超脫具象的品鑒而昇華為對整體意境的體悟，「落日」二句與「竹樹」二句比較，顯然是引發詩人意緒、也最容易觸發讀者意緒的關鍵詩句。「結意惟人」，讀者也正是從詩人「結意」處發揮審美接受的自由想像，而有自己的「結意」處，這位作者編選古今詩人秀句的原則是「以情緒為先，直置為本，以物色留後，綺錯為末。……」

讀者初接觸一首詩，首先是將文字、語言轉化為心目中的圖象，「諸學士」激賞「竹樹」二句，也是符合審美心理進行程序的，這是一個一般化的圖象還是個不一般化的圖象，就形成了第一印象，他對這首詩的興趣由此而定。王國維把境界分為「詩人之境界」和「常人之境界」，「常人之境界」是人人眼中、意中均有的，常在常見的凡俗境界，「詩人之境界」是詩人獨具慧眼所發現，並經過詩人改造，與「常人之境界」有質的區別。王國維又說：「夫境界之呈於吾心而見於外物者，皆須臾之物。唯詩人能得此須臾之物，鐫諸不朽之文字，使讀者自得之。遂覺詩人之言，字字為我心中所欲言，而又非我能言。」[7]其實，在讀者方面，對於同一篇作品，因為鑑賞水平高低有別，有的也只能獲得「常人之境」，有的則能獲得「詩人之境」，元兢

---

6 〈和宋記室省中〉全詩：「落日飛鳥還，憂來不可極，竹樹澄遠陰，雲霞成異色。懷歸欲乘電，瞻言思解翼，清揚婉禁居，秘此文墨職，無嘆阻琴樽，相從伊水側。」

7 見《人間詞話》〈附錄〉。此兩種境界區別之實質，將在介紹王國維「境界」說一章作詳細論述。

指出諸學士所欣賞的詩句「中人以下，偶可得之」，便說明他的鑑賞水平高出「諸學士」了。大凡有一定欣賞水平的讀者，都不會止於詩人所描繪的圖象之前，平面地欣賞它，他要思考這些意象或形象的內蘊，作縱深的體驗與探討。清代詩論家黃子雲說：「當於吟詠之時，先揣知作者當日所處境遇，然後以我之心，求無象於窅冥惚怳之間，或得或喪，若存若亡，始也茫然無所遇，終焉元珠垂曜，灼然畢現我目中矣。」[8]這是讀者的功夫。讀者只有對於詩人的意中之境有了鮮明真切的感受之後，才能發生聯想，他的心與詩人的心才能產生奇妙的感應；他與詩人在感情上發生了共鳴，便會不自覺地把詩人的意中之境，轉化為自己的意中之境。

同一首詩中的意中之境，會在不同讀者的心目中產生不同的意中之境，情趣各異。造成這種情況，主要是兩個原因：

一是讀者各自生活閱歷不同和欣賞水平高低之異。同一首詩中表現的生活與感情，生活閱歷和詩人大致相同的人，他的感受就會更深刻一些，聯繫自己的生活經歷，發生廣泛的聯想，乃至以自己的感情去補充它。蘇軾特別愛好陶淵明的詩，因為他的政治思想和生活經歷與陶淵明頗為相似，他晚年「謫居儋耳，置家羅浮之下。獨與幼子負擔渡海，葺茅竹而居之，日啗藷芋，而華屋玉食之念不存於胸中」（〈追和陶淵明詩引〉），這與陶淵明隱居廬山之下的境遇一樣，這時他對陶詩便有了獨到的理解，指出陶詩的風格特點是「質而實綺，癯而實腴」，《東坡詩話》中有兩則與陶詩有關的評論，頗能說明蘇軾對陶詩意境的體驗比別人深刻：

> 陶靖節云：「平疇交遠風，良苗亦懷新。」非古之耦耕植杖者，不能道此語；非余之世農，亦不能識此語之妙也。

8　黃子雲：《野鴻詩的》，《清詩話》（上海市：上海古籍出版社，1978年），下冊，頁848。

> 「採菊東籬下，悠然見南山。」因採菊而見山，境與意會，此句最有妙處。近俗本皆作「望南山」，則此一篇神氣多索然矣。古人用意深微，而俗士率然妄以意改，此最可疾。

前者特指出無相同生活經驗者，不能得此田園情趣。後者也說明只有蘇軾身居偏遠之地，時時見山，才能發現「見南山」的「境與意會」之妙。「見」是無意而目接神遇，「望」是有意眺看。「見」之特殊意趣，「俗士」不可語也。蘇軾前後「追和陶詩」達百餘首之多，就是將陶淵明的意中之境轉化為自己的意中之境，黃庭堅〈跋子瞻和陶詩〉云：「子瞻謫嶺南，時宰欲殺之。飽吃惠州飯，細和淵明詩。彭澤千載人，東坡百世士，出處雖不同，風味乃相似。」蘇東坡當然是陶詩最高明的讀者，他對陶詩境界的領會與把握，可能是前無古人，後無來者的，因為他恰恰同時具備了生活閱歷同、欣賞水平高兩個因素。不像如此特殊，但較有普遍意義的鑑賞者觸境生情之例，我還想一提《紅樓夢》中林黛玉聽《牡丹亭》〈驚夢〉那段著名曲子時的表現：當林黛玉與賈寶玉爭讀了《會真記》之後，「正欲回房，剛走到梨香院牆角上」，便聽見牆內「笛韻悠揚，歌聲婉轉…；」，雖未留心去聽，「偶然兩句吹到耳內，明明白白一字不落，唱道是：『原來姹紫嫣紅開遍，似這般，都付與斷井頹垣。』」她感到歌聲十分感慨纏綿，又側耳細聽，聽唱了「良辰美景奈何天，賞心樂事誰家院」兩句之後，「不覺點頭自嘆，心下自思道：『原來戲上也有好文章，可惜世人只知看戲，未必能領略這其中的趣味。』」當她聽到「則為你如花美眷，似水流年」時，便「亦發如痴如醉，站立不住，便一蹲身坐在一塊山子石上，細嚼『如花美眷，似水流年』八個字的滋味。」這時她聯想自己的身世和尚屬渺茫的愛情，古人詩詞中「水流花謝兩無情」、「流水落花春去也」之句，《西廂記》中「花落水流紅，閑愁萬種」之句，「都一時想起來，湊在一處，仔細忖度，不覺心痛神馳，眼中落淚」[9]。她如果沒有當時特殊的境遇和特別敏感的少女情懷，怎能如此深入地「領略其中趣味」呢？林黛玉把湯顯祖筆下的意中之境完全化成了她自己的意中之境，雖屬偶然而遇，但在一切有相似感情經驗和一定鑑賞能力的青年女子那裡，這種意境的轉化又是一種必然。

二是詩人造境的典型化程度高，詩中的意象表現沒有外加的理性規範，詩人思想感情的傾向性深深地隱藏起來了。這樣的詩，它的藝術境界往往會顯示出它的多義性，不同的閱歷、不同欣賞水平的讀者就會各取一義，各自去發揮。所謂「詩無達詁」，「無達詁」的詩，往往是藝術性很高的詩，仁者見仁，智者見智，在眾多的讀者意中，會產生方向不同甚至相反的境界。羅大經的《鶴林玉露》卷八有段話頗有啟示性：

> 杜少陵絕句云：「遲日江山麗，春風花草香，泥融飛燕子，沙暖睡鴛鴦」，或謂此與兒童屬對何異？余曰：不然，上二句見兩間莫非生意，下二句見萬物莫不適性。於此而涵詠之，體認之，豈不足以感發吾心之真樂乎！大抵古人好詩，在人如何看，在人把做甚麼用。如「水流心不競，雲在意俱遲」，又「野色更無山隔斷，天光直與水相通」、「樂意相關禽對語，生香不斷樹交花」等句，只把做景物看亦可，把做道理看，其中亦盡有可玩索處，大抵看詩要胸次玲瓏活絡。

每個讀者都有自己的審美趣味和審美傾向，他的鑑賞所得或深或淺，或多或少，都在於他「如何看」，「把做甚麼用」。當然，對於某些境界尤其迷離恍惚的詩篇，則是鑑賞專家也不能一言定論，眾所周知的

---

9 見《脂硯齋重評石頭記》（庚辰本）第二十三回。

李商隱〈錦瑟〉便使歷代詩評家眾說紛紜，朱彝尊領略的是「悼念」，何焯悟到的是「自傷」，汪師韓體認的是「自況」，張采田聯想的是時局變遷，文章空托，懷舊惜今，……在他們的頭腦中，滄海月明，藍田日暖，幻化出內蘊各自不同的境界。朱光潛先生在分析這首詩時說：「五、六兩句勝似三、四兩句，因為三、四兩句實言情感，猶著跡象，五、六兩句把想像活動區域推得更遠、更渺茫、更精緻。……李商隱和許多晚唐詩人的作品，在技巧上很類似西方的象徵派。都是選擇幾個很精妙的意象出來，以喚起讀者的多方面的聯想。」[10]更有趣的是，我國當代著名學者錢鍾書先生認為〈錦瑟〉是一首論詩的詩，「以錦瑟喻詩」，猶如杜甫、劉禹錫等人以「玉琴」喻詩，「錦瑟、玉琴，正堪兩偶」，於是他逐聯闡釋道：「首兩句『錦瑟無端五十弦，一弦一柱思華年』，言光景雖逝，篇什猶留，畢世心力，平生歡戚，『清和適怨』，開卷歷歷，所謂『夫君自有恨，聊借此中傳』。三、四句『莊生曉夢迷蝴蝶，望帝春心托杜鵑』，言作詩之法也。心之所思，情之所感，寓言假物，譬喻擬象；如莊生逸興之見形於飛蝶，望帝沉哀之結體為啼鵑，均詞出比方，無取質言。舉事寄意，故曰『托』，深文隱旨，故曰『迷』。……五、六句『滄海月明珠有淚，藍田日暖玉生烟』，言詩成之風格或境界，猶司空表聖之形容《詩品》也。……此物此志，言不同常玉之冷，常珠之凝。喻詩雖琢磨光致，而須真情流露，生氣蓬勃，異於雕繪汩性靈、工巧傷氣韻之作。……七、八句『此情可待成追憶，只是當時已惘然』，乃與首二句呼應作結，言前塵回首，悵觸萬端，顧當年行樂之時，即已覺世事無常，摶沙轉燭，黯然於好夢易醒，盛宴必散，登場而預有下場之感，熱鬧中早含蕭索矣。」[11]錢先生就詩釋詩，獨標新義，於前人之

10 朱光潛：《朱光潛美學文學論文選集》（長沙市：湖南人民出版社，1980年），頁132-133。

11 錢鍾書：《談藝錄》（北京市：中華書局，1984年），頁436-438。

外言之成理。如此說來，〈錦瑟〉詩表現的正是詩本身的境界。

總之，一切優秀的堪以傳世的詩篇，都可以說是詩人創造了自己的意中之境，他把意中之境轉化為種種美的信息留於紙帛之上，讀者接受那些信息之後，用它們重新組合自己的意中之境。讀者憑自己所獲得的意中之境，對詩人的作品作出恰當的評價，只有到這個時候，詩人在該作品中所創造的意中之境，獨立於客觀世界之外而引人入勝的藝術境界，才算最後完成了。

四
審美境界理論的豐富與發展

一　與詩境相輝映的繪畫境界

「境」或「境界」，從審美意義上說，本應在繪畫領域首先出現，因為「物境」最適宜於繪畫的表現，《世說新語》〈巧藝〉記載著東晉畫家顧愷之一則軼事：「顧長康畫謝幼輿在岩石裡。人問其所以。顧曰：謝云，一丘一壑，自謂過之。此子宜置丘壑中。」在畫面上表現人與自然的親密、融合關係，實質上就是在創造一種意境。「境界」說作為一個獨特的審美觀念進入畫論，現存最早的文字僅見唐代張璪一篇畫論的標題：〈繪境〉。此文已失傳，他如何論述繪畫的境界無從可考，惟張璪保留在他人畫論中的「外師造化，中得心源」一語，可窺見他的畫境也是心物交融的產物。韓愈〈桃源圖詩〉說：「文工畫妙各臻極，異境恍惚移於斯」，這是文人用詩境來評畫。宋人王洋的〈路居士山水歌〉寫道：「紛然萬象爭奇怪，縮地便移他境界。才薄其如此畫何？強寫嬌容捧心態。」詩中所說「境界」指的是「物境」，稱讚了畫家將客觀萬象「移」作畫中境界的高超才能與技巧。真正作為畫家而把「境界」說引入畫論中的，是宋代著名山水畫家郭熙，他在《林泉高致》〈畫意〉中，先說作畫非易事，畫家落筆前必須有一個高度自由的精神狀態：「莊子說，畫史解衣盤礴，此真得畫家之法。人須養得胸中寬快，意思悅適。」在此種心境之中，畫意「油然之心生，則人之笑啼情狀，物之尖斜偃側，自然布列於心中，不覺見之於筆下。」接著，他聯繫自己讀詩的感受來描述進入繪畫創作的境界：

> 詩是無形畫，畫是有形詩，哲人多談此言，吾人所師。余因暇日閱晉唐古今詩什，其中佳句，有道盡人腹中之事，有裝出人目前之景。然不因靜居燕坐，明窗淨几，一柱爐香，萬慮消沉，則佳句好意，亦看不出，幽情美趣，亦想不成，即畫之主意，亦豈易及乎？境界已熟，心手已應，方始縱橫中度，左右逢原。[1]

郭熙把詩境與畫境在審美層次上等同起來看，不過一直觀無形，一直觀有形，他還摘錄了古今詩人大量詩句，如杜甫「遠水兼天淨，孤城隱霧深」、王維「行到水窮處，坐看雲起時」等，啟示畫家追求詩的境界創造。也有畫家在創造山水畫的審美境界時，運用一些頗奇特的方法。沈括在《夢溪筆談》卷十七記述了一個叫宋迪的畫家的話：

> 先當求一敗牆，張絹素訖，倚之敗牆之上，朝夕觀之。觀之既久，隔素見敗牆之上，高下曲折，皆成山水之象，心存目想，高者為山，下者為水，坎者為谷，缺者為澗，顯者為近，晦者為遠。神領意造，恍然見人禽草木飛動往來之象，了然在目，則隨意命筆，默以神會，自然境皆天就，不類人為。

這可說是一種特殊的激發想像的辦法，也說明了繪畫不是單純地模山範水，真正具有藝術境界的作品需畫家大幅度地調動自已的想像力。在飛騰活躍的想像之中「神領意造」，到了能「隨意命筆」即創造力自由發揮的精神境界，畫的境界創造也就自然而成了。

中國繪畫藝術的發展，明人張泰階在《寶繪錄》中說：「唐人尚巧，北宋尚法，南宋尚體，元人尚意。」我們不能說唐、宋之畫不

---

1 引自《歷代論畫名著匯編》（北京市：文物出版社，1982年），頁71-72。

「尚意」，不過唐宋畫在「尚意」的同時還比較注意「形似」的刻畫，正如現實主義詩人比較注重物境的呈現一樣。清人惲南田說：「宋法刻畫，而元變化。然變化本由於刻畫，妙在相參而無礙。習之者視為歧而二之，此世人迷境。」他指出元畫是宋畫的發展，不應該對立起來看，但他也承認：「元人幽秀之筆，如燕舞飛花，揣摸不得。又如美人橫波微盼，光彩四射，觀者神驚意喪，不知其所以然也。」(《畫論叢刊》〈南田畫跋〉) 元代繪畫實即開始走向「大寫意」，用「境界」說評量，「變實為虛」，不再重「實境」而重「虛境」，也就是創造比較純粹的「張之於意而思之於心，則得其真」的「意境」。元代寫意畫大師倪瓚就說過：「僕之所謂畫者，不過逸筆草草，不求形似，聊以自娛耳。」他鄙薄「形似」之畫，在〈題自畫墨竹〉又大張其「畫意不畫形」的藝術主張：

> 余之竹，聊以寫胸中逸氣耳，豈復較其似與非，葉之繁與疏，枝之斜與直哉。或塗抹久之，他人視以為麻為蘆，僕亦不能強辯為竹，真沒奈覽者何！但不知以中視為何物耳。[2]

很顯然，倪瓚繪畫就是由意象而意境的創造，與「求形似」的工筆畫大異其趣，所謂「逸氣」、「逸筆」就是以意為主，超越現實物象，創造「象外」之境。前面我已提到宋初黃休復將繪畫分為「逸」、「神」、「妙」、「能」四格，其中「逸」格是中國成熟的意象說，在唐宋之時，從繪畫欣賞逸格，可能還多是欣賞者一種審美的揣摸，一種審美理想，到了元代倪瓚等畫家筆下，可說是直觀地實現了。這樣的繪畫，也引起了文學家的注意，明人王世貞就倪瓚繪畫之「逸」而「莫可楷模」說過：「元鎮極簡雅，似嫩而蒼。宋人易摹，元人猶可

2　以上引語均見《歷代論畫名著匯編》(北京市：文物出版社，1982年)，頁205。

學，獨元鎮不可學也。」[3]繪畫有很強的技巧性，而到了不可學的地步，那就進入了很高的、詩的審美境界，即猶有其「神」的境界。

自元以後，寫意畫在明清兩代又有很大的發展，成了中國封建社會後期繪畫的主流，並且有不少畫家又是傑出的詩人（如明人徐渭、唐伯虎，清代的鄭板橋等），有不少畫家篤信佛、道（如清代的石濤、朱耷），他們的畫論也可作詩論看，比如鄭板橋有一則〈題畫〉文寫道：

> 江館清秋，晨起看竹，烟光、日影、露氣，皆浮動於疏枝密葉之間。胸中勃勃，遂有畫意。其實胸中之竹，並不是眼中之竹也。因而磨墨展紙，落筆倏作變相，手中之竹又不是胸中之竹也。總之，意在筆先者，定則也；趣在法外者，化機也。獨畫云乎哉！

眼中之竹自然生成，節葉繁複，畫家不能依竹畫竹。畫家在觀察自然之竹時，一方面為它們的生機勃勃而感發情意，一方面又對它們評頭品足；這裡應該刪削一點，那裡應該補充一點；這根竹子的姿態應該是怎樣的，那叢竹的疏密又該如何安排，於是他漸漸有了區別於眼中之竹的意中之竹。待到「胸有成竹」，自己又反覆審視，把所要畫的迅速畫下來；不該畫的堅決摒棄，這就是「手中之竹」了。「趣在法外」是對胸中竹而言的，成竹在胸還不夠，下筆之前還要提煉一番，這就是「煉意」。為什麼「手中之竹」又不同於「胸中之竹」？是因為畫家將生活感受中所激發的勃勃畫意，又精益求精地藝術化、審美化，「手中之竹」美於「胸中之竹」，是更高級的「意中之竹」，當然更不同於「眼中之竹」了。這一創作過程，具體談的是畫竹，「獨畫

3　語見《藝苑卮言》，元鎮為倪瓚字。

云乎哉！」一切需創造審美意境的文學藝術作品，無不如是，所以鄭板橋又說，藝術創造有大小難易可分，但總的是「要在人的意境如何耳。」[4]

中國的繪畫較之西方的造型藝術，更早地走在「表現」的路上，它與詩幾乎是互相依傍而發展，更早地走在「表現」的路上，它與詩幾乎是互相依傍而發展，尤其是宋代以後，有蘇軾「詩中有畫，畫中有詩」之說，又有「論畫以形似，見與兒童鄰；賦詩必此詩，定知非詩人」的「詩畫本一律，天工與清新」(〈書鄢陵王主簿所畫折枝二首〉之一）之論，此外，歐陽修的〈盤車圖〉詩也說：「古畫畫意不畫形，梅詩詠物無隱情，忘形得意知者寡，不若見詩如見畫。」這些都促使繪畫向詩靠近，畫家把在絹帛之上以線條和色彩創造詩的境界，當作最高的審美追求。由於繪畫有直觀的特點，畫中的境界往往又給詩人以直接的啟示，我們在杜甫、蘇軾等古代著名的詩人的詩集中，可以看到不少題畫或與畫有關的詩，他們將畫境形之於文字，又轉化為詩境。詩與畫都以「入神」為境界之極至，這一問題的理論和實踐，完全是由詩人、詩論家和畫家、畫論家共同完成的，對此，我們留待〈入神篇〉再說。

二　向外拓展的戲劇、小說境界

「境界」、「意境」的概念，自明以後，也開始廣泛應用於戲劇、小說等敘事文學。在元代以前，文學領域雖然已經有了戲劇與小說，但還處在藝術上的探索時期，戲劇藝術成熟的標誌是元代雜劇的崛起，小說藝術的成熟則是明代的《三國演義》、《水滸》、《西遊記》、《三言》、《二拍》等長篇、短篇小說雨後春筍般湧現。這些敘事文學

4　引鄭板橋文，見〈板橋題畫〉，《鄭板橋集》（北京市：中華書局，1962年）。

文體都與詩歌有著親密的關係，中國的傳統戲劇是由唱詞和對白組合而成的，唱詞實質就是詩的文體，每個文學劇本眾多的唱詞，表現人物的心境情思，交代情節、故事，少量的對白僅起著溝漣、貫通的作用，因此，很多戲劇文本都有著濃厚的詩的氛圍。小說雖然是以敘述故事、描寫人物為主，但不少小說作家為了增加自己作品的雅趣，不但常常在每個章回的開頭引用詩詞名作或自作詩詞創造一種氣氛，而且對於景物、人物的外貌也運用詩詞描寫增其美感，更高明的小說家如曹雪芹，則讓小說中的人物自己賦詩填詞來表現各自的心境。如此而來，戲劇、小說作品或是整體、或是局部，有著類似詩的境界。在元、明以前，文學理論中基本上還沒有敘事文學的理論，小說、戲劇作家和批評家尚沒有意識到這類文體是有別於詩的敘事文學，其主要任務是描寫典型環境，刻畫和塑造典型人物，因此不少批評理論著作，在西方文學理論大量輸入中國之前，繼續使用「境界」這一審美概念，作為典型環境和人物心境、情境的總括。

明代著名的思想家和文藝理論家李贄，最先把詩、畫「境界」理論用來品評戲劇作品，他在對《拜月記》、《西廂記》與《琵琶記》的比較分析中，雖然尚未直接應用「境界」或「意境」一詞，但他用「化工」與「畫工」來鑑別三部作品，實際上是進入了「境界」層次的比較。讓我們先看他如何界定「化工」與「畫工」：

> 《拜月》、《西廂》，化工也；《琵琶》，畫工也。夫所謂畫工者，以其能奪天地之化工，而其孰知天地之無工乎？今夫天之所生，地之所長，百卉俱在，人見而愛之矣，至覓其工，了不可得，豈其智固不能得之歟！要知造化無工，雖有神聖，亦不能識知化工之所在，而其誰能得之？由此觀之，畫工雖巧，已落二義矣。

李贄心目中的「化工」，就是極天地萬物之自然，「聲應氣求之夫，決不在於尋行數墨之士；風行水上之文，決不在於一字一句之奇」。而所謂「畫工」，不過是對自然的模擬，雖然可能是高超的模擬，終究有失自然之妙，所以他又說：「蓋工莫工於《琵琶》矣。彼高生者，固已殫其力之所能工，而極吾才於既竭。惟作者窮巧極工，不遺餘力，是故語盡而意亦盡，詞竭而味索然亦隨以竭。吾嘗攬《琵琶》而彈之矣：一彈而嘆，再彈而怨，三彈而向之怨嘆無復存者。此其何故邪？豈其似真非真，所以入人之心者不深耶！蓋雖工巧之極，其氣力限量只可達於皮膚骨血之間，則其感人僅僅如是，何足怪哉！」李贄把詩境中層次較低的「物境」，繪畫中之「工筆」用之於批評戲劇，擬之於《琵琶》，指出《琵琶記》主要缺點是「窮工極巧」而意味淺薄，所以入人心不深。而《西廂記》、《拜月記》「何工之有」，其中人物、故事的出現都使讀者、觀眾感到極其自然，「意者宇宙之內，本自有如此可喜之人，如化工之於物，其工巧自不可思議耳。」[5]三部戲劇作品的境界之所以有「化工」、「畫工」之別，是由於《西廂記》、《拜月記》寫的都是男女之情，男女之間的愛情，如湯顯祖所說：「情不知所起，一往而深」(〈牡丹亭記題辭〉)，所以顯得自然。而《琵琶記》是竭力將忠、孝的封建倫理圖解化，有一個「子孝共妻賢」的框子框著，結果是失去人情自然之趣，只能入人之皮膚、骨血，而不能入人之心。

戲劇評論運用「境界」一詞的，有湯顯祖評點《紅梅記》，他稱讚該劇「境界迂迴宛轉，絕處逢生，極盡劇場之變」。孔尚任的〈桃花扇凡例〉中也有一條：「排場有起伏轉折，俱獨闢境界；突如而來，倏然而去，令觀者不能預擬其局面。」這種戲劇「境界」，顯然指的是情節、故事的展開與發展所形成的種種戲劇性場面，是作者、

5　〔明〕李贄引文見〈雜說〉，〈雜述〉，《焚書》(北京市：中華書局)，卷3。

演員、觀眾在想像中不斷演變的一個藝術境界。同是明代的戲曲家祁彪佳，就要求戲劇「能就尋常境界，層層掀翻，如一波未平，一波復起。」他評一齣《八仙慶壽》的戲：「境界是逐節敷演而成」；評《纏夜帳》：「以俊僕狎小鬟，生出許多情致，寫至刻露之極。……然境不刻不現。」[6]這說明戲劇境界不全同於詩的境界，它是虛構劇中人物的精神世界與其生活環境的綜合呈現。明代演戲似乎已用布景來強化戲劇中的藝術境界，著名散文家張岱在《陶庵夢憶》〈劉輝吉女戲〉一文中，記述他看唐明皇遊月宮的戲時，舞台上出現有光有色的月中之景，使觀眾「遂躡月窟，境界神奇，忘其戲也」。

王國維是直接用「有意境」來對元代戲劇進行總體評價的，他說：「元劇最佳之處，不在其思想結構，而在其文章。其文章之妙，亦一言以蔽之，曰：有意境而已矣。何以謂之有意境？曰；寫情則沁人心脾，寫景則在人耳目，述事則如其口出是也。」他所舉寫情寫景的幾例，當然只是劇作家對劇中人所思所見的模擬，但劇作家好像與自己創造的人物一道共同經歷劇中所發生的事件，共處一種生活環境中，所以這種模擬能極其肖似逼真，「曲盡人情，字字本色」。因此，我們可以說，戲劇作品的「意境」是詩歌「意境」的外延和拓展，它不是像詩人在詩篇裡所呈現的僅是他個人的心靈空間，而是劇作家虛構的一個複雜的現實人生世界，它是一個更闊大的虛境，但又是更具普遍意義的實境；它沒有詩境那樣玲瓏透剔的純淨，卻有一般詩境不可到的人生世態萬象的凝聚。王國維說：「元劇自文章上言之，優足以當一代之文學。又以其自然故，故能寫當時政治及社會之情狀，足以供史家論世之資者不少。」[7]大概也指戲劇「意境」較之詩的意境容量更大更豐富吧。

---

6 〔明〕祁彪佳：〈劇品〉，《遠山堂曲品》，收入《中國戲劇論著集成》（北京市：中國戲劇出版社），第6集。

7 以上引文均見王國維：《宋元戲曲考》第十二章。

戲劇如此，小說更是這樣。清代著名文學評論家金聖嘆對於《水滸傳》的評論，有一段話可視為他對《水滸》這部長篇小說整體意境的把握：

> 《水滸》所敘，敘一百八人，其人不出綠林，其事不出劫殺，失教喪心，誠不可訓，然吾獨欲略其形跡，伸其神理者。蓋此書七十回，數十萬言，可謂多矣。而舉其神理，正如《論語》之一節兩節，洌然以清，湛然以明，軒然以輕，濯然一新。彼豈非《莊子》、《史記》之流哉！不然何以有此。

金聖嘆站在維護封建統治的立場，讀《水滸》時「略去」水滸英雄「犯上作亂」的「形跡」，他的「伸其神理」也是一種「忘象得意」的把握，所謂「《論語》之一節兩節」，即是孔子說的「天下有道，則庶人不議」等語，而《水滸》所寫，正是「庶人議矣」，這個「神理」就是天下無道，官逼民反。「為此書者，吾則不知其胸中有何等冤苦而如此設言。……後之君子，亦讀其書哀其心可也。」[8]這就是金聖嘆對《水滸》作者最隱秘心境的窺探，他領會到的所謂「神理」，也就是他讀《水滸》時所獲得的「象外」之「意境」。

一部小說，真正具有詩的意境的，應首推《紅樓夢》，它所呈現的「典型環境」實在是一個詩的境界：第三回所描寫的「太虛幻境」，是全書藝術構思的凝聚點，「假作真時真亦假，無為有處有還無」，是「太虛幻境」石牌坊上兩邊的一幅對聯，在這裡展開的是賈寶玉的夢境，也是曹雪芹為《紅樓夢》描繪的第一層次的境界，這是一個「虛境」。第八回裡，薛寶釵看賈寶玉從娘胎裡銜來的那塊寶玉：「托在手掌上，只見大如雀卵，爛若明霞，瑩潤如酥，五色花紋

8　引金聖嘆文見《第五才子書》〈序三〉和《第五才子書施耐庵水滸傳》〈楔子總批〉。

纏護，這就是大荒山中青埂峰下的那塊頑石的幻相。」寫到此處，作者托「後人曾有詩嘲云：女媧煉石已荒唐，又向荒唐演大荒，失去幽靈真境界，幻來污濁臭皮囊，好知運敗金無彩，堪嘆時乖玉無光。白骨如山忘姓氏，無非公子與紅妝。」暗示此後將進入一個現實人生的「實境」，這個實境是以榮、寧二府尤其是以「大觀園」為中心展開，「大觀園」可說是「太虛幻境」在現實世界的物質化呈現。這虛、實二境的融合，正是曹雪芹創作心境的表現，他力圖將《紅樓夢》的故事安排在一個似夢非夢，似真非真的境界之中，頗如我們前引窺基的話所云：「及如夢者顛倒緣力，所夢諸事皆謂真實。」他力圖將自己所描繪的一切人事和物事，讓讀者覺得「心似種種外境相現，體實自心」。《紅樓夢》正是有這樣一個虛實相生、相映的詩化境界，所以使它煥發出永久不衰的詩的魅力。

較多地運用「境界」或「意境」談小說創作與評論的，又是上一節已提到的梁啟超，他談小說時所使用「境界」一詞的審美內涵，越出了詩家的心靈空間與精神世界的意義，擴展為現實社會環境與理想社會環境，他稱前者為「現境界」，後者為「他境界」，小說的功能就在於能在「現境界」之外創造「他境界」。他說：

> 凡人之性，常非能以現境界而自滿足者也。而此蠢蠢軀殼，其所能觸能受之境界，又頑狹短促而至有限也。故常欲於其直接以觸以受之外，而間接有所觸有所受，所謂身外之身，世界外之世界也。此等識想，不獨利根眾生有之，即鈍根眾生亦有焉。而導其根器，使日趨於鈍，日趨於利者，其力量無大於小說。小說者，常導人遊於他境界，而變換其常觸常受之空氣者也。[9]

---

9 《飲冰室文集》卷十〈論小說與群治之關係〉，以下未注明出處引文均出此篇。

小說的藝術創造功力，就是把人們各自所經歷過的現實生活境界與人們由於對現實世界的不滿足而曾想望過的理想世界，「和盤托出，徹底而發露之」，使讀者平時「欲摹寫其狀，而心不能自喻，口不能自宣，筆不能自傳」的種種內外感受，生動地、形象化地呈現於眼前心上，於是「拍案見絕曰：善哉善哉，如是如是！」這就是小說藝術的感染力。梁啟超在政治上是一位著名的改良主義者，改良主張的失敗，使他把改良的主張應用於文學，尤其寄托於小說。「欲新一國之民，不可不先新一國之小說」，把「欲新道德」、「欲新宗教」、「欲新政治」、「欲新風俗」、「欲新學藝」、「乃至欲新人心、欲新人格」，都歸之於欲新小說，小說在諸文體中最能「極其妙而神其技」，由此；他推「小說為文學之最上乘也」。他還認為，小說家或偏重「摹寫」現實世界之「情狀」，或偏重描寫人們「懷抱之想像」，就產生了寫實派小說與理想派小說。這種分劃，剛好與王國維在《人間詞話》中所大力標舉的詞「有造境，有寫境，此理想與寫實二派之所由分」相呼應。

更值得我們注意的是：梁啟超強調了「小說有不可思議之力支配人道」，他又將「不可思議之力」分為四種力：熏、浸、刺、提，實際上他闡述的是小說藝術境界所能產生的四種審美效應，這在前人論「境界」或「意境」時所未言及的，這四種審美效應，同樣生發於其他文學藝術樣式的藝術境界。「一曰熏。熏也者，如入雲烟中而為其所烘，如近黑朱處而為其所染」，是熏染之力。他運用佛家之學來解析此力之因果：

> 《楞加經》所謂「迷智為識，轉識成智」者，皆恃此力。人之讀一小說也，不知不覺之間，而眼識為之迷漾，而腦筋為之搖颺，而神經為之營注；今日變一二焉，明日變一二焉；剎那剎那，相斷相續；久之而此小說之境界，遂入其靈台而據之，成

> 為一特別原質之種子。有此種子故，他日又更有所觸所受者，旦旦而熏之，種子愈盛，而又以之熏他人。……

這就是說，小說以其強烈的藝術感染力，使小說之境界轉化讀者心中的「境界」，他潛移默化地「新人心」，在讀者心中播下了「特別原質種子」，形成讀者一種新的認識能力，無形中，小說就「巍巍焉具此威德以操縱生者」。熏染力是「以空間言」其力之大小，對人心之熏染面有廣有狹；第二種力「曰浸」，以時間言，其力之大小，使讀者所獲之新境界存於心的時間或長或短。「浸也者，入而與之俱化者也。」這要看「化」得徹底不徹底，入人心也深，就「化」得徹底，入人心也淺，就「化」得不徹底，前者作用時效長，後者作用時效短。而說「等是佳作也，而其卷帙愈繁事實愈多者，則其浸人也亦愈甚；如酒焉，作十日飲則作百日醉。」這不免有些片面，不少短詩，如一首五絕或七絕，僅數十字化入人心者深，其藝術生命力永存於歷代讀者心中者，比比皆是。第三種力曰「刺」，「刺也者，刺激之義也。熏浸之力利用漸，刺之力利用頓；熏浸之力，在使感受者不覺；刺之力，在使感受者驟覺。刺也者，能入於一剎那頃，忽起異感而不能自制者也。」這實際是指作品中，作家儲藝術境界信息於語言文字，讀者將那些信息轉化為自己的意象、意境之時，剎那間對情感的激活，「忽然情動」。按審美心理活動程序言，刺激力爆發的直接動因，詩較小說尤然。第四種力曰「提」，前三種力，「自外而灌之使入；提之力，自內而脫之使出，實佛法之最上乘也。」這種力的產生，主要在於讀者「自化其身焉，入於書中。……夫既化其身以入書中矣，則當其讀此書時，此身已非我有，截然去此界以入於彼界」。這時，讀者由被動的欣賞向能動的創造轉化，按審美鑑賞心理的發展來說，就是「提」起一種藝術境界再創造的能力。可能是按強調「今日欲改良群眾」的梁啟超的願望，是要提起一種改良社會、改造國家的力量，「教主之所以能立教門，政治家所以能組織政黨，莫不賴是。」我認為，梁啟超對於小說藝術境界所能發生的審美效應而進行的剖析和歸納，有其獨到之處，對於原來僅限於詩與畫的境界理論有所補充和發展；他對於詩，也提出了創造「新意境」的要求（見《飲冰室詩話》八）。但是，他把文學作品「支配人道」的「不可思議之力」強調得太過，無疑是一種功利之求，又是「厚人倫，美教化，移風俗」的新版，他所倡導的小說與詩的「新意境」，實質上已表現出脫離審美的傾向，倒不如當時一位署名蠡勺居士的說得實在：「使人之碌碌此世者，咸棄其焦思繁慮，而暫遷其心於恬適之境」，「令人聞義俠之風，則激其慷慨之氣，聞憂愁之事，則動其悽婉之情，聞惡則深惡，聞善則深善。」（〈昕夕閑談小序〉）

三　向內深化的詞、曲境界

如果說，小說、戲劇的境界是詩的境界的外延和拓展的話，那麼，傳統的詩自唐極度興盛繁榮之後而出現的一個新的詩歌文體——詞，詞之後又出現的曲，它們的境界卻是詩的境界向內部的深化。關於「詞境」，當代美學家李澤厚有個概括性表述：「所謂詞境，就是通過長短不齊的句型，更為細緻、更為集中地刻劃抒寫出某種心情意緒。詩常一句一意或一境，整首含義闊大，形象眾多；詞則常一首或一闋才一意，形象細膩，含意微妙，它經常是通過對一般的、日常的、普通的自然景象（不是盛唐那種氣象萬千的景色事物）的白描來表現，從而也就使所描繪的對象、事物、情節更為具體、細緻、新巧，並塗有更濃厚、更細膩的主觀感情色調，而不同於較籠統、渾厚、寬大的『詩境』。」他又將「曲境」與詩、詞境界一並作了比較：「詩境深厚闊大，詞境精工細巧，但二者仍均重含而不露，神餘言外，使人一唱三嘆，玩味無窮。曲境則不然，它以酣暢明達、直率痛快為能事，詩多『無我之境』，詞多『有我之境』，曲則都是非常突出的『有我之境』。」最後，他總結說：「詩境厚重，詞境尖新，曲境暢達，各有其美，不可替代。」[10]我認為，詩、詞、曲三境區別大致如此，但也不盡然，尤其在藝術的表達方面。

詞在唐代就出現了，至宋而盛，其間作者如林，而論詞的著作，尚不多見，雖有少許專論與專著，如李清照的《詞論》、陸游的《花間集》〈跋〉、張炎的《詞源》、沈義父的《樂府指迷》等，但論詞直接探討詞的藝術境界者，除《詞源》中倡「詞要清空，不要質實」有所觸及之外，其餘者極少涉及，這大概是因為當時的文壇還以詩為正統文體，境界理論為唐代詩人所發明又為詩所獨擅，詞，被視為「詩之餘」，尚不能與詩並肩比美。直至詞學重振於清代乾、嘉之後，詞學理論才引進詩的境界說。由於詞與詩的審美本質是一致的，清代尤其是晚清的詞學理論，在詞境方面的探討，實則對傳統詩境理論進一步完善和發展，作出了新的貢獻。崛起於元代的散曲，因為它雖然作為一個獨立的新詩體，但與同時崛起的雜劇關係特別密切，曲學理論多附於戲劇理論之中，單獨論散曲境界者雖間或有所見，但不突出，值得重視的是，散曲作家在創作實踐中的確開闢了不同於詩與詞的新境界，為後人作理論的概括提供了事實基礎。在這裡，我只能著重談談詞境理論。

一直被當作正宗文體的詩，雖然自陸機獨標「詩緣情而綺靡」新目之後，抒情的本質特徵被確認了，但是傳統的「詩言志」、「發乎情，止乎禮義」，一直還在或顯或隱地發揮影響，詩的抒發感情時有所制，尤其是淋漓盡致地表現男女之情的作品，往往要遭到非議，因為這有失於詩的莊重，即使各種題材的詩歌都極為發達的盛唐，情詩也幾乎沒有什麼地位（不包括那些以「情詩」面目出現而另有含蘊的

---

10 李澤厚：《美的歷程》（北京市：文物出版社，1981年），頁156、185-186。

詩）。起源於民間的詞，由於他們作者不像文人那樣，思想上有著禮教觀念的束縛，率口而出的唱詞也不必如正統詩那樣莊重典雅，以大膽直率地盡泄心中之情為能事。李清照《詞論》記述一個名叫李八郎的歌手，在朝廷新科及第進士舉辦的曲江宴會上，歌唱言男女之情的民間曲子，引起轟動，「自後鄭、衛之聲日熾，流靡之變日繁，已有〈菩薩蠻〉、〈春光好〉、〈莎雞子〉、〈更漏子〉、〈浣溪沙〉、〈夢江南〉、〈漁父〉等詞，不可遍舉。」讓我們賞閱一首後來在敦煌發現的民間〈菩薩蠻〉：

> 枕前發盡千般願，要休且待青山爛。水面上秤錘浮，直待黃河徹底枯。白日參辰現，北斗回南面。休則未能休，且待三更見日頭。

這是一位女子在枕上對情郎的誓言，以日常的眼前事物取喻，熾烈的愛情表現得多麼直率而潑辣，毫無掩飾猶豫之態。這種爽快言情的作風，啟發了早就想「擺落故態」的詩人，於是他們相繼投入此種新的詩歌文體的創作。我們記得，齊梁的宮體詩多寫男女之情而受到後來的正統文人嚴厲的指責，可以這樣說，晚唐五代的「花間」詞，實質上就是宮體詩的情調藉助詞這種新的詩歌文體的重現！「花間」詞人們表現的男女之情，如溫庭筠的「手裡金鸚鵡，胸前繡鳳凰。偷眼暗形相，不如從嫁與，作鴛鴦！」（〈南歌子〉）韋莊的「春日遊，杏花吹滿頭。陌上誰家年少足風流，妾擬將身嫁與一生休，縱被無情棄，不能羞！」（〈思帝鄉〉）牛希濟的「語已多，情未了，回首猶重道：記得綠羅裙，處處憐芳草。」（〈訴衷情〉）等等，顯然是讓大膽真率、無所顧忌的言情，從齊梁宮廷重返民間了。這樣的言情之作，也使後來出身高貴的詞人有所顧忌，如李清照就說「鄭、衛之聲日熾」，但是，以言情為主而不受政教風化之志的約束，已深入到詞的骨髓。張炎在《詞源》〈賦情〉一節中說：

> 簸弄風月，陶寫性情，詞婉於詩；蓋聲出鶯吭燕舌間。稍近乎情可也。

若說「詩有三境」而最後以「意境」統而稱之的話，那麼詞主要是表現「情境」，它甚至敢於表現潛藏在人們心靈深處的幽微隱私之情：「曲折盡人意，輕巧尖新，姿態百出，閭巷荒淫之語。肆意落筆。」[11]

當然，人的感情世界是豐富的，多樣的，詞在創作實踐中的發展，也並不都走「輕巧尖新」的路子，北、南兩宋的詞中，都出現了與「婉約」相對舉的「豪放」詞，蘇軾、辛棄疾等堪稱大詞家的作品，撫時感事並不讓於詩。胡寅說蘇東坡詞「一洗綺羅香澤之態，擺脫綢繆宛轉之度，使人登高望遠，舉首而歌，而逸懷浩氣，超然乎塵垢之外」(〈汲古閣本向子諲酒邊詞序〉)；劉克莊評稼軒詞則說：「公所作大聲鏜鞳，小聲鏗鍧，橫絕六合，掃空萬古，自有蒼生所未見。」(〈辛稼軒集序〉) 詞發展到清代，「輕巧尖新」反遭到不同程度的排斥，不少詞家更注重抒寫自己人生體驗，創造出或曰「有寄托」，或曰「厚、重、大」，或曰「沉鬱」的詞境。乾嘉時代的詞人周濟說：「感慨所寄，不過盛衰；或綢繆未雨，或太息厝薪，或己溺己飢，或獨清獨醒，隨其人性情學問境地，莫不有由衷之言。」(《介存齋論詞雜著》六) 他強調詞要「有寄托」。「神理意境者何有關寄托，一也」，這是潘德輿論詩的意境時說過的話（已見前引）。他對詞的「寄托」說作了前人未及的精彩發揮，見於〈宋四家詞選目錄序論〉首段：

---

11 王灼語，見《碧雞漫志》卷二。

> 夫詞，非寄托不入，專寄托不出。一物一事，引而伸之，觸類多通，驅心若遊絲之罥飛英，含毫如郢斤之斫蟬翼，以無厚入有間。既習已，意感偶生，假類畢達，閱載千百，謦咳弗違，斯入矣。賦情獨深，逐境必寤，醞釀日久，冥發妄中，雖鋪敘平淡，摹繢淺近，而萬感橫集，五中無主，讀其篇者，臨淵窺魚，意為魴鯉，中有驚電，罔識東西，赤子隨母笑啼，鄉人緣劇喜怒，抑可謂能出矣。

當詞人有「感觸」需要抒發，有「由衷之言」需要表白時，首先須有一個寄托情感的載體，沒有這個載體，便不能進入詞的境界，尋找這個載體，就相當於王昌齡說的「搜求於象」。構思之初，詞人對事物，不斷地展開聯想和想像，情思好像悠揚的遊絲飛飄在空中，串聯起片片飛花。他憑自己的主觀感受去捕捉種種意象，像《莊子》中講的那個運斤斫鼻的巧匠那樣，舉重若輕，功入微妙之間；又像那個庖丁解牛一樣，目無全牛，「以神遇而不以目視，官知止而神欲行」；當情思藉之寄托的意象在心中清晰地呈現了，「意感偶生」即「心入於境」，這時，叢集於心中的每一個境象都成了情感的載體，與情感融合而一，這就是「入」了。「入」是「謀篇」之始，也是「出」之始，經過精心的構思，到了瓜熟蒂落，水到渠成的階段，「賦情獨深，逐境必寤」，作者的思想感情因有了寄托，再次得到昇華。此時，他又要在由內向外的藝術表達時，力圖隱去「有寄托」的痕跡，不需要精心的刻劃，似乎表達感情無施不可，像善於射箭的無需著瞄準便能中「的」一樣，雖然寫來好像是平淡淺近的文字，但字字之中蘊含著作者的萬端感慨，千種風情。這樣的作品創作出來之後呈現於讀者之前，讀者好像如淵中觀魚，惟見魚在水中暢游之美，而不知此魚是魴是鯉；又好像黑暗之中有閃電明滅，但不知閃自東還是自西；嬰兒隨母哭笑而哭笑；鄉下人觀劇隨劇中人喜怒而喜怒。總之，作品深深地吸引了讀者，讀者沉迷於作品的境界而不自知、自拔，這就是「無寄托」而出的妙處。如果一篇作品的創作只徘徊在「有寄托」的階段，便會顯得過於坐實，實在不能虛，情思便不能飛動而成凝結的態勢，有寄托便成了「專寄托」，成了蘇軾所說的「賦詩必此詩」。「寄托」只是一種手段而不是目的，載體只起負載情思以行的作用而絕不是情思的實體。在《介存齋論詞雜著》中，周濟還進一步論述了詞創作中「空」與「實」、「有寄托」與「無寄托」的辯證關係：

> 初學詞求空，空則靈氣往來，既成格調，求實，實則精力彌滿。初學詞求有寄托，有寄托則表理相宣，斐然成章。既成格調，求無寄托，無寄托則指事類情，仁者見仁，知者見知。

這是把學詞分為兩個階段，也是區別詞的創作過程中構思與表達兩個階段，「求空」與「求有寄托」是在第一階段的辯證統一，那就是「驅心若遊絲之罥飛英」，「求實」與「無寄托」是第二階段的辯證統一，那就是「萬感橫集，五中無主」；空諸依傍才能自由地攝取寄托之物，「精力彌滿」才能自由地超越寄托之物，「空」──「實」──「無」，整個過程就是自由而入，自由而出。

晚清的況周頤在他論詞的創作與鑑賞的主要著作《蕙風詞話》中，有不少論述可與上述周濟之論相發明，請看他在進行詞的創作時是怎樣「心入於境」的：

> 人靜簾垂，燈昏香直。窗外芙蓉殘葉颯颯作秋聲，與砌蟲相和答。據梧冥坐，湛懷息機。每一念起，輒設理想排遣之。乃至萬緣俱寂，吾心忽瑩然開朗如滿月，肌骨清涼，不知斯世何世也。斯時若有無端哀怨棖觸於萬不得已；即而察之，一切境象全失，唯有小窗虛幌，筆床硯匣，一一在吾目前。此詞境也。

> 三十年前，或月一至焉，今不可復得矣。

這幾乎是「有寄托入，無寄托出」那種創作心理態勢具體而微的寫照，由「湛懷息機」至「吾心忽瑩然開朗如滿月」，再而至「境象全失」，也不就是由「空」而「實」再而「無」嗎？況周頤強調「填詞要天資，要學力」，但也不可缺少「平時之閱歷，目前之境界」，前者是「詞心」所自，後者是「詞境」所本，「矯柔而強為之，非合作也。境之窮達，天也，無可如何者也。」他最欣賞的詞境是「以深靜為至」：

> 詞有穆之一境，靜而兼厚、重、大也。淡而穆不易，濃而穆更難。

穆，即靜穆之境，這是況周頤對一種詞境審美感受的總體描述，他具體的解釋就是「沉著，濃厚」:「重者，沉著之謂。在氣格，不在字句。於夢窗詞庶幾見之。即其芬芳鏗麗之作，中間雋句艷字，莫不有沉摯之思，灝瀚之氣，挾之以流轉。令人玩索而不能盡，則其中之所存者厚。沉著者，厚之發見乎外者也。」關於「沉著」的詩境，司空圖在《詩品》中作過一番意象式的描述，沒有理論的闡釋（對《詩品》〈沉著〉分析，將見於〈入神〉篇），理論的闡釋讓給了晚清的詞學家，與況周頤同時的陳廷焯對此種境界又有更詳盡的發揮，易「沉著」為「沉鬱」，他說：

> 作詞之法，首貴沉鬱，沉則不浮，鬱則不薄。顧沉鬱未易強求，不根柢於「風騷」，烏能沉鬱？十三國變風，二十五篇《楚辭》，忠厚之至，跡沉鬱之至，詞之源也。

「不浮」、「不薄」，即「重」、「厚」之謂，與況氏「沉著」之說同理，陳廷焯不但強調詩、詞同源，而且強調「詩詞一理」，說「詩之高境，亦在沉鬱，然或以古樸勝，或以沖淡勝，或以鉅麗勝，或以雄蒼勝：納沉鬱於四者之中，固是化境。」但他又認為，詩有「大篇」，可以暢所欲言，可以不盡是沉鬱；詞的篇幅較小，倘一直說去，不留餘地，雖極工巧之致，也難免露其淺，所以「詞則若舍沉鬱之外，更無以為詞」。此說不無偏愛之嫌。他與況周頤一樣，都偏愛晚唐、五代詞，況說「《花間》至不易學」，陳則說「唐五代詞不可及處正在沉鬱」，再請看他對「沉鬱」的理論界定及其舉例：

> 所謂沉鬱者，意在筆先，神餘言外。寫怨夫思婦之懷，寓孽子孤臣之感。凡交情之冷淡，身世之飄零，皆可於一草一木發之。而發之又必欲隱欲見，欲露不露，反復纏綿，終不許一語道破。匪獨體格之高，亦見性情之厚。飛卿詞，如「懶起畫娥眉，弄妝梳洗遲。」無限傷心，溢於言表。又「春夢正關情，鏡中蟬鬢輕。」淒涼哀怨，真有欲言難言之苦。又「花落子規啼，綠窗殘夢迷。」又「鸞鏡與花枝，此情誰得知。」皆含深意。此種詞，弟自寫性情，不必求勝人，已成絕響。[12]

關於「沉鬱」的理論表述是非常傑出的，前人評杜甫詩的藝術風格有「沉鬱頓挫」之語，若用陳廷焯之說驗證，可謂句句道著。但他以之評溫庭筠那些寫男女之情的詞，便有過譽之嫌，「溫飛卿詞精妙絕人，然類不出乎綺怨」（劉熙載語，見《藝概》〈詞曲概〉），實難當「沉鬱」、「絕響」之說。然而，盡管陳廷焯在具體地評論作家作品

---

12 陳廷焯：《白雨齋詞話》（北京市：人民文學出版社，1959年），頁5-6。以上引陳廷焯語均見此書。

時，有不少偏頗之處，他的「沉鬱」之境的論述、發明，著實豐富了整個詩學的境界理論。

以上，我只重點地介紹了一下清代幾部詞學著作中關於詞境的部分論述，從中可以看出，出於詩歌理論的境界說，完全被詞家接受了，在怎樣創造詞的藝術境界和創造怎樣的境界方面，理論上有所發展和深化。或許，這為清末最後一位理論大師王國維，以論述詞之境界而完善和昇華中國詩學中最具民族特色的境界理論，作了一些基礎性的鋪墊。

五
王國維最後完善之「境界」說

一　王國維對「境界」的體悟與把握

王國維對於「境界」的論述，主要見於他「宣統庚戌（1910年）九月脫稿於京師定武城南寓廬」的《人間詞話》，在此之前，他已經有一些文章涉及到「境界」與「意境」問題（前章所引談元劇之「意境」，是在《人間詞話》完成之後），讓我們首先考察一下他對「境界」體悟與把握的來龍去脈。

王國維談「境界」或「意境」時，除了對具體的作品分析評價時指出其有無境界或境界之大小深淺或境界之優美壯美之外，對於自唐以來詩歌理論中的「境界」說隻字未提，他在《人間詞話》中說：「滄浪所謂興趣，阮亭所謂神韻，猶不過道其面目，不若鄙人拈出『境界』二字，為探其本也。」[1]好像「境界」二字是他的發明，以他的學問而言，他當然不會不知道「境界」說由來已久，大概是他認為，歷來的學者所講的「境界」或「意境」，都不過是作為一種審美形態（面目）的表述，而沒有認識其作為審美本質的意義，所以他要重新建構並闡釋自己的「境界」說。

在他的早期著述《文學小言》裡，還沒有使用「境界」這個詞，後來也出現在《人間詞話》的「古今之成大事業、大學問者，必經過三種之境界」一條，在《文學小言》已出現了，說的是「不可不歷三

1　本章以下引王國維語，凡不再注明出處的，均見《蕙風詞話・人間詞話》（北京市：人民文學出版社，1961年），頁191-260。

種之階級」。但在這篇札記式的文章中，有了與「境界」有關的文字：

> 文學中有二原質焉：曰景，曰情。前者以描寫自然及人生之事實為主，後者則吾人對此種事實之精神態度也。故前者客觀的，後者主觀的也；前者知識的，後者感情的也。自一方面言之，則必吾人之胸中洞然無物，而後其觀物也深，而其體物也切；則客觀的知識，實與主觀的情感成反比例。自他方面言之，則激烈之情感，亦得為直觀之對象，文學之材料；而觀物與其描寫之也。亦有無限之快樂伴之。要之，文學者，不外知識與感情交代之結果而已。苟無銳敏之知識與深邃之感情者，不足與於文學之事。

我們記得，明代的謝榛與明末清初之王夫之，都把情與景在詩歌創作中提到很高的地位，說「作詩本乎情景，孤不自成」、「不能作景語，又何能作情語耶？」王國維這則札記裡特別值得我們注意的是：一，他不像謝、王把「景」僅看作自然風景，而是定義為「自然及人生之事實」；二，不把景與情僅看作是相對應、相交融，而指出它們有時是矛盾的存在，「成反比例」，主觀意志與情感的干預愈少，反而「其觀物也深，其體物也切」；三，激烈的主觀感情，亦可作為作家「直觀之對象」，成為文學創作的主要材料。他將「二原質」作了「客觀的」、「知識的」與「主觀的」、「感情的」分別，也就把作家與文體作了同樣的分別：主要運用前種「原質」作材料的便是敘事文學作家，主要運用第二種「原質」作材料的便是詩人。後來他在《人間詞話》裡說：「客觀之詩人不可不多閱世，閱世愈深，財材料愈豐富、愈變化，《水滸傳》、《紅樓夢》的作者是也。主觀之詩人不必多閱世，閱世愈淺，則性情愈真，李後主是也。」這就是對小說家與詩人素質的區分。在〈屈子文學之精神〉一文裡，則從文體方面強調了詩歌的

「原質」:「人類之興味，實先人生，而後自然。故純粹模山範水，留連光景之作，自建安以前，殆未之見。」接著他說：

> 詩歌之題目，皆以描寫自己深邃之感情為主。其寫景物也，亦必以自己深邃之感情為之素地，而始得於特別之境遇中，用特別之眼觀之。故古代之詩，所描寫者，特人生之主觀的方面；而對於人生之客觀方面，及純處於客觀界之自然，斷不能以全力注之也。

詩主要是寫人生之主觀方面，即表現人對於人生之「精神態度」。當然，詩人也須運用客觀的「原質」。該文結尾時又說:「詩歌者，感情的產物也。雖其中之想像的原質（即知力的原質），亦須有肫摯之感情，為之素地，而後此原質乃顯。」[2]這就是說，在詩歌裡「景」的原質只能憑「情」的原質「顯」。

至此，王國維實際上已把握詩詞境界創造的關鍵性要素：以主觀感情為直觀對象，並作為寫景物的「素地」。「素地」已有「境界」之義，這樣說來，詩詞的境界，其「原質」就是詩人感情的境界。一九〇六年，王國維將自己的詞作編成《人間詞甲稿》，次年又編《人間詞乙稿》，兩稿均有〈山陰樊志厚敘〉，兩篇序言是否為樊志厚作或托名自作，學術界至今未能定論。不管誰作，都有一個現象值得注意：前一篇序雖然說了「若夫觀物之微，托興之深，則又君詩詞之特色」之類的話，沒有一字提及「境界」或「意境」。僅隔一年的第二篇序，卻大談「意境」。我以為若確為樊志厚所作的話，實際上也不是樊志厚個人的意見，一定是根據王國維關於意境理論的心得敷演而

2　〔清〕王國維：〈屈子之文學精神〉，《靜安文集續編》，收入《海寧王靜安先生遺書》（上海市：商務印書館，1940年）。

成，因為其中談到溫庭筠、辛棄疾、姜白石、納蘭性德等人詞作的境界高下深淺之語，後來皆在《人間詞話》中重見。王國維絕不會以別人之言作為自己的主要觀點，因此《人間詞乙稿》序中關於「意境」之說，完全可以肯定是他對「境界」說有了進一步的認識：

> 文學之事，其內足以攄己，而外足以感人者，意與境二者而已。上焉者意與境渾，其次或以境勝、或以意勝。茍缺其一，不足以言文學。原夫文學之所以有意境者，以其能觀也。出於觀我者，意餘於境。而出於觀物者，境多於意。然非物無以見我，而觀我之時，又自有我在。故二者常互相錯綜，能有所偏重，而不能有所偏廢也。文學之工不工，亦視其意境之有無，與其深淺而已。

《文學小言》裡所談「景」與「情」還是作為文學的兩種「原質」，兩種材料，這裡所談的是兩種「原質」已經過文學家的藝術處理，而轉化為文學作品的「意」與「境」了。因為他還是籠統地談文學，包括抒情文學與敘事文學，所以還有「以意勝」、「以境勝」之分。「觀我者」指的詩詞，「意餘於境」就是以「情」為「素地」而使「景」之「原質乃顯」；「觀物者」指的是敘事文學——小說、戲劇，它們是「客觀的知識實與主觀的情感為反比例」，「境多於意」是因為它們本以客觀事物為「素地」。那麼「上焉者意與境渾」是指何種作品呢？王國維心目中有兩種最高境界，一是詩詞中的「無我之境」，二是他在後來《宋元戲曲考》裡所推崇的元劇之意境：「彼以意興之所至為之，以自娛娛人。關目之拙劣，所不問也；思想之卑陋，所不諱也；人物之矛盾，所不顧也；彼但摹寫其胸中之感想，與時代之情狀，而真摯之理，與秀傑之氣，時流露其間。故謂元曲為中國最自然之文學，無不可也。」

《人間詞話》自一九〇八年開始在《國粹學報》上陸續發表，值得我們注意的是：王國維在詞條中，極少作用「意境」一詞，正面論述處幾乎全部用的是「境界」或「境」。為什麼會有這種變化呢？這只能說是他對此的領悟和把握已深入而微了。他是以「意境」適用於敘事文學與抒情文學，因為敘事文學是「境多於意」，但不能沒有「意」，所以用「意境」強調之，寫於《人間詞話》之後的《宋元戲曲考》還用「意境」說元劇是一證。用「意境」泛論詩詞也可成立，因為「非物無以見我」，但詩詞明顯是偏重於「意」，偏重於主觀，「以自己深邃之感情為之素地」，這本身是一種美好的本質，一種純淨的精神境界，所以專談詩詞再用「意境」一詞，「意」字就顯得有些多餘。前面說過，王國維已不把「景」僅看作自然風景，而廣義為「自然及人生的事實」，因此，「景」更不可與「境」等同，「境」，對於詩詞來說，就是「深邃感情」之「素地」，就是感情的、精神的境界，其他客觀之物不過在其中「乃顯」而已。下面，讓我再從《人間詞話》中掇取幾條，證實上述推論並進一層觀照王國維如何體悟和把握詩詞境界的本義：

> 境非獨謂景物也。喜怒哀樂，亦人心中之一境界。故能寫真景物、真感情者，謂之有境界。否則謂之無境界。
> 昔人論詩詞，有景語、情語之別，不知一切景語，皆情語也。
> 言氣質，言神韻，不如言境界。有境界，本也。氣質、神韻，末也。有境界而二者隨之矣。
> 「紛吾既有此內美兮，又重之以修能。」文字之事，於此二者，不能缺一。然詞乃抒情之作，故尤重內美。

第一條，亦重申他以前「激烈之情感亦得為直觀之對象」，強化了王昌齡所首出的「情境」說，自王昌齡後，人們但言「物境」與「意境」，未有誰突出而言「情境」，王國維重申純粹的「情境」之存在，而詞尤以「善言情」為其文體特徵，「要眇宜修，能言詩之所不能言」，所以把握「情境」於詞，實即對詞的文體與藝術表現之本質把握。第二條指出了如南宋普聞在一首詩中分「意句」、「境句」之謬，也對王夫之「不能作景語，又何能作情語」的情、景二分，糾正於「情」為「景」之「素地」。第三條強調詩人詞家在自己的作品中所創造並呈現的境界，實即就是他整個精神品質的對象化實現，境界是本體，本體不昧，氣質與神韻就自然在其中。第四條即是強調詩人詞家內在的精神世界之美，有此「內美」，對象化實現於作品的境界才會是美的。以上四條，從作品本體而回到詩人本體，更突出了詞境亦即情境的特質。需要再補充一下的是：王國維既如此突出了「情」的境界，也同時突出了「真」的境界，「真」是作為「情」的最基本的審美表現，「能寫真景物、真感情者，謂之有境界，否則謂之無境界」，可見一個「情」字還不能決定境界的有無，一個「真」字才是境界有無的標識。由「情」而「真」，又是王國維對境界的體悟和把握攝住了真諦的表現。

在《文學小言》裡，王國維就開始談「真」：「文繡的文學之不足為真文學也，與餔餟的文學同。」他認為謀名圖利的文學不是真文學，甚至提出一個有趣的見解：為擺脫名之干擾，有的作家的真文學「乃復托於不重於世者的文體以自見」，北宋之歐陽修、秦觀，「以其寫之於詩者，不若寫之於詞者之真也。」詞，被稱為「詩餘」，在五代、北宋時大概還是「不重於世者的文體」，所以很多詩人的小詞裡表現了其性情之真。當然，情之真，主要還是詞人「能感自己之感，言自己之言」，《人間詞話》裡說：

> 大家之作，其言情也必沁人心脾，其寫景也必豁人耳目。其辭脫口而出，無矯揉妝束之態。以其所見者真，所知者深也。詩詞皆然。

「言情」、「寫景」二語，後來他又用來評元劇的「意境」，有此「意境」的文學是「最自然之文學」，是真文學。言之真，源自詩人的性情之真，詩人詞家如何才有性情之真，王國維有個不太能為我們所接受的觀點，那就是前面已說到的「主觀之詩人不必多閱世」，他舉了兩位詞人為例，一是南唐後主李煜，「李煜生於深宮之中，長於婦人之手」，很少受世俗之情的影響，所以「不失其赤子之心」，他在亡國之時與亡國之後的詞作，其情之真，感慨之深，王國維以尼采「一切文學，余愛以血書者」之語稱之：「後主之詞，真所謂以血書者也。」二是清代納蘭性德，納蘭詞「悲涼頑艷，獨有得於意境之深」，也因為他「以自然之眼觀物，以自然之舌言情。此由初入中原，未染漢人風氣，故能真切如此」。王國維對於「真」的審美界定，也有一個頗為「破格」的觀點：

> 「昔為倡家女，今為蕩子婦。蕩子行不歸，空床難獨守。」「何不策高足，先據要路津？無為久貧賤，轗軻長苦辛。」可謂淫鄙之尤。然無視為淫詞、鄙詞者，以其真也。五代北宋之大詞人亦然。非無淫詞，讀之但覺親切動人；非無鄙詞，但覺其精力彌滿。可知淫詞與鄙詞之病，非淫與鄙之病，而遊詞之病也。

自漢代揚雄說過「辭人之賦麗以淫」以來，人們幾乎對淫與鄙不加分析地一律指責，王國維所舉詩例，皆出自《古詩十九首》，一寫男女之情，一寫權力之欲，但表現的是受壓抑的愛情與因生活「多苦辛」而欲尋求出路的強烈願望，其中有著生命力的衝動，真而不作假，使人讀後感到「精力彌滿」，「親切動人」。王國維認為情不真的詞就是「遊詞」，「哀樂不衷其性，慮嘆無與乎情」（金應珪〈詞選後序〉），為「遊詞」之症。治「遊」之病，需詞人大膽表現人之真實感情，

「詞人之忠實，不獨對人事宜然，即對一草一木，亦須有忠實之意，否則所謂遊詞也。」他稱賞花間詞人牛嶠之「甘作一生拼，盡君今日歡。」顧敻之「換我心，為你心，始知相憶深。」及北宋詞人柳永之「衣帶漸寬終不悔，為伊消得人憔悴。」周邦彥之「許多煩惱，只為當時，一餉留情。」是「專作情語而絕妙者」，其「絕妙」就在於寫「情」之真切動人。

概上述而言之，王國維認為抒情文學是以詩人詞家「自己深邃之感情為之素地」，詩與詞，尤其是詞的境界，其本質就是詞人主觀感情的境界，「境」因情之真而美，這就是他對「境界」最基本的體悟和把握，從而在《人間詞話》中，開宗明義之語便是：

> 詞以境界為最上。有境界則自成高格，自有名句。

於是，才有「造境」與「寫境」、「有我之境」與「無我之境」的精闢、深湛之新論。

二　「有我之境」與「無我之境」之辨析

直接闡述並區別「有我之境」與「無我之境」，《人間詞話》中有兩條：一從審美形態與情趣方面判斷：

> 有有我之境，有無我之境。「淚眼問花花不語，亂紅飛過秋千去。」「可堪孤館閉春寒，杜鵑聲裡斜陽暮。」有我之境也。「採菊東籬下，悠然見南山。」「寒波澹澹起，白鳥悠悠下。」無我之境也。有我之境，以我觀物，故物皆著我之色彩。無我之境，以物觀物，故不知何者為我，何者為物。
>
> 古人為詞，寫有我之境者為多，然未始不能寫無我之境，此在

豪傑之士能自樹立耳。

一從詩人創作之時的心裡態勢與美感效應方面體驗：

無我之境，人惟於靜中得之。有我之境，於由動之靜時得之。故一優美，一宏壯也。

王國維將境界作「有我」、「無我」之分，是否與王昌齡將詩境作「物」、「情」、「意」之分有些聯繫呢？結合對他與此有關的其他文學論著作統觀考察，他「境界」二分在理論方面有兩個源頭：一是來自德國哲學家叔本華的哲學和美學思想；二是對中國古代詩詞創作的實踐經驗分析、綜合與理論化昇華，然後將二者略加折衷。

在寫《人間詞話》之前幾年，王國維曾潛心研究康德、叔本華、尼采等西方哲學家的哲學著作和美學著作，他是清末中國學術界向西方學術吸收了一些真正營養的第一人。叔本華的學說對他影響尤深，在〈叔本華之哲學及其教育學說〉一文中，集中表述了他對叔本華美學思想的理解：世界與人，其本質就是意志，「意志之所以為意志，有一大特質焉：曰生活之欲。」人有了生活之欲，就有了不斷的追求，「保存生活之事，為人生之惟一大事業。」於是人的一生中，「滿足與空乏，希望與恐怖，數者如環無端，而不知所以終」；於是「目之所視，耳之所聞，手之所觸，心之所思，無往而不與吾人利害相關」。在充滿利害關係的整個（物質的與精神的）世界中，有可供人為之從利害關係中超越的東西嗎？曰：有——

唯美之物，不與吾人之利害相關係；而吾人觀美時，亦不知有一己之利害。何則？美之對象，非特別之物，而此物之種類之形式；又觀之之我，非特別之我，而純粹無欲之我也。

這是美之物與審美之人都處於超越狀態中的一種共同的機遇與契合，前者之超越是只作為「此物之種類之形式」呈現於觀者之目，後者之超越是審美注意只集中其形式之美的觀賞、玩味，而未喚取任何物質的占有之欲。但是在一般的觀賞者那裡，這種「物我兩忘」的觀賞在時間上不會持續太久，因為：

> 夫空間時間，既為吾人直觀之形式，物之現於空間皆並立，現於時間皆相續，故現於空間時間者，皆特別之物。既視為特別之物矣，則此物與我利害之關係，欲其不生於心，不可得也。

觀者發現審美對象之「空間並立」，便會有此物與彼物的比較；發現其「時間相續」，便會見其變化之跡，於是對象美之形式之下的內蘊便會逐漸為觀賞者領悟，這樣一來，「非特別之物」又還原為「特別之物」，觀賞者的心理則從「忘我」（無我）回到「有我」。前者是物我雙方都屬一種純淨的美和美感，後者是否也屬美的範疇呢，叔本華與王國維都不否定後者之美和美感，只是美的級別有所不同，前者為「優美」，後者為「壯美」。他在《紅樓夢評論》中對叔本華「兩美」說作了細緻的說明：

> 美之為物有二種：一曰優美，一曰壯美。苟一物焉，與吾人無利害之關係，而吾人之觀也，不觀其關係，而但觀其物；或吾人之心中，無絲毫生活之欲存，而其觀物也，不視為與我有關係之物，而但視為外物，則今之所觀者，非昔之所觀者也。此時吾心寧靜之狀態，名之曰優美之情，而謂此物曰優美，若此物大不利於吾人，而吾人生活之意志為之破裂，因之意志遁去，而知力得獨力之作用，以深觀其物，吾人謂此物曰壯美，而謂其感情曰壯美之情。

按王國維的說法，是有兩種美的事物因性質不同，表現不同，而使人產生兩種不同的審美感情，前一種應是本身對人不具備任何刺激性，為大自然與生活中的普通之物，如美之山水花鳥，人們以「自然之眼」觀之，心怡神曠；後一種對人的主觀感情有強烈觸動、刺激，如「地獄變相之圖，決鬥垂死之象，廬江小吏之詩，雁門尚書之曲，其人固氓庶之所共憐，其遇雖戾夫為之流涕」。若按此二美之態勢，「優美」者為「無我之境」，「壯美」者為「有我之境」，以作品分類很好分別，希臘雕塑《美洛的維納斯》為優美，《拉奧孔》為壯美；陶淵明的〈飲酒〉為優美，〈孔雀東南飛〉為壯美。

但在創作上似乎不能這樣區分，同是花鳥，「亂紅飛過秋千去」是壯美，「白鳥悠悠下」是優美。這樣，就不是美的對象利或不利「吾人」了，而完全取決於觀者的主觀精神狀態。應當這樣說：今有一物，有人能「忘利害之關係」，銷去任何欲念，無任何指向性意識而觀之，即可生發優美之感情，反之者，即心存某種欲念（並非占有性欲念），審美意識有指向性（發生時間與空間的聯繫），則生發壯美之感情，這樣就能說，前者「惟於靜中得之」，後者「於由動之靜時」（就其結果而言）得之。

王國維此說實在也未脫離中國傳統理論。的確，古代詩人寫「有我之境」者為多，詩人「移情」於物，在西方十八、十九世紀尚屬新理論，在中國卻真是「古已有之」。「以我觀物，故物皆著我之色彩」，這是以情寫物，物的人化，宋代政治上持保守態度的司馬光說：「古人為詩，貴於意在言外，使人思而得之……近世詩人，惟杜子美最得詩人之體。如『國破山河在，城春草木深，感時花濺淚，恨別鳥驚心。』山河在，明無餘物矣；草木深，明無人矣；花鳥，平時可娛之物，見之而泣，聞之而悲，則時可知矣。」[3]顯然杜甫是在

3　〔宋〕司馬光：《溫公續詩話》，《歷代詩話》，上冊，頁227-278。

「利害之關係」中觀花鳥，讀者「思而得之」，也是從詩人對花鳥之態度來體悟詩之意境，都以「利害」為媒介，為傳導。中國古代詩人的創作從「言志」轉而「以意為主」，王昌齡將「意境」、「情境」都置於「物境」之上，而「意境」、「情境」又都「張之於意而處於身」，明「有我」矣！倒是「物境」接近於「無我之境」，但如前所述，「物境」亦不過是「詩中有畫」，詩人寄情於物而已。那麼，「無我之境」的理論試探在中國有沒有呢？有，就在那些以禪境空寂之說來解釋詩境的言論之中。我在這裡不想再引用新的資料，只重提一下本篇第三章已經引用過的權德輿、劉禹錫、蘇軾三人之說。權德輿謂靈澈上人「心冥空無，……故睹其容覽其辭者，知其心不待境靜而靜。」劉禹錫謂「釋子」為詩，「能離欲，則方寸地虛，虛而萬景入，……因定而得境，故翛然以清。」蘇軾謂「欲令詩語妙，無厭空且靜，靜故了群動，空故納萬境」等等。這樣評述沙門詩之語，不都是說「釋子」之詩皆於「靜」中，於「無欲」中，於「空虛」中得之嗎？說他們的詩超出「常境」，大概也就相當於王國維的「無我之境」了。至於「無我之境」生成的詩人心態──「以物觀物」，在這裡有必要略為介紹一下北宋道學家邵雍的「以物觀物」之說。

邵雍是宋代理學的早期代表之一。他關於物我關係的論述，體現了理學家走向極端唯心時的審美觀。他提倡「以道觀道，以性觀性，以心觀心，以身觀身，以物觀物」的所謂「反觀」。所謂「觀物」是「非以目視之也，非觀之以目而觀之以心，非觀之以心而觀之以理」。這一推斷，說明邵雍是以唯心的認識為目標，反過來完全是以物從我之心性，並非像叔本華、王國維那樣「觀」美的「種類與形式」。他又說：「以物觀物，性也；以我觀物，情也。性公而明，情偏而暗。人得中和之氣則剛柔均，陽多則偏剛，陰多則偏柔。人智強而物智弱。」以「觀物」作為人性修養的方式。而他談到「觀物之樂」時，也有「忘利害之關係」之意：

> 況觀物之樂，復有萬萬者焉，雖生死榮辱轉戰於前，曾未入於胸中，則何異四時風花雪月一過乎眼也。誠能以物觀物，而兩不相傷者焉，蓋其間情累都忘去爾。

他吹噓自己所作之詩，是「經道之餘，因閑觀時，因靜照物，因時起志，因物寓言。……」[4]但他作的詩是些什麼東西呢？實際上他完全是以詩言道，清人費錫璜就批評說：「詩一言道，則落腐爛。……『一陽初動處，萬物未生時』流於卑俗」（《漢詩總說》）是針對邵雍之詩而言的。

按王國維的觀點，「無我之境」的獲得應在天才詩人，「獨天才者，由其知力之偉大，而全離意志的關係，故其觀物者，視他人為深，而其創作之也，與自然為一。故美者，實可謂天才之特殊物也。」（〈叔本華之哲學及其教育學說〉）這就是說，他雖也用了邵雍用過的「以物觀物」之語，「忘利害之關係」與「蓋其間情累都忘去爾」也有相通之處，但是他「以物觀物」不是皈依「道」與「理」，而是企求進入一種至高無上的審美境界。

較之西方的叔本華與東方的邵雍，王國維之「以物觀物」的「無我之境」到底是怎麼一種境界呢？其實當他對這種境界結合作品進行具體賞析時，又作了折衷處理。首先，他對於作品中的「我」並未絕對否定，「非物無以見我，而觀我之時，自有我在」，這是他在寫《人間詞話》之前已說過的話。從他所引詩例看，陶淵明的詩表現出一種與世無爭的悠閑心情，只能說是「物」與「我」和諧相處而用不著移情於物（像「淚眼問花」之移情），但其中卻確有陶淵明之「我」在。像如此境界之詩，我想李白的〈獨坐敬亭山〉更為典型：

4　引邵雍語分別見《皇極經世全書解》、〈觀物〉內、外篇和〈伊川擊壤集序〉，此據北京大學哲學系美學教研室編：《中國美學史資料選編》（北京市：中華書局，1980年），下冊，頁17-18。

眾鳥高飛盡，孤雲獨去閑，相看兩不厭，只有敬亭山。

細品此詩，想見當時李白與敬亭山相對而坐，詩人在目淨（無「浮雲」遮眼）耳淨（無「眾鳥」喧噪）之時而凝神觀照，頓入「不知何者為我，何者為物」的境界之中，人與山在神態方面已化為一體，消弭了一切利害之關係（不像〈送友人入蜀〉之「山從人面起」而有「崎嶇不易行」之害），所以才「相看兩不厭」。後來，辛棄疾詞裡，也有如此的表現：「我見青山多嫵媚，料青山見我應如是。情與貌，略相似。」（〈賀新郎〉）更是我觀物，物觀我的生動姿態，詞人在該詞的小序中有云：「一日，獨坐停雲，水聲山色，競來相娛。」可見他也是心境極其悠閑之時「遂作數語」的，得物我互娛之趣，全沒有「迭嶂西馳，萬馬回旋，眾山欲東」（〈沁園春〉）的緊張氣勢。可見所謂「無我」，最主要的特徵是「我」在作品中表現出一種與世無爭的特殊心境，我與物在此「神會」。這樣的境界也絕非邵雍所說的見性不見情，「其間情累都忘去爾」，有「我」在自有「情」在，不過確實情無所「累」，正因為無所累，「應物不累於物」，所以「情」更為舒展而自由，陶淵明云「此中有真意，欲辨已忘言」，便是詩人之情淡然而深，悠然而遠。王國維多次強調詩歌為感情產物，以深邃之情為「素地」，「無我之境」當然不能例外，不過他似乎對具體作品中的「優美」之情與「壯美」之情分辨得並不準確，這從他引元好問的〈穎亭留別〉一詩可以看出來：

故人重分攜，臨流駐歸駕。乾坤展清眺，萬景若相借。
北風三日雪，太素秉元化。九山郁崢嶸，了不受陵跨。
寒波澹澹起，白鳥悠悠下。懷歸人自急，物態本閑暇。
壺觴負吟嘯，塵土足悲吒。回首亭中人，平林澹如畫。

這首詩從整體觀，我認為實在夠不上「無我之境」，王國維引以為據的只是其中兩句，而這兩句恰恰是作為「懷歸人自急」的情緒對照而出現的，以物態「閑暇」反襯人生存奔波於塵土之中「足悲吒」，「無我」之「優美」與「有我」之「壯美」相互襯托、映發而構成深邃的情境。讓我們再看王國維本人的一首詞作，也就是被樊志厚稱為「意境兩忘，物我一體」的〈蝶戀花．百尺朱樓〉：

> 百尺朱樓臨大道。樓外輕雷，不知昏和曉。獨倚欄杆人窈窕，閑中數盡行人小。　　一霎車塵生樹杪。陌上樓台、都向塵中老。薄晚西風吹雨到，明朝又是傷流潦。

上闋尚可稱「無我之境」，「閑中數盡行人小」有「意境兩忘」之妙，但當「一霎車塵生樹杪」，眼前「優美」之境即刻發生變化，倚欄之人從「閑中」觀物轉而為「深觀其物」，於是，有「都向塵中老」這樣「有我」的慨嘆，恰好說明美之對象「現於空間皆並立，現於時間皆相續」之後，「此物與我之利害關係，欲其不生於心，不可得也。」從而以「傷流潦」終其篇，入「壯美」之境。

由此看來，王國維對於「優美」與「無我之境」有折衷之術，那就是「無我之境」或為天才詩人才能獲得，或是「吾人」偶爾獲得。詩詞中的「天才之特殊物」也確實存在，而「美之對吾人也，僅一時之救濟，而非永遠之救濟。」(〈叔本華之美學〉) 因此王國維結合作品的論述中，並沒有將「無我之境」神秘化，就其審美顯現來說：與寄情於物，物的人化，「物皆著我之色彩」的「有我之境」相較，「無我之境」實是「我」融於物，物融於情，情因物在，物以情顯，簡言之：情的物化。關於「無我之境」，在下面談「造境」與「寫境」中以及〈入神篇〉談「境界」的提高與昇華時還將論及，此節餘意未盡也。

三　「寫境」與「造境」之區別

與「有我」、「無我」二境密切相關的是「寫境」與「造境」，前者是兩種不同類型美的表現，後者則是兩境審美創造不同的途徑和方式：

> 有造境，有寫境，此理想與寫實二派之所由分。然二者頗難分別。因大詩人所造之境，必合乎自然，所寫之境，亦必鄰於理想故也。

過去多有論者，以「理想派」為浪漫主義，以「寫實派」為現實主義，前者證之以屈原、李白，後者證之以杜甫、白居易。這種論證只能說近似之，然而，王國維自己也說「頗難分別」，按他前後之論述，「寫」與「造」也可以是同一位詩人在審美創造中兩種達境的途徑或方式方法。一般地說，「寫境」就是「有我之境」，而「造境」即可臻至「無我之境」。在《文學小言》裡他認為，能將文學視為「遊戲事業」者，可達「無我之境」：「婉孌之兒，有父母以衣食之，以卵翼之，無所謂爭存之事也。其勢力無所發洩，於是作種種之遊戲。逮爭存之事亟，而遊戲之道息矣。惟精神上之勢力獨優，而又不必以生事為急者，然後終身保其遊戲性質。」「造境」實際上是一種無意間造就的天真、自然之境，無需費什麼力氣，在輕鬆愉悅的氣氛中形成。有的人，不能以類似小兒的遊戲為滿足，「於是對自己之情感及所觀察之事物而摹寫之，詠嘆之，以發洩所儲蓄之勢力。」這就是「寫境」了。根據王國維對文學的態度，欲藉文學以得人生痛苦之安慰及解脫，那麼「遊戲」就是文學的最高功能。由此，我們可以這樣對他的「造境」和「寫境」作出判斷：「造境」是無意而寫，得天造之妙；「寫境」是有意而造，得傳移摹寫之力。讓我就在《人間詞話》裡拾掇其零散之論以證之。一是：

> 詩人對宇宙人生，須入乎其內，又須出乎其外。入乎其內，故能寫之，出乎其外，故能觀之。入乎其內，故有生氣。出乎其外，故有高致。美成能入不能出。白石以降，於此二事皆未夢見。

能入能出者，自然可成大詩人，其作品境界既合乎自然，又鄰於理想。而周邦彥之詞，「言情體物，窮極工巧」方面「不失為第一流作者」，但其「深遠之致」不及歐陽修與秦觀，「但恨創調之才多，創意之才少耳。」他在為周邦彥詞寫的一則眉批也說：「美成詞多作態，故不是大家氣象。若同叔、永叔雖不作態，而一笑百媚生矣。此天才與人力之別也。」這就是「寫境」者，易犯「窮工極巧」與「多作態」的毛病。而能入能出者，或「於豪放中有沉著之致，所以尤高」，或「淡語皆有味，淺語皆有致」，此為區別「造境」與「寫境」的第一大特徵。據此，引出他對「造境」與「寫境」直接的審美評價，即從審美主體轉向對象客體不同特徵的區別。

在王國維的心目中，五代詞人惟李煜是大家，溫庭筠、韋莊、馮延巳次之，「詞至李後主而眼界始大，感慨遂深。」又說：「溫飛卿之詞，句秀也。韋端己之詞，骨秀也。李重光之詞，神秀也。」宋代詞人中，他推晏殊、蘇軾、歐陽修、秦觀、辛棄疾為大家；周邦彥、姜夔、吳文英等大批詞人等而下之。他說：「詞之雅鄭，在神不在貌。永叔、少游雖作艷語，終有品格。方之美成，便有淑女與倡伎之別。」比較蘇軾與姜夔也說：「東坡之曠在神，白石之曠在貌」。他試圖以「神」評「造境」之美，「寫境」者則僅得形貌之美。他評論辛棄疾是南宋詞人中，惟一「堪與北宋人頡頏者」，他的詞有「粗獷」、

「滑稽」處，而更多「佳處」,「幼安之佳處，在有性情，有境界，即以氣象論，亦有『橫素波，干青雲』之概」，後人「以其粗獷、滑稽處可學，佳處不可學也。」不是「不可學」而是「不能學」，如其〈賀新郎·送茂嘉十二弟〉,「章法絕妙，且語語有境界，此能品而幾於神者。然非有意為之，故後人不能學也。」大凡「神秀」，有「神」「幾於神」的作品，別人都不可學，因為每個大詩人、詞家的「神」都是獨特的，不可重複的。不過，這裡要指出，他提到辛棄疾這首詞，是典型的「有我之境」，詞中「綠樹聽鵜鴂。更那堪鷓鴣聲住，杜鵑聲切！啼到春歸無覓處，苦恨芳菲都歇。……啼鳥還知如許恨，料不啼清淚長啼血，誰共我，醉明月」等情景交融之句，明顯的是「物皆著我之色彩」。大概因此，王國維只說該詞是「能品」而「幾於神」，換句話來說，是「寫境」而「鄰於理想」。

由「神」與不神的審美判斷，王國維又從詞的具體藝術表達方面，挑出「造境」與「寫境」第三個不同的特徵，這就是「隔」與「不隔」。對此，他的基本觀點是：

> 問「隔」與「不隔」之別，曰：陶謝之詩不隔，延年則稍隔矣。東坡之詩不隔，山谷則稍隔矣。「池塘生春草」、「空梁落燕泥」等二句，妙處唯在不隔。詞亦如是。即以一人一詞論，如歐陽公〈少年遊〉詠春草上半闋云：「闌干十二獨憑春，晴碧遠連雲。千里萬里，二月三月，行色苦愁人。」語語都在目前，便是不隔。至云：「謝家池上，江淹浦畔。」則隔矣。白石〈翠樓吟〉:「此地。宜有詞仙，擁素云黃鶴，與君遊戲。玉梯凝望久，嘆芳草，萋萋千里。」便是不隔。至「酒祓清愁，花消英氣。」則隔矣。然南宋詞雖不隔處，比之前人，自有淺深厚薄之別。

前面已談到王國維非常強調審美的「直觀」，美之對象呈現於空間與時間，是「吾人直觀之形式」，激烈的情感，「亦得為直觀之對象」。他在〈叔本華之哲學及其教育學說〉中還說過：「美術（指文學藝術）之知識，全為直觀之知識，而無概念雜乎其間。」「唯詩歌一道，雖借概念之助，以喚取吾人之直觀，然其價值全存於其能直觀與否。詩之所以多用比興，其源全由於此也。」關於「直觀」，鍾嶸在《詩品》中就已經強調性地指出：「古今勝語，多非補假，皆由直尋。」後來司空圖也有「直致所得」之語，均有直觀之意。王國維以「不隔」為直觀，直觀的對立面則是「隔」。所謂「不隔」，也就是要能寫景如在目前，寫情直從胸臆流出，不加雕飾掩映，這一審美創造的基本法則，既適應於「寫境」、「有我之境」，而其最高的造詣又於「造境」、「無我之境」中見。下面這段話，可看作王國維關於直觀的審美創造之基本原則：

> 自然之中物，互相關係，互相限制。然其寫之於文學及美術之中，必遺其關係、限制之處。故雖寫實家，亦理想家也。又雖如何虛構之境，其材料必求之於自然，而其構造，亦必從自然之法則。故雖理想家，亦寫實家也。

「不隔」，並不是對「自然中之物」如實的復現和模寫，因為物與物之間也有利害之關係，由此互相之間亦有種種限制，打個比方，雲可遮月，亦可托月，遮月對月來說就是一種限制。自然界各種各樣的景物，無不有各種利害關係，如果執著於實寫，歐陽修筆下的「二月三月」之「晴碧遠連雲」，於春天多雨的江南便有純屬偶然或不真實之感。因此，雖然直觀地表現美之對象，詩人亦須於對象有所超脫，而這超脫又不違背自然之法則。實際上，王國維在這裡也是談一個「能入」、「能出」的問題，不過是針對具體表現對象而言，他還用另一種說法表示了這個意思，即：「詩人必有輕視外物之意，故能以奴僕命風月。又必有重視外物之意，故能與花鳥共歡樂。」「輕視」與「重視」，超脫與直觀，是藝術的辯證統一，總體表現便是「不隔」，若缺其一，便會造成「隔」。讓我們再對王國維所舉「隔」與「不隔」的一些詩詞之例稍加分析。

周邦彥是一位「言情體物，窮極工巧」不失為第一流的作者，他的詞雖然多是「寫境」，但如〈蘇幕遮〉之寫荷花：「葉上初陽干宿雨。水面清圓，一一風荷舉。」將清晨在微風中搖曳的翠荷寫出了何等生動的形態，何等風韻。王國維說：「此真能得荷之神理者。」比較之下，姜白石有兩首寫荷的詞，就「猶有隔霧看花之恨」。姜詞一為〈念奴嬌〉：「……翠葉吹涼，玉容銷酒，更灑菰蒲雨。嫣然搖動，冷香飛上詩句。日暮。青蓋亭亭，情人不見，爭忍凌波去。只恐舞衣容易落，愁入西風南浦。……」這就是姜在「意象幽閑，不類人境」的武陵「古城野水」間所感受的荷之意象，較少直觀的描寫。另一首〈惜紅衣〉直寫荷花之語更為隱約，僅「虹梁水陌，魚浪吹香，紅衣半狼藉」數語。王國維對姜白石的詞評價較低，屢有如「有格而無情」、「惜不於意境上用力」等指摘，還將被不少評論家推為寫景絕妙的「二十四橋仍在，波心蕩，冷月無聲」等佳作，都說是：「雖格韻高絕，然如霧裡看花，終隔一層。」這種評價對不對呢？王國維從他審美欣賞要排除一切利害關係、重直觀之形式的基點出發，偏愛於直觀性形象或意象，不太欣賞那些經詩人主觀感情重新營造的意象，因為這些意象「我」之色彩太強烈，不能稍得「無我」之妙。我們必須承認，「情」的徹底「物化」，不著主觀臆造之痕跡，作品的境界反而更為豁目，「『紅杏枝頭春意鬧』，著一『鬧』字，而境界全出，『雲破月來花弄影』，著一『弄』字，而境界全出矣。」「鬧」字與「弄」字，實有作者感情隱含於內，讀者直觀是見物不見情，可是這兩個字又實在是作者對審美對象之動態感受，這一直觀感受使審美對象有了活潑的生機。「情」不露任何痕跡的物化而使「境界全出」，對於鑑賞者來說，反而容易得「意境兩忘」的妙趣。

王國維反對一些著意的「寫」而造成境界的「隔」，如用代字：「桂華流瓦」，以「桂華」代月；以「紅雨」、「劉郎」代「桃」，以「章台」、「灞岸」代「柳」等等。他說：「蓋意足則不暇代，語妙則不必代」，認為這是一種人工的又是笨拙的寫法，好像寫詩作詞惟恐「不隔」，因而故意布置一些遮障之物。

最後，讓我們再引錄王國維為專評周邦彥之詞寫下的一段有關兩種境界的話（《清真先生遺事》〈尚論三〉），此語可作為他「有我」、「無我」；「寫境」、「造境」之說的總結：

> 山谷云：「天下清景，不擇賢愚而與之，然吾特疑端為我輩設。」誠哉是言！抑豈獨清景而已，一切境界，無不為詩人設。世無詩人，即無此種境界。夫境界之呈於吾心而見於外物者，皆須臾之物。惟詩人能以此須臾之物，鐫諸不朽之文字，使讀者自得之。遂覺詩人之言，字字為我心中所欲言，而又非我之所能自言，此大詩人之秘妙也。境界有二：有詩人之境界，有常人之境界。詩人之境界，惟詩人能感之而能寫之，故讀其詩者，亦高舉遠慕，有遺世之意。而亦有得有不得，且得之者亦各有深淺焉。若夫悲歡離合，羈旅行役之感，常人皆能感之，而惟詩人能寫之。故其入於人者至深，而行於世也尤廣。先生之詞屬於第二種為多。（重點號為引者所加）

按他如此分別，「無我之境」應上置為「詩人的境界」，「能感」、「能寫」都在詩人，這樣的詩人是「天才」，是「豪傑之士」，是「大家」，他們的「能寫」是「造境」，創造出人間最高的審美境界。芸芸讀者對此種境界，不一定都能鑑賞接受，能接受、體悟者，也有體悟深淺的不同。第二種境界是普通的人都感受到的、與每個人的現實生活關係密切的事件與情緒，因此是「常人之境界」，但「常人」自己不能通過語言文字表現出來，只能通過詩人表現出來，這些詩人不必都是「天才」人物，亦可是「常人」，是「言情體物，窮極工巧」如周邦彥之輩，他們能極盡移情模寫之功，間或也可得其審美對象之「神理」，但總的來說，因為詩人也是「常人」而非天才人物，寫的都是常人所能感，所以多是「寫境」，即不是憑「天才」而是憑「人力」所實現的審美創造。雖然多是「有我之境」，但這種「境界」卻是「常人」讀者以他們的鑑賞水平可以接受和樂於接受的，像周邦彥的作品，「宋時別本之多，他無與匹。……自士大夫以至婦人女子，莫不知有清真。」詩人能很好地表現「常人之境界」，他的作品便能「行於世也尤廣，入於人也至深」，這是一種非常有社會效應的審美創造。

對於王國維的「境界」說的介紹，至此我們也可以打一個句號。概而言之：王國維確認了詩歌的境界就是以深邃的感情為素地，「造境」與「無我之境」，屬於審美理想的範疇；「寫境」與「有我之境」屬於多數詩人審美實踐的範疇，二者不可偏廢。他主要從詩人審美創造的角度進入論述而完善了傳統的「境界」說，更可貴的是他開始接受西方的美學思想以作參照並有所輸入，使本來就是因儒、道、佛多家美學思想融會貫通而形成的「境界」說，又獲得了新的營養。

入神篇

一
客體之神與主體之神

一　釋「神」

「神」，是中國古典美學中一個最高級的審美觀念，它發生於初民們對大自然現象的觀察與臆測，隨後進入哲學領域，哲學家們用以表述客觀事物發展變化的規律與人之本體內在精神、能力與智慧，隨後，它被造型藝術家率先接受，在繪畫、書法等藝術領域內構成「形神」理論，接著又進入文學領域，其中以詩獨多得「神」之青睞。作為審美觀念的「神」，應該說，主要是在詩與繪畫領域內發育成熟的。

在先秦以遠的文獻典籍中，「神」字已是屢見，關於「神」字的來源，《說文》云：「天神引出萬物者也，从示、申。」「示」，「天垂象見吉凶以示人」之義；「申」，「電也」。古文「申」字為「陰陽激耀」的閃電之形，實為古之「電」字。因閃電與下雨之天象同時發生，後來將它與「雨」結合，「从雨从申」為《說文》中之「電」字。《說文》又云：「申，神也」，楊樹達先生釋「神」道：

> 蓋天象之可異者，莫神於電，故在古文，申也，電也，神也，實一字也。其加雨於申而為電，加示於申而為神，皆後起分別之事矣。《說文》十四篇下申部云：「申，神也。」正謂申為神之初義矣。[1]

1　楊樹達：《小學金石論叢》（增訂本），頁16。

由此推斷，古人心目中電即神，神即電，「神」是客觀世界一種異常的現象。電閃在天，人們首先將天空中發生的一切現象以「神」稱之。「示」之以「電」，誰在向人們「示」之？於是「神」又被用來泛指在天空中所發生神秘現象的主宰者，這個主宰者為人們心目中一個無形的偶像，呼之曰：「天神」。《周禮》〈春官〉〈大司樂〉：「以祀天神。」鄭眾注曰：「謂五帝及日月星辰也。」因為很多大自然的神秘現象，不只發生在天上，也發生在大地上，高山大河均為人們所敬畏，於是由一神又變為多神，《詩經》〈大雅〉〈雲漢〉是周宣王求神祈雨的詩，詩中寫道：

旱既大甚，蘊隆蟲蟲。不殄禋祀，自郊徂宮。
上下奠瘞，靡神不宗。后稷不克，上帝不臨。
耗斁下土，寧丁我躬！

「靡神不宗」，就不只一個神了，「上帝」當然是指天神，「下」則有山神、河神等多種神靈。後來，人們認為人死後也化為神靈，〈九歌〉〈國殤〉便有「身既死兮神以靈，子魂魄兮為鬼雄」之句。這樣，「神」就成了一個集合性的抽象概念，是先人對他們不可知的大自然中普遍存在的神秘現象及使這些現象發生的神秘力量概括性的表述，或對某些神秘力量被偶像化後的一個指稱。

但是，作為中國最早的統治階級思想——儒家思想——的創始者孔子，並不崇拜鬼神，「子不語怪、力、亂、神」(《論語》〈述而〉)，他將鬼神與怪異、勇力、叛亂三者並列而「不語」，說明他對自然界有無神靈存在持慎重態度，雖然他還說過「敬鬼神而遠之」，「祭如在，祭神如神在」等並不否認鬼神存在的話，但都是對傳統的祭祀活動而言，是「不可為而為之」的一種態度。《左傳》中更反映了春秋時期一些學者對西周以來的宗教迷信進行的批評，他們認為，盲地信賴鬼神是得不到什麼好處的，鬼神不能支配人：「神聰明正直而一者也，依人而行。」(〈莊公三十二年〉)「鬼神非人實親，惟德是依。」(〈僖公五年〉) 這就是說，人有高尚的道德，人、神之間就沒有什麼矛盾，不必懼怕鬼神無端作祟。作為道家哲學創始人的老子，在《老子》中多處出現「神」字，如六十章：

> 以道蒞天下，其鬼不神。非其鬼不神，其神不傷人，聖人亦不傷人。夫兩不相傷，故德交歸焉。

老子在這裡是將「神」作為一個形容詞用，謂神秘或神妙的作用，用道治天下，鬼就不能發揮神秘的作用顯靈作怪了，並不是鬼沒有神秘的功能，而是有這種功能也不傷人。這是把「道」放在第一位，把鬼神放在第二位。在三十九章也說過：「天得一以清，地得一以寧，神得一以靈……」，「一」即「道」，即使是神，也須得「道」才能顯靈，無「道」，它的神秘作用也將消失。(神無以靈，將恐歇)

從以上所引資料可知：我們的先人從閃電這樣的天象而創造出來的「神」字，主要是作為一種觀念存在和顯示，是一種不可見、不可知的神秘力量的指代，不像西方的先民那樣將「神」具體地偶像化，而有最高的天神宙斯、太陽神阿波羅等等。這樣，「神」就包容了一定的哲學和美學的內涵，從而可向哲學和文學藝術的觀念轉化。

二　哲學領域內「神」之兩種存在

最先在哲學著作中應用「神」這一觀念的是《周易》和見於《管子》中的宋鈃、尹文學派的〈心術〉、〈內業〉等篇章。

我在〈立象篇〉已經談到，《易》之象不是出於人們對自然物象的審美欲求而進行真實的形容、模擬，予以藝術的再現，而是將自然物象觀念化，使之能產生種種象徵意義。現在，我應該補充說：那種種象徵意義都是伴隨著「神」的觀念而產生的，因為每一個卦象都企圖揭示天地之間、客觀事物內部難以為人們直觀察覺、直接把握的玄妙精微的事理，各種事物內在的聯繫及其變化的規律。解釋《易》象的《易傳》作者們，就把這些事理和規律以「神」稱之。《易傳》〈繫辭〉上云：

> 陰陽不測之謂神。
>
> 子曰：知變化之道者，其知神之所為乎。

陰、陽，本是天、地，男、女，氣候之陰、晴等具體事物的抽象化，擴而言之是天地之間萬事萬物「剛柔相推而生變化」的各種矛盾運動。董仲舒解釋道：「天有陰陽，人亦有陰陽，天地之陰氣起，而人之陰氣亦應之而起，其道一也。明於此者，欲至雨，則動陰而起陰；欲止雨，則動陽而起陽。故致雨非神也。而疑於神者，其理微妙也。」(《春秋繁露》〈同類相動〉) 他雖然在宣揚「天人感應」之說，但明確地指出了操縱陰陽變化的不是什麼神靈，而是此中另有微妙之理在。三國時代的韓康伯解釋此句時則說：「神也者，變化之極，妙萬物而為言，不可以形詰者也，故曰『陰陽不測』。」[2]進而言之，任何矛盾著的事物相互向對立面實現轉化，其變化之狀難以形容者，即言不能盡意者，都可目之為有「神」。《易傳》〈說卦〉說了「神也者，妙萬物而為言者也」之後，對於「變化之道」、「神之所為」作了一些具體的闡釋：

> 動萬物者莫疾乎雷，撓萬物者莫疾乎風，燥萬物者莫熯乎火，

---

2 轉引自王弼：《周易注》，《王弼集》(北京市：中華書局)。

> 說（悅）萬物者莫說乎澤，潤萬物者莫潤乎水，終萬物、始萬物者莫盛乎艮。故水火不相逮，雷風不相悖，山澤通氣，然後能變化，既成萬物也。

每一種具體的自然事物都有各自不同性質和作用，我們的先人發現它們之間的關係是相生相克，相輔相成，相互影響相互變化而生成萬物，但在自然科學很不發達的遠古，他們只能感到此中事理微妙而深奧，難以言狀。若較之西方人的祖先，將這一切歸之於上帝的創造與操縱，我們的祖先卻表現了另一種精神狀態。清代學者章學誠說：「《易》『陰陽不測之謂神』。又曰『神也者，妙萬物而為言者也』。孟子曰『大而化之之謂聖，聖而不可知之之謂神』。此『神』化神妙之說所由來也。」他指出了這種「神」是人們認識客觀世界一種能動的把握，即人們以「所知見想見所不可知見也」[3]。

以上是《易傳》中所表述的「神」的一種含義，由於它是「妙萬物而為言」，我把它稱為客體之「神」。《易傳》中還表述了「神」的另一種含義，這就是：客觀事物的精義妙理及其神妙的變化，雖難以認識，但不是不可認識，我們可敬的先人，先是其中的知識分子，不甘心作大自然的奴隸，不肯在大自然的威力之前有精神的屈服，他們認為對客觀萬物之「神」，人通過自己主觀努力，是可以逐漸地由淺入深，由粗及精，由顯而隱地認識和把握的，號稱「聖人」者，則更具有觀察、認識、理解、把握「變化之道」，「知神之所為」的卓越本領與能力，這種本領與能力的表現也可謂之「神」。〈繫辭上〉說：

> 極天下之賾者存乎卦，鼓天下之動者存乎辭，化而裁之存乎變，推而行之存乎通，神而明之存乎其人。

3　〔清〕章學誠：〈辨似〉，《文史通義》（上海市：上海古籍出版社，1956年），內篇三。

封象是人所創造用來象徵陰陽變化之道的，「辭」是人組織言語、文字來闡釋卦義的，「變」與「通」的主動權均在於人，對於客體之「神」洞曉明了的就只有人能做到，「神而明之」的能力在於人。〈繫辭上〉也有一段話，是對人這種特殊能力的描述：

> 知幾，其神乎？君子上交不諂，下交不瀆，其知幾乎？幾者，動之微，吉之先見者也。君子見幾而作，不俟終日。

從語意的上下承接看，可理解為君子有「神」而「知幾」。錢鍾書先生對此有個解釋：「『知幾』，非無巴鼻之猜度，乃有朕兆而推斷，特其朕兆尚微而未著，常情遂忽而不睹；能察事象之微，識尋常所忽，斯所以為『神』。」[4]這樣說來，此「其神」，就是「君子」的主體之「神」。一般的人沒有這種能力與智慧，〈繫辭〉的作者是瞧不起「百姓」，他說「百姓日用而不知」，惟有「聖人」與「君子」可以「窮神知化」，所以又說：「君子知微知彰，知柔知剛，萬夫之望。」排除這種對人的偏見性，我們可認為《易傳》已提出人的「主體之神」的命題。

關於人的主體之「神」更為明確的論述，見於宋鈃、尹文學派一些殘存的著作[5]，在〈內業〉篇裡，他們認為天地間一切事物都因為有一種「精氣」的流注和貯藏而後有「神」：「凡物之精，化則為生。下生五谷，上為列星，流於天地之間，謂之鬼神，藏於胸中，謂之聖人」。這是主體之人與客體之物都有「神」的客觀依據，「神」，實質上就是天地之間的「精氣」，這種精氣，又可「命之曰道」。這就與老子的有「道」就有「神」之說聯繫起來了，〈心術上〉云：

4　參見錢鍾書：《管錐篇》第1冊，頁44-45。

5　這些殘存著作是〈心術〉、〈白心〉、〈內業〉三篇，存於《管子》一書。郭沫若曾詳論這幾篇是道家宋鈃、尹文學派的遺著（見《青銅時代》）。

> 道不遠而難極也，與人並處而難得也。虛其欲，神將入舍；掃除不潔，神乃留處。

人能與「道」並處，他就有「神」，但這個「道」雖然到處存在但又很難探索清楚，人們經常與「道」相處在一起，但難於把握它。人怎樣獲得那種認識和把握「道」的智慧與能力呢？排除各種嗜欲成見，「神」就能進入人的胸中，掃除各種與「道」不合的骯髒思想，「神」就可留駐心中並發揮作用。宋、尹多次強調，人之心「虛」而「靜」，才能獲得最高的智慧，這就是要求人排除任何外物的干擾，聚精會神地思考：「靜則精，精則獨立矣，獨則明，明則神矣。」他們對於人「有神自在身，一往一來，莫之能思」時的描述是：

> 人能正靜，皮膚裕寬，耳目聰明，筋信而骨強；乃能戴大圜，而履大方；鑒於大清，視於大明；敬慎無忒，日新其德；遍知天下，窮於四極。

人的心靈空間能夠保持虛靜，他的身心就寬裕無礙，耳朵和眼睛就會格外聰明，筋骨也顯得舒展而剛強。這樣，他就能頂天立地，觀察分辨事物如有太陽照耀般清晰，目光投向處有如月亮般明淨；莊重嚴謹沒有任何差失，能力品德每日有新的獲益，普遍地認識天下的事物，窮究的事理極其深遠。這就是人的主體之神的表現。惟有如此，人之心方可與「道」通，「道在天地之間也，其大無外，其小無內」，人亦如此，「靈氣在心，一來一逝，其細無內，其大無外」。客體之「神」與主體之「神」相互通融，相互映發，相互作用。

《易傳》與宋、尹學派關於「神」的闡述，由客體及主體，在先秦諸子眾多著作中，此種論述也時有所見，道家學派後期主將莊周說「神」最多，此略舉一、二：

> 夫道，於大不終，於小無遺，故萬物備。廣廣乎其無不容也，淵淵乎其不可測也。形德仁義，神之末也，非至人孰能定之！（《莊子》〈天道〉）

此所謂為「本」之神，指的是「道」之神，即客體之神。

> 純素之道，唯神是守。……野語有之曰：「眾人重利，廉士重名，賢士尚志，聖人貴精。」故素也者，謂其無所與雜也；純也者，謂其不虧其神也。（《莊子》〈刻意〉）

聖人貴精，即「唯神是守」，明顯指人主體之神。儒家學派的荀況，對於兩種不同的「神」，也有涉及：

> 列星隨旋，日月遞炤，四時代御，陰陽大化，風雨博施，萬物各得其和以生，各得其養以成，不見其事而見其功，夫是之謂神。（《荀子》〈天論〉）

這是客體之神。而於主體之神，則說：

> 君子養心莫善於誠，致誠則無它事矣，唯仁之為守，唯義之為行。誠心守仁則形，形則神，神則能化矣。（《荀子》〈不苟〉）

道家哲學與儒家哲學都承認有客體與主體兩種「神」的存在，對於客體之神的蘊含及其作用，認識大致相同，對主體之神的蘊含及其作用則互有異同。

三　主體之神的蘊含及其作用

儒道兩家關於主體之神蘊含之異，主要在於：前者以「守仁」為本，後者以「純素」為體。但他們兩家都將「神」看作是人的心理活動中一種最高的精神體驗，生命體驗，「心有靈犀一點通」，都把「神」的境界等同於道的境界。因此，盡管道家神往於「天道」，儒家神往於「人道」，精神層次有高下之別，在對這種境界的具體進入或展開時，應該說又是大致相同的。

主體之神為何物？它在人的體內如何生成？綜合儒、道諸子之說，可否這樣認定：主體之神，就是一個人氣、志、性、情、欲的融合。

宋、尹學派認為，人的主體之神生成，就是天地之間化生萬物的「精氣」流注而後藏於人之胸中，「是故此氣也，不可以止以力，而可以安以德；不可以呼以聲，而可以迎以意。敬守勿失，是以謂成德。德成而智出，萬物畢得。」（〈內業〉）孟子對於「氣」，有一個著名的觀點，即「我善養吾浩然之氣」，此「浩然之氣」為「至大至剛，以直養而無害，則塞於天地之間」。但與宋、尹不同的是，不是先有「氣」而後「安以德」，孟子之「氣」是「配義與道，無是，餒也。是集義所生，非義襲而取之也」。因此，孟子將人之「志」置於比「氣」更重要的位置：「夫志，氣之帥也；氣，體之充也。夫志至焉，氣次焉，故曰：『持其志，無暴其氣』。」「志」是「氣」的統帥，但二者又不能互相分離，「志壹則動氣，氣壹則動志也，今夫蹶者趨者，是氣也，而反動其心。」（《孟子》〈公孫丑章句上〉）應該指出，孟子所說的「氣」，不像宋、尹說的那樣抽象，可理解作為一個具體的人的血氣、情性、精神的內充與外現，從而表現為這個人的氣質、個性，生機與生命力。而其「志」，是「氣」運行的自我法則與有目的的指向，不同於道家「敬守勿失」的「無為」，消極地等待「萬物畢得」。

但同是道家的莊周，他有時不那麼消極，似乎是承孟子「志壹則動氣」之說，他說了「用志不分，乃凝於神」的話。當然，莊子之「志」與孟子之「志」內涵不同，指向不同，但作為人的心理活動，又處於同一個層次，同屬「意向」活動的範疇，因此，他將「氣」與「志」向「神」轉化的一個環節揭示出來：氣壹則動志，動志則有神。後來，主要吸收道家思想，又有道、儒雜糅現象的《淮南子》，對於「氣」、「志」向「神」的轉化作了更詳細的說明：

> 夫血氣能專於五臟而不外越，則胸腹充而嗜欲省矣；胸腹充而嗜欲省，則耳目清而聽視達矣；耳目清聽視達謂之明。五臟能屬於心而無乖，則教志勝而行不僻矣；教志勝而行不僻，則精神盛而氣不散矣。精神盛而氣不散則理，理則均，均則通，通則神，神則以視無不見也，以聽無不聞也，以為無不成也。[6]

當一個人的志不亂，精、氣旺盛而歸一，思維與行動很有條理，有條理就能均勻而通達，能通達就可達到「神而明之」的境地。

「志」與「氣」凝聚而「神」還是大而言之。每個具體的人，他能否「氣壹」和「志壹」還要受到「性」、「情」、「欲」的影響，宋、尹說：「凡人生也，必以平正；所以失之，必以喜怒憂患。……憂則失紀，怒則失端。憂悲喜怒，道乃無處。」（〈內業〉）道家和儒家在理論上幾乎一致強調「以道制欲」，但因「道」的內涵不同，道家以自然之性為性，儒家則以「仁」、「善」為平正人性之本。《莊子》中有〈繕性〉篇，提出「以恬養知」之說，就是指人要以恬淡、與世無

6　〔漢〕劉安：〈精神訓〉，《淮南子》，轉引自《中國哲學史資料選編》（北京市：中華書局，1960年），〈兩漢之部〉上。

爭的性情來保養自己生而有之的智慧。孟子有「養氣」說，《荀子》中有〈修身〉篇，荀子明確提出以「禮」修身：「凡用血氣、志意、知慮，由禮則治通，不由禮則悖亂提僈」，「禮然而然，則是情安禮也。」兩家說法各有偏頗，倒是戰國末期雜取百家之說的《呂氏春秋》，對於性之善惡、情之真偽、欲之正邪給人主體之神盛衰的影響，作了比較辯證的分析：人之情性與欲，只有在適於生存的環境中才不會亂，凡修身養性，都要「瞻非適而以之適者也，能以久處其適，則生長矣」。這個「適」，必須有物質的基礎，光講「恬淡」、講「禮」不能解決溫、飽之「適」，氣、志、情、性還是修養不成，所以從根本上說還是「物以養性」，人的正常嗜欲是不能否定的。但是「嗜欲無窮，則必失其天矣」，因此，又不能「以性養物」，用現在通俗一點的話來說就是：人為活著而吃飯，而不是為吃飯而活著。《呂氏春秋》提出「物以養性，非以性養」來培養人的健康的「情」與「欲」，〈本生〉篇中有言：每個人對於身外之物的「聲」、「色」、「滋味」都有一種本能的欲求，善於「以物養性」的人，「利於性則取之，害於性則舍之」，對於不正當的情與欲加以克制，使自己愛美求善的情性不受到奸聲、亂色、壞味的侵蝕、污染，而受到有益之物的滋養，發展得更為健全而達到「全其天」的境界：

> 天全，則神和矣，目明矣，耳聰矣，口敏矣，三百六十節皆通利矣。若此人者，不言而信，不謀而當，不慮而得；精通乎天地，神覆乎宇宙。[7]

人正常而正當的性、情、欲之「養」，也是使主體之神正常發揮不可缺少的要素，主體之神的生成和旺盛，實質上就是人的氣、志、性、

7　轉引自北京大學哲學系美學教研室編：《中國美學史資料選編》（北京市：中華書局，1980年），上冊，頁81。

情、欲五大生理與心理要素的互滲而諧和協調發揮作用。

主體之神到底藏於人之體內何處，又如何發揮作用？哲學家與醫學家的回答是一致的：心。「定心在中，耳目聰明，四肢堅固，可以為精舍。」宋、尹把心稱為「神」之「精舍」，人要經常消除心中的雜念，「敬除其舍，精將自來」。荀況則說：「心者，形之君也，而神明之主出焉。」《淮南子》亦有類似的說法：「心者，形之君也；而神者，心之寶也。」我國最早的一部醫學著作《黃帝內經》說：「心者，君主之官也，神明出焉。」在腦神經科學尚不發達的時代，古人只能將人之生命之源與智能之源迭合在一起，認為「神」的作用就是心的作用。西漢著名哲學家揚雄，就是心、神作用合一論者：「或問神，曰：『心』。請問之。曰：『潛天而天，潛地而地。天地、神明而不測者也，心之潛也，猶將測之』。」又說：「人心其神矣乎！操則存，舍則亡。」（《揚子法言》〈問神〉）他將主體之神的活動，確定為心理活動，也是一種智能活動，既有抽象（包括推理）又有形象（包括想像）的思維活動。「操則存」，主體之神作用的積極發揮，表現為人認識客觀世界的主觀能動性；有這種能動性表現，就是人存、神存。

神，逐步在哲學領域內發育成熟，它的輝光即將照耀到文學藝術領域。客體之神直接作用於藝術領域「形神」理論的建立，主體之神則將發生更深遠和廣泛的影響。錢鍾書先生在《談藝錄》論「神韻」附論「神」一節中，將主體之神闡為二義：「然而神有二義。『養神』之神，乃《莊子・在宥》篇：『無搖汝精，神將守形』之『神』，絕聖棄智，天君不動。至《莊子・天下》篇：『天地並，神明往』之『神』，並非無思無慮，不見不聞，乃超越思慮見聞，別證妙境而契勝諦。《易》所謂『精義入神』，《孟子》所謂『大而聖，聖而神』，《孔叢子》所謂『心之精神謂之聖』，皆指此言。」據我揣測，錢先生所謂第一義之「神」，是靜態之「神」，消極被動之「神」；第二義之「神」，是動態之「神」，是積極能動之「神」。錢先生引《文子》

〈道德〉篇「上學以神聽之，中學以心聽之，下學以耳聽之。」又引晁文元《法藏碎金錄》:「覺有三說，隨淺深而分。一者覺觸之覺，謂一切含靈，凡有自身之所觸，無不知也。二者覺悟之覺，謂一切明哲，凡有事之所悟，無不辨也。三者覺照之覺，謂一切大聖，凡有性之所至，無不通也。」三「聽」三「覺」之比較，「以神聽之」與「覺照之覺」，應是第二義主體之神最佳的發揮狀態，是最高層次的思維活動和審美感知，實為王昌齡「神會於物，因心而得」之語所本。錢先生最後指出:「談藝者所謂『神韻』,『詩成有神』,『神來之筆』，皆指『上學』之『神』，即神之第二義。」[8]

弄清了古代中國之「神」的特殊含義，區別了主體之神與客體之神，又將主體之神闢為二義，明確了「神之第二義」的能動作用，再去探討「神」在中國古代文學藝術創作與理論的種種表現與美學價值，便可「因枝而振葉」了。

8　錢鍾書:《談藝錄》(北京市：中華書局，1984年)，頁43-44。

二

「神」向藝術、文學領域的進入

一　從《莊子》到《淮南子》到佛學的「形神」說

「凡人之生也，天出其精，地出其形，合此而為。」(《管子》〈內業〉) 人是有形有神的，形實而神虛，神主而形從。將「形」與「神」合而論之，已在《莊子》中屢見，按照老子「道生一，一生二，二生三，三生萬物」觀點，莊子認為宇宙開始之時還沒有「有形」的具體事物，因而也沒有事物的名稱，由於「道」是不斷地變化的，但在變化中有相對的穩定，這就是「留動而生物」，陰氣與陽氣合而萬物生，世界上才有了具體的事物。「物成生理謂之形，形體保神」(《莊子》〈天地〉)，「形」與「神」就此成為生理學與哲學領域內的一對範疇。在人的耳目聞見範圍之內，各種事物各有形狀，我們才能將這一事物與那一事物予以分別。「夫精粗者，期於有形者也；無形者，數之不能分也」(《莊子》〈秋水〉)，這說明「形」對區別各種事物的重要作用。關於在一事物尤其在一個人身上，「形體保神」，「有生必先無離形」，「形」與「神」共處一體，二者不可乖離，莊子很多地方是從「無為」觀點出發闡述他的形神統一之說的，〈在宥〉篇以廣成子告黃帝「治身」長久之道云：「無視無聽，抱神以靜，形將自正。必靜必清，無勞汝形，無搖汝精，乃可以長生。目無所見，耳無所聞，心無所知，汝神將守形，形乃長生。」這個「神」，就是我在前一章裡引錢鍾書先生語所談到的第一義之神，即靜態之「神」，消極被動之「神」。廣成子說他就是採取這「抱神以靜」，「守其一以處其和」的養神之術，「故我修身千二百歲矣，吾形未常衰。」在〈達生〉篇裡，莊子換了一個角度，即「養形」的「無為」而可使「神」「無不為」。他說：世俗之人都以為「養形足以存在」，因此為「養形」而有各種物質的追求，但實際情況並非如此，「養形必先之以物，物有餘而形不養者有之矣。有生必先無離形，形不離而生亡者有之矣。」這就是說，「形」不能全憑物養，有「形」之人並不一定都有「神」，都有健全的生命。「形」對「神」的存在有什麼反作用呢？「形」為自身存在而受世間物事所累，則「神」散而不能聚，必有所虧；「形」若能免受世事所勞，「棄世則不累，無累則正平，正平則與彼更生，更生則幾矣。」當他心性純正平和，形體也就隨之健康，從而「神」就不虧而旺：「夫形全精復，與天為一。……形精不虧，是謂能移。精而又精，反以相天。」形神均健的人，就能隨天地更生變化而變化，因此，「養形」得法，可以使精神進一步完美，進入「無為而無不為」的爐火純青的境界，這樣就有助於天地自然的發展，故說「反以相天」。

莊子的「形神」說是建立在他「養生」的理論基礎上，與文學藝術方面的「形神」說似乎尚無直接的關係，然而，在〈達生〉篇裡，有兩則描敘能工巧匠的創造性勞動而至出神入化的寓言。一則就是「痀僂者承蜩」，講的就是「用志不分，乃凝於神」：痀僂者舉著一根頂端裝黏膠物的竹竿捕蟬，每舉必得，孔子見而驚訝，問他：「子巧乎，有道邪？」痀僂者回答，說他除了對舉竿這一基本功經過刻苦的訓練之外，更重要的是在捕蟬時排除外界的一切干擾，精神集中——「吾處身也，若厥株拘；吾執臂也，若槁木之枝。雖天地之大，萬物之多，而唯蜩翼之知。吾不反不側，不以萬物易蜩之翼，何為而不得！」這則寓言說明了一個「忘形」而能「凝神」的道理。另一則寓言講的是一個專門製作懸掛鐘磬等樂器之「鐻」（即木架）的木匠，「鐻成，見者驚猶鬼神」。因為「鐻」之上要雕刻鳥獸等裝飾圖象，人們大概就為他雕刻的鳥獸逼真傳神而驚。魯侯問他：「子何術以為焉？」這位巧匠回答：「臣，工人，何術之有！雖然，有一焉：臣將為鐻，未嘗敢以耗氣也，必齊以靜心[1]。齊三日，而不敢懷慶賞爵祿；齊五日，不敢懷非譽巧拙；齊七日，輒然忘吾有四肢形體也。當是時也，無公朝。其巧專而外骨消，然後入山林，觀天性形軀，至矣，然後成見鐻，然後加手焉，不然則已。則以天合天，器之所以疑神者，其是與！」他實際講了兩種形神關係，一是創造者本人，忘己之形體而凝己之神，二是對於創造對象，觀其形而得其神（天性），於是，以己之心性自然之態「合」於外界鳥獸天然神態，「鐻」就如神工所造的一樣。

先秦以來很多重要的哲學觀念向文學藝術的轉化，幾乎都與《淮南子》有關。《淮南子》從道家養生理論出發，進一步地探討了形、神、氣的關係，它不但在哲學、心理學乃至生理學方面初步完成了形神理論的建構，而且直接聯繫到繪畫、音樂、舞蹈創作中形神的審美處理。〈原道訓〉對形、氣、神三者關係作了如下闡述：

> 夫形者，生之舍也；氣者，生之充也；神者，生之制也。一失位則三者傷矣。……形者非其所安也而處之則廢，氣不當其所充而用之則泄，神非其所宜而行之則昧。此三者不可不慎守也。……今人之所以眭然能視，瞀然能聽，形體能抗，而百節可屈伸，察能分白黑，視醜美，而知能別同異，明是非者，何也？氣為之充而神為之使也。

前章我已介紹了《淮南子》關於「氣」、「志」向「神」轉化的論述，這裡，它就每個具體的人而指出：「形」是人的身體（形骸），人的生

1　此所謂「齊」，通「齋」，摒除內心各種雜念，即是《人世間》所謂的「心齋」：「若一志，無聽之以耳而聽之以心；無聽之以心而叫之以氣。……唯道集虛。虛者，心齋也。」

命所居之舍；「氣」是充注形體之中的血氣，人的生命原質；「神」是人的氣、志、性、情、欲融合而轉化成的無形的智慧與認識客觀事物的種種能力，它反過來又主宰（制）著人的生命。「神」因「氣」而顯，「氣」因「形」而運，「形」為「神」而用，三者相互循環作用即為人的生命運動。「形」與「氣」還只是生命現象，惟有「神」表現為生命功能。《淮南子》對「神」之功能，作了很多描述：〈原道訓〉中有：「神與化遊，以撫四方。……神托於秋毫之末而大與宇宙之總。」「物至而神應，知之動也。」〈俶真訓〉裡有：「志與心變，神與形化」、「身處江海之上，而神遊魏闕之下。」〈覽冥訓〉中有：「夫目視鴻鵠之飛，耳聽琴瑟之聲，而心在雁門之間。一身之中，神之分離剖判，六合之內，一舉萬里。」〈修務訓〉裡對人主體之神的發揮、作用及其表現，作了更精闢的描述，那就是我在〈創境篇〉所引，談「見無外之境」的「且夫精神滑淖纖微，倏忽變化……此聖人之所以遊心」那段話。淮南這些說法固然誇大了精神的無限作用，但也說明了主體之神處於自在自為的境界，的確具有「無不為」的態勢，其中有的話已接觸到審美想像的問題，與藝術創造與鑑賞發生了聯繫。《莊子》〈讓王〉中有「身在江海之上，心居乎魏闕之下」，《淮南子》改「心居乎」為「神遊」，對後來劉勰寫作《文心雕龍》〈神思〉，肯定起到了啟示、點撥的作用。陸機〈文賦〉中「精騖八極，心遊萬仞」那段描述詩文家凝思構思之狀的話，也似乎就從「聖人遊心」這段話中化出。

關於形神關係，《淮南子》明確提出了一個「神制則形從」的觀點，較之《莊子》借廣成子之口所宣揚的「神將守形，形乃長生」有更積極的意義，它強調的是「神」的主宰作用。〈原道訓〉裡說：

> 以神為主者，形從而利；以形為制者，神從而害。

它舉了兩個「神」不能為主的例子，一是精神失常的狂人，一是貪饕多欲之人。前者「動靜不能中」，自己的形體受到各種傷害而不自知，以至「形神相失」。後者被權勢所迷，名位所惑，精神為此而消耗，最後是「形閉中距，則神無由入」。在〈詮言訓〉裡，它又重申這一觀點：

> 神貴於形也，故神制則形從，形勝則神窮。聰明雖用，必反諸神，謂之太沖。

《淮南子》的作者對於人的「養生」有了這樣明確的觀點，便自覺或不自覺地將它應用於觀察客觀的事物，尤其用來觀畫聽音樂，這樣「神主形從」便成了一項審美標準：任何藝術作品都必須有「君形者」，無「神」之「形」不會是美的。〈說山訓〉中有幾句話，可能是對中國造型藝術最早提出的「形神兼備」的審美要求：

> 畫西施之面，美而不可悅；規孟賁之目，大而不可畏：君形者亡焉。

西施是有名的美女，孟賁是令人生畏的勇士，畫他們如果有形無神，形雖美雖雄壯但無生氣，不能使觀者獲得真正的美的感受。「夫孔竅者，精神之戶牖也。」(〈精神訓〉) 人的眼睛是心靈的窗戶，是傳心中之神的「孔竅」，《淮南子》的作者已悟到畫人必須畫好眼睛的道理。畫是直觀的，靜態的；舞蹈則是動態的，跳舞者的形體動作也必須傳神才是美的：「今鼓舞者，繞身若環，曾撓摩地，扶旋猗那，動容轉曲，便媚擬神，身若秋藥被風，發若結旌，騁馳若騖。」(〈修務訓〉) 此中所說「便媚擬神」特別值得注意，十八世紀德國文藝理論家萊辛在他的名著《拉奧孔》中提出了一個「化美為媚」的觀點，

「媚就是在動態中的美。……我們回憶一種動態，比起回憶一種單純的形狀和顏色，一般要容易得多，也生動得多，所以在這一點上，媚比起美來，所產生的效果更強烈。」其實「媚」就是動態之「神」的外現，無「神」便不能有「媚」的審美效果，萊辛所舉「媚」的詩例，恰好也是寫眼睛的：「阿爾契娜的形象到現在還能令人欣喜和感動，就全在她的媚。她那雙眼睛所留下的印象不在於黑和熱烈，而在它們『嫻雅地左顧右盼，秋波流轉』。」[2]《淮南子》早於《拉奧孔》近兩千年就提出了「便媚擬神」說，是對審美範疇的形神說一大貢獻。音樂的欣賞僅憑聽覺，《淮南子》也提出了要有「君形」之「神」，這「神」又怎樣把握呢？〈說林訓〉云：「使但吹竽，使工厭竅，雖中節而不可聽，無其君形者也」。「中節」是音樂之「形」（憑耳感覺），此語還未說破「神」為何物，〈氾論訓〉中對此作了補充，說不懂音樂的人唱歌，「濁之則鬱而無轉，清之則燋而不謳」，而真正的歌唱家的歌唱，「憤於志，積於內，盈而發音，則莫不比於律，而和於人心。何則？中有本主，以定清濁，不受於外，而自為儀表也。」唱歌者音聲之發，亦是他主體之神在「定清濁」，是他鬱積於心中情志的表現，「情發於中而聲應於外」才能唱出感人的歌聲，若「中」無「本主」，便會清、濁失當。〈詮言訓〉還說過：「不得已而歌者，不事為悲；不得已而舞者，不矜而麗。歌舞為不事而悲麗者，皆無有根心者。」為強調音樂歌舞也須傳神，這裡提出了一個很嚴格的標準：「不得已」。從「心」而發者就是「不得已」，「無有根心」而發，只不過是「強哭」「強親」。

《淮南子》對於藝術創造的「形神」問題，已比前人論述得更具體，更明確，因此，對藝術創造的實踐之術也有所探討，最重要的一點是要求藝術家在進入創作過程時，創造精神要保持一種高度自由的

2 〔德〕萊辛：《拉奧孔》（北京市：人民文學出版社，1979年），頁121。

態勢，要寫形不能執著於形，要傳神又不能執著於神，「不為物先倡，事來而制；物至而應。……無須臾忘其質者，必困於性；百步之中，不忘其容者，必累其形。」一切都要順其自然而發，有意識地「扶其情」就會「害其神」，刻意地「飾於外」就會「傷其內」。它反覆地肯定莊子所讚揚庖丁解牛那種「以神遇而不以目視，官知止而神欲行」的技巧自由發揮，〈齊俗訓〉說這種技巧的自由發揮實是一種難傳或者不傳之道：

> 若夫工匠之為連鐖運開，陰閉眩錯，入於冥冥之眇，神調之極，遊乎心手眾虛之間，而莫與物為際者，父不能以教子。瞽師之放意相物，寫神愈舞，而形乎弦者，兄不能以喻弟。

這些話，已經初步接觸到一個重大的美學問題，那就是：藝術家所賦予他創造對象的「神」，實質是藝術家主體之神的對象化表現，「形乎弦者」之「神」，就是「瞽師」「放意相物」之神。這為藝術創造中解決對象描寫的形神兼備、尤其解決「有神」的難題，提供了進一步探討的途徑。

自《淮南子》之後，形神問題的研究，更多地還是在哲學領域裡展開。東漢的一位唯物主義哲學家桓譚，在他的主要著作《新論》中就專寫了〈形神〉一章。他反對當時的神仙方術家們關於強化「養神保真」之說而墮入極端謬誤之中，具體論述了人的形體與精神的關係：「精神居形體，猶火之然燭矣。……燭無，火亦不能獨行於虛空。」由此強調精神是依賴於形體的，形體對精神起決定作用。他的論述在哲學甚至生理學領域無疑是絕對正確的，但於文學藝術未必盡然，此姑不論。也就在桓譚的時代，印度佛教開始傳入中國，佛學關於形神問題，也有它獨特的觀點，那就是人一旦入於佛界，在極樂西天，就「形盡神不滅」了。佛教從東漢傳至東晉，中國有了自己的佛學理論家，曾長期居住廬山，與陶淵明結為摯友的慧遠，他的佛學著作中於形神問題便多有論述。在一篇題為〈沙門不敬王者論〉的論文中，慧遠立於「形盡神不滅」的立場，竭力闡釋「神」高於「形」，「神」可表「形」、「傳」於「形」的觀點。他首次提出了一個「神」、「情」、「物」三者關係說，上承《易傳》的「窮神知化」：

> 知化以情感，神以化傳；情為化之母，神為情之根。情有會物之道，神有冥移之功。

這段話，如果我們把它從佛學的神秘氛圍中提昇出來，上聯《易傳》、《莊子》、宋、尹和《淮南子》（慧遠是最先將《易》、《莊》糅入佛學的一位學問淵博的和尚），那麼，就可將與前面已論及的人的主體之神貫通起來：「窮神知化」的前提是以情感物，感物而能「化」是有「神」的表現（即《管子》〈內業〉）所云「一物能化謂之神」），說「神為情之根」、「神有冥移之功」不正是強調了主體之神的功能、作用嗎？但慧遠論此時不強調「形」為「神」之用，「神」可在虛空中運行而施其「冥移之功」，這樣就轉向「形盡神不滅」的佛家立場了。當然，在一般情況下，慧遠也不否定「形」與「神」相對的存在，但既然「神」高於「形」，那麼，「神」對「形」的主宰作用就比《淮南子》的「神制形從」說更徹底了，他在〈襄陽丈六金像頌〉一文中，談他為佛造像是以「神」傳「形」，因為如來「元跡已邈」，不能確知他的具體形象，如是便根據佛學傳承的如來精神擬佛之形：「每希想光晷，彷彿容儀，寤寐興懷，若形心目。」這樣，佛像的塑造，便是「擬狀靈範，儀形神模。」在另一篇也是記述為如來畫像的〈萬佛影銘〉裡，還這樣說：

> 廓矣大象，理玄無名。體神入化，落影離形。……

談虛寫容，拂空傳象。相具體微，沖姿自朗。……
妙盡毫端，遠微輕素。托彩虛凝，殆映霄霧。跡以象真，理深其趣。……[3]

這些話，如果我們從藝術創造的角度去看，就一點也不神秘，那不過是藝術家充分發揮自己的想像力而已。但慧遠提出一個以「神」傳「形」，由「神」而想見對象的「容儀」，在當時尚在「貴形似」的情況下，便是「空谷足音」了。此所謂「體神入化，落影離形」，實質上就是五百餘年之後司空圖提出「離形得似」的問題。以「神」傳「形」（拂空傳象）作為一個與以「形」寫「神」相對而立的美學命題，也是在唐以後的詩歌創作中，才更為詩人和詩論家所注意。如果說，《淮南子》關於形神問題的論述用以指導藝術創作有實踐意義的話，那麼慧遠之論，不啻已暗示了一個更高層次的審美理想。

二　造型藝術率先提出「傳神」之術

將「形」與「神」構成一對審美範疇，無疑最直接最先受益的是造型藝術了。我國的造型藝術理論，在漢代以前，基本上只注重「形似」的問題，我在〈立象篇〉第一章所引「夫明鏡所以察形」的孔子之說，「畫鬼魅易，畫犬馬難」的韓非之說，都反映繪畫處理還處在比較粗略的階段。漢代的繪畫注重粗輪廓的寫實，缺乏細節的真實描繪，雖然表現出一種「古拙」的氣勢，但並不是自覺地創造「意象」和「傳神」。直到進入文學（也包括藝術）的「自覺的時代」──由魏晉而延及南北朝，造型藝術空前地繁榮起來，才有真正的藝術家從審美創造的角度，自覺地在創作實踐中努力表現審美對象的「形」與

3　引慧遠文，見於《全晉文》卷一百六十一、一百六十二。

「神」，同時把原屬哲學領域的形神問題，提到藝術理論的重要位置上來。

東晉著名畫家顧愷之，首先對人物畫的形神審美提出了很多具有獨創性的見解，他大概受到《淮南子》「畫西施之面，……規孟賁之目」的啟迪，特別強調人的頭部面部對於傳人物之神的重要作用，「寫自頸以上，寧遲而不雋」，人頭部五官，特別是眼睛，因是「精神之戶牖」，畫的時候要謹慎，寧可畫得慢一些。《世說新語》〈巧藝〉記有顧愷之一則軼事：

> 顧長康畫人，或數年不點目精。人問其故。顧曰：「四體妍蚩，本無關妙處，傳神寫照正在阿堵中。」

畫好了人的眼睛，人的神氣就活現了，但人的眼睛最難畫，「手揮五弦易，目送歸鴻難」，「手揮」只是一種動態，「目送」則要表現出人的感情，這目中之情靜中有動，「手揮」之動實受「目送」節制，「目送歸鴻」的感情沒有表現出來，彈琴動作畫得再逼真也沒有什麼意義了。在〈魏晉勝流畫贊〉中，他又提出表現人物情感的動態有所指向，也是「傳神」一法：畫中之人，「手揖眼視」要有「實對」，即使「虛白其前」也要似有實物在前，若「空其實對」或「對而不正」，則「傳神之趨失矣！」因此，「一象之明昧，不若悟對之通神」。就在這篇「畫贊」中，他將「傳神」視為人物畫最高的審美標準，評前人所畫〈伏羲〉、〈神農〉、〈醉客〉等作品，都點到一個「神」字，評到一幅題為〈小烈女〉的畫時，兼及形神：「面如恨，刻削為容儀，不畫生氣，又插置丈夫支體，不從自然。」這是指該畫作者，因「刻削」而沒有傳好「神」。但其「形」還是不錯的，「然服章與物既甚奇，作女子尤麗衣髻，俯仰中，一點一畫皆相與成其艷姿，且尊卑貴賤之形，覺然易了。」他對著名畫家衛協的畫推崇備至，評衛協一幅題為〈北風詩〉的畫：「美麗之形，尺寸之制，陰陽之數，纖妙之跡，世所並貴。神儀在心而手稱其目者，玄賞則不待喻。」由此他不自覺地提出了一個繪畫構思的重要問題：「神儀在心」（這顯然受了慧遠「儀形神模」之說的啟示）。傳客體之神不只是手中之功，更重要的是畫家對客體之神要先有自己的內心體驗，並進行內心觀照，讓畫中人先在自己的心中活生生地「神儀」畢現，就能「手稱其目」，將客體之神「傳」於絹帛之上。

自顧愷之之後，南朝的畫家和書法家，都以寫「神」為一時的審美趨向，甚至超過了對「形」的重視。書法家王僧虔說：「書之妙道，神彩為上，形質次之。」南齊畫家、畫論家謝赫在《古畫品錄》中提出「畫有六法」說：「一氣韻，生動是也；二骨法，用筆是也；三應物，象形是也；四隨類，賦采是也；五經營，位置是也；六傳移，模寫是也。」列以為首的「氣韻生動」便是對「神」的另一提法。謝赫評衛協的畫是「雖不該備形妙，頗得壯氣」，評晉明帝司馬紹的畫「雖略於形色，頗得神氣」。更值得注意的是，此時山水畫也發展起來，宗炳、王微等山水畫家從人物畫傳神，推及傳山水景物之神，進而由外而內，由物及己，悟到了畫家本人的主體之神在藝術創造中的作用。在〈立象〉篇第二章裡，我已提及王微《敘畫》中所說「夫繪畫者，竟求容勢而已」，宗炳的〈畫山水序〉也有類似說法：「豎劃三寸，當千仞之高，橫墨數尺，體百里之迴。是以觀畫者，徒患類之巧，不以制小而累其似，此自然之勢。」「自然之勢」，語亦出《淮南子》，在〈原道〉、〈修務〉等篇中均見，與「天地之性」一語相並舉，南朝山水畫家強調畫山水要求「自然之勢」，實質上就是要求傳山水之神。但山水畢竟不像人，是沒有情感的自然之物，要將山水生動之勢表現出來，則必須使那些景物在畫家眼中活動起來，轉化為有生命之物，這就要求畫家的主觀感情、想像發揮作用，「靈亡所見，故所托不動」，畫家的心靈中沒有體驗到山水的「容勢」，眼中筆下的山水也就「動」不起來。「融靈而動變者，心也」，王微描述了畫家主體之神在創作過程中能動發揮之狀：

> 望秋雲神飛揚，臨春風思浩蕩；雖有金石之樂，珪璋之琛，豈能彷彿之哉！披圖按牒，效異山海。綠樹揚風，白水激澗。嗚呼！豈獨運諸指掌，亦以神明降之。此畫之情也。

對照一下顧愷之的人物畫論：「神儀在心而手稱其目」，王微的「以神明降之」就更體現了畫家主觀的創造精神在一幅成功的山水畫中所起的決定作用。因為人物畫較之山水畫有更多的規定性，「傳神」的是特定的客觀對象，形似與神似皆以此為準：山水畫「傳神」不受「特定」之限，它恰恰可以畫此山不必是此山，不以「案城域，辨方州，標鎮阜，劃浸流」為能事，於是，傳山水之「神」就給畫家的自由發揮提供了廣闊的天地，可以使他「神飛揚」，「思浩蕩」。宗炳在〈畫山水序〉中對於山水畫家這種更自由的創作心態，還作了有層次的描述：「夫以應目會心為理者，類之成巧，則目以同應，心亦俱會。」這是畫家面對名山大川時，心與物開始發生聯繫，從「目應」到「心會」，就是從目接於山水之形到心悟山水之理。這種心態的進一步變化，便是：「應會感神，神超理得，雖復虛求幽岩，何以加焉？」所感之「神」，應是指畫家主體之神，此「神」是為山水之「理」所感，這是主體之神超越眼前有形之山水，與山水「自然之勢」（亦即「理」）有了默契。至此，他可以縮萬里於咫尺了，進入一種「忘形得意」的創作境界；「神本亡端，棲形感類，理入影跡，誠能妙寫」，這就是「神」入於筆，「理」入於形，畫家主體之神與山水自然之勢同時融於絹帛之上，一幅「質有而趣靈」的山水畫傑作便誕生了。宗炳認為，山水畫這樣一個創作過程，實質上是畫家主體之神的一次暢遊：

峰岫嶢嶷，雲林森眇，聖賢映於絕代，萬趣融其神思，餘復何為哉？暢神而已。神之所暢，孰有先焉！

「神思」與「暢神」，均在畫家主體。這篇畫論開始就提到「山水以形媚道而仁者樂」，這句話本身就包含了客體之神（山水之道）與主體之神的溝通與契合，以「暢神」為山水畫創作動機與效果統一的表述，這使繪畫較之文學更早地擺脫社會功利的制約。宗炳又將畫家在藝術構思中，主觀情思被激活之態，鑄出「神思」一詞予以表述，這就使以表達情感為主的藝術創作的思維方式，開始與理性認知表達的思維方式明顯區別開來，為後來劉勰論文學創作的構思謀篇，先行張目。

三　「神思」——文學家對主體之神的自我意識與把握

魏晉文學創作及其理論，繼漢賦之後，進入了一個「文貴形似」的時代，自然會受到繪畫的影響，陸機說「存形莫善於繪畫」，更在〈文賦〉中強調以文字描述事物「期窮形而盡相」，他對於文學創作中表現客體之神也有了一些朦朧的認識，如在創作過程中有「苕發穎豎，離眾絕致；形不可逐，響難為系；塊孤立而特峙，非常音之所緯」的外在獨特之美的發現，有「石韞玉而山輝，水懷珠而川媚」的內在之美的體悟，因此，作家之筆就要盡量做到精妙入神：「豐約之裁，俯仰之形，因宜適變，曲有微情。」而他講文章構思之始「收視反聽，耽思傍訊，精騖八極，心游萬仞」，就是類似《淮南子》「聖人游心」之說，表述作家文思湧來時，主體之神運行之狀。真正地、明白無誤地將「神」納入到文學理論中來，應歸功於劉勰。

劉勰深知文學作為語言的藝術，與造型藝術有不同的特點，繪畫的傳神之術在文學中不能搬用，因此，他對主、客體之神的觀念沒有就近引進，而是上溯到《周易》與莊子等人之說，在文學領域內自成一個新的系統。

《文心雕龍》是從論述客體之神入手的，〈原道〉篇中提出：文人作文，要體現「天地之心」，因為「心生而言立，言立而文明，自然之道也」。他心目中的「自然之道」，就是「妙萬物而為言」的「神理」，「原道心以敷章，研神理而設教」，則是文人代聖賢立言，實施教化的神聖職責。〈徵聖〉篇裡又提出，作家要像先哲們那樣，觀察客觀事物能「鑒周日月，妙極機神」，洞察幽微變化之後而作文，於是「文成規矩，思合符契」。表現「自然之道」時，「雖精義曲隱，無傷其正言；微辭婉晦，不害其體要。」〈宗經〉篇裡說「夫《易》惟談天，入神致用」、「旨遠辭文，言中事隱」，則表示了對《周易》的讚賞之情。劉勰囿於古代經典的約束，對客體之神不能如畫家那樣發揮得瀟脫自如，可以直接運用於指導創作實踐。同時，他還是就廣義的「文」而言，不是專談美文學的詩、賦和散文，因而將「神」與「理」合成一個詞（承《周易》「神道」而來），並放在很重要的地位。

當劉勰談起主體之神，情況就不同了，他把〈神思〉篇置於創作論之首，縱橫捭闔，左右逢源。因為在此之前，「志」、「氣」、「情」、「性」等有關審美主體方面的觀念，已在文學領域內發育成熟了，在文學創作實踐中，主體之神實際上早已在發揮作用，經劉勰妙筆一點，就一氣貫通，豁然亮相。

何謂「神思」？劉勰首引《莊子》〈讓王〉中山公子魏牟對瞻子所說的話：「身在江海之上，心居乎魏闕之下。」魏牟說自己雖身在朝廷之外，心裡還念念不忘名利，真無可奈何！瞻子勸他：「重生，重生則利輕。」兩句話本是講人的「身」、「心」不能一致的苦惱，可是《淮南子》〈俶真訓〉將它略改動幾字，為「身處江海之上，而神遊魏闕之下」，「神遊」較「心居」，則突出了人的精神作用，離開了魏牟說此話時的特定環境（魏牟，萬乘之公子也，其隱岩穴也，難為於布衣之士），這一改動，便為《淮南子》中所謂「神與化遊，以撫四方」、「志與心變，神與形變」等立論所用了。〈神思〉篇首段則是：

> 古人云：形在江海之上，心存魏闕之下；神思之謂也。文之思也，其神遠矣。故寂然凝慮，思接千載；悄然動容，視通萬里；吟詠之間，吐納珠玉之聲；眉睫之前，卷舒風雲之色，其思理之致乎。

劉勰沒有直言「莊子云」，他也不顧原文「身在草莽而心懷好爵」之義，而是將此「以示人心之無遠不屆」（范文瀾注〈神思〉語）。我們可以推斷，劉勰遠紹《易傳》「唯神也，故不疾而速，不行而至」之說，中承《淮南子》「一身之中，神之分離剖判，六合之內，一舉萬里」之論，近接宗炳「應會感神，神超理得」，「萬趣融其神思」等語，以直接描述「文之思也」。「寂然凝慮」，「悄然動容」，「吟詠之間」，「眉睫之前」等語，就是表現作家「凝神靜思」時的種種情態與神態，並進一步指出「思理之致」就是「神思」的境界。接著他又展開「思理為妙，神與物遊」的描寫，從淺層次說，「神與物遊」就是心物交融；從深層次說，就是揚雄所說的「潛天而天，潛地而地」，測天地之「神明」，是主體之神去與客體之神契合。劉勰也同前人一樣，認為主體之神寓於心，「志氣統其關鍵」，聯繫孟子、莊子和《呂氏春秋》提出的「養氣」、「養性」說，我們就易於理解「陶鈞文思，貴在虛靜，疏瀹五臟，澡雪精神」等語是對於作家精神修養的要求；聯繫《淮南子》所云「神則以視無不見也，以聽無不聞也，以為無不成也」，我們就能領會「神思方運，萬塗競萌，規矩虛位，刻鏤無形。……」就是作家進入創作構思、主體之神運行時那種「機敏」之狀。有了以上的比較，我們可以判斷：劉勰對於文學創作中主體之神的作用已經有了清醒的把握，文學家的「神思」，表現為一種不同尋常的認識能力與特別敏銳的感受能力，是「超越思慮見聞，別證妙境而契勝諦」的積極、能動之「神」。

此「神」的指向和具體作用，劉勰則主要是依據《易》的「入神致用」而發揮：一是「知幾」，發揮為「思理」；二是「立象」，發揮為「窺意象而運斤」；他把「言」也納入了「神思」的範疇，發揮為「以辭令為樞機」。簡言之，劉勰將發源《易》，後經魏晉玄學反覆論辯過的「意」、「象」、「言」，均置於文學家主體之神的輝照之下。也許與劉勰所使用的駢體文不無關係，他總是將「思理」、「意象」、「辭令」三者緊密聯繫在一起，交錯論述，見出他們是相互依存、相互滲透、相互激活而運行著的：「思接千載」，「視通萬里」與「吐納珠玉之聲」；「神居胸臆」，「物沿耳目」與「辭氣管其樞機」；「酌理以富材」、「研閱以窮照」與「馴致以懌詞」；乃至結語（贊曰）中的「物以貌求，心以理應。刻鏤聲律，萌芽比興」等等，無不是相提並論。所謂「神」，也就是神在「神與物遊」；神在「神思方運，萬塗競萌。……登山則情滿於山，觀海則意溢於海」；神在「心總要術，敏在慮前，應機立斷」而「無務苦慮」；神在「至精而後闡其妙，至變而後通其數，伊摯不能言鼎，輪扁不能語斤」等等。劉勰也提到了問題的另一方面：作家有時在創作中「半折心始」即神思不暢，原因就在於「理」、「義」不達，主體之神對客體之神尚未洞徹和把握，「或理在方寸而求之域表，或義在咫尺而思隔山河」，主體與客體未能全部融匯貫通，「意」與「象」未能自動契合，「言徵實而難巧」，此時，「神思」往往會退化為「苦思」，或是「理郁」、「辭溺」，或是「情饒歧路，鑒在疑後，研慮方定」等等。

既然「神思」的運行在馭文謀篇時有如此關鍵的作用，那麼，作家在進入創作過程時就要保障主體之神得到正常的發揮，於是，劉勰又寫了〈養氣〉篇。他的「養氣」的主旨是「玄神宜寶，素氣資養」，所謂「養氣」實則「養神」，既有別於孟子培養正義感、偏重於道德的「養氣」，也有別於《呂氏春秋》對聲、色、味趨利避害、偏重於心理衛生的「養性」。劉勰談「養氣」，偏重於作家精神的自我調整與自我適應：「率志委和，則理融而情暢；鑽礪過分，則神疲而氣衰。」他繼續發揮〈神思〉中「陶鈞文思，貴在虛靜，疏瀹五臟，澡雪精神」的未盡之意，告誡作家要特別注意排除那些干擾主體之神正常發揮的有害因素：或是「氣衰者慮密以傷神」，或是不能為而強為之導致「精氣內銷」、「神志外傷」；或是違反常情思考問題而「神之方昏，再三愈黷」。構思行文之時要保持一種「從容率情，優柔適會」的最佳心境，那就是「清和其心，調暢其氣，煩而即舍，勿使壅滯，意得則舒懷以命筆，理伏則投筆以卷懷」，這樣，就可使主體之神發揮最大效能，似「水停以鑒，火靜而朗」，明淨而輝煌！

「神思」說的提出和意義的確定，使中國古代文學的構思理論從此有了一個鮮明的標誌，對於文學創作主要是作家主體意識和精神的表現，是一種高度自覺的心理機制。略晚於劉勰的蕭子顯，在《南齊書》〈文學傳論〉裡也提出：

> 屬文之道，事出神思，感召無象，變化無窮。俱五聲之音響，而出言異句；等萬物之情狀，而下筆殊形。

他進一步指出「神思」是一種特殊的思維方式，它能化平凡為神奇，人人可聞的大自然界的各種音響，人人可見的萬事萬物的情狀，經作家「遊心內運」而至「神思」，便產生超出常態的聲文、形文之美。有不少學者都把「神思」直解為「藝術想像」，或說「神思」就是一種形象思維或意象思維，我以為這把「神思」理解得太狹窄了，它實質上就是作家和藝術家對於審美對象實行總體把握的一種獨特的悟性。唐初著名書法家虞世南談「神思」在書法藝術中的運用時，便多次說到一個「悟」字：「書道玄妙，必資神遇，不可以力求也；機巧必須心悟，不可以目取也。」又說：「字有態度，心之輔也，心悟非心，合於妙也。」「心悟」也就是「遊心內運」而「神」，是主客體「神遇」而豁然貫通時一種最佳創作態勢，他對這種態勢的描述是：

> 且如鑄銅為鏡，非匠者之明；假筆轉心，非毫端之妙。必在澄心運思，至微妙之間，神應思徹。又同鼓瑟輪音，妙響隨意而生；握管使鋒，逸態逐毫而應。學者心悟於至道，則書契於無為。（《佩文齋書畫譜》卷五〈唐虞世南筆髓論〉）

此中說「神應思徹」，是對「神思」準確而最簡煉的詮釋，也可看出，「神思」不只是天馬行空的想像，還有「澄心運思至微妙之間」。又言「心悟於至道」，則書法創作就可無為而無不為地揮灑自如了。「至道」，是審美對象所能顯示的最高審美境界，書法如此、繪畫與詩文無不如此。由「神思」而「心悟」，以後又有嚴羽的「妙悟」，文學與藝術創作中主體之神的發揮，人們將越來越深入地認識。

由魏晉而南北朝（主要是南朝），為什麼能將「神」引入藝術與文學理論並發揮得相當高明呢？這又要歸功於從曹魏開始的「文學的自覺」。曹丕提出「文以氣為主」，「神」與「氣」已是一紙之隔。陸機、王微、宗炳等文學藝術家都開始了對創作心理活動的探索，這都是「人的覺醒」之後，主體創造性意識發展的必然趨勢。從文學發展全過程看，劉勰引進哲學之神而推出文學創作主體之神，參照山水畫藝術「萬趣融其神思」，拓展出一個更具普遍意義的「神用象通」的境界，從而起到了承先啟後的作用：一方面把詩文的源起聯繫到周禮六經，抬到自然之「道」的哲學高度；另一方面，引導文學認識、感受和表現客觀世界，正確處理主、客觀的關係，有了突破性的發展，可說已走出必然王國，正踏在自由王國的門檻上。中國的詩學於此受益匪淺，把它再向前推進一步而馳騁於審美的自由王國，正是由唐至宋的詩學。

三
中國詩歌之神

一　古希臘之詩神繆斯與中國詩歌之神

古代東、西方的哲學家與文學藝術家，都將大千世界變幻莫測的和萬物之靈長巧奪天工的創造，因「其理微妙」而目之有「神」，但是東、西方關於「神」的觀念卻大有區別。東方的「神」的觀念已如前述，在此為進行對照比較，再簡單說說：我們的先民，在認識人與自然的關係這一問題上，肯定自然與人的統一性，其感覺深處是天人一致或天人合一，雖然在最高的統治階級那裡還有著人格神的存在，但在多數思想家和哲學家那裡，「神」實際上擺脫了人格神的本義而成為表述人與自然物最高本質力量的象徵或形容，「神也者，妙萬物而為言者也」，人與自然之物各自都有與「形」共處的「神」，它們不受外在的、想像臆測的人格神支配和約束。西方的先民，對於人與自然關係的認識恰恰相反，他們認為，人與自然是絕對對立的，天、人之間存在著重重矛盾，天地間各種自然之物和自然現象，似乎都有種種神秘的力量在支配著，「自然力被人格化，最初的神產生了」，於是「眾神」掌握了對人與自然之間的矛盾或調和、或加劇的巨大主動權，人只能絕對地服從神。「隨著宗教的向前發展，這些神愈來愈具有超世界的現象，直到最後，由於智力發展中自然發生的抽象化過程——幾乎可以說是蒸餾過程，在人們的頭腦中，從或多或少有限的和互相限制的許多神中產生了一神教的惟一的神的觀念。」[1]這種

1　〔德〕恩格斯：〈路德維希．費爾巴哈和德國古典哲學的終結〉，《馬克思恩格斯選集》，第4卷，頁220。

「神」的觀念，在西方，便是神創造了世界，人也是神的創造物之一。「神」作為一種異於人的外在力量，始終支配著人的肉體和靈魂，支配著人的思想、行為和一切創造活動。

由於有了這種「神」的觀念，在古代希臘，人們認為詩歌是由居住在奧林匹斯山上眾神中的一位女神掌管著，這就是西方詩人常常向冥冥中呼喚的「詩神繆斯」。這位繆斯賜予詩人以「靈感」，使他「失去平常的理智而陷入迷狂」，於是凡俗的詩人便獲得了「神性」，產生了創作出優美詩篇的超常能力。古希臘哲學家柏拉圖說：「凡是高明的詩人，無論在史詩或抒情詩方面，都不是憑技藝來做成他們的優美的詩歌，而是因為他們得到靈感，有神力憑附著。」詩成有神助，詩中有神在，在古代希臘人那裡，並不是一種審美的觀念，而是一種實在的、虔誠的信仰，柏拉圖反覆地強調指出，一個人在神智清醒時不能得到靈感，「不失去平常理智而陷入迷狂，就沒有能力創造，就不能做詩或代神說話。」而「陷入迷狂」的第一推動力，來自神——

> 神對於詩人們像對於占卜家和預言家一樣，奪去他們的平常理智，用他們作代言人，正因為要使聽眾知道，詩人並非借自己的力量在無知無覺中說出那些珍貴的詞句，而是由神憑附著來向人說話。

把詩人與占卜家並列，我們認為是降低了詩人的地位，中國古代的官方史書中是把占卜、星相家與各種「術士」列入「方技」一圈裡，而將詩人置於「儒林」或「文苑」之中。柏拉圖卻以此提高了詩人的地位，「大詩人們都是受到靈感的神的代言人」，他們「並非憑技藝的規矩，而是依詩神的驅遣。」[2]如此說來，柏拉圖等西方哲學家以及此

---

2 柏拉圖語，均引自柏拉圖著，朱光潛譯：〈伊安篇〉，《柏拉圖文藝對話集》（北京市：人民文學出版社，1959年）。

後受此種哲學思想影響的文學藝術家們，都把詩與「神」的關係看作是一種不可知的、外在的神秘力量對詩的進入和憑附，而不在詩的本體所具有的獨特的藝術魅力。

在古代中國，詩人從來沒有自己的「詩神」，「志之所至，詩亦至焉」，大體上概括了詩的發生原因和詩人的創作動機，按漢朝經學家的說法，則做詩是詩人主動承擔「風以動之，教以化之」的神聖職責，如果說把詩與人格神聯繫起來，那就是「動天地，感鬼神，莫近於詩」(〈毛詩序〉)。這種聯繫，雖然直到鍾嶸的《詩品》裡還有「靈祇待之以致饗，幽微藉之以昭告」等語，但實屬一種虛言。中國詩人從來不向神鬼祈求賜予靈感，藉助「神力」來做出「優美的詩歌」。六朝以前，詩與「神」的觀念尚未發生過任何聯繫，自造型藝術領域有了形、神之論，劉勰首唱文學家有「神思」之妙，作為一個可以務虛而不可坐實，純粹屬美學範疇的「神」，終於在唐代堂而皇之地進入了詩歌藝術領域。中國的詩歌有了「神」，詩人們有了為之嚮往、追求又須潛心體悟，但不膜拜的「神」。除了「不憑技藝的規矩」作詩，可與西方「神力」說認同之外，中國詩人認定「詩神」就在自身，杜甫說「筆落驚風雨，詩成泣鬼神」(〈寄李十二白二十韻〉)，「律中鬼神驚」(〈敬贈鄭諫議十韻〉)，較之西方詩人，詩與人格神的關係剛好顛倒過來，位置互換了。

自唐及後的中國詩歌理論，中國詩歌之神的審美地位、價值和作用，被逐漸地、越來越明晰地揭示出來，其主要之點有三：一，「神」在詩人主體。是詩人進入創作過程中精神高度凝聚並有能動的最佳狀態的發揮，主體有神如此，就獲得了作詩的靈感，就有「神力」的產生和爆發，這就是「下筆如有神」。二，「神」在審美客體。是詩人對於描寫對象與「形」相應的「神」的體悟、把握和表現，其審美指向為「略形貌而取神骨」。三，主體之神與客體之神融通契合，總體地呈現「詩而入神」的審美境界；神之於詩與詩中之神，二者「神遇而跡化」，是最優秀的詩人和最優秀的詩篇美學價值的最高實現。

二 「下筆如有神」與「蒼茫興有神」

「神」在詩人主體。由於初唐、盛唐詩人在創作中注重「意」、「興」、「風骨」，也就逐漸接受了六朝文論、畫論中「神」的觀念，王昌齡的《詩格》和其他談詩言論中有關「神」的論述，顯然是直承《文心雕龍》而來的，「放安神思」、「神之於心」、「神會於物」等語，都突出了詩人主體之神在構思謀篇、立象造境中的重要作用。《文鏡秘府論》還記錄了王昌齡關於「養神」的一段話，可說是對《文心雕龍》〈養氣〉篇的演繹：

> 凡神不安，令人不暢無興。無興即任睡，睡大養神。常須夜停燈任自覺，不須強起。強起即昏迷，所覽無益。紙筆墨常須隨身，興來即錄。若無筆紙，羈旅之間，意多草草。舟行之後，即須安眠。眠足之後，固多情景，江山滿懷，合而生興；須摒絕事務，專任情興。因此，若有制作，皆奇逸。看興稍歇，且如詩未成，待後有興成，卻必不得強傷神。

說的是詩人進入創作狀態之前的精神修養，也就是「放安神思」，任主體之神進入自由自在的發揮狀態，這樣，作詩方可「專任情興」，如劉勰所云：「從容率情，優柔適會」。王昌齡將「神」、「興」、「意」三者聯繫起來，「神安」才能「興情」，「興情」而後方可「立意」，這個過程的實現，就是「興發意生，精神清爽，了了明白，皆須在意中」。反過來說，「興發意生」，也就是詩人主體之神運行暢通，「萬塗競萌」的表現。

在理論上闡明主體之神作用的，釋皎然所論亦甚著力，他的〈詩式序〉，從詩歌本身就是詩人主體之神的蘊藏和體現談起：

> 夫詩者，眾妙之華實，六經之精英，雖非聖功，妙均於聖。彼天地日月、元化之淵奧，鬼神之微冥，精思一搜，萬象不能藏其巧。其作用也，放意須險，定句須難，雖取由我衷，而得若神授。至如天真挺拔之句，與造化爭衡，可以意冥，難以言狀，非作者不能知也。[3]

孟子說過「大而聖，聖而神」，皎然認為詩也有「聖而神」的奧妙，這種奧妙的發生，「雖取由我衷，而得若神授」，但沒有說詩人有「神的憑附」，「代神說話」。又說，詩中出神入化的美的創造，「非作者不能知也」。這是對主體之神確切的肯定。《詩式》卷五〈立意總論〉中，他又這樣說：

> 前無古人，獨生我思。驅江（淹）、鮑（照）、何（遜）、柳（惲）為後輩，於其間或偶然中者，豈非神會而得也？

王昌齡說過「神會於物，因心而得」，釋皎然也體悟到此種妙機，「獨生我思」必須是「神會而得」。他在〈周長史昉畫毗沙門天王歌〉一詩中，對於周昉「畫神獨感神」的天王像寫道：「吾知真象非本色，此中妙用君心得。苟能下筆合神造，誤點一點亦為道」。在〈奉應顏尚書真卿觀玄真子置酒張樂舞破陣畫洞庭三山歌〉又有這樣的詩句：「道流跡異人共驚，寄向畫中觀道情。如何萬象自心出，而心淡然無所營。……樂縱酒酣狂更好，攢峰若雨縱橫掃。尺波澶漫意無涯，片

3　〔唐〕：釋皎然：《詩式校注》（濟南市：齊魯書社，1987年），頁1。

嶺崚嶒勢將倒。眄睞方知造境難，象忘神遇非筆端。……」這兩首詩提到的「神」，都是講主體之神自由地發揮而不再「憑技藝規矩」進行創作，「誤點一點亦為道」，就是「無目的而合目的」的表現；後一首詩中更將玄真子在「樂縱酒酣」時那種創作狂態作了生動的描述，畫家畫山畫水都好像漫不經心，隨手揮灑、塗抹，全憑「象忘神遇」的心象脫穎而出，而不靠筆端的技巧。皎然在這裡講的是繪畫，他亦以此理通於詩，《詩式》卷一有專談「取境」一節，其文云：

> 取境之時，須至難至險，始見奇句。成篇之後，觀其氣貌，有似等閑，不思而得，此高手也。有時意靜神王，佳句縱橫，若不可遏，宛若神助。

不過皎然雖然注重「神會」、「神遇」，但也強調作詩之初的「苦思」、「精思」，前說「精思一搜，萬象不能藏其巧」，後說作詩不可無「苦思」，「……不入虎穴，焉得虎子？」可否這樣說：王昌齡的「睡大養神」，似乎是消極地等待「神思」蒞臨；皎然的「苦思」、「精思」，如果不是降為於字於句的「苦吟」，而是對主體之神積極地調動，倒是一種進取的態度，「苦思」、「精思」刺激詩人精神，使之由靜之動而至「神王」，便向「有似等閑，不思而得」（他又有「至苦而無跡」一說）轉化了。

司空圖是唐代最後一位對於詩歌之神精於探索和把握的詩論家，他的《詩品》二十四篇中，有七篇突出了「神」，其中〈高古〉之「虛佇神素，脫然畦封」；〈勁健〉之「行神如空，行氣如虹。……天與地立，神化攸同」；〈清奇〉之「神出古異，淡不可收」；〈流動〉之「超超神明，返返冥無」等語，顯然都是表述詩人主體之神不可「畦封」的運行之狀及其在詩中的表現，他還專寫了〈精神〉一篇，這是對詩人主體之神的全面表述：

欲返不盡，相期與來。明漪絕底，奇花初胎。
青春鸚鵡，楊柳池台。碧山人來，清酒深杯。
生氣遠出，不著死灰。妙造自然，伊誰與裁。

他將虛無縹緲的神意象化了，楊廷之《詩品淺解》說：「精含於內，神見於外。……首二句若合看，一言精神之體，一言精神之用。言欲返於內則精聚神藏，自有不盡之蘊；而相期於心，則精酣神足，莫停與來之機。次句『相期』，指心之理言，『與』字跟『相期』來，所謂意到筆隨也。」其實，不妨說全篇皆是詩人主體之神「體」、「用」之言，這「神」如明漪般清澈，如奇花之胎苞欲放，是活潑潑地、生機盎然的，是超然物外、遠脫世俗的，應物而不累於物，精神自由往來，妙造自然之境，創化工之美。最後兩句，也有「不憑技藝規矩」作詩之意，楊振綱的《詩品解》看到了這一點，他說：「詩有做詩、描詩之別。描詩者，繩尺步趨，祇隨人作生活，那裡得有精神。譬則三館楷法，非不細膩妥貼，然欲求一筆好處，底死莫有也。作者意到筆隨，操縱由我，……方當得一個作字。」對於因「神」而妙造的作品，司空圖還有一個說法，就是「千變萬狀，知其神不知其所以神」，其審美表現是「近而不浮，遠而不盡」，品之有「韻外之致」，「味外之旨」（見〈與李生論詩書〉）。

一個詩人，憑自己的創作實踐，感到主體之神的存在並發生奇妙的作用，恐怕杜甫是對此最敏感的一位詩人。雖然李白作詩，「生氣遠出」較杜甫有過之無不及，其神飄逸遠舉；而杜甫或許因其「沉鬱」，精聚神藏於內而自我感覺強烈，「宛若神助」的創作體驗便常常而有。這位大詩人沒有用理論語言，而是直接在他若干詩中，不無炫耀意味地、無意或有意地點到為止：

〈奉贈韋左丞丈二十二韻〉

讀書破萬卷，下筆如有神。

〈上韋左相二十韻〉

感激時將晚，蒼茫興有神

〈蘇端薛復筵簡薛華醉歌〉

文章有神交有道，端復得之名譽早。

〈獨酌成詩〉

醉裡從為客，詩成覺有神。

〈贈太子太師汝陽郡王璡〉

揮翰綺繡揚，篇什若有神。

〈寄薛三郎中璩〉

賦詩賓客間，揮灑動八垠。乃知蓋代手，才力老益神。

〈寄張十二山人彪三十韻〉

靜者心多妙，先生藝絕倫，草書何太苦，詩興不無神。

〈寫懷二首〉之二

放神八極外，俯仰俱蕭瑟。終然契真如，得匪金仙術。

杜甫講的是自己（間或稱譽別人）作詩之「神」。此「神」或是指靈感驟至時那種「凌雲健筆意縱橫」的創作快感；或是指主、客體豁然貫通時那種興會淋漓的審美愉悅；或是指作詩功力老到嫻熟、技巧自由發揮的狀態；或是指心遊物外時那種「六合之內，一舉萬里」的氣勢。……杜甫所言之「神」，較之王昌齡的「精神清爽」、釋皎然所言「意靜神王」更深入到了主體之神能動地創造的層次。他強調「學」，是對主體之神的充實和修養，「讀書破萬卷」、「熟精文選理」，體悟前輩優秀作家那種神秘不外泄的「神力」，清代的吳大受就曾對此評論道：

> 詩文有神力方可行遠。神者，吾身之生氣也。老杜云：「讀書破萬卷，下筆如有神。」吾身之神與詩相通，吾神既來，如有神助。豈必湘靈鼓瑟乃為神助乎？老杜之詩所以傳者，其神傳也。……後人摹杜，如印板水紙，全無生氣，老杜之神已變，安能久存？

又說：

> 神者，靈變惝恍，妙萬物而為言。讀書萬卷，而胸無一字，則神來矣。一落滓穢，神已索然。[4]

從書本上悟得，陶冶心神，僅是一途。因此，另一方面杜甫還強調「感」，即「感物」，感物而生興，興而有神。感、興是對內藏主體之神的激活。杜甫和唐代詩人所言之「興」，已大大超越了「起情」的原義，當時尚未使用「靈感」或「妙語」等詞，於是「興」便用來表述詩人主觀世界與客觀世界突然碰撞或契合而發生的、超常活躍的詩思。殷璠說：「神來，氣來，情來」(〈河嶽英靈集敘〉)，這是「興」

4　〔清〕吳大受：《詩話》，收入《吳興叢書》(嘉業堂刊本)。

的發生基因；杜甫說「詩興不無神」，「蒼茫興有神」，「興」又直接表現為「神」之外發和「神」之用。明朝有一位叫彭輅的，在他的〈詩集自序〉中曾這樣論述「興」與「神」的關係：

> 夫神者，何物也？天壤之間，色聲香味偶於我觸，而吾意適有所會，輒矢口肆筆而泄之，此所謂六義之興而經緯於賦比之間者也。賦實而興虛，比有憑而興無據，不離字句而有神存於其間，神之在興者什九，在賦者半之。(《明文授讀》卷三十六)

他對傳統的賦、比、興的闡釋加入了新義，指出「神之在興者什九」，「興」既然是作為詩人在創作過程中的靈感活動，亦可說神之在主體者什九，杜甫云「詩興不無神」，實由他從豐富的創作經驗中所得。

三　「體物得神」與「無跡而神」

> 思入乎渺忽，神恍乎有無，情極乎真到，才盡乎形聲，工奪乎造化者，詩之妙也。試以杜詩言之：「子規夜啼山竹裂，王母晝下雲旗翻。」非入於渺忽乎？「織女機絲虛夜月，石鯨鱗甲動秋風。」非恍忽有無乎？「艱難苦恨繁霜鬢，潦倒新停濁酒杯。」非極其真到乎？「五更鼓角聲悲壯，三峽星河影動搖。」非盡其形聲乎？「白摧朽骨龍虎死，黑入太陰雷雨垂。」非工奪造化乎？

這是明代安磐在《頤山詩話》中評論杜詩的一段話。詩之妙，在於詩人主體之神進入了審美客體，賦予了描寫對象以生氣和神采，「工奪乎造化」，是古代詩人、詩論家評價審美客體的創造一個極高的審美標準。

繪畫理論中較早地論述了描寫對象的「形」、「神」關係的問題，到了唐代這一問題也引起了詩人們的注意，而其中又以杜甫對此更為敏感，杜集中寫畫、題畫的詩頗多，他特別注意畫中山水或動物的「神」，如〈丹青引〉中稱讚曹霸：「將軍畫馬蓋有神」；〈韋諷錄事宅觀曹將軍畫馬圖〉又說：「國初以來畫鞍馬，神妙獨數江都王」；〈畫鶻行〉則云：「乃知畫師妙，巧刮造化窟，寫此神俊姿，充君眼中物。」〈戲為韋偃題雙松圖歌〉描寫的自然景物：「絕筆長風起天末，滿堂動色嗟神妙。」等等。杜甫不擅於繪畫但善於賞畫，每觀一畫，他能很快進入畫中境界，「對此融心神」(〈奉先劉少府新畫山水障歌〉)，於是畫意與詩思很快溝通。所以，這些寫畫、題畫詩中，杜甫不只是稱讚畫家所畫的對象有「神」、「神妙」「神俊」，他的詩筆又竭力傳畫幅上的動物或山水之神，對「神」由鑑賞而引入自己的創作實踐。讓我們看他一首沒有出現「神」字的〈畫鷹〉，如何在再創造中運用傳神之筆：

> 素練風霜起，蒼鷹畫作殊。㩳身思狡兔，側目似愁胡。
> 絛旋光堪擿，軒楹勢可呼。何當擊凡鳥，毛血灑平蕪！

詩人情思從畫上之鷹激發，但從「畫作殊」句之後，畫鷹便變成了詩人眼中真實的雄鷹。浦起龍曰：「㩳身側目，此以真鷹擬畫，又是貼身寫；堪擿可呼，此從畫鷹見真，又是飾色寫。結則竟以真鷹氣概期之，乘風思奮之心，嫉惡如仇之志，一齊揭出。」(《讀杜心解》卷三之一）詩人根據畫面提供靜態形象，竭力強化其欲動之形狀而寫鷹之神，使整個畫面充滿動態感而活躍起來，畫之素底為白絹，亦以「風霜起」而寫之，這就純粹是詩人的想像而非畫家所能表現的了。金聖嘆評此詩時，特別注意這一句，他說：「畫鷹必用素練，是目前恒事。乃他人之所以必忽者，先生之所獨到，只將『風霜起』寫練之素，而已肅然若為畫鷹先作粉本。自非用志不分、乃凝於神者，能有此五字否？」這就是說，杜甫為畫上之鷹傳神之前，先有主體之神凝注，相當於畫家所說的「應會感神」，用杜甫自己的話便是「對此融心神」，由「風霜起」便進入超越畫面與「真鷹」相對應的境界。金聖嘆又特別指出詩裡傳神寫照的佳句：

> 世人恒言傳神寫照，夫傳神、寫照乃二事也。只如此詩，「㩳身」句是傳神，「側目」句是寫照，傳神要在遠望中出，寫照要在細看中出。不爾，便不知頰上三毛，如何添得也。(《杜詩解》卷一)

顧愷之說過，畫中人物「手揖眼視」要有「實對」，若無「實對」或「對而不正」，則「傳神之趨失矣」。《世說新語》〈巧藝〉又記述他一繪畫故事：「顧長康畫裴叔則，頰上益三毛，人問其故。顧曰：『裴楷俊朗有識具，正此是其識具。』看畫者尋之，定覺益三毛如有神明，殊勝未安時。」杜甫正是運用了繪畫傳神之術於詩中，「㩳身」是有「實對」的動態描寫，「側目」則有「點睛」之妙，這一細節寫照就是傳神之筆，有此二句，動、靜、遠、近相互映發，詩中之鷹便「真」而「神」了。

杜甫是受繪畫藝術的啟發，讚揚並描寫繪圖藝術的「神」，表明「傳神」也成為詩歌創作一項重要的審美原則了。杜甫是一位自覺的實踐者，他寫物而極盡物之神態，以至使清代的黃子雲說：「有唐詠物諸什，少陵外無一可者。」(《野鴻詩的》)他寫馬的詩篇，更是被評為空前絕後的傑作，「後人無從著筆」，蘇軾寫過幾首詠馬詩，亦被後人認為「能別出一奇於浣花之外，骨幹氣象，實相等埒」(《御選唐宋詩醇》)，但他自己卻說：「少陵翰墨無形畫，韓幹丹青不語詩。此畫此詩今已矣，人間駑驥漫爭馳。」(〈韓幹馬〉)自杜甫以降，詩藝創造中對於審美對象形神的把握，便普遍地為詩人和詩論家所注重，白居易說：「文之神妙，莫先於詩。」（《劉白唱和集解》）釋皎然認為「越俗」之詩是「其道如黃鶴臨風，貌逸神王，杳不可羈。」（《詩式》）徐寅亦從詩的總體來看形神關係：「體者，詩之象，如人之體象，須使形神豐備，不露風骨，斯為妙手。」（《雅道機要》）而對於「形神豐備」這一源自繪畫理論的審美觀念，引入詩歌藝術領域之後，詩人們如何用語言文字表達到甚至超越繪畫的審美效果？歸納起來，詩人的主要藝術手段有二：一是以形寫神，一是傳神賦形。前者大體與繪畫手法同，後者則畫家往往不能到。

以形寫神，前面我們所舉杜甫〈畫鷹〉詩是典型之例，亦即金聖嘆所說「寫照傳神」。以形寫神，一般的審美效果是呈現生動的形象，更高的指向則是意象化的創造。前已談到唐代詩人不尚形似，元結把「喜尚形似」與「拘限聲病」一並指責，後來司空圖又提出「離形得似」，把「神似」提到高於「形似」的地位。自唐以後，詩人們對此問題的探討更為深入和細緻了，並且不只是以形象或意象為單元，而是從詩的總體審美效應來把握「形」與「神」的辯證關係。蘇軾在〈書鄢陵王主簿所畫折枝〉詩云：「論畫以形似，見與兒童鄰，賦詩必此詩，定非知詩人。」他反對繪畫求刻板的「形似」而連及了詩。東坡此論一出，有人認為是「重神輕形」，有所偏頗。蘇門四學士之一的晁補之在他的〈和蘇翰林題李甲畫雁〉中婉轉地提出了批評和「糾正」：「畫寫物外形，要物形不改，詩傳畫外意，貴有畫中態。」其實蘇軾並沒有一般地反對寫形，他對「形神豐備」的審美要求是「疏淡含精勻」，要以少總多，如寫一枝春花，而讓人領略無邊的春意（誰言一點紅，解寄無邊春）。他曾稱讚《詩經》中「桑之未落，其葉沃若」之句以及林逋的〈梅花詩〉「疏影橫斜水清淺，暗香浮動月黃昏」，皮日休〈白蓮花詩〉「無情有恨何人見，月曉風清欲墮時」等「此乃寫物之工」；嘲笑石曼卿〈紅梅詩〉「『認桃無綠葉，辨杏有青枝』此至陋語，蓋村學中體也」(《東坡志林》)。此所謂「寫物之工」就是要準確地捕捉事物最典型的形象特徵，傳寫出事物獨特的風姿、精神和氣韻。明代胡應麟對蘇軾「賦詩必此詩，定非知詩人」頗有心得，稱「獨二語絕得三昧」：

> 蓋詩惟詠物不可汗漫，至於登臨、燕集、寄憶、贈送，惟以神韻為主，使句格可傳，乃為上乘。今於登臨則必名其泉石，燕集必紀其園林，寄贈則必傳其姓氏，真所謂田莊牙人、點鬼簿、粘皮骨者，漢、唐人何嘗如此？最詩家下乘小道。(《詩藪》〈內篇〉卷五)

「粘皮骨者」即有刻意求似之嫌，他舉崔顥〈黃鶴樓〉、李白〈鳳凰台〉、杜甫〈春日憶李白〉等詩，「但略點題面」卻又於「題面不拈」，因此「神韻超然，絕去斧鑿」。

以形寫神，多被用來評價詠物詩，對於實現這一審美要求，不少詩論家在藝術技巧方面多有探索和發明。《詩人玉屑》卷六引《呂氏童蒙訓》語云：「詠物詩不待分明說盡，只是彷彿形容，便見妙處。」謝榛的《四溟詩話》亦說「詩不可太切」，「凡作詩不宜逼真，如朝行遠望，青山佳色，隱然可愛，其烟霞變幻，難於名狀；及登臨非復奇觀，唯片石數樹而已。遠近所見不同，妙在含糊，方見作手。」「不說盡」，「不可太切」，「不宜逼真」，都是對「形」而言，描寫過於詳切而求酷似，反會使對象的「神」分散及至消失殆盡，如某晚唐詩人詠蜻蜓：「碧玉眼睛雲母翅，輕於粉蝶瘦於蜂」，於蜻蜓形狀可謂說盡，但了無神致，較之杜甫「無數蜻蜓齊上下」(〈卜居〉)、「點水蜻蜓款款飛」(〈曲江對酒〉)，那是死蜻蜓，像石曼卿詠紅梅詩句一樣，「於題甚切而無豐致、無寄托，死句也。」(吳喬《圍爐詩話》)王夫之對於以形寫神的審美創造概為三句話：「含情而能達，會景而生心，體物而得神。」如此，則能有「自由通靈之句，參化工之妙」，「若但於句中求巧，則性情先為外蕩，生意索然矣！」（《薑齋詩話》卷二）

傳神賦形，是司空圖「離形得似」的進一步實現，是詩歌藝術超越繪畫藝術之處。繪畫藝術即使是大寫意，也不能沒有最必要的形，寫形在不即不離之間，妙在似與不似之間。詩歌藝術不是直觀而得的形象圖畫，它完全可以作用於讀者的想像而讓讀者把握客體之神，進而想見其形。傳神賦形的審美表現是形隱而「無跡」。嚴羽《滄浪詩話》中已多有「無跡」之論，「詞理意興無跡可求」主要是從詩的總體審美境界而言，且留後論。此所謂「無跡」，專指對象描寫一種出神入化的態勢。元代一位詩人戴表元說：

> 酸鹹甘苦之於食，各不勝其味也，而善庖者調之，能使之無味。溫涼平烈之於藥，各不勝其性也，而善醫者制之，能使之無性。風雲月露，蟲魚草木，以至人情世故之托於諸物，各不勝其為跡也，而善詩者用之，能使之無跡。是三者所為，其事不同，而同於為之之妙。何者？無味之味食始珍，無性之性藥始勻，無跡之跡詩始神也。（《剡源集》卷九〈許長卿詩序〉）

詩中既要寫物，又求「無跡」，怎樣才能做到神形畢現呢？按有些詩論家的意見，那就是詩人對表現對象本身迴避任何巧言切狀的描寫，「超以象外，得其寰中」而後下筆。前面已提到林和靖的詠梅詩，其「疏影橫斜水清淺，暗香浮動月黃昏」、「雪後園林才半樹，水邊籬落忽橫枝」等句，已被人譽為「詠物極致」，但明朝詩人李東陽卻說：「林君復『暗香』、『疏影』為絕唱，亦未見過之者，恨不使唐人專詠之耳。杜子美才出一聯曰：『幸不折來傷歲暮，若為看去亂鄉愁。』格力便別。」（《麓堂詩話》）吳大受也說：「句句從香色摹擬，猶恐未切。庚子山但云『枝高出手寒』，杜子美但云『幸不折來傷歲暮，若為看去亂鄉愁』而已。全不粘住梅花，然非梅花莫敢當也。」（《詩話》）他們都提到杜甫的詩句，出自〈和裴迪登蜀州東亭送客逢早梅相憶見寄〉：

> 東閣官梅動詩興，還如何遜在揚州。
> 此時對雪遙相憶，送客逢春可自由。
> 幸不折來傷歲暮，若為看去亂鄉愁。
> 江邊一樹垂垂發，朝夕催人自白頭。

前四句略帶敘述性質，後四句才轉入詠梅，杜甫沒有像何遜在〈揚州早梅〉詩中「銜霜當露發，映雪凝寒開。枝橫卻月觀，花遶凌風台」那樣的具象描寫，只寫自己在離鄉思緒中觀梅所引起的特殊感受，「傷歲暮」、「亂鄉愁」，一從空間，一從時間，暗寫梅花之形，明托詩人之情，「江邊一樹垂垂發」則力傳早梅之神。浦起龍說：「本非專詠，卻句句是梅，句句是和詠梅，又全不使故實。詠物至此，乃如十地菩薩，未許聲聞、辟支問徑。」（《讀杜心解》卷四之一）這首詩，還不能說是杜甫「無跡之跡」而神的最好的詩，不過他確實寫出了畫家難以形諸筆墨的梅花。葉燮曾就杜集中〈玄元皇帝廟〉之「碧瓦初寒外」、〈宿左省〉之「月傍九霄多」、〈夔州雨濕不得上岸〉之「晨鐘雲外濕」、〈摩訶池泛舟〉之「高城秋自落」等佳句，說是「雖董、巨復生，恐亦束手擱筆矣」。畫家畫不出寒之內、外，月之多、少，畫不出鐘聲之濕、秋色之落，他認為這些詩句都是「入神境者，固非庸凡人可模擬而得也」[5]。

5　葉燮對這幾句詩分析，詳見《原詩》〈內篇下〉，收入《清詩話》（上海市：上海古籍出版社，1978年），下冊，頁585-587。

在古代詩人詞家的筆下，「無跡」而「神」的創造是多端的，不少詩人並不是自覺而為，而後卻為詩歌評論家發現並揭示其奧妙，清代詩評家潘德輿就對幾首著名的唐詩進行精而入微的審美觀照之後，指出確實有「傳神賦形」這種為詩所獨有的藝術現象在：

> 詩之妙全以先天神運，不在後天跡象。如王龍標「烽火城西百尺樓，黃昏獨坐海風秋，更吹羌笛關山月，無那金閨萬里愁」，此詩前二句便全是笛聲之神，不至「更吹羌笛」句矣。王摩詰「隔牖風驚竹，開門雪滿山」，詠雪之妙，全在上句「隔牖」五字，不言雪而全是雪聲之神，不至「開門」句矣。太白「風吹柳花滿店香」，起句便全是勸酒之神，不至「吳姬勸酒」句矣。盧綸「林暗草驚風，起句便全是黑夜射虎之神，不至「將軍夜引弓」句矣。大抵能詩者無不知此妙。低手遇題，乃寫實跡，故極求清脫而終欠渾成。(《養一齋詩話》卷二)

如潘德輿所析，這些名作都是先出其神而後寫其物，神先於物又在物，不寫實跡而物有神，是以神賦形的典型之例。蘇軾曾自述他作文的一種精神和審美的體驗，也是「全以先天神運，不在後天跡象」的妙例：「吾文如萬斛泉湧，不擇地皆可出。在平地滔滔汩汩，雖一日千里無難，及其與山石曲折，隨物賦形，而不可知也。所可知者，常行於所當行，常止於不可不止，如是而已矣。其他雖吾亦不能知也。」(〈自評文〉) 他的「隨物賦形」便有主要得物之「神理」的意思，他在〈答謝民師推官書〉中說：「文理自然，姿態橫生。」又說：「求物之妙，如系風捕影，能使是物了然於心者，蓋千萬人而不一遇也。」也是強調先得物之神而後於傳神中賦形。這種藝術表現的特殊之處，或可說是詩人寫物之前就創造了一種攝人心魄的氛圍，這氛圍是描寫對象的神氣外溢、輻射而成，「未成曲調先有情」。清人沈祥龍指出，詞中也多有此種表現，他舉蘇軾〈洞仙歌〉與柳永〈八聲甘州〉為例：「誦東坡『冰肌玉骨，自清涼無汗，水殿風來暗香滿』句，自覺口吻俱香。悲慨處不在嘆逝傷離也。誦耆卿『漸霜風淒緊，關河冷落，殘照當樓』句，自覺神魄欲斷。蓋在神不在跡也。」（《論詞隨筆》）

有意識地在詩的審美創造中實現「無跡而神」，在理論上更自覺的應推清朝著名詩人王士禎，他獨標「神韻」說，將胡應麟所說「詠物不可汗漫……惟以神韻為主」作為一個獨立的美學命題加以發揮並努力付諸創作實踐。他對「神韻」有著明確、具體的理論界定：「清遠兼之也。總其妙，在神韻矣」（《池北偶談》）。這個「神韻」說是為詠物詩而立，又以山水景物為其主要的審美對象。山水畫之最佳者是表現「自然之勢」，魏晉六朝宗炳、王微等人早已悟及此。王昌齡在《詩格》中有「用神，用勢不如用神也」之語，大概已看到詩與畫不能用完全相同的藝術手段。王士禎以「清遠」為尚，顯然也是寫山水「用神」而不「用勢」。何謂「清」？「資清以化，乘氣以霏，值象能鮮，即潔成輝」（《居易錄》，王士禎引他人詠雪句），可窺見他對「清」的審美意趣。何謂「遠」？「予嘗聞荊浩論山水而悟詩家三昧矣。其言曰：『遠人無目，遠水無波，遠山無皴』。又王楙《野客叢書》有云：『太史公如郭忠恕畫天外數峰，略有筆墨，意在筆墨之外。』詩文之道，大抵皆然。」（〈鬣尾續文〉）他還說：「表聖論詩有二十四詩品，予最喜『不著一字，盡得風流』八字。又云『采采流水，蓬蓬遠春』，二語形容詩境亦絕妙，正與戴容州『藍田日暖，良玉生烟』八字同旨。」（《香祖筆記》）他獨取這兩聯，因其中也寓「清遠」之意。他的「清遠」，可直譯為神清意遠。神清，先見於詩人主體：「興會神到」、「佇興而就」、「偶然欲書」；「連篇累牘，牽率應酬」乃至「刻舟緣木求之」則是神之濁的表現。他很欣賞韋應物「怪來詩思清入骨」之句，這是對神清而至詩思之清一種透澈的體悟。他列舉高季迪「白下有山皆繞郭，清明無客不思家」，楊用修「江山平遠難為畫，雲物高寒易得秋」等七言律句「神到不可湊泊」（《香祖筆記》）。神清而後方可意遠，神清目朗，視野開闊，意興無所不到；在藝術表現上，不必依賴物象密集取勝，「天外數峰，略有筆墨」而已。《漁洋詩話》記載一則王士禎的學生洪昇「問詩法於施愚山」之事，洪昇先述王士禎「夙昔言詩大指」，施愚山（閏章）聽了之後說：

> 子師言詩，如華嚴樓閣，彈指即現；又如仙人五城十二樓，縹緲俱在天際。余即不然，譬作室者，瓴甓木石。一一須就平地築起。

看來施愚山是重在從寫「實跡」入手的，但他對「神韻」的審美特徵倒作了很確切的描述。趙執信的《談龍錄》記述了王士禎與洪昇另一次很有意思的談話：洪昇大概是受施愚山的影響（他也曾學詩於施），說「詩如龍然，首、尾、角、鱗、鬣一不具，非龍也。」王士禎「哂之曰：『詩如神龍，見其首不見其尾，或雲中露一爪一鱗而已，安得全體！是雕塑繪畫者耳。」以上兩個比喻性的說法，都表明王士禎的山水詩創作追求的是一種疏淡開闊的境界美，他自詡〈曉雨後登燕子磯絕頂作〉中「吳楚青蒼分極浦，江山平遠入新秋」之句是「神韻天然不可湊泊者」。又說「少時在揚州」所作數詩，如「微雨過青山，漠漠寒烟織，不見秣陵城，坐愛秋山色」、「蕭蕭秋雨夕，蒼茫楚江晦，時見一舟行，濛濛水雲外」等，「知味外之味者，當自得之。」（《香祖筆記》）

詩既要詠物又要「無跡而神」，是審美創造中一大難題，這需要詩人有很高的才氣，極敏捷的審美感受能力和深湛的藝術修養，它絕對不是「憑技藝規矩」而能做到的，往往表現為一種可遇不可求的審美機遇，只能是「詩成覺有神」，所以司空圖說：「離形得似，庶幾斯人！」

四　「神」對「境」的提高：「境生象外」

前面我將詩的「神」在主體與「神」在客體分別道來，是為了敘述的清晰和方便，實際上在詩歌的審美創造中，二者往往是密切相聯不可分割的，自唐代「意境」說出現之後，主體、客體之神都統一於「境」，明代王世貞對此在理論上有個很好的概括：

> 有俱屬象而妙者，有俱屬意而妙者，有俱作高調而妙者，有直下不對偶而妙者，皆興與境詣，神合氣完使之然。（《藝苑卮言》卷一）

「屬象而妙」在對象的描寫方面，「屬意而妙」在主體的立意方面，其餘如詩的格調，語言藝術等方面都可以各有其妙，各種妙處融合一體，方是好詩。諸多方面，當然還是詩人的主體之神起著主導作用，如劉勰〈神思〉篇所謂「志氣統其關鍵」，「我才之多少，將與風雲並驅矣」。但是進入具體的創作過程，還有一個主、客體是否真正融通的問題。主、客體真正融通了的詩篇，才是真正有境界的詩篇，「興與境詣，神合氣完」的境界，才是較高或最高的審美境界。

偉大詩人的創造實踐，總是可以給其他詩人提供學習的示範和給理論家提供理論思考的活材料，前面我已舉杜甫〈畫鷹〉一詩，可說是偏於「屬象而妙者」，它有使金聖嘆所讚揚的「寫照傳神」之妙。這裡讓我們再欣賞一首他「對此融心神」的詠畫之作〈畫鶻行〉：

> 高堂見生鶻，颯爽動秋骨。初驚無拘攣，何得立突兀。
> 乃知畫師妙，巧刮造化窟。寫此神俊姿，充君眼中物。

> 烏鵲滿樛枝，軒然恐其出。側腦看青霄，寧為眾禽沒？
> 長翮如刀劍，人寰可超越。乾坤空崢嶸，粉墨且蕭瑟。
> 緬思雲沙際，自有烟霧質。吾今意何傷，顧步獨紆郁。

與〈畫鷹〉比較，我們看到此詩中詩人主體有明顯的投入。首句已使畫鶻脫紙，直曰「生鶻」，接下兩句已傳「生鶻」之「神」。從「初驚」句始，詩人主體意識在左右著我們對畫鶻的賞會。畫家將鶻畫成突兀而立之狀，很可能有他另一種寓意，或是能傳鶻之神的一種最佳審美態勢。可是杜甫在此卻筆筆翻轉，從鶻不能飛去生情，生發可能完全與畫家無干的想像：它既無「絛旋」束縛，為什麼不高飛而去？原來，它是不肯與凡鳥並飛。自「側腦」句以下，可說是杜甫在「畫鶻」了，他將畫家傳鶻之神的「側腦看青霄」句，全憑自己的情思和想像發揮：你「長翮如刀劍，人寰可超越」，卻傲立如此，不肯高飛遠舉，任「乾坤空崢嶸」，自甘處身於這蕭瑟粉墨之間；可是鶻不飛，眾鳥卻一樣紛飛：「緬思雲沙際，自有烟霧質」（「烟霧質」是此時期杜甫詩中貶義性意象，〈自京赴奉先詠懷五百字〉中有句：「中堂有神仙，烟霧蒙玉質」）；我又為你不飛而暗自神傷！這些詩句裡，杜甫將他隱藏在內心深處的某種矛盾之情賦予了眼中之鶻，作此詩時，他在鳳翔任肅宗朝廷的左拾遺，因疏救房琯觸怒了肅宗，政治地位已岌岌可危，正處於進退兩難之際，「顧步獨紆郁」，是詩人自身神態與鶻之神態的映襯。〈畫鶻行〉是杜甫「對此融心神」的典範之作，「初驚」、「緬思」是他主體融入的標誌（在他後期同類詩中，連這些標誌也隱去了），畫家筆下之鶻完全轉化為詩人意中之鶻了，金聖嘆悟到此妙後說：「篇中先生自云『寫此神俊姿，充君眼中物』，今看一起一結，真乃寫此神俊，充我後人眼中矣。」（《杜詩解》）詩人主體之神與客體之神的融通，創造了獨立於原畫的新境界，較之原畫更出人意外的境界。

詩的境界，多是由「境象」（形象或意象）融合而成，先有傳神之象，後才有傳神之境，而「神」又往往不是直接從事物的表象所能把握和表現的，還須有詩人的「神思」或「妙悟」加入，才能有「神」的表現。境界，既然被作為主體與客體交融、契合的或形態、或情態、或意態化的表現，在詩人們的創作中，往往有兩種交融、契合的途徑：第一種是將客體吸收到主體的契合交融，這就是化外在之物為心中之物，「神之於心」，外物融於詩人心中，再生而成一種形神兼備的「境象」，如果說「一物能化謂之神」，那麼這「神」主要是詩人主體之神了，「神」化外物即成「境」，成「境」的過程便是「搜求於象，心入於境，神會於物，因心而得」。這是由外而內地深入觀照，「因心而得」就是主體對客體的吸收。這種境界的詩，多為詠物寫事之類的作品，〈畫鶻行〉當屬此類。它主要的審美特徵是詩人的主觀色彩表現得比較鮮明，凝定於審美對象之上，但又是主、客體在詩中共存，相互激發，相映生輝，而其「形神豐備」還主要從客體表現，不過因詩人主體之神的進入而得到強化，使其「神」更突顯於讀者心目之中了。第二種是主體完全投入客體的契合交融，這種「完全的投入」或說整體地投入，常常表現為主體取代客體的傾向，詩人投入客體又從客體超越和昇華。這不是一般的「寄托」和「移情」，而是乾脆化我為物，借物之形蓄我之神；客體本來面目、本來精神於我已無關緊要，緊要的是物之中、物之外有我的精神、我的面目在。這就是說，詩人主體之神通過自己的藝術創造完全轉移到了客體，在客體中實現自我，讀者在審視詩人所創造的藝術境界時，主要不是通過「境象」認識客觀世界，而是以此觀照詩人的主觀世界和精神境界。唐代詩人已經開始了這更高層次的審美追求，其理論的標誌是又特別提出「象外」說。

唐代詩論中的「象外」說，不全同於哲學中「象外之意，系表之言」的意義，也有異於繪畫中的「若取之象外，方厭膏腴」，因為那

「象外」主要是對客體之神而言。唐代詩人的「象外」之義，則是意在詩人主體之神存於「象外」，活躍於「象外」，這層新義，首見於釋皎然的詩論，《詩式》〈重意詩例〉有云：

> 兩重意以上，皆文外之旨。若遇高手如康樂公，覽而察之，但見情性，不睹文字，蓋詣道之極也。

「文外之旨」即詩人「情性」，詩有這種超越文字的功能，就可產生最高層次的藝術境界。在《詩議》中，這「文外」就具體地演為「象外」了：

> 或曰：詩不要苦思，苦思則喪於天真。此甚不然。固須繹慮於險中，采奇於象外，狀飛動之句，寫冥奧之思。

「繹慮」、「采奇」云云，大有超越劉勰「神與物遊」、「神用象通」之處，詩人不止於可表現「物無隱貌」，而是要更主動地探險采奇，超出具體的物象規範而尋求「系乎我形而妙用無體」的「心象」；不困於具體事物的「方寸」之理和「咫尺」之義而寫我超然物外的「冥奧之思」。這樣就象外有象，意外有意，第二種象與第二重意全由詩人主體之神發揮而來，是主體之神「應物」之後的自我深化，自我突顯。我在談意境時已引用過劉禹錫「境生象外」的話，片言明百意，坐馳役萬景，「工於詩者能之」，惟有「境生象外」是「微而難能」、「精而寡和」。為什麼「寡和」？每個詩人各有自己的主體之神，相互之間在高層次的精神領域不能通融。白居易稱劉禹錫「雪裡高山頭白早，海中仙果子生遲」，「沉舟側畔千帆過，病樹前頭萬木春」等詩「真謂神妙，在在處處，應有靈物護之。……」這大概可算是「境生象外，精而寡和」吧。

司空圖的詩論，對於「境生象外」的論述非常著力且初成系統，他以「象外」作為他品詩的起點，各種審美描述都聚焦於「神」，《詩品》裡七篇有「神」，已於前述。但他對於詩歌之神多憑敏銳的審美直覺而得，不能究其所以，因此，在〈與李生論詩書〉中有「不知所以神而自神」之語；在〈詩賦贊〉中又說：「神而不知，知而難狀；揮之八垠，卷之萬象。」於是，他將「神」都歸於「象外」、「韻外」、「味外」，而以「象外」為總體的審美特徵。在《詩品》首篇〈雄渾〉，他就以「超以象外，得其寰中，持之匪強，來之無窮」為這一崇高、壯美境界之依托。在〈與極浦談詩書〉裡則寫道：

> 戴容州云：「詩家之景，如藍田日暖，良玉生烟，可望而不可置於眉睫之前也。」象外之象，景外之景，豈容易可談哉？

戴容州（叔倫）的話，出處不可考，他早生於李商隱八十餘年，「藍田日暖，良玉生烟」與李商隱著名〈錦瑟〉詩之「滄海月明珠有淚，藍田日暖玉生烟」無干，但他已提出物象不可求實，而以恍惚迷離為最佳的審美期待，這種期待，後來在李商隱意象化境界很高的（如〈錦瑟〉、〈無題〉）詩篇中得到了實現。司空圖對此充分理解並進行了創造性的發揮，用「象外之象、景外之景」八個字作了高度概括。「豈容易可談」的是第二個「象」，是融入了作者情思，空靈飄忽的虛象，主體高度自覺的詩人就能創造出這種「不可置於眉睫之前」的「象」，對於一般的「工於詩者」則是「微而難能」，與劉禹錫體驗相同。

對於「象外」生境之妙，在創作實踐方面，司空圖很誠實地承認自己「不知所以神」，於是他努力於審美鑑賞方面去體悟、去品味詩人主體之神與客體之神融通的妙境，也許，他就是為此而寫下二十四篇品詩之詩。他使用「品」的概念，不同於鍾嶸的品優評劣，而是品賞二十四種詩的品格風貌，更確切地說，描繪了二十四種詩的境界（袁枚《續詩品》前言云：「余愛司空表聖《詩品》，而惜其只標妙境，未寫苦心」），盡管其中有的偏重講藝術技巧（如「洗煉」、「縝密」、「形容」、「流動」等），但幾乎每一品都可以由境見人，見到創造這種或那種境界的詩人音容神態。試以〈沉著〉品證之：

> 綠林野屋，落日氣清。脫巾獨步，時聞鳥聲。
> 鴻雁不來，之子遠行。所思不遠，若為平生。
> 海風碧雲，夜渚月明。如有佳語，大河前橫。

實質上寫的是一位瀟灑、從容，但又沒有與世隔絕的高士，他處身於遠離「魏闕」的寂寥山林之中，思友懷人，深情難排，發出「若為平生」之嘆；夜深了，他還面對碧空明月，夜渚海風，詩情奔湧。……這一境界的描繪，本身充滿了「象外」之趣。司空圖本是旨在寫一種境界，而非寫人，但正如孫聯奎《詩品臆說》所云：「此首前十句皆言沉著之思，尾二句方拍到詩上。」這就是由人及詩，詩與人渾然而成一境。我們體味〈沉著〉，不是很容易聯想起杜甫及其詩作嗎？體味〈飄逸〉則會神往李白的詩境。其它如〈豪放〉、〈清奇〉、〈曠達〉等等，都可使我們有相應的詩人及其作品與之相印證。二十四品中的大多數，司空圖都是力圖攝取詩人轉移到詩境中的主體之神來描述該境的審美特徵，很多研究《詩品》的詩人和學者也都發現了這一點，有的將它與鍾嶸《詩品》比較，說「有鍾中郎之詳贍，而神致過之」（劉沄《詩品臆說》〈序〉）；有的說「詩品取神不取形」，「神遊象外」，讀之「愛其神味」（楊廷之《詩品淺解》）；有的說《詩品》「摹神取象」，「得其意象，可與窺天地，可與論古今」（孫聯奎〈詩品臆說自序〉）；有的說讀《詩品》「但領略其大意，於不可解處以神遇而不以目擊，自有一段活潑潑地栩栩於心胸間」（楊振綱〈詩品續解自序〉）等等。

如此自覺地從審美創造的對象中觀照審美創造的主體，是中國古代美學思想發展的一大飛躍，用現代的美學觀點評量，那就是西元七世紀之間的唐代詩人和詩論家，已經率先悟到：美是人的本質力量的對象化實現！馬克思說：「只有通過人的本質力量在對象界所展開的豐富性，才能培養出或引導出主體的即人的敏感的豐富性。」[6]司空圖（還有在他之前的王昌齡、釋皎然、劉禹錫等）也正是試圖從詩人在對象界所展開的豐富性，從而使人們形成各種審美感覺，尤其是「精神的感覺」。從這個意義上說，《詩品》對審美創造與審美鑑賞的貢獻，在世界範圍的美學史上，都是值得大書特書的。

「神」對詩的境界的作用與提高，已通過「象外」說而畢其功，但司空圖在完成這一理論的轉移時，還留下一句「不知所以神而自神，豈容易哉」的喟嘆，說明知「所以神」是一個更富有實踐意義的問題。三百餘年後，嚴羽對此作出了較為完滿的回答。

6 〔德〕馬克思著，朱光潛節譯：〈經濟學——哲學手稿〉，《美學》第2期。

四
中國詩歌美學本質的最高實現

一　宋詩之變與嚴羽「詩而入神」的提出

唐代詩人和詩論家對於中國詩歌藝術的最大貢獻，是他們使詩與散文在審美取向、表現方法等方面分道揚鑣，發展了詩的「緣情而綺靡」，與議論性散文表現「道」與「理」劃清了界限，詩人在創作中不言「理」，詩歌理論亦言「意」即止，司空圖《詩品》二十四篇一〇五二字中找不到一個「理」字，雖然多次言「道」，但不是韓愈那個「先王」、「孔孟之道」，而是言作為宇宙本體的自然之道，為詩歌藝術創造最高指向的審美之道。可是，詩歌創作到了宋代，言「理」之風又起，這與宋代哲學領域內理學的興起不無關係。北宋著名理學家「二程」即程顥、程頤，把「理」推向哲學的最高範疇，支配著宇宙間萬事萬物：

> 天下物皆可以理照。有物必有則，一物須有一理。（《二程遺書》卷十八）

雖說「一物須有一理」，但歸納起來，「理」又只有一個：「理則天下只有一理，故推之而四海皆準。」從天地上下不可變動推及君臣父子、尊卑貴賤不可移易，強調人世間有不以人的意志為轉移的、萬古長存的「天理」。他們也講到「神」，講到「氣」，講到「象」，但是都顛倒言之，如說「神」：「蓋上天之載，無聲無臭。其體則謂之易，其理則謂之道，其用則謂之神……」「神」生自抽象的「理」並且只是

「理」之用，無異於說人把「道理」當作飯吃才有生機、生氣。他們把「理」絕對地當作第一性的東西，「有理則有氣」，「氣」是從屬於「理」，照此推論，曹丕說「文以氣為主」，不如易成「以理為主」更為確切。又說「有理而後有象，有象而後有數」（《二程粹言》卷一），那麼自然界一切物象也只是「理」的物質化，「理」的圖解。南宋的朱熹，在「理」、「氣」、「象」的關係上，雖然似乎比二程開通一些，但也作如是說：

> 天地之間，有理有氣。理也者，形而上之道也，生物之本也。氣也者，形而下之氣也，生物之具也。是以人物之生，必稟此理，然後有性；必稟此氣，然後有形。（《朱文公文集》〈答黃道夫書〉）

他將「理」作為生命的本原，「氣」與「形」僅僅是生命的表現，因此，還是由「理」主宰一切，為「理」所制約。如果說，這個「理」如道家之「道」那樣以「自然」為依歸，「人法地，地法天，天法道，道法自然」，那麼，如此排列「理」、「氣」、「形」的次序也未嘗不可，但是，兩宋的理學家卻是把維護封建專制統治的政教之道、倫理之道上升到宇宙本體的高度，尊之為至高無上的「天理」，以此完全取代了自然之道，這就使「氣」與「形」也就喪失了自然之質。二程、朱熹還將荀子的「以道制欲」說作了極端的發揮，由「制」而「滅」：「人心，私欲，故危殆；道心，天理，故精微。滅私欲，則天理明矣。」（《二程遺書》卷二十四）這種說法，也是要徹底地消弭人的一切自然的情感，理與情不可共存，「天理存則人欲亡，人欲勝則天理滅，未有天理人欲夾雜者。」（《朱子語類》卷十三）這些理學家們如此道貌岸然，他們對於「吟詠情性」的詩歌創作，其好惡的態度可想而知。程頤不主張作詩，其言曰：

> 某素不作詩，亦非是禁止不作，但不欲為此閑言語。且如今言詩無如杜甫，如云：「穿花蛺蝶深深見，點水蜻蜓款款飛」。如此閑言語道出做甚！某所以不常作詩。（《二程遺書》卷十八）

不反對作詩的邵雍、朱熹等人，他們也不是把詩作為抒發個人感情、具有審美意義的文體，而是作為宣揚他們「天理」的工具。邵雍說；「近世詩人，窮戚則職於怨憝，榮達則專於淫泆。身之休戚，發於喜怒；時之否泰，出於愛惡，殊不以天下大義而為言者，故其詩大率溺於情好也。」（〈伊川擊壤集序〉）其反抒情的傾向是明顯的。前一篇裡我已提到他「以道觀道，以性觀性，以心觀心，以身觀身，以物觀物」之說，那就是「滅」盡個人之欲，「情累都忘」，沒有什麼「溺於情好」的危險。朱熹則認為詩沒有什麼工拙之分，作詩亦不必用心去學習，只是「視其志之所向者高下如何耳」，詩屬於道德王國而不在審美領域，「是以古之君子，德足以求，其志必出於高明純一之地，其於詩固不學而能之。」（《朱文公文集》卷三十九〈答楊宋卿書〉）這種言論，可說從〈詩大序〉立場後退了，明確地以「志乎道德」為「在心之志」，豈不是連「發乎情」也可以取消了嗎？

如果按照兩宋道學家的理論行事，那麼宋代就沒有詩了。兩宋的詩人沒有全聽道學家的話，他們學習唐詩，尤其是尊杜，開拓了宋詩的新局面。但是，由於理學藉助政治勢力擴大影響，又不能不左右大多數詩人的審美取向，從而使這些詩人和相當多的詩論家熱衷於詩中求理，作詩言理。魏慶之《詩人玉屑》卷十四引蘇轍語曰：「李白詩類其為人，俊發豪放，華而不實，好事喜名，不知義理之所在也。」他以「杜甫有好義之心」而分李、杜之優劣，批評李白詩句「但歌大風雲飛揚，安得猛士兮守四方」，是「其不識理如此」。卷十引碧溪（宋人黃徹，作有《碧溪詩話》）語曰：「文章論當理與不當理耳，苟當於理，則綺麗風花，同入於妙；苟不當理，則一切皆為長語。上自齊梁諸公，下至劉夢得、溫飛卿輩，往往以綺麗風花。累其正氣，其過在理不勝而詞有餘也。」接著他列舉了杜甫模寫景物、描述富貴和弔古的一串詩句如「岸花飛送客，檣燕語留人」、「無邊落木蕭蕭下，不盡長江滾滾來」、「香飄合殿春風轉，花覆千宮淑影移」、「映階碧草自春色，隔葉黃鸝空好音」等，說是「皆出於風花，然窮盡性理，移奪造化」，可見這位詩評家也是以有「理」無「理」來定詩之優劣，並將理學氣味極濃的「性理」一詞也引進詩論中來了。

宋代的江西詩派，是影響宋代詩風最大的一個流派，該派的開山宗師黃庭堅潛心學杜甫，他也發現杜甫晚期詩作是其詩藝之高峰，但他的審美目光穿透杜甫壯闊深邃的藝術境界之後，卻又說：

> 好作奇語，自是文章病，但當以理為主，理得而辭順，文章自然出群拔萃。現杜子美到夔州後詩，韓退之自潮州還朝後文章，皆不煩繩削而自合矣。(《豫章集》〈與王觀復書〉)

其實杜甫晚期之詩，正如他評庾信所云：「庾信文章老更成，凌雲健筆意縱橫」，或者說：「才力老益神」，並不是像黃庭堅說的「以理為主」。黃庭堅的學生及他後來的崇拜者所組合的江西詩派，逐漸形成了一種「尚議論」、「主理」的詩風，宋以後的詩評家將宋、唐之詩加以比較，元代傅與礪說：「大概唐人以詩為詩，宋人以文為詩。唐詩主於達性情，故於《三百篇》為近。宋詩主於議論，故於《三百篇》為遠。」(《詩法正論》) 明代楊用修也說：「唐人詩主情，去《三百篇》近；宋人詩主理，去《三百篇》卻遠矣。匪惟作詩也，其解詩亦然。」(《總纂升庵合集》卷一三七）他們都說於《三百篇》或近或遠，實際上等於說唐人有詩的文體自覺，宋人則或多或少地失去了這種自覺。

就是在這樣「主理」、「尚議論」的一代詩風之中，南宋出現了一位目光銳敏、胸次開闊，且又非常自信的詩論家——嚴羽。嚴羽傳世著作只有一部《滄浪詩話》及一篇〈答出繼叔臨安吳景仙書〉。《滄浪詩話》分〈詩辨〉、〈詩體〉、〈詩法〉〈詩評〉、〈考證〉五篇，其中理論價值極高的是〈詩辨〉，〈詩法〉、《詩評》則可為參證。

嚴羽不是禪宗信徒，也不深通禪理（如他將「臨濟」、「曹洞」分高下，便如陳繼儒《偃曝談餘》所云「真可謂杜撰禪」），又不直言道學，論詩也不沿用唐、宋已相當普及的「境界」、「意境」說（《滄浪詩話》中不見一個「境」字），他在〈答出繼叔臨安吳景仙書〉發始便說：

> 僕之〈詩辨〉，乃斷千百年公案，誠驚世絕俗之談，至當歸一之論。其間說江西詩病，真取心肝劊子手。以禪喻詩，莫此親切。是自家實證實悟者，是自家閉門鑿破此片田地，即非傍人籬壁，拾人涕唾得來者。[1]

我們要特別注意他在此說的「以禪喻詩」。「以禪喻詩」，自唐至宋，已不是一個什麼新課題，由禪而詩，早已展開了兩條途徑：一條是溝通禪定與詩思，兩種不同的精神狀態相互參照，詩向禪靠攏，形成一種獨特的詩的美學風格，那位說過「詩家之景，如藍田日暖，良玉生烟……」的戴叔倫在〈送道虔上人遊方〉詩中說：「律儀通外學，詩思入禪關。烟景隨緣到，風姿與道閑。」詩中後二句，便是說一種獨特的審美風姿。王維的〈輞川絕句〉，王士禎說是「字字入禪」，「他如『雨中山果落，燈下草蟲鳴』；『明月松間照，清泉石上流』。以及李白『卻下水晶簾，玲瓏望秋月』；常建『松際露微月，清光猶為君』；浩然『樵子暗相失，草蟲寒不聞』；劉昚虛『時有落花至，遠隨

1　〔宋〕嚴羽著，郭紹虞校釋：《滄浪詩話校釋》（北京市：人民文學出版社，1961年），頁234。以下引嚴羽文均見此書。

流水香』。妙諦微言，與世尊拈花，迦葉微笑，等無差別。通其解者，可語上乘。」（《蠶尾續文》卷二〈畫溪西堂詩序〉）這是求詩中有禪趣。而那些方外之人，則是將禪思用詩的形式表現出來，如唐代拾得和尚〈詩〉之一首說：「我詩也是詩，有人喚作偈。詩偈總一般，讀時須仔細。」（《全唐詩》卷八〇七）有的偈子也確有詩的意味，如拾得的又一首〈詩〉：

> 若見月光明，照燭四天下，圓暉掛太虛，瑩淨能瀟灑，
> 人道有虧盈，我見於衰謝，狀似摩尼珠，光明無晝夜。

由禪而詩的另一條途徑是借鑒禪理豐富發展詩歌理論，將禪家那種求得精神解脫的生命體驗轉化成具有審美創造意義的生命體驗，詩的境界說出現便是「以禪喻詩」第一個重大的成果，接著而來的「境生象外」說的提出，也參透了「著境生滅起，如水有波浪，即是於此岸；離境無生滅，如水常通流，即名為彼岸」（《六祖壇經》）之類的禪理。通過這一途徑，入於禪又出於禪，不是為詩有禪趣提供什麼依據，而是更精微地揭示詩歌創作的奧秘，為提高詩歌藝術，提供具有更豐富的美學內涵，因而也更具普遍指導意義的創作與鑑賞的新型理論，這是對傳統詩學的改造與昇華。嚴羽的「以禪喻詩」即是取此途徑，他「自家實證實悟」，「自家閉門鑿破此片田地」，不「傍人籬壁」之說，表明他在「以禪喻詩」方面有他獨特的見解，更引人矚目的發明。

嚴羽「以禪喻詩」，目光超越禪界而放之高遠，在理論上具有毫不掩飾的針對性。具體地說，他是「宋詩主理」強有力的挑戰者和批判者，批判的鋒芒雖未直指當時在思想意識領域占統治地位的程、朱理學，卻是「直取心肝」地向「江西詩病」開刀，旁及間或言「妙理」的蘇東坡等在當時已影響甚巨的詩人：

> 近代諸公，乃作奇特解會，遂以文字為詩，以才學為詩，以議論為詩。夫豈不工，終非古人之詩也。蓋於一唱三嘆之音，有所歉焉。且其作多務使事，不問興致；用字必有來歷，押韻必有出處，讀之反覆終篇，不知著到何在。其末流甚者，叫噪怒張，殊乖忠厚之風，殆以罵詈為詩。詩而至此，可謂一厄也。

我們不能不說，嚴羽也有著大多數中國知識分子所犯的通病，那就是曹丕早就在《典論》〈論文〉中所指出過的：「貴遠賤近」。對於宋代之詩的缺點他看得多且透，但由此作出宋代自歐陽修、梅聖俞之後幾乎無好詩、甚至無詩的結論，不免有片面、偏激之嫌。對於宋詩缺點發生的原因歸之於「東坡山谷始出己意以為詩，唐人之風變矣」，後一句如果是指宋人對於文體自覺、詩美自覺的喪失尚可成立，而前句不加分析地否定「出己意以為詩」，則於詩歌創作理論有所背離。又說「殊乖忠厚之風」，亦表明他尚未完全跳出「溫柔敦厚」之儒家詩教窠臼。但是，或許就因為嚴羽對好「涉理路」的宋詩有著偏激的批判，從而在理論上帶來一種片面的深刻性，使他論詩「若那吒太子析骨還父，析肉還母」，灑脫地、磊落地回歸詩的本體來探討詩的藝術規律，透澈地揭示詩的美學本質。他最得意的〈詩辨〉，其中最為精闢的「驚世絕俗之談，至當歸一之論」，我以為就是他旗幟鮮明、以非常果斷的語氣所提出的「詩而入神」！

「詩而入神」，標誌中國詩學體系的觀念結構至此完成。

「詩而入神」，顯示中國詩歌美學本質的最高實現。

二 「詩而入神」的審美態勢

《滄浪詩話》〈詩辨〉開篇就說：「夫學詩者以識為主：入門須正，立志須高；以漢魏晉盛唐為師，不作開元天寶以下人物。若自退屈，即有下劣詩魔入其肺腑間。」此語雖有「貴遠」的意味，但又是強調學詩就必須進入詩的真正的本體，也就是功夫「從頂顙上做來，謂之向上一路，謂之直截根源」。接著他就歸納出「詩之法有五」，「詩之品有九」、「其用工有三」、「其大概有二」，進而突顯：

> 詩之極致有一，曰入神。詩而入神，至矣，盡矣，蔑以加矣！惟李杜得之，他人得之蓋寡也。

他所列「法」、「品」、「大概」三項，就是先言「詩而入神」的審美態勢，其中又以「法」為總體的概括。嚴羽所用「法」之義，非一般指創作方法之「法」[2]，而是用佛典中「我法」之「法」義：「我謂主宰，法謂軌持。」（《成唯識論》）「法」即客體事物，外在世界之統稱。移之詩，詩之「我」即詩人之精神主體，詩之「法」即詩之本體。「詩之法有五：曰體制，曰格力，曰氣象，曰興趣，曰音節。」實質上說的是詩之本體五大審美要素及其呈現接受者心目中的審美特徵，用佛家的術語來說，就是詩的「法相」。五大審美特徵的合成，體現了詩是一個有生命的整體、陶明睿在《詩說雜記》卷七對此作了一個很恰當的闡釋：

> 此蓋以詩章與人身體相為比擬，一有所闕，則倚魁不全。體制如人之體幹，必須佼壯；格力如人之筋骨，必須勁健；氣象如人之儀容，必須莊重；興趣如人之精神，必須活潑；音節如人之語言，必須清朗。五者既備，然後可以為人；亦惟備五者之長，而後可以為詩。近取諸身，遠取諸物，而詩道成焉。

2　《滄浪詩話》第三篇〈詩法〉則講作詩的各種技巧、方法。

就觀人而言，最引人注目的當然是儀容，這是精神與形體、容貌的總體表現。嚴羽將「氣象」置於五者之中項，為詩之「法相」前後內外諸項交匯、凝聚之處，由此，他在對詩進行審美品評時，特別注重詩之「氣象」，請看《詩評》中所列：

> 唐人與本朝人詩，未論工拙，直是氣象不同。（五）
> 漢魏古詩，氣象混沌，難以句摘。（一○）
> 建安之作，全在氣象，不可尋枝摘葉。（一四）
> 雖謝康樂擬鄴中諸子之詩，亦氣象不類。（四○）

在〈考證〉中，他考辨一首陶淵明集中不載的〈問來使〉詩，「此篇誠佳，然其體制氣象，與淵明不類」，疑其為「太白逸詩，後人漫取入陶集爾」；還以「決非盛唐人氣象」考辨一首杜甫題畫象的詩不是出自杜甫之手，「只似白樂天語」。在〈答吳景仙書〉中，以「雄渾悲壯」為盛唐之詩的氣象，與宋詩比較：

> 坡、谷諸公之詩，如米元章之字，雖筆力勁健，終有子路事夫子時氣象。盛唐諸公之詩，如顏魯公書，既筆力雄壯，又氣象渾厚，其不同如此。

「氣象」之義，不同於「意象」與「興象」，它是一篇作品、一位詩人的全部作品、乃至一個時代大多數詩人作品的總體風貌，是作家創作個性特徵、時代特徵在作品中的凝聚，它與詩的境界相表裡，所以它不是像「意象」、「興象」，可以從作品中「句摘」。嚴羽的「氣象」顯然包含兩種意義：一時代的，一個人的，即共性的與個性的。共性又寓於個性之中，一個時代裡各個詩人作品的氣象，合成為整個時代詩的氣象。李、杜作品氣象有所不同，「子美不能為太白之飄逸，太白不能為子美之沉鬱」(《詩評》二二)，但是，他們都是盛唐氣象最傑出的體現者。嚴羽還宏觀地揭示了四個大的歷史時代的詩氣象不同，在審美處理方面的得失：

> 詩有詞理意興。南朝人尚詞而病於理；本朝人尚理而病於意興；唐人尚意興而理在其中；漢魏之詩，詞理意興無跡可求。(《詩評》九)

這就是說，漢魏詩氣象「混沌」是「詞理意興無跡可求」所造成的，唐詩氣象「渾厚」是「尚意興而理在其中」所致，宋詩「子路事夫子」氣象是「尚理而病於意興」的結果。由此我們可以看出，嚴羽所推崇的最佳氣象是「混沌」、「雄渾悲壯」、「渾厚」，而形成這種最佳氣象的內在因素、內在精神，是詩人主體之「意興」，其最佳審美態勢則是「無跡可求」。

按上述提法，似乎嚴羽以漢魏之詩為中國詩歌藝術的高峰了，其實，漢魏詩人對於「詞理意興」並沒有唐代詩人那樣高度的審美自覺，還處在素樸的審美階段，因此而多得「天成」之趣，唐代詩人則於「天成」之趣外還有更高的審美追求，嚴羽前說「詩而入神」惟李白、杜甫得之，未提及漢魏詩人，可見他的審美取向主要在「盛唐氣象」。〈詩辨〉中描述最佳氣象的審美態勢，是他對「詞理意興，無跡可求」最為精闢的審美判斷：

> 夫詩有別材，非關書也；詩有別趣，非關理也。然非多讀書，多窮理，則不能極其至。所謂不涉理路，不落言筌者，上也。詩者，吟詠情性也。盛唐諸人惟在興趣，羚羊掛角，無跡可求。故其妙處透澈玲瓏，不可湊泊，如空中之音，相中之色，水中之月，鏡中之象，言有盡而意無窮。

我在前一章裡關於對審美客體形神關係處理已談到，以神寫形的審美表現是形隱而無跡，詩人於表現對象盡量迴避巧言切狀的描寫而追求一種出神入化的審美效應。嚴羽對於「無跡」則是總體的要求，包括詞、理、意、興四個方面，其中任何一個方面的「有跡」，都不可能達到「氣象渾厚」的效果。言詞之「無跡」，釋皎然等唐人有論在先，「但見情性，不睹文字」、「義得而言喪」、「不著一字，盡得風流」等語便是。「理」之「無跡」，則如沈德潛所評杜詩〈蜀相〉、〈詠懷〉、〈諸葛〉等作，有議論「但議論帶情韻以行」；「江山如有待，花柳更無私」、「水深魚極樂，林茂鳥知舊」、「水流心不競，雲在意俱遲」等句，「俱入理趣」但又不是「以理語成詩」（《說詩晬語》卷下）。嚴羽所說「不涉理路，不落言筌」，「難以句摘」、「不可尋枝摘葉」，乃至「不必太著題，不必太使事」、「語貴灑脫，不可拖泥帶水」等等，都還是淺層次的「無跡」，他所著重強調的是「意」與「興」的無跡，是詩人創作心態無任何外來干擾的情況下，主觀感情和精神與審美客體一種無形的默契，是真正的、深層次的「無跡可求」。嚴羽在此用了一連串偈語來讓人意會「無跡可求」之妙。據說，羚羊在晚間棲息時，雙角掛樹，四蹄不著地，宋代的禪師們便以此喻示禪理的無跡可尋，或說：「我東道西道，汝則尋言逐句；我若羚羊掛角，你向什麼處捫摸？」或說：「如人將三貫錢買了獵狗，只解尋得有蹤跡底；忽遇羚羊掛角，莫道蹤跡，氣息也無。」[3]以此禪語喻詩，詩也是使人不可具體把握的一種精神形態，不著實跡而有空靈之妙。他接著所說的「空中之音」四語，也都是比喻式地表述超脫具體事物的形聲而獲得一種純精神性的審美感受：「空中之音」已非喉腔之音；「相中之色」純是自然之本色而非人為之色[4]；「水中之

3　《五燈會元》卷七，雪峰義存禪師語；卷十三，雲居道膺禪師語。

4　佛家將一切事物的外觀形態稱之「相」。《華嚴經》：「無邊色相，圓滿光明。」《楞嚴經》：「離諸色相，無分別性。」嚴羽此謂「相中之色」，有客觀中物本來形色之意。

月」已非天上之月；「鏡中之象」已非照鏡者實體。讓我們選用一些直接表現音、色、月、象的詩例來破解一下這些不無玄妙的說法吧：「……流水傳湘浦，悲風過洞庭，曲終人不見，江上數峰青」（錢起〈湘靈鼓瑟〉）不就寫了空中音不可捕捉之妙？「荊溪白石出，天寒紅葉稀，山路元無雨，空翠濕人衣」（王維〈山中〉），紅、白、翠的自然色相之天成，豈是畫家手筆之可為？「峨眉山月半輪秋，影入平羌江水流，夜發清溪向三峽，思君不見下渝州。」（李白〈峨眉山月歌〉）江水流月，跡在哪裡？「白髮三千丈，緣愁似箇長，不知明鏡裡，何處得秋霜。」（李白〈秋浦歌〉）不正是照鏡人幻化為鏡中一片「秋霜」之象嗎！空中音、相中色、水中月、鏡中象，不只是一兩個物象向意象的轉化，而是總體地不著人為跡象而「入神」。後人評李白那首「峨眉山月」，幾乎都注意了「無跡可求」之妙。蘇東坡詩云：「峨眉山月半輪秋，影入平羌江水流，謫仙此語誰解道，請君見月一登樓。」（〈送人守嘉州〉）他的意思是只有身臨其境，才可以心領神悟此詩之妙。王世貞說：「此是太白佳境。二十八字中有峨眉山、平羌江、清溪、三峽、渝州，使後人為之，不勝痕跡矣，蓋見此老爐錘之妙。」（《藝苑卮言》卷四）趙翼也說：「四句中五用地名，毫不見堆垛之跡。此則浩氣噴薄，如神龍行空，不可捉摸，非後人所能模仿也。」（《甌北詩話》卷十二）通過觀察這些詩例，我們也可悟到：詩人感興並非無實跡而發，他們的高明之處是善於化有跡為無跡，像李白，二十八字中地名占了十二字，可是我們賞會時，全不覺地名之「隔」，五處地名成了構成此「佳境」有機部分，與山月、與江水、與人的活動和情思融為一體，實即由詩人的「浩氣」把它們全「化」了。無五處地名的聯綴，便不可展開這樣開闊的詩境。於此，我們可領略到嚴羽所謂「透澈玲瓏，不可湊泊」之妙，也可體會到「無跡可求」才能有真正的「氣象渾厚」。

有的詩作，本已有不凡氣象，但往往因一篇中某一、二句或不自覺地涉了「理路」，或「著題」太切，「使事」太顯，便無形中破壞了渾厚之美。嚴羽舉了兩首詩為例，一是柳宗元〈漁翁〉:「漁翁夜傍西岩宿，曉汲清湘燃楚竹。烟消日出不見人，欸乃一聲山水綠：回看天際下中流，岩上無心雲相逐。」一是謝朓〈新亭渚別范零陵〉:「洞庭張樂地，瀟湘帝子遊。雲去蒼梧野，水還江漢流。停驂我悵望，輟棹子夷猶。廣平聽方籍，茂陵將見求。心事俱已矣，江上徒離憂。」對柳詩，蘇軾說過:「詩以奇趣為宗，反常合道為趣，熟味之，此詩有奇趣，然其尾兩句，雖不必亦可。」嚴羽說:「東坡刪去後二句，使子厚復生，亦必心服。」對謝詩，嚴羽認為刪去「廣平」、「茂陵」一聯，「只用八句，方為渾然。」細辨兩詩，他們認為該刪去的詩句確有點露「跡」，前詩至「欸乃一聲山水綠」境已完成，氣象已出；後詩一聯則有議論之贅，使全詩抒情氛圍被沖淡。

「詩而入神」的審美態勢，嚴羽所論主要之點就是「無跡可求」而至「氣象渾厚」，實際上，這也是一個很難說清的題目，司空圖早已說過「神而不知，知而難狀」。〈詩辨〉中還有「詩之品有九：曰高，曰古，曰深，曰遠，曰長，曰雄渾，曰飄逸，曰悲壯，曰淒婉」等，是對於各種「入神」態勢的體察，但沒有像司空圖那樣對「雄渾」、「高古」、「沉著」等妙境細緻地描述。在解決一個更有實踐意義的問題方面，他又超越了司空圖，那就是撥開「不知所以神」之宿霧，確認一條實現「詩而入神」的途徑。

三　「詩而入神」的實現途徑

詩如何「入神」？嚴羽回答這一問題力圖不傍前人如何創境之說，他只突出這一問題兩個重要方面，一是「惟在興趣」，一是「惟在妙悟」。前者指的是詩人審美悟性，後者是這種悟性對象化實現的途徑。兩個「惟在」同時並舉，詩「所以神」的問題便迎刃而解了。

何謂「興趣」，概而言之，就是「不涉理路，不落言筌」的審美情趣，嚴羽又稱之為「別趣」。何以言「別」？大概不外乎：一，詩人之情趣有別於一般的常人的情趣；二，詩這一特定文體所能接受所能表現的情趣有別於其它文體所表現的思想感情。詩人不必是理論家，詩羞於說理，拒絕以理語入詩。人人都有「情性」，詩人的「興趣」是種種特殊的「情性」表現，「情性」是本，「興趣」是外發，因此，「興趣」又可說是詩人在某一特定的境遇中主體與客體欣然「興會」時被生發或被喚起的某種特殊的審美趣味。「興趣」與「理路」在詩人情性範疇內，是互不相涉的，這裡，讓我引用一點外國理論家對此問題的闡釋，來彌補一下嚴羽的言之過簡的缺憾。十八世紀英國哲學家休謨對於審美趣味與理智的區別作過這樣的論斷：

> 理智傳達真和偽的知識，趣味產生美與醜及善與惡的情感。前者照事物在自然中實在的情況去認識事物，不增也不減。後者卻具有一種製造的功能，用從內在情感借來的色彩來渲染一切自然事物，在一種意義上形成了一種新的創造。理智是冷靜的超脫的，所以不是行動的動力。……趣味由於產生快感或痛感，因而就造成幸福或痛苦成為行動的動力。……[5]

休謨這段話裡強調了審美趣味有一種創造的功能並可以成為行動的動力，即是藝術家進行審美創造的功能和動力。嚴羽把「興趣」稱為詩歌創作的「別材」，是詩人將詩推向「入神」極至的最重要的主觀因素，已與休謨所論「暗合」。如果我們將「情性」──「興趣」與前面已闡發的主體之神的觀念聯繫起來，那麼，「惟在興趣」便是進一步強調主體之神的自由發揮，與「妙悟」同時發動並相互作用，然後

5　引自朱光潛譯：《西方美學家論美和美感》（北京市：商務印書館，1982年），頁111。

便有詩人主體之神向詩的進入。

何謂「妙悟」？〈詩辨〉中說的是：

> 大抵禪道惟在妙悟，詩道亦在妙悟。且孟襄陽學力下韓退之遠甚，而其詩獨出退之之上者，一味妙悟而已。惟悟乃為當行，乃為本色。然悟有淺深，有分限，有透澈之悟，有但得一知半解之悟。漢魏尚矣，不假悟也。謝靈運至盛唐諸公，透澈之悟也。他雖有悟者，皆非第一義也。

「妙悟」一詞，雖然在禪宗的語錄中經常使用，但早在禪宗出現前佛門著作裡就出現了，東晉時著名佛學家僧肇在他的〈涅槃無名論〉中有云：

> ……玄道在於妙悟，妙悟在於即真。即真則有無齊觀，齊觀則彼己莫二。所以天地與我同根，萬物與我一體。……夫至人虛心冥照，理無不統，懷六合於胸中，而靈鑒有餘；鏡萬有於方寸，而其神常虛。至能拔玄根於未始，即群動以靜心，恬淡淵默，妙契自然。

僧肇所論「妙悟」之真諦，即在於主體對客體的觀照中，主體的心靈像明鏡那樣映現萬物，由於心靈中不存在任何功利欲望而「恬淡淵默」，於是能很快進入物我一體的共感狀態，主體與客體達成一種妙合無垠的默契，這時，因主體之神的能動作用，它能攝取客體之神而實現對現實中物、我的超越與昇華，進入一個非我非物、亦我亦物、有無齊觀的境界。有了這種超越與昇華，便是大徹大悟，也就是「妙悟」。「妙悟」一語反過來說，便是一悟而至佛家「妙境」，天上地下，無遮無礙。與僧肇同時還有一個竺道生，竺道生提出了一個「頓悟」說，其論「頓悟」原文已佚，現代著名學者湯用彤先生廣搜道生遺文，在他的《漢魏兩晉南北朝佛教史》一書中闡述了「頓悟」之義：「蓋真理自然，無為無造。佛性平等，湛然常照。無為則無有妄為，常照則不可宰割。尋夫本性無妄，而凡夫因無明而起乖異。真理無差，而凡夫斷鶴續鳧以求通達，是皆迷之為患也。除迷去妄，唯賴智慧。而真智既發，則如果熟自零。是以不二之悟，符彼不分之理，豁然貫通，渙然冰釋，是謂頓悟。」[6]據湯先生此處所釋而窺探道生「頓悟」本義，那就是說，宇宙人生的最高哲理是一個不可分割的整體，不能將它分割開來進行觀照（通於老子所謂「敦兮其若樸」，「樸散則為器」），只有對它實行總體把握，融會貫通地「湛然常照」，才能悟其真諦之所在。「頓悟」就是物我一體，「豁然貫通，渙然冰釋」，這是對物我融會與貫穿其中的精神實質透澈地把握，是人之主體之神、主體意識的一次質的飛躍。「頓悟」與「妙悟」相比似乎有一個時間差，前者是剎那間的大徹大悟，「果熟自零」，意即瓜熟蒂落般地一瞬間自然而然地圓滿完成。與「頓悟」相對的還有一個「漸悟」，「漸者教與信修」、那是資質天才稍次的人，要多下些功夫才能有所悟（皎然說作詩要「苦思」即取此義）。但是，「頓悟」與「妙悟」本質上又是一致的，都以「真」為最高境界，是「真智既發」之果，「非真心自然之發露，故非真悟」。

嚴羽的「妙悟」說顯然是承僧肇「妙悟」和竺道生「頓悟」而來。「妙悟」說到了詩人和詩論家手裡，就成了對創作「靈感」最恰切的表述。中國的「靈感」說發育較遲，陸機〈文賦〉中「若夫應感之會，通塞之紀，來不可遏，去不可止」等語，可算是創作對「靈感」蒞臨時模糊的感覺。東晉著名女書法家衛夫人在《筆陣圖》中談到書法之奧妙時，有「自非通靈感物，不可與談斯道」之說，接觸到

6　湯用彤：《漢魏兩晉南北朝佛教史》（北京市：中華書局，1955年），下卷，頁658-659。

了靈感思維的實質。宗炳的「應會感神」，劉勰的「神思」，唐代杜甫等詩人的「興」等等，都有了「靈感」的性質和意義。「悟」，在唐代詩人的詩作詩論中也出現了，如皎然〈答權從事德輿書〉中述自己作一首詩中就有「東風吹杉梧，幽月到石壁，此中一悟心，可與千載敵」之句，但從皎然到司空圖，都還沒有將「悟」提到靈感思維來認識。到了宋代，佛家之悟（此時已稱為「禪悟」）說才引起詩人的普遍注意，他們感到作詩那種精神凝聚而後遨遊宇宙的恍惚心態，與佛家參禪那種「虛心冥照」有相通之處。在嚴羽之前，有不少詩人已把這種感受寫在詩裡，韓駒〈贈趙伯魚〉詩云：

> ……學詩當如初學禪，未學且遍參諸方，一朝悟罷正法眼，信手拈出皆成章。

龔相〈學詩詩〉云：

> 學詩渾似學參禪，悟了方知歲是年。
> 點鐵成金猶是妄，高山流水自依然。

此類詩已不勝枚舉。但他們都只是將寫詩與參禪作了簡單的比擬，對禪家之悟與詩家之悟的同異沒有理論上的比較。禪家之悟是不強調悟者個人的「情性」和「興趣」的，相反，悟的過程和歸宿是自我「情性」與「興趣」的泯滅，最後獲得一種「不可以識識，不可以智知；無言無說，心行處滅」（〈涅槃無名論〉）的神秘的宗教體驗。嚴羽在標舉「妙悟」之說時，最具詩歌理論意義的是同時標舉了「吟詠情性」，「惟在興趣」，「妙悟」的過程和歸宿是「情性」和「興趣」經「用工」（「曰起結，曰句法，曰字眼」）等藝術處理而不斷地被強化，被突顯，最後獲得「詩而入神」的最高審美境界。這樣，嚴羽就賦予了「妙悟」以詩的「靈感」的性質。中國現代大詩人艾青對詩的「靈感」曾作過一個相當簡煉的理論概括：

> 靈感也者，是詩人面對新事物所產生的激情。這是照亮靈魂的火化，主觀世界與客觀世界的幸會。[7]

嚴羽將「妙悟」與「興趣」緊密聯繫起來，不正是比現代的「靈感」說先走了一步嗎！「妙悟」一語進入詩論，使中國古代文學藝術理論從此有了一個定性詞，人們在進行審美創造時，多了一個富含能動內涵、利於激活創造精神的重要觀念！

現在，讓我們來看看「興趣」與「妙悟」怎樣相互作用而實現「詩而入神」。

「興趣」要完美的表現於詩中，主要有賴於「妙悟」，「興趣」是「妙悟」的底蘊，「妙悟」是「興趣」的引發。孟浩然學力不如韓愈，「其詩獨出退之之上者，一味妙悟而已。」這句話也正道著了孟浩然作為詩人的審美情趣優於韓愈，後者常憑才學作詩，以文為詩，「雖極天下之工，要非本色」（陳師道《後山詩話》）；而前者如許學夷所評：「造思極精，必待自得。故其五言律皆忽然而來，渾然而就，而圓轉超絕，多入於聖矣。須溪謂浩然不刻畫，祇似乘興；滄浪謂浩然一味妙悟，皆得之矣。」（《詩源辯體》卷十六）韓愈詩不是「本色」（不過，嚴羽也說了「韓退之〈琴操〉極高古，正是本色，非唐諸賢所及」），孟浩然「一味妙悟」而極有「本色」，「本色」是什麼？「本色」就是詩人真性情，每個詩人都有只屬於自己的獨特的個性和感情，他能坦蕩地在詩中表現出來，就是「入神」於詩的最關緊要處。嚴羽反覆強調這一點：興趣「須是當行，須是本色」；「惟悟乃

7 艾青：〈《艾青詩選》法譯本序〉，《文藝報》1980年第6期。

為當行，乃為本色」。謝靈運「池塘生春草」之類，不及陶淵明「采菊東籬下，悠然見南山」，因為前者僅是「精工」，後者「質而自然爾」(《詩評》一〇)，也就是「本色」。僧肇說「妙悟在於即真」，嚴羽的「本色」、「當行」也是落在「真」字上：「觀太白詩者，要識真太白處。太白天才豪逸，語多卒然而成。學者每於篇中，要識其安身立命處可也。」(《詩評》二五）李白詩的「安身立命處」就在詩人「天才豪逸」的真性情之中，由此有他的審美興趣之真，悟之真，雖然「語多卒然而成」不入「精工」，反更顯其為「真太白」。「太白有一二妙處子美不能道：子美有一二妙處太白不能道」，這都是因兩位大詩人情性、興趣乃至妙悟各依其「本色」之故，因此不能隨意區分他們之間的「優劣」(《詩評》二一)。談到屈原的作品，嚴羽也說：「讀〈騷〉之久，方識真味；須歌之抑揚，涕洟滿襟，然後為識〈離騷〉，否則如戛斧撞甕耳。」(《詩評》三四）識〈騷〉之「真味」，也就是識屈原的真性情，識其作品中「興趣」之本色。

真正地「悟」而至「妙」，那就是「透澈之悟」。嚴羽所說「透澈之悟」，遠紹東晉竺道生的「頓悟」說，近承禪學南宗之所謂「頓教」。禪宗在唐代高宗咸亨、上元年間開始一分為二，這就是以神秀為始祖的北宗，以慧能為始祖的南宗。造成分宗的主要原因，就是神秀與慧能各作一首偈語，反映了他們悟性有別。神秀的偈語是：

身是菩提樹，心如明鏡台，時時勤拂拭，勿使惹塵埃。[8]

慧能的偈語是：

菩提本非樹，明鏡亦非台，本來無一物，何處惹塵埃。

8　神秀、慧能的偈語，據《六祖太師法寶壇經》引，下引弘忍語亦出此。

佛家最基本的信條之一，便是宇宙與人生的最高哲理是一個不可分割的整體，「明理不可分，悟語極照，以不二之悟，符不分之理。」（慧達《肇論疏》）神秀在此偈語中，他不知不覺地承認了客觀世界千差萬別的現實存在，以自我身、心與客觀存在的「樹」、「鏡」互擬，只是希圖在主觀方面消滅而至否定這種差別，顯然他還是以有二之悟，語可分之理。五祖弘忍見此偈後評論道：「汝作此偈未見本性，只到門外，未入門內。如此見解，覓無上菩提，了不可得。無上菩提須言下識自本心，見自本性，不生不滅，於一切時中念念自見，萬法無滯，一真一切真，萬境自如如，如如之心即是真實。若如是見，即是無上菩提之自性也。」其意思就是，你這偈語沒有達到佛家最高覺悟境地，最高覺悟（無上菩提）是識本心，見本性，不分「我」、「法」，我有本性本心之真則一切「法」皆真，萬法、萬境皆出於我，因我而真實。應該說，弘忍的說教是徹底的主觀唯心主義，神秀尚未能及此，還是一個客觀唯心主義者。慧能的偈語卻的確進入了徹底的主觀唯心境界，「菩提本無樹，明鏡亦非台」，他否定菩提、明鏡的客觀存在，這個世界「本來無一物」，從那裡惹什麼塵埃呢？他終於悟到了人的本心就是一切，「自心是佛，更莫狐疑，外無一物可建立，皆是本心生萬種法。」他因有了這「透澈之悟」而得到五祖的衣鉢。後來，人們將神秀之悟稱為「漸悟」，若用嚴羽的話來說，就是「一知半解之悟」；稱慧能之悟為「頓悟」，為嚴羽「透澈之悟」之所本。公正地說，嚴羽在哲學上並不是一個主觀唯心主義者，他所嚮往的「透澈之悟」，是追求一種純淨、無任何雜質的詩美，有「透澈之悟」才有詩之「妙處透澈玲瓏，不可湊泊」。他認為詩人們的「興趣」有高下，有雅俗，「悟」則有淺深，有分限。「高」與「雅」，「悟」則可深，可透澈；「下」與「俗」，「悟」則淺，則一知半解。詩要表現高而雅，純正而純淨的「興趣」，「不涉理路，不落言筌，上也」。在〈詩法〉中還提出了一系列的審美法則，如除「俗體」、「俗意」、「俗句」、「俗字」、「俗韻」，要注意「詩忌直，意忌淺，脈忌露，味忌短，音韻忌散緩，亦忌迫促」。在諸要素中，他又特別強調「意」與「語」：「意貴透澈，不可隔靴搔癢；語貴脫灑，不可拖泥帶水」；「詞氣不可頡頏，不可乖戾」。他批評孟郊的詩「憔悴枯槁，其氣局促不伸」，是「孟郊自為之艱阻耳」，這是以「透澈之悟」而反對「苦思」、「苦吟」。一個詩人作詩「及其透澈，則七縱八橫，信手拈來，頭頭是道矣」，「透澈」的審美效果，當然就是「詞理意興無跡可求。

本節論述的就是「詩而入神」的實現途徑，嚴羽《滄浪詩話》最具實踐意義的精粹之論，也全在於此。「興趣」與「妙悟」相互作用而最終實現「詩而入神」，其序列是否可作如下表示：

興趣 ⇆ 妙悟 → 詞理意興
無跡可求 → 氣象渾厚 → 詩而入神

四　「詩而入神」的美學意義

「詩而入神」的美學發現，應是自王昌齡、杜甫、釋皎然、劉禹錫等詩人首見其蹤，而後由司空圖在《詩品》中予以確認，「境生象外」是唐人所把握的「詩而入神」的審美態勢。嚴羽進一步解決了「所以神」而旗幟鮮明地張揚「詩而入神」，這不只在中國詩歌理論發展史上，而且在中國美學發展史上，都有著空前重大的意義。

「詩而入神」，入誰之「神」？詩中之「神」屬對象客體還是詩人主體？嚴羽以「惟在興趣」、「惟在妙悟」不容置辯地肯定了「入」的是詩人主體之神，詩人在詩中的審美創造，最終是創造了他自己，創造了一個藝術中新的自我，他的「興趣」本於他的「情性」，他的「妙悟」又本於他的「興趣」，是他的「本性本心」的「自然之發露」。這樣，詩中不是詩人自身「本色」的實現還能是其他什麼？嚴羽很巧妙借用禪機來闡釋六百餘年之後西方的大智者大哲人所揭示的「美是人的本質力量對象化」這個大道理。當然，嚴羽的闡釋不只過於簡略，並且還有不少神秘色彩，時代與他本人思想認識的侷限，使他不可能把這個屬於美學本質的大道理說得「透徹」。讓我們看看馬克思在《1844年經濟學——哲學手稿》中，怎樣對此進行闡述。

馬克思認為，作為審美主體的人與其對象客體之間的關係即審美關係，是一種互相對應的關係：對象以自己的種種屬性與人的種種本質相對應；對象的形狀、顏色、聲音、滋味等與人的五官感覺相對應；對象的種種效用與人的功利判斷相對應；對象的審美屬性與人的審美感受能力相對應，等等。在這種關係中，對象是「人的對象」，而人，是「對象性的人」。人怎樣才能在這種對應關係中保持主動的地位，而「不致在自己的對象裡面喪失自身」呢？馬克思說：「只有當對象對人說來成為社會的對象，人本身對自己說來成為社會的存在物，而社會在這個對象中對人說來成為本質的時候，這種情況才是可能的。」馬克思在此強調了在人的影響與作用下，對象變成了「社會的對象」，而人自己也成為了「社會存在物」，這就迥異於主觀唯心主義者如佛教、禪宗信徒們徹底否定客觀世界的存在，最後也否定了自己的社會性存在。人是對象世界的建造者，他「懂得怎樣處處都把內在的尺度運用到對象上去」，馬克思稱這「內在的尺度」就是「美的規律」。人們在建造一個美的（社會性的）對象世界時，同時也在建造自己美的精神世界；又不斷將自己從對象世界獲得的精神世界的豐富性，再運用到對象上去。這一對象與人、物質與精神相互反覆作用的轉化過程是：

> 隨著對象性的現實在社會中對人說來到處成為人的本質力量的現實，成為人的現實，因而成為人自己的本質力量的現實，一切對象對他說來也就成為他自身的對象化，成為確證和實現他

> 的個性的對象，成為他的對象，而這就是說，對象成了他自身。對象如何對他說來成為他的對象，這取決於對象的性質以及與之相適應的本質力量的性質；因為正是這種關係的規定性形成一種特殊的、現實的肯定方式。眼睛對對象的感覺不同於耳朵，眼睛的對象不同於耳朵的對象。每一種本質力量的獨特性，恰好就是這種本質力量的獨特的本質，因而也是它的對象化的獨特方式，它的對象性的、現實的、活生生的存在的獨特方式。因此，人不僅通過思維，而且以全部感覺在對象世界中肯定自己。[9]

這就是馬克思關於「人的本質力量對象化」的著名論斷，因為在這段話之前，他已講到人「按美的規律來建造」，因此，人的本質力量的對象化實現，也就是美的最高本質的實現。馬克思在這裡肯定了人的本質力量有它的獨特性，是否可以這樣說：不同的人的本質力量又有各自不同的獨特本質，因而在各自不同的審美創造中，也就有各種獨特的實現方式。而這，又與人的感覺能力有關，「對於沒有音樂感的耳朵來說，最美的音樂也毫無意義」，任何一個對象對我的意義，「都以我的感覺所及的程度為限」。能為我所感覺的對象，就能成為「我的一種本質力量的確證」，而「那些能成為人的享受的感覺」（如有音樂感的耳朵，能感受形式美的眼睛），就是能夠「確證自己是人的本質力量的感覺」。馬克思前所說的「全部感覺」，包括「五官感覺」和「精神感覺（意志、愛等等）」，它們是「由於它的對象的存在，由於人化的自然界，才產生出來的」。當這全部感覺確乎成了「人的本質力量的感覺」之後，它們就在人的本質力量對象化實現中，充分地發揮自己的「建造」功能。

9　本節引〈1844年經濟學——哲學手稿〉文，均見《馬克思恩格斯全集》第42卷，頁124-126，重點號原有。

用馬克思所發現、所闡述的這一重要美學原理，來檢驗一下嚴羽的詩論，我們便可發現，嚴羽僅憑他對於詩的敏銳的直覺而非常自信地斷定：詩，就是詩人「確證和實現他個性的對象」。「詩而入神」，就是使詩「成了他自身」。而他的「妙悟」之標舉，就是要求詩人調動自己的「全部感覺」（尤其是「精神感覺」），「在對象世界中肯定自己」！他所列舉的「空中之音，相中之色，水中之月，鏡中之象」，也就是對詩人感覺特徵的描述，這些感覺特徵及其所施及的感覺對象，即可成為詩人獨特的本質力量，或說「這種本質力量的獨特的本質」的「確證」。對於沒有詩人獨特感覺的其他的人，或是不肯回歸詩的本體而僅把詩當作政教工具的人來說，可能會認為這是痴人說夢。如明末清初的錢謙益就曾不屑一顧地說：「目翳者別見空華，熱病者旁指鬼物，嚴氏之論詩，亦其翳熱之病耳！」（《牧齋初學集》〈唐詩英華序〉）

我在這裡用馬克思的美學原理對嚴羽詩論略加檢驗，如果經讀者諸公判斷尚無強附類比之嫌的話，我也可以斷然地說：嚴羽這種獨特的感覺形成，是以往全部詩歌歷史的產物；他的〈詩辨〉「乃斷千百年公案，誠驚世絕俗之談，至當歸一之論」，在他那個時代乃至下及明清，絕非翹首自詡的虛言，中國詩歌美學發育到此時，終於成熟了；嚴羽詩論中所表現出來的美學思想，在中世紀時代的全世界範圍內（「中世紀最後一個詩人，同時又是新時代最初一位詩人」但丁，晚嚴羽六十餘年後才出生，歐洲文藝復興還很遙遠），無疑是他人尚不可及或尚未及的高峰！這也是自唐以來，詩歌理論有多家美學思想輸入而多元發展的必然結果，是詩人和詩論家經過近千年的反覆論辯終於使詩回歸美學本體的一個偉大勝利！

嚴羽的《滄浪詩話》是南宋以後詩歌理論領域反響最熱烈的，也是最有爭議的一部理論著作。最激烈的反對者有前已提到的錢謙益，還有一個與錢謙益有師承關係的馮班，專著《嚴氏糾謬》批駁《滄浪詩話》，表現出濃厚的封建正統氣息；連比較開通的詩論家葉燮和王夫之等人，也對嚴羽有所不滿。他們的反對意見本篇已無暇置論。嚴羽的「惟在興趣」、「惟在妙悟」而至「詩而入神」的「至當歸一」之論，對於此後詩歌創作、理論的影響是巨大而深遠的，並擴及與詩關係密切的繪畫藝術領域，因而可以說，嚴羽將整個中國古典美學推向一個新的高峰。

「妙悟」，作為詩人的創作靈感而言，使大多數真正具有詩人感覺特質的文學家和藝術家欣然接受，明代著名詩論家胡應麟在《詩藪》一書中說：

> 嚴羽以禪喻詩，旨哉！禪則一悟之後，萬法皆空，棒喝怒呵，無非至理；詩則一悟之後，萬象冥會，呻吟咳唾，動觸天真。然禪必深造而後能悟，詩雖悟後，仍須深造。自昔瑰奇之士，往往有識歸上乘，業阻半途者。（〈內篇〉卷二）

他推許「妙悟」在詩的審美創造中的神奇作用，詩人一悟之後，方能得其「天真」，但他也強調了不能排除「悟」後藝術方面的深造。因此又說：「漢唐以後談詩者，吾於宋嚴羽卿得一悟字，於明李獻吉得一法字，皆千古詞場大關鍵。二者不可偏廢，法而不悟，如小僧縛律；悟不由法，外道野狐耳。」（〈內篇〉卷五）這可視為對嚴羽詩論的補充或完善。胡應麟還將「詩而入神」與他所領悟的「詩家妙境」聯繫起來，作出比嚴羽更有實感的描述：

> 神動天隨，寢食咸廢，精凝思極，耳目都融，奇語玄言，恍惚呈露，如遊龍驚電，掎角稍遲，便欲飛去。須身詣其境知之。

「詩而入神」，成為明清很多優秀詩人所嚮往的一種最高審美境界，王士禛倡「神韻」說，就是直承嚴羽之論，他曾說：「嚴滄浪以禪喻詩，余深契其說」(〈蠶尾續文〉)。又說，嚴羽論詩拈「妙悟」及「羚羊掛角，無跡可求」等語，「皆發前人未發之秘」(《分甘餘話》)。但他尋「神韻」而作詩，如我前面所論，並沒有總體把握「詩而入神」的美學本質，還只是一種局部的實踐。對嚴羽持反對態度的葉燮，實際上他也有近似「詩而入神」之論，《原詩》〈內篇下〉談詩人之「膽」、「識」、「才」、「力」時，說「有力者」的表現是：

> 神旺而氣足，徑往直前，不待有所攀援假借，奮然投足，反趨弱者扶掖之前，此直以神行而形隨之，豈待外求而能者？故有境必能造，有造必能成。吾故曰：立言者，無力則不能自成一家。

杜甫說過，「才力老益神」，主體神旺氣足就產生強大的創造力，這「力」在詩中的表現也就是詩人的本質力量的運行。清代還有一位詩論家李重華，提出一個「詩有五長」之說：「以神運者一，以氣運者二，以巧運者三，以詞運者四，以事運者五。」「神」與「氣」相互為用，他引用司空圖「行神如空，行氣如虹」後，論李、杜詩「未易優劣」就在於：「杜生氣遠出，而總以神行其間；李神彩飛動，而皆以浩氣舉之，是兩人得之於天，各擅其長矣。惟夫杜之妙，神行而氣亦行；李之妙，氣到而神亦到。」他又強調：「詩之猶貴神也，惟其意在言外也；若氣，見凡為文無不貴之，豈獨詩然乎哉？我之微分其等者此也。」(《貞一齋詩話》〈論詩答問三則〉之二）這也是以有神、入神為詩之極至之論。前一篇裡我列專章論述了王國維對「境界」說的最後完善。王國維說過嚴羽的「興趣」，王士禛的「神韻」，都不如他的「境界」探其本，他似乎沒有對「詩而入神」給予更多的注意。可是他所特別推崇的「無我之境」、「造境」，其本質就是「詩而入神」的最高境界，「無我」並非真的詩中無「我」，「以物觀物」

更不是見物不見人，而是強化了物、我融合的「無跡可求」。他所說的「上焉者，意與境渾」，不正是與嚴羽「詞理意興無跡可求」而至「氣象渾厚」出於一轍嗎！盡管王國維對「無我之境」還賦予其他特定內涵，作為一位優秀的詩人和理論家，他不可能不體悟到「入神」對詩詞境界的提高，他最推崇的李煜詞是「神秀」，蘇軾詞是「曠在神」，又總說「詞之雅鄭，在神不在貌」，不也是與「詩而入神，至矣，盡矣，蔑以加矣」遙相呼應嗎？中國古代詩論中創作和鑑賞最高最後的審美標準，就定格在這個「神」字上。

「詩而入神」對其他文學藝術樣式的影響，我在此僅舉桐城派劉大櫆的文論和石濤的畫論以見一斑。散文創作本自曹丕提出「文以氣為主」之後，以「氣」行「文」已成不刊之論，唐李德裕在〈文章論〉中說：「斯言盡之矣……鼓氣以勢壯為美」；韓愈在〈答李翊書〉中說「氣盛則言之短長與聲之高下者皆宜」，都是權威性的作文守則。劉大櫆在《論文偶記》中卻說：

> 行文之道，神為主，氣輔之。曹子桓、蘇子由論文，以氣為主，是矣。然氣隨神轉，神渾則氣灝，神遠則氣逸，神偉則氣高，神變則氣奇，神深則氣靜，故神為氣之主。

散文領域在轉向「文以明道」、「貫道」、「載道」之後，對《文心雕龍》中的「神思」說已經久違了，劉大櫆大概是見「神」在詩歌藝術領域已鬧得很紅火，詩詞與散文在審美境界的創造方面已明顯地拉開了距離，所以又將「神」請回來重歸文論之首位。他又說：

> 神者，文家之寶。文章最要氣盛，然無神以主之，則氣無所附，蕩乎不知其所歸也。神者氣之主，氣者神之用。神只是氣之精處。

劉大櫆力圖抓住創作藝術的靈魂，也許因他在理論上有所覺悟，在他那個文學圈子裡有所點化，使桐城派文章成為中國古代散文燦爛的「餘霞」。但是他所悟到的「神」終非詩人之「神」，他以「義理」、「書卷」、「經濟」為文章材料，以「神」、「氣」、「音節」為文章技能，這與入主體之神於文中的審美趨向別是一途，嚴羽批評吳景仙不能辨「雄深雅健」與「雄渾悲壯」之別，「腳跟未點地處也」。劉大櫆的「腳跟」亦未點到緊要處。

繪畫藝術對於「神」的自覺，因其對表現對象的形神關係的處理，在很大程度要借助於繪畫的技巧，所以「傳神寫照」重點在客體已形成了一種審美定勢，但自元代「寫意」畫崛起之後，畫家也嘗試以主體之神入畫，傳至清代，這種趨向愈來愈明顯了。清初著名畫家石濤，在他的畫論中，就強調繪畫藝術是「借筆墨以寫天地萬物，而陶泳乎我也」，他特別突出「我」的個性、情趣、神氣在自己作品中的呈現：

> 我之為我，自有我在。古之鬚眉，不能生在我之面目；古之肺腑，不能安入我之腹腸。我自發我之肺腑，揭我之鬚眉，縱有時觸著某家，是某家就我也，非我故為某家也。

這可能不僅僅是指繪畫技法，而是的的確確地宣布要入「我」於畫中，可算是中國古代畫論中最典型的「自我表現」論。石濤在晚年總結自己的繪畫經驗時，將他生平創作活動分為兩個階段，前是「山川脫胎於予」的階段；後是「予脫胎於山川」的階段：

> ……天有是權，能變山川之精靈；地有是衡，能運山川之氣脈；我有是一畫，能貫山川之形神。此予五十年前未脫胎於山川也。亦非糟粕其山川而使山川自私也，山川使予代山川而言

> 也，山川脫胎於予也。
>
> 予脫胎於山川也，搜盡奇峰打草稿也，山川與予，神遇而跡化也，所以，終歸之於大滌也。[10]

「脫胎」本自道家術語，有所謂脫去凡胎換仙胎之意。五十年前的石濤，他的畫僅僅能夠畫出山川的形與神，也就是說，那時他能傳審美客體之神，山川從他筆下脫胎，他代山川說話。顯然這是指他的繪畫藝術還未能達到物我交融的境界，他還只有一知半解之悟，能做到的還只是「物皆著我之色彩」，創「有我之境」。五十年後，主體與客體的位置互換了，「予脫胎於山川」，意即山川成了我的母體，我成了山川的新身，我以山川為本而畫我自身，一切奇峰只是表現我自身的「草稿」，山川之神與我之神不期而遇，融於我筆下，畫幅上所呈現不知是我、是山川，現實空間的山川已無跡可尋，現實生活中的我亦無跡可尋，這就進入了物我「透澈玲瓏不可湊泊」的妙境，亦即「不知何者為我，何者為物」的「無我之境」，現實時空山川無此境界，那就此境惟歸我「大滌子」了（大滌子是石濤之號），此畫亦惟「自有我在」了！這裡，我們要特別注意「神遇而跡化」一語，它是嚴詞「詞理意興無跡可求」至「詩而入神」更簡煉的概括；是「氣象渾厚」更透澈的表述；是「人的本質力量對象化實現」生動可感的顯現。

中國古代所有的詩文藝術理論中，出現的關於「出神入化」（對描述審美客體而言）和「入神」（對表現審美主體而言）的種種論說，是從「言志」、「緣情」說扎根而後長成的理論大樹上，在高高的樹梢所結出的碩果，它由一貫重「表現」的文學藝術家們傾注全部心血乃至將生命整體投入滋育而成，較之古代西方重「摹仿」、「再現」

---

10 以上引石濤語見《苦瓜和尚畫語錄》〈變化〉章第三，〈山川〉章第八，收入《歷代論畫名著匯編》（北京市：文物出版社，1982年），頁366、369。

的文藝理論，它具有更純粹的精神活動的性質和功能。或許就因為這個原因，它也就多幾分神秘色彩，現代不少論者和創作家往往因其有神秘難測之感，或斥之為「唯心主義的貨色」，或不求甚解避而不論，或論而未能深入探其本質意蘊。古希臘女詩人薩福有首〈斷章〉寫道：

> 有若嬌紅的蘋果懸在樹梢，
> 在最高的枝頭，被採果人忘了，
> 不是忘了，而是要採採不到。

中國詩歌之神，具有美學本質意義之神，就曾經像一枚「嬌紅的蘋果」！關於「神秘」，馬克思說過：「社會生活在本質上是實踐的。凡是把理論導致神秘主義方面去的神秘東西，都能在人的實踐中以及對這個實踐的理解中得到合理的解決。」[11]中國詩人、藝術家、理論家關於「無跡可求」、「詩而入神」、「神遇而跡化」、「無我之境」的審美觀念或命題，都是他們從自己精細入微的創作體驗和鑑賞體驗中，將所獲得的最精粹的經驗熔煉而成的，因而不乏實踐的意義。應該讚揚地說：這是他們在理論領域的「妙悟」！而與之相對應的作品，因其審美層次太高，確實可遇而不可多求。於是，這種高層次的理論形態，更主要表現為審美理想的性質，它啟迪後來的詩人、藝術家，在審美創造活動中，充分調動、自由發揮自己的主體意識和主觀能動精神，將自己的生命整體地投入，付諸更高的審美追求，它激勵「豪傑之士能自樹立耳」！

一九八八年十一月二十一日至一九八九年十月十九日
寫於洪都「詩學齋」

---

11 〈關於費爾巴哈的提綱〉，《馬克思恩格斯選集》第1卷，頁18。

跋

中國古代詩學有沒有一個理論體系？如果有，這個體系結構是怎樣的？我們將東、西方文化論加以比較，發現西方不少文藝理論家的理論著述，大都可以自成體系，而中國古代卻缺少自成體系的文藝理論家和系統性較強的文藝理論著作。《文心雕龍》不是「體大思精」嗎？可是，以現代文學觀念評量，難以認定它是一部純文學理論著作。劉勰對先秦、兩漢至魏晉、齊梁的「雜文學」創作經驗進行了理論的總結和昇華，但屬於純文學的詩、賦創作經驗尚未從中剝離出來，他的「文之樞紐」及文體論、創作論，都是既論以「情」為主的美感的、情感的文學，又處處顧及以「理」為主的應用的、理知的文學。因此，與其說《文心雕龍》是文學理論體系的建構，不如說它是文章學理論體系的建構，更能全面地確定它的歷史意義和理論價值。在小說、戲劇文體出現之前，中國上古代和中古代，只有詩，才談得上是一種純文學樣式；可憐的散文，雖然前有史傳體、記敘體散文的發達，後有山水遊記、寫心抒懷的美文出現，形式上也有散、駢之分，但直到「五四」新文學運動到來前，它還始終羈身於雜文學體制之中。

既然在明、元之前只有詩（包括後來的詞、散曲）是純文學的文體，那麼也只有詩的理論才談得上是純文學理論。中國古代的詩學理論建設晚於西方，在諸種文章學之中，又可說是最早的，《漢書》〈翼奉傳〉有曰「詩之為學，性情而已」，可能是「詩學」概念的首次出現。詩學理論自漢以後，有愈全面、愈切實的發展，但由於漢儒解

《詩》的模式影響深遠，對於歷代詩歌作品的賞析品評，一直成為絕大多數詩學著作的主要內容。這說明，中國古代的詩歌理論家，建設鑑賞接受理論的自覺性，高於建設本體創造理論的自覺性。好在自鍾嶸之後的大多數詩論家，賞析品評作品時，不再使用漢儒那種以政教美刺去穿鑿附會的詩外功夫，評論真誠地回歸到了詩的本體，於是，也就較為深入地、全面地發現並確認了詩的審美本質特徵；又好在自唐以後的詩評、詩論家，大多數自己能作詩，他們常常將「本於心」的創作經驗，與品評前人之作的鑑賞體驗溝通、融合，「品」而後的「得象忘言」、「得意忘象」，對接受對象的再創造、新發現，便往往能夠轉化為進行本體創造的實質性的理論闡述。雖然如此，接受理論對創造理論有所補償，後者還是難以自身完善，有片段的閃光而無整體的輝煌。應該說，有部分著述也超越了對具體作品的品評，直指詩學本體，進入到更高層次的純理論闡述（如司空圖《詩品》、嚴羽《滄浪詩話》、葉燮《原詩》），但也缺乏明確的系統性或只有局部的系統性。對中國古代詩學因責其不全而貶之甚者曰：「雞零狗碎」，雖不免過於偏激和刻薄，我們卻又不得不抱憾地承認，散珠不成串的現象的確歷史地存在。

涉獵了歷代較多的詩學著作後，我悟到了上述問題的另一方面：古代的詩人、詩論家都特別注重師承關係，個人的著述雖然很少獨立門戶、自成系統，但弟子與師、後人與前人之間，卻潛藏著種種內在的精神傳承。隨著時代的推移、社會的變化，傳承中有變，變中有傳承，即使像嚴羽這樣自詡不「傍人籬壁」的詩論家，他的「妙悟」、「詩而入神」等「驚世絕俗」之談，後人也不難發現其「旁搜遠紹」之跡。於是，我又進一步悟到：中國古代這種內在的精神傳承與變，實質是漸進式地形成中國詩學體系。這個體系不是一人一時完成的，而是由一代代詩人、詩論家像接力運動似地完成的。這個體系在幾個主要觀念範疇的傳承與變化過程中，更為集中地表現出來。怎樣才能較為明晰地揭示這個體系的建構呢？馬克思《資本論》第一卷第二版〈跋〉中有一段話，給了我心眼豁然自明的啟示：

> 研究必須充分地占有材料，分析它的各種發展形式，探尋這些形式的內在聯繫。只有這項工作完成以後，現實的運動才能適當地敘述出來。這點一旦做到，材料的生命一旦觀念地反映出來，呈現在我們面前的就好像是一個先驗的結構了。[1]

經過多年的窮究苦思，歷史分析中國詩學各種發展形式，邏輯地理順這些形式的內在聯繫，將各種具體材料提昇到觀念範疇來歸納、總結，果然，中國詩學體系「好像一個先驗的結構」，呈現在我的面前。一九八四年三月，我寫出了〈中國古代詩歌理論的一個輪廓〉，該文很幸運地被《文學遺產》接受並安排在一九八五年第一期發表了。發表以後，陸續看到、聽到一些來自專家和讀者見之文字或未見於文字的評論、意見，我自已也意識到，〈輪廓〉還只作了平面的、單線條的展開，未能進行不同側面、不同層次組合的建構，亦尚未深入到中國詩學的哲學基礎……此後，我即對〈輪廓〉中提出的五大觀念範疇，繼續作深入的探討，並開始了系列論文的寫作，五年間發表了長短文章三十餘篇（已選輯為《詩學·詩觀·詩美》一書由江西高校出版社出版），算是為寫《中國詩學體系論》的演練。

雖然經歷了時間不算太短的準備程序，但在本書寫作過程中，我還是艱難備嘗。經常發生這樣的幻覺：爬山！每一章都是一個山頭，每一篇都是一座險峻的山。我的笨拙和執著是：每篇每章都要跨時越代，「歷時」與「共時」的交錯論述，每個觀念範疇的探源溯流，使我在前篇、前章經過從上古到近代的漫長跋涉之後，後章、後篇又得

---

1 《馬克思恩格斯選集》第2卷，頁217。

返回前面的出發地，選擇另一條路，攀援另一座山。每次往返，我都會發生越不過前面那個山頭的恐懼感，「動虧一簣」、「前功盡棄」之類的警語不時震響在耳畔。這樣的反覆經歷，倒是磨出了我一點韌勁，某日，我在寫作手記中寫下這樣一句話以自礪：「當你感到無路可走時，才有走出一條新路的可能。」從龍年歲末到蛇年歲末，在江南綿綿梅雨中我走過來了，在南昌比火更燎人的酷暑中我走過來了。……檢點一下，三十萬字個個如深深的腳印，每個腳印，都有步履維艱的自我感覺。

或許來日，有讀者將本書翻閱一過後，會疑惑地問我：中國詩學豐富的內涵果真是五個字所能概括的嗎？中國古代詩歌理論的每個山頭你都翻越過嗎？……我得趕緊在這裡預作回答：非也！這五個字所蘊含的僅僅是中國詩學的精神歷程，但它們是最重要的、足以區別西方詩學精神歷程的標識；五個觀念範疇所建構的體系，好像是一座大廈的力學結構，一個人生命力運行的經絡系統。中國詩學還有更豐富的一時難以窮盡的東西，還有詩的文體、詩的構思、詩歌語言修辭、音律、技法、鑑賞……等多方面的學問，另外，還有眾多的流派理論。如果客觀環境和條件允許，本人身體尚可使用十年，我是很想再寫《中國詩學工程論》和《中國詩學流派論》兩本書的，若能如願，或許可以大大充實我最初描述的輪廓。在此，還有一點須要鄭重聲明：五字建構說純屬我個人的一隅之見、一得之見，中國詩論傳統向來尊重「仁者見仁，智者見智」和「詩無達詁」，因此，我不認為它就是中國詩學體系的「達詁」。這本書權充愚者一得之磚，它拋出之後，大有可能引出同代和後來的智者多種建構說，這正是我所希望和期待的。如果他們提出了更能正確地表述中國詩學體系建構的新說，把我的五字建構說敲打得體無完膚，我會欣然！因為這將更雄辯地證明，中國古代詩學確有一個體系在！而這恰恰是我寫作此書時深藏於心的一個他向動機。況且，由於本人學識所限，書中對古人言論理解錯誤或論斷大謬之處，估計在所不少，讀者眼睛雪亮，我渴求認真的、科學的、這種或那種形式的批評。春風的和煦、霜雪的凌厲，我都將滿懷喜悅地消受。

從最初的意願萌發到本書的完成，我很榮幸得到很多先生長者熱情的關注和誠摯的幫助。《文學遺產》最先發表〈輪廓〉，使我的建構設想很快引起學術界同行的注意，為我把那篇綱要式的文章發展成這本專著確立了信心和決心。一九八五年八月在長春召開的中國古代文學理論學會第四次年會上，我結識了陳伯海先生，他對於我的詩學體系研究表示了很大的興趣，給予了我難忘的鼓勵。一九八七年，伯海先生與董乃斌先生共同主持國家「七・五」規劃重點項目「中國文學宏觀研究」剛剛獲得批准，伯海先生便賜信與我徵求選題；一九八八年四月，又召我赴上海參加選題研討會。在此次會上，本書的選題報告經與會的著名教授、專家認真審批，並順利通過，《中國詩學體系論》終於從我多年的構想中逐漸變成真實的存在了。在此，我要向促成本書得以面世的諸位先生學者表示衷心的謝忱！季壽榮先生在編審出書過程中付出了更辛勤的勞動，亦在此致以深切的謝意。

一九九〇年三月二十二日於江西師範大學南院書齋

再版後記

本書起筆於一九八八年十一月二十一日，收筆於一九八九年十月十九日。一九九二年八月十六日收到第一本樣書，在扉頁上提了四句話：「廿年積累，十年探索，一年寫成，三年出版。」一九九七年十一月二十四日，中國社會科學出版社總編室函告，將納入《社科學術文庫》再版，作此後記已是一九九八年，從起筆至今，又十年矣！

此次再版重印，榮幸地躋身於「具有精品性質的圖書」之列，我有意識地保留它初出茅廬的原貌，只是會同助手和研究生作了一次自認頗為認真的校勘，改正了不少刺目的訛誤、錯字，至於可否與「文庫」標準相稱，有待於它的第二批讀者嚴格的檢驗。畢竟又多了十年人生與學術的經歷，本書面世以來也有些反響，我想借此機會說點與此有關的話。

研究中國詩學的體系建構，是一個莊重嚴肅的大課題，我是在這一學術領域第一個「吃螃蟹」的人嗎？從數千年積澱的詩學資料中提昇出五大觀念範疇來建構詩學體系是否合理？能否立得住？書雖然已經出版，但我還在不停地反思深究。一九九二年以後，應約主編《中國歷代詩學論著選》（百花洲文藝出版社，1995年9月出版）和承擔中華社會科學基金課題、撰著《中國詩學批評史》（江西人民出版社，1995年7月出版），從史的線索對歷代詩學資料重新清理、溫習了一遍。從中我對於晚唐五代至宋初出現的大量「詩格」之類的著作似有所悟，那些詩人和詩評家也嘗試遴選出幾個核心觀念，將一些可以相互聯繫的觀念組合起來，表達他們心目中的詩是什麼，試圖將詩學理論系統化。如以「格」為核心觀念集合其他觀念，有托名賈島的《二南密旨》標舉「詩有三格」，以「情」、「意」、「事」充之；李洪宣的《緣情手鑒》以「意」、「理」、「景」擬之「三格」；齊己的《風騷旨格》則以「上格用意」、「中格用氣」、「下格用事」……互有異同，都開始涉及到詩的本質特徵的概括。又如以「體」為核心觀念而言者，李嶠《評詩格》標「詩有十體」，即「形似」、「質氣」、「情理」、「直置」等等；齊己《風騷旨格》也標「十體」，則又是「高古」、「清奇」、「遠近」、「清潔」等等；托名白居易的《金針詩格》另行界定，謂「有竅、有骨、有髓，以聲律以竅，以物象為骨，以意格為髓」為詩之「三體」；梅堯臣的《續金針詩格》易之為「詩有三本」：「一曰聲調則意婉，二曰物象明則骨健，三曰意圓則髓滿。律應則格清，物象暗則骨弱，格高則髓深。」此即以「聲」、「律」、「意」、「格」、「象」五者為詩之本體要素。還有保暹的《處囊訣》標「詩有五用」：「其靜莫若定，其動莫若情，其情莫若逸，其音莫若合，其形莫若象。」所謂「體」、「本」、「用」，都近於詩的本體論。由此可以看出，遠在一千多年前，人們對於建構系統的詩學理論，已有潛在的意識和要求，《詩格》的作者們均已將觀念數量化，又嘗試類型化，但他們運用的觀念，內涵和外延互有出入，多是見表而不見其裡，識粗而不識其精，組合的邏輯序列顯得混亂，追根溯源的論說顯得零碎，不可能完成理想形態的建構。明代詩論家許學夷在《詩源辯體》一書中有云：「古今詩賦文章，代日益降，而識見議論，代日益精。……蓋風氣日衰，故代日益降；研究日深，故代日益精，亦理勢之自然耳。」詩之學（識見議論）跟其他任何一門學問一樣，具有積累日久而愈精深的性質，應該是後勝於前。既然前人對詩學理論的系統化有所嘗試（成績最好的應推嚴羽的《滄浪詩話》和葉燮的《原詩》），「第一個吃螃蟹的人」的光榮落不到我的頭上，我不過是想將這「螃蟹」烹調得比前人更好一點。

當今有的學者對於「體系」建構說持慎重的懷疑態度，有一篇綜述近百年中國古代文論研究的文章寫道：「我國的古代文論，究竟是一個什麼樣的面貌，我們至今似乎沒有一個完整的認識。這裡有幾個問題尚須研究：一是有沒有體系；二是這一體系是某一流派的體系，還是中國古代文論的體系；三是這一體系是由什麼構成的，是範疇，是某些觀點的組合，還是別的什麼；四是這樣的體系是什麼時候形成的，是一時形成，還是自古及今才形成？」作者還帶嘲弄性地說：「關於第一點，似乎有一個忌諱，說沒有體系，似乎是對中國古代文論的大不敬。」九〇年代初，公然著書言「體系」者，在古代文論研究領域，在下是第一人。但是，對於整個古代文論（包括散文、小說、戲曲及共同的基礎理論）有沒有體系，我沒有也不敢妄言，我只是試圖探討一下其中一種文體的理論體系，因為詩歌理論在古代文論領域有它相對的獨特性和獨立性，較之某一流派的理論體系，無疑又有更高的普遍性。第四個問題，我在本書的〈跋〉裡已明確地表達過，有「這個體系不是一人一時完成的，而是由一代代詩人、詩論家像接力運動似地完成的」等語。至於第三個問題，該文寫道：「可是說有體系，那麼包括的範圍應該確定在什麼地方？有學者論中國的詩學體系，稱包括言志、緣情、立象、創境、入神。那麼詩教、詩體、詩格放到什麼地方呢？詩教與言志是有區別的，這一點只要看清人解詩，即可了然，你看，他們解李商隱，背後總有一個詩教說的陰影在作怪，與言志是了不相涉的。古人論詩，把詩體放到十分重要的地位，而關於詩的風格的論述，數量就更大，我們能否把這些都排除在詩學體系之外？」(《文學評論》1997年第2期，頁17-18）這些問題都提得很有見地，很認真。關於「詩教」，在〈緣情篇〉設有專節論述，論述確切否，可以批評，沒有「排除在詩學系體之外」卻是事實；至於「詩體」、「詩格」(以「詩格」為「詩的風格」，不合前人言「詩格」之義，可參前述)，只要讀了書後之〈跋〉，亦已有言存焉

(「或許來日」一段)。「詩體」確實很重要，我後來在《中國詩學批評史》中屢言及此，並作為第二篇(〈詩歌本體的重構與風格批評的出現〉)論述的主線，由此還得出一個說法：「詩歌文體形式的變化與更新，便會造成詩歌新的大繁榮。」而詩歌理論批評的繁榮與詩歌文體的變革緊密相依。這一觀點，我將其作為「中國詩學發展規律性特徵」之一在近年發表的論文裡多次陳述；最近為按文體分類一套五大本的《中國歷代文學論著叢書》(詩學、詞學、賦學、曲學、文章學、小說學，百花洲文藝出版社於二〇〇〇年出齊)寫的〈總序〉中，又突出言此。不過，我認為詩的任何一種文體，都不過是「志」、「情」、「象」、「境」、「神」的載體，〈跋〉說了「五個觀念範疇所建構的體系，好像是一座大廈的力學結構，一個人生命力運行的經絡系統」，有形的「文體」只能屬於「大廈」的實體部分、人的可見形體，因此「文體」固然也可入詩學範疇，其定位應是「形而下」之學。「風格」雖屬「形而上」，但主要是每個詩人「志情象境神」的獨特的個性化表現，且「風格」亦不屬詩人專有，似可在探究古代文論整體體系時論之。

中國古代詩學體系可不可由「範疇」構成？包括的範圍應該確定在什麼地方？這正是我「十年探索」的焦點，寫入本書的「五字建構說」，「純屬我個人的一隅之見、一得之見」並不是故作謙虛之語。不過，經過十幾年的時間考驗(從一九八五年發表〈中國古代詩歌理論的一個輪廓〉算起)，自己又常作反思深究，覺得提出此說並不是一時心血來潮，得之雖有偶然，論定卻有必然。細想一下，區區五個字，可將任何優秀詩篇的成型過程——從詩人主體(志、情)到對象客體(象)，再到主客體契合交融或說詩人本質力量的對象化實現(境、神)——概括表述而無遺了。當然從理論上說來又絕非如此簡單，中國詩人和詩論家們提煉出五個字，費去了千年以上的時光。我在一九九五年七月提交給「走向二十一世紀：中外文化、文藝理論國際學術研討會」的論文〈論中國詩學發展規律、體系建構與當代效應〉（收入《文學理論：面向新世紀》，錢中文等主編，山東人民出版社，1997年）中，再次從理論角度陳述了「四層思考」，請允許摘錄於此備讀者參閱：

> 一是這些觀念有豐富的內涵，包容性大，並且有寬廣的外延，其他很多觀念都可納入其中。如「境」，不但融合了道、佛兩家美學思想，還可將以前的「文質」、「風骨」等說予以囊括；「神」的包容量更大，可將詩人主體方面的「神思」、「神會」等等，客體方面的「體物得神」、「無跡而神」等等，主客體渾然一體的「象外」、「神韻」、「神遇跡化」等等，一概容納。這就證明了五大觀念無單一性之局促而形成了真正的範疇。二是按發生發展的歷史順序，「志」出現最早，「情」與「象」至六朝才確定其在詩學中的地位，「境」轉入詩學於唐，「神」亦到唐宋才顯示它表述詩的美學本質不可替代的作用。這個順序還與詩的文體變革有密切的關係，「言志」之於四言，「緣情」、「立象」之於五言，「創境」、「入神」之於近體及以後的詞曲；由此可信，五大觀念的演進亦體現了詩歌創作發展的軌跡。三是上升到美學層次考察，又依次展現從注重政教功利向注重審美效應轉換的軌跡，「志」尚偏重理念，「情」與「象」則是對詩歌藝術最基本要素的確認，而「境」與「神」不只是對前二者確立更高的審美尺度，且已具審美理想之性質，其輝光幅射於一切文學藝術的創造。四是五大觀念雖因源頭、時差、層次之異而有相對的獨立性，但其內在的東西卻是相互滲透的，簡言之，「志」與「情」合而為意，意與物會而有「象」，意與象交融而有「境」，境在象外而有「神」……

可不可憑這樣的範疇建構詩學體系？後來讀列寧《哲學筆記》〈黑格爾《邏輯學》一書摘要〉，心裡似乎更有底了。列寧說：「思維的範疇不是人的用具，而是自然和人的規律性表述。……範疇是區分過程中的梯級，即認識世界過程中的梯級，是幫我們認識和掌握自然現象之網的網上紐結。」（《列寧全集》第二版，第55卷，頁75、78）我想，如果用「詩學現象」替換「自然現象」，不是一拍即合嗎？五個觀念範疇的遞進及其組合，正是「梯級」與「網上紐結」的性質，如此而言「體系建構」，不至於全是妄言妄為吧。

從範疇研究進而實現理論體系的把握，可能是研究中國古代美學、文學理論的重要途徑之一，八〇年代後期以來，有眾多的學者參予了這一工作。中國人民大學出版社出版了蔡鐘翔教授等主編的《中國古典美學範疇叢書》（本人寫了其中《文與質．藝與道》一冊）。有位學者撰寫〈從範疇研究到體系研究〉一文指出，範疇研究是一條微觀研究與宏觀研究相結合的可行之路：「由範疇研究向體系研究拓展深化，不僅有利於當今古代文論研究中實現微觀與宏觀研究的有機結合，而且對古代文論（古代美學）的當代價值轉換，也具有一定的理論與實踐意義。」蒙他言及拙著：「一些九〇年代的古代文論研究新著，通過對古代詩論眾多範疇的梳理，從一些復現率最高的基本範疇及它們之間的聯繫去探索中國詩學發展的精神歷程和詩學大廈的體系建構，從中得出一些規律性的結論。這類論著重視考察基本範疇之間的異同與聯繫（包括範疇歷時性、共時性特徵），並注意從哲學、心理學、美學等多重角度對這些範疇的深層內涵與時代性作出綜合考察，既有辨偽、詮釋之微觀論析，亦有揭示歷史脈絡與體系建構的宏觀審視，在由範疇研究向體系研究的拓展深化中，富於典型意義。當然，這種研究難度也最大，且不能不帶有幾分冒險性。比如陳良運的《中國詩學體系論》通過上列研究，提出中國詩學發端於『志』，演進於『情』與『象』，完成於『境』、提高於『神』的結論。並以上述五個基本範疇的聯結、拓展為五個詩學基本理論命題的歷時性與共時性關係之研究，分『言志』、『緣情』、『立象』、『創境』、『入神』五部分，闡明中國詩學之發展歷程與詩學之體系建構。用力甚勤、頗具新意。」這位學者，也對本書某些論述可能尚不清晰之處提出了質疑，如說：「『志』、『情』、『象』（或『形』）為歷時性概念，邏輯上有些問題仍不易說通；把『神』或『入神』這種中國古典詩學審美理想中的體驗狀態（當然屬高峰體驗），上升為中國詩學的最高理論範疇或視為最高審美理想，便極容易使人感覺到中國古代詩學體系在理論及用語上的含糊與貧乏。」（《文藝研究》1997年第2期，又見於錢中文等主編《中國古代文論的現代轉換》，陝西師範大學出版社，1997年7月）這些問題當然還可以深入研究和展開學術討論，他說「不能不帶有幾分冒險性」果然中的，我在〈我怎樣寫《中國詩學體系論》──答《古典文學知識》記者問〉裡，敘述將〈中國古代詩歌理論的一個輪廓〉拋出的經過時就寫道：「……艾青〈我的父親〉一詩中有個詩句：『沒有狂熱，不敢冒險！』壯了我的膽，懷著孤注一擲的心情，投寄給研究古典文學的權威刊物《文學遺產》。」（《古典文學知識》1992年第5期）「冒險」應該作好「遇險」的心理準備，所以我在本書的〈跋〉中又說了「把我的五字建構說敲打得體無完膚，我會欣然」的「壯語」。著名文學理論家錢中文先生在為《中國詩學批評史》作的序言中將五大觀念範疇與批評史裡提出的「四層次」、「四型態」（即中國詩學批評發展呈現「詩歌觀念的演進」、「詩歌本體的重構」、「詩歌精神的昇華」、「詩學本體的深化」四個層次，與此相應的則有「功利批評」、「文體風格批評」、「美學批評」和「流派批評」四種主要批評型態），合稱為「五、四」說。他也說了：「對於這『五』與『四』，可能有些學者會有不同的看法，如一些核心觀念被突出了，其他範疇的論述相應簡約了些。」又以學者的寬容胸懷認為：這種研究方法「富有探索精神，極有創見，較之一般採用平鋪直敘寫作方法的文論史，更富邏輯色彩，更具理論深度」。還說：「良運先生的『五』、『四』說，在中國詩學的體系建構中，可以說自成一家。自然，只要持之有故，言之成理，中國的詩學體系，還可以有另外多種形態構成。但是本書作者的方法，我以為是值得重視的。」在此我要再說一遍：本書肯定還存在這樣或那樣的缺憾，我至誠地期待它能「引出同代或後來的智者多種建構說」，以解脫個人探索的孤獨與寂寞。

涉及本書的一些學術問題，暫且說到這裡。在這篇〈後記〉之最後，我要表達一下久藏於心中誠摯的謝意和歉意。

本書問世之後，有幸得到不少專家和讀者的關顧和厚愛。我將書寄呈一些同行專家、師長請教，均得到了熱情鼓勵的回復；有的專家是仔細閱讀了全書之後，寫來帶評述性質的長信。著名的中國文學批評史專家、復旦大學王運熙教授在信中說：「十多年來，『中國文學批評史』著作出了不少，但從橫的方面對專題進行歸納、總結的，尚缺少有分量有系統的著作，大著在這方面有篳路藍縷之功……」還要特別記一筆的是：因本書論「意境」一章引用了著名科學家、中國導彈之父錢學森先生關於「文學藝術有一個最高的台階」的論述，他收到拙著之後，於一九九三年二月三日親筆賜復，寫了滿滿兩頁，將他的專著《系統理論中的科學與哲學問題》（清華大學出版社，1984年）中涉及這一問題的全文，一字不草地抄錄給我。捧讀他的來信，我感動至極，這位以身許國、名揚中外的老科學家一絲不苟的治學精神，我當虔誠領受並貫徹到自己的研究工作中去。

當代廣大的普通讀者，也迫切需要他們能夠接受的學術著作，於此我有了切身的感受。本書進書店不久，收到第一封讀者來信是華北油田一位石油工人寫的，信中敘寫了他的讀後心得，令我大感意外。據我自己稍作調查得知，大概幾個月內此書就已銷罄，很多中小城市和農村熱愛詩道的讀者，或從晚出的《文藝報》、《詩刊》等報刊上看到出版消息和書評、或當地書店未進，於是求購的信函輾轉寄到了我手裡。自一九九三年三月至今，此類信件一直未斷，來信者大多是工人、軍人、機關幹部、教師、大中學生，也有農村幹部和農民，又多來自邊遠地區。還有來自大陸境外的學者，求書心情十分迫切，如去年由出版社轉來香港中文大學校外進修部一位先生的信云：「……這裡坊間我曾查找許久，可惜仍未如願。容我唐突向先生提出不情之請，先生手邊處倘若仍有樣書存餘，敢望不棄惠賜參看。」很遺憾的是，我的研究生上課的用書也沒有了。由於有時信件過多，無暇執筆一一回復，只得打印一份〈敬復欲購拙著的先生〉載我深深的歉意回寄，……說這些，絕無抬高拙著身價之意，而是想表達這樣一種感觸：中國地廣人多，傳統文化基礎深厚，需要學術著作的不只是學術界，各行各業芸芸眾生中也不乏需求者。人民需要學術，學術的命脈就不會衰頹！學者苦守書齋，雖然一定清貧，但不一定寂寞！正是那麼多普通讀者源源不斷、有坦懷誠語有稍發怨言的求書信函，激勵我在八尺書齋中筆耕不輟，惟願多寫一兩部他們需要的書並能到達他們手邊，此乃人生之大幸！

此次《中國詩學體系論》再版重印，或許可能減輕一些我對求書失望的讀者綿綿的歉意。

一九九八年元月十至十二日記於洪都「詩學齋」

三印補跋

拙著經受了十年時間的考驗，二十一世紀第一次印本又將問世，深謝讀者的厚愛。近十年來，關於中國古代文論詩學體系研究的書已出版不少，拙著尚能繼續流行於世，實感榮幸！

有所抱憾的是，不少需要此書的讀者在當地書店買不到，直接寫信，甚至打來長途電話求贈索購，本人實在無力相助（他們多是新一輩讀者和中文學科碩、博研究生）。在此，我懇請全國各地公私書店，尤其是大專院校書店，多少進幾本以應需求，拜託拜託。

二○○三年三月十一日

福建駐京辦事處——榕城花香園

作者簡介

陳良運

一九四〇年出生於江西萍鄉，自高中始在《人民文學》等刊物發表新詩，大學時期勤讀中外古今詩歌及詩學典籍，「文劫」之後轉向新詩評論與理論研究，先後集結出版的有《新詩藝術論集》、《新詩的哲學與美學》、《詩學．詩觀．詩美》、《論詩與品詩》、《跨世紀論學文存》、《藝．文．詩新論》。同時深入中國古代文論、詩學領域，溯源經學，披流美學，二十年積累，參與和獨立承擔國家社會科學基金課題五項，出版專著《文與質．藝與道》、《中國詩學體系論》、《中國詩學批評史》、《周易與中國文學》、《焦氏易林詩學闡釋》、《文質彬彬》、《美的考索》、《中國詩學批評史》（增訂本）、《中國藝術美學》，並主編、合撰《中國歷代文學論著選》詩學、詞學、賦學曲學、文章學四部，及《古代文論名篇選讀》等。

每著一書皆是生命心血傾心地投入 不敢懈怠，「當你感到無路可走時，才有走出一條新路的可能」，成為作者「中年起步，跋涉花甲，奔向古稀」的無窮動力。

本書簡介

本書立足於中國詩學理論發展的實際過程，抓取「志」、「情」、「象」、「境」、「神」五個根本性的範疇，追索它們的發展演變和相互聯繫，從而切實地建構起了傳統詩歌美學的基本框架。作者無論是論證詩學本題還是旁及其他領域，都能做到探源溯流，闡精發微，故而言之鑿鑿，新見間出，使本書具有較高的學術價值。

國家圖書館出版品預行編目(CIP)資料

福建師範大學文學院百年學術論叢. 第二輯.
中國詩學體系論；陳良運著.
鄭家建、李建華總策畫
-- 初版. -- 臺北市 : 萬卷樓, 2015.12
10 冊 ; 17(寬)x23(高)公分
ISBN 978-957-739-965-6(全套:精裝)
ISBN 978-957-739-959-5(第 5 冊:精裝)

1.中國詩 2.詩學 3.詩評

820.7　　104018421

福建師範大學文學院百年學術論叢　第二輯

中國詩學體系論

ISBN 978-957-739-959-5

作　者 陳良運
總策畫 鄭家建 李建華

出　版 萬卷樓圖書股份有限公司
總編輯 陳滿銘
發　行 萬卷樓圖書股份有限公司
發行人 陳滿銘
聯　絡 電話 02-23216565　傳真 02-23944113
網址 www.wanjuan.com.tw
郵箱 service@wanjuan.com.tw
地　址 106 臺北市羅斯福路二段 41 號 6 樓之三
印　刷 百通科技股份有限公司
初　版 2015 年 12 月
定　價 新臺幣 36000 元 全套十冊精裝 不分售

　新聞局出版事業登記證號局版臺業字第 5655 號